मानसरोवर

भाग-2

प्रेमचंद

ट्रू साइन

प्रकाशक : ट्रू साइन पब्लिशिंग हाउस

पता : SY.N0.21/2 & 21/3, सोननहल्ली,
कृष्णराजपुरल, बेंगलुरु, कर्नाटक – 560049, भारत

ईमेल: books@truesign.in

वेबसाइट: www.truesign.in

मानसरोवर भाग-2

प्रेमचंद

ISBN: 978-93-90852-82-6

संस्करण: 2022

प्रेमचंद जी का जीवन परिचय

प्रेमचंद का जन्म ३१ जुलाई १८८० को वाराणसी के निकट लमही गाँव में हुआ था। उनकी माता का नाम आनन्दी देवी था तथा पिता मुंशी अजायबराय लमही में डाकमुंशी थे। उनकी शिक्षा का आरंभ उर्दू, फारसी से हुआ और जीवनयापन का अध्यापन से पढ़ने का शौक उन्हें बचपन से ही लग गया। 13 साल की उम्र में ही उन्होंने तिलिस्म-ए-होशरुबा को पढ़ लिया और उन्होंने उर्दू के मशहूर रचनाकार रतननाथ 'शरसार', मिर्ज़ा हादी रुस्वा और मौलाना शरर के उपन्यासों से परिचय प्राप्त कर लिया था। १८९८ में मैट्रिक की परीक्षा उत्तीर्ण करने के बाद वे एक स्थानीय विद्यालय में शिक्षक के रूप में नियुक्त हो गए। नौकरी के साथ ही उन्होंने अपनी पढ़ाई जारी रखी। १९१० में उन्होंने अंग्रेजी, दर्शन, फारसी और इतिहास से इंटर पास किया और १९१९ में बी.ए. पास करने के बाद शिक्षा विभाग के इंस्पेक्टर पद पर नियुक्त हो गए थे। सात वर्ष की अवस्था में उनकी माता तथा चौदह वर्ष की अवस्था में पिता का देहान्त हो जाने के कारण उनका प्रारंभिक जीवन संघर्षमय रहा। उनका पहला विवाह उन दिनों की परंपरा के अनुसार पंद्रह साल की उम्र में हुआ जो सफल नहीं रहा। १९०६ में उनका दूसरा विवाह शिवरानी देवी से हुआ जो बाल-विधवा थीं। वे सुशिक्षित महिला थीं जिन्होंने कुछ कहानियाँ और प्रेमचंद घर में शीर्षक पुस्तक भी लिखी। उनकी तीन संताने हुईं-श्रीपत राय, अमृत राय और कमला देवी श्रीवास्तव। १८९८ में मैट्रिक की परीक्षा उत्तीर्ण करने के बाद वे एक स्थानीय विद्यालय में शिक्षक नियुक्त हो गए। नौकरी के साथ ही उन्होंने पढ़ाई जारी रखी। १९१० में उन्होंने अंग्रेजी, दर्शन, फारसी और इतिहास विषयसहित इंटर पास किया। १९१९ में बी.ए पास करने के बाद वे शिक्षा विभाग के इंस्पेक्टर पद पर नियुक्त हुए।

१९२१ ई. में असहयोग आंदोलन के दौरान महात्मा गाँधी के सरकारी नौकरी छोड़ने के आह्वान पर स्कूल इंस्पेक्टर पद से त्यागपत्र दे दिया। इसके बाद उन्होंने लेखन को अपना व्यवसाय बना लिया। मर्यादा, माधुरी आदि पत्रिकाओं में वे संपादक पद पर कार्यरत रहे। इसी दौरान उन्होंने प्रवासीलाल के साथ मिलकर सरस्वती प्रेस भी खरीदा तथा हंस और जागरण निकाला। प्रेस उनके लिए व्यावसायिक रूप से लाभप्रद सिद्ध नहीं हुआ। १९३३ ई. में अपने ऋण को पटाने के लिए उन्होंने मोहनलाल भवनानी के सिनेटोन कंपनी में कहानी लेखक के रूप में काम करने का प्रस्ताव स्वीकार कर लिया। फिल्म नगरी प्रेमचंद को रास नहीं आई। वे एक वर्ष का अनुबंध भी पूरा नहीं कर सके और दो महीने का वेतन छोड़कर बनारस लौट आए। उनका स्वास्थ्य निरंतर बिगड़ता गया। लम्बी बीमारी के बाद ८ अक्टूबर १९३६ को उनका निधन हो गया। वे आर्य समाज से प्रभावित रहे जो उस समय का बहुत बड़ा धार्मिक और सामाजिक आंदोलन हुआ करता था। उन्होंने विधवा-विवाह का समर्थन किया और १९०६ में दूसरा विवाह अपनी प्रगतिशील परंपरा के अनुरूप बाल-विधवा शिवरानी देवी से किया। उनकी

तीन संताने हुईं- श्रीपत राय, अमृत राय और कमला देवी श्रीवास्तव। १९१० में उनकी रचना सोज़े-वतन (राष्ट्र का विलाप) के लिए हमीरपुर के जिला कलेक्टर ने तलब किया और उन पर जनता को भड़काने का आरोप लगाया। सोजे-वतन की सभी प्रतियाँ जब्त कर नष्ट कर दी गईं। कलेक्टर ने नवाबराय को हिदायत दी कि अब वे कुछ भी नहीं लिखेंगे, यदि लिखा तो जेल भेज दिया जाएगा। इस समय तक प्रेमचंद, धनपत राय नाम से लिखते थे। उर्दू में प्रकाशित होने वाली ज़माना पत्रिका के सम्पादक और उनके अजीज दोस्त मुंशी दयानारायण निगम ने उन्हें प्रेमचंद नाम से लिखने की सलाह दी। इसके बाद वे प्रेमचन्द के नाम से लिखने लगे। उन्होंने आरंभिक लेखन ज़माना पत्रिका में ही किया। जीवन के अंतिम दिनों में वे गंभीर रूप से बीमार पड़े। उनका उपन्यास मंगलसूत्र पूरा नहीं हो सका और लम्बी बीमारी के बाद ८ अक्टूबर १९३६ को उनका निधन हो गया। उनका अंतिम उपन्यास मंगल सूत्र था जो उनके पुत्र अमृत ने पूरा किया था।

साहित्यिक जीवन

प्रेमचंद के साहित्यिक जीवन का आरंभ १९०१ से हुआ थ | आरंभ में वे नवाब राय के नाम से उर्दू में लिखते थे। प्रेमचंद के लेख पहली रचना के अनुसार उनकी पहली रचना अपने मामा पर लिखा व्यंग्य थी, जो अब अनुपलब्ध है। उनका पहला उपलब्ध लेखन उर्दू उपन्यास 'असरारे मआबिद' है जो धारावाहिक रूप में प्रकाशित हुआ। इसका हिंदी रूपांतरण देवस्थान रहस्य नाम से हुआ। प्रेमचंद का दूसरा उपन्यास 'हमखुर्मा व हमसवाब' है जिसका हिंदी रूपांतरण 'प्रेमा' नाम से १९०७ में प्रकाशित हुआ। १९०८ ई. में उनका पहला कहानी संग्रह सोज़े-वतन प्रकाशित हुआ। देशभक्ति की भावना से ओतप्रोत इस संग्रह को अंग्रेज़ सरकार ने प्रतिबंधित कर दिया और इसकी सभी प्रतियाँ जब्त कर लीं और इसके लेखक नवाब राय को भविष्य में लेखन न करने की चेतावनी दी। इसके कारण उन्हें नाम बदलकर लिखना पड़ा। 'प्रेमचंद' नाम से उनकी पहली कहानी बड़े घर की बेटी ज़माना पत्रिका के दिसम्बर १९१० के अंक में प्रकाशित हुई।

१९१५ ई. में उस समय की प्रसिद्ध हिंदी मासिक पत्रिका सरस्वती के दिसम्बर अंक में पहली बार उनकी कहानी सौत नाम से प्रकाशित हुई। १९१८ ई. में उनका पहला हिंदी उपन्यास सेवासदन प्रकाशित हुआ। इसकी अत्यधिक लोकप्रियता ने प्रेमचंद को उर्दू से हिंदी का कथाकार बना दिया। हालाँकि उनकी लगभग सभी रचनाएँ हिंदी और उर्दू दोनों भाषाओं में प्रकाशित होती रहीं। उन्होंने लगभग ३०० कहानियाँ तथा डेढ़ दर्जन उपन्यास लिखे।

१९२१ में असहयोग आंदोलन के दौरान सरकारी नौकरी से त्यागपत्र देने के बाद वे पूरी तरह साहित्य सृजन में लग गए। उन्होंने कुछ महीने मर्यादा नामक पत्रिका का संपादन किया। इसके बाद उन्होंने लगभग छह वर्षों तक हिंदी पत्रिका माधुरी का संपादन किया। उन्होंने १९३० में बनारस से अपना मासिक पत्र हंस का प्रकाशन शुरू किया। १९३२ ई. में उन्होंने हिंदी साप्ताहिक पत्र जागरण का प्रकाशन आरंभ किया। उन्होंने लखनऊ में १९३६ में अखिल भारतीय प्रगतिशील लेखक संघ के सम्मेलन की अध्यक्षता की। उन्होंने मोहन दयाराम भवनानी

की अजंता सिनेटोन कंपनी में कथा-लेखक की नौकरी भी की। १९३४ में प्रदर्शित फिल्म मजदूर की कहानी उन्होंने ही लिखी थी।

मरणोपरांत उनकी कहानियाँ "मानसरोवर" नाम से ८ खंडों में प्रकाशित हुईं।

रचनाएँ

बहुमुखी प्रतिभासंपन्न प्रेमचंद ने उपन्यास, कहानी, नाटक, समीक्षा, लेख, सम्पादकीय, संस्मरण आदि अनेक विधाओं में साहित्य की सृष्टि की। उनकी ख्याति कथाकार के तौर पर हुई और अपने जीवन काल में ही वे 'उपन्यास सम्राट' की उपाधि से सम्मानित हुए।

-प्रकाशक

अनुक्रमणिका

कुसुम

साल-भर की बात है। एक दिन शाम को हवा खाने जा रहा था कि महाशय नवीन से मुलाकात हो गई। मेरे पुराने दोस्त हैं। बड़े बेतकल्लुफ और मनचले। आगरे में मकान है, अच्छे कवि हैं। उनके कवि-समाज में कई बार शरीक हो चुका हूँ। ऐसा कविता का उपासक मैंने नहीं देखा। पेशा तो वकालत है, पर डूबे रहते हैं काव्य-चिंतन में। आदमी जहीन हैं, मुकदमा सामने आया और उसकी तह तक पहुंच गए, इसलिए कभी-कभी मुकदमे मिल जाते हैं लेकिन कचहरी के बाहर अदालत या मुकदमे की चर्चा उनके लिए निषिद्ध है। अदालत की चारदीवारी के अंदर चार-पाँच घण्टे वह वकील होते हैं। चारदीवारी के बाहर निकलते ही कवि हैं-सिर से पाँव तक। जब देखिए, कवि-मण्डल जमा है, कवि-चर्चा हो रही है, रचनाएँ सुन रहे हैं, मस्त हो-होकर झूम रहे हैं, और अपनी रचना सुनाते समय तो उन पर एक तल्लीनता-सी छा जाती है। कण्ठ-स्वर भी इतना मधुर है कि उनके पद बाण की तरह सीधे कलेजे में उतर जाते हैं। अध्यात्म में माधुर्य की सृष्टि करना, निर्गुण में सगुण की बहार दिखाना उनकी रचनाओं की विशेषता है। वह जब लखनऊ आते हैं, मुझे पहले सूचना दे दिया करते हैं। आज उन्हें अनायास लखनऊ में देखकर मुझे आश्चर्य हुआ। पूछा- 'आप यहाँ कैसे! कुशल तो हैं? मुझे आने की खबर तक न दी।'

बोले- 'भाईजान, एक जंजाल में फंस गया हूँ। आपको सूचित करने का समय न था। फिर आपके घर को अपना घर समझता हूँ। इस तकल्लुफ़ की क्या जरूरत है कि आप मेरे लिए कोई विशेष प्रबंध करें। मैं एक जरूरी मामले में आपको कष्ट देने आया हूँ। इस वक्त की सैर को स्थगित कीजिए और चलकर मेरी विपत्ति- कथा सुनिए।

मैंने घबराकर कहा- 'आपने तो मुझे चिन्ता में डाल दिया। आप और विपत्ति- कथा! मेरे तो प्राण सूखे जाते हैं।'

'घर चलिए, चित्त शान्त हो तो सुनाऊँ।'

'बाल बच्चे तो अच्छी तरह हैं?'

'हां, सब अच्छी तरह हैं। वैसी कोई बात नहीं है।'

'तो चलिए, रेस्तरां में कुछ जलपान तो कर लीजिए।'

'नहीं भाई, इस वक्त मुझे जलपान नहीं सूझता।'

हम दोनों घर की ओर चले।

घर पहुंचकर उनका हाथ-मुँह धुलाया, शरबत पिलाया। इलायची-पान खाकर उन्होंने अपनी विपत्ति-कथा सुनानी शुरू की-

'कुसुम के विवाह में तो आप गए ही थे। उसके पहले भी आपने उसे देखा था। मेरा विचार है कि किसी सरल प्रकृति के युवक को आकर्षित करने के लिए जिन गुणों की जरूरत है, वे सब उसमें मौजूद हैं। आपका क्या खयाल है?'

मैंने तत्परता से कहा- 'मैं आपसे कहीं ज्यादा कुसुम का प्रशंसक हूँ। ऐसी लज्जाशील, सुघड़, सलीकेदार और विनोदिनी बालिका मैंने दूसरी नहीं देखी।'

महाशय नवीन ने करुण स्वर में कहा- 'वही कुसुम आज अपने पति के निर्दय व्यवहार के कारण रो-रोकर प्राण दे रही है। उसका गौना हुए एक साल हो रहा है। इस बीच में वह तीन बार ससुराल गई, पर उसका पति उससे बोलता ही नहीं। उसकी सूरत से बेजार है। मैंने बहुत चाहा कि उसे बुलाकर दोनों में सुलह सफाई करा दूँ मगर न आता है न मेरे पत्रों का उत्तर देता है। न-जाने क्या गाँठ पड़ गई है कि उसने इस बेदर्दी से आँखें फेर लीं। अब सुनता हूँ उसका दूसरा विवाह होने वाला है। कुसुम का बुरा हाल हो रहा है। आप शायद उसे देखकर पहचान भी न सकें। रात-दिन रोने के सिवा दूसरा काम नहीं है। इससे आप हमारी परेशानी का अनुमान कर सकते हैं। जिंदगी की सारी अभिलाषाएँ मिटी जाती हैं। हमें ईश्वर ने पुत्र न दिया, पर हम अपनी कुसुम को पाकर सन्तुष्ट थे और अपने भाग्य को धन्य मानते थे। उसे कितने लाड़-प्यार से पाला, कभी उसे फूल की छड़ी से भी न छुआ। उसकी शिक्षा-दीक्षा में कोई बात उठा न रखी। उसने बी.ए. नहीं पास किया लेकिन विचारों की प्रौढ़ता और ज्ञान-विस्तार में किसी ऊँचे दर्जे की शिक्षित महिला से कम नहीं। आपने उसके लेख देखे हैं। मेरा खयाल है, बहुत कम देवियाँ वैसे लेख लिख सकती हैं। समाज, धर्म, नीति सभी विषयों में उसके विचार बड़े परिष्कृत हैं। बहस करने में तो वह इतनी पटु है कि मुझे आश्चर्य होता है। गृह-प्रबन्ध में इतनी कुशल है कि मेरे घर का प्राय: सारा प्रबंध उसी के हाय में था, किंतु पति की दृष्टि में वह पाँव की धूलि के बराबर भी नहीं। बार-बार पूछता हूँ, तूने उसे कुछ कह दिया है, या क्या बात है? आखिर वह क्यों तुझसे इतना उदासीन है? इसके जवाब में रोकर यही कहती है-'मुझसे तो उन्होंने कभी कोई बातचीत ही नहीं की ।' 'मेरा विचार है कि पहले ही दिन दोनों में कुछ मनमुटाव हो गया। वह कुसुम के पास आया होगा और उससे कुछ पूछा होगा। उसने मारे शर्म के जवाब न दिया होगा। सम्भव है, दो-चार बातें और भी की हों। कुसुम ने सिर न उठाया होगा। आप जानते ही हैं, वह कितनी शर्मीली है। बस, पतिदेव रूठ गए होंगे। मैं तो कल्पना ही नहीं कर सकता कि कुसुम-जैसी बालिका से कोई पुरुष उदासीन रह सकता है, लेकिन दुर्भाग्य का कोई क्या करे? दुखिया ने पति के नाम कई पत्र लिये, पर उस निर्दयी ने एक का भी जवाब न दिया। सारी चिट्ठियाँ लौटा दीं। मेरी समझ में नहीं आता कि उस पाषाण हृदय को कैसे पिघलाऊँ? मैं अब खुद तो उसे कुछ लिख नहीं सकता। आप ही कुसुम की प्राण-रक्षा करें, नहीं तो शीघ्र ही उसके जीवन का अंत हो जाएगा, और उसके साथ हम दोनों प्राणी भी सिधार जाएंगे। उसकी व्यथा अब नहीं देखी जाती।'

नवीन जी की आंखें सजल हो गईं। मुझे भी अत्यन्त क्षोभ हुआ। उन्हें तसल्ली देता हुआ बोला- 'आप इतने दिनों इस चिता में पड़े रहे, मुझसे पहले ही क्यों न कहा? मैं आज ही मुरादाबाद जाऊंगा और उस लौंडे की इस बुरी तरह खबर-लूंगा कि वह भी याद करेगा। बच्चू को जबरदस्ती घसीटकर लाऊंगा और कुसुम के पैरों पर गिरा दूँगा।'

नवीन जी मेरे आत्मविश्वास पर मुस्कराकर बोले- 'आप उससे क्या कहेंगे?

'यह न पूछिए! वशीकरण के जितने मन्त्र हैं, उन सभी की परीक्षा करूंगा।'

'तो आप कदापि सफल न होंगे। वह इतना शीलवान, इतना विनम्र, इतना प्रसन्न-मुख है, इतना मधुर-भाषी कि आप वहाँ से उसके भक्त होकर लौटेंगे। वह नित्य आपके सामने हाथ बाँधे खड़ा रहेगा। आपकी सारी कठोरता शान्त हो जाएगी। आपके लिए तो एक ही साधन है। आपके कलम में जादू है! आपने कितने ही युवकों को सन्मार्ग पर लगाया है। हृदय में सोई हुई मानवता को जगाना आपका हिस्सा है। मैं चाहता हूँ आप कुसुम की ओर से एक ऐसा करुणाजनक, ऐसा दिल हिला देने वाला पत्र लिखें कि वह लज्जित हो जाए और उसकी प्रेम-भावना सचेत हो उठे। मैं जीवन-पर्यन्त आपका आभारी रहूँगा।'

नवीन जी कवि ही तो ठहरे। इस तजवीज में वास्तविकता की अपेक्षा कवित्व ही की प्रधानता थी। आप मेरे कई गल्पों को पढ़कर से पड़े हैं, इससे आपको विश्वास हो गया है कि मैं चतुर - सपेरे की भांति जिस दिल को चाहूँ नचा सकता हूँ। आपको यह मालूम नहीं कि सभी मनुष्य कवि नहीं होते, और न एक-से भावुक। जिन गल्पों को पढ़कर आप रोए हैं, उन्हीं गल्पों को पढ़कर कितने ही सज्जनों ने विरक्त होकर पुस्तकें फेंक दी हैं। पर इन बातों का वह अवसर न था। वह समझते कि मैं अपना गला छुड़ाना चाहता हूँ इसलिए मैंने सहृदयता से कहा- 'आपको बहुत दूर की सूझी। और मैं उस प्रस्ताव से सहमत हूँ और यद्यपि आपने मेरी करुणोत्पादक शक्ति का अनुमान करने में अत्युक्ति से काम लिया है, लेकिन मैं आपको निराश नहीं करूँगा। मैं पत्र लिखूँगा, यथा शक्ति उस युवक की न्याय-बुद्धि को जगाने की चेष्टा भी करूँगा। लेकिन आप अनुचित न समझे तो पहले मुझे वह पत्र दिखा दें, जो कुसुम ने अपने पति के नाम लिखे थे। उसने पत्र तो लौटा ही दिए हैं और यदि कुसुम ने उन्हें फाड़ नहीं डाला है, तो उसके पास होंगे। उन पत्रों को देखने से मुझे ज्ञात हो जाएगा कि किन पहलुओं पर लिखने की गुंजाइश बाकी है। नवीन जी ने जेब से पत्रों का एक पुलिन्दा निकालकर मेरे सामने रख दिया और बोले- 'मैं जानता था, आप इन पत्रों को देखना चाहेंगे, इसलिए इन्हें साथ लेता आया। आप इन्हें शौक से पढ़े। कुसुम जैसी मेरी लड़की है, वैसी ही आपकी भी लड़की है। आपसे क्या परदा।'

सुगन्धित, गुलाबी, चिकने कागज पर बहुत ही सुन्दर अक्षरों में लिखे हुए उन पत्रों को मैंने पढ़ना शुरू किया-

'मेरे स्वामी,

'मुझे यहाँ आए एक सप्ताह हो गया, लेकिन आंखें पल भर के लिए भी नहीं झपकी। सारी रात करवटें बदलते बीत जाती हैं। बार-बार सोचती हूँ मुझसे ऐसा क्या अपराध हुआ कि उसकी आप मुझे यह सजा दे रहे हैं। आप मुझे झिड़के, घुड़कियां दें, कोसे, इच्छा हो तो मेरे कान भी पकड़े। मैं इन सभी सजाओं को सहर्ष सह लूंगी, लेकिन यह निष्ठुरता नहीं सही जाती। मैं आपके घर एक सप्ताह रही। परमात्मा जानता है कि मेरे दिल में क्या-क्या अरमान थे। मैंने कितनी बार चाहा कि आपसे कुछ पूछे, आपसे अपने अपराधों को क्षमा कराऊँ, लेकिन आप मेरी परछाहीं से भी दूर भागते थे। मुझे कोई अवसर न मिला।'

'आपको याद होगा कि जब दोपहर को सारा घर सो जाता था, तो मैं आपके कमरे में जाती थी और घण्टों सिर झुकाए खड़ी रहती थी, पर आपने कभी आंखें उठाकर न देखा। उस वक्त मेरे मन की क्या दशा होती थी, इसका कदाचित् आप अनुमान न कर सकेंगे। मेरी-जैसी अभागिनी स्त्रियाँ इसका कुछ अन्दाजा कर सकती हैं। मैंने अपनी सहेलियों से उनकी सुहागरात की कथाएँ सुन-सुनकर अपनी कल्पना में सुखों का जो स्वर्ग बनाया था, उसे आपने कितनी निर्दयता से नष्ट कर दिया।'

'मैं आपसे पूछती हूँ क्या आपके ऊपर मेरा कोई अधिकार नहीं है? अदालत भी किसी अपराधी को दण्ड देती है, तो उर। पर कोई-न-कोई अभियोग लगाती है, गवाहियाँ लेती है, उसका बयान सुनती है। आपने तो कुछ कहा ही नहीं। मुझे अपनी खता मालूम हो जाती, तो आगे के लिए सचेत हो जाती। आपके चरणों पर गिरकर कहती, मुझे क्षमादान दो। मैं शपथ पूर्वक कहती हूँ मुझे कुछ नहीं मालूम, आप क्यों रुष्ट हो गए। सम्भव है, आपने अपनी पत्नी में जिन गुणों के देखने की कामना की हो, वे मुझमें न हों। बेशक मैं अंग्रेजी नहीं पढ़ी, अंग्रेजी- समाज की रीति-नीति से परिचित नहीं, न अंग्रेजी खेल ही खेलना जानती हूँ। और भी कितनी ही त्रुटियाँ मुझमें होंगी । मैं मानती हूँ कि मैं आपके योग्य न थी। आपको मुझसे कहीं अधिक रूपवती, गुणवती, बुद्धिमती स्त्री मिलनी चाहिए थी, लेकिन मेरे देवता, दण्ड अपराधों का मिलना चाहिए, त्रुटियों का नहीं। फिर, मैं तो आपके इशारे पर चलने को तैयार हूँ। आप मेरी दिलजोई करें, फिर देखिए, मैं अपनी त्रुटियों को कितनी जल्द पूरा कर लेती हूँ। आपका प्रेम-कटाक्ष मेरे रूप को प्रदीप्त, मेरी बुद्धि को तीव्र और मेरे भाग्य को बलवान कर देगा। वह विभूति पाकर मेरा कायाकल्प हो जाएगा।'

'स्वामी, क्या आपने सोचा है, आप यह क्रोध किस पर कर रहे हैं? वह अबला, जो आपके चरणों पर पड़ी हुई, आपसे क्षमा-दान माँग रही है, जो जख्म- जन्मान्तर के लिए आपकी चेरी है, क्या इस क्रोध को सहन कर सकती है? मेरा दिल बहुत कमजोर है, मुझे रुलाकर आपको पश्चात्ताप के सिवा और क्या हाथ आएगा? इस क्रोधाग्नि की एक चिनगारी मुझे भस्म कर देने के लिए काफी है। अगर आपकी यह इच्छा है कि मैं मर जाऊँ, तो मैं मरने के लिए तैयार हूँ केवल आपका इशारा चाहती हूँ। अगर मेरे मरने से आपका चित्त प्रसन्न हो, तो मैं बड़े हर्ष से अपने को आपके चरणों पर समर्पित कर दूँगी, मगर इतना कहे बिना नहीं रहा जाता कि मुझमें सौ ऐब हों, पर एक गुण भी है-मैं दावा कर सकती हूँ कि आपकी जितनी सेवा मैं कर सकती हूँ उतनी कोई दूसरी स्त्री नहीं कर सकती। आप विद्वान् हैं, उदार हैं, मनोविज्ञान के पण्डित हैं, आपकी लौंडी आपके सामने खड़ी दया की भीख माँग रही है। क्या उसे द्वार से ठुकरा दीजिएगा?

आपकी अपराधिनी
कुसुम'

यह पत्र पढ़कर मुझे रोमांच हो आया। यह बात मेरे लिए असहज थी कि कोई स्त्री अपने पति की इतनी खुशामद करने पर मजबूर हो जाए। पुरुष अगर स्त्री से उदासीन रह सकता है, तो स्त्री उसे क्यों नहीं ठुकरा सकती? यह दुष्ट समझता है कि विवाह ने एक- स्त्री को उसका गुलाम बना दिया। वह उस अबला पर जितना अत्याचार चाहे, करे, कोई उसका हाथ नहीं पकड़ सकता, कोई चूं भी नहीं कर सकता। पुरुष अपनी दूसरी, तीसरी, चौथी शादी कर सकता है, स्त्री से कोई सम्बन्ध न रखकर भी उस पर उसी कठोरता से शासन कर सकता है। वह जानता है कि स्त्री कुल-मर्यादा के बंधनों में जकड़ी हुई है, उसे रो-रोकर मर जाने के सिवा और कोई उपाय नहीं है। अगर उसे भय होता कि औरत भी उसकी ईंट का जवाब पत्थर से नहीं, ईंट से भी नहीं, केवल थप्पड़ से दे सकती है, तो उसे कभी इस बदमिजाजी का साहस न होता। बेचारी स्त्री कितनी विवश है। शायद मैं कुसुम की जगह होता, तो इस निष्ठुरता का जवाब इसकी दस गुनी कठोरता से देता। उसकी छाती पर मूँग दलता। संसार के हंसने की जरा भी चिंता न करता। समाज अबलाओं पर इतना जुल्म देख सकता है और चूं तक नहीं करता। उसके रोने या हँसने की मुझे जरा भी परवाह न होती। अरे अभागे युवक! तुझे खबर नहीं, तू अपने भविष्य की गर्दन पर कितनी बेदर्दी से छुरी फेर रहा है? यह वह समय है, जब पुरुष को अपने प्रणय-भण्डार से स्त्री के माता-पिता, भाई- बहन, सखियाँ-सहेलियाँ सभी के प्रेम की पूर्ति करनी पड़ती है। अगर पुरुष में यह सामर्थ्य नहीं है, तो स्त्री की क्षुधित आत्मा को कैसे सन्तुष्ट रख सकेगा? परिणाम वही होगा, जो बहुधा होता है। अबला कुढ़ कुढ़ कर मर जाती है। यही वह समय है, जिसकी स्मृति जीवन में सदैव के लिए मिठास पैदा कर देती है। स्त्री की प्रेम-क्षुधा इतनी तीव्र होती है कि वह पति का स्नेह पाकर अपना जीवन सफल समझती है, और इस प्रेम के आधार पर जीवन के सारे कष्टों को हँस- खेलकर सह लेती है। यही वह समय है, जब हृदय में प्रेम का बसन्त आता है और उसमें नई-नई आशा-कोपलें निकलने लगती हैं। ऐसा कौन निर्दयी है, जो इस ऋतु में उस वृक्ष पर कुल्हाड़ी चलाएगा। यही वह समय है, जब शिकारी किसी पक्षी को उसके बसेने से लाकर पिंजरे में बंद कर देता है। क्या वह उसकी गर्दन पर छुरी चलाकर उसका मधुर गान सुनने की आशा रखता है?

मैंने दूसरा पत्र पढ़ना शुरू किया-

'मेरे जीवन-धन,

दो सप्ताह जवाब की प्रतीक्षा करने के बाद आज फिर यह उलाहना देने बैठी हूँ। जब मैंने यह पत्र लिखा था, तो मेरा मन गवाही दे रहा था कि उसका उत्तर जरूर आएगा। आशा के विरुद्ध आशा लगाए हुए थी। मेरा मन अब भी इसे स्वीकार नहीं करता कि जान-बूझकर उसका उत्तर नहीं दिया गया। कदाचित् आपको अवकाश नहीं मिला, या ईश्वर न करे, कहीं आप अस्वस्थ तो नहीं हो गए? किससे पूछूं? इसी विचार से ही मेरा हृदय काँप रहा है। मेरी ईश्वर से यही प्रार्थना है कि आप प्रसन्न और स्वस्थ हों। पत्र मुझे न लिखें, न सही, रोकर चुप ही तो हो जाऊंगी। आपको ईश्वर का वास्ता है, अगर आपको किसी प्रकार का कष्ट हो, तो मुझे तुरन्त पत्र लिखिए, मैं किसी को साथ लेकर आ जाऊंगी। मर्यादा और परिपाटी के बंधनों से मेरा जी घबड़ाता है, ऐसी दशा में भी यदि

आप मुझे अपनी सेवा से वंचित रखते हैं तो आप मुझसे मेरा वह अधिकार छीन रहे हैं, जो मेरे जीवन की सबसे मूल्यवान् वस्तु है। मैं आपसे और कुछ नहीं माँगती। आप मुझे मोटे-से-मोटा खिलाइए मोटे-से-मोटा पहनाएं, मुझे जरा भी शिकायत न होगी। मैं आपके साथ घोर-से-घोर विपत्ति में भी प्रसन्न रहूंगी। मुझे आभूषणों की लालसा नहीं, धन बटोरने की लालसा नहीं। मेरे जीवन का उद्देश्य केवल आपकी सेवा करना है। यही उसका ध्येय है।

मेरे लिए दुनिया में कोई देवता नहीं, कोई गुरु नहीं, कोई हाकिम नहीं। मेरे देवता आप हैं, मेरे गुरु आप हैं, मेरे राजा आप हैं। मुझे अपने चरणों से न हटाइए, मुझे ठुकराइए नहीं। मैं सेवा और प्रेम के फूल लिए, कर्तव्य और व्रत की भेंट आँचल में सजा, आपकी सेवा में आई हूँ। मुझे इस भेंट को, इन फूलों को अपने चरणों पर रखने दीजिए। उपासक का काम तो पूजा करना है। देवता उसकी पूजा स्वीकार करता है या नहीं, यह सोचना उसका धर्म नहीं।

मेरे सरताज, शायद आपको पता नहीं, आजकल मेरी क्या दशा है। यदि मालूम होता, तो आप इस निष्ठुरता का व्यवहार न करते। आप पुरुष हैं, आपके हृदय में दया है, सहानुभूति है, उदारता है, मैं विश्वास नहीं कर सकती कि आप मुझ-जैसी नाचीज पर क्रोध कर सकते हैं। मैं आपकी दया के योग्य हूँ-कितनी दुर्बल, कितनी अपंग, कितनी बेजुबान। आप सूर्य हैं, मैं अणु हूँ, आप अग्नि हैं, मैं तृण हूँ। आप राजा हैं, मैं भिखारिन हूँ। क्रोध तो बराबर वालों पर करना चाहिए। मैं भला आपके क्रोध का आघात कैसे सह सकती हूँ?

अगर आप समझते हैं कि मैं आपकी सेवा के योग्य नहीं हूँ तो मुझे अपने हाथों से विष का प्याला दे दीजिए। मैं उसे सुधा समझकर सिर आँखों से लगाकर और आँखें बन्द करके पी जाऊंगी। जब यह जीवन आपकी भेंट हो गया, तो आप मारें या जिलाएँ यह आपकी इच्छा पर है। मुझे यही सन्तोष काफी है कि मेरी मृत्यु से आप निश्चिन्त हो गए। मैं तो इतना ही जानती हूँ कि मैं आपकी हूँ और सदैव आपकी रहूँगी, इस जीवन में ही नहीं, बल्कि अनन्त तक।

अभागिनी
कुसुम'

यह पत्र पढ़कर मुझे कुसुम पर भी झुंझलाहट आने लगी और उस लौंडे से तो घृणा हो गयी। माना, तुम स्त्री हो, आजकल के प्रथानुसार पुरुष को तुम्हारे ऊपर हर तरह का अधिकार है; लेकिन नम्रता की भी तो कोई सीमा होती है। स्त्री में कुछ तो मान, कुछ अकड़ होनी चाहिए। अगर पुरुष उससे ऐंठता है, तो उसे भी चाहिए कि उसकी बात न पूछे। स्त्रियों को धर्म और त्याग का पाठ पढ़ा- पढ़ाकर हमने उनके आत्म-सम्मान और आत्म-विश्वास दोनों ही का अंत कर दिया। अगर पुरुष स्त्री का मोहताज नहीं, तो स्त्री भी पुरुष की मोहताज क्यों हो? ईश्वर ने पुरुष

को हाथ दिए हैं, तो क्या स्त्री को उससे वंचित रखा है? पुरुष के पास बुद्धि है, तो क्या स्त्री अबोध है? इसी नम्रता ने तो मर्दों का मिज़ाज आसमान पर पहुँचा दिया। पुरुष रूठ गया, तो स्त्री के लिए मानो प्रलय आ गयी। मैं तो समझता हूँ कुसुम नहीं, उसका अभागा पति ही दया के योग्य है, जो कुसुम- जैसी स्त्री-रत्न की कद्र नहीं कर सकता। मुझे ऐसा सन्देह होने लगा कि इस लौंडे ने कोई दूसरा रोग पाल रखा है। किसी शिकारी के रंगीन जाल में फंसा हुआ है।

खैर, मैंने तीसरा पत्र खोला-

'प्रियतम,

अब मुझे मालूम हो गया कि मेरी जिन्दगी निरुद्देश्य है। जिस फूल को देखने वाला, चुनने वाला कोई नहीं, वह खिले तो क्यों? क्या इसीलिए कि मुरझा कर जमीन पर गिर पड़े और पैरों से कुचल दिया जाए? मैं आपके घर में एक महीना रहकर दोबारा आई हूँ। ससुरजी ही ने मुझे बुलाया, ससुरजी ही ने मुझे विदा कर दिया। इतने दिनों में आपने एक बार भी मुझे दर्शन न दिए। आप दिन में बीसों ही बार घर में आते थे, अपने भाई-बहनों से हँसते-बोलते थे, या मित्रों के साथ सैर-तमाशे देखते थे, लेकिन मेरे पास आने की आपने कसम खा ली थी। मैंने कितनी बार आपके पास सन्देश भेजे। मैंने कितना अनुनय-विजय किया, कितनी बार बेशर्मी करके आपके कमरे में गई, लेकिन आपने कभी मुझे आँखें उठाकर भी न देखा। मैं तो कल्पना ही नहीं कर सकती कि कोई प्राणी इतना हृदयहीन हो सकता है। प्रेम के योग्य नहीं, विश्वास के योग्य नहीं, सेवा करने के योग्य नहीं, क्या दया के भी योग्य नहीं? मैंने उस दिन कितनी मेहनत और प्रेम से आपके लिए रसगुल्ले बनाए थे। आपने उन्हें हाथ से छुआ भी नहीं। जब आप मुझसे इतने विरक्त हैं, तो मेरी समझ में नहीं आता कि जीकर क्या करूँ? न जाने वह कौन-सी आशा है, जो मुझे जीवित रखे हुए है। क्या अंधेर है कि आप राजा तो देते हैं, पर अपराध नहीं बताते । यह कौन-सी बात है? आपको ज्ञात है, इस एक मास में मैंने मुश्किल से दस दिन आपके घर में भोजन किया होगा। मैं इतनी कमजोर हो गई हूँ कि चलती हूं तो आँखों के सामने अँधेरा छा जाता है। आँखों में जैसे ज्योति ही नहीं रही। हृदय में मानो रक्त का संचालन ही नहीं रहा। खैर, सता लीजिए, जितना जी चाहे। इस अनीति का अंत भी एक दिन हो ही जाएगा। अब तो मृत्यु ही पर सारी आशाएँ टिकी हुई हैं। अब मुझे प्रतीत हो रहा है कि मेरे मरने की खबर पाकर आप उछलेंगे और हलकी साँस लेंगे, आपकी आँखों से आंसू की एक बूंद भी न गिरेगी, पर यह आपका दोष नहीं, मेरा दुर्भाग्य है। उस जन्म में मैंने कोई बहुत बड़ा पाप किया था। मैं चाहती हूँ मैं भी आपकी परवाह न करूँ, आप ही की भांति अपनी आंखें फेर लूँ, मुँह फेर लूँ, दिल फेर लूँ लेकिन न-जाने क्यों मुझमें वह शक्ति नहीं है। क्या लता वृक्ष की भांति खड़ी रह सकती है? वृक्ष के लिए किसी सहारे की जरूरत नहीं। लता वह शक्ति कहाँ से लाए? वह तो वृक्ष से लिपटने के लिए पैदा की गई है। उसे वृक्ष से अलग कर दो, तो वह सूख जाएगी। मैं आपसे पृथक् अपने अस्तित्व की कल्पना ही नहीं कर सकती। मेरे जीवन की हर एक गति, प्रत्येक विचार, प्रत्येक कामना में आप मौजूद होते हैं। मेरा जीवन वह

वृक्ष है, जिसके केन्द्र आप हैं। मैं वह हार हूँ जिसके प्रत्येक फूल में आप धागे की भांति घुसे हुए हैं। उस धागे के बगैर हार के फूल बिखर जाएँगे और धूल में मिल जाएँगे।''

'मेरी एक सहेली है शन्नो! उसका इस साल पाणिग्रहण हो गया है। उसका पति जब ससुराल आता है, शन्नो के पाँव जमीन पर नहीं पड़ते। दिन-भर में न जाने कितने रूप बदलती है। मुख-कमल खिल जाता है। उल्लास सँभाले नहीं संभलता। उसे बिखेरती, लुटाती चलती है-हम जैसे अभागों के लिए। जब आकर मेरे गले से लिपट जाती है, तो हर्ष और उन्माद की वर्षा से जैसे मैं लथपथ हो जाती हूँ। दोनों अनुराग से मतवाले हो रहे हैं। उनके पास धन नहीं है, जायदाद नहीं है, मगर अपनी दरिद्रता में ही मगन हैं। इस अखण्ड प्रेम का एक क्षण। उसकी तुलना में संसार की कौन-सी वस्तु रखी जा सकती है? मैं जानती हूँ यह रँगरेलियाँ और बेफ्रिक्रियां बहुत दिन न रहेंगी। जीवन की चिन्ताएं और दुराशाएँ उन्हें भी परास्त कर देंगी, लेकिन ये मधुर स्मृतियाँ संचित धन की भांति अंत तक उन्हें सहारा देती रहेंगी। प्रेम में भीगी हुई सूखी रोटियाँ, प्रेम में रँगे हुए मोटे कपड़े और प्रेम के प्रकाश से आलोकित छोटी-सी कोठरी, अपनी इस विपन्नता में भी वह स्वाद, वह शोभा और वह विश्राम रखती है, जो शायद देवताओं को स्वर्ग में भी नसीब नहीं।'

जब शन्नो का पति अपने घर चला जाता है, तो वह दुखिया किस तरह फूट-फूटकर रोती है कि मेरा ह्रदय गदगद हो जाता है। उसके पत्र आ जाते हैं, तो मानो उसे कोई विभूति मिल जाती है। उसके रोने में भी, उसकी विकलताओं में भी, उसके उपालम्भों में भी एक स्वाद है, एक रस है। उसके आँसू व्यग्रता और विह्वलता के हैं, मेरे आँसू निराशा और दु:ख के। उसकी व्याकुलता में प्रतीक्षा और उल्लास है, मेरी व्याकुलता में दैन्य और परवशता। उसके उपालम्भ में अधिकार और ममता है, मेरे उपालम्भ में भग्नता और रुदन है। पत्र लम्बा हुआ जाता है और दिल का बोझ हलका नहीं होता। अब गरमी पड़ रही है। दादा मुझे मंसूरी ले जाने का विचार कर रहे हैं। मेरी दुर्बलता से उन्हें 'टी. बी.' का सन्देह हो रहा है। वह नहीं जानते कि मेरे लिए मंसूरी नहीं, स्वर्ग भी कालकोठरी है।

अभागिनी,
कुसुम

मेरे पत्थर के देवता,

'कल मंसूरी से लौट आई। लोग कहते हैं, बड़ा स्वास्थ्यवर्द्धक और रमणीक स्थान है, होगा। मैं तो एक दिन भी कमरे से नहीं निकली। भग्न-ह्रदयों के लिए संसार रखा है।

मैंने रात एक बड़ा मजेदार सपना देखा। बताऊँ, पर क्या फायदा न जाने क्यों मैं अब भी मौत से डरती हूँ। आशा का कक्षा धागा मुझे अब भी जीवन से बाँधे हुए है। जीवन-

उद्यान के द्वार पर जाकर बिना सैर किए लौट जाना कितना हसरतनाक है। अंदर क्या सुषमा है, क्या आनंद है? मेरे लिए वह द्वार ही बंद है। कितनी अभिलाषा से विहार का आनंद उठाने चली थी- कितनी तैयारियों से, पर मेरे पहुँचते ही द्वार बंद हो गया है।

अच्छा बतलाइए, मैं मर जाऊंगी तो मेरी लाश पर आप आंसू की दो बूंदें गिराओगे? जिसकी जिंदगी-भर जिम्मेदारी ली थी, जिसकी सदैव के लिए बाँह पकड़ी थी, क्या उसके साथ इतनी भी उदारता न करोगे? मरने वालों के अपराध सभी क्षमा कर दिया करते हैं। आप भी क्षमा कर देना। आकर मेरे शव को अपने हाथों से नहलाना, अपने हाथ से सुहाग का सिंदुर लगाना, अपने हाथ से सुहाग की चूड़ियाँ पहनाना, अपने हाथ से मेरे मुँह में गंगाजल डालना, दो चार पग कंधा दे देना, बस, मेरी आत्मा सन्तुष्ट हो जाएगी और आपको आशीर्वाद देगी। मैं वचन देती हूँ कि मालिक के दरबार में आपका यश गाऊंगी। क्या यह भी महँगा सौदा है? इतने से शिष्टाचार से आप अपनी सारी जिम्मेदारियों से मुक्त हो जाएँगे। आज! मुझे विश्वास होता कि आप इतना शिष्टाचार जरूर करेंगे, तो मैं कितनी खुशी से मौत का स्वागत करती। लेकिन मैं आपके साथ अन्याय नहीं करूंगी। आप कितने ही निष्ठुर हों, इतने निर्दयी नहीं हो सकते। मैं जानती हूँ आप यह समाचार पाते ही आएँगे और शायद एक क्षण के लिए शोक-मृत्यु पर आपकी आँखें रो पड़े। कहीं, मैं अपने जीवन में वह शुभ अवसर देख सकती।!

अच्छा, क्या मैं एक प्रश्न पूछ सकती हूँ? नाराज न होना। क्या मेरी जगह किसी और सौभाग्यवती ने ले ली है? अगर ऐसा है, तो बधाई! जरा उसका चित्र मेरे पास भेज देना। मैं उनकी पूजा करूंगी, उनके चरणों पर शीश नवाऊंगी। मैं जिस देवता को प्रसन्न न कर सकी, उसी देवता से उसने वरदान प्राप्त कर लिया। ऐसी सौभागिनी के तो चरण धो-धो पीना चाहिए। मेरी हार्दिक इच्छा है कि आप उसके साथ सुखी रहें। यदि मैं उस देवी की कुछ सेवा कर सकती, परोक्ष न सही, अपरोक्ष रूप से ही आपके कुछ काम आ सकती। आप मुझे केवल उसका शुभ नाम और स्थान बता दो, मैं सिर के बल दौड़ी हुई उसके पास जाऊंगी और कहूँगी- देवी तुम्हारी लौंडी हूं इसलिए कि तुम मेरे स्वामी की प्रेमिका हो, मुझे अपने चरणों में शरण दो। मैं तुम्हारे लिए फूलों की सेज बिछाऊंगी, तुम्हारी माँग मोतियों से भरूँगी, तुम्हारी एड़ियों में महावर रचाऊंगी, यही मेरे जीवन की साधना होगी। यह मत समझना कि मैं जलूंगी या कुढूगीं। जलन तब होती है, जब कोई मुझसे मेरी वस्तु छीन रहा हो। जिस वस्तु को अपना समझने का मुझे कभी सौभाग्य न हुआ? उसके लिए मुझे जलन क्यों हो?

'अभी बहुत कुछ लिखना था, लेकिन डॉक्टर साहब आ गए हैं। बेचारा हृदय- दाह को टी.बी.' समझ रहा है।

दु:ख की सताई हुई,
कुसुम''

इन चारों पत्रों ने मेरे धैर्य का प्याला भर दिया। मैं बहुत ही आवेशहीन आदमी हूँ। भावुकता मुझे छू भी नहीं सकता। अधिकांश कलाविदों की भांति मैं भी शब्दों से आंदोलित नहीं होता। क्या वस्तु दिल से निकलती है, क्या वस्तु केवल मर्म को स्पर्श करने के लिए लिखी गई है, यह भेद बहुधा मेरे साहित्यिक आनंद में बाधक हो जाता है, लेकिन इन पत्रों ने मुझे आये से बाहर कर दिया। एक स्थान पर तो सचमुच मेरी आँखें भर आई। यह भावना कितनी वेदना पूर्ण थी कि वही बालिका, जिस पर माता-पिता प्राण छिड़कते रहते थे, विवाह होते ही कितनी विपदग्रस्त हो जाए! विवाह क्या हुआ, मानो उसकी चिता बनी, या उसकी मौत का परवाना लिखा गया। इसमें सन्देह नहीं कि ऐसी वैवाहिक दुर्घटनाएं कम होती हैं, लेकिन समाज की वर्तमान दशा में उनकी सम्भावना बनी रहती है। जब तक स्त्री-पुरूष के अधिकार समान न होंगे, ऐसे आघात नित्य होते रहेंगे। दुर्बल को सताना कदाचित प्राणियों का स्वभाव है। काटने वाले कुत्तों से लोग दूर भागते हैं, सीधे कुत्ते पर बालवृंद विनोद के लिए पत्थर फेंकते हैं। तुम्हारे दो नौकर एक ही श्रेणी के हों, उनमें कभी झगड़ा न होगा, लेकिन आप उनमें से एक को अफसर और दूसरे को उसका मातहत बना दो, फिर देखो, अफसर साहब अपने मातहत पर कितना रौब जमाते हैं। सुखमय दाम्पत्य की नींव अधिकार-साम्य ही पर रखी जा सकती है। इस वैषम्य में प्रेम का निवास हो सकता है, मुझे तो इसमें सन्देह है। हम आज जिसे स्त्री- पुरुष में प्रेम कहते हैं, यह वही प्रेमी है, जो स्वामी को अपने पशु से होता है। पशु सिर झुकाए काम किए चला जाए, स्वामी उसे भूसा और खली भी देगा, उसकी देह भी सहलाएगा, उसे आभूषण भी पहनाएगा, लेकिन जानवर ने जरा चाल धीमी की, जरा गर्दन टेढ़ी की कि मालिक का चाबुक पीठ पर पड़ा। इसे प्रेम नहीं कहते।

खैर, मैंने पाँचवीं पत्र खोला-

'जैसा मुझे विश्वास था, आपने मेरे पिछले पत्र का भी उत्तर न दिया। इसका खुला हुआ अर्थ यह है कि आपने मुझे परित्याग करने का संकल्प कर लिया है। जैसी आपकी इच्छा। पुरूष के लिए स्त्री पाँव की जूती है, स्त्री के लिए तो पुरूष देव तुल्य है, बल्कि देवता से भी बढ़कर। विवेक का उदय होते ही वह पति की कल्पना करने लगती है। मैंने भी वही किया। जिस समय मैं गुड़िया खेलती थी, उसी समय आपने गुड्डे के रूप में मनोदेश में प्रवेश किया। मैंने आपके चरणों को पखारा, माला-फूल और नैवेद्य से आपका सत्कार किया। कुछ दिनों बाद कहानियाँ सुनने और पढ़ने की चाट पड़ी, तब आप कथाओं के नायक के रूप में मेरे घर आए। मैंने आपको हृदय में स्थान दिया। बाल्यकाल ही से आप किसी-न-किसी रूप में मेरे जीवन में घुसे हुए थे। वे भावनाएँ मेरे अनंतकाल की गहराइयों तक पहुँच गई हैं। मेरे अस्तित्व का एक-एक अणु उन भावनाओं से गुंथा हुआ है। उन्हें दिल से निकाल डालना सहज नहीं है। उसके साथ मेरे जीवन के परमाणु भी बिखर जाय, लेकिन आपकी यही इच्छा है तो यही सही। मैं आपकी सेवा में सब कुछ करने को तैयार थी। अभाव और विपन्नता का तो कहना ही क्या, मैं तो अपने को मिटा देने को भी राजी थी। आपकी सेवा में मिट जाना ही मेरे जीवन का ध्येय था। मैंने लज्जा और संकोच का परित्याग किया, आत्म-सम्मान को पैरों से कुचला, लेकिन आप मुझे स्वीकार नहीं करना चाहते। मजबूर हूँ। आपका कोई दोष

नहीं। अवश्य मुझसे कोई ऐसी बात हो गई है, जिसने आपको इतना कठोर बना दिया है। आप उसे जबान पर लाना भी उचित नहीं समझते। मैं इस निष्ठुरता के सिवा और हर एक सजा झेलने को तैयार थी। आपके हाथ से जहर का प्याला लेकर पी जाने में मुझे विलम्ब न होता, किंतु विधि की गति निराली है। मुझे पहले इस सत्य को स्वीकार करने में बाधा थी कि स्त्री पुरूष की दासी है। मैं उसे पुरूष की सहचरी, अर्द्धांगिनी समझती थी, पर अब मेरी आंखें खुल गईं। मैंने कई दिन हुए, एक पुस्तक में पढ़ा था कि आदिकाल में स्त्री पुरूष की उसी तरह सम्पत्ति जैसे गाय-बैल या खेती-बारी। पुरूष को अधिकार था, स्त्री को बेचे, गिरवी रखे या मार डाले। विवाह की प्रथा उस समय केवल यह थी कि वर- पक्ष अपने सूर-सामन्तों को लेकर सशस्त्र आता था और कन्या को उठा ले जाता था। कन्या के साथ कन्या के घर में रुपया-पैसा, अनाज या पशु, जो कुछ उसके हाथ में लग जाता था, उसे भी उठा ले जाता था। वह स्त्री को अपने घर ले जाकर, उसके पैरों में बेड़ियां डालकर घर के अंदर बंद कर देता था। उसके आत्म-सम्मान के भावों को मिटाने के लिए यह उपदेश दिया जाता था कि पुरुष ही उसका देवता है, सुहाग स्त्री की सबसे बड़ी विभूति है। आज कई हजार वर्षों के बीतने पर भी पुरूष के उस मनोभाव में कोई परिवर्तन नहीं हुआ। पुरानी सभी प्रथाएँ कुछ विकृत या संस्कृति के रूप में मौजूद हैं। आज मुझे मालूम हुआ कि उस लेखक ने स्त्री- समाज की दशा का कितना सुंदर निरूपण किया था।

'अब आपसे मेरा सविनय अनुरोध है और यहीं अन्तिम अनुरोध है कि आप मेरे पत्रों को लौटा दें। आपके दिए हुए गहने और कपड़े अब मेरे किसी काम के नहीं। इन्हें अपने पास रखने का कोई अधिकार नहीं। आप जिस समय चाहें वापस मँगवा लें। मैंने इन्हें एक पिटारी में बंद करके अलग रख दिया है। उसकी सूची भी वहीं रखी हुई है, मिला लीजिएगा। आज से आप मेरी जबान या कलम से कोई शिकायत न सुनेंगे। इस भ्रम को भूलकर भी दिल में स्थान न दीजिएगा कि मैं आपसे बेवफाई या विश्वासघात करूंगी। मैं इसी घर में कुढ़-कुढ़ कर मर जाऊंगी, पर आपकी ओर से मेरा मन कभी मैला न होगा। मैं जिस जलवायु में पली हूँ उसका मूल तत्त्व है-पति में श्रद्धा । ईर्ष्या या जलन भी उस भावना को मेरे दिल से नहीं निकाल सकती। मैं आपकी कुल-मर्यादा की रक्षिका हूँ। उस अमानत में जीते-जी खयानत न करूंगी। अगर मेरे बस में होता, तो मैं उसे भी वापस कर देती, लेकिन यहां में भी मजबूर हूँ और आप भी मजबूर हैं। मेरी ईश्वर से यही विनती है कि आप जहाँ रहें, कुशल से रहें। जीवन में मुझे सबसे कटु अनुभव जो हुआ, वह यही है कि नारी-जीवन अधम है-अपने लिए, अपने माता- पिता के लिए, अपने पति के लिए। उसकी कद्र न माता के घर में है, न पति के घर में। मेरा घर शोकागार बना हुआ है। अम्मा रो रही हैं, दादा रो रहे हैं, कुटुम्ब के लोग रो रहें हैं, एक मेरी जात से लोगों को कितनी मानसिक वेदना हो रही है। कदाचित वे सोचते होंगे, कुल में न आती यह कन्या मर गई होता तो अच्छा होता। मगर सारी दुनिया एक तरफ हो जाए, आपका प्यार मैं नहीं पा सकती। आप मेरे प्रभु हैं। आपका फैसला अटल है। उसकी कही अपील

नहीं, कही फरियाद कहीं। खैर, आज से यह काण्ड समाप्त हुआ। अब मैं हूँ और मेरा दलित, भग्न-हृदय। हसरत यही है कि आपकी कुछ सेवा न कर सकी।

अभागिनी,
कुसुम

2

मालूम नहीं, मैं कितनी देर तक मूक-वेदना की दशा में बैठा रहा कि महाशय नवीन बोले- 'आपने इन पत्रों को पढ़कर क्या निश्चय किया?'

मैंने रोते हुए हृदय से कहा- 'अगर इन पत्रों ने उस नर-पिशाच के दिल पर कोई असर न किया, तो मेरा पत्र भला क्या असर करेगा? इससे अधिक करुणा और वेदना मेरी शक्ति के बाहर है। ऐसा कौन-सा धार्मिक भाव है, जिसे इन पत्रों में स्पर्श न किया गया हो। दया, लज्जा, तिरस्कार, न्याय, मेरे विचार में तो कुसुम ने कोई पहलू नहीं छोड़ा। मेरे लिए अब यही अन्तिम उपाय है कि उस शैतान के सिर पर सवार हो जाऊँ और उससे मुँह-दर-मुँह बातें करके इस समस्या की तह तक पहुँचने की चेष्टा करूँ। अगर उसने मुझे कोई संतोषप्रद उत्तर न दिया, तो मैं उसका और अपना खून एक कर दूंगा। या तो मुझी को फांसी होगी, या वही काले पानी जाएगा। कुसुम ने जिस धैर्य और साहस से काम लिया है, वह सराहनीय है। आप उसे सांत्वना दीजिएगा। मैं आज रात की गाड़ी से मुरादाबाद जाऊंगा और परसों तक जैसी कुछ परिस्थिति होगी, उसकी आपको सूचना दूंगा। मुझे तो यह कोई चरित्रहीन और बुद्धिहीन युवक मालूम होता है।

मैं उस बहक में जाने क्या-क्या बकता रहा। इसके बाद हम दोनों भोजन करके स्टेशन चले। वह आगरे गए, मैंने मुरादाबाद का रास्ता लिया। उनके प्राण अब भी सूखे जाते थे कि क्रोध के आवेश में, मैं कोई पागलपन न कर बैठूं। मेरे बहुत समझाने पर उनका चित्त शांत हुआ।

मैं प्रातःकाल मुरादाबाद पहुँचा और जाँच शुरू कर दी। इस युवक के चरित्र के विषय में मुझे जो सन्देह था, यह गलत निकला। मुहल्ले में, कॉलेज में, इष्ट- मित्रों में, सभी उसके प्रशंसक थे। अँधेरा और गहरा होता हुआ जान पड़ा। संध्या समय मैं उसके घर जा पहुँचा। जिस निष्कपट भाव से वह दौड़कर मेरे पैरों पर झुका है, वह मैं नहीं भूल सकता। ऐसा वाक्-चतुर, ऐसा सुशील और विनीत युवक मैंने नहीं देखा। बाहर और भीतर में इतना आकाश-पाताल का अंतर मैंने कभी न देखा था। मैंने कुशल-क्षेम और शिष्टाचार के दो-चार वाक्यों के बाद पूछा- 'तुमसे मिलकर चित्त प्रसन्न हुआ, लेकिन आखिर कुसुम ने क्या अपराध किया है, जिसका तुम उसे इतना कठोर दण्ड दे रहे हो? उसने तुम्हारे पास कई पत्र लिखे, तुमने एक का उत्तर न दिया। वह दो-तीन बार यहाँ भी आई, पर तुम उससे बोले तक नहीं। क्या उस निर्दोष बालिका के साथ तुम्हारा यह अन्याय नहीं है?'

युवक ने लज्जित भाव से कहा- 'बहुत अच्छा होता कि आपने इस प्रश्न को न उठाया होता। उसका जवाब देना मेरे लिए मुश्किल है। मैंने तो इसे आप लोगों के अनुमान पर छोड़ दिया था, लेकिन इस गलतफहमी को दूर करने के लिए मुझे विवश होकर कहना पड़ेगा।'

यह कहते-कहते वह चुप हो गया। बिजली की बत्ती पर भांति-भांति के कीट- पतंगे जमा हो गए थे। कई झींगुर उछल-उछलकर मुँह पर आ जाते थे और जैसे मनुष्य पर अपनी विजय का परिचय देकर उड़ जाते थे। एक बड़ा-सा अंखफोड़ भी मेज़ पर बैठा था और शायद जस्त मारने के लिए अपनी देह तौल रहा था। युवक ने एक पंखा लाकर मेज़ पर रख दिया, जिसने विजयी कीट-पतंगों को दिखा दिया कि मनुष्य इतना निर्बल नहीं है, जितना वे समझ रहे थे। एक क्षण में मैदान साफ हो गया और हमारी बातों में दखल देने वाला कोई न रहा।

युवक ने सकुचाते हुए कहा- 'सम्भव है, आप मुझे अत्यन्त लोभी, कमीना और स्वार्थी समझें, लेकिन यथार्थ यह है कि इस विवाह से मेरी वह अभिलाषा न पूरी हुई, जो मुझे प्राणों से भी प्रिय थी। मैं विवाह पर रजामंद न था, अपने पैरों में बेड़ियाँ न डालना चाहता था, किन्तु जब महाशय नवीन बहुत पीछे पड़ गए और उनकी बातों से मुझे यह आशा हुई कि वह सब प्रकार से मेरी सहायता करने को तैयार हैं, तब मैं राजी हो गया, पर विवाह होने के बाद उन्होंने मेरी बात भी न पूछी। मुझे एक पत्र भी न लिखा कि कब तक वह मुझे विलायत भेजने का प्रबंध कर सकेंगे। हालांकि मैंने अपनी इच्छा उन पर पहले ही प्रकट कर दी थी, पर उन्होंने मुझे निराश करना ही उचित समझा। उनकी इस अकृपा ने मेरे सारे मनसूबे धूल में मिला दिए। मेरे लिए अब इसके सिवा और क्या रह गया है कि एल. एल. बी. पास कर लूँ और कचहरी में जूती फटकारता फिरूं।' मैंने पूछा- 'तो आखिर तुम नवीन जी से क्या चाहते हो? लेन-देन में तो उन्होंने शिकायत का कोई अवसर नहीं दिया। तुम्हें विलायत भेजने का खर्च तो शायद उनके काबू से बाहर हो।'

युवक ने सिर झुकाकर कहा- 'तो यह उन्हें पहले ही मुझसे कह देना चाहिए था। फिर मैं विवाह ही क्यों करता? उन्होंने चाहे कितना ही खर्च कर डाला हो, पर इससे मेरा क्या उपकार हुआ? दोनों तरफ से दस-बारह हजार रुपये खाक में मिल गए और उनके साथ मेरी अभिलाषाएँ भी खाक में मिल गईं। पिताजी पर तो कई हजार का ऋण हो गया है। वह अब मुझे इंग्लैण्ड नहीं भेज सकते। क्या पूज्य नवीन जी चाहते तो मुझे इंग्लैण्ड न भेज देते? उनके लिए दस-पाँच हजार की कोई हकीकत नहीं।'

मैं सन्नाटे में आ गया। मेरे मुँह से अनायास निकल गया- 'छि: वाह री दुनिया! और वाह रे हिन्दू-समाज। तेरे यहाँ ऐसे-ऐसे स्वार्थ के दास पड़े हुए हैं, जो एक अबला का जीवन संकट में डालकर, उसके पिता पर ऐसा अत्याचार पूर्ण दबाव डालकर ऊंचा पद प्राप्त करना चाहते हैं। विद्यार्जन के लिए विदेश जाना बुरा नहीं। ईश्वर सामर्थ्य दे तो शौक से जाओ, किन्तु पत्नी का परित्याग करके ससुर पर इसका भार रखना निर्लज्जता की पराकाष्ठा है। तारीफ की बात तो तब थी कि तुम अपने पुरुषार्थ से जाते। इस तरह किसी की गर्दन पर सवार होकर, अपना आत्मसम्मान बेचकर गए, तो क्या गए? इस पामर की दृष्टि में कुसुम का कोई मूल्य ही नहीं।

वह केवल उसकी स्वार्थसिद्धि का साधन मात्र है। ऐसे नीच प्रकृति के आदमी से कुछ तर्क करना व्यर्थ था। परिस्थिति ने हमारी चुटिया उसके हाथ में दे रखी थी और हमें उसके चरणों पर सिर झुकाने के सिवाय और कोई उपाय न था।

दूसरी गाड़ी से मैं आगरे जा पहुँचा और नवीन जी से यह वृत्तान्त कहा। उन बेचारे को क्या मालूम था कि यहाँ सारी जिम्मेदारी उन्हीं के सिर डाल दी गई है। यद्यपि इस मंदी ने उनकी वकालत भी ठण्डी कर रखी है और वह दस-पाँच हजार का खर्च सुगमता से नहीं उठा सकते, लेकिन इस युवक ने उनसे इसका संकेत भी किया होता, तो वह अवश्य कोई-न-कोई उपाय करते। कुसुम के सिवा दूसरा उनका कौन बैठा हुआ है? उन बेचारे को तो इस बात का ज्ञान ही न था। अतएव मैंने ज्यों ही उनसे यह समाचार कहा, तो वह बोल उठे- 'छि! इस जरा- सी बात को इस भले आदमी ने इतना तूल दे दिया। आप आज ही उसे लिख दें कि वह जिस वक्त जहाँ पढ़ने के लिए जाना चाहे, शौक से जा सकता है। मैं उसका सारा भार स्वीकार करता हूँ। साल-भर तक निर्दयी ने कुसुम को रुला- रुलाकर मार डाला।'

घर में इसकी चर्चा हुई। कुसुम ने भी माँ से सुना। मालूम हुआ, एक हजार का चेक उसके पति के नाम भेजा जा रहा है, पर इस तरह, जैसे किसी संकट का मोचन करने के लिए अनुष्ठान किया जा रहा हो।

कुसुम ने भृकुटी सिकोड़ कर माँ से कहा- 'अम्मा दादा से कह दो, कहीं रुपये भेजने की जरूरत नहीं।'

माता ने विस्मित होकर बालिका की ओर देखा- 'कैसे रुपये? अच्छा! वह! क्यों इसमें क्या हर्ज है? लड़के का मन है, तो विलायत जाकर पढ़े। हम क्यों रोकने लगे? यों भी उसी का है, वो भी उसी का है। हमें कौन छाती पर लादकर ले जाना है।'

'नहीं, आप दादा से कह दीजिए, एक पाई न भेजें।'

'आखिर इसमें क्या बुराई है?'

'इसीलिए कि यह उसी तरह की डाकाजनी है, जैसे बदमाश लोग किया करते हैं। किसी आदमी को पकड़कर ले गए और उसके घरवालों से उसके मुक्तिधन के तौर पर अच्छी रकम ऐंठ ली।'

माता ने तिरस्कार की आँखों से देखा। 'कैसी बातें करती हो बेटी? इतने दिनों के बाद तो जाके देवता सीधे हुए हैं, और तुम उन्हें फिर चिढ़ाए देती हो।'

कुसुम ने झल्लाकर कहा- 'ऐसे देवता का रूठे रहना ही अच्छा है। जो आदमी इतना स्वार्थी, इतना दम्भी, इतना नीच है, उसके साथ मेरा निर्वाह न होगा। मैं कहे देती हूँ वहाँ रुपये गए, तो मैं जहर खा लूंगी। इसे दिल्लगी न समझना। मैं ऐसे आदमी का मुँह भी नहीं देखना चाहती। दादा से कह देना और अगर तुम्हें डर लगता हो, तो मैं खुद कह दूँ। मैंने स्वतन्त्र रहने का निश्चय कर लिया है।' माँ ने देखा, लड़की का मुख-मण्डल आरक्त हो उठा है, मानो इस प्रश्न पर वह न कुछ कहना चाहती है, न सुनना।

दूसरे दिन नवीन जी ने यह हाल मुझसे कहा, तो मैं एक आत्मविस्मृति की दशा में दौड़ा हुआ गया और कुसुम को गले लगा लिया। मैं नारियों में ऐसा ही आत्माभिमान देखना चाहता हूँ। कुसुम ने वही कर दिखाया, जो मेरे मन में था और जिसे प्रकट करने का साहस मुझमें न था।

साल-भर हो गया है, कुसुम ने पति के पास एक पत्र भी नहीं लिखा और न उसका जिक्र ही करती है। नवीन जी ने कई बार जमाई को मना लाने की इच्छा प्रकट की, पर कुसुम उसका नाम भी सुनना नहीं चाहती। उसमें स्वावलम्बन की ऐसी दृढ़ता आ गई है कि आश्चर्य होता है। उसके मुख पर निराशा और वेदना के पीलेपन और तेजहीनता की जगह स्वाभिमान और स्वतन्त्रता की लाली और तेजस्विता भासित हो गई है।

***

खुदाई फौजदार

सेठ नानकचन्द को आज फिर वही लिफाफा मिला और वही लिखावट सामने आयी तो उनका चेहरा पीला पड़ गया। लिफाफा खोलते हुए हाथ और ह्रदय दोनों काँपने लगे। खत में क्या है, यह उन्हें खूब मालूम था। इसी तरह के दो खत पहले पा चुके थे। इस तीसरे खत में भी वही धामकियाँ हैं, इसमें उन्हें सन्देह न था। पत्र हाथ में लिये हुए आकाश की ओर ताकने लगे।

वह दिल के मजबूत आदमी थे, धमकियों से डरना उन्होंने न सीखा था, मुर्दों से भी अपनी रकम वसूल कर लेते थे। दया या उपकार जैसी मानवीय दुर्बलताएँ उन्हें छू भी न गयी थीं, नहीं तो महाजन ही कैसे बनते ! उस पर धर्मनिष्ठ भी थे। हर पूर्णमासी को सत्यनारायण की कथा सुनते थे। हर मंगल को महाबीरजी को लड्डू चढ़ाते थे, नित्य-प्रति जमुना में स्नान करते थे और हर एकादशी को व्रत रखते और ब्राह्मणों को भोजन कराते थे और इधार जब से घी में करारा नफा होने लगा था, एक धर्मशाला बनवाने की फिक्र में थे।

जमीन ठीक कर ली थी। उनके असामियों में सैकड़ों ही थवई और बेलदार थे, जो केवल सूद में काम को तैयार थे। इन्तजार यही था कि कोई ईंट और चूने वाला फँस जाय और दस-बीस हजार का दस्तावेज लिखा ले, तो सूद में ईंट और चूना भी मिल जाय। इस धर्मनिष्ठा ने उनकी आत्मा को और भी शक्ति प्रदान कर दी थी। देवताओं के आशीर्वाद और प्रताप से उन्हें कभी किसी सौदे में घाटा नहीं हुआ और भीषण परिस्थितियों में भी वह स्थिरचित्त रहने के आदी थे; किन्तु जब से यह धमकियों से भरे हुए पत्र मिलने लगे थे, उन्हें बरबस तरह-तरह की शंकाएँ व्यथित करने लगी थीं। कहीं सचमुच डाकुओं ने छापा मारा, तो कौन उनकी सहायता करेगा ? दैवी बाधाओं में तो देवताओं की सहायता पर वह तकिया कर सकते थे, पर सिर पर लटकती हुई इस तलवार के सामने वह श्रद्धा कुछ काम न देती थी। रात को उनके द्वार पर केवल एक चौकीदार रहता है। अगर दस-बीस हथियारबन्द आदमी आ जायें, तो वह अकेला क्या कर सकता है ? शायद उनकी आहट पाते ही भाग खड़ा हो। पड़ोसियों में ऐसा कोई नज़र न आता था, जो इस संकट में काम आवे। यद्यपि सभी उनके असामी थे या रह चुके थे। लेकिन यह एहसान-फरामोशों का सम्प्रदाय है, जिस पत्तल में खाता है, उसी में छेद करता है; जिसके द्वार पर अवसर पड़ने पर नाक रगड़ता है, उसी का दुश्मन हो जाता है। इनसे कोई आशा नहीं। हाँ, किवाड़ें सुदृढ़ हैं; उन्हें तोड़ना आसान नहीं, फिर अन्दर का दरवाजा भी तो है। सौ आदमी लग जायें तो हिलाये न हिले। और किसी ओर से हमले का खटका नहीं। इतनी ऊँची सपाट दीवार पर कोई क्या खा के चढ़ेगा ? फिर उनके पास रायफलें भी तो हैं। एक रायफल से वह दर्जनों आदमियों को भूनकर रख देंगे। मगर इतने प्रतिबन्धों के होते हुए भी उनके मन में एक हूक-सी

समायी रहती थी। कौन जाने चौकीदार भी उन्हीं में मिल गया हो, खिदमतगार भी आस्तीन के साँप हो गये हों !

इसलिए वह अब बहुधा अन्दर ही रहते थे। और जब तक मिलनेवालों का पता-ठिकाना न पूछ लें, उनसे मिलते न थे। फिर भी दो-चार घंटे तो चौपाल में बैठने ही पड़ते थे; नहीं तो सारा कारोबार मिट्टी में न मिल जाता ! जितनी देर बाहर रहते थे, उनके प्राण जैसे सूली पर टँगे रहते थे। उधार उनके मिजाज में बड़ी तब्दीली हो गयी थी। इतने विनम्र और मिष्टभाषी वह कभी न थे। गालियाँ तो क्या, किसी से तू-तकार भी न करते। सूद की दर भी कुछ घटा दी थी; लेकिन फिर भी चित्त को शान्ति न मिलती थी। आखिर कई मिनट तक दिल को मजबूत करने के बाद उन्होंने पत्र खोला, और जैसे गोली लग गयी। सिर में चक्कर आ गया और सारी चीजें नाचती हुई मालूम हुईं। साँस फूलने लगी, आँखें फैल गयीं। लिखा था, तुमने हमारे दोनों पत्रों पर कुछ भी ध्यान न दिया। शायद तुम समझते होगे कि पुलिस तुम्हारी रक्षा करेगी;

लेकिन यह तुम्हारा भ्रम है। पुलिस उस वक्त आयेगी, जब हम अपना काम करके सौ कोस निकल गये होंगे। तुम्हारी अक्ल पर पत्थर पड़ गया है, इसमें हमारा कोई दोष नहीं। हम तुमसे सिर्फ़ 25 हजार रुपये माँगते हैं। इतने रुपये दे देना तुम्हारे लिए कुछ भी मुश्किल नहीं। हमें पता है कि तुम्हारे पास एक लाख की मोहरें रखी हुई हैं; लेकिन विनाशकाले विपरीत बुद्धि; अब हम तुम्हें और ज्यादा न समझायेंगे। तुमको समझाने की चेष्टा करना ही व्यर्थ है। आज शाम तक अगर रुपये न आ गये, तो रात को तुम्हारे ऊपर धावा होगा। अपनी हिफाजत के लिए जिसे बुलाना चाहो, बुला लो, जितने आदमी और हथियार जमा करना चाहो, जमा कर लो। हम ललकार कर आयेंगे और दिनदहाड़े आयेंगे। हम चोर नहीं हैं, हम वीर हैं और हमारा विश्वास बाहुबल में है।

हम जानते हैं कि लक्ष्मी उसी के गले में जयमाल डालती है, जो धनुष तोड़ सकता है, मछली को वेधा सकता है। यदि... सेठ ने तुरन्त बही-खाते बन्द कर दिये और रोकड़ सँभालकर तिजोरी में रख दिया और सामने का द्वार भीतर से बन्द करके मरे हुए से केसर के पास आकर बोले आज फिर वही खत आया, केसर ! अब आज ही आ रहे हैं।

केसर दोहरे बदन की स्त्री थी, यौवन बीत जाने पर भी युवती, शौक-सिंगार में लिप्त रहने वाली, उस फलहीन वृक्ष की तरह, जो पतझड़ में भी हरी-भरी पत्तियों से लदा रहता है। सन्तान की विफल कामना में जीवन का बड़ा भाग बिता चुकने के बाद, अब उसे अपनी संचित माया को भोगने की धुन सवार रहती थी। मालूम नहीं, कब आँखें बन्द हो जायें, फिर यह थाती किसके हाथ लगेगी, कौन जाने ? इसलिए उसे सबसे अधिक भय बीमारी का था, जिसे वह मौत का पैगाम समझती थी और नित्य ही कोई-न-कोई दवा खाती रहती थी। काया के इस वस्त्र को उस समय तक उतारना न चाहती थी, जब तक उसमें एक तार भी बाकी रहे। बाल-बच्चे होते तो वह

मृत्यु का स्वागत करती, लेकिन अब तो उसके जीवन ही के साथ अन्त था, फिर क्यों न वह अधिक-से-अधिक समय तक जिये। हाँ, वह जीवन निरानन्द अवश्य था, उस मधुर ग्रास की भाँति, जिसे हम इसलिए खा जाते हैं कि रखे-रखे सड़ जायगा।

उसने घबड़ाकर कहा मैं तुमसे कब से कह रही हूँ कि दो-चार महीनों के लिए यहाँ से कहीं भाग चलो, लेकिन तुम सुनते ही नहीं। आखिर क्या करने पर तुले हुए हो ?

सेठजी सशंक तो थे और यह स्वाभाविक था ऐसी दशा में कौन शान्त रह सकता था लेकिन वह कायर नहीं थे। उन्हें अब भी विश्वास था कि अगर कोई संकट आ पड़े तो वह पीछे कदम न हटायेंगे। जो कुछ कमजोरी आ गयी थी, वह संकट को सिर पर मँडराते देखकर भाग गयी थी।

हिरन भी तो भागने की राह न पाकर शिकारी पर चोट कर बैठता है। कभी-कभी नहीं, अक्सर संकट पड़ने पर ही आदमी के जौहर खुलते हैं। इतनी देर में सेठजी ने एक तरह से भावी विपत्ति का सामना करने का पक्का इरादा कर लिया था। डर क्यों, जो कुछ होना है, वह होकर रहेगा। अपनी रक्षा करना हमारा कर्तव्य है, मरना-जीना विधि के हाथ में है। सेठानीजी को दिलासा देते हुए बोले, तुम नाहक इतना डरती हो केसर, आखिर वे सब भी तो आदमी हैं, अपनी जान का मोह उन्हें भी है, नहीं तो यह कुकर्म ही क्यों करते ?

मैं खिड़की की आड़ से दस-बीस आदमियों को गिरा सकता हूँ। पुलिस को इत्तला देने भी जा रहा हूँ। पुलिस का कर्तव्य है कि हमारी रक्षा करे। हम दस हजार सालाना टैक्स देते हैं, किसलिए ? मैं अभी दरोगाजी के पास जाता हूँ। जब सरकार हमसे टैक्स लेती है, तो हमारी मदद करना उसका धर्म हो जाता है।

राजनीति का यह तत्त्व उसकी समझ में नहीं आया। वह तो किसी तरह उस भय से मुक्त होना चाहती थी, जो उसके दिल में साँप की भाँति बैठा फुफकार रहा था। पुलिस का उसे जो अनुभव था, उससे चित्त को सन्तोष न होता था। बोली पुलिसवालों को बहुत देख चुकी। वारदात के समय तो उनकी सूरत नहीं दिखाई देती। जब वारदात हो चुकती है, तब अलबत्ता शान के साथ आकर रोब जमाने लगते हैं।

'पुलिस तो सरकार का राज चला रही है। तुम क्या जानो ?'

'मैं तो कहती हूँ, यों अगर कल वारदात होने वाली होगी, तो पुलिस को खबर देने से आज ही हो जायगी। लूट के माल में इनका भी साझा होता है।'

'जानता हूँ, देख चुका हूँ, और रोज देखता हूँ; लेकिन मैं सरकार को दस हजार का सालाना टैक्स देता हूँ। पुलिसवालों का आदर-सत्कार भी करता रहता हूँ। अभी जाड़ों में सुपरिंटेंडेंट साहब आये थे, तो मैंने कितनी रसद पहुँचायी थी। एक पूरा कनस्तर घी और एक शक्कर की पूरी बोरी भेज दी थी। यह सब खिलाना-पिलाना किस दिन काम आयेगा। हाँ, आदमी को सोलहो आने दूसरों के भरोसे न बैठना चाहिए; इसलिए मैंने सोचा है, तुम्हें भी बन्दूक चलाना सिखा दूं ? हम दोनों बन्दूकें छोड़ना शुरू करेंगे, तो डाकुओं की क्या मजाल है कि अन्दर कदम रख सकें ?'

प्रस्ताव हास्यजनक था। केसर ने मुसकराकर कहा हाँ और क्या, अब आज मैं बन्दूक चलाना सीखूँगी ! तुमको जब देखो, हँसी ही सूझती है।

'इसमें हँसी की क्या बात है ? आजकल तो औरतों की फौजें बन रही हैं। सिपाहियों की तरह औरतें भी कवायद करती हैं, बन्दूक चलाती हैं, मैदानों में खेलती हैं। औरतों के घर में बैठने का जमाना अब नहीं है।'

'विलायत की औरतें बन्दूक चलाती होंगी, यहाँ की औरतें क्या चलायेंगी। हाँ, हाथ भर की जबान चाहे चला लें।'

'यहाँ की औरतों ने बहादुरी के जो-जो काम किये हैं, उनसे इतिहास के पन्ने भरे पड़े हैं। आज दुनिया उन वृत्तान्तों को पढ़कर चकित हो जाती है।'

'पुराने जमाने की बातें छोड़ो। तब औरतें बहादुर रही होंगी। आज कौन बहादुरी कर रही हैं ?'

'वाह ! अभी हजारों औरतें घर-बार छोड़कर हँसते-हँसते जेल चली गयीं।

यह बहादुरी नहीं थी ? अभी पंजाब में हरनाद कुँवर ने अकेले चार सशस्त्र डाकुओं को गिरफ्तार किया और लाट साहब तक ने उसकी प्रशंसा की।'

'क्या जाने वे कैसी औरतें हैं। मैं तो डाकुओं को देखते ही चक्कर खाकर गिर पड़ूँगी।'

उसी वक्त नौकर ने आकर कहा सरकार, थाने से चार कानिस्टिबिल आये हैं। आपको बुला रहे हैं।

सेठजी प्रसन्न होकर बोले थानेदार भी हैं ?

'नहीं सरकार, अकेले कानिस्टिबिल हैं।'

'थानेदार क्यों नहीं आया ?' यह कहते हुए सेठजी ने पान खाया और बाहर निकले।

सेठजी को देखते ही चारों कानिस्टिबिलों ने झुककर सलाम किया, बिलकुल अँगरेजी कायदे से, मानो अपने किसी अफ़सर को सैल्यूट कर रहे हों। सेठजी ने उन्हें बेंचों पर बैठाया और बोले दरोगाजी का मिजाज तो अच्छा है ? मैं उनके पास आनेवाला था।

चारों में जो सबसे प्रौढ़ था, जिसकी आस्तीन पर कई बिल्ले लगे हुए थे, बोला आप क्यों तकलीफ करते हैं, वह तो खुद ही आ रहे थे; पर एक बड़ी जरूरी तहकीकात आ गयी, इससे रुक गये। कल आपसे मिलेंगे। जबसे यहाँ डाकुओं की खबरें आयी हैं, बेचारे बहुत घबराये हुए हैं। आपकी तरफ हमेशा उनका ध्यान रहता है। कई बार कह चुके हैं कि मुझे सबसे ज्यादा फिकर सेठजी की है। गुमनाम खत तो आपके पास भी आये होंगे ?

सेठजी ने लापरवाही दिखाकर कहा अजी, ऐसी चिट्ठियाँ आती ही रहती हैं, इनकी कौन परवाह करता है। मेरे पास तो तीन खत आ चुके हैं, मैंने किसी से जिक्र भी नहीं किया।

कानिस्टिबिल हँसा दरोगाजी को खबर मिली थी।

'सच !'

'हाँ, साहब ? रत्ती-रत्ती खबर मिलती रहती है। यहाँ तक मालूम हुआ है कि कल आपके मकान पर उनका धावा होनेवाला है। जभी तो आज दरोगा जी ने मुझे आपकी खिदमत में भेजा।'

'मगर वहाँ कैसे खबर पहुँची ? मैंने तो किसी से कहा ही नहीं।'

कानिस्टिबिल ने रहस्यमय भाव से कहा हुजूर, यह न पूछें। इलाके के सबसे बड़े सेठ के पास ऐसे खत आयें और पुलिस को खबर न हो !

भला, कोई बात है। फिर ऊपर से बराबर ताकीद आती रहती है कि सेठजी को शिकायत का कोई मौका न दिया जाय। सुपरिंटेंडेंट साहब की खास ताकीद है आपके लिए। और हुजूर, सरकार भी तो आप ही के बूते पर चलती है।

सेठ-साहूकारों के जान-माल की हिफाजत न करे, तो रहे कहाँ ? हमारे होते मजाल है कि कोई आपकी तरफ तिरछी आँखों से देख सके; मगर यह कम्बख्त डाकू इतने दिलेर और तादाद में इतने ज्यादा हैं कि थाने के बाहर उनसे मुकाबिला करना मुश्किल है। दरोगाजी गारद मँगाने की बात सोच रहे थे;

मगर ये हत्यारे कहीं एक जगह तो रहते नहीं, आज यहाँ हैं, तो कल यहाँ से दो सौ कोस पर। गारद मँगाकर ही क्या किया जाय ? इलाके की रिआया की तो हमें ज्यादा फिक्र नहीं, हुजूर मालिक हैं, आपसे क्या छिपायें, किसके पास रखा है इतना माल-असबाब ! और अगर किसी के पास दो-चार सौ की पूँजी निकल ही आयी तो उसके लिए पुलिस डाकुओं के पीछे अपनी जान हथेली पर लिये न फिरेगी। उन्हें क्या, वह तो छूटते ही गोली चलाते हैं और अक्सर छिपकर। हमारे लिए तो हजार बन्दिशें हैं। कोई बात बिगड़ जाय तो उलटे अपनी ही जान आफत में फँस जाय। हमें तो ऐसे रास्ते चलना है कि साँप मरे और लाठी न टूटे, इसलिए दरोगाजी ने आपसे यह अर्ज करने को कहा है कि आपके पास जोखिम की जो चीज़ें हों, उन्हें लाकर सरकारी खजाने में जमा कर दीजिए। आपको उसकी रसीद दे दी जायगी। ताला और मुहर आप ही की रहेगी। जब यह हंगामा ठण्डा हो जाय तो मँगवा लीजिएगा।

इससे आपको भी बेफिक्री हो जायगी और हम भी जिम्मेदारी से बच जायँगे। नहीं खुदा न करे, कोई वारदात हो जाय, तो हुजूर को तो जो नुकसान हो वह तो हो ही हमारे ऊपर भी जवाबदेही आ जाय। और यह जालिम सिर्फ माल-असबाब लेकर ही तो जान नहीं छोड़ते ख़ून करते हैं, घर में आग लगा देते हैं, यहाँ तक कि औरतों की बेइज्जती भी करते हैं। हुजूर तो जानते हैं,

होता है वही जो तकदीर में लिखा है। आप इकबालवाले आदमी हैं, डाकू आपका कुछ नहीं बिगाड़ सकते। सारा कस्बा आपके लिए जान देने को तैयार है। आपका पूजा-पाठ, धर्म-कर्म खुदा खुद देख रहा है। यह उसी की बरकत है कि आप मिट्टी भी छू लें, तो सोना हो जाय; लेकिन आदमी भरसक अपनी हिफाजत करता है। हुजूर के पास मोटर है ही, जो कुछ रखना हो, उस पर रख दीजिए। हम चार आदमी आपके साथ हैं, कोई खटका नहीं। वहाँ एक मिनट में आपको फुरसत हो जायगी। पता चला है कि इस गोल में बीस जवान हैं। दो तो बैरागी बने हुए हैं, दो पंजाबियों के भेस में धुस्से और अलवान बेचते फिरते हैं। इन दोनों के साथ दो बहँगीवाले

भी हैं। दो आदमी बलूचियों के भेस में छूरियाँ और ताले बेचते हैं। कहाँ तक गिनाऊँ, हुजूर ! हमारे थाने में तो हर एक का हुलिया रखा हुआ है।

खतरे में आदमी का दिल कमजोर हो जाता है और वह ऐसी बातों पर विश्वास कर लेता है, जिन पर शायद होश-हवास में न करता। जब किसी दवा से रोगी को लाभ नहीं होता, तो हम दुआ, ताबीज, ओझों और सयानों की शरण लेते हैं और वहाँ तो सन्देह करने का कोई कारण ही न था। सम्भव है, दरोगाजी का कुछ स्वार्थ हो, मगर सेठजी इसके लिए तैयार थे। अगर दो-चार सौ बल खाने पड़ें, तो कोई बड़ी बात नहीं। ऐसे अवसर तो जीवन में आते ही रहते हैं और इस परिस्थिति में इससे अच्छा दूसरा क्या इन्तजाम हो सकता था; बल्कि इसे तो ईश्वरीय प्रेरणा समझना चाहिए। माना, उनके पास दो-दो बन्दूकें हैं, कुछ लोग मदद करने के लिए निकल ही आयेंगे, लेकिन है जान जोखिम। उन्होंने निश्चय किया, दरोगाजी की इस कृपा से लाभ उठाना चाहिए। इन्हीं आदमियों को कुछ दे-दिलाकर सारी चीजें निकलवा लेंगे। दूसरों का क्या भरोसा ? कहीं कोई चीज़ उड़ा दें तो बस ?

उन्होंने इस भाव से कहा, मानो दरोगाजी ने उन पर कोई विशेष कृपा नहीं की है; वह तो उनका कर्तव्य ही था मैंने यहाँ ऐसा प्रबन्ध किया था कि यहाँ वह सब आते तो उनके दॉत खट्टे कर दिये जाते। सारा कस्बा मदद के लिए तैयार था। सभी से तो अपना मित्र-भाव है, लेकिन दरोगाजी की

तजवीज मुझे पसन्द है। इससे वह भी अपनी जिम्मेदारी से बरी हो जाते हैं और मेरे सिर से भी फिक्र का बोझ उतर जाता है, लेकिन भीतर से चीजें बाहर निकाल-निकालकर लाना मेरे बूते की बात नहीं। आप लोगों की दुआ से नौकर-चाकरों की तो कमी नहीं है, मगर किसकी नीयत कैसी है, कौन जान सकता है ? आप लोग कुछ मदद करें तो काम आसान हो जाय।

हेड कानिस्टिबिल ने बड़ी खुशी से यह सेवा स्वीकार कर ली और बोला, 'हम सब हुजूर के ताबेदार हैं, इसमें मदद की कौन-सी बात है ? तलब सरकार से पाते हैं, यह ठीक है; मगर देनेवाले तो आप ही हैं। आप केवल सामान हमें दिखाये जायॅं, हम बात-की-बात में सारी चीज़ें निकाल लायेंगे।

हुजूर की खिदमत करेंगे तो कुछ इनाम-इकराम मिलेगा ही। तनख्वाह में गुजर नहीं होता सेठजी, आप लोगों की रहम की निगाह न हो, तो एक दिन भी निबाह न हो। बाल-बच्चे भूखों मर जायॅं पन्द्रह-बीस रुपये में क्या होता है हुजूर, इतना तो हमारे लिए ही पूरा नहीं पड़ता।'

सेठजी ने अन्दर जाकर केसर से यह समाचार कहा तो उसे जैसे आँखें मिल गयीं। बोली, भगवान् ने सहायता की, नहीं मेरे प्राण संकट में पड़े हुए थे।

सेठजी ने सर्वज्ञता के भाव से फरमाया इसी को कहते हैं सरकार का इंतजाम ! इसी मुस्तैदी के बल पर सरकार का राज थमा हुआ है। कैसी सुव्यवस्था है कि जरा-सी कोई बात हो, वहाँ तक खबर पहुँच जाती है और तुरन्त उसकी रोकथाम का हुक्म हो जाता है। और यहाँ वाले ऐसे बुध्दू हैं कि स्वराज्य-स्वराज्य चिल्ला रहे हैं। इनके हाथ में अख्तियार आ जाय तो दिन-दोपहर लूट मच जाय, कोई किसी की न सुने। ऊपर से ताकीद आयी है। हाकिमों का आदर-सत्कार

कभी निष्फल नहीं जाता। मैं तो सोचता हूँ, कोई बहुमूल्य वस्तु घर में न छोड़ूँ। साले आयें तो अपना-सा मुँह लेकर रह जायें।

केसर ने मन-ही-मन प्रसन्न होकर कहा कुंजी उनके सामने फेंक देना कि जो चीज चाहो निकाल ले जाओ।

'साले झेंप जायेंगे।'

'मुँह में कालिख लग जायेगी।'

'घमण्ड तो देखो कि तिथि तक बता दी। यह नहीं समझे कि अंग्रेजी सरकार का राज है। तुम डाल-डाल चलो, तो वह पात-पात चलते हैं।'

'समझे होंगे कि धामकी में आ जायेंगे।'

तीन कानिस्टिबिलों ने आकर सन्दूकचे और सेफ निकालने शुरू किये।

एक बाहर सामान को मोटर पर लाद रहा था और एक हरेक चीज को नोटबुक पर टॉकता जाता था। आभूषण, मुहरें, नोट, रुपये, कीमती कपड़े, साड़ियाँ; लहँगे, शाल-दुशाले, सब कार में रख दिये। मामूली बरतन, लोहे-लकड़ी के सामान, फर्श आदि के सिवा घर में और कुछ न बचा। और डाकुओं के लिए ये चीज़ें कौड़ी की भी नहीं। केसर का सिंगारदान खुद सेठजी लाये और हेड के हाथ में देकर बोले इसे बड़ी हिफाजत से रखना भाई !

हेड ने सिंगारदान लेकर कहा मेरे लिए एक-एक तिनका इतना ही कीमती है।

सेठजी के मन में एक सन्देह उठा। पूछा, ख़जाने की कुंजी तो मेरे ही पास रहेगी ?

'और क्या, यह तो मैं पहले ही अर्ज कर चुका; मगर यह सवाल आपके दिल से क्यों पैदा हुआ ?'

'योंही, पूछा था' सेठजी लज्जित हो गये।

'नहीं, अगर आपके दिल में कुछ शुबहा हो, तो हम लोग यहाँ भी आप की खिदमत के लिए हाजिर हैं। हाँ, हम जिम्मेदार न होंगे।'

'अजी नहीं हेड साहब, मैंने योंही पूछ लिया था। यह फिहरिस्त तो मुझे दे दोगे न ?'

'फिहरिस्त आपको थाने में दरोगाजी के दस्तखत से मिलेगी। इसका क्या एतबार ?'

कार पर सारा सामान रख दिया गया। कस्बे के सैकड़ों आदमी तमाशा देख रहे थे। कार बड़ी थी, पर ठसाठस भरी हुई थी। बड़ी मुश्किल से सेठजी के लिए जगह निकली। चारों कानिस्टिबिल आगे की सीट पर सिमटकर बैठे।

कार चली। केसर द्वार पर इस तरह खड़ी थी, मानो उसकी बेटी बिदा हो रही हो। बेटी ससुराल जा रही है, जहाँ वह मालकिन बनेगी; लेकिन उसका घर सूना किये जा रही है।

थाना यहाँ से पाँच मील पर था। कस्बे से बाहर निकलते ही पहाड़ों का पथरीला सन्नाटा था, जिसके दामन में हरा-भरा मैदान था और इसी मैदान के बीच में लाल मोरम की सड़क चक्कर खाती हुई लाल साँप-जैसी निकल गयी थी।

हेड ने सेठजी से पूछा यह कहाँ तक सही है सेठजी, कि आज से पच्चीस साल पहले आपके बाप केवल लोटा-डोर लेकर यहाँ खाली हाथ आये थे ?

सेठजी ने गर्व करते हुए कहा 'बिलकुल सही है। मेरे पास कुल तीन रुपये थे। उसी से आटे-दाल की दूकान खोली थी। तकदीर का खेल है, भगवान् की दया चाहिए, आदमी के बनते-बिगड़ते देर नहीं लगती। लेकिन मैंने कभी पैसे को दाँतों से नहीं पकड़ा। यथाशक्ति धर्म का पालन करता गया। धान की शोभा धर्म ही से है, नहीं तो धान से कोई फायदा नहीं।'

'आप बिलकुल ठीक कहते हैं सेठजी। आपको मूरत बनाकर पूजना चाहिए। तीन रुपये से लाख कमा लेना मामूली काम नहीं है !'

'आधी रात तक सिर उठाने की फुरसत नहीं मिलती, खाँ साहब !'

'आपको तो यह सब कारोबार जंजाल-सा लगता होगा।'

'जंजाल तो है ही, मगर भगवान् की ऐसी माया है कि आदमी सबकुछ समझकर भी इसमें फँस जाता है और सारी उम्र फँसा रहता है। मौत आ जाती है, तभी छुट्टी मिलती है। बस, यही अभिलाषा है कि कुछ यादगार छोड़ जाऊँ।'

'आपके कोई औलाद हुई ही नहीं ?'

'भाग्य में न थी खाँ साहब, और क्या कहूँ ! जिनके घर में भूनी भाँग नहीं है, उनके यहाँ घास-फूस की तरह बच्चे-ही-बच्चे देख लो, जिन्हें भगवान् ने खाने को दिया है, वे सन्तान का मुँह देखने को तरसते हैं।'

'आप बिलकुल ठीक कहते हैं, सेठजी ! जिन्दगी का मजा सन्तान से है। जिसके आगे अन्धेरा है, उसके लिए धान-दौलत किस काम की ?'

'ईश्वर की यही इच्छा है तो आदमी क्या करे। मेरा बस चलता, तो मायाजाल से निकल भागता खाँ साहब, एक क्षण भी यहाँ न रहता, कहीं तीर्थस्थान में बैठकर भगवान् का भजन करता। मगर करूँ क्या ? मायाजाल तोड़े नहीं टूटता।'

'एक बार दिल मजबूत करके तोड़ क्यों नहीं देते ? सब उठाकर गरीबों को बाँट दीजिए। साधु-सन्तों को नहीं, न मोटे ब्राह्मणों को बल्कि उनको, जिनके लिए यह जिन्दगी बोझ हो रही है, जिसकी यही एक आरजू है कि मौत आकर उनकी विपत्ति का अन्त कर दे।'

'इस मायाजाल को तोड़ना आदमी का काम नहीं है, खाँ साहब ! भगवान् की इच्छा होती है, तभी मन में वैराग्य आता है।'

'आज भगवान् ने आपके ऊपर दया की है। हम इस मायाजाल को मकड़ी के जाले की तरह तोड़कर आपको आजाद करने के लिए भेजे गये हैं। भगवान् आपकी भक्ति से प्रसन्न हो गये हैं और आपको इस बन्धन में नहीं रखना चाहते, जीवन-मुक्त कर देना चाहते हैं।'

'ऐसी भगवान् की दया हो जाती, तो क्या पूछना खाँ साहब !'

'भगवान् की ऐसी ही दया है सेठजी, विश्वास मानिए। हमें इसीलिए उन्होंने मृत्युलोक में तैनात किया है। हम कितने ही मायाजाल के कैदियों की बेड़ियाँ काट चुके हैं। आज आपकी बारी है।'

सेठजी की नाड़ियों में जैसे रक्त का प्रवाह बन्द हो गया। सहमी हुई आँखों से सिपाहियों को देखा। फिर बोले, आप बड़े हँसोड़ हो, खाँ साहब ?

'हमारे जीवन का सिद्धान्त है कि किसी को कष्ट मत दो; लेकिन ये रुपये वाले कुछ ऐसी औंधी खोपड़ी के लोग हैं कि जो उनका उद्धार करने आता है, उसी के दुश्मन हो जाते हैं। हम आपकी बेड़ियाँ काटने आये हैं;

लेकिन अगर आपसे कहें कि यह सब जमा-जथा और लता-पता छोड़कर घर की राह लीजिए, तो आप चीखना-चिल्लाना शुरू कर देंगे। हम लोग वही खुदाई फौजदार हैं, जिनके इत्तलाई खत आपके पास पहुँच चुके हैं।'

सेठजी मानो आकाश से पाताल में गिर पड़े। सारी ज्ञानेन्द्रियों ने जवाब दे दिया और इसी मूर्च्छा की दशा में वह मोटरकार से नीचे ढकेल दिये गये और गाड़ी चल पड़ी।

सेठजी की चेष्टा जाग पड़ी। बदहवास गाड़ी के पीछे दौड़े हुजूर, सरकार, तबाह हो जायँगे, दया कीजिए, घर में एक कौड़ी भी नहीं है...

हेड साहब ने खिड़की से बाहर हाथ निकाला और तीन रुपये जमीन पर फेंक दिये। मोटर की चाल तेज हो गयी।

सेठजी सिर पकड़कर बैठ गये और विक्षिप्त नेत्रों से मोटरकार को देखा, जैसे कोई शव स्वर्गारोही प्राण को देखे। उनके जीवन का स्वप्न उड़ा चला जा रहा था।

***

वेश्या

छः महीने बाद कलकत्ते से घर आने पर दयाकृष्ण ने पहला काम जो किया, वह अपने प्रिय मित्र सिंगारसिंह से मातमपुरसी करने जाना था। सिंगार के पिता का आज तीन महीने हुए देहान्त हो गया था। दयाकृष्ण बहुत व्यस्त रहने के कारण उस समय न आ सका था। मातमपुरसी की रस्म पत्र लिखकर अदा कर दी थी; लेकिन ऐसा एक दिन भी नहीं बीता कि सिंगार की याद उसे न आयी हो। अभी वह दो-चार महीने और कलकत्ते रहना चाहता था; क्योंकि वहाँ उसने जो कारोबार जारी किया था, उसे संगठित रूप में लाने के लिए उसका वहाँ मौजूद रहना जरूरी था और उसकी थोड़े दिन की गैरहाजिरी से भी हानि की शंका थी। किन्तु जब सिंगार की स्त्री लीला का परवाना आ पहुँचा तो वह अपने को न रोक सका। लीला ने साफ-साफ तो कुछ न लिखा था, केवल उसे तुरन्त बुलाया था; लेकिन दयाकृष्ण को पत्र के शब्दों से कुछ ऐसा अनुमान हुआ कि वहाँ की परिस्थिति चिन्ताजनक है और इस अवसर पर उसका वहाँ पहुँचना जरूरी है। सिंगार सम्पन्न बाप का बेटा था, बड़ा ही अल्हड़, बड़ा ही जिद्दी, बड़ा ही आरामपसन्द। दृढ़ता या लगन उसे छू भी नहीं गयी थी। उसकी माँ उसके बचपन ही में मर चुकी थी और बाप ने उसके पालने में नियंत्राण की अपेक्षा स्नेह से ज्यादा काम लिया था। उसे कभी दुनिया की हवा नहीं लगने दी। उद्योग भी कोई वस्तु है, यह वह जानता ही न था। उसके महज इशारे पर हर एक चीज सामने आ जाती थी। वह जवान बालक था, जिसमें न अपने विचार थे न सिद्धान्त। कोई भी आदमी उसे बड़ी आसानी से अपने कपट-बाणों का निशाना बना सकता था। मुख्तारों और मुनीमों के दाँव-पेंच समझना उसके लिए लोहे के चने चबाना था। उसे किसी ऐसे समझदार और हितैषी मित्र की जरूरत थी, जो स्वार्थियों के हथकण्डों से उसकी रक्षा करता रहे। दयाकृष्ण पर इस घर के बड़े-बड़े एहसान थे। उस दोस्ती का हक अदा करने के लिए उसका आना आवश्यक था।

मुँह-हाथ धोकर सिंगारसिंह के घर पर ही भोजन का इरादा करके दयाकृष्ण उससे मिलने चला। नौ बज गये थे, हवा और धूप में गर्मी आने लगी थी।

सिंगारसिंह उसकी खबर पाते ही बाहर निकल आया। दयाकृष्ण उसे देखकर चौंक पड़ा। लम्बे-लम्बे केशों की जगह उसके सिर पर घुंघराले बाल थे ड्डह सिक्ख था), आड़ी माँग निकली हुई। आँखों में न आँसू थे, न शोक का कोई दूसरा चिह्न, चेहरा कुछ जर्द अवश्य था पर उस पर विलासिता की मुसकराहट थी। वह एक महीन रेशमी कमीज और मखमली जूते पहने हुए था; मानो किसी महफिल से उठा आ रहा हो। संवेदना के शब्द दयाकृष्ण के ओंठों तक आकर निराश लौट गये। वहाँ बधाई के शब्द ज्यादा अनुकूल प्रतीत हो रहे थे।

सिंगारसिंह लपककर उसके गले से लिपट गया और बोला, तुम खूब आये यार, इधार तुम्हारी बहुत याद आ रही थी; मगर पहले यह बतला दो, वहाँ का कारोबार बन्द कर आये या नहीं ? अगर वह झंझट छोड़ आये हो, तो पहले उसे तिलांजलि दे आओ। अब आप यहाँ से जाने न पायेंगे। मैंने तो भाई, अपना कैंड़ा बदल दिया। बताओ, कब तक तपस्या करता। अब तो आये दिन जलसे होते हैं। मैंने सोचा यार, दुनिया में आये, तो कुछ दिन सैर-सपाटे का आनन्द भी उठा लो। नहीं तो एक दिन यों ही हाथ मलते चले जायँगे। कुछ भी साथ न जायगा।

दयाकृष्ण विस्मय से उसके मुँह की ओर ताकने लगा। यह वही सिंगार है या कोई और ! बाप के मरते ही इतनी तब्दीली!

दोनों मित्र कमरे में गये और सोफे पर बैठे। सरदार साहब के सामने इस कमरे में फर्श और मसनद थी, आलमारी थी। अब दर्जनों गद्देदार सोफे और कुर्सियाँ हैं, कालीन का फर्श है, रेशमी परदे हैं, बड़े-बड़े आईने हैं। सरदार साहब को संचय की धुन थी, सिंगार को उड़ाने की धुन है।

सिंगार ने एक सिगार जलाकर कहा, तेरी बहुत याद आती थी यार, तेरी जान की कसम।

दयाकृष्ण ने शिकवा किया क्यों झूठ बोलते हो भाई, महीनों गुजर जाते थे, एक खत लिखने की तो आपको फुर्सत न मिलती थी, मेरी याद आती थी। सिंगार ने अल्हड़पन से कहा, बस, इसी बात पर मेरी सेहत का एक जाम पियो। अरे यार, इस जिन्दगी में और क्या रखा है ? हँसी-खेल में जो वक्त कट जाय, उसे गनीमत समझो। मैंने तो यह तपस्या त्याग दी। अब तो आये दिन जलसे होते हैं, कभी दोस्तों की दावत है, कभी दरिया की सैर, कभी गाना-बजाना, कभी शराब के दौर। मैंने कहा,लाओ कुछ दिन वह बहार भी देख लूँ। हसरत क्यों दिल में रह जाय। आदमी संसार में कुछ भोगने के लिए आता है, यही जिन्दगी के मजे हैं। जिसने ये मजे नहीं चक्खे, उसका जीना वृथा है। बस, दोस्तों की मजलिस हो, बगल में माशूक हो और हाथ में प्याला हो, इसके सिवा मुझे और कुछ न चाहिए!

उसने आलमारी खोलकर एक बोतल निकाली और दो गिलासों में शराब डालकर बोला, यह मेरी सेहत का जाम है। इन्कार न करना। मैं तुम्हारे सेहत का जाम पीता हूँ।

दयाकृष्ण को कभी शराब पीने का अवसर न मिला था। वह इतना धार्मात्मा तो न था कि शराब पीना पाप समझता, हाँ, उसे दुर्व्यसन समझता था। गन्ध ही से उसका जी मितलाने लगा। उसे भय हुआ कि वह शराब का ट चाहे मुँह में ले ले, उसे कण्ठ के नीचे नहीं उतार सकता। उसने प्याले को शिष्टाचार के तौर पर हाथ में ले लिया, फिर उसे ज्यों-का-त्यों मेज पर रखकर बोला, तुम जानते हो, मैंने कभी नहीं पी। इस समय मुझे क्षमा करो। दस-पाँच दिन में यह फन भी सीख जाऊँगा, मगर यह तो बताओ, अपना कारोबार भी कुछ देखते हो, या इसी में पड़े रहते हो।

सिंगार ने अरुचि से मुँह बनाकर कहा, ओह, क्या जिक्र तुमने छेड़ दिया, यार ? कारोबार के पीछे इस छोटी-सी जिन्दगी को तबाह नहीं कर सकता। न कोई साथ लाया है, न साथ ले जायगा। पापा ने मर-मरकर धान संचय किया। क्या हाथ लगा ? पचास तक पहुँचते-पहुँचते चल बसे। उनकी आत्मा अब भी संसार के सुखों के लिए तरस रही होगी। धान छोड़कर मरने से

फाकेमस्त रहना कहीं अच्छा है। धान की चिन्ता तो नहीं सताती, पर यह हाय-हाय तो नहीं होती कि मेरे बाद क्या होगा ! तुमने गिलास मेज पर रख दिया। जरा पियो, आँखें खुल जायँगी, दिल हरा हो जायगा। और लोग सोड़ा और बरफ़ मिलाते हैं, मैं तो खालिस पीता हूँ। इच्छा हो, तो तुम्हारे लिए बरफ़ मँगाऊँ?

दयाकृष्ण ने फिर क्षमा माँगी; मगर सिंगार गिलास-पर-गिलास पीता गया। उसकी आँखें लाल-लाल निकल आयीं, ऊल-जलूल बकने लगा, खूब डींगें मारीं, फिर बेसुरे राग में एक बाजारू गीत गाने लगा। अन्त में उसी कुर्सी पर पड़ा-पड़ा बेसुधा हो गया।

2

सहसा पीछे का परदा हटा और लीला ने उसे इशारे से बुलाया। दयाकृष्ण की धामनियों में शतगुण वेग से रक्त दौड़ने लगा। उसकी संकोचमय, भीरु प्रकृति भीतर से जितनी ही रूपासक्त थी, बाहर से उतनी ही विरक्त। सुंदरियों के सम्मुख आकर वह स्वयं अवाक् हो जाता था, उसके कपोलों पर लज्जा की लाली दौड़ जाती थी और आँखें झुक जाती थीं; लेकिन मन उनके चरणों पर लोटकर अपने-आपको समर्पित कर देने के लिए विकल हो जाता था। मित्रगण उसे बूढ़े बाबा कहा, करते थे। स्त्रियाँ उसे अरसिक समझकर उससे उदासीन रहती थीं। किसी युवती के साथ लंका तक रेल में एकान्त-यात्रा करके भी वह उससे एक शब्द भी बोलने का साहस न करता। हाँ, यदि युवती स्वयं उसे छेड़ती, तो वह अपने प्राण तक उसकी भेंट कर देता। उसके इस संकोचमय, अवरुद्ध जीवन में लीला ही एक युवती थी, जिसने उसके मन को समझा था और उससे सवाक् सहृदयता का व्यवहार किया था। तभी से दयाकृष्ण मन से उसका उपासक हो गया था। उसके अनुभवशून्य हृदय में लीला नारी-जाति का सबसे सुन्दर आदर्श थी। उसकी प्यासी आत्मा को शर्बत या लेमनेड की उतनी इच्छा न थी, जितना ठण्डे, मीठे पानी की। लीला में रूप है, लावण्य है, सुकुमारता है, इन बातों की ओर उसका ध्यान न था। उससे ज्यादा रूपवती, लावण्यमयी और सुकुमार युवतियाँ उसने पार्कों में देखी थीं। लीला में सहृदयता है, विचार है, दया है, इन्हीं तत्त्वों की ओर उसका आकर्षण था। उसकी रसिकता में आत्म-समर्पण के सिवा और कोई भाव न था। लीला के किसी आदेश का पालन करना उसकी सबसे बड़ी कामना थी, उसकी आत्मा की तृप्ति के लिए इतना काफ़ी था। उसने काँपते हाथों से परदा उठाया और अन्दर आकर खड़ा हो गया। और विस्मय भरी आँखों से उसे देखने लगा। उसने लीला को यहाँ न देखा होता, तो पहचान भी न सकता। वह रूप, यौवन और विकास की देवी इस तरह मुरझा गयी थी, जैसे किसी ने उसके प्राणों को चूसकर निकाल लिया हो। करुण-स्वर में बोला, यह तुम्हारा क्या हाल है, लीला ? बीमार हो क्या ? मुझे सूचना तक न दी।

लीला मुस्कराकर बोली, तुमसे मतलब ? मैं बीमार हूँ या अच्छी हूँ, तुम्हारी बला से ! तुम तो अपने सैर-सपाटे करते रहे। छः महीने के बाद जब आपको याद आयी है, तो पूछते हो बीमार हो ? मैं उस रोग से ग्रस्त हूँ, जो प्राण लेकर ही छोड़ता है। तुमने इन महाशय की हालत देखी ? उनका यह रंग देखकर मेरे दिल पर क्या गुजरती है, यह क्या मैं अपने मुँह से कहूँ तभी समझोगे ? मैं अब इस घर में जबरदस्ती पड़ी हूँ और बेहयाई से जीती हूँ। किसी को मेरी चाह या चिन्ता

नहीं है। पापा क्या मरे, मेरा सोहाग ही उठ गया। कुछ समझती हूँ, तो बेवकूफ बनायी जाती हूँ। रात-रात भर न जाने कहाँ गायब रहते हैं। जब देखो, नशे में मस्त, हफ्तों घर में नहीं आते कि दो बातें कर लूँ; अगर इनके यही ढंग रहे, तो साल-दो-साल में रोटियों के मुहताज हो जायेंगे।

दया ने पूछा, यह लत इन्हें कैसे पड़ गयी ? ये बातें तो इनमें न थीं। लीला ने व्यथित स्वर में कहा, रुपये की बलिहारी है और क्या ! इसीलिए तो बूढ़े मर-मरके कमाते हैं और मरने के बाद लड़कों के लिए छोड़ जाते हैं। अपने मन में समझते होंगे, हम लड़कों के लिए बैठने का ठिकाना किये जाते हैं। मैं कहती हूँ, तुम उनके सर्वनाश का सामान किये जाते हो, उनके लिए जहर बोये जाते हो। पापा ने लाखों रुपये की सम्पत्ति न छोड़ी होती, तो आज यह महाशय किसी काम में लगे होते, कुछ घर की चिन्ता होती; कुछ जिम्मेदारी होती; नहीं तो बैंक से रुपये निकाले और उड़ाये। अगर मुझे विश्वास होता कि सम्पत्ति समाप्त करके वह सीधे मार्ग पर आ जायेंगे, तो मुझे जरा भी दु:ख न होता; पर मुझे तो यह भय है कि ऐसे लोग फिर किसी काम के नहीं रहते, या तो जेलखाने में मरते हैं या अनाथालय में। आपकी एक वेश्या से आशनाई है।

माधुरी नाम है और वह इन्हें उल्टे छुरे से मूँड़ रही है, जैसा उसका धर्म है। आपको यह खब्त हो गया कि वह मुझ पर जान देती है। उससे विवाह का प्रस्ताव भी किया जा चुका है। मालूम नहीं, उसने क्या जवाब दिया। कई बार जी में आया कि जब यहाँ किसी से कोई नाता ही नहीं है तो अपने घर चली जाऊँ; लेकिन डरती हूँ कि तब तो यह और भी स्वतंत्र हो जायेंगे। मुझे किसी पर विश्वास है, तो वह तुम हो। इसीलिए तुम्हें बुलाया था कि शायद तुम्हारे समझाने-बुझाने का कुछ असर हो। अगर तुम भी असफल हुए, तो मैं एक क्षण यहाँ न रहूँगी। भोजन तैयार है, चलो कुछ खा लो।

दयाकृष्ण ने सिंगारसिंह की ओर संकेत करके कहा, और यह ?

'यह तो अब कहीं दो-तीन बजे चेतेंगे।'

'बुरा न मानेंगे।'

'मैं अब इन बातों की परवाह नहीं करती। मैंने तो निश्चय कर लिया है कि अगर मुझे कभी आँखें दिखायीं, तो मैं इन्हें मजा चखा दूंगी। मेरे पिताजी फौज में सूबेदार मेजर हैं। मेरी देह में उनका रक्त है।'

लीला की मुद्रा उत्तेजित हो गयी। विद्रोह की वह आग, जो महीनों से पड़ी सुलग रही थी, प्रचण्ड हो उठी।

उसने उसी लहजे में कहा, मेरी इस घर में इतनी साँसत हुई है, इतना अपमान हुआ है और हो रहा है कि मैं उसका किसी तरह भी प्रतिकार करके आत्मग्लानि का अनुभव न करूँगी। मैंने पापा से अपना हाल छिपा रखा है। आज लिख दूं, तो इनकी सारी मशीखत उतर जाय। नारी होने का दंड भोग रही हूँ, लेकिन नारी के धैर्य की भी सीमा है।

दयाकृष्ण उस सुकुमारी का वह तमतमाया हुआ चेहरा, वे जलती हुई आँखें, वह काँपते हुए होंठ देखकर काँप उठा। उसकी दशा उस आदमी की-सी हो गयी, जो किसी को दर्द से तड़पते देखकर वैद्य को बुलाने दौड़े। आर्द्र कण्ठ से बोला, इस समय मुझे क्षमा करो लीला, फिर कभी

तुम्हारा निमंत्राण स्वीकार करूँगा। तुम्हें अपनी ओर से इतना ही विश्वास दिलाता हूँ कि मुझे अपना सेवक समझती रहना। मुझे न मालूम था कि तुम्हें इतना कष्ट है, नहीं तो शायद अब तक मैंने कुछ युक्ति सोची होती। मेरा यह शरीर तुम्हारे किसी काम आये, इससे बढ़कर सौभाग्य की बात मेरे लिए और क्या होगी ! दयाकृष्ण वहाँ से चला, तो उसके मन में इतना उल्लास भरा हुआ था, मानो विमान पर बैठा हुआ स्वर्ग की ओर जा रहा है। आज उसे जीवन में एक ऐसा लक्ष्य मिल गया था, जिसके लिए वह जी भी सकता है और मर भी सकता है। वह एक महिला का विश्वासपात्र हो गया था। इस रत्न को वह अपने हाथ से कभी न जाने देगा, चाहे उसकी जान ही क्यों न चली जाय।

3

एक महीना गुजर गया। दयाकृष्ण सिंगारसिंह के घर नहीं आया। न सिंगारसिंह ने उसकी परवाह की। इस एक ही मुलाकात में उसने समझ लिया था कि दया इस नये रंग में आनेवाला आदमी नहीं है। ऐसे सात्विक जनों के लिए उसके यहाँ स्थान न था। वहाँ तो रंगीले, रसिया, अय्याश और बिगड़े-दिलों ही की चाह थी। हाँ, लीला को हमेशा उसकी याद आती रहती थी।

मगर दयाकृष्ण के स्वभाव में अब वह संयम नहीं है। विलासिता का जादू उस पर भी चलता हुआ मालूम होता है। माधुरी के घर उसका भी आना-जाना शुरू हो गया है। वह सिंगारसिंह का मित्र नहीं रहा, प्रतिद्वन्द्वी हो गया है। दोनों एक ही प्रतिमा के उपासक हैं; मगर उनकी उपासना में अन्तर है। सिंगार की दृष्टि से माधुरी केवल विलास की एक वस्तु है, केवल विनोद का एक यन्त्र। दयाकृष्ण विनय की मूर्ति है जो माधुरी की सेवा में ही प्रसन्न है। सिंगार माधुरी के हास-विलास को अपना जरखरीद हक समझता है, दयाकृष्ण इसी में संतुष्ट है कि माधुरी उसकी सेवाओं को स्वीकार करती है। माधुरी की ओर से जरा भी अरुचि देखकर वह उसी तरह बिगड़ जायगा जैसे अपनी प्यारी घोड़ी की मुँहजोरी पर। दयाकृष्ण अपने को उसकी कृपादृष्टि के योग्य ही नहीं समझता। सिंगार जो कुछ माधुरी को देता है, गर्व-भरे आत्म-प्रदर्शन के साथ; मानो उस पर कोई एहसान कर रहा हो। दयाकृष्ण के पास देने को है ही क्या; पर वह जो कुछ भेंट करता है, वह ऐसी श्रद्धा से, मानो देवता को फूल चढ़ाता हो। सिंगार का आसक्त मन माधुरी को अपने पिंजरे में बंद रखना चाहता है, जिसमें उस पर किसी की निगाह न पड़े। दयाकृष्ण निर्लिप्त भाव से उसकी स्वच्छंद क्रीड़ा का आनंद उठाता है। माधुरी को अब तक जितने आदमियों से साबिका पड़ा था, वे सब सिंगारसिंह की ही भाँति कामुकी, ईर्ष्यालु, दंभी और कोमल भावों से शून्य थे, रूप को भोगने की वस्तु समझनेवाले। दयाकृष्ण उन सबों से अलग था सहृदयी, भद्र और सेवाशील, मानो उस पर अपनी आत्मा को समर्पण कर देना चाहता हो। माधुरी को अब अपने जीवन में कोई ऐसा पदार्थ मिल गया है, जिसे वह बड़ी एहतियात से सँभालकर रखना चाहती है। जड़ाऊ गहने अब उसकी आँखों में उतने मूल्यवान नहीं रहे, जितनी यह फकीर की दी हुई तावीज। जड़ाऊ गहने हमेशा मिलेंगे, यह तावीज खो गयी, तो फिर शायद ही कभी हाथ आये। जड़ाऊ गहने केवल उसकी विलास-प्रवृत्ति को उत्तेजित करते हैं। पर इस तावीज में कोई दैवी शक्ति है, जो न जाने कैसे उसमें सद्नुराग और परिष्कार-भावना को जगाती है। दयाकृष्ण कभी प्रेम-प्रदर्शन नहीं करता, अपनी विरह-व्यथा के राग नहीं अलापता, पर माधुरी को उस पर पूरा

विश्वास है। सिंगारसिंह के प्रलाप में उसे बनावट और दिखावे का आभास होता है। वह चाहती है, यह जल्द यहाँ से टले; लेकिन दयाकृष्ण के संयत भाषण में उसे गहराई तथा गाम्भीर्य और गुरुत्व का आभास होता है। औरों की वह प्रेमिका है; लेकिन दयाकृष्ण की आशिक, जिसके कदमों की आहट पाकर उसके अन्दर एक तूफान उठने लगता है। उसके जीवन में यह नयी अनुभूति है। अब तक वह दूसरों के भोग की वस्तु थी, अब कम-से-कम एक प्राणी की दृष्टि में वह आदर और प्रेम की वस्तु है।

सिंगारसिंह को जब से दयाकृष्ण के इस प्रेमाभिनय की सूचना मिली है, वह उसके खून का प्यासा हो गया है।र् ईर्ष्याग्नि से फुँका जा रहा है। उसने दयाकृष्ण के पीछे कई शोहदे लगा रखे हैं कि वे उसे जहाँ पायें, उसका काम तमाम कर दें। वह खुद पिस्तौल लिये उसकी टोह में रहता है। दयाकृष्ण इस खतरे को समझता है, जानता है; अपने नियत समय पर माधुरी के पास बिला नागा आ जाता है। मालूम होता है, उसे अपनी जान का कुछ भी मोह नहीं है। शोहदे उसे देखकर क्यों कतरा जाते हैं, मौका पाकर भी क्यों उस पर वार नहीं करते, इसका रहस्य वह नहीं समझता।

एक दिन माधुरी ने उससे कहा, कृष्णजी, तुम यहाँ न आया करो। तुम्हें तो पता नहीं है, पर यहाँ तुम्हारे बीसों दुश्मन हैं। मैं डरती हूँ कि किसी दिन कोई बात न हो जाय।

शिशिर की तुषार-मण्डित सन्ध्या थी। माधुरी एक काश्मीरी शाल ओढ़े अँगीठी के सामने बैठी हुई थी। कमरे में बिजली का रजत प्रकाश फैला हुआ था। दयाकृष्ण ने देखा, माधुरी की आँखें सजल हो गई हैं और वह मुँह फेरकर उन्हें दयाकृष्ण से छिपाने की चेष्टा कर रही है। प्रदर्शन और सुखभोग करनेवाली रमणी क्यों इतना संकोच कर रही है, यह उसका अनाड़ी मन न समझ सका। हाँ, माधुरी के गोरे, प्रसन्न, संकोचहीन मुख पर लज्जामिश्रित मधुरिमा की ऐसी छटा उसने कभी न देखी थी। आज उसने उस मुख पर कुलवधू की भीरु आकांक्षा और दृढ़ वात्सल्य देखा और उसके अभिनय में सत्य का उदय हो गया।

उसने स्थिर भाव से जवाब दिया, मैं तो किसी की बुराई नहीं करता, मुझसे किसी को क्यों वैर होने लगा। मैं यहाँ किसी का बाधक नहीं, किसी का विरोधी नहीं। दाता के द्वार पर सभी भिक्षुक जाते हैं। अपना-अपना भाग्य है, किसी को एक चुटकी मिलती है, किसी को पूरा थाल। कोई क्यों किसी से जले ? अगर किसी पर तुम्हारी विशेष कृपा है, तो मैं उसे भाग्यशाली समझकर उसका आदर करूँगा। जलूँ क्यों ?

माधुरी ने स्नेह-कातर स्वर में कहा, ज़ी नहीं, आप कल से न आया कीजिए।

दयाकृष्ण मुस्कराकर बोला, तुम मुझे यहाँ आने से नहीं रोक सकतीं। भिक्षुक को तुम दुत्कार सकती हो, द्वार पर आने से नहीं रोक सकतीं।

माधुरी स्नेह की आँखों से उसे देखने लगी, फिर बोली, क्या सभी आदमी तुम्हीं जैसे निष्कपट हैं ?

'तो फिर मैं क्या करूँ ?'

'यहाँ न आया करो।'

'यह मेरे बस की बात नहीं।'

माधुरी एक क्षण तक विचार करके बोली, एक बात कहूँ, मानोगे ? चलो, हम-तुम किसी दूसरे नगर की राह लें।

'केवल इसीलिए कि कुछ लोग मुझसे खार खाते हैं ?'

'खार नहीं खाते, तुम्हारी जान के ग्राहक हैं।'

दयाकृष्ण उसी अविचलित भाव से बोला, ज़िस दिन प्रेम का यह पुरस्कार मिलेगा, वह मेरे जीवन का नया दिन होगा, माधुरी ! इससे अच्छी मृत्यु और क्या हो सकती है ? तब मैं तुमसे पृथक् न रहकर तुम्हारे मन में, तुम्हारी स्मृति में रहूँगा।

माधुरी ने कोमल हाथ से उसके गाल पर थपकी दी। उसकी आँखें भर आयी थीं। इन शब्दों में जो प्यार भरा हुआ था, वह जैसे पिचकारी की धार की तरह उसके ह्रदय में समा गया। ऐसी विकल वेदना ! ऐसा नशा ! इसे वह क्या कहे ?

उसने करुण स्वर में कहा, ऐसी बातें न किया करो कृष्ण, नहीं तो मैं सच कहती हूँ, एक दिन जहर खाकर तुम्हारे चरणों पर सो जाऊँगी। तुम्हारे इन शब्दों में न-जाने क्या जादू था कि मैं जैसे फुँक उठी। अब आप खुदा के लिए यहाँ न आया कीजिए, नहीं तो देख लेना, मैं एक दिन प्राण दे दूंगी। तुम क्या जानो, हत्यारा सिंगार किस बुरी तरह तुम्हारे पीछे पड़ा हुआ है। मैं उसके शोहदों की खुशामद करते-करते हार गयी। कितना कहती हूँ, दयाकृष्ण से मेरा कोई सम्बन्ध नहीं, उसके सामने तुम्हारी निन्दा करती हूँ, कितना कोसती हूँ, लेकिन उस निर्दयी को मुझ पर विश्वास नहीं आता। तुम्हारे लिए मैंने इन गुण्डों की कितनी मिन्नतें की हैं, उनके हाथ कितना अपमान सहा है, वह तुमसे न कहना ही अच्छा है। जिनका मुँह देखना भी मैं अपनी शान के खिलाफ समझती हूँ, उनके पैरों पड़ी हूँ, लेकिन ये कुत्ते हड्डियों के टुकड़े पाकर और भी शेर हो जाते हैं। मैं अब उनसे तंग आ गयी हूँ और तुमसे हाथ जोड़कर कहती हूँ कि यहाँ से किसी ऐसी जगह चले चलो, जहाँ हमें कोई न जानता हो। वहाँ शान्ति के साथ पड़े रहें। मैं तुम्हारे साथ सबकुछ झेलने को तैयार हूँ। आज इसका निश्चय कराये बिना मैं तुम्हें न जाने दूंगी। मैं जानती हूँ, तुम्हें मुझ पर अब भी विश्वास नहीं है। तुम्हें सन्देह है कि तुम्हारे साथ कपट करूँगी।

दयाकृष्ण ने टोका नहीं माधुरी, तुम मेरे साथ अन्याय कर रही हो। मेरे मन में कभी ऐसा सन्देह नहीं आया। पहले ही दिन मुझे न-जाने क्यों कुछ ऐसा प्रतीत हुआ कि तुम अपनी और बहनों से पृथक् हो। मैंने तुममें वह शील और संकोच देखा, जो मैंने कुलवधुओं में देखा है।

माधुरी ने उसकी आँखों में आँखें गड़ाकर कहा, तुम झूठ बोलने की कला में इतने निपुण नहीं हो कृष्ण, कि वेश्या को भुलावा दे सको ! मैं न शीलवती हूँ, न संकोचवती हूँ और न अपनी दूसरी बहनों से भिन्न हूँ, मैं वेश्या हूँ; उतनी ही कलुषित, उतनी ही विलासांध, उतनी ही मायाविनी, जितनी मेरी दूसरी बहनें; बल्कि उनसे कुछ ज्यादा। न तुम अन्य पुरुषों की तरह मेरे पास विनोद और वासना-तृप्ति के लिए आये थे। नहीं, महीनों आते रहने पर भी तुम यों अलिप्त न रहते। तुमने कभी डींग नहीं मारी, मुझे धन का प्रलोभन नहीं दिया। मैंने भी कभी तुमसे धन की आशा नहीं की। तुमने अपनी वास्तविक स्थिति मुझसे कह दी। फिर भी मैंने तुम्हें एक नहीं,

अनेक ऐसे अवसर दिये कि कोई दूसरा आदमी उन्हें न छोड़ता; लेकिन तुम्हें मैं अपने पंजे में न ला सकी। तुम चाहे और जिस इरादे से आये हो, भोग की इच्छा से नहीं आये। अगर मैं तुम्हें इतना नीच, इतना हृदयहीन, इतना विलासांधा समझती, तो इस तरह तुम्हारे नाज न उठाती। फिर मैं भी तुम्हारे साथ मित्र-भाव रखने लगी। समझ लिया, मेरी परीक्षा हो रही है। जब तक इस परीक्षा में सफल न हो जाऊँ, तुम्हें नहीं पा सकती। तुम जितने सज्जन हो, उतने ही कठोर हो।

यह कहते हुए माधुरी ने दयाकृष्ण का हाथ पकड़ लिया और अनुराग और समर्पण-भरी चितवनों से उसे देखकर बोली, सच बताओ कृष्ण, तुम मुझमें क्या देखकर आकर्षित हुए थे ? देखो, बहानेबाजी न करना। तुम रूप पर मुग्धा होने वाले आदमी नहीं हो, मैं कसम खा सकती हूँ।

दयाकृष्ण ने संकट में पड़कर कहा, रूप इतनी तुच्छ वस्तु नहीं है, माधुरी ! वह मन का आईना है।

'यहाँ मुझसे रूपवान् स्त्रियों की कमी नहीं है।'

'यह तो अपनी-अपनी निगाह है। मेरे पूर्व संस्कार रहे होंगे।'

माधुरी ने भँवें सिकोड़कर कहा, तुम फिर झूठ बोल रहे हो, चेहरा कहे देता है। दयाकृष्ण ने परास्त होकर पूछा, पूछकर क्या करोगी, माधुरी ? मैं डरता हूँ, कहीं तुम मुझसे घृणा न करने लगो। सम्भव है, तुम मेरा जो रूप देख रही हो, वह मेरा असली रूप न हो ?

माधुरी का मुँह लटक गया। विरक्त-सी होकर बोली, इसका खुले शब्दों में यह अर्थ है कि तुम्हें मुझ पर विश्वास नहीं। ठीक है, वेश्याओं पर विश्वास करना भी नहीं चाहिए। विद्वानों और महात्माओं का उपदेश कैसे न मानोगे ?

नारी-हृदय इस समस्या पर विजय पाने के लिए अपने अस्त्रों से काम लेने लगा।

दयाकृष्ण पहले ही पहले हमले में हिम्मत छोड़ बैठा। बोला, तुम तो नाराज हुई जाती हो, माधुरी ! मैंने तो केवल इस विचार से कहा, था कि तुम मुझे धोखेबाज समझने लगोगी। तुम्हें शायद मालूम नहीं है, सिंगारसिंह ने मुझ पर कितने एहसान किये हैं। मैं उन्हीं के टुकड़ों पर पला हूँ। इसमें रत्ती भर भी मुबालगा नहीं। वहाँ जाकर जब मैंने उनके रंग-ढंग देखे और उनकी साधवी स्त्री लीला को बहुत दुखी पाया, तो सोचते-सोचते मुझे यही उपाय सूझा कि किसी तरह सिंगारसिंह को तुम्हारे पंजे से छुड़ाऊँ। मेरे इस अभिमान का यही रहस्य है, लेकिन उन्हें छुड़ा तो न सका, खुद फँस गया। मेरे इस फरेब की जो सजा चाहो दो, सिर झुकाये हुए हूँ।

माधुरी का अभिमान टूट गया। जलकर बोली, तो यह कहिये कि आप लीला देवी के आशिक हैं। मुझे पहले से मालूम होता, तो तुम्हें इस घर में घुसने न देती। तुम तो एक छिपे रुस्तम निकले।

वह तोते के पिंजरे के पास जाकर उसे पुचकारने का बहाना करने लगी। मन में जो एक दाह उठ रही थी, उसे कैसे शान्त करे ?

दयाकृष्ण ने तिरस्कार-भरे स्वर में कहा, मैं लीला का आशिक नहीं हूँ, माधुरी ! उस देवी को कलंकित न करो। मैं आज तुमसे शपथ खाकर कहता हूँ कि मैंने कभी उसे इस निगाह से नहीं देखा। उसके प्रति मेरा वही भाव था, जो अपने किसी आत्मीय को दु:ख में देखकर हर एक मनुष्य के मन में आता है।

'किसी से प्रेम करना तो पाप नहीं है, तुम व्यर्थ में अपनी और लीला की सफाई दे रहे हो।'

'मैं नहीं चाहता कि लीला पर किसी तरह का आक्षेप किया जाय।'

'अच्छा साहब, लीजिए; लीला का नाम न लूँगी। मैंने मान लिया, वह सती है, साधवी है और केवल उसकी आज्ञा से...'

दयाकृष्ण ने बात काटी, उनकी कोई आज्ञा नहीं थी।

'ओ हो, तुम तो जबान पकड़ते हो, कृष्ण ! क्षमा करो, उनकी आज्ञा से नहीं तुम अपनी इच्छा से आये। अब तो राजी हुए। अब यह बताओ, आगे तुम्हारे क्या इरादे हैं ? मैं वचन तो दे दूंगी; मगर अपने संस्कारों को नहीं बदल सकती। मेरा मन दुर्बल है। मेरा सतीत्व कब का नष्ट हो चुका है। अन्य मूल्यवान् पदार्थों की तरह रूप और यौवन की रक्षा भी बलवान् हाथों से हो सकती है। मैं तुमसे पूछती हूँ, तुम मुझे अपनी शरण में लेने पर तैयार हो ? तुम्हारा आश्रय पाकर तुम्हारे प्रेम की शक्ति से, मुझे विश्वास है, मैं जीवन के सारे प्रलोभनों का सामना कर सकती हूँ। मैं इस सोने के महल को ठुकरा दूंगी; लेकिन इसके बदले मुझे किसी हरे वृक्ष की छाँह तो मिलनी चाहिए। वह छाँह तुम मुझे दोगे ? अगर नहीं दे सकते, तो मुझे छोड़ दो। मैं अपने हाल में मगन हूँ। मैं वादा करती हूँ, सिंगारसिंह से मैं कोई सम्बन्ध न रखूँगी। वह मुझे घेरेगा, रोयेगा। सम्भव है, गुण्डों से मेरा अपमान कराये, आतंक दिखाये। लेकिन मैं सबकुछ झेल लूँगी, तुम्हारी खातिर से...'

आगे और कुछ न कहकर वह तृष्णा-भरे लेकिन उसके साथ ही निरपेक्ष नेत्रों से दयाकृष्ण की ओर देखने लगी, जैसे दूकानदार गाहक को बुलाता तो है पर साथ ही यह भी दिखाना चाहता है कि उसे उसकी परवाह नहीं है। दयाकृष्ण क्या जवाब दे ? संघर्षमय संसार में वह अभी केवल एक कदम टिका पाया है। इधार वह अंगुल-भर जगह भी उससे छिन गयी है। शायद जोर मारकर वह फिर वह स्थान पा जाय; लेकिन वहाँ बैठने की जगह नहीं। और एक दूसरे प्राणी को लेकर तो वह खड़ा भी नहीं रह सकता। अगर मान लिया जाय कि अदम्य उद्योग से दोनों के लिए स्थान निकाल लेगा, तो आत्म-सम्मान को कहाँ ले जाय ? संसार क्या कहेगा ? लीला क्या फिर उसका मुँह देखना चाहेगी ? सिंगार से वह फिर आँखें मिला सकेगी ? यह भी छोड़ो। लीला अगर उसे पति समझती है, समझे। सिंगार अगर उससे जलता है तो जले, उसे इसकी परवाह नहीं। लेकिन अपने मन को क्या करे ? विश्वास उसके अन्दर आकर जाल में फँसे पक्षी की भाँति फड़फड़ा कर निकल भागता है। कुलीना अपने साथ विश्वास का वरदान लिये आती है। उसके साहचर्य में हमें कभी सन्देह नहीं होता। वहाँ सन्देह के लिए प्रत्यक्ष प्रमाण चाहिए। कुत्सिता सन्देह का संस्कार लिये आती है। वहाँ विश्वास के लिए प्रत्यक्ष अत्यन्त प्रत्यक्ष प्रमाण की जरूरत है। उसने नम्रता से कहा, तुम जानती हो, मेरी क्या हालत है ?

'हाँ, खूब जानती हूँ।'

'और उस हालत में तुम प्रसन्न रह सकोगी ?'

'तुम ऐसा प्रश्न क्यों करते हो कृष्ण ? मुझे दु:ख होता है। तुम्हारे मन में जो सन्देह है, वह मैं जानती हूँ, समझती हूँ। मुझे भ्रम हुआ था कि तुमने भी मुझे जान लिया है, समझ लिया है। अब मालूम हुआ, मैं धोखे में थी !'

वह उठकर वहाँ से जाने लगी। दयाकृष्ण ने उसका हाथ पकड़ लिया और प्रार्थी-भाव से बोला, तुम मेरे साथ अन्याय कर रही हो, माधुरी ! मैं सत्य कहता हूँ, ऐसी कोई बात नहीं है...

माधुरी ने खड़े-खड़े विरक्त मन से कहा, तुम झूठ बोल रहे हो, बिलकुल झूठ। तुम अब भी मन से यह स्वीकार नहीं कर रहे हो कि कोई स्त्री स्वेच्छा से रूप का व्यवसाय नहीं करती। पैसे के लिए अपनी लज्जा को उघाड़ना, तुम्हारी समझ में कुछ ऐसे आनन्द की बात है, जिसे वेश्या शौक से करती है। तुम वेश्या में स्त्रीत्व का होना सम्भव से बहुत दूर समझते हो। तुम इसकी कल्पना ही नहीं कर सकते कि वह क्यों अपने प्रेम में स्थिर नहीं होती। तुम नहीं जानते, कि प्रेम के लिए उसके मन में कितनी व्याकुलता होती है और जब वह सौभाग्य से उसे पा जाती है, तो किस तरह प्राणों की भाँति उसे संचित रखती है। खारे पानी के समुद्र में मीठे पानी का छोटा-सा पात्र कितना प्रिय होता है इसे वह क्या जाने, जो मीठे पानी के मटके उँडेलता रहता हो।

दयाकृष्ण कुछ ऐसे असमंजस में पड़ा हुआ था कि उसके मुँह से एक भी शब्द न निकला। उसके मन में जो शंका चिनगारी की भाँति छिपी हुई है, वह बाहर निकलकर कितनी भयंकर ज्वाला उत्पन्न कर देगी। उसने कपट का जो अभिनय किया था, प्रेम का जो स्वाँग रचा था, उसकी ग्लानि उसे और भी व्यथित कर रही थी।

सहसा माधुरी ने निष्ठुरता से पूछा, तुम यहाँ क्यों बैठे हो ?

दयाकृष्ण ने अपमान को पीकर कहा, मुझे सोचने के लिए कुछ समय दो माधुरी !

'क्या सोचने के लिए ?'

'अपना कर्तव्य ?'

'मैंने अपना कर्तव्य सोचने के लिए तो तुमसे समय नहीं माँगा ! तुम अगर मेरे उद्धार की बात सोच रहे हो, तो उसे दिल से निकाल डालो। मैं भ्रष्टा हूँ और तुम साधुता के पुतले हो ज़ब तक यह भाव तुम्हारे अन्दर रहेगा, मैं तुमसे उसी तरह बात करूँगी जैसे औरों के साथ करती हूँ। अगर भ्रष्ट हूँ, तो जो लोग यहाँ अपना मुँह काला करने आते हैं, वे कुछ कम भ्रष्ट नहीं हैं। तुम जो एक मित्र की स्त्री पर दाँत लगाये हुए हो, तुम जो एक सरला अबला के साथ झूठे प्रेम का स्वाँग करते हो, तुम्हारे हाथों अगर मुझे स्वर्ग भी मिलता हो, तो उसे ठुकरा दूं।'

दयाकृष्ण ने लाल आँखें करके कहा, तुमने फिर वही आक्षेप किया ?

माधुरी तिलमिला उठी। उसकी रही-सही मृदुता भी ईर्ष्या के उमड़ते हुए प्रवाह में समा गयी। लीला पर आक्षेप भी असह्य है, इसलिए कि वह कुलवधू है। मैं वेश्या हूँ, इसलिए मेरे प्रेम का उपकार भी स्वीकार नहीं किया जा सकता !

उसने अविचलित भाव से कहा, आक्षेप नहीं कर रही हूँ, सच्ची बात कह रही हूँ। तुम्हारे डर से बिल खोदने जा रही हूँ। तुम स्वीकार करो या न करो, तुम लीला पर मरते हो। तुम्हारी लीला तुम्हें मुबारक रहे। मैं अपने सिंगारसिंह ही में प्रसन्न हूँ, उद्धार की लालसा अब नहीं रही। पहले जाकर अपना उद्धार करो। अब से खबरदार कभी भूलकर भी यहाँ न आना, नहीं तो पछताओगे। तुम जैसे रंगे हुए पतितों का उद्धार नहीं करते। उद्धार वही कर सकते हैं, जो उद्धार के अभिमान को ह्रदय में आने ही नहीं देते। जहाँ प्रेम है, वहाँ किसी तरह का भेद नहीं रह सकता।

यह कहने के साथ ही वह उठकर बराबर वाले दूसरे कमरे में चली गयी, और अन्दर से द्वार बन्द कर लिया। दयाकृष्ण कुछ देर वहाँ मर्माहत-सा रहा, फिर धीरे-धीरे नीचे उतर गया, मानो देह में प्राण न हो।

4

दो दिन दयाकृष्ण घर से न निकला। माधुरी ने उसके साथ जो व्यवहार किया, इसकी उसे आशा न थी ! माधुरी को उससे प्रेम था, इसका उसे विश्वास था, लेकिन जो प्रेम इतना असहिष्णु हो, जो दूसरे के मनोभावों का जरा भी विचार न करे, जो मिथ्या कलंक आरोपण करने से भी संकोच न करे, वह उन्माद हो सकता है, प्रेम नहीं। उसने बहुत अच्छा किया कि माधुरी के कपट-जाल में न फँसा, नहीं तो उसकी न जाने क्या दुर्गति होती।

पर दूसरे क्षण उसके भाव बदल जाते और माधुरी के प्रति उसका मन कोमलता से भर जाता। अब वह अपनी अनुदारता पर, अपनी संकीर्णता पर पछताता ! उसे माधुरी पर सन्देह करने का कोई कारण न था। ऐसी दशा में ईर्ष्या स्वाभाविक है और वह् ईर्ष्या ही क्या, जिसमें डंक न हो, विष न हो। माना, समाज उसकी निन्दा करता। यह भी मान लिया कि माधुरी सती भार्या न होती। कम-से-कम सिंगारसिंह तो उसके पंजे से निकल जाता। दयाकृष्ण के सिर से ऋण का भार तो कुछ हल्का हो जाता, लीला का जीवन तो सुखी हो जाता।

सहसा किसी ने द्वार खटखटाया। उसने द्वार खोला, तो सिंगारसिंह सामने खड़ा था। बाल बिखरे हुए, कुछ अस्त-व्यस्त।

दयाकृष्ण ने हाथ मिलाते हुए पूछा, क्या पाँव-पाँव ही आ रहे हो, मुझे क्यों न बुला लिया ?

सिंगार ने उसे चुभती हुई आँखों से देखकर कहा, मैं तुमसे यह पूछने आया हूँ कि माधुरी कहाँ है ? अवश्य तुम्हारे घर में होगी।

'क्यों अपने घर पर होगी, मुझे क्या खबर ? मेरे घर क्यों आने लगी ?'

'इन बहानों से काम न चलेगा, समझ गये ? मैं कहता हूँ, मैं तुम्हारा खून पी जाऊँगा वरना ठीक-ठीक बता दो, वह कहाँ गयी ?'

'मैं बिलकुल कुछ नहीं जानता, तुम्हें विश्वास दिलाता हूँ। मैं तो दो दिन से घर से निकला ही नहीं।'

'रात को मैं उसके पास था। सवेरे मुझे उसका यह पत्र मिला। मैं उसी वक्त दौड़ा हुआ उसके घर गया। वहाँ उसका पता न था। नौकरों से इतना मालूम हुआ, ताँगे पर बैठकर कहीं गयी है।

कहाँ गयी है, यह कोई न बता सका। मुझे शक हुआ, यहाँ आयी होगी। जब तक तुम्हारे घर की तलाशी न ले लूँगा, मुझे चैन न आयेगी।'

उसने मकान का एक-एक कोना देखा, तख्त के नीचे, आलमारी के पीछे। तब निराश होकर बोला, बड़ी बेवफा और मक्कार औरत है। जरा इस खत को पढ़ो।

दोनों फर्श पर बैठ गये। दयाकृष्ण ने पत्र लेकर पढ़ना शुरू किया-

सरदार साहब ! मैं आज कुछ दिनों के लिए यहाँ से जा रही हूँ, कब लौटूँगी, कुछ नहीं जानती। कहाँ जा रही हूँ, यह भी नहीं जानती। जा इसलिए रही हूँ कि इस बेशर्मी और बेहयाई की जिन्दगी से मुझे घृणा हो रही है। और घृणा हो रही है उन लम्पटों से, जिनके कुत्सित विलास का मैं खिलौना थी और जिनमें तुम मुख्य हो। तुम महीनों से मुझ पर सोने और रेशम की वर्षा कर रहे हो; मगर मैं तुमसे पूछती हूँ, उससे लाख गुने सोने और दस लाख गुने रेशम पर भी तुम अपनी बहन या स्त्री को इस रूप के बाजार में बैठने दोगे ? कभी नहीं। उन देवियों में कोई ऐसी वस्तु है, जिसे तुम संसार भर की दौलत से भी मूल्यवान समझते हो। लेकिन जब तुम शराब के नशे में चूर, अपने एक-एक अंग में काम का उन्माद भरे आते थे, तो तुम्हें कभी ध्यान आता था कि तुम उसी अमूल्य वस्तु को किस निर्दयता के साथ पैरों से कुचल रहे हो ? कभी ध्यान आता था कि अपनी कुल-देवियों को इस अवस्था में देखकर तुम्हें कितना दु:ख होता ? कभी नहीं। यह उन गीदड़ों और गिध्दों की मनोवृत्ति है, जो किसी लाश को देखकर चारों ओर से जमा हो जाते हैं, और उसे नोच-नोचकर खाते हैं। यह समझ रक्खो, नारी अपना बस रहते हुए कभी पैसों के लिए अपने को समर्पित नहीं करती। यदि वह ऐसा कर रही है, तो समझ लो कि उसके लिए और कोई आश्रय और कोई आधार नहीं है और पुरुष इतना निर्लज्ज है कि उसकी दुरवस्था से अपनी वासना तृप्त करता है और इसके साथ ही इतना निर्दय कि उसके माथे पर पतिता का कलंक लगाकर उसे उसी दुरवस्था में मरते देखना चाहता है ! क्या वह नारी है ? क्या नारीत्व के पवित्र मन्दिर में उसका स्थान नहीं है ? लेकिन तुम उसे उस मन्दिर में घुसने नहीं देते। उसके स्पर्श से मन्दिर की प्रतिमा भ्रष्ट हो जायगी। खैर, पुरुष-समाज जितना अत्याचार चाहे कर ले। हम असहाय हैं, आत्माभिमान को भूल बैठी हैं लेकिन...

सहसा सिंगारसिंह ने उसके हाथ से वह पत्र छीन लिया और जेब में रखता हुआ बोला, क्या बड़े गौर से पढ़ रहे हो, कोई नयी बात नहीं। सबकुछ वही है, जो तुमने सिखाया है। यही करने तो तुम उसके यहाँ जाते थे। मैं कहता हूँ, तुम्हें मुझसे इतनी जलन क्यों हो गयी ? मैंने तो तुम्हारे साथ कोई बुराई न की थी। इस साल-भर में मैंने माधुरी पर दस हजार से कम न फूँके होंगे। घर में जो कुछ मूल्यवान् था, वह मैंने उसके चरणों पर चढ़ा दिया और आज उसे साहस हो रहा है कि वह हमारी कुल-देवियों की बराबरी करे ! यह सब तुम्हारा प्रसाद है। सत्तर चूहे खाके बिल्ली हज को चली ! कितनी बेवफा जात है। ऐसों को तो गोली मार दे। जिस पर सारा घर लुटा दिया, जिसके पीछे सारे शहर में बदनाम हुआ, वह आज मुझे उपदेश करने चली है ! जरूर इसमें कोई-न-कोई रहस्य है। कोई नया शिकार फँसा होगा; मगर मुझसे भागकर जायगी कहाँ, ढूँढ़ न

निकालूँ तो नाम नहीं। कम्बख्त कैसी प्रेम-भरी बातें करती थी कि मुझ पर घड़ों नशा चढ़ जाता था। बस, कोई नया शिकार फँस गया। यह बात न हो, मूँछ मुड़ा लूँ।

दयाकृष्ण उसके सफाचट चेहरे की ओर देखकर मुस्कराया तुम्हारी मूँछें तो पहले ही मुड़ चुकी हैं।

इस हलके-से विनोद ने जैसे सिंगारसिंह के घाव पर मरहम रख दिया। वह बे-सरो-सामान घर, वह फटा फर्श, वे टूटी-फूटी चीज़ें देखकर उसे दयाकृष्ण पर दया आ गयी। चोट की तिलमिलाहट में वह जवाब देने के लिए ईंट-पत्थर ढूँढ़ रहा था; पर अब चोट ठण्डी पड़ गयी थी और दर्द घनीभूत हो रहा था। दर्द के साथ-साथ सौहार्द भी जाग रहा था। जब आग ही ठंडी हो गयी तो धुआँ कहाँ से आता ?

उसने पूछा, सच कहना, तुमसे भी कभी प्रेम की बातें करती थी ?

दयाकृष्ण ने मुस्कराते हुए कहा, मुझसे ? मैं तो खाली उसकी सूरत देखने जाता था।

'सूरत देखकर दिल पर काबू तो नहीं रहता।'

'यह तो अपनी-अपनी रुचि है।'

'है मोहनी, देखते ही कलेजे पर छुरी चल जाती है।'

'मेरे कलेजे पर तो कभी छुरी नहीं चली। यही इच्छा होती थी कि इसके पैरों पर गिर पड़ूँ।'

'इसी शायरी ने तो यह अनर्थ किया। तुम-जैसे बुद्धुओं को किसी देहातिन से शादी करके रहना चाहिए। चले थे वेश्या से प्रेम करने !'

एक क्षण के बाद उसने फिर कहा, मगर है बेवफा, मक्कार !

'तुमने उससे वफा की आशा की, मुझे तो यही अफसोस है।'

'तुमने वह दिल ही नहीं पाया, तुमसे क्या कहूँ।'

एक मिनट के बाद उसने सहृदय-भाव से कहा, अपने पत्र में उसने बातें तो सच्ची लिखी हैं, चाहे कोई माने या न माने ? सौन्दर्य को बाजारू चीज समझना कुछ बहुत अच्छी बात तो नहीं है।

दयाकृष्ण ने पुचारा दिया, ज़ब स्त्री अपना रूप बेचती है, तो उसके खरीदार भी निकल आते हैं। फिर यहाँ तो कितनी ही जातियाँ हैं, जिनका यही पेशा है।

'यह पेशा चला कैसे ?'

'स्त्रियों की दुर्बलता से।'

'नहीं, मैं समझता हूँ, बिस्मिल्लाह पुरुषों ने की होगी।'

इसके बाद एकाएक जेब से घड़ी निकालकर देखता हुआ बोला, ओहो ! दो बज गये और अभी मैं यहीं बैठा हूँ। आज शाम को मेरे यहाँ खाना खाना। जरा इस विषय पर बातें होंगी। अभी तो उसे ढूँढ़ निकालना है। वह है कहीं इसी शहर में। घरवालों से भी कुछ नहीं कहा,।

बुढ़िया नायका सिर पीट रही थी। उस्तादजी अपनी तकदीर को रो रहे थे। न-जाने कहाँ जाकर छिप रही।

उसने उठकर दयाकृष्ण से हाथ मिलाया और चला।

दयाकृष्ण ने पूछा, मेरी तरफ से तो तुम्हारा दिल साफ हो गया ?

सिंगार ने पीछे फिरकर कहा, हुआ भी और नहीं भी हुआ। और बाहर निकल गया।

सात-आठ दिन तक सिंगारसिंह ने सारा शहर छाना, पुलिस में रिपोर्ट की, समाचारपत्रों में नोटिस छपायी, अपने आदमी दौड़ाये; लेकिन माधुरी का कुछ भी सुराग न मिला कि फिर महफिल गर्म होती। मित्रवृन्द सुबह-शाम हाजिरी देने आते और अपना-सा मुँह लेकर लौट जाते। सिंगार के पास उनके साथ गप-शप करने का समय न था।

गरमी के दिन, सजा हुआ कमरा भट्ठी बना हुआ था। खस की टट्टियाँ भी थीं, पंखा भी; लेकिन गरमी जैसे किसी के समझाने-बुझाने की परवाह नहीं करना चाहती, अपने दिल का बुखार निकालकर ही रहेगी।

सिंगार सिंह अपने भीतरवाले कमरे में बैठा हुआ पेग-पर-पेग चढ़ा रहा था; पर अन्दर की आग न शान्त होती थी। इस आग ने ऊपर की घास-फूस को जलाकर भस्म कर दिया था और अब अन्तस्तल की जड़ विरक्ति और अचल विचार को द्रवित करके बड़े वेग से ऊपर फेंक रही थी। माधुरी की बेवफाई ने उसके आमोदी ह्रदय को इतना आहत कर दिया था कि अब अपना जीवन ही बेकार-सा मालूम होता था। माधुरी उसके जीवन में सबसे सत्य वस्तु थी, सत्य भी और सुन्दर भी। उसके जीवन की सारी रेखाएँ इसी बिन्दु पर आकर जमा हो जाती थीं। वह बिन्दु एकाएक पानी के बुलबुले की भाँति मिट गया और अब वे सारी रेखाएँ, वे सारी भावनाएँ, वे सारी मृदु स्मृतियाँ उन झल्लायी हुई मधुमक्खियों की तरह भनभनाती फिरती थीं, जिनका छत्ता जला दिया गया हो। जब माधुरी ने कपट व्यवहार किया तो और किससे कोई आशा की जाय ? इस जीवन ही में क्या है ? आम में रस ही न रहा, तो गुठली किस काम की ?

लीला कई दिनों से महफिल में सन्नाटा देखकर चकित हो रही थी। उसने कई महीनों से घर के किसी विषय में बोलना छोड़ दिया था। बाहर से जो आदेश मिलता था, उसे बिना कुछ कहे-सुने पूरा करना ही उसके जीवन का क्रम था। वीतराग-सी हो गयी थी। न किसी शौक से वास्ता था, न सिंगार से।

मगर इस कई दिन के सन्नाटे ने उसके उदास मन को भी चिन्तित कर दिया। चाहती थी कि कुछ पूछे; लेकिन पूछे कैसे ? मान जो टूट जाता। मान ही किस बात का ? मान तब करे, जब कोई उसकी बात पूछता हो। मान-अपमान से प्रयोजन नहीं। नारी ही क्यों हुई ?

उसने धीरे-धीरे कमरे का पर्दा हटाकर अन्दर झाँका। देखा, सिंगारसिंह सोफा पर चुपचाप लेटा हुआ है, जैसे कोई पक्षी साँझ के सन्नाटे में परों में मुँह छिपाये बैठा हो।

समीप आकर बोली, मेरे मुँह पर ताला डाल दिया गया है; लेकिन क्या करूँ, बिना बोले रहा नहीं जाता। कई दिन से सरकार की महफिल में सन्नाटा क्यों है ? तबीयत तो अच्छी है ?

सिंगार ने उसकी ओर आँखें उठायीं। उनमें व्यथा भरी हुई थी। कहा, तुम अपने मैके क्यों नहीं चली जातीं लीला ?

'आपकी जो आज्ञा; पर यह तो मेरे प्रश्न का उत्तर न हुआ।'

'वह कोई बात नहीं। मैं बिलकुल अच्छा हूँ। ऐसे बेहयाओं को मौत भी नहीं आती। अब इस जीवन से जी भर गया। कुछ दिनों के लिए बाहर जाना चाहता हूँ। तुम अपने घर चली जाओ, तो मैं निश्चिन्त हो जाऊँ।'

'भला आपको मेरी इतनी चिन्ता तो है।'

'अपने साथ जो कुछ ले जाना चाहती हो, ले जाओ।'

'मैंने इस घर की चीजों को अपना समझना छोड़ दिया है।'

'मैं नाराज होकर नहीं कह रहा हूँ, लीला न-जाने कब लौटूँ, तुम यहाँ अकेले कैसे रहोगी ?'

कई महीने के बाद लीला ने पति की आँखों में स्नेह की झलक देखी।

'मेरा विवाह तो इस घर की सम्पत्ति से नहीं हुआ है, तुमसे हुआ है। जहाँ तुम रहोगे वहीं मैं भी रहूँगी।'

'मेरे साथ तो अब तक तुम्हें रोना ही पड़ा।'

लीला ने देखा, सिंगार की आँखों में आँसू की एक बूँद नीले आकाश में चन्द्रमा की तरह गिरने-गिरने को हो रही थी। उसका मन भी पुलकित हो उठा। महीनों की क्षुधाग्नि में जलने के बाद अन्न का एक दाना पाकर वह उसे कैसे ठुकरा दे ? पेट नहीं भरेगा, कुछ भी नहीं होगा, लेकिन उस दाने को ठुकराना क्या उसके बस की बात थी ?

उसने बिलकुल पास आकर, अपने अञ्चल को उसके समीप ले जाकर कहा, मैं तो तुम्हारी हो गयी। हँसाओगे, हँसूँगी, रुलाओगे, रोऊँगी, रखोगे तो रहूँगी, निकालोगे तो भी रहूँगी, मेरा घर तुम हो, धर्म तुम हो, अच्छी हूँ तो तुम्हारी हूँ, बुरी हूँ तो तुम्हारी हूँ।

और दूसरे क्षण सिंगार के विशाल सीने पर उसका सिर रखा हुआ था और उसके हाथ थे लीला की कमर में। दोनों के मुख पर हर्ष की लाली थी, आँखों में हर्ष के आँसू और मन में एक ऐसा तूफान, जो उन्हें न जाने कहाँ उड़ा ले जाएगा।

एक क्षण के बाद सिंगार ने कहा, तुमने कुछ सुना, माधुरी भाग गयी और पगला दयाकृष्ण उसकी खोज में निकला !

लीला को विश्वास न आया दयाकृष्ण !

'हाँ जी, जिस दिन वह भागी है, उसके दूसरे ही दिन वह भी चल दिया।'

'वह तो ऐसा नहीं है। और माधुरी क्यों भागी ?'

'दोनों में प्रेम हो गया था। माधुरी उसके साथ रहना चाहती थी। वह राजी न हुआ।'

लीला ने एक लम्बी साँस ली। दयाकृष्ण के वे शब्द याद आये, जो उसने कई महीने पहले कहे थे। दयाकृष्ण की वे याचना-भरी आँखें उसके मन को मसोसने लगीं।

सहसा किसी ने बड़े जोर से द्वार खोला और धड़धड़ाता हुआ भीतर वाले कमरे के द्वार पर आ गया।

सिंगार ने चकित होकर कहा, 'अरे ! तुम्हारी यह क्या हालत है, कृष्णा ? किधार से आ रहे हो ?'

दयाकृष्ण की आँखें लाल थीं, सिर और मुँह पर गर्द जमी हुई, चेहरे पर घबराहट, जैसे कोई दीवाना हो। उसने चिल्लाकर कहा, तुमने सुना; माधुरी इस संसार में नहीं रही ! और दोनों हाथों से सिर पीट-पीटकर रोने लगा, मानो हृदय और प्राणों को आँखों से बहा देगा।

***

चमत्कार

बी.ए. पास करने के बाद चन्द्रप्रकाश को एक टयूशन करने के सिवा और कुछ न सूझा। उसकी माता पहले ही मर चुकी थी, इसी साल पिता का भी देहान्त हो गया और प्रकाश जीवन के जो मधुर स्वप्न देखा करता था, वे सब धूल में मिल गये। पिता ऊँचे ओहदे पर थे, उनकी कोशिश से चन्द्रप्रकाश को कोई अच्छी जगह मिलने की पूरी आशा थी; पर वे सब मनसूबे धरे रह गये और अब गुजर-बसर के लिए वही 30 रुपये महीने की टयूशन रह गई। पिता ने कुछ सम्पत्ति भी न छोड़ी, उलटे वधू का बोझ और सिर पर लाद दिया और स्त्री भी मिली, तो पढ़ी-लिखी, शौकीन, जबान की तेज जिसे मोटा खाने और मोटा पहनने से मर जाना कबूल था। चन्द्रप्रकाश को 30 रुपये की नौकरी करते शर्म तो आयी; लेकिन ठाकुर साहब ने रहने का स्थान देकर उसके आँसू पोंछ दिये। यह मकान ठाकुर साहब के मकान से बिलकुल मिला हुआ था पक्का, हवादार, साफ-सुथरा और जरूरी सामान से लैस। ऐसा मकान 20 रुपये से कम पर न मिलता, काम केवल दो घंटे का। लड़का था तो लगभग उन्हीं की उम्र का; पर बड़ा कुन्दजेहन, कामचोर। अभी नवें दरजे में पढ़ता था। सबसे बड़ी बात यह कि ठाकुर और ठाकुराइन दोनों प्रकाश का बहुत आदर करते थे, बल्कि उसे लड़का ही समझते थे। वह नौकर नहीं, घर का आदमी था और घर के हर एक मामले में उसकी सलाह ली जाती थी। ठाकुर साहब अँगरेजी नहीं जानते थे। उनकी समझ में अँगरेजीदाँ लौंडा भी उनसे ज्यादा बुद्धिमान, चतुर और तजरबेकार था।

2

सन्ध्या का समय था। प्रकाश ने अपने शिष्य वीरेन्द्र को पढ़ाकर छड़ी उठायी, तो ठाकुराइन ने आकर कहा, अभी न जाओ बेटा, जरा मेरे साथ आओ, तुमसे कुछ सलाह करनी है।

प्रकाश ने मन में सोचा आज कैसी सलाह है, वीरेन्द्र के सामने क्यों नहीं कहा ? उसे भीतर ले जाकर रमा देवी ने कहा-तुम्हारी क्या सलाह है, बीरू को ब्याह दूं ? एक बहुत अच्छे घर से सन्देशा आया है।

प्रकाश ने मुस्कराकर कहा- यह तो बीरू बाबू ही से पूछिए।

'नहीं, मैं तुमसे पूछती हूँ।'

प्रकाश ने असमंजस में पड़कर कहा- मैं इस विषय में क्या सलाह दे सकता हूँ ? उनका बीसवाँ साल तो है; लेकिन यह समझ लीजिए कि पढ़ना हो चुका।

'तो अभी न करूँ, यही सलाह है ?'

'जैसा आप उचित समझें। मैंने तो दोनों बातें कह दीं।'

'तो कर डालूँ ? मुझे यही डर लगता है कि लड़का कहीं बहक न जाय।'

'मेरे रहते इसकी तो आप चिन्ता न करें। हाँ, इच्छा हो, तो कर डालिए। कोई हरज भी नहीं है।'

'सब तैयारियाँ तुम्हीं को करनी पड़ेंगी, यह समझ लो।'

'तो मैं इनकार कब करता हूँ।'

रोटी की खैर मनोनवाले शिक्षित युवकों में एक प्रकार की दुविधा होती है, जो उन्हें अप्रिय सत्य कहने से रोकती है। प्रकाश में भी यही कमजोरी थी।

बात पक्की हो गयी और विवाह का सामान होने लगा। ठाकुर साहब उन मनुष्यों में थे, जिन्हें अपने ऊपर विश्वास नहीं होता। उनकी निगाह में प्रकाश की डिग्री, उनके साठ साल के अनुभव से कहीं मूल्यवान् थी। विवाह का सारा आयोजन प्रकाश के हाथों में था। दस-बारह हजार रुपये खर्च करने का अधिकार कुछ कम गौरव की बात न थी। देखते-देखते ही फटेहाल युवक जिम्मेदार मैनेजर बन बैठा। कहीं कपड़ेवाला उसे सलाम करने आया है; कहीं मुहल्ले का बनिया घेरे हुए है; कहीं गैस और शामियानेवाला खुशामद कर रहा है। वह चाहता, तो दो-चार सौ रुपये बड़ी आसानी से बना लेता, लेकिन इतना नीच न था। फिर उसके साथ क्या दगा करता, जिसने सबकुछ उसी पर छोड़ दिया था। पर जिस दिन उसने पाँच हजार के जेवर खरीदे, उस दिन उसका मन चंचल हो उठा।

घर आकर चम्पा से बोला, हम तो यहाँ रोटियों के मुहताज हैं और दुनिया में ऐसे आदमी पड़े हुए हैं जो हजारों-लाखों रुपये के जेवर बनवा डालते हैं। ठाकुर साहब ने आज बहू के चढ़ावे के लिए पाँच हजार के जेवर खरीदे। ऐसी-ऐसी चीजें कि देखकर आँखें ठण्डी हो जायँ। सच कहता हूँ, बाज चीजों पर तो आँख नहीं ठहरती थी।

चम्पा ईर्ष्या-जनित विराग से बोली- ऊँह, हमें क्या करना है ? जिन्हें ईश्वर ने दिया है, वे पहनें। यहाँ तो रोकर मरने ही के लिए पैदा हुए हैं।

चन्द्रप्रकाश – इन्हीं लोगों की मौज़ है। न कमाना, न धमाना। बाप-दादा छोड़ गये हैं, मजे से खाते और चैन करते हैं। इसी से कहता हूँ, ईश्वर बड़ा अन्यायी है।

चम्पा- अपना-अपना पुरुषार्थ है, ईश्वर का क्या दोष ? तुम्हारे बाप-दादा छोड़ गये होते, तो तुम भी मौज करते। यहाँ तो रोटियाँ चलना मुश्किल हैं, गहने-कपड़े को कौन रोये। और न इस जिन्दगी में कोई ऐसी आशा ही है। कोई गत की साड़ी भी नहीं रही कि किसी भले आदमी के घर जाऊँ, तो पहन लूँ। मैं तो इसी सोच में हूँ कि ठकुराइन के यहाँ ब्याह में कैसे जाऊँगी। सोचती हूँ, बीमार पड़ जाती तो जान बचती।

यह कहते-कहते चम्पा की आँखें भर आयीं।

प्रकाश ने तसल्ली दी- साड़ी तुम्हारे लिए लाऊँ। अब क्या इतना भी न कर सकूँगा ? मुसीबत के ये दिन क्या सदा बने रहेंगे ? जिन्दा रहा, तो एक दिन तुम सिर से पाँव तक जेवरों से लदी रहोगी।

चम्पा मुस्कराकर बोली- चलो, ऐसी मन की मिठाई मैं नहीं खाती। निबाह होता जाय, यही बहुत है। गहनों की साध नहीं है।

प्रकाश ने चम्पा की बातें सुनकर लज्जा और दु:ख से सिर झुका लिया। चम्पा उसे इतना पुरुषार्थहीन समझती है।

3

रात को दोनों भोजन करके लेटे, तो प्रकाश ने फिर गहनों की बात छेड़ी। गहने उसकी आँखों में बसे हुए थे- इस शहर में ऐसे बढ़िया गहने बनते हैं, मुझे इसकी आशा न थी।

चम्पा ने कहा- क़ोई और बात करो। गहनों की बात सुनकर जी जलता है।

'वैसी चीजें तुम पहनो, तो रानी मालूम होने लगो।'

'गहनों से क्या सुन्दरता बढ़ जाती है ? तो ऐसी बहुत-सी औरतें देखी हैं, जो गहने पहनकर भद्दी दीखने लगती हैं।'

'ठाकुर साहब भी मतलब के यार हैं। यह न हुआ कि कहते, इसमें से कोई चीज चम्पा के लिए भी लेते जाओ।'

'तुम भी कैसी बच्चों की-सी बातें करते हो ?'

'इसमें बचपने की क्या बात है ? कोई उदार आदमी कभी इतनी कृपणता न करता।'

'मैंने तो कोई ऐसा उदार आदमी नहीं देखा, जो अपनी बहू के गहने किसी गैर को दे दे।'

'मैं गैर नहीं हूँ। हम दोनों एक ही मकान में रहते हैं। मैं उनके लड़के को पढ़ाता हूँ और शादी का सारा इन्तजाम कर रहा हूँ। अगर सौ-दो सौ की कोई चीज दे देते, तो वह निष्फल न जाती। मगर धनवानों का हृदय धन के भार से दबकर सिकुड़ जाता है। उनमें उदारता के लिए स्थान ही नहीं रहता।'

रात के बारह बज गये हैं, फिर भी प्रकाश को नींद नहीं आती। बार-बार ही चमकीले गहने आँखों के सामने आ जाते हैं। कुछ बादल हो आये हैं और बार-बार बिजली चमक उठती है।

सहसा प्रकाश चारपाई से उठ खड़ा हुआ। उसे चम्पा का आभूषणहीन अंग देखकर दया आयी। यही तो खाने-पहनने की उम्र है और इसी उम्र में इस बेचारी को हर एक चीज के लिए तरसना पड़ रहा है। वह दबे पाँव कमरे से बाहर निकलकर छत पर आया। ठाकुर साहब की छत इस छत से मिली हुई थी। बीच में एक पाँच फीट ऊँची दीवार थी। वह दीवार पर चढ़कर ठाकुर साहब की छत पर आहिस्ता से उतर गया। घर में बिलकुल सन्नाटा था।

उसने सोचा पहले जीने से उतरकर ठाकुर साहब के कमरे में चलूँ। अगर वह जाग गये, तो जोर से हँसूँगा और कहूँगा-क़ैसा चरका दिया, या कह दूँगा- मेरे घर की छत से कोई आदमी इधर आता दिखायी दिया, इसलिए मैं भी उसके पीछे-पीछे आया कि देखूँ, यह क्या करता है। अगर सन्दूक की कुंजी मिल गयी तो फिर फतह है। किसी को मुझ पर सन्देह ही न होगा। सब लोग नौकरों पर सन्देह करेंगे, मैं भी कहूँगा- साहब ! नौकरों की हरकत है, इन्हें छोड़कर और

कौन ले जा सकता है ? मैं बेदाग बच जाऊँगा ! शादी के बाद कोई दूसरा घर लूँगा। फिर धीरे-धीरे एक-एक चीज चम्पा को दूंगा,जिसमें उसे कोई सन्देह न हो।

फिर भी वह जीने से उतरने लगा तो उसकी छाती धड़क रही थी।

4

धूप निकल आयी थी। प्रकाश अभी सो रहा था कि चम्पा ने उसे जगाकर कहा- बड़ा गजब हो गया। रात को ठाकुर साहब के घर में चोरी हो गयी। चोर गहने की सन्दूकची उठा ले गया।

प्रकाश ने पड़े-पड़े पूछा- क़िसी ने पकड़ा नहीं चोर को ?

'किसी को खबर भी हो ! वह सन्दूकची ले गया, जिसमें ब्याह के गहने रखे थे। न-जाने कैसे कुंजी उड़ा ली और न-जाने कैसे उसे मालूम हुआ कि इस सन्दूक में सन्दूकची रखी है !'

'नौकरों की कार्रवाई होगी। बाहरी चोर का यह काम नहीं है।'

'नौकर तो उनके तीनों पुराने हैं।'

'नीयत बदलते क्या देर लगती है ! आज मौका देखा, उठा ले गये !'

'तुम जाकर जरा उन लोगों को तसल्ली तो दो। ठाकुराइन बेचारी रो रही थीं। तुम्हारा नाम ले-लेकर कहती थीं कि बेचारा महीनों इन गहनों के लिए दौड़ा, एक-एक चीज अपने सामने जँचवायी और चोर दाढ़ीजारों ने उसकी सारी मेहनत पर पानी फेर दिया।'

प्रकाश चटपट उठ बैठा और घबड़ाता हुआ-सा जाकर ठाकुराइन से बोला- यह तो बड़ा अनर्थ हो गया माताजी, मुझसे तो अभी-अभी चम्पा ने कहा।

ठाकुर साहब सिर पर हाथ रखे बैठे हुए थे। बोले- क़हीं सेंध नहीं, कोई ताला नहीं टूटा, किसी दरवाजे की चूल नहीं उतरी। समझ में नहीं आता, चोर आया किधर से !

ठाकुराइन ने रोकर कहा- मैं तो लुट गयी भैया, ब्याह सिर पर खड़ा है, कैसे क्या होगा, भगवान् ! तुमने दौड़-धूप की थी, तब कहीं जाके चीजें आयी थीं। न-जाने किस मनहूस सायत से लग्न आयी थी।

प्रकाश ने ठाकुर साहब के कान में कहा- मुझे तो किसी नौकर की शरारत मालूम होती है।

ठाकुराइन ने विरोध किया- अरे नहीं भैया, नौकरों में ऐसा कोई नहीं। दस-दस हजार रुपये यों ही ऊपर रखे रहते थे, कभी एक पाई भी नहीं गयी।

ठाकुर साहब ने नाक सिकोड़कर कहा- तुम क्या जानो, आदमी का मन कितना जल्द बदल जाया करता है। जिसने अब तक चोरी नहीं की, वह कभी चोरी न करेगा, यह कोई नहीं कह सकता। मैं पुलिस में रिपोर्ट करूँगा और एक-एक नौकर की तलाशी कराऊँगा। कहीं माल उड़ा दिया होगा। जब पुलिस के जूते पड़ेंगे तो आप ही कबूलेंगे। प्रकाश ने पुलिस का घर में आना खतरनाक समझा। कहीं उन्हीं के घर में तलाशी ले, तो अनर्थ ही हो जाय। बोले- पुलिस में रिपोर्ट करना और तहकीकात कराना व्यर्थ है। पुलिस माल तो न बरामद कर सकेगी। हाँ, नौकरों को मार-पीट भले ही लेगी। कुछ नजर भी उसे चाहिए, नहीं तो कोई दूसरा ही स्वाँग खड़ा कर देगी। मेरी तो सलाह है कि एक-एक नौकर को एकान्त में बुलाकर पूछा जाय।

ठाकुर साहब ने मुँह बनाकर कहा- तुम भी क्या बच्चों की-सी बात करते हो, प्रकाश बाबू ! भला चोरी करने वाला अपने आप कबूलेगा? तुम मारपीट भी तो नहीं करते। हाँ, पुलिस में रिपोर्ट करना मुझे भी फजूल मालूम होता है। माल बरामद होने से रहा, उलटे महीनों की परेशानी हो जायेगी।

प्रकाश – लेकिन कुछ-न-कुछ तो करना ही पड़ेगा।

ठाकुर – क़ोई लाभ नहीं। हाँ, अगर कोई खुफिया पुलिस हो, जो चुपके-चुपके पता लगावे, तो अलबत्ता माल निकल आये; लेकिन यहाँ ऐसी पुलिस कहाँ ? तकदीर ठोंककर बैठ रहो और क्या।'

प्रकाश – 'आप बैठ रहिए; लेकिन मैं बैठने वाला नहीं। मैं इन्हीं नौकरों के सामने चोर का नाम निकलवाऊँगा !

ठाकुराइन – नौकरों पर मुझे पूरा विश्वास है। किसी का नाम निकल भी आये, तो मुझे सन्देह ही रहेगा। किसी बाहर के आदमी का काम है। चाहे जिधर से आया हो; पर चोर आया बाहर से। तुम्हारे कोठे से भी तो आ सकता है!

ठाकुर- हाँ, जरा अपने कोठे पर तो देखो, शायद कुछ निशान मिले। कल दरवाजा तो खुला नहीं रह गया ?

प्रकाश का दिल धड़कने लगा। बोला- मैं तो दस बजे द्वार बन्द कर लेता हूँ। हाँ, कोई पहले से मौका पाकर कोठे पर चला गया हो और वहाँ छिपा बैठा रहा हो, तो बात दूसरी है।

तीनों आदमी छत पर गये तो बीच की मुँड़ेर पर किसी के पाँव की रगड़ के निशान दिखाई दिये। जहाँ पर प्रकाश का पाँव पड़ा था वहाँ का चूना लग जाने के कारण छत पर पाँव का निशान पड़ गया था। प्रकाश की छत पर जाकर मुँड़ेर की दूसरी तरफ देखा तो वैसे ही निशान वहाँ भी दिखाई दिये। ठाकुर साहब सिर झुकाये खड़े थे, संकोच के मारे कुछ कह न सकते थे। प्रकाश ने उनके मन की बात खोल दी- इससे तो स्पष्ट होता है कि चोर मेरे ही घर में से आया। अब तो कोई सन्देह ही नहीं रहा।

ठाकुर साहब ने कहा- हाँ, मैं भी यही समझता हूँ; लेकिन इतना पता लग जाने से ही क्या हुआ। माल तो जाना था, सो गया। अब चलो, आराम से बैठें ! आज रुपये की कोई फिक्र करनी होगी।

प्रकाश – मैं आज ही वह घर छोड़ दूंगा।

ठाकुर- क्यों, इसमें तुम्हारा कोई दोष नहीं।

प्रकाश – आप कहें; लेकिन मैं समझता हूँ मेरे सिर बड़ा भारी अपराध लग गया। मेरा दरवाजा नौ-दस बजे तक खुला ही रहता है। चोर ने रास्ता देख लिया। संभव है, दो-चार दिन में फिर आ घुसे। घर में अकेली एक औरत सारे घर की निगरानी नहीं कर सकती। इधर वह तो रसोई में बैठी है, उधर कोई आदमी चुपके से ऊपर चढ़ जाय, तो जरा भी आहट नहीं मिल सकती। मैं घूम-घामकर कभी नौ बजे आया, कभी दस बजे। और शादी के दिनों में तो देर होती

ही रहेगी। उधर का रास्ता बन्द हो जाना चाहिए। मैं तो समझता हूँ, इस चोरी की सारी जिम्मेदारी मेरे सिर है।

ठाकुराइन डरीं – तुम चले जाओगे भैया, तब तो घर और फाड़ खायगा।

प्रकाश – कुछ भी हो माताजी, मुझे बहुत जल्द घर छोड़ना ही पड़ेगा। मेरी ग़फ़लत से चोरी हुई, उसका मुझे प्रायश्चित्त करना ही पड़ेगा।

प्रकाश चला गया, तो ठाकुर ने स्त्री से कहा- बड़ा लायक़ आदमी है।

ठाकुराइन – क्या बात है। चोर उधर से आया, यही बात उसे लग गयी। कहीं यह चोर को पकड़ पावे, तो कच्चा खा जाय।'

''मार ही डाले !''

''देख लेना, कभी-न-कभी माल बरामद करेगा।''

''अब इस घर में कदापि न रहेगा, कितना ही समझाओ।''

''किराये के 20 रुपये और दे दूंगा।''

''हम किराया क्यों दें ? वह आप ही घर छोड़ रहे हैं। हम तो कुछ कहते नहीं।''

''किराया तो देना ही पड़ेगा। ऐसे आदमी के साथ कुछ बल भी खाना पड़े, तो बुरा नहीं लगता।''

''मैं तो समझती हूँ, वह किराया लेंगे ही नहीं।''

''तीस रुपये में गुजर भी तो न होता होगा।''

5

प्रकाश ने उसी दिन वह घर छोड़ दिया। उस घर में रहने से जोखिम था। लेकिन जब तक शादी की धूमधाम रही, प्राय: सारे दिन यहीं रहते थे। चम्पा से कहा- एक सेठजी के यहाँ 50रु. महीने का काम और मिल गया है; मगर वह रुपये मैं उन्हीं के पास जमा करता जाऊँगा। वह आमदनी केवल जेवरों में खर्च होगी। उसमें से एक पाई भी घर के खर्च में न आने दूंगा। चम्पा फड़क उठी। पति-प्रेम का यह परिचय पाकर उसने अपने भाग्य को सराहा, देवताओं में उसकी श्रद्धा और भी बढ़ गयी।

अब तक प्रकाश और चम्पा के बीच में कोई परदा न था। प्रकाश के पास जो कुछ था, वह चम्पा का था। चम्पा ही के पास उसके बक्से, संदूक, आलमारी की कुंजियाँ रहती थीं; मगर अब प्रकाश का एक संदूक हमेशा बन्द रहता। उसकी कुंजी कहाँ है, इसका चम्पा को पता नहीं। वह पूछती है, इस सन्दूक में क्या है, तो वह कह देते हैं- कुछ नहीं, पुरानी किताबें मारी-मारी फिरती थीं, उठा के सन्दूक में बन्द कर दी हैं। चम्पा को सन्देह का कोई कारण न था।

एक दिन चम्पा पति को पान देने गयी तो देखा, वह उस सन्दूक को खोले हुए देख रहे हैं। उसे देखते ही उन्होंने सन्दूक जल्दी से बन्द कर दिया। उनका चेहरा जैसे फक हो गया। सन्देह

का अंकुर जमा; मगर पानी न पाकर सूख गया। चम्पा किसी ऐसे कारण की कल्पना ही न कर सकी, जिससे सन्देह को आश्रय मिलता।

लेकिन पाँच हज़ार की सम्पत्ति को इस तरह छोड़ देना कि उसका ध्यान ही न आए, प्रकाश के लिए असम्भव था। वह कहीं बाहर से आता तो एक बार सन्दूक अवश्य खोलता।

एक दिन पड़ोस में चोरी हो गयी। उस दिन से प्रकाश अपने कमरे ही में सोने लगा। असाढ़ के दिन थे। उमस के मारे दम घुटता था। ऊपर एक साफ-सुथरा बरामदा था, जो बरसात में सोने के लिए ही शायद बनाया गया था। चम्पा ने कई बार ऊपर सोने के लिए कहा,पर प्रकाश ने न माना। अकेला घर कैसे छोड़ दे ?

चम्पा ने कहा- चोरी ऐसों के यहाँ नहीं होती। चोर घर में कुछ देखकर ही जान खतरे में डालता है। यहाँ क्या रखा है ?

प्रकाश ने क्रुद्ध होकर कहा- कुछ नहीं है, बरतन-भाँड़े तो हैं ही। ग़रीब के लिए अपनी हाँड़ी ही बहुत है। एक दिन चम्पा ने कमरे में झाड़ू लगायी तो सन्दूक को खिसकाकर दूसरी तरफ रख दिया। प्रकाश ने सन्दूक का स्थान बदला हुआ पाया तो सशंक होकर बोला- सन्दूक तुमने हटाया ?

यह पूछने की कोई बात न थी। झाड़ू लगाते वक्त प्राय: चीज़ें इधर-उधर खिसक ही जाती हैं। बोली- मैं क्यों हटाने लगी ?

''फिर किसने हटाया ?''

''मैं नहीं जानती।''

''घर में तुम रहती हो, जानेगा कौन ?''

''अच्छा, अगर मैंने ही हटा दिया, तो इसमें पूछने की क्या बात है ?''

''कुछ नहीं, यों ही पूछता था।''

मगर जब तक सन्दूक खोलकर सब चीज़ें देख न ले, प्रकाश को चैन कहाँ ? चम्पा ज्यों ही भोजन पकाने लगी, उसने सन्दूक खोला और आभूषणों को देखने लगा। आज चम्पा ने पकौड़ियाँ बनायी थीं। पकौड़ियाँ गरम-गरम ही मजा देती हैं। प्रकाश को पकौड़ियाँ पसन्द भी थीं। उसने थोड़ी-सी पकौड़ियाँ एक तश्तरी में रखीं और प्रकाश को देने गयी। प्रकाश ने उसको देखते ही सन्दूक धमाके से बन्द कर दिया और ताला लगाकर उसे बहलाने के इरादे से बोला, 'तश्तरी में क्या लायीं ? अच्छा, पकौड़ियाँ हैं ?

आज चम्पा को सन्देह हो गया। सन्दूक में क्या है, यह देखने की उत्सुकता हुई। प्रकाश उसकी कुंजी कहीं छिपाकर रखता था। चम्पा किसी तरह वह कुंजी उड़ा देने की चाल सोचने लगी। एक दिन एक बिसाती कुंजियों का गुच्छा बेचने आ निकला। चम्पा ने उस ताले की कुंजी ले ली और सन्दूक खोल डाली। अरे ! ये तो आभूषण हैं। उसने एक-एक आभूषण को निकालकर देखा। ये गहने कहाँ से आये ! मुझसे कभी इनकी चर्चा नहीं की। सहसा उसके मन में भाव उठा कहीं ये ठाकुर साहब के गहने तो नहीं हैं। चीज़ें वही थीं, जिनका वह बखान करते

रहते थे। उसे अब कोई सन्देह न रहा; लेकिन इतना घोर पतन ! लज्जा और खेद से उसका सिर झुक गया।

उसने तुरन्त सन्दूक बन्द कर दिया और चारपाई पर लेटकर सोचने लगी। इनकी इतनी हिम्मत पड़ी कैसे ? यह दुर्भावना इनके मन में आयी ही क्यों ? मैंने तो कभी आभूषणों के लिए आग्रह नहीं किया। अगर आग्रह भी करती, तो क्या उसका आशय यह होता कि वह चोरी करके लावें ? चोरी आभूषणों के लिए ! इनका मन क्यों इतना दुर्बल हो गया ?

उसके जी में आया, इन गहनों को उठा ले और ठाकुराइन के चरणों पर डाल दे । उनसे कहे – 'यह मत पूछिए, ये गहने मेरे पास कैसे आये। आपकी चीज़ आपके पास आ गयी, इसी से सन्तोष कर लीजिए।

लेकिन परिणाम कितना भयंकर होगा !

6

उस दिन से चम्पा कुछ उदास रहने लगी। प्रकाश से उसे वह प्रेम न रहा, न वह सम्मान-भाव। बात-बात पर तकरार होती। अभाव में जो परस्पर सद्भाव था, वह गायब हो गया। तब एक दूसरे से दिल की बात कहता था, भविष्य के मनसूबे बाँधे जाते थे, आपस में सहानुभूति थी। अब दोनों ही दिलगीर रहते। कई-कई दिनों तक आपस में एक बात भी न होती।

कई महीने गुजर गये। शहर के एक बैंक में असिस्टेण्ट मैनेजर की जगह ख़ाली हुई। प्रकाश ने अर्थशास्त्र पढ़ा था; लेकिन शर्त यह थी कि नकद दस हज़ार की जमानत दाखिल की जाय। इतनी बड़ी रकम कहाँ से आवे। प्रकाश तड़प-तड़पकर रह जाता था।

एक दिन ठाकुर साहब से इस विषय में बात चल पड़ी।

ठाकुर साहब ने कहा- तुम क्यों नहीं दरख्वास्त भेजते ?

प्रकाश ने सिर झुकाकर कहा, दस हज़ार की नकद जमानत माँगते हैं। मेरे पास रुपये कहाँ रखे हैं !

''अजी, तुम दरख्वास्त तो दो। अगर सारी बातें तय हो जायँ, तो जमानत भी दे दी जायगी। इसकी चिन्ता न करो।''

प्रकाश ने स्तम्भित होकर कहा- ''आप जमानत दे देंगे?''

''हाँ, हाँ, यह कौन-सी बड़ी बात है।''

प्रकाश घर चला तो बहुत रंजीदा था ! उसको यह जगह अब अवश्य मिलेगी; लेकिन फिर भी वह प्रसन्न नहीं है। ठाकुर साहब की सरलता, उनका उस पर इतना अटल विश्वास, उसे आहत कर रहा है। उनकी शराफत उसके कमीनेपन को कुचले डालती है।

उसने घर आकर चम्पा को यह खुशखबरी सुनायी। चम्पा ने सुनकर मुँह फेर लिया। एक क्षण के बाद बोली, 'ठाकुर साहब से तुमने क्यों जमानत दिलवायी ? प्रकाश ने चिढ़कर कहा, 'फ़िर और किससे दिलवाता?

''यही न होता कि जगह न मिलती। रोटियाँ तो मिल ही जातीं। रुपये-पैसे की बात है। कहीं भूल-चूक हो जाय, तो तुम्हारे साथ उनके रुपये भी जायँ ?''

''यह तुम कैसे समझती हो कि भूल-चूक होगी ? क्या मैं अनाड़ी हूँ ?''

चम्पा ने विरक्त मन से कहा, 'आदमी की नीयत भी तो हमेशा एक-सी नहीं रहती !

प्रकाश ठक-से रह गया। उसने चम्पा को चुभती हुई आँखों से देखा; पर चम्पा ने मुँह फेर लिया था। वह उसके भावों के विषय में कुछ निश्चय न कर सका, लेकिन ऐसी खुशखबरी सुनकर भी चम्पा का उदासीन रहना उसे विकल करने लगा। उसके मन में प्रश्न उठा इस वाक्य में कहीं आक्षेप तो नहीं छिपा हुआ है। चम्पा ने सन्दूक खोलकर देख तो नहीं लिया ? इस प्रश्न का उत्तर पाने के लिए इस समय वह अपनी एक आँख भी भेंट कर सकता था।

भोजन करते समय प्रकाश ने चम्पा से पूछा- तुमने क्या सोचकर कहा था कि आदमी की नीयत तो हमेशा एक-सी नहीं रहती ? जैसे यह उसके जीवन या मृत्यु का प्रश्न हो। चम्पा ने संकट में पड़कर कहा- कुछ नहीं, मैंने दुनिया की बात कही थी। प्रकाश को संतोष न हुआ। "क्या जितने आदमी बैंकों में नौकर हैं, उनकी नीयत बदलती रहती है ? वह बोला।"

चम्पा ने ने संकट में पकड़कर कहा- तुम जबान पकड़ते हो। ठाकुर साहब के यहाँ इस शादी ही में तुम अपनी नीयत ठीक नहीं रख सके। सौ-दो सौ रुपये की चीज़ें घर रख ही लीं।

प्रकाश के दिल से बोझ उतर गया। मुस्कराकर बोला- अच्छा, तुम्हारा संकेत उस तरफ था, लेकिन मैंने कमीशन के सिवा उनकी एक पाई भी नहीं छुई। और कमीशन लेना तो कोई पाप नहीं ! बड़े-बड़े हुक्काम खुले-ख़ज़ाने कमीशन लिया करते हैं।

चम्पा ने तिरस्कार के भाव से कहा- ज़ो आदमी अपने ऊपर इतना विश्वास रखे, उसकी आँख बचाकर एक पाई भी लेना मैं पाप समझती हूँ। तुम्हारी सज्जनता तो मैं जब जानती कि तुम कमीशन के रुपये ले जाकर उनके हवाले कर देते।

इन छः महीनों में उन्होंने तुम्हारे साथ क्या-क्या सलूक किये, कुछ याद है ? मकान तुमने खुद छोड़ा; लेकिन वह 20 रुपए महीने देते जाते हैं। इलाके से कोई सौगात आती है, तो तुम्हारे यहाँ ज़रूर भेजते हैं। तुम्हारे पास घड़ी न थी, अपनी घड़ी तुम्हें दे दी। तुम्हारी महरी जब नागा करती है, खबर पाते ही अपना नौकर भेज देते हैं। मेरी बीमारी ही में डाक्टर साहब की फीस उन्होंने दी, और दिन में दो बार हाल-चाल भी पूछने आया करते थे। यह जमानत ही क्या छोटी बात है ? अपने सम्बन्धियों तक की जमानत तो जल्दी कोई करता ही नहीं, तुम्हारी जमानत के लिए दस हज़ार रुपये नकद निकाल कर दे दिये। इसे तुम छोटी बात समझते हो ? आज तुमसे कोई भूल-चूक हो जाय, तो उनके रुपये तो जब्त हो ही जायेंगे ! जो आदमी अपने ऊपर इतनी दया रखे, उसके लिए हमें भी प्राण देने को तैयार रहना चाहिए।

प्रकाश भोजन करके लेटा; तो उसकी आत्मा उसे धिक्कार रही थी। दुखते हुए फोड़े में कितना मवाद भरा हुआ है, यह उस वक्त मालूम होता है, जब नश्तर लगाया जाता है। मन का विकार उस वक्त मालूम होता है, जब कोई उसे हमारे सामने खोलकर रख देता है। किसी सामाजिक या राजनीतिक अन्याय का व्यंग्य-चित्र देखकर क्यों हमारे मन को चोट लगती है ?

इसीलिए कि वह चित्र हमारी पशुता को खोलकर हमारे सामने रख देता है। वह, जो मनो-सागर में बिखरा हुआ पड़ा था, जैसे केन्द्रीभूत होकर वृहदाकार हो जाता है। तब हमारे मुँह से निकल पड़ता है उफ्फोह ! चम्पा के इन तिरस्कार-भरे शब्दों ने प्रकाश के मन में ग्लानि उत्पन्न कर दी। वह सन्दूक कई गुना भारी होकर शिला की भाँति उसे दबाने लगा। मन में फैला हुआ विकार एक बिन्दु पर एकत्र होकर टीसने लगा।

7

कई दिन बीत गये। प्रकाश को बैंक में जगह मिल गयी। इसी उत्सव में उसके यहाँ मेहमानों की दावत है। ठाकुर साहब, उनकी स्त्री, बीरू और उसकी नवेली बहू सभी आये हुए हैं। चम्पा सेवा-सत्कार में लगी हुई है। बाहर दो-चार मित्र गा-बजा रहे हैं। भोजन करने के बाद ठाकुर साहब चलने को तैयार हुए।

प्रकाश ने कहा- आज आपको यहीं रहना होगा, दादा ! मैं इस वक्त न जाने दूंगा।

चम्पा को उसका यह आग्रह बुरा लगा। चारपाइयाँ नहीं हैं, बिछावन नहीं है और न काफ़ी जगह ही है। रात-भर उन्हें तकलीफ देने और आप तकलीफ उठाने की कोई ज़रूरत उसकी समझ में न आयी; लेकिन प्रकाश आग्रह करता ही रहा, यहाँ तक कि ठाकुर साहब राजी हो गये।

बारह बज गये थे। ठाकुर साहब ऊपर सो रहे थे। बीरू और प्रकाश बाहर बरामदे में थे। तीन स्त्रियाँ अन्दर कमरे में थीं, प्रकाश जाग रहा था। बीरू के सिरहाने उसकी कुंजियों का गुच्छा पड़ा हुआ था। प्रकाश ने गुच्छा उठा लिया। फिर कमरा खोलकर उसमें से गहनों की सन्दूकची निकाली और ठाकुर साहब के घर की तरफ चला। कई महीने पहले वह इसी भाँति कंपित हृदय के साथ ठाकुर साहब के घर में घुसा था। उसके पाँव तब भी इसी तरह थरथरा रहे थे; लेकिन तब काँटा चुभने की वेदना थी, आज काँटा निकलने की। तब ज्वर का चढ़ाव था उन्माद, ताप और विकलता से भरा हुआ; अब ज्वर का उतार था शान्त और शीतल। तब क़दम पीछे हटता था, आज आगे बढ़ रहा था।

ठाकुर साहब के घर पहुँचकर उसने धीरे से बीरू का कमरा खोला और अन्दर जाकर ठाकुर साहब की खाट के नीचे संदूक रख दिया। फिर तुरन्त बाहर आकर धीरे से द्वार बन्द किया और घर को लौट पड़ा। हनुमान संजीवनी बूटीवाला धवलागिर उठाये जिस गर्वीले आनन्द का अनुभव कर रहे थे, कुछ वैसा ही आनन्द प्रकाश को भी हो रहा था। गहनों को अपने घर ले जाते समय उसके प्राण सूखे हुए थे, मानो किसी गहरी अथाह खाई में गिरा जा रहा हो। आज सन्दूक को लौटाकर उसे मालूम हो रहा था, जैसे वह किसी विमान पर बैठा हुआ आकाश की ओर उड़ा जा रहा है ऊपर, ऊपर और ऊपर !

वह घर पहुँचा, तो बीरू सोया हुआ था। कुंजी उसने सिरहाने रख दी।

8

ठाकुर साहब प्रात:काल चले गये।

प्रकाश सन्ध्या-समय पढ़ाने जाया करता था। आज वह अधीर होकर तीसरे ही पहर जा पहुँचा। देखना चाहता था, वहाँ आज क्या गुल खिल रहे हैं।

वीरेन्द्र ने उसे देखते ही खुश होकर कहा- बापूजी, कल आपके यहाँ की दावत बड़ी मुबारक थी। जो गहने चोरी गये थे, सब मिल गये।

ठाकुर साहब भी आ गये और बोले, बड़ी मुबारक दावत थी तुम्हारी ! पूरा सन्दूक का सन्दूक मिल गया। एक चीज़ भी नहीं छुई। जैसे केवल रखने ही के लिए ले गया हो।

प्रकाश को इन बातों पर कैसे विश्वास आये, जब तक वह अपनी आँखों से सन्दूक न देख ले। कहीं ऐसा भी हो सकता है कि चोरी गया हुआ माल छः महीने के बाद मिल जाय और ज्यों-का-त्यों !

सन्दूक को देखकर उसने गम्भीर भाव से कहा- बड़े आश्चर्य की बात है। मेरी बुद्धि तो कुछ काम नहीं करती।

ठाकुर –क़िसी की बुद्धि काम नहीं करती भई, तुम्हारी ही क्यों। बीरू की माँ कहती है, कोई दैवी घटना है। आज मुझे भी देवताओं में श्रद्धा हो गयी।

प्रकाश—अगर आँखों-देखी बात न होती, तो मुझे तो कभी विश्वास ही न आता।

ठाकुर— आज इसी खुशी में हमारे यहाँ दावत होगी।

प्रकाश – आपने कोई अनुष्ठान तो नहीं कराया था ?

ठाकुर –अनुष्ठान तो बीसों ही कराये।

प्रकाश –बस, तो यह अनुष्ठान ही की करामात है।

घर लौटकर प्रकाश ने चम्पा को यह खबर सुनायी; तो वह दौड़कर उसके गले से चिपट गई और न-जाने क्यों रोने लगी, जैसे उसका बिछुड़ा हुआ पति बहुत दिनों के बाद घर आ गया हो।

प्रकाश ने कहा- आज उनके यहाँ हमारी दावत है।

''मैं कल एक हज़ार कँगलों को भोजन कराऊँगी।''

''मुझे इतना आनन्द हो रहा है कि लाखों खर्च करने पर भी अरमान पूरा न होगा।''

प्रकाश की आँखों से भी आँसू निकल आये।

***

मोटर के छींटे

क्या नाम कि प्रात:काल स्नान-पूजा से निपट, तिलक लगा, पीताम्बर पहन, खड़ाऊं पाँव में डाल, बगल में पत्रा दबा, हाथ में मोटा-सा शत्रु-मस्तक भंजन ले एक यजमान के घर चला। विवाह की साइत विचारना थी। कम-से-कम एक कलदार का डौल था। जलपान ऊपर से। और मेरा जलपान मामूली जलपान नहीं है। बाबुओं को तो मुझे निमंत्रित करने की हिम्मत ही नहीं पड़ती। उनका महीने-भर का नाश्ता मेरे एक दिन का जलपान है। इस विषय में तो हम अपने सेठ-साहूकारों के कायल हैं। ऐसा खिलाते हैं, ऐसा खिलाते हैं, और इतने खुले मन से कि चोला आनंदित हो उठता है। यजमान का दिल देखकर ही मैं उनका निमंत्रण स्वीकार करता हूँ। खिलाते समय किसी ने रोजी सूरत बनाई ओर मेरी क्षुधा गायब हुई। रोकर किसी ने खिलाया तो क्या? ऐसा भोजन कम-से-कम मुझे नहीं पचता। यजमान ऐसा चाहिए कि ललकारता जाए- लो शास्त्री जी, एक बालूशाही और। और मैं कहता जाऊं- नहीं यजमान, अब नहीं।

रात खूब वर्षा हुई थी, सड़क पर जगह-जगह पानी जमा था। मैं अपने विचारों में मग्न चला जाता था कि एक मोटर छप-छप करती हुई निकल गई। मुँह पर छींटे पड़े। जो देखता हूँ तो धोती पर मानो किसी ने कीचड़ घोलकर डाल दिया हो। कपड़े भ्रष्ट हुए वह अलग, देह भ्रष्ट हुई यह अलग, आर्थिक क्षति जो हुई वह अलग। मगर मोटर वाले को पकड़ पाता, तो ऐसी मरम्मत करता कि वे भी याद करते। मन मसोस कर रह गया था। इस वेश में यजमान के घर तो जा नहीं सकता था, उसका घर भी मील भर से कम न था। फिर आने-जानेवाले सब मेरी और देख-देखकर तालियाँ बजा रहे थे। ऐसी दुर्गति मेरी कभी नहीं हुई थी। अब क्या करोगे मन? घर जाओगे, तो पण्डिताइन क्या कहेंगी?

मैंने चटपट अपने कर्तव्य का निश्चय कर लिया। इधर-उधर से दस-बारह पत्थर के टुकड़े बटोर लिए और दूसरी मोटर की राह देखने लगा। ब्रह्म-तेज सिर पर चढ़ बैठा। अभी दस मिनट भी न गुजरे होंगे कि एक मोटर आती हुई दिखाई दी। ओ हो! वही मोटर थी। शायद स्वामी को स्टेशन के लेकर लौट रही थी। ज्यों ही समीप आई, मैंने एक पत्थर चलाया, भरपूर जोर लगाकर चलाया। साहब की टोपी उड़कर सड़क से उस बाजू पर गिरी। मोटर की चाल धीमी हुई। मैंने दूसरा फेर किया। खिड़की के शीशे चूर-चूर हो गए और एक टुकड़ा साहब बहादुर के गाल में भी लगा। खून बहने लगा। मोटर रुकी और साहब उतरकर मेरी तरफ आए और घूंसा तानकर बोले- सुअर, हम तुमको पुलिस में देगा। इतना सुनना था कि मैंने पोथी-पत्रा जमीन पर फेंका और साहब की कमर पकड़कर अड़ंगी लगायी, तो कीचड़ में भद से गिरे। मैंने चट सवारी गाँठी और गरदन पर एक पच्चीस रद्दे ताबड़तोड़ जमाए कि साहब चौंधिया गए। इतने में उनकी पत्नी जी उतर आई। ऊंची एड़ी का जूता, रेशमी साड़ी, गालों पर पाउडर होंठों पर रंग, भौहों पर

स्याही। मुझे छाते से गोदने लगीं। मैंने साहब को छोड़ दिया और डण्डा सँभालता हुआ बोला- देवीजी, आप मर्दों के बीच में न पड़े, कहीं चोट-चपेट आ जाए, तो मुझे दुःख होगा।

साहब ने अवसर पाया, तो सँभल कर उठे और अपने बूटदार पैरों से मुझे एक ठोकर जमायी। मेरे घुटने में बड़ी चोट लगी। मैंने बौखला कर डण्डा उठा लिया और साहब के पाँव में जमा दिया। वह कटे पेड़ की तरह गिरे। मेम साहब छतरी तानकर दौड़ी। मैंने धीरे से उनकी छतरी छीनकर फेंक दी। ड्राइवर अभी तक बैठा था। अब वह भी उतरा और छड़ी लेकर मुझ पर पिल पड़ा। मैंने एक डण्डा उसके भी जमाया, लौट गया। पचासों आदमी तमाशा देखने जमा हो गए। साहब भूमि पर पड़े-पड़े बोले- रास्कल, हम तुमको पुलिस में देगा।

मैंने फिर डण्डा सँभला और चाहता था कि खोपड़ी पर जमाऊँ कि साहब ने हाथ जोड़कर कहा- नहीं-नहीं बाबा, हम पुलिस में नहीं जाएगा। माफी दो। मैंने कहा- हाँ पुलिस का नाम न लेना, नहीं तो यहीं खोपड़ी रँग दूँगा। बहुत होगा। छह महीने की सजा हो जाएगी, मगर तुम्हारी आदत छुड़ा दूँगा। मोटर चलाते हो तो छींटे उड़ाते हो, मारे घमण्ड के अंधे हो जाते हो। सामने या बगल में कौन जा रहा है, इसका कुछ ध्यान ही नहीं रखते।

एक दर्शक ने आलोचना की- अरे महाराज, मोटर वाले जान-बूझकर छींटे उड़ाते हैं और जब आदमी लथपथ हो जाता है, तो सब उसका तमाशा देखते हैं और खूब हँसते हैं। आपने बड़ा अच्छा किया कि एक को ठीक कर दिया।

मैंने साहब को ललकार कर कहा- सुनता है कुछ, जनता क्या कहती है? साहब ने उस आदमी की ओर लाल-लाल आँखों से देखकर कहा- तुम कुछ बोलता है, बिलकुल बोलता है।

मैंने डाँटा- अभी तुम्हारी हेकड़ी कम नहीं हुई, आऊँ फिर, और दूँ एक सोंटा कसके?

साहब ने घिघियाकर कहा- अरे नहीं बाबा, सच बोलता है, सच बोलता है। अब तो खुश हुआ।

दूसरा दर्शक बोला- अभी जो चाहे कह दें लेकिन ज्यों ही गाड़ी पर बैठे, फिर वही हरकत शुरू कर देंगे। गाड़ी पर बैठते ही सब अपने को नवाब का नाती समझने लगते हैं।

दूसरे महाशय बोले- इससे कहिए, थूक कर चाटे।

तीसरे सज्जन ने कहा- नहीं, कान पकड़कर उठाइए-बैठाइए।

चौथा बोला- और ड्राइवर को भी। ये सब बदमाश होते हैं। मालदार आदमी घमण्ड करे तो एक बात है, तुम किस बात पर अकड़ते हो? चक्कर हाथ में लिया और आँखों पर परदा पड़ा।

मैंने यह प्रस्ताव स्वीकार किया। ड्राइवर और मालिक दोनों ही को कान पकड़कर उठाना-बैठाना चाहिए और मेम साहब गिने। सुनो मेम साहब, तुमको गिनना होगा। पूरी सौ बैठकें । एक भी कम नहीं, ज्यादा जितनी चाहे हो जाएँ। दो आदमियों ने साहब का हाथ पकड़कर उठाया, दो ने ड्राइवर महोदय को। ड्राइवर बेचारे की टाँग में चोट थी, फिर भी वह बैठकें लगाने लगा। साहब की अकड़ भी काफी थी। आप लेट गए और ऊल-जलूल बकने लगे। मैं उस समय रुद्र

बजा हुआ था। दिल में ठान लिया था कि इससे बिना सौ बैठक लगवाए न छोड़ूँगा। चार आदमियों को हुक्म दिया कि गाड़ी को ढकेल कर सड़क के नीचे गिरा दो।

हुक्म की देर थी। चार की जगह पचास आदमी लिपट गए और गाड़ी को ढकेलने लगे, यह सड़क बहुत ऊंची थी। दोनों तरफ की जमीन नीची। गाड़ी नीचे गिरती और टूट-टाटकर ढेर हो जाती। गाड़ी सड़क के किनारे तक पहुँच चुकी थी कि साहब कसकर उठ खड़े हुए और बोले- बाबा, गाड़ी मत तोड़ो, हम उठे बैठेगा। मैंने आदमियों को अलग हट जाने का हुक्म दिया, मगर सभी को एक दिल्लगी मिल गई थी। किसी ने मेरी ओर ध्यान न दिया। लेकिन जब मैं डण्डा लेकर उनकी ओर दौड़ा, तब सब गाड़ी छोड़कर भागे और साहब ने आँखें बंद करके बैठक लगानी शुरू कीं।

मैंने दस बैठकों के बाद मेम साहब से पूछा- कितनी बैठकें हुईं?

मेम साहब ने रौब से जवाब दिया- हम नहीं गिनता।

तो इस तरह साहब दिन-भर कांखते रहेंगे और मैं न छोड़ूँगा। अगर उनको सकुशल से घर ले जाना चाहती हो, तो बैठकें गिन दो। मैं उनको रिहा कर दूँगा। साहब ने देखा कि बिना दण्ड भोगे जान न बचेगी, तो बैठक लगाने लगे। एक, दो, तीन, चार, पाँच...

सहसा एक दूसरी मोटर आती दिखाई दी । साहब ने देखा और नाक रगड़कर बोले- पंडितजी, आप मेरा बाप है। मुझ पर दया करो, अब हम कभी मोटर पर न बैठेंगे। मुझे भी दया आ गई। बोला- नहीं, मोटर पर बैठने से मैं नहीं रोकता, इतना ही कहता हूँ कि मोटर पर बैठकर भी आदमियों को आदमी समझो।

दूसरी गाड़ी तेज चली आती थी। मैंने इशारा किया। सब आदमियों ने दो- दो पत्थर उठा लिए। उस गाड़ी का मालिक स्वयं ड्राइव कर रहा था। गाड़ी धीमी करके धीरे से सरक जाना चाहता था कि मैंने बढ़कर उसके दो कान पकड़े और खूब जोर से हिलाकर और दोनों गालों पर एक-एक पड़ाका देकर कहा- गाड़ी से छींटे न उड़ाया करो, समझे। चुपके से चले जाओ।

यह महोदय बक-बक तो करते रहे, मगर एक सौ आदमियों को पत्थर लिये खड़ा देखा, तो बिना कान-पूंछ हिलाए चलते बने।

उनके जाने के एक ही मिनट बाद दूसरी गाड़ी आई। मैंने 50 आदमियों को राह रोक लेने का हुक्म दिया। गाड़ी रुक गई। मैंने उन्हें भी चार पड़ाके देकर विदा किया, मगर यह बेचारे भले आदमी थे। मजे से चांटे खाकर चलते बने।

सहसा एक आदमी ने कहा- पुलिस आ रही है।

और सब के सब दूर हो गए। मैं भी सड़क के नीचे उतर गया और एक गली में घुसकर गायब हो गया।

***

कैदी

चौदह साल तक निरंतर मानसिक वेदना और शारीरिक यातना भोगने के बाद आइवन ओखोटस्क जेल से निकला, पर उस पक्षी की भांति नहीं, जो शिकारी के पिंजरे से पंखहीन होकर निकला हो, बल्कि उस सिंह की भांति, जिसे कठघरे की दीवारों ने और भी भयंकर तथा और भी रक्त-लोलुप बना दिया हो। उसके अन्तस्तल में एक प्रचंड ज्वाला उमड़ रही थी, जिसने अपने ताप से उसके बलिष्ठ शरीर, सुडौल अंग-प्रत्यंग और लहराती हुई अभिलाषाओं को झुलसा डाला था और आज उसके अस्तित्व का एक-एक अणु एक-एक चिनगारी बना हुआ था-क्षुधित, चंचल और विद्रोहमय।

जेलर ने उसे तौला। प्रवेश के समय दो मन तीन सेर था, आज केवल एक मन पाँच सेर।

जेलर ने सहानुभूति दिखाकर कहा- 'तुम बहुत दुर्बल हो गए हो, आइवन। अगर जरा भी कुपथ्य हुआ, तो बुरा होगा।'

आइवन ने अपने हड्डियों के ढाँचे को विजय भाव से देखा और अपने अंदर एक अग्निमय प्रवाह का अनुभव करता हुआ बोला- 'कौन कहता है कि मैं दुर्बल हो गया हूँ?'

'तुम खुद देख रहे होंगे।'

'दिल की आग जब तक नहीं बुझेगी, आइवन नहीं मरेगा मि. जेलर, सौ वर्ष तक नहीं, विश्वास रखिए।'

आइवन इसी प्रकार बहकी-बहकी बातें किया करता था, इसलिए जेलर ने ज्यादा परवाह न की। सब उसे अर्द्ध विक्षिप्त समझते थे। कुछ लिखा-पढ़ी हो जाने के बाद उसके कपड़े और पुस्तकें मंगवाई गईं, पर वे सादे सूट अब उसे उतारे हुए-से लगते थे। कोट की जेबों में कई नोट निकले, कई नकद रुबल। उसने सब कुछ वहीं जेल के वार्डन और निम्न कर्मचारियों को दे दिया, मानो उसे कोई राज्य मिल गया है।

जेलर ने कहा- 'यह नहीं हो सकता आइवन, तुम सरकारी आदमियों को रिश्वत नहीं दे सकते।'

आइवन साधु-भाव से हंसा, 'यह रिश्वत नहीं है, मि. जेलर! इन्हें रिश्वत देकर अब मुझे इनसे क्या लेना-देना है? अब ये अप्रसन्न होकर मेरा क्या बिगाड़ लेंगे और प्रसन्न होकर मुझे क्या देंगे? यह उन कृपाओं को धन्यवाद है, जिनके बिना चौदह साल तो क्या, मेरा यहाँ चौदह घंटे रहना असह्य हो जाता।'

जब वह जेल के फाटक से निकला तो जेलर और सारे अन्य कर्मचारी उसके पीछे उसे मोटर तक पहुँचाने चले।

2

पन्द्रह साल पहले आइवन मास्को के संपन्न और संभ्रांत कुल का दीपक था।

उसने विद्यालय में ऊँची शिक्षा पाई थी, खेल में अभ्यस्त था, निर्भीक था, उदार और सहृदय था। दिल आइने की भांति निर्मल, शील का पुतला, दुर्बलों की रक्षा के लिए जान पर खेलने वाला, जिसकी हिम्मत संकट के सामने नंगी तलवार हो जाती थी। उसके साथ एक हेलेन नाम की युवती पढ़ती थी, जिस पर विद्यालय के सारे युवक प्राण देते थे। वह जितनी ही रूपवती थी, उतनी ही तेज थी। बड़ी कल्पनाशील पर अपने मनोभावों को ताले में बंद रखने वाली। आइवन में क्या देखकर वह उसकी और आकर्षित हो गई, यह कहना कठिन है। दोनों में लेश- मात्र भी सामंजस्य न था। आइवन सैर और शराब का प्रेमी था, हेलेन कविता एवं संगीत और नृत्य पर जान देती थी। आइवन की निगाह में रुपए केवल इसलिए थे कि दोनों हाथों से उड़ाए जाएं, हेलेन अत्यन्त कृपण। आइवन को लेक्चर हाल कारागार-सा लगता था। हेलेन इस सागर की मछली थी। पर कदाचित् यह विभिन्नता ही उनमें स्वाभाविक आकर्षण बन गई, जिसने अन्त में विकल प्रेम का रूप लिया। आइवन ने उससे विवाह का प्रस्ताव किया और उसके स्वीकार कर लिया और दोनों किसी शुभ मुहूर्त में पाणिग्रहण करके सुहागरात बिताने के लिए किसी पहाड़ी जगह में जाने के मनसूबे बाँध रहे थे कि सहसा राजनीतिक संग्राम ने उन्हें अपनी ओर खींच लिया। हेलन पहले से ही राष्ट्र-वादियों की ओर झुकी हुई थी। आइवन भी उसी रंग में रँग उठा। खानदान का रईस था, उसके लिए प्रजा-पक्ष लेना एक महान् तपस्या थी, इसलिए जब कभी वह संग्राम में हताश हो जाता, तो हेलेन उसको हिम्मत बँधाती और आइवन उसके साहस और अनुराग से प्रभावित होकर अपनी दुर्बलता पर लज्जित हो जाता।

इन्हीं दिनों उक्रेन प्रांत की सूबेदारी पर रोमनाफ नाम का एक गवर्नर नियुक्त होकर आया- बड़ा ही कट्टर, राष्ट्रवादियों का जानी दुश्मन, दिन में दो-चार विद्रोहियों को जब तक जेल न भेज लेता उसे चैन न आता। आते- ही- आते उसने कई सम्पादकों पर राजद्रोह का अभियोग चलाकर उन्हें साइबेरिया भिजवा दिया, कृषकों की सभा तोड़ दीं, नगर की म्यूनिसिपैलिटी तोड़ दी, और जब जनता ने अपना रोष प्रकट करने के लिए जलसे किए, तो पुलिस से भीड़ पर गोलियाँ चलवायीं, जिससे कई बेगुनाहों की जानें गईं। मार्शल-लॉ जारी कर दिया। सारे नगर में हाहाकार मच गया। लोग मारे डर के घरों से न निकलते थे, क्योंकि पुलिस हर एक की तलाशी लेती थी और उसे पीटती थी।

हेलेन ने कठोर मुद्रा से कहा- 'यह अंधेर तो अब नहीं देखा जाता, आइवन। इसका कुछ उपाय होना चाहिए।'

आइवन ने प्रश्न की आँखों से देखा- 'उपाय! हम क्या कर सकते हैं?'

हेलेन ने उसकी जड़ता पर खिन्न होकर कहा- 'तुम कहते हो, हम क्या कर सकते हैं? मैं कहती हूँ, हम सब कुछ कर सकते हैं। मैं इन्हीं हाथों से उसका अंत कर दूँगी।'

आइवन ने विस्मय से उसकी ओर देखा- 'तुम समझती हो, उसे कत्ल करना आसान है? वह कभी खुली गाड़ी में नहीं निकलता । उसके आगे-पीछे सशस्त्र सवारों का एक दल हमेशा रहता

है। रेलगाड़ी में भी वह रिजर्व डिब्बों में ही सफर करता है। मुझे तो असम्भव लगता है, हेलेन, बिलकुल असम्भव ।'

हेलेन कई मिनट तक चाय बनाती रही। फिर दो प्याले मेज़ पर रखकर उसने प्याला मुँह में लगाया और धीरे-धीरे पीने लगी। वह किसी विचार में तन्मय हो रही थी। सहसा उसने प्याला मेज़ पर रख दिया और बड़ी-बड़ी आँखों में तेज भरकर बोली- 'यह सब कुछ होते हुए भी मैं उसे कत्ल कर सकती हूँ, आइवन। आदमी एक बार अपनी जान पर खेलकर सब कुछ कर सकता है। जानते हो मैं क्या करूंगी ? ? मैं उससे राहो-रस्म पैदा करूंगी, उसका विश्वास प्राप्त करूंगी, उसे उस भ्रांति में डालूँगी कि मुझे उससे प्रेम है। मनुष्य कितना ही हृदयहीन हो, उसके हृदय के किसी-न-किसी कोने में पराग की भांति रस छिपा ही रहता है- 'मैं तो समझती हूँ कि रोमनाफ की यह दमन-नीति उसकी अवरुद्ध अभिलाषा की गाँठ है, और कुछ नहीं। किसी मायाविनी के प्रेम में असफल होकर उसके हृदय का रस-स्त्रोत सूख गया है। वहाँ रस का संचार करना होगा और किसी युवती का एक मधुर शब्द, एक सरल मुस्कान भी जादू का काम करेगी। ऐसों को तो वह चुटकियों में अपने पैरों पर गिरा सकती है। तुम जैसे सैलानियों को रिझाना इससे कहीं कठिन है। अगर तुम यह स्वीकार करते हो कि मैं रूपहीन नहीं हूँ तो मैं तुम्हें विश्वास दिलाती हूँ कि मेरा कार्य सफल होगा। बतलाओ, मैं रूपवती हूँ या नहीं ?'

उसने तिरछी आँखों से आइवन को देखा। आइवन इस भावविलास पर मुग्ध होकर बोला- 'तुम यह मुझसे पूछती हो हेलेन ? मैं तो तुम्हें संसार की...'

हेलेन ने उसकी बात काटकर कहा- 'अगर तुम ऐसा समझते हो, तो तुम मूर्ख हो, आइवन ? इसी नगर में, नहीं, हमारे विद्यालय में ही, मुझसे कहीं रूपवती बालिकाएँ मौजूद हैं। हां, तुम इतना ही कह सकते हो कि तुम कुरूपा नहीं हो। क्या तुम समझते हो, मैं तुम्हें संसार का सबसे रूपवान युवक समझती हूँ? कभी नहीं। मैं ऐसे एक नहीं, सौ नाम गिना सकती हूं जो चेहरे-मोहरे में तुमसे कहीं बढ़कर हैं, मगर तुममें कोई ऐसी वस्तु है, जो तुम्हीं में है और वह मुझे और कहीं नजर नहीं आती। तो मेरा कार्यक्रम सुनो। एक महीना तो मुझे उससे मेल करते लगेगा। फिर वह मेरे साथ सैर करने निकलेगा। और तब एक दिन हम और वह दोनों रात को पार्क में जाएंगे और तालाब के किनारे बेंच पर बैठेंगे। तुम उसी वक्त रिवाल्वर लिये आ जाओगे और वहीं पृथ्वी उसके बोझ से हलकी हो जाएगी।

जैसा हम पहले कह चुके है, आइवन एक रईस का लड़का था और क्रांतिमय राजनीति से उसका हार्दिक प्रेम न था। हेलेन के प्रभाव से कुछ मानसिक सहानुभूति अवश्य पैदा हो गई थी और मानसिक सहानुभूति प्राणों को संकट में नहीं डालती। उसने प्रकट रूप से तो कोई आपत्ति नहीं की, लेकिन कुछ संदिग्ध भाव से बोला- 'यह तो सोचो हेलेन, इस तरह की हत्या कोई मानुषीय कृति है।'

हेलेन ने तीखेपन से कहा- 'जो दूसरों के साथ मानुषीय व्यवहार नहीं करता, उसके साथ हम क्यों मानुषीय व्यवहार करें ? क्या यह सूर्य की भांति प्रकट नहीं है कि आज सैकड़ों परिवार इस राक्षस के हाथों तबाह हो रहे हैं ? कौन जानता है, इसके हाथ कितने बेगुनाहों के खून से रँगे हुए

हैं? ऐसे व्यक्ति के साथ किसी तरह की रिआयत करना असंगत है। तुम न जाने क्यों इतने ठण्डे हो। मैं तो उसके दुष्टाचरण देखती हूँ तो मेरा रक्त खौलने लगता है। मैं सच कहती हूँ जिस वक्त उसकी सवारी निकलती है, मेरी बोटी-बोटी हिंसा के आवेग से काँपने लगती है। अगर मेरे सामने कोई उसकी खाल भी खींच ले, तो मुझे दया न आए। अगर तुममें इतना साहस नहीं है, तो कोई हर्ज नहीं। मैं खुद सब कर लूँगी। हां देख लेना, मैं कैसे उस कुत्ते को जहन्नुम पहुँचाती हूँ।'

हेलेन का मुखमण्डल हिंसा के आवेग से लाल हो गया। आइवन ने लज्जित होकर कहा- 'नहीं-नहीं, यह बात नहीं है, हेलेन! मेरा आशय यह न था कि मैं इस काम में तुम्हें सहयोग न दूँगा। मुझे आज मालूम हुआ कि तुम्हारी आत्मा देश की दुर्दशा से कितनी विकल है, लेकिन मैं फिर भी यही कहूँगा कि यह काम उतना आसान नहीं है और हमें बड़ी सावधानी से काम लेना पड़ेगा।'

हेलेन ने उसके कंधे पर हाथ रखकर कहा- 'तुम इसकी कुछ चिंता न करो, आइवन! संसार में मेरे लिए जो वस्तु सबसे प्यारी है, उसे दाँव पर रखते हुए क्या मैं सावधानी से काम न लूंगी? लेकिन तुमसे एक याचना करती हूँ अगर इस बीच में मैं कोई ऐसा काम करूँ, जो तुम्हें बुरा मालूम हो, तो तुम मुझे क्षमा करोगे न?'

आइवन ने विस्मय-भरी आंखों से हेलेन के मुख की ओर देखा। उसका आशय उसकी समझ में न आया।

हेलेन डरी, आइवन कोई नई आपत्ति तो नहीं खड़ी करना चाहता। आश्वासन के लिए अपने मुख को उसके आतुर अधरों के समीप ले जाकर बोली- 'प्रेम का अभिनय करने में मुझे वह सब कुछ करना पड़ेगा, जिस पर एकमात्र तुम्हारा ही अधिकार है। डरती हूँ कहीं तुम मुझ पर सन्देह न करने लगो।'

आइवन ने उसे कर-पाश में लेकर कहा- 'यह असम्भव है हेलेन, विश्वास प्रेम की पहली सीढ़ी है।'

अन्तिम शब्द कहते-कहते उसकी आँखें झुक गईं। इन शब्दों में उदारता का जो आदर्श था, वह उस पर पूरा उतरेगा या नहीं, वह यही सोचने लगा।

इसके तीन दिन बाद नाटक का सूत्रपात हुआ। हेलेन अपने ऊपर पुलिस के निराधार सन्देह की फरियाद लेकर रोमनाफ से मिली और उसे विश्वास दिलाया कि पुलिस के अधिकारी उससे केवल इसलिए असन्तुष्ट हैं कि वह उनके कलुषित प्रस्तावों को ठुकरा रही है। यह सत्य है कि विद्यालय में उसकी संगति कुछ उग्र युवकों से हो गई थी, पर विद्यालय से निकलने के बाद उसका उनसे कोई सम्बन्ध नहीं है।

रोमनाफ जितना चतुर था, उससे कहीं चतुर अपने को समझता था। अपने दस साल के अधिकारी जीवन में उसे किसी ऐसी रमणी से साबिका न पड़ा था, जिसने उसके ऊपर इतना विश्वास करके अपने को उसकी दया पर छोड़ दिया हो। किसी धन-लोलुप की भांति सहसा यह धनराशि देखकर उसकी आँखों पर परदा पड़ गया। अपनी समझ में तो यह हेलेन से उग्र युवकों

के विषय में ऐसी बहुत-सी बातों का पता लगाकर फूला न समाया, जो खुफिया पुलिस वालों को बहुत सिर मारने पर भी ज्ञात न हो सकी थी, पर इन बातों में मिथ्या का कितना मिश्रण है, यह वह न भाँप सका। इस आधा घण्टे में एक युवती ने एक अनुभवी अफसर को अपने रूप की मदिरा से उन्मत्त कर दिया था।

जब हेलेन चलने लगी तो रोमनाफ ने कुर्सी से खड़े होकर कहा- 'मुझे आशा है, यह हमारी आखिरी मुलाकात न होगी।'

हेलेन ने हाथ बढ़ाकर कहा- 'हुजूर ने जिस सौजन्य से मेरी विपत्ति-कथा सुनी है, उसके लिए मैं आपको धन्यवाद देती हूँ।'

'कल आप तीसरे पहर यहीं चाय पिएँ।'

रब्त-जब्त बढ़ने लगा। हेलेन आकर रोज की बातें आइवन से कह सुनाती। रोमनाफ वास्तव में जितना बदनाम है, उतना बुरा नहीं। नहीं, वह बड़ा रसिक संगीत और कला का प्रेमी और शील तथा विजय की मूर्ति है। इन थोड़े ही दिनों में हेलेन से उसकी घनिष्ठता हो गई है और किसी अज्ञात रीति से नगर में पुलिस का अत्याचार कम होने लगा।अंत में वह निश्चित तिथि आई। आइवन और हेलेन दिन-भर बैठे-बैठे इसी प्रश्न पर विचार करते रहे। आइवन का मन आज बहुत चंचल हो रहा था। वह कभी अकारण ही हँसने लगता, कभी अनायास से रो पड़ता। शंका, प्रतीक्षा और किसी अज्ञात चिंता ने उसके मनोसागर को इतना अशान्त कर दिया था कि उसमें भावों की नौकाएं डगमगा रही थी- न मार्ग का पता था, न दिशा का। हेलेन भी आज बहुत चिंतित और गम्भीर थी। आज के लिए उसने पहले ही से सजीले वस्त्र बनवा रखे थे। रूप को अलंकृत करने के न जाने किन-किन विधानों का प्रयोग कर रही थी, पर इस किसी योद्धा का उत्साह नहीं, कायर का कम्पन था। सहसा आइवन ने आंखों में आँसू भरकर कहा- 'तुम आज इतनी मायाविनी हो गई हो हेलेन कि मुझे न जाने क्यों तुमसे भय हो रहा है।'

हेलेन मुस्करायी। उस मुस्कान में करुणा भरी हुई थी- 'मनुष्य को कभी- कभी कितने ही अप्रिय कर्तव्यों का पालन करना पड़ता है आइवन, आज मैं सुधा से विष का काम लेने जा रही हूँ। अलंकार का ऐसा दुरुपयोग तुमने कहीं और देखा है?'

आइवन उड़े हुए मन से बोला- 'इसी को राष्ट्र-जीवन कहते हैं।'

'यह राष्ट्र-जीवन नहीं है-यह नरक है।'

'मगर संसार में अभी कुछ दिन और इसकी जरूरत रहेगी।'

'यह अवस्था जितनी जल्द बदल जाए, उतना ही अच्छा।'

पासा पलट चुका था, आइवन ने गर्म होकर कहा- 'अत्याचारियों को संसार में पलने-फूलने दिया जाए, जिससे एक दिन इनके काँटों के मारे पृथ्वी पर कहीं पाँव रखने की जगह न रहे?'

हेलेन ने कोई जवाब न दिया, पर उसके मन में जो अवसाद उत्पन्न हो गया था, वह उसके मुख पर झलक रहा था। राष्ट्र उसकी दृष्टि में सर्वोपरि था, उसके सामने व्यक्तित्व का कोई मूल्य न था। अगर इस समय उसका मन किसी कारण से दुर्बल भी हो गया था, तो उसे खोल देने का

उसमें साहस न था। दोनों गले मिलकर विदा हुए। कौन जाने, यह अन्तिम दर्शन हो! दोनों के दिल भारी थे, और आंखें सजल।

आइवन ने उत्साह के साथ कहा- 'मैं ठीक समय पर आ जाऊंगा।'

हेलेन ने कोई जवाब न दिया।

आइवन ने फिर सानुरोध कहा- 'खुदा से मेरे लिए दुआ करना हेलेन!' हेलेन ने जैसे रोते हुए गले से कहा- 'मुझे खुदा पर भरोसा नहीं है।'

'मुझे तो है।'

'कब से?'

'जब से मौत मेरी आँखों के सामने खड़ी हो गई।'

यह वेग के साथ चला गया। संध्या हो गई थी और दो घण्टे के बाद ही उस कठिन परीक्षा का समय आ जाएगा, जिससे उसके प्राण काँप रहे थे। वह कहीं एकांत में बैठकर सोचना चाहता था। आज उसे ज्ञात हो रहा था कि वह स्वाधीन नहीं है। बड़ी मोटी जंजीर उसके एक-एक अंग को जकड़े हुए थी। इन्हें वह कैसे तोड़े?

दस बज गए थे। हेलेन और रोमनाफ पार्क के एक कुंज में बेंच पर बैठे हुए थे। तेज बर्फीली हवा चल रही थी। चाँद किसी क्षीण आशा की भांति बादलों में छिपा हुआ था। हेलेन ने इधर-उधर सशंक नेत्रों से देखकर कहा- 'अब तो देर हो गई, यहाँ से चलना चाहिए।'

रोमनाफ ने बेंच पर पाँव फैलाते हुए कहा- 'अभी तो ऐसी देर नहीं हुई है, हेलेन! कह नहीं सकता, जीवन के यह क्षण स्वप्न हैं या सत्य, लेकिन सत्य भी है तो स्वप्न से अधिक मधुर, और स्वप्न भी है, तो सत्य से अधिक उज्ज्वल। हेलेन बेचैन होकर उठी और रोमनाफ का हाथ पकड़कर बोली- 'मेरा जी आज कुछ चंचल हो रहा है। सिर में चक्कर-सा आ रहा है। चलो, मुझे मेरे घर पहुँचा दो।'

रोजनाफ ने उसका हाथ पकड़कर अपनी बगल में बैठाते हुए कहा- 'लेकिन मैंने मोटर तो ग्यारह बजे बुलायी है।'

हेलेन के मुख से एक चीख निकल गई- 'ग्यारह बजे।'

'हां, अब ग्यारह बजने ही वाले हैं। आओ, तब तक और कुछ बातें हों। रात तो काली बला-सी मालूम होती है। जितनी ही देर उसे दूर रख सकूँ, उतना ही अच्छा। मैं तो समझता हूँ उस दिन तुम मेरे सौभाग्य की देवी बनकर आई थीं हेलेन, नहीं तो अब तक मैंने न जाने क्या-क्या अत्याचार किए होते। इस उदार नीति ने वातावरण में जो शुभ परिवर्तन कर दिया, उस पर मुझे स्वयं आश्चर्य हो रहा है। महीनों के दमन ने जो कुछ न कर पाया था, वह दिनों के आश्वासन ने पूरा कर दिखाया है। और इसके लिए मैं तुम्हारा ऋणी हूँ हेलेन, केवल तुम्हारा। पर खेद यही है कि हमारी सरकार दया करना नहीं जानती, केवल मारना जानती है। जार के मंत्रियों में अभी से मेरे विषय में सन्देह होने लगा है और मुझे यहाँ से हटाने का प्रश्न हो रहा है।'

सहसा टार्च का चकाचौंध पैदा करने वाला प्रकाश बिजली की भांति चमक उठा और रिवाल्वर छूटने की आवाज आई। उसी वक्त रोमनाफ ने उछलकर आइवन को पकड़ लिया और चिल्लाया-पकड़ो, पकड़! खून! हेलेन, तुम यहाँ से भागो! पार्क में कई सन्तरी थे। चारों और से दौड़ पड़े। आइवन गिर गया। एक क्षण में न जाने कहां से टाउन-पुलिस, सशस्त्र-पुलिस, गुप्त पुलिस और सवार पुलिस के जत्थे-के-जत्थे आ पहुँचे। आइवन गिरफ्तार हो गया।

रोमनाफ ने हेलेन से हाथ मिलाकर सन्देह के स्वर में कहा- 'यह आइवन तो वही युवक है, जो तुम्हारे साथ विद्यालय में था?'

हेलेन ने क्षुब्ध होकर कहा- 'हां, है, लेकिन मुझे इसका जरा भी अनुमान न था कि वह क्रांतिवादी हो गया है।'

'गोली मेरे सिर पर से सन्-सन् करती हुई निकल गई।'

'हे ईश्वर!'

'मैंने दूसरा फायर करने का अवसर ही न दिया। मुझे इस युवक की दशा पर दु:ख हो रहा है, हेलेन! ये अभागे समझते हैं कि इन हत्याओं से वे देश का उद्धार कर लेंगे। अगर मैं मर ही जाता तो क्या, मेरी जगह कोई मुझसे भी ज्यादा कठोर मनुष्य न आ जाता? लेकिन मुझे जरा भी क्रोध, दु:ख या भय नहीं है हेलेन, तुम बिलकुल चिन्ता न करना। चलो, मैं तुम्हें पहुँचा दूं।'

रास्ते-भर रोमनाफ इस आघात से बच जाने पर अपने को बधाई और ईश्वर को धन्यवाद देता रहा और हेलेन विचारों में मग्न बैठी रही।

दूसरे दिन मजिस्ट्रेट के इजलास में अभियोग चला, और हेलेन सरकारी गवाह थी। आइवन को मालूम हुआ कि दुनिया अंधेरी हो गई है और वह उसकी अथाह गहराई में धँसता जा रहा है।

3

चौदह साल के बाद।

आइवन रेलगाड़ी से उतरकर हेलेन के पास जा रहा है। उसे घरवालों की सुध नहीं है। माता और पिता उसके वियोग में मरणासन्न हो रहे हैं, इसकी उसे परवाह नहीं है। वह अपने चौदह साल के पाले हुए हिंसाभाव से उन्मत्त, हेलेन के पास जा रहा है, पर उसकी हिंसा में रक्त की प्यास नहीं है, केवल गहरी दाहक दुर्भावना है। इन चौदह सालों में उसने जो यातनाएँ झेली हैं, उनका दो-चार वाक्यों में मानो सत्त निकालकर, विष के समान हेलेन की धमनियों में भरकर उसे तड़पते हुए देखकर, वह अपनी आँखों को तृप्त करना चाहता है। और वह वाक्य क्या है? 'हेलेन, तुमने मेरे साथ जो दगा की है, वह शायद त्रिया-चरित्र के इतिहास में भी अद्वितीय है। मैंने अपना सर्वस्व तुम्हारे चरणों पर अर्पण कर दिया। मैं केवल तुम्हारे इशारों का गुलाम था। तुमने ही मुझे रोमनाफ की हत्या के लिए प्रेरित किया, और तुमने ही मेरे विरुद्ध साक्षी दी, केवल अपनी कुत्सित काम-लिप्सा को पूरा करने के लिए। मेरे विरुद्ध कोई दूसरा प्रमाण न था। रोमनाफ और उसकी सारी पुलिस भी झूठी शहादतों-से मुझे परास्त न कर सकती थी, मगर तुमने केवल अपनी वासना को तृप्त करने के लिए, केवल रोमनाफ के विषाक्त आलिंगन का

आनंद उठाने के लिए मेरे साथ यह विश्वासघात किया, पर आँखें खोलकर देखो कि वही आइवन, जिसे तुमने पैर के नीचे कुचला था, आज तुम्हारी उन सारी मक्कारियों का पर्दा खोलने के लिए तुम्हारे सामने खड़ा है। तुमने राष्ट्र की सेवा का बीड़ा उठाया था। तुम अपने को राष्ट्र की वेदी पर होम कर देना चाहती थीं, किन्तु कुत्सित कामनाओं के पहले ही प्रलोभन में तुम अपने सारे बहुरूप को तिलांजलि देकर भोग-लालसा की गुलामी करने पर उतर गईं। अधिकार और समृद्धि के पहले ही टुकड़े पर तुम दुम हिलाती हुई टूट पड़ीं। धिक्कार है तुम्हारी भोग- लिप्सा को, तुम्हारे इस कुत्सित जीवन को।'

4

संध्या-काल था। पश्चिम के क्षितिज पर दिन की चिता जलकर ठंडी हो रही थी और रोमनाफ के विशाल भवन में हेलेन की अर्थी को ले चलने की तैयारियाँ हो रही थीं। नगर नेता जमा थे और रोमनाफ अपने शोक कम्पित हाथों से अर्थी को पुष्पहारों से सजा रहा था एवं उन्हें अपने आत्मजल से शीतल कर रहा था। उसी वक्त आइवन उन्मत्त वेश में, दुर्बल, झुका हुआ, सिर के बाल बढ़ाए, कंकाल- सा आकर खड़ा हो गया। किसी ने उसकी ओर ध्यान न दिया। समझे, कोई भिक्षुक होगा, जो ऐसे अवसरों पर दान के लोभ से आ जाया करते हैं।

जब नगर के विशप ने अन्तिम संस्कार समाप्त किया और मरियम की बेटियाँ नए जीवन के स्वागत का गीत गा चुकीं, तो आइवन ने अर्थी के पास जाकर आवेश से काँपते हुए स्वर में कहा- 'यह दुष्टा है, जिसे सारी दुनिया की पवित्र आत्माओं की शुभकामनाएँ भी नरक की यातना से नहीं बचा सकती। वह इस योग्य थी कि उसकी लाश...

कई आदमियों ने दौड़कर उसे पकड़ लिया और उसे धक्के देते हुए फाटक की ओर ले चले। उसी वक्त रोमनाफ ने आकर उसके कंधे पर हाथ रख दिया और उसे अलग ले जाकर पूछा- 'दोस्त, क्या तुम्हारा नाम क्लाडियस आइवनाफ है? हां, तुम वही हो, मुझे तुम्हारी सूरत याद आ गई। मुझे सब कुछ मालूम है- रत्ती-रत्ती मालूम है। हेलेन ने मुझसे कोई बात नहीं छिपाई। अब वह इस संसार में नहीं है, मैं झूठ बोलकर उसकी कोई सेवा नहीं कर सकता। तुम उस पर कठोर शब्दों का प्रहार करो या कठोर आघातों का, वह समान रूप से शान्त रहेगी, लेकिन अंत समय तक वह तुम्हारी याद करती रही। उस प्रसंग की स्मृति उसे सदैव रुलाती रहती थी। उसके जीवन की यह सबसे बड़ी कामना थी कि तुम्हारे सामने घुटने टेककर क्षमा की याचना करे। मरते-मरते उसने यह वसीयत की कि जिस तरह भी हो सके, उसकी यह विजय तुम तक पहुँचाऊँ कि वह तुम्हारी अपराधिनी है और तुमसे क्षमा चाहती है। क्या तुम समझते हो, जब यह तुम्हारे सामने आँखों में आंसू भरे आती, तो तुम्हारा हृदय पत्थर होने पर भी न पिघल जाता? क्या इस समय भी वह तुम्हें दीन-याचना की प्रतिमा-सी खड़ी नहीं दीखती? जरा चलकर उसका मुस्कुराता हुआ चेहरा देखो। मोशियो आइवन, तुम्हारा मन अब भी उसका चुम्बन लेने के लिए विकल हो जाएगा। मुझे जरा भी ईर्ष्या न होगी। उन फूलों की सेज पर लेटी हुई वह ऐसी लग रही है, मानो फूलों की रानी हो। जीवन में उसकी एक ही अभिलाषा अपूर्ण रह गई आइवन, वह तुम्हारी क्षमा है। प्रेमी हृदय बड़ा उदार होता है आइवन, वह क्षमा और दया का सागर होता है। ईर्ष्या और दंभ

के गंदे नाले उसमें मिलकर उतने ही विशाल और पवित्र हो जाते हैं। जिसे एक बार तुमने प्यार किया, उसकी अन्तिम अभिलाषा की तुम उपेक्षा नहीं कर सकते।

उसने आइवन का हाथ पकड़ा और सैकड़ों कौतूहल-पूर्ण नेत्रों के सामने उसे लिये हुए अर्थी के पास आया और ताबूत का ऊपरी तख्ता हटाकर हेलेन का शांत मुख-मण्डल उसे दिखा दिया। उस निस्पंद, निश्चेष्ट, निर्विकार छवि को मृत्यु ने एक गरिमा-सी प्रदान कर दी थी, मानो स्वर्ग की सारी विभूतियाँ उसका स्वागत कर रही हैं। आइवन की कुटिल आँखों में एक दिव्य ज्योति-सी चमक उठी और वह दृश्य सामने खिंच गया, जब उसने हेलेन को प्रेम से आलिंगन किया था और अपने हृदय के सारे अनुराग और उल्लास को पुष्पों में गूंथकर उसके गले में डाला था। उसे जान पड़ा, यह सब-कुछ, जो उसके सामने हो रहा है, स्वप्न है और एकाएक उसकी आँखें खुल गई हैं और वह उसी भांति हेलेन को अपनी छाती से लगाए हुए है। उस आत्मानंद के एक क्षण के लिए क्या वह फिर चौदह साल का कारावास झेलने के लिए न तैयार हो जाएगा। क्या अब भी उसके जीवन की सबसे सुखद घड़ियाँ वही न थीं, जो हेलेन के साथ गुजरी थीं और क्या उन घड़ियों के अनुपम आनंद को वह इन चौदह सालों में भी भूल सका था? उसने ताबूत के पास बैठकर श्रद्धा से काँपते हुए कंठ से प्रार्थना की- ' ईश्वर, तू मेरी प्राणों से प्रिय हेलेन को अपनी क्षमा के दामन में ले!' और जब वह ताबूत कंधे पर लिये चला, तो उसकी आत्मा लज्जित थी अपनी संकीर्णता पर, अपनी उद्विग्नता पर, अपनी नीचता पर। और जब ताबूत कब्र में रख दिया गया, तो वह वहाँ बैठकर न जाने कब तक रोता रहा। दूसरे दिन रोमनाफ जब फातिहा पढ़ने आया तो देखा, आइवन सजदे में सिर झुकाए हुए है और उसकी आत्मा स्वर्ग को प्रयाण कर चुकी है।

***

मिस पद्मा

कानून में अच्छी सफलता प्राप्त कर लेने के बाद मिस पद्मा को एक नया अनुभव हुआ, वह था जीवन का सूनापन। विवाह को उन्होंने एक अप्राकृतिक बंधन समझा था और निश्चय कर लिया था कि स्वतंत्र रहकर जीवन का उपभोग करूंगी। एम.ए. की डिग्री ली, फिर कानून पास किया और प्रैक्टिस शुरू कर दी। रूपवती थी, युवती थी, मृदुभाषिणी थी और प्रतिभा-शालिनी भी थी। मार्ग में कोई बाधा न थी। देखते- देखते वह अपने साथी नौजवान-मर्द वकीलों को पीछे छोड़कर आगे निकल गई और अब उसकी आमदनी कभी-कभी एक हजार से भी ऊपर बढ़ जाती। अब उतने परिश्रम और सिर-खपाने की आवश्यकता न रही। मुकदमे अधिकतर वही होते थे, जिनका उसे पूरा अनुभव हो चुका था, उनके विषय की किसी तरह की तैयारी की उसे जरूरत न मालूम होती। अपनी शक्तियों पर कुछ विश्वास भी हो गया था। कानून में कैसे विजय मिल सकती है, इसके कुछ लटके भी उसे मालूम हो गए थे, इसलिए उसे अब बहुत अवकाश मिलता था और इसे वह किस्से-कहानियाँ पढ़ने, सैर करने, सिनेमा देखने, मिलने-मिलाने में खर्च करती थी।

जीवन को सुखी बनाने के लिए किसी व्यसन की जरूरत को वह खूब समझती थी। उसने फूल-पौधे लगाने का व्यसन पाल लिया था। तरह-तरह के बीज और पौधे मंगाती और उन्हें उगते-बढ़ते, फूलते-फलते देखकर खुश होती, मगर फिर भी जीवन में सूनेपन का अनुभव होता रहता था। वह बात न थी कि उसे पुरुषों से विरक्ति हो। वहीं, उसके प्रेमियों की कमी न थी। अगर उसके पास केवल रूप और यौवन होता, तो भी उपासकों का अभाव न रहता, मगर यहाँ तो रूप और यौवन के साथ धन भी था। फिर रसिक-वृंद क्यों चूक जाते? पद्मा को विलास से घृणा नहीं, घृणा थी पराधीनता से, विवाह को जीवन का व्यवसाय बनाने से। जब स्वतन्त्र रहकर भोग-विलास का आनंद उड़ाया जा सकता है, तो फिर क्यों न उड़ाया जाए? भोग में उसे कोई नैतिक बाधा न थी, इसे वह केवल देह की एक भूख समझती थी। इस भूख को किसी साफ-सुथरी दुकान से भी शान्त किया जा सकता है। और पद्मा को साफ-सुथरी दुकान की हमेशा तलाश रहती थी। ग्राहक दुकान में वही चीज लेता है, जो उसे पसंद आती है। पद्मा भी वही चीज चाहती थी, यों उसके दर्जनों आशिक थे-कई वकील, कई प्रोफेसर, कई रईस। मगर ये सब-के-सब ऐय्याशी थे-बेफिक्र, केवल भंवरे की तरह रस लेकर उड़ जाने वाले। ऐसा एक भी न था, जिस पर वह विश्वास कर सकती। अब उसे मालूम हुआ कि उसका मन केवल भोग नहीं चाहता, कुछ और भी चाहता है। वह चीज क्या थी? पूरा आत्मसमर्पण, और यह उसे न मिलती थी।

उसके प्रेमियों में एक मि. प्रसाद था- बड़ा ही रूपवान और धुरन्धर विद्वान। एक कॉलेज में प्रोफेसर था। वह भी मुक्त भोग के आदर्श का उपासक था और पद्मा उस पर फिदा थी। चाहती थी उसे बाँधकर रखे, सम्पूर्ण अपना बना ले, लेकिन प्रसाद चंगुल में न आता था।

संध्या हो गई थी। पद्मा सैर करने जा रही थी कि प्रसाद आ गए। सैर करना मुल्तवी हो गया। बातचीत में सैर से कहीं ज्यादा आनंद था और पद्मा आज प्रसाद से कुछ दिल की बात कहने वाली थी। कई दिन के सोच-विचार के बाद आज उसने कह डालने ही का निश्चय किया था।

उसने प्रसाद की नशीली आँखों में आँखें मिलाकर कहा- 'तुम यही मेरे बँगले में आकर क्यों नहीं रहते?'

प्रसाद ने कुटिल-विनोद के साथ कहा- 'नतीजा यह होगा कि दो-चार महीने में यह मुलाकात भी बंद हो जाएगी।'

'मेरी समझ में नहीं आया, तुम्हारा क्या आशय है।'

'आशय वही है, जो मैं कह रहा हूँ।'

'आखिर क्यों?'

'मैं अपनी स्वतन्त्रता न खोना चाहूँगा, तुम अपनी स्वतन्त्रता न खोना चाहोगी। तुम्हारे पास तुम्हारे आशिक आएँगे मुझे जलन होगी। मेरे पास मेरी प्रेमिकाएं आएंगी, तुम्हें जलन होगी। मनमुटाव होगा, फिर वैमनस्य होगा और तुम मुझे घर से निकाल दोगी। घर तुम्हारा है ही। मुझे बुरा लगेगा ही, फिर यह मैत्री कैसे निभेगी?'

दोनों कई मिनट तक मौन रहे। प्रसाद ने परिस्थिति को इतने स्पष्ट, बेलाग, लठमार शब्दों में खोलकर रख दिया था कि कुछ कहने की जगह न मिलती थी।

आखिर प्रसाद ही को नुकता सूझा। बोला- 'जब तक हम दोनों यह प्रतिज्ञा न कर लें कि आज से मैं तुम्हारा हूँ और तुम मेरी हो, तब तक एक साथ निर्वाह नहीं हो सकता।'

'तुम यह प्रतिज्ञा करोगे?'

'पहले तुम बताओ।'

'मैं करूंगी।'

'तो मैं भी करूंगा।'

'मगर इस बात के सिवा मैं और सभी बातों में स्वतन्त्र रहूँगी।'

'और मैं भी इस एक बात के सिवा हर बात में स्वतंत्र रहूँगा।'

'मंजूर।'

'मंजूर।'

'तो कब से?'

'जब से तुम कहो।'

'मैं तो कहती हूँ कल ही से।'

'तय है, लेकिन अगर तुमने इसके विरुद्ध आचरण किया तो?'

'और तुमने किया तो?'

'तुम मुझे घर से निकाल सकती हो, लेकिन मैं तुम्हें क्या सजा दूंगा?'

'तुम मुझे त्याग देना, और क्या करोगे?'

'जी नहीं, तब इतने से चित्त को शान्ति न मिलेगी। तब मैं चाहूँगा तुम्हें जलील करना, बल्कि तुम्हारी हत्या करना।'

'तुम बड़े निर्दयी हो, प्रसाद।'

'जब तक हम दोनों स्वाधीन हैं, हमें किसी को कुछ कहने का हक नहीं, लेकिन एक बार प्रतिज्ञा में बँध जाने के बाद फिर न में उसकी अवज्ञा सह सकूंगा, न तुम सह सकोगी। तुम्हारे पास दण्ड का साधन है, मेरे पास नहीं है। कानून मुझे कोई अधिकार नहीं देता। मैं तो केवल अपने पशु-बल से प्रतिज्ञा का पालन कराऊंगा और तुम्हारे इतने नौकरों के सामने मैं अकेला क्या कर सकूंगा?'

'तुम तो चित्र का श्याम-पक्ष ही देखते हो। जब मैं तुम्हारी हो रही हूँ तो यह मकान, नौकर-चाकर और जायदाद सब कुछ तुम्हारा है। हम तुम दोनों जानते हैं कि ईर्ष्या से ज्यादा घृणित कोई सामाजिक पाप नहीं है। तुम्हें मुझसे प्रेम है या नहीं, मैं नहीं कह सकती, लेकिन तुम्हारे लिए मैं सब कुछ सहने, सब कुछ करने को तैयार हूँ।'

'दिल से कहती हो पद्मा?'

'सच्चे दिल से'

'मगर न जाने क्यों तुम्हारे ऊपर विश्वास नहीं आ रहा है?'

'मैं तो तुम्हारे ऊपर विश्वास कर रही हूँ।'

'यह समझ लो, मैं मेहमान बनकर तुम्हारे घर में न रहूँगा। स्वामी बनकर रहूँगा।'

'तुम घर के स्वामी ही नहीं, मेरे स्वामी बनकर रहोगे। मैं तुम्हारी स्वामिनी बनकर रहूँगी।'

2

प्रो. प्रसाद और मिस पद्मा दोनों साथ रहते हैं और प्रसन्न हैं। दोनों ही ने जीवन का जो आदर्श मन में स्थिर कर लिया था, वह सत्य बन गया है। प्रसाद को केवल दो-सौ रुपये वेतन मिलता है, मगर अब वह अपनी आमदनी का दोगुना भी खर्च कर दे तो परवाह नहीं। पहले वह कभी-कभी शराब पीता था, अब रात-दिन शराब में मस्त रहता है। अब उसके लिए अलग अपनी कार है, अलग अपने नौकर हैं, तरह-तरह की बहुमूल्य चीजें मँगवाता रहता है और पद्मा बड़े हर्ष से उसकी सारी फिजूलखर्ची बर्दाश्त करती है। नहीं, बर्दाश्त करने का प्रश्न नहीं है। वह खुद उसे अच्छे-अच्छे सूट पहनाकर, अच्छे-से-अच्छे ठाठ में रखकर प्रसन्न होती है। जैसी घड़ी इस वक्त प्रो. प्रसाद के पास है, शहर के बड़े-से-बड़े रईस के पास न होगी और पद्मा जितना ही उससे दबती है, प्रसाद उतना ही उसे दबाता है, कभी-कभी उसे नागवार भी लगता है, पर वह किसी अज्ञात कारण से अपने को उसके वश में पाती है। प्रसाद को जरा भी उदास या चिन्तित

देखकर उसका मन चंचल हो जाता है। उस पर आवाजें कसी जाती हैं, फबतियां की जाती हैं। जो उसके पुराने प्रेमी थे, वे उसे जलाने और कुढ़ाने का प्रयास भी करते हैं, पर यह प्रसाद के पास आते ही सब कुछ भूल जाती है। प्रसाद ने उस पर पूरा आधिपत्य पा लिया है, और उसे इसका ज्ञान है। पद्मा को उसने बारीक आँखें से पढ़ा है और उसका आसन अच्छी तरह पा गया है।

मगर जैसे राजनीति के क्षेत्र में अधिकार दुरुपयोग की ओर जाता है, उसी तरह प्रेम के क्षेत्र में भी दुरुपयोग की ओर ही जाता है, और जो कमजोर है, उसे तावान देना पड़ता है। आत्माभिमानी पद्मा अब प्रसाद की लौंडी थी और प्रसाद उसकी दुर्बलता का फायदा उठाने में क्यों चूकता? उसने कील की पतली नोक चुभा ली थी और बड़ी कुशलता से उत्तरोत्तर उसे अंदर ठोकता जाता था। यहाँ तक कि उसने रात को देर से घर आना शुरू किया। पद्मा घूमने चली जाती तो अपनी कार निकाल लेता और उड़ जाता। दो साल गुजर गए थे, और पद्मा को गर्भ था। वह स्थूल भी हो चली थी। उसके रूप में पहले की-सी नवीनता और मादकता न रह गई थी। वह घर की मुर्गी थी, साग बराबर।

एक दिन इसी तरह पद्मा लौटकर आई, तो प्रसाद गायब थे। यह झुँझला उठी। इधर कई दिन से वह प्रसाद का रंग बदला हुआ देख रही थी। आज उसने कुछ स्पष्ट बातें कहने का साहस बटोरा। दस बज गए, ग्यारह बज गए, पद्मा उसके इंतजार में बैठी थी। भोजन ठण्डा हो गया, नौकर-चाकर सो गए। बार- बार उठती, फटक पर जाकर नजर दौड़ती। बारह-एक बजे के करीब प्रसाद घर आए।

पद्मा ने साहस तो बहुत बटोरा था, पर प्रसाद के सामने जाते ही उसे अपनी कमजोरी मालूम हुईं। फिर भी उसने जरा कड़े स्वर में पूछा- 'आज आप इतनी रात तक कहाँ थे? कुछ खबर है, कितनी रात गयी?'

प्रसाद को वह इस वक्त असुंदरता की मूर्ति-सी लगी। वह एक विद्यालय की छात्रा के साथ सिनेमा देखने गया था। बोला- 'तुमको आराम से सो जाना चाहिए था।'

पद्मा का साहस कुछ प्रबल हुआ- 'तुमसे मैं जो कहती हूँ उसका जवाब दो। मुझे जहन्नुम में भेजो?'

'तो तुम भी मुझे जहन्नुम में जाने दो।'

'मैं इधर कई दिन से तुम्हारा मिज़ाज बदला हुआ देख रही हूँ।'

'तुम्हारी आंखों की ज्योति कुछ बढ़ गई होगी।'

'तुम मेरे साथ दगा कर रहे हो, यह मैं साफ देख रही हूँ।'

'मैंने तुम्हारे हाथ अपने को बेचा नहीं है। अगर तुम्हारा जी मुझसे भर गया हो, तो मैं आज जाने को तैयार हूँ।'

'तुम जाने की क्या धमकी देते हो! यहाँ तुमने आकर कोई बड़ा त्याग नहीं किया है।'

'मैंने त्याग नहीं किया है? तुम यह कहने का साहस कर रही हो। मैं देखता हूँ तुम्हारा मिज़ाज बिगड़ रहा है। तुम समझती हो, मैंने इसे अपंग कर दिया। मगर मैं इसी वक्त तुम्हें ठोकर मारने को तैयार हूँ। इसी वक्त।

पद्मा का साहस जैसे बुझ गया था। प्रसाद अपना ट्रंक सँभाल रहा था। पद्मा ने दीन-भाव से कहा- 'मैंने, तो ऐसी कोई बात बहीं कही, जो तुम इतना बिगड़ उठे। मैं तो केवल तुमसे पूछ रही थी, कहां थे। क्या तुम मुझे इतना भी अधिकार देना नहीं चाहते? मैं कभी तुम्हारी इच्छा के विरुद्ध कोई काम नहीं करती और तुम मुझे बात-बात पर डांटते रहते हो। तुम्हें मुझ पर जरा भी दया नहीं आती। मुझे तुमसे कुछ तो सहानुभूति मिलनी चाहिए। मैं तुम्हारे लिए क्या कुछ करने को तैयार नहीं हूँ? और आज जो मेरी यह दशा हो गई है, तो तुम मुझसे आँखें फेर लेते हो -.

उसका कंठ रुंध गया और वह मेज़ पर सिर रख कर फूट-फूटकर रोने लगी।

प्रसाद ने पूरी विजय पायी।

3

पद्मा के लिए मातृत्व अब बड़ा ही अप्रिय प्रसंग था। उस पर एक चिंता मँडराती रहती। कभी-कभी वह भय से काँप उठती और पछताती। प्रसाद की निरंकुशता दिन-दिन बढ़ती जाती थी। क्या करे, क्या न करे। गर्भ पूरा हो गया था, वह कोर्ट न जाती थी। दिन-भर अकेली बैठी रहती। प्रसाद संध्या समय आते, चाय-वाय पीकर फिर उड़ जाते, तो ग्यारह-बारह बजे के पहले न लौटते। वह कहां जाते हैं, यह भी उससे छिपा न था। प्रसाद को जैसे उसकी सूरत से नफरत थी। पूर्ण गर्भ, पीला मुख, विजित, सशंक, उदास, मगर वह जितना ही प्रयास करती, उतना ही प्रसाद का मन उसकी ओर से फिरता था। इस अवस्था में श्रृंगार उसे और भी भद्दा लगता।

प्रसव-वेदना हो रही थी। प्रसाद का पता नहीं। नर्स मौजूद थी, लेडी डॉक्टर मौजूद थी, मगर प्रसाद का न रहना पद्मा की प्रसव-वेदना को और भी दारुण कर रहा था।

बालक को गोद में देखकर उसका कलेजा फूल उठा, मगर फिर प्रसाद को सामने न पाकर उसने बालक की ओर से मुँह फेर लिया। मीठे फल में जैसे कीड़े पड़ गए हों।

पाँच दिन सौर-ग्रह में काटने के बाद जैसे पद्मा जेलखाने से निकली-नंगी तलवार बनी हुई। माता बनकर वह अपने में एक अद्भुत शक्ति का अनुभव कर रही थी।

उसने चपरासी को चेक देकर बैंक भेजा। प्रसव-सम्बन्धी कई बिल अदा करने थे। चपरासी खाली हाथ लौट आया।

पद्मा ने पूछा- 'रुपये?'

'बैंक के बाबू ने कहा, रुपये सब प्रसाद बाबू निकाल ले गए।'

पद्मा को जैसे गोली लग गई। बीस हजार रुपये प्राणों की तरह संचित कर रखे थे। इसी शिशु के लिए। हाय! सौर से निकलने पर मालूम हुआ, प्रसाद विद्यालय की एक बालिका को लेकर इंग्लैंड की सैर करने चले गए। झल्लाई हुई घर में आई, प्रसाद की तस्वीर उठाकर जमीन पर

पटक दी और उसे पैरों से कुचला। उसका जितना सामान था, उसे जमा करके दियासलाई लगा दी और उसके नाम पर थूक दिया।

एक महीना बीत गया था। पद्मा अपने बंगले के फाटक पर शिशु को गोद में लिये खड़ी थी। उसका क्रोध अब शोकमय निराशा बन चुका था। बालक पर कभी दया आती, कभी प्यार आता, कभी घृणा आती। उसने देखा, सड़क पर एक यूरोपियन लेडी अपने पति के साथ अपने बालक को बच्चों की गाड़ी में बिठाए लिये चली जा रही थी। उसने हसरत भरी आँखों से खुशनसीब जोड़े को देखा और उसकी आँखें सजल हो गईं।

***

विद्रोही

आज दस साल से जब्त कर रहा हूँ। अपने इस नन्हे से हृदय में अग्नि का दहकता हुआ कुण्ड छिपाए बैठा हूँ। संसार में कहीं शान्ति होगी, कहीं सैर-तमाशे होंगे, कहीं मनोरंजन की वस्तुएँ होंगी, मेरे लिए तो अब यही अग्निराशि है, और कुछ नहीं। जीवन की सारी अभिलाषा इसी में जलकर राख हो गईं। किससे अपनी मनोव्यथा कहूँ? फायदा ही क्या? जिसके भाग्य में रुदन-अनन्त रुदन हो, उसका मर ही जाना अच्छा।

मैंने पहली बार तारा को उस वक्त देखा, जब मेरी उम्र दस साल की थी। मेरे पिता आगरा के एक अच्छे डॉक्टर थे। लखनऊ में मेरे एक चाचा रहते थे। उन्होंने वकालत में काफी धन कमाया था। मैं उन दिनों चाचा ही के साथ रहता था। चाचा के कोई सन्तान न थी, इसलिए मैं ही उनका वारिस था। चाचा और चाची दोनों मुझे अपना पुत्र समझते थे। मेरी माता बचपन ही में सिधार चुकी थी। मातृ-स्नेह का जो कुछ प्रसाद मुझे मिला, वह चाचीजी ही की भिक्षा थी। वही भिक्षा मेरे उस मातृ-प्रेम से वंचित बालपन की सारी विभूति थी।

चाचा साहब के पड़ोस में हमारी बिरादरी के एक बाबू साहब और रहते थे। वह रेलवे विभाग में किसी अच्छे ओहदे पर थे। दो-ढाई सौ रुपए पाते थे। नाम था विमलचन्द्र। तारा उन्हीं की पुत्री थी। उस वक्त उसकी उम्र पाँच साल की होगी। बचपन का वह दिन आज भी आँखों के सामने है, जब तारा एक फ्राक पहने, बालों में एक गुलाब का फूल लगाए हुए मेरे सामने आकर खड़ी हो गई। कह नहीं सकता, क्यों मैं उसे देखकर क्षेप-सा गया था। मुझे वह देवकन्या-सी मालूम हुई, जो ऊषा-काल के सौरभ और प्रकाश से रंजित आकाश से उतर आई हो।

उस दिन से तारा अकसर मेरे घर आती। उसके घर में खेलने की जगह न थी। चाचा साहब के घर के सामने लम्बा-चौड़ा मैदान था। वहीं वह खेला करती। धीरे-धीरे मैं भी उससे मानूस हो गया। मैं जब स्कूल से लौटता, तो तारा दौड़कर मेरे हाथों से किताबों का बस्ता ले लेती। जब मैं स्कूल जाने के लिए गाड़ी पर बैठता तो वह भी आकर मेरे पास बैठ जाती। एक दिन उसके सामने चाची ने चाचाजी से कहा- 'तारा को मैं अपनी बहू बनाऊंगी। क्यों कृष्णा, तू तारा से ब्याह करेगा? मैं मारे शर्म के बाहर आ गया, लेकिन तारा वहीं खड़ी रही, मानो चाची ने उसे मिठाई देने को बुलाया हो। उस दिन से चाचा और चाची में अकसर यह चर्चा होती- कभी सलाह के ढंग से, कभी मजाक के ढंग से। उस अवसर पर मैं तो शरमा कर बाहर भाग जाता था, पर तारा खुश होती थी। दोनों परिवारों में इतना मेल-जोल था कि इस संबंध का हो जाना कोई असाधारण बात न थी। तारा के माता- पिता को तो इसका पूरा विश्वास था कि तारा से मेरा विवाह होगा। मैं जब-जब उनके घर जाता, तो मेरी बड़ी आवभगत होती। तारा की माँ उसे मेरे

साथ छोड़कर किसी बहाने से टल जाती थी। किसी को अब इसमें शक न था कि तारा ही मेरी हृदयेश्वरी होगी।

एक दिन उस सरला ने मिट्टी का एक घरौंदा बनाया। मेरे मकान के सामने नीम का पेड़ था। उसी की छाँह में वह घरौंदा तैयार हुआ। उसमें कई जरा-जरा से कमरे थे, कई मिट्टी के बरतन, एक नन्ही-सी चारपाई थी। मैंने जाकर देखा तो तारा घरौंदा बनाने में तन्मय हो रही थी। मुझे देखते ही दौड़कर मेरे पास आई और बोली- 'कृष्णा, चलो हमारा घर देखो, मैंने अभी बनाया है।' घरौंदा देखा और हँसकर बोला- 'इसमें कौन रहेगा, तारा?'

तारा ने मुँह बनाया, मानो वह व्यर्थ का प्रश्न था। बोली 'क्यों, हम और तुम कहाँ रहेंगे? जब हमारा-तुम्हारा विवाह हो जाएगा, तो हम लोग इसी घर में आकर रहेंगे। यह देखो, तुम्हारी बैठक है, तुम यहीं बैठकर पढ़ोगे। दूसरा कमरा मेरा है, इसमें बैठकर मैं गुड़िया खेलूँगी।'

मैंने हँसी करके कहा- 'क्यों, क्या मैं सारी उम्र पढ़ता ही रहूँगा और तुम हमेशा गुड़िया ही खेलती रहोगी?'

तारा ने मेरी तरफ इस ढंग से देखा, जैसे मेरी बात वह न समझी हो। पगली जानती थी कि जिंदगी खेलने और हँसने ही के लिए है। यह न जानती थी, कि एक दिन हवा का एक झोंका आएगा और इस घरौंदे को उड़ा ले जाएगा। इसी के साथ हम दोनों भी कहीं-से-कहीं जा उड़ेंगे।

2

इसके बाद मैं पिताजी के पास चला आया और कई साल पढ़ता रहा। लखनऊ की जलवायु मेरे अनुकूल न थी, या पिताजी ने मुझे अपने पास रखने के लिए यह बहाना किया था मैं निश्चय नहीं कह सकता। इण्टरमीडिएट तक मैं आगरे ही में पढ़ा, लेकिन चाचा साहब के दर्शनों के लिए बराबर लखनऊ अवश्य जाता रहता था। और गर्मियों की छुट्टी तो पूरी लखनऊ में ही कटती थी। एक छुट्टी गुजरते ही दूसरी छुट्टी आने के दिन गिनने लगते थे। अगर मुझे एक दिन की भी देर हो जाती, तो तारा का पत्र आ पहुँचता। बचपन के उस सरल प्रेम में अब जवानी का उत्साह और उन्माद था। वे प्यारे दिन क्या कभी भूल सकते हैं! वही मधुर स्मृतियाँ अब इस जीवन का सर्वस्व हैं। हम दोनों रात को सबकी नजरें बचाकर मिलते और हवाई किले बनाते। इससे कोई यह न समझे कि हमारे मन में पाप था, कदापि नहीं। हमारे बीच में एक भी ऐसा शब्द, एक भी ऐसा संकेत न उगने पाता, जो हम दूसरों के सामने न कर सकते, जो उचित सीमा के बाहर होता। यह केवल यह संकोच था, जो इस अवस्था में हुआ करता है। शादी हो जाने के बाद भी तो कुछ दिनों तक स्त्री और पुरुष बड़ों के सामने बातें करते लजाते हैं। हां, जो अंग्रेजी सभ्यता के उपासक हैं, उनकी बात मैं नहीं कहता। वे तो बड़ों के सामने आलिंगन और चुम्बन तक करते हैं। हमारी मुलाकात दोस्तों की मुलाकात होती थीं-कभी ताश की बाजी होती, कभी साहित्य की चर्चा, कभी स्वदेश-सेवा के मनसूबे बँधते, कभी संसार-यात्रा के। क्या कहूँ तारा का हृदय कितना पवित्र था। अब मुझे ज्ञात हुआ कि स्त्री कैसे पुरुष पर नियन्त्रण कर सकती है, कुत्सित को भी कैसे पवित्र बना सकती है। एक दूसरे से बातें करने में, एक-दूसरे के सामने बैठे रहने में हमें असीम आनंद होता था। फिर प्रेम की बातों की जरूरत वहाँ होती है, जहाँ अपने

अखण्ड अनुराग, अपनी अतुल निष्ठा, अपने पूर्ण आत्मसमर्पण का विश्वास दिलाना होता है। हमारा संबंध तो स्थिर हो चुका था। केवल रस्में बाकी थी। वह मुझे अपना पति समझती थी, मैं उसे अपनी पत्नी समझता था। ठाकुरजी के भोग लगने के पहले थाल के पदार्थों में कौन हाथ लगा सकता है? हम दोनों में कभी-कभी लड़ाई भी होती थी और कई-कई दिनों तक बातचीत की नौबत न आती, लेकिन ज्यादती कोई करे, मनाना उसी को पड़ता था। मैं जरा-सी बात पर तिनक जाता था। वह हँसमुख थी, बहुत ही सहनशील लेकिन उसके साथ ही मानिनी भी परले सिरे की। मुझे खिलाकर भी खुद न खाती, मुझे हँसाकर भी खुद न हंसती।

इण्टरमीडिएट पास होते ही मुझे फौज में एक जगह मिल गई। उस विभाग के अफसरों में पिताजी का बड़ा मान था। मैं सार्जेण्ट हो गया और सौभाग्य से लखनऊ में ही मेरी नियुक्ति हुई। मुँह माँगी मुराद पूरी हुई।

मगर विधि-वाम कुछ और ही षड्यन्त्र रच रहा था। मैं तो इस ख्याल में मग्न था कि कुछ दिनों में तारा मेरी होगी। उधर एक दूसरा ही गुल खिल गया।

शहर के एक रईस ने चाचाजी से मेरे विवाह की बात छेड़ दी। हजार रुपए दहेज का वचन दिया। चाचाजी के मुँह से लार टपक पड़ी। सोचा, यह आशातीत रकम मिलती है, इसे क्यों छोड़ूँ। विमल बाबू की कन्या का विवाह कहीं न-कहीं हो ही जाएगा। उन्हें सोचकर जवाब देने का वादा करके विदा किया और विमल बाबू को बुलाकर बोले- 'आज चौधरी साहब कृष्णा की शादी की बातचीत करने आए थे। आप तो उन्हें जानते होंगे? अच्छे रईस हैं। आठ हजार रुपए दे रहे हैं। मैंने कह दिया है, सोचकर जवाब दूँगा। आपकी क्या राय है? यह शादी मंजूर कर लूँ?'

विमल बाबू ने चकित होकर कहा- 'यह आप क्या फरमाते हैं? कृष्णा की शादी तो तारा से तय हो चुकी है न?'

चाचा साहब ने अनजान बनकर कहा- 'यह तो मुझे आज मालूम हो रहा है। किसने तय की है यह शादी आपसे? मुझसे तो इस विषय में कोई बातचीत नहीं हुई।'

विमल बाबू जरा गरम होकर बोले- 'जो बात आज दस-बारह साल से सुनता आ रहा हूँ क्या उसकी तसदीक भी करनी चाहिए थी? मैं तो इसे तय समझे बैठा हूँ। मैं ही क्या, सारा मुहल्ला तय समझ रहा है।'

चाचा साहब ने बदनामी के भय से जरा दबकर कहा- 'भाईसाहब, सच तो यह है कि मैं जब कभी इस सम्बन्ध की चर्चा करता था, दिल्लगी के तौर पर खैर, मैं आपको निराश नहीं करना चाहता। आप मेरे पुराने मित्र हैं। मैं आपके साथ सब तरह की रिआयत करने को तैयार हूँ। मुझे आठ हजार मिल हैं, आप मुझ सात ही हजार दीजिए, छह ही दीजिए।'

विमल बाबू ने उदासीन भाव से कहा- 'आप मुझसे मजाक कर रहे हैं या सचमुच दहेज माँग रहे हैं, मुझे यकीन नहीं आता।'

चाचा साहब ने माथा सिकोड़ कर कहा- 'इसमें मजाक की तो कोई बात नहीं। मैं आपके सामने चौधरी से बातें कर सकता हूँ।'

विमल- 'बाबूजी, आपने तो यह नया प्रश्न छेड़ दिया। मुझे तो स्वप्न में आई गुमान न था कि हमारे और आपके बीच में यह प्रश्न खड़ा होगा। ईश्वर ने आपको बहुत कुछ दिया। दस-पाँच हजार में आपका कुछ न बनेगा। हाँ यह रकम मेरी सामर्थ्य से बाहर है। मैं तो आपसे दया ही की भिक्षा माँग सकता हूँ। आज दस- बारह.साल से हम कृष्णा को अपना दामाद समझते आ रहे हैं। आपकी बातों से भी कई बार इसकी तसदीक हो चुकी है। कृष्णा और तारा में जो प्रेम है, वह आपसे छिपा नहीं है। ईश्वर के लिए थोड़े से रुपयों के वास्ते कई जनों का खून न कीजिए।' चाचा साहब ने दृढ़ता से कहा- 'विमल बाबू मुझे खेद है कि मैं इस विषय में और नहीं दब सकता।'

विमल बाबू जरा तेज होकर बोले- 'आप मेरा गला घोंट रहे हैं।'

चाचा- 'आपको मेरा एहसान मानना चाहिए कि कितनी रिआयत कर रहा हूँ।'

विमल- 'क्यों न हो, आप मेरा गला घोटे और मैं आपका एहसान मानूं? मैं इतना उदार नहीं हूँ। अगर मुझे मालूम होता कि आप इतने लोभी हैं, तो आपसे दूर ही रहता। मैं आपको सज्जन समझता था। अब मालूम हुआ कि आप भी कौड़ियों के गुलाम हैं। जिसकी निगाह में मुरव्वत नहीं, जिसकी बातों का कोई विश्वास नहीं, उसे मैं शरीफ नहीं कह सकता। आपको अख्तियार है, कृष्णा बाबू की शादी जहाँ चाहे करें, लेकिन आपको हाथ न मलना पड़े, तो कहिएगा। तारा का विवाह तो कहीं-न-कहीं हो ही जाएगा, और ईश्वर ने चाहा, तो किसी अच्छे ही घर में होगा। संसार में सज्जनों का अभाव नहीं है, मगर आपके हाथ अपयश के सिवा और कुछ न लगेगा।'

चाचा साहब ने त्यौरियाँ चढ़ाकर कहा- 'अगर आप मेरे घर में न होते, तो इस अपमान का कुछ जवाब देता।'

विमल बाबू ने छड़ी उठा ली और कमरे से बाहर जाते हुए कहा- 'आप मुझे क्या जवाब देंगे? आप जवाब देने योग्य ही नहीं हैं।'

उसी दिन शाम को जब मैं बैरक से आया और जलपान करके विमल बाबू के घर जाने लगा, तो चाची ने कहा- 'कहाँ जाते हो? विमल बाबू से और तुम्हारे चाचाजी से आज एक झड़प हो गई।'

मैंने ठिठककर ताज्जुब के साथ कहा- 'झड़प हो गई! किस बात पर?'

चाची ने सारा-का-सारा वृतान्त कह सुनाया और विमल बाबू को जितने काले रँगों में रँग सकी, रंगा- 'तुझसे क्या कहूँ बेटा, ऐसा मुँहफट तो आदमी ही नहीं देखा। हजारों ही गालियाँ दीं, लड़ने पर आमादा हो गया।'

मैंने एक मिनट तक सन्नाटे में खड़े रहकर कहा- 'अच्छी बात है, वहाँ न जाऊंगा। बैरक जा रहा हूँ।'

चाची बहुत रोयीं-चिल्लायी- पर मैं एक क्षण-भर भी न ठहरा। ऐसा जान पड़ता था, जैसे कोई मेरे हृदय में भाले भोंक रहा है। घर से बैरक तक पैदल जाने में शायद मुझे दस मिनट से ज्यादा न लगे होंगे। बार-बार जी झुंझलाता था, चाचा साहब पर नहीं, विमल बाबू पर भी नहीं, केवल

अपने ऊपर! क्यों मुझमें इतनी हिम्मत नहीं है कि जाकर चाचा साहब से कह दूँ- 'कोई मुझे लाख रुपए भी दे, तो भी शादी न करूँगा। मैं क्यों इतना डरपोक, इतना तेजहीन, इतना दब्बू हो गया?'

इसी क्रोध में मैंने पिताजी को एक पत्र लिखा और यह सारा वृतान्त सुनाने के बाद अंत में लिखा- 'मैंने निश्चय कर लिया है कि और कहीं शादी न करूंगा, चाहे मुझे आपकी अवज्ञा ही क्यों न करनी पड़े। उस आवेश में न जाने क्या-क्या लिख गया, अब याद भी नहीं। इतना ही याद है कि दस-बारह पन्ने दस मिनट में लिख डाले थे। सम्भव होता, तो मैं यही सारी बातें तार से भेजता। तीन दिन मैंने बड़ी व्यग्रता के साथ काटे। उसका केवल अनुभव किया जा सकता है। सोचता., तारा हमें अपने मन में कितना नीच समझ रही होगी। कई बार जी में आया कि चलकर उसके पैरों पर गिर पड़ू और कहूँ- 'देवी, मेरा अपराध क्षमा करो। चाचा साहब के कठोर व्यवहार की परवाह न करो। मैं तुम्हारा था, और तुम्हारा हूँ। चाचा साहब मुझसे बिगड़ जाए, पिताजी घर से निकाल दें, मुझे किसी की परवाह नहीं है लेकिन तुम्हें खोकर मेरा जीवन ही खो जाएगा। तीसरे दिन पत्र का जवाब आया। रही-सही आशा भी टूट गई। वही जवाब था, जिसकी मुझे शंका थी। लिखा था- 'भाई साहब मेरे पूज्य हैं। उन्होंने जो निश्चय किया है, उसके विरुद्ध मैं एक शब्द भी मुँह से नहीं निकाल सकता और तुम्हारे लिए भी यही उचित है कि उन्हें नाराज न करो।'

मैंने उस पत्र को फाड़कर पैरों से कुचल दिया, और उसी वक्त विमल बाबू के घर की तरफ चला। आह! उस वक्त अगर कोई मेरा रास्ता रोक लेता, मुझे धमकाता कि उधर मत जाओ, तो मैं विमल बाबू के पास जाकर ही दम लेता और आज मेरा जीवन कुछ और ही होता, पर वहाँ मना करने वाला कौन बैठा था? कुछ दूर चलकर हिम्मत हार बैठा। लौट पड़ा। कह नहीं सकता, क्या सोचकर लौटा। चाचा साहब की अप्रसन्नता का मुझे रत्ती भर भय न था। उनकी अब मेरे दिल में जरा भी इज्जत न थी। मैं उनकी सारी सम्पत्ति को ठुकरा देने को तैयार था। पिताजी से नाराज हो जाने का भी डर न था। संकोच केवल यह था- कौन मुँह लेकर जाऊँ! आखिर, मैं उन्हीं चाचा का भतीजा तो हूँ। विमल बाबू मुझसे मुखातिब न हुए या जाते-ही-जाते दुत्कार दिया, तो मेरे लिए डूब मरने के सिवा और क्या रह जाएगा? सबसे बड़ी शंका यह थी कि कहीं तारा ही मेरा तिरस्कार कर बैठे, तो मेरी क्या गति होगी। हाय! अहृदय तारा! निष्ठुर तारा! अबोध तारा! अगर तूने उस वक्त दो शब्द लिखकर मुझे तसल्ली दे दी होती, तो आज मेरा जीवन कितना सुखमय होता। तेरे मौन ने मुझे मटियामेट कर दिया- सदा के लिए। आह! सदा के लिए।

3

तीन दिन फिर मैंने अँगारों पर लोट-लोट कर काटे। मैंने ठान लिया कि अब किसी से न मिलूँगा। सारा संसार मुझे शत्रु-सा दिखता था तारा पर भी क्रोध आता था। चाचा साहब की तो सूरत से मुझे घृणा हो गई थी, मगर तीसरे दिन शाम को चाचाजी का रुक्का पहुँचा, मुझसे आकर मिल जाओ। जी में तो आया, लिख दूँ कि मेरा आपसे कोई सम्बन्ध नहीं, आप समझ लीजिए, मैं

मर गया, मगर फिर उनके स्नेह और उपकारों की याद आ गई। खरी-खरी सुनाने का भी अच्छा अवसर मिल रहा था। हृदय में युद्ध का नशा और जोर भरे हुए मैं चाचाजी की सेवा में पहुँच गया।

चाचाजी ने मुझे सिर से पैर तक देखकर कहा- 'क्या आजकल तुम्हारी तबीयत अच्छी नहीं है? आज रायसाहब सीताराम तशरीफ लाये थे। तुमसे कुछ बातें करना चाहते हैं। कल सवेरे मौका मिले, तो चले आना या तुम्हें लौटने की जल्दी न हो, तो मैं इसी वक्त बुला भेजूँ।'

मैं समझ तो गया कि यह रायसाहब कौन हैं लेकिन अनजान बनकर बोला- 'यह रायसाहब कौन हैं? मेरा तो उनसे परिचय नहीं है।' चाचाजी ने लापरवाही से कहा- 'अजी, यह वही महाशय हैं, जो तुम्हारे ब्याह के लिए घेरे हुए हैं। शहर के रईस और कुलीन आदमी हैं। लड़की भी बहुत अच्छी है। कम-से-कम तारा से कई गुनी अच्छी। मैंने हां कर लिया है। तुम्हें भी जो बातें पूछनी हों, उनसे पूछ लो।'

मैंने आवेश में उमड़ते हुए तूफान को रोककर कहा- 'आपने नाहक हाँ की। मैं अपना विवाह नहीं करना चाहता।'

चाचाजी ने मेरी तरफ आँखें फाड़कर कहा- 'क्यों?'

मैंने उसी निर्भीकता से जवाब दिया- 'इसलिए कि मैं इस विषय में स्वाधीन रहना चाहता हूँ।'

चाचा साहब ने जरा गरम होकर कहा- 'मैं अपनी बात दे चुका हूँ, क्या तुम्हें इसका कुछ खयाल नहीं है?'

मैंने उद्दण्डता से जवाब दिया- 'जो बात पैसों पर बिकती है, उसके लिए मैं अपनी जिंदगी नहीं खराब कर सकता।'

चाचा साहब ने गम्भीर भाव से कहा- 'यह तुम्हारा आखिरी फैसला है?'

'जी हां, आखिरी।'

'पछताना पड़ेगा।'

'आप इसकी चिन्ता न करें। आपको कष्ट देने न आऊंगी।'

'अच्छी बात है।'

यह कहकर वह उठे और अन्दर चले गए। मैं कमरे से निकला और बैरक की तरफ चला। सारी पृथ्वी चक्कर खा रही थी, आसमान नाच रहा था और मेरी देह हवा में उड़ी जाती थी। मालूम होता था, पैरों के नीचे जमीन है ही नहीं। बैरक में पहुँचकर मैं पलंग पर लेट गया और फूट-फूटकर रोने लगा। माँ- बाप, चाचा-चाची, धन-दौलत, सब कुछ होते हुए भी मैं अनाथ था। उफ! कितना निर्दय आघात था।

4

सवेरे हमारे रेजिमेंट को देहरादून जाने का हुक्म हुआ। मुझे आँखें-सी मिल गईं। अब लखनऊ काटे खाता था। उसके गली-कूचों तक से घृणा हो गई थी। एक बार जी में आया, चलकर तारा से मिल लूँ। मगर फिर वही शंका हुई-कहीं वह मुखातिब न हुई तो? विमल बाबू इस दशा में भी

मुझसे उतना ही स्नेह दिखाएँगे, जितना अब तक दिखाते आए हैं, इसका मैं निश्चय न कर सका। पहले मैं एक धनी परिवार का दीपक था, अब एक अनाथ युवक, जिसे मजूरी के सिवा और कोई अवलम्ब न था।

देहरादून में अगर कुछ दिन मैं शान्ति से रहता, तो सम्भव था, मेरा आहत हृदय सँभल जाता और मैं विमल बाबू को मना लेता लेकिन वहाँ पहुँचे एक सप्ताह भी न हुआ था कि मुझे तारा का पत्र मिल गया।

पते की लिपि देखकर मेरे हाथ काँपने लगे। समस्त देह में कम्पन-सा होने लगा। शायद शेर को सामने देखकर भी मैं इतना भयभीत न होता। हिम्मत ही न पड़ती थी कि उसे खोलूँ। वही लिखावट थी, वही मोतियों की लड़ी, जिसे देखकर मेरे लोचन तृप्त-से हो जाते थे, जिसे चूमता था और हृदय से लगाता था, वही काले अक्षर आज नागिनों से भी ज्यादा डरावने मालूम होते थे। अनुमान कर रहा था कि उसने क्या लिखा होगा, पर अनुमान की दूर तक की दौड़ भी पत्र के विषय तक न पहुँच सकी। आखिर एक बार कलेजा मजबूत करके मैंने पत्र खोल डाला। देखते ही आंखों में अंधेरा छा गया। मालूम हुआ, किसी ने शीशा पिघलाकर पिला दिया। तारा का विवाह तय हो गया था। शादी होने में कुल चौबीस घंटे बाकी थे। उसने मुझसे अपनी भूलों के लिए क्षमा माँगी थी और विनती की थी कि मुझे भुला मत देना। पत्र का अन्तिम वाक्य पढ़कर मेरी आंखों से आँसुओं की झड़ी लग गई। लिखा था- यह अन्तिम प्यार लो। अब आज से मेरे और तुम्हारे बीच केवल मैत्री का नाता है। अगर कुछ और समझूँ तो वह मेरे पति के साथ अन्याय होगा, जिसे शायद तुम सबसे ज्यादा नापसंद करोगे। बस, इससे अधिक और न लिखूँगी। बहुत अच्छा हुआ कि तुम यहाँ से चले गए। तुम यहाँ रहते, तो तुम्हें भी दु:ख होता और मुझ भी; मगर प्यारे! अपनी इस अभागिनी तारा को भूल न जाना। तुमसे यही अन्तिम निवेदन है।

मैं पत्र को हाथ में लिये-लिये लेट गया। मालूम होता था, छाती फट जाएगी। भगवान अब क्या करूँ? जब तक मैं लखनऊ पहुँचूँगा, बारात द्वार पर आ चुकी होगी-यह निश्चय था लेकिन तारा के अंतिम दर्शन करने की प्रबल इच्छा को मैं किसी तरह न रोक सकता था। वही अब जीवन की अन्तिम लालसा थी। मैंने जाकर कमांडिंग आफिसर से कहा- 'मुझे एक जरूरी काम से लखनऊ जाना है। तीन दिन की छुट्टी चाहता हूँ।'

साहब ने कहा- 'अभी छुट्टी नहीं मिल सकती।'

'मेरा जाना जरूरी है।'

'तुम नहीं जा सकते।'

'मैं किसी तरह रुक नहीं सकता।'

'तुम किसी तरह नहीं जा सकते?'

मैंने और अधिक आग्रह न किया। वहाँ से चला आया। रात को गाड़ी से लखनऊ जाने का निश्चय कर लिया। कोर्ट-मार्शल का अब मुझे जरा भी डर न था।

5

जब मैं लखनऊ पहुँचा, तो शाम हो गई थी। कुछ देर तक मैं प्लेटफार्म से दूर खड़ा, खूब अँधेरा हो जाने का इंतजार करता रहा। तब अपनी किस्मत के नाटक का भीषण कांड देखने चला। बारात द्वार पर आ गई थी। गैस की रोशनी हो रही थी। बाराती लोग जमा थे। हमारे मकान की छत तारा की छत से मिली हुई थी। रास्ता मरदाने कमरे की बगल से था। चाचा साहब शायद कहीं सैर करने गए हुए थे। नौकर-चाकर सब बारात की बहार देख रहे थे।

मैं चुपके से जीने पर चढ़ा और छत पर जा पहुँचा। यहाँ इस वक्त सन्नाटा था। उसे देखकर मेरा दिल भर आया। हाय! यही वह स्थान है, जहाँ हमने प्रेम के आनंद उठाए थे। यही मैं तारा के साथ बैठकर जिन्दगी के मनसूबे बाँधता था। यही स्थान मेरी आशाओं का स्वर्ग और मेरे जीवन का तीर्थ था। इस जीवन का एक-एक अंश मेरे लिए मधुर स्मृतियों से पवित्र था पर हाय! मेरे हृदय की भांति आज यहां भी उजाड़, सुनसान अँधेरा था। मैं उस जमीन से लिपटकर खूब रोया, यहाँ तक कि हिचकियाँ बँध गईं। काश, उस वक्त तारा वहाँ आ जाती, तो मैं उसके चरणों पर सिर रखकर हमेशा के लिए सो जाता। मुझे ऐसा आभास होता था कि तारा की पवित्र आत्मा मेरी दशा पर रो रही है। आज भी तारा यहाँ जरूर आई होगी। शायद इसी जमीन पर लिपटकर वह भी रोयी होगी। उस भूमि से उसके सुगन्धित केशों की महक आ रही थी। मैंने जेब से रूमाल निकाला और वहाँ की धूल जमा करने लगा। एक क्षण में मैंने सारी छत साफ कर डाली और अपनी अभिलाषाओं की इस राख को हाथ में लिये घंटों रोया। यही मेरे प्रेम का पुरस्कार है, यही मेरी उपासना का वरदान है, यही मेरे जीवन की विभूति है। हाय री दुराशा!

नीचे विवाह के संस्कार हो रहे थे। ठीक आधी रात के समय वधू मण्डप के नीचे आई, अब भाँवरें होंगी। मैं छत के किनारे चला आया और यह मर्मांतक दृश्य देखने लगा। बस, यही मालूम हो रहा था कि कोई हृदय के टुकड़े किए डालता है। आश्चर्य है, मेरी छाती क्यों न फट गई, मेरी आँखें क्यों न निकल पड़ीं। वह मण्डप मेरे लिए एक चिता थी, जिसमें वह सब कुछ, जिस पर मेरे जीवन का आधार था, जला जा रहा था।

भाँवरें समाप्त हो गई तो मैं कोठे से उतरा। अब क्या बाकी था। चिता की राख भी जलमग्न हो चुकी थी। दिल को थामे, वेदना से तड़पता हुआ, जीने के द्वार तक आया मगर द्वार बाहर से बन्द था। अब क्या हो? उलटे-पाँव लौटा। अब तारा के आंगन से होकर जाने के सिवा दूसरा रास्ता न था। मैंने सोचा, इस जमघट में मुझे कौन पहचानता है, निकल जाऊंगा, लेकिन ज्यों ही आँगन में पहुँचा, तारा की माताजी की निगाह पड़ गई। चौंक कर बोलीं- 'कौन, कृष्णा बाबू? तुम कब आए? आओ, मेरे कमरे में आओ। तुम्हारे चाचा साहब के भय से हमने तुम्हें न्यौता नहीं भेजा। तारा प्रातःकाल विदा हो जाएगी। आओ, उससे मिल लो। दिन-भर से तुम्हारी रट लगा रही है।'

यह कहते हुए उन्होंने मेरा बाजू पकड़ लिया और मुझे खींचते हुए अपने कमरे में ले गईं। फिर पूछा- 'अपने घर से होते हुए आए हो न?'

मैंने कहा- 'घर यहाँ कहां है?'

'क्यों, तुम्हारे चचा साहब नहीं हैं?'

'हां चाचा साहब का घर है, मेरा घर अब कहीं नहीं है। बनने की कभी आशा थी, पर आप लोगों ने वह भी तोड़ दी।'

'हमारा इसमें क्या दोष था भैया? लड़की का ब्याह तो कहीं-न-कहीं करना ही था। तुम्हारे चाचाजी ने हमें मझधार में छोड़ दिया था। भगवान ही ने उबारा। क्या अभी सीधे स्टेशन से चले आ रहे हो? तब तो अभी कुछ खाया भी न होगा?' 'हां थोड़ा-सा जहर लाकर दे दीजिए, यही मेरे लिए सबसे अच्छी दवा है।' वृद्धा विस्मित होकर मेरा मुँह ताकने लगी। मुझे तारा से कितना प्रेम था, वह बेचारी क्या जानती थी!

मैंने उसी विरक्ति के साथ फिर कहा- 'जब आप लोगों ने मुझे मार डालने ही का निश्चय कर लिया, तो अब देर क्यों करती हैं? आप मेरे साथ यह दशा करेंगी, यह मैं न समझता था। खैर, जो हुआ, अच्छा ही हुआ। चाचा और बाप की आँखों से गिरकर मैं शायद आपकी आँखों में भी न जँचता।' बुढ़िया ने मेरी तरफ शिकायत की नजरों से देखकर कहा- 'तुम हम लोगों को इतना स्वार्थी समझते हो बेटा।'

मैंने जले हुए हृदय से कहा- 'अब तक तो न समझता था, लेकिन परिस्थिति ने ऐसा समझने को मजबूर किया। मेरे खून का प्यासा दुश्मन भी मेरे ऊपर इससे घातक वार न कर सकता था। मेरा खून आप ही की गरदन पर होगा।'

तुम्हारे चाचाजी ने ही तो इनकार कर दिया।

'आप लोगों ने मुझसे भी कुछ पूछा, मुझसे भी कुछ कहा, मुझे भी कुछ कहने का अवसर दिया? आपने तो ऐसी निगाहें फेरी, जैसे आप दिल से यही चाहती थीं, मगर अब आपसे शिकायत क्यों करूँ? तारा खुश रहे, मेरे लिए यही बहुत है।'

'तो बेटा, तुमने भी तो कुछ नहीं लिखा, अगर तुम एक पुरजा भी लिख देते, तो हमें तस्कीन हो जाती। हमें क्या मालूम था कि तुम तारा को इतना प्यार करते हो। हमसे जरूर भूल हुई, मगर उससे बड़ी भूल तुमसे हुई। अब मुझे मालूम हुआ कि तारा क्यों बराबर डाकिए को पूछती रहती थी। अभी कल वह दिन-भर डाकिए की राह देखती रही। जब तुम्हारा कोई खत नहीं आया, तब वह निराश हो गई। बुला दूँ उसे? मिलना चाहते हो?'

मैंने चारपाई से उठकर कहा- 'नहीं-नहीं, उसे मत बुलाइए। मैं अब उसे नहीं देख सकता। उसे देखकर मैं न जाने क्या कर बैठूं।'

यह कहता हुआ मैं चल पड़ा। तारा की माँ ने कई बार पुकारा,पर मैंने पीछे मुड़कर भी न देखा।

यह है मुझ निराश की कहानी। इसे आज दस साल गुजर गए। इन दस सालों में मेरे ऊपर जो कुछ बीती, उसे मैं ही जानता हूँ। कई-कई दिन मुझे निराहार रहना पड़ता है। फौज से तो उसके तीसरे ही दिन निकाल दिया गया था। अब मारे-मारे फिरने के सिवा मुझे कोई काम नहीं। जिंदगी पहाड़ हो गई है। किसी बात की रुचि नहीं रही। आदमी की सूरत से दूर भागता हूँ।

तारा प्रसन्न है। तीन-चार साल हुए, एक बार मैं उसके घर गया था। उसके स्वामी ने बहुत आग्रह करके बुलाया था। बहुत कसमें दिलायी। मजबूर होकर गया। यह कली अब खिलकर फूल हो गयी है। तारा मेरे सामने आयी। उसका पति भी बैठा हुआ था। मैं उसकी तरफ ताक न सका। उसने मेरे पैर खींच लिए। मेरे मुँह से एक शब्द भी न निकला। अगर तारा दु:खी होती, कष्ट में होती, फटे हालों होती, तो मैं उस पर बलि हो जाता, पर सम्पन्न, सरस, विकसित तारा मेरी संवेदना के योग्य न थी। मैं इस कुटिल विचार को न रोक सका-कितनी निष्ठुरता! कितनी बेवफाई!

शाम को मैं उदास बैठा वहाँ जाने पर पछता रहा था कि तारा का पति आकर मेरे पास बैठ गया और मुस्कुराकर बोला- 'बाबूजी, मुझे यह सुनकर खेद हुआ कि तारा से मेरा विवाह हो जाने का आपको बड़ा सदमा हुआ। तारा जैसी रमणी शायद देवताओं को भी स्वार्थी बना देती लेकिन आपसे मैं सच कहता हूँ अगर मैं जानता कि आपको उससे इतना प्रेम है, तो मैं हरगिज आपकी राह का काँटा न बनता। शोक यही है कि मुझे बहुत पीछे मालूम हुआ, तारा मुझसे आपकी प्रेम- कथा कह चुकी है।'

मैंने मुस्कुराकर कहा- 'अब तो आपको मेरी सूरत से भी घृणा होगी?'

उसने जोश से कहा- 'इसके प्रतिकूल मैं आपका आभारी हूँ। प्रेम का ऐसा पवित्र, ऐसा उज्ज्वल आदर्श आपने उसके सामने रखा। वह आपको अब भी उसी मुहब्बत से याद करती है। शायद कोई दिन ऐसा कहीं जाता कि आपका जिक्र न करती हो। आपके प्रेम को वह अपनी जिन्दगी की सबसे प्यारी चीज समझती है। आप शायद समझते हों कि उन दिनों को याद करके उसे दु:ख होता होगा? बिलकुल नहीं, वही उसके जीवन की सबसे मधुर स्मृतियाँ हैं। वह कहती है, मैंने अपने कृष्णा को तुममें पाया है।

मेरे लिए इतना ही काफी है।

***

उन्माद

मनहर ने अनुरक्त होकर कहा-यह सब तुम्हारी कुर्बानियां का फल है वागी, नहीं तो आज मैं भी किसी अँधेरी गली में किसी अंधे मकान के अंदर अपनी अँधेरी जिंदगी के दिन काटता होता। तुम्हारी सेवा और उपकार हमेशा याद रहेंगे। तुमने मेरा जीवन सुधार दिया-मुझे आदमी बना दिया।

वागेश्वरी ने सिर झुकाए हुए नम्रता से उत्तर दिया- यह तुम्हारी सज्जनता है मालू, मैं बेचारी भला तुम्हारी जिन्दगी क्या सुधारूंगीा ? हां, तुम्हारे साथ मैं भी एक दिन आदमी बन जाऊंगी। तुमने परिश्रम किया, उसका पुरस्कार पाया। जो अपनी मदद आप करते हैं, उनकी मदद परमात्मा भी करते हैं, अगर मुझ जैसी गंवारिन किसी और के पल्ले पड़ती, तो अब तक न जाने क्या गत बनी होती।

मनहर मानो इस बहस में अपना पक्ष-समर्थन करने के लिए कमर बाँधता हुआ बोला- तुम जैसी गंवार पर मैं एक लाख सजी हुई गुड़ियों और रंगीन तितलियों को न्यौछावर कर सकता हूँ। तुमने मेहनत करने का वह अवसर और अवकाश दिया, जिसके बिना कोई सफल हो ही नहीं सकता। अगर तुमने अपनी अन्य विलास- प्रिय, रंगीन-मिज़ाज बहनों की तरह मुझे अपने तकाजों से दबा रखा होता, तो मुझे उन्नति करने का अवसर कहां मिलता ? तुमने मुझे वह निश्चिंतता प्रदान की, जो स्कूल के दिनों में भी न मिली थी। अपने और सहकारियों को देखता हूँ तो मुझे उन पर दया आती है। किसी का खर्च पूरा नहीं पड़ता। आधा महीना भी नहीं जाने पाता और हाथ खाली हो जाता है। कोई दोस्तों से उधार माँगता है, कोई घरवालों को खत लिखता है। कोई गहनों की फिक्र में मरा जाता है, कोई कपड़ों की। कभी नौकर की टोह में हैरान, कभी वैद्य की टोह में परेशान। किसी को शान्ति नहीं। आए दिन स्त्री-पुरुष में जूते चलते रहते हैं। अपना जैसा भाग्यवान तो मुझे कोई दिखाई ही नहीं पड़ता, मुझे घर के सारे आनंद प्राप्त हैं और जिम्मेदारी एक भी नहीं। तुमने ही मेरे हौसले को उभारा। मुझे उत्तेजना दी। जब कभी मेरा उत्साह टूटने लगता था, तो तुम मुझे तसल्ली देती थी। मुझे मालूम ही नहीं हुआ कि तुम घर का प्रबंध कैसे करती हो ? तुमने मोटे-से-मोटा काम अपने हाथों से किया, जिससे मुझे पुस्तकों के लिए रुपए की कमी न हो। तुम्हीं मेरी देवी हो और तुम्हारी बदौलत ही आज मुझे यह सौभाग्य प्राप्त हुआ है। मैं तुम्हारी इन सेवाओं की स्मृति को हृदय में सुरक्षित रखूंगा वागी, और एक दिन वह आएगा, जब तुम अपने त्याग और तप का आनंद उठाओगी।

वागेश्वरी ने गदगद होकर कहा- तुम्हारे ये शब्द मेरे लिए सबसे बड़े पुरस्कार हैं, मानू। मैं और किसी पुरस्कार की भूखी नहीं। मैंने जो कुछ तुम्हारी थोड़ी-बहुत सेवा की, उसका इतना यश मुझे मिलेगा, मुझे तो आशा भी न थी।

मनहरनाथ का हृदय इस समय उदार भावों से उमड़ा आ था। वह यों बहुत ही अल्पभाषी, कुछ रूखा आदमी था और शायद -वागेश्वरी को मन में उसकी शुष्कता पर दु:ख भी हुआ हो, पर इस समय सफलता के नशे ने उसकी वाणी में पर-से लगा दिये थे। बोला- जिस समय मेरे विवाह की बातचीत हो रही थी।

मैं बहुत शंकित था। समझ गया कि मुझे जो कुछ होना था, हो चुका। अब सारी उम्र देवीजी की नाजबरदारी में गुजरेगी। बड़े-बड़े अंग्रेज़ विद्वानों की पुस्तकें पढ़ने से मुझे भी विवाह से घृणा हो गई थी। मैं इसे उम्र- कैद समझने लगा था, जो आत्मा और बुद्धि की उन्नति का द्वार बंद कर देती है, जो मनुष्य को स्वार्थ का भक्त बना देती है, जो जीवन के क्षेत्र को संकीर्ण कर देती है, मगर दो ही चार मास के बाद मुझे अपनी भूल मालूम हुई। मुझे मालूम हुआ कि सुभार्या स्वर्ग की सबसे बड़ी विभूति है, जो मनुष्य के चरित्र को उज्ज्वल और पूर्ण बना देती है, जो आत्मोन्नति का मूल-मंत्र है। मुझे मालूम हुआ कि विवाह का उद्देश्य भोग नहीं, आत्मा का विकास है।

वागेश्वरी की नम्रता और सहन न कर सकी। वह किसी बात के बहाने से उठकर चली गयी।

मनहर और वागेश्वरी का विवाह हुए तीन साल गुजरे थे। मनहर उस समय एक दफ्तर में क्लर्क था। सामान्य युवकों की भांति उसे भी जासूसी उपन्यासों से बहुत प्रेम था। धीरे-धीरे उसे जासूसी का शौक हुआ। इस विषय पर उसने बहुत- सा साहित्य जमा किया और बड़े मनोयोग से उसका अध्ययन किया। इसके बाद उसने इस विषय पर स्वयं एक किताब लिखी। इस रचना में उसने ऐसी विलक्षण विवेचन-शक्ति का परिचय दिया, उसकी शैली भी इतनी रोचक थी, कि जनता ने उसे हाथों-हाथ लिया। इस विषय पर वह सर्वोत्तम ग्रंथ था।

देश में धूम मच गई। यहाँ तक कि इटली और जर्मनी जैसे देशों से उसके पास प्रशंसा-पत्र आए, और इस विषय की पत्रिकाओं में अच्छी-अच्छी आलोचनाएँ निकलीं। अन्त में सरकार ने भी उसकी गुण-ग्राहकता का परिचय दिया-उसे इंग्लैंड जाकर इस कला का अभ्यास करने के लिए छात्रवृत्ति प्रदान की। और, यह सब कुछ वागेश्वरी की सत्प्रेरणा का शुभ फल था।

मनहर की इच्छा थी कि वागेश्वरी भी साथ चले, पर वागेश्वरी उसके पाँव की बेड़ी न बनना चाहती थी। उसने घर रहकर साख-ससुर की सेवा करना उचित समझा।

मनहर के लिए इंग्लैंड एक दूसरी ही दुनिया थी, जहाँ उन्नति के मुख्य साधनों में एक रूपवती पत्नी का होना भी था। अगर पत्नी रूपवती है, चपल है, चतुर है, वाणी-कुशल है, प्रगल्भ है, तो समझ लो कि उसके पति को सोने की खान मिल गई, अब वह उन्नति के शिखर पर पहुँच सकता है। मनोयोग और तपस्या के बूते पर नहीं, पत्नी के प्रभाव और आकर्षण के बूते पर। उस संसार में रूप और लावण्य, व्रत के बंधनों से मुक्त, एक अबोध सम्पत्ति थी। जिसने किसी रमणी को प्राप्त कर लिया, उसकी मानो तकदीर खुल गई। यदि कोई सुंदरी तुम्हारी सहधर्मिणी नहीं है, तो तुम्हारा सारा उद्योग, सारी कार्यपटुता निष्फल है, कोई तुम्हारा पुरसाहाल न होगा। अतएव वहाँ लोग रूप को व्यापारिक दृष्टि से देखते थे।

साल ही भर के अंग्रेजी समाज के संसर्ग ने मनहर की मनोवृत्तियों में क्रांति पैदा कर दी। उसके मिज़ाज में सांसारिकता का इतना प्राधान्य हो गया कि कोमल भावों के लिए यहाँ कोई स्थान ही न रहा।

वागेश्वरी उसके विद्याभ्यास में सहायक हो सकती थी, पर उसे अधिकार और पद की ऊँचाइयों पर न पहुँचा सकती थी। उसके त्याग और सेवा का महत्त्व भी अब मनहर की निगाहों में कम होता जाता था। वागेश्वरी अब उसको एक व्यर्थ-सी वस्तु मालूम होती थी, क्योंकि उसकी भौतिक दृष्टि में हर एक वस्तु का महत्त्व उससे होने वाले लाभ पर ही अवलम्बित था। अपना पूर्व जीवन अब उसे हास्यप्रद जान पड़ता था। चंचल, हँसमुख, विनोदिनी अंग्रेज युवतियों के सामने वागेश्वरी एक हलकी, तुच्छ-सी वस्तु जान पड़ती। इस विद्युत-प्रकाश में वह दीपक अब मलिन पड़ गया था। यहाँ तक कि शनै:शनै: उसका वह मलिन प्रकाश भी लुप्त हो गया। मनहर ने अपने भविष्य का निश्चय कर लिया। वह भी एक रमणी की रूप- नौका द्वारा ही अपने लक्ष्य पर पहुँचेगा। इसके सिवा और कोई उपाय न था।

2

रात के नौ बजे थे। मनहर लंदन के एक फैशनेबल रेस्तरां में बना-ठना बैठा था। उसका रंग-रूप और ठाट-बाट देखकर सहसा यह कोई नहीं कह सकता था कि वह अंग्रेज नहीं है। लंदन में भी उसके सौभाग्य ने उसका साथ दिया था। उसने चोरी के कई गहरे मामलों का पता लगा दिया था, इसलिए उसे धन और यश, दोनों ही मिल रहा था। वह अब वहाँ के भारतीय समाज का एक प्रमुख अंग बन गया था, जिसके आतिथ्य और सौजन्य की सभी सराहना करते थे। उसका लबो-लहजा भी अंग्रेजों से मिलता-जुलता था। उसके सामने मेज़ की दूसरी ओर एक रमणी बैठी हुई उसकी बातें बड़े ध्यान से सुन रही थी। उसके अंग-अंग से यौवन टपका पड़ता था। भारत के अद्भुत वृत्तान्त सुन-सुनकर उसकी आँखें खुशी से चमक रही थी। मनहर चिड़िया के सामने दाने बिखेर रहा था।

मनहर- विचित्र देश है जेनी, अत्यंत विचित्र। पाँव-पाँच साल के दूल्हे तुम्हें भारत के सिवा और कहीं देखने को न मिलेंगे। लाल रंग के कामदार कपड़े, सिर पर चमकता हुआ लम्बा टोप, चेहरे पर फूलों का झालरदार बुरका, घोड़े पर सवार चले जा रहे हैं। दो आदमी दोनों तरफ से छतरियाँ लगाए हुए हैं। हाथों में मेंहदी लगी हुई।

जेनी- मेंहदी क्यों लगाते हैं?

मनहर- जिससे हाथ लाल हो जाएं। पैरों में भी रंग भरा जाता है। उंगलियों के नाखून लाल रँग दिये जाते हैं। वह दृश्य देखते ही बनता है।

जेनी- यह तो दिल में सनसनी पैदा करने वाला दृश्य होगा। दुल्हन भी इसी तरह सजायी जाती होगी।

मनहर- इससे कई गुना अधिक। सिर से पाँव तक सोने-चाँदी के जेवरों से लदी हुई। ऐसा कोई अंग नहीं, जिसमें दो-दो, चार-चार गहने न हों।

जेनी- तुम्हारी शादी भी उसी तरह हुई होगी। तुम्हें तो बड़ा आनंद आया होगा?

मनहर- हां, वही आनंद आया था, जो तुम्हें मेरी- गो-राउण्ड पर चढ़ने में आता है। अच्छी-अच्छी चीजें खाने को मिलती हैं, अच्छे-अच्छे कपड़े पहनने को मिलते हैं। खूब नाच-तमाशे देखता था और शहनाइयों का गाना सुनता था। मजा तो तब आता है, जब दुल्हन अपने घर-से विदा होती है। सारे घर में कुहराम मच जाता है। दुल्हन हर एक से लिपट-लिपटकर रोती है, जैसे मातम कर रही हो।

जेनी- दुल्हन रोती क्यों है?

मनहर- रोने का रिवाज चला आ रहा है। हालांकि सभी जानते हैं कि वह हमेशा के लिए नहीं चली जा रही है, फिर भी सारा घर इस तरह फूट-फूटकर रोता है, मानो वह काले पानी भेजी जा रही हो।

जेनी-मैं तो इस तमाशे पर खूब हंसू।

अजहर- हंसने की बात ही है।

जेजी- तुम्हारी बीवी भी रोयी होगी?

मजहर- अजी कुछ न पूछो, पछाड़ें खा रही थी, मानो मैं उसका गला घोंट दूँगा। मेरी पालकी से निकलकर भागी जाती थी, पर मैंने जोर से पकड़कर अपनी बगल में बैठा लिया। तब मुझे दाँत काटने दौड़ी।

मिस जेनी ने जोर से कहकहा मारा और मारे हँसी के लोट गई। बोली- हारेबल! हारेबल! क्या अब भी दाँत काटती है?

मनहर- वह अब इस संसार में नहीं है, जेनी! मैं उससे खूब काम लेता था। मैं सोता था, तो वह मेरे बदन में चम्पी लगाती थी, मेरे सिर में तेल डालती थी, पंखा झलती थी।

जेनी- मुझे तो विश्वास नहीं आता। बिलकुल मूर्ख थी।

मनहर- कुछ न पूछो। दिन में किसी के सामने मुझसे बोलती भी न थीं, मगर मैं उसका पीछा करता रहता था।

जेनी- ओ नॉटी बवाय तुम बड़े शरीर हो। थी तो रूपवती?

मनहर- हाँ, उसका मुँह तुम्हारे तलवों-जैसा था।

जेनी- नानसेंस। तुम ऐसी औरत के पीछे कभी न दौड़ते।

मनहर- उस वक्त मैं भी मूर्ख था, जेनी।

जेनी- ऐसी मूर्ख लड़की से तुमने विवाह क्यों किया?

मनहर-विवाह न करता, तो माँ-बाप जहर खा लेते।

जेनी- वह तुम्हें प्यार कैसे करने लगी?

मजहर- और करती क्या? मेरे सिवा दूसरा था ही कौन? घर से बाहर न निकलने पाती थी, मगर प्यार हममें से किसी को न था। वह मेरी आत्मा और हृदय को संतुष्ट न कर सकती थी, जेनी मुझे उन दिनों की याद आती है, तो ऐसा मालूम होता है कि कोई भयंकर स्वप्न था। उफ़!

अगर वह स्त्री आज जीवित होती, तो मैं किसी अँधेरे दफ्तर में बैठा कलम घिसता होता। इस देश में आकर मुझे यथार्थ ज्ञान का हुआ कि संसार में स्त्री का क्या स्थान है! उसका क्या दायित्व है! और जीवन उसके कारण कितना आनंदप्रद हो जाता है! और जिस दिन तुम्हारे दर्शन हुए, वह तो मेरी जिंदगी का सबसे मुबारक दिन था। याद है तुम्हें यह दिन? तुम्हारी वह सूरत मेरी आँखों में अब भी फिर रही है।

जेनी- अब मैं चली जाऊंगी। तुम मेरी खुशामद करने लगे।

3

मजदूर-दल के भारत-सचिव थे लॉर्ड बारबरा, और उनके प्राइवेट सेक्रेट्री थे मि. कावर्ड। लॉर्ड बारबरा भारत के सच्चे मित्र समझे जाते थे। जब कंजरवेटिव और लिबरल दलों का अधिकार था, तो लॉर्ड बारबरा भारत की बड़े जोरों से वकालत करते थे। वह मन्त्रियों पर ऐसे-ऐसे कटाक्ष करते थे कि उन बेचारों को कोई जवाब न सूझता। एक बार वह हिन्दुस्तान आये थे और यहाँ कांग्रेस में शरीक भी हुए थे। उस समय उनकी उदार वक्तृताओं ने समस्त देश में आशा और उत्साह की एक लहर दौड़ा दी, काँग्रेस के जलसे के बाद वह जिस शहर में गए, जनता ने उनके रास्ते में आँखें बिछायी, उनकी गाड़ियाँ खींची, उन पर फूल बरसाए। चारों ओर से यही आवाज आती थी- यह है भारत का उद्धार करने वाला। लोगों को विश्वास हो गया कि भारत के सौभाग्य से अगर कभी लॉर्ड बारबरा को अधिकार प्राप्त हुआ, तो वह दिन भारत के इतिहास में मुबारक होगा।

लेकिन अधिकार पाते ही लॉर्ड बारबरा में एक विचित्र परिवर्तन हो गया। उनके सारे सद्भाव, उनकी उदारता, न्यायपरायणता, सहानुभूति-ये सभी अधिकार के भँवर, में पड़ गए। और अब लॉर्ड बारबरा और उनके पूर्वाधिकारी के व्यवहार में लेशमात्र भी अन्तर न था। वह भी वही कर रहे थे, जो उनके पहले के लोग कर चुके थे। वही दमन था, वही जातिगत अभिमान, वही कट्टरता, वही संकीर्णता। देवता अधिकार के सिंहासन पर पाँव रखते ही अपना देवत्व खो बैठा था। अपने दो साल के अधिकार-काल में उन्होंने सैकड़ों ही अफसर नियुक्त किए थे, पर उनमें एक भी हिन्दुस्तानी न था। भारतवासी निराश होकर उन्हें 'डाइहार्ड', 'धन का उपासक' और 'साम्राज्यवाद का पुजारी' कहने लगे थे। यह खुला हुआ रहस्य था कि जो कुछ करते थे, मि. कावर्ड करते थे। हक यह था कि लॉर्ड बारबरा नीयत के इतने शेर थे, जितने दिल के कमजोर। हालांकि परिणाम दोनों दशाओं में एक- सा था।

यह मि. कावर्ड एक ही महापुरुष थे। उनकी उम्र चालीस से अधिक गुजर चुकी थी, पर अभी तक उन्होंने विवाह न किया था। शायद उनका खयाल था कि राजनीति के क्षेत्र में रहकर वैवाहिक जीवन का आनंद नहीं उठा सकते। वास्तव में वह नवीनता के मधुप थे। उन्हें नित्य नए विनोद और आकर्षण, नित्य नए विलास और उल्लास की टोह रहती थी। दूसरों के लगाए हुए बाग की सैर करके आप चित्त को प्रसन्न कर लेना, इससे कहीं सरल था कि अपना बाग आप लगाए और उसकी रक्षा और सजावट में अपना सिर खपाएं। उनकी व्यावहारिक और व्यापारिक दृष्टि से यह लटका उससे कहीं आसान था।

दोपहर का समय था। मि. कावर्ड नाश्ता करके सिगार पी रहे थे कि मिस जेनी रोज के आने की खबर हुई। उन्होंने तुरन्त आईने के सामने खड़े होकर अपनी सूरत देखी, बिखरे हुए बालों को सँवारा, बहुमूल्य इत्र मला और मुख से स्वागत की सहास छवि दर्शाते हुए कमरे से निकलकर मिस रोज से हाथ मिलाया। जेनी ने कमरे में कदम रखते ही कहा- अब मैं समझ गई कि क्यों कोई सुन्दरी तुम्हारी बात नहीं पूछती, आप अपने वादों को पूरा करना नहीं जानते। मि. कावर्ड ने जेनी के लिए एक कुर्सी खींचते हुए कहा- मुझे बहुत खेद है मिस रोज, कि मैं कल अपना वादा पूरा न कर सका। प्राइवेट सेक्रेट्रियों का जीवन कुत्तों के जीवन से भी हेय है। बार-बार चाहता था कि दफ्तर से उठूं पर एक-न-एक कॉल ऐसा आ जाता था कि फिर रुक जाना पड़ता था। मैं तुमसे क्षमा माँगता हूँ। बॉल में तुम्हें खूब आनंद आया होगा?

जेनी- तुम्हें तलाश करती रही। जब तुम न मिले, तो मेरा जी खराब हो गया। मैं और किसी के साथ नहीं नाची। अगर तुम्हें नहीं जाना था, तो मुझे निमन्त्रण- पत्र क्यों दिलाया था? कावर्ड ने जेनी को सिगार भेंट करते हुए कहा- तुम मुझे लज्जित कर रही हो, जेनी! मेरे लिए इससे ज्यादा खुशी की और क्या बात हो सकती थी कि तुम्हारे साथ नाचता हूँ। बस, यही समझ लो कि तड़प-तड़प कर रह जाता था।

जेनी ने कठोर मुस्कान के साथ कहा- तुम इसी योग्य हो कि बैचलर बने रहो। यह तुम्हारी सजा है।

कावर्ड ने अनुरक्त होकर उत्तर दिया- तुम बड़ी कठोर हो, जेनी! तुम्हीं क्या, रमणियाँ सभी कठोर होती हैं। मैं कितनी ही परवशता दिखाऊँ, तुम्हें विश्वास न आएगा। मुझे यह अरमान ही रह गया कि कोई सुन्दरी मेरे अनुराग और लगन का आदर करती।

जेनी- तुममें अनुराग हो भी तो? रमणियाँ ऐसे बहानेबाजों को मुँह नहीं लगाती।

कावर्ड-फिर बहानेबाज कहा। मजबूर क्यों नहीं कहतीं?

जेनी- मैं किसी मजबूरी को नहीं मानती। मेरे लिए यह हर्ष और गौरव की बात नहीं हो सकती कि आपको जब अपने सरकारी, अर्द्ध-सरकारी और सैर-सरकारी कामों से अवकाश मिले, तो आप मेरा मन रखने को एक क्षण के लिए अपने कोमल चरणों को कष्ट दें। मैं दफ्तर और काम के हीले नहीं सुनना चाहती। इसी कारण तुम अब तक झींक रहे हो।

कावर्ड ने गम्भीर भाव से कहा- तुम मेरे साथ अन्याय कर रही हो, जेनी। मेरे अविवाहित रहने का क्या कारण है, यह कल तक मुझे खुद न मालूम था। कल आप-ही-आप मालूम हो गया।

जेनी ने उसका परिहास करते हुए कहा- अच्छा! तो यह रहस्य आपको मालूम हो गया? तब तो आप सचमुच आत्मदर्शी हैं। जरा मैं भी सुनू क्या कारण था? कावर्ड ने उत्साह के साथ कहा- अब तक कोई ऐसी सुंदरी न मिली थी, जो मुझे उन्मत्त कर सकती।

जेनी ने कठोर परिहास के साथ कहा- मेरा खयाल था कि दुनिया में ऐसी औरत पैदा ही नहीं हुई, जो तुम्हें उन्मत्त कर सकती। तुम उन्मत्त बनाना चाहते हो, उन्मत्त बनना नहीं चाहते।

कावर्ड- तुम बड़ा अत्याचार करती हो, जेनी।

जेनी- अपने उन्माद का प्रमाण देना चाहते हो?

कावर्ड- हृदय से, जेनी! मैं उस अवसर की ताक में बैठा हूँ।

उसी दिन शाम को जेनी ने मनहर से कहा- तुम्हारे सौभाग्य पर बधाई? तुम्हें वह जगह मिल गयी।

मनहर उछलकर बोला- सच! सेक्रेट्री से कोई बातचीत हुई थी?

जेनी- सेक्रेट्री से कुछ कहने की जरूरत ही न पड़ी। सब कुछ कावर्ड के हाथ में है। मैंने उसी को चंग पर चढ़ाया। लगा मुझे इश्क जताने। पचास साल की तो उम्र है, चाँद के बाल झड़ गए हैं, गालों पर झुर्रियाँ पड़ गई हैं पर अभी तक आपको इश्क का गब्त है। आप अपने को एक ही रसिक समझते हैं। उसके बूढ़े चोंचले बहुत बुरे मालूम होते थे, मगर तुम्हारे लिए सब कुछ सहना पड़ा। खैर, मेहनत सफल हो गई है। कल तुम्हें परवाना मिल जाएगा। अब सफर की तैयारी करनी चाहिए।

मनहर ने गदगद होकर कहा- तुमने मुझ पर बड़ा एहसान किया है, जेनी।

4

मनहर को गुप्तचर विभाग में ऊँचा पद मिला। देश के राष्ट्रीय पत्रों ने उसकी तारीफों के पुल बाँधे, उसकी तस्वीर छापी और राष्ट्र की ओर से उसे बधाई दी। वह पहला भारतीय था, जिसे यह ऊँचा पद प्रदान किया गया था। ब्रिटिश सरकार ने सिद्ध कर दिया था कि उसकी न्याय-बुद्धि जातीय अभिमान और द्वेष से उच्चतर है। मनहर और जेनी का विवाह इंग्लैण्ड में ही हो गया। हनीमून का महीना फ्रांस में गुजरा। वहाँ से दोनों हिंदुस्तान गए। मनहर का दफ्तर बंबई में था। वहीं दोनों एक होटल में रहने लगे। मनहर को गुप्त अभियोग की खोज के लिए अकसर दौरे करने पड़ते थे। कभी कश्मीर, कभी मद्रास, कभी रंगून। जेनी इन यात्राओं में बराबर उसके साथ रहती। नित्य नए दृश्य थे, नए विनोद, नए उल्लास। उसकी नवीनता-प्रिय प्रकृति के लिए आनंद का इससे अच्छा और क्या सामान हो सकता था?

मनहर का रहन-सहन तो अंग्रेजी था ही, घरवालों से भी सम्बन्ध-विच्छेद हो गया था। वागेश्वरी के पत्रों का उत्तर देना तो दूर रहा, उन्हें खोलकर पढ़ता भी न था। भारत में उसे हमेशा यह शंका बनी रहती थी कि कहीं घरवालों को उसका पता न चल जाए। जेनी से वह अपनी यथार्थ स्थिति को छिपा रखना चाहता था। उसने घरवालों को अपने आने की सूचना तक न दी। यहाँ तक कि वह हिन्दुस्तानियों से बहुत कम मिलता था। उसके मित्र अधिकांश पुलिस और फौज के अफसर थे। वही उसके मेहमान होते। वाक्चतुर जेनी सम्मोहन-कला में सिद्धहस्त थी। पुरुषों के प्रेम से खेलना उसकी सबसे आमोदमय क्रीड़ा थी। जलाती भी थी, रिझाती भी थी, और मनहर भी उसकी कपट-लीला का शिकार बनता रहता था। उसे वह हमेशा भूल-भूलैया में रखती। कभी इतना निकट कि छाती पर सवार, कभी इतनी दूर की योजनों का अन्तर। कभी निष्ठुर और कभी कठोर, कभी प्रेम-विह्वल और व्यग्र। एक रहस्य था, जिसे वह कभी समझता था और कभी हैरान रह जाता था।

इस तरह दो वर्ष बीत गए और मनहर तथा जेनी कोण की दो भुजाओं की भांति एक-दूसरे से दूर होते गए। मनहर इस भावना को हृदय से न निकाल सकता था कि जेनी का मेरे प्रति एक विशेष कर्तव्य है। यह चाहे उसकी संकीर्णता हो, या कुल-मर्यादा का असर कि वह जेनी को पाबंद देखना चाहता था। उसकी स्वच्छंद वृत्ति उसे लज्जास्पद मालूम होती थी। वह भूल जाता था कि जेनी से उसके सम्पर्क का आरंभ ही स्वार्थ पर अवलम्बित था, शायद उसने समझा था कि समय के साथ जेनी को अपने कर्तव्य का ज्ञान हो जाएगा, हालांकि उसे मालूम होना चाहिए था कि टेढ़ी बुनियाद पर बना हुआ भवन जल्द या देर में अवश्य ही भूमिस्थ होकर रहेगा। और ऊँचाई के साथ इसकी शंका और भी बढ़ती जाती थी। इसके विपरीत जेनी का व्यवहार बिलकुल परिस्थिति के अनुकूल था। उसने मनहर को विनोदमय तथा विलासमय जीवन का एक साधन समझा था और उसी विचार पर वह अब तक स्थिर थी। इस व्यक्ति को वह मन में पति का स्थान न दे सकती थी, पाषाण-प्रतिमा को अपना देवता न बना सकती थी। पत्नी बनना उसके जीवन का स्वप्न न था, इसलिए वह मनहर के प्रति अपने किसी कर्तव्य को स्वीकार न करती थी। अगर मनहर अपनी गाढ़ी कमाई उसके चरणों पर अर्पित करता था, तो इस पर कोई एहसान न करता था। उसकी छाया और फल का भोग करना वह अपना अधिकार समझती थी।

5

मनोमालिन्य बढ़ता गया। आखिर मनहर ने उसके साथ दावतों और जलसों में जाना छोड़ दिया, पर जेनी पूर्ववत् सैर करने जाती, मित्रों से मिलती, दावतें करती और दावतों में शरीक होती। मनहर के साथ न जाने से लेशमात्र भी दुःख या निराशा न होती थी, बल्कि वह शायद उसकी उदासीनता पर और भी प्रसन्न होती। मनहर इस मानसिक व्यथा को शराब के नशे में डुबाने का उद्योग करता। पीना तो उसने इंग्लैंड ही में शुरू कर दिया था, पर अब उसकी मात्रा बहुत बढ़ गई थी। वहाँ स्फूर्ति और आनंद के लिए पीता था, यहाँ स्फूर्ति और आनंद को मिटाने के लिए। वह दिनों दिन दुबला होता जाता था। वह जानता था, शराब मुझे पिये जा रही है, पर उसके का यही एक अवलम्ब रह गया था।

गर्मियों के दिन थे। मनहर एक मामले की जाँच करने के लिए लखनऊ में डेरा डाले हुए था। मामला बहुत संगीन था। उसे सिर उठाने की फुरसत न मिलती थी। स्वास्थ्य भी कुछ खराब हो चला था, मगर जेनी अपने सेर-सपाटे में मग्न थी। आखिर एक दिन उसने कहा- मैं नैनीताल जा रही हूँ। यहाँ की गर्मी मुझसे सही नहीं जाती।

मनहर ने लाल-लाल आँखें निकालकर कहा, नैनीताल में क्या काम है? वह आज अपना अधिकार दिखाने पर तुल गया। जेनी भी उसके अधिक की उपेक्षा करने पर तुली हुई थी। बोली- यहाँ कोई सोसाइटी नहीं। सारा लखनऊ पहाड़ों पर चला गया है।

मनहर ने जैसे म्यान से तलवार निकालकर कहा- जब तक मैं यहाँ हूँ तुम्हें कहीं जाने का अधिकार नहीं है। तुम्हारी शादी मेरे साथ हुई है, सोसाइटी के साथ नहीं हुई। फिर तुम साफ देख रही हो कि मैं बीमार हूँ तिस पर भी तुम अपनी विलास-प्रवृत्ति को रोक नहीं सकती। मुझे तुमसे

ऐसी आशा न थी, जेनी! मैं तुमको शरीफ समझता था। मुझे स्वप्न में भी यह गुमान न था कि तुम मेरे साथ ऐसी बेवफाई करोगी।

जेनी ने अविचलित भाव से कहा- तो क्या तुम समझते थे, मैं भी तुम्हारी हिन्दुस्तानी स्त्री की तरह तुम्हारी लौंडी बनकर रहेंगी और तुम्हारे तलवे सहलाऊंगी? मैं तुम्हें इतना नादान नहीं समझती। अगर तुम्हें हमारी अंग्रेजी सभ्यता की इतनी मोटी-सी बात मालूम नहीं, तो अब मालूम कर लो कि अंग्रेज स्त्री अपनी रुचि के सिवा और किसी की पाबंद नहीं। तुमने मुझसे इसलिए विवाह किया था कि मेरी सहायता से तुम्हें सम्मान और पद प्राप्त हो। सभी पुरुष ऐसा करते हैं, तुमने भी वही किया। मैं इसके लिए तुम्हें बुरा नहीं कहती, लेकिन जब तुम्हारा वह उद्देश्य पूरा हो गया, जिसके लिए तुमने मुझसे विवाह किया था, तो तुम मुझसे अधिक आशा क्यों रखते हो? तुम हिंदुस्तानी हो, अंग्रेज नहीं हो सकते। मैं अंग्रेज हूँ और हिन्दुस्तानी नहीं हो सकती, इसलिए हममें से किसी को यह अधिकार नहीं है कि वह दूसरे को अपनी मरजी का गुलाम बनाने की चेष्टा करे।

मनहर हतबुद्धि-सा बैठा सुनता रहा। एक-एक शब्द विष के घूंट की भांति उसके कंठ के नीचे उतर रहा था। कितना कठोर सत्य था। पद-लालसा के उस प्रचण्ड आवेग में, विलास-तृष्णा के उस अदम्य प्रवाह में वह भूल गया था कि जीवन में कोई ऐसा तत्त्व भी है, जिसके सामने पद और विलास काँच के खिलौनों से अधिक मूल्य नहीं रखते। वह विस्मृत सत्य इस समय अपने करुण-विलाप से उसकी मदमग्न चेतना को तड़पाने लगा।

शाम को जेनी नैनीताल चली गयी। मनहर ने उसकी ओर आँखें उठाकर भी न देखा।

6

तीन दिन तक मनहर घर से न निकला। जीवन के पाँच-छह वर्षों में उसने जितने रत्न संचित किए थे, जिन पर यह गर्व करता था, जिन्हें पाकर वह अपने को धन्य मानता था, अब परीक्षा की कसौटी पर आकर नकली पत्थर सिद्ध हो रहे थे। उसकी अपमानित, ग्लानि, पराजित आत्मा एकान्त रोदन के सिवा और कोई त्राण न पाती थी। अपनी टूटी झोंपड़ी को छोड़कर वह जिस सुनहरे कलश वाले भवन की ओर लपका था, वह मरीचिका मात्र थी, और अब उसे फिर उसी टूटी झोंपड़ी की याद आई, जहाँ उसने शान्ति, और आशीर्वाद की सुधा पी थी। यह सारा आडम्बर उसे काट खाने लगा। उस सरल शीतल स्नेह के सामने ये सारी विभूतियाँ तुच्छ- सी लगने लगीं।

तीसरे दिन वह भीषण संकल्प करके उठा और दो पत्र लिखे। एक तो अपने पद से इस्तीफा था, दूसरा जेनी से अन्तिम विदा की सूचना। इस्तीफा में उसने लिखा- मेरा स्वास्थ्य नष्ट हो गया है, और मैं इस भार को नहीं सँभाल सकता। जेनी के पत्र में उसने लिखा, हम और तुम, दोनों ने भूल की और हमें जल्द- से-जल्द उस भूल को सुधार लेना चाहिए। मैं तुम्हें सारे बंधनों से मुक्त करता हूँ। तुम भी मुझे मुक्त कर दो। मेरा तुमसे कोई सम्बन्ध नहीं है। अपराध न तुम्हारा है, न मेरा। समझ का फेर तुम्हें भी था और मुझे भी। मैंने अपने पद से इस्तीफा दे दिया है, और अब तुम्हारा मुझ पर कोई एहसान नहीं रहा। मेरे पास जो कुछ है, सब तुम्हारा है, वह सब मैं छोड़े

जाता हूँ। मैं तो निमित्त-मात्र था, स्वामिनी तुम थीं। उस सभ्यता को दूर से ही सलाम है, जो विनोद और विलास के सामने किसी बंधन को स्वीकार नहीं करती।

उसने खुद जाकर दोनों पत्रों की रजिस्ट्री कराई और उत्तर का इंतजार किए बिना ही वहाँ से चलने को तैयार हो गया।

7

जेनी ने जब मनहर का पत्र पाकर पढ़ा तो मुस्करायी। उसे मनहर की इच्छा पर शासन करने का ऐसा अभ्यास पड़ गया था कि इस पत्र से उसे जरा भी घबराहट न हुई। उसे विश्वास था कि दो-चार दिन चिकनी-चुपड़ी बातें करके वह उसे फिर वशीभूत कर लेगी। अगर मनहर की इच्छा केवल धमकी देना न होती, उसके दिल पर चोट लगी होती, तो वह अब तक यहाँ न होता। कब का वह स्थान छोड़ चुका होता। उसका यहाँ रहना ही बता रहा था कि वह केवल बंदर-घुड़की दे रहा है। जेनी ने स्थिरचित्त होकर कपड़े बदले और अब इस तरह मनहर के कमरे में आई, मानो अभिनय करने स्टेज पर आई हो।

मनहर उसे देखते ही जोर से ठट्ठा मारकर हंसा। जेनी सहम कर पीछे हट गयी। इस हँसी में क्रोध या प्रतिकार न था। इसमें उन्माद भरा हुआ था। मनहर के सामने मेज़ पर बोतल और गिलास रखा हुआ था। एक दिन में उसने न जाने कितनी शराब पी ली थी। उसकी आँखों में जैसे रक्त उबला पड़ता था।

जेनी ने समीप जाकर उसके कंधे पर हाथ रखा और बोली : क्या रात- भर पीते ही रहोगे? चलो आराम से लेटो, रात ज्यादा हो गई है। घंटों से बैठी तुम्हारा इन्तजार कर रही हूँ। तुम इतने निष्ठुर तो कभी न थे।

मनहर खोया हुआ-सा बोला-तुम कब आ गईं, वागी? देखो, मैं कब से पुकार रहा हूँ। चलो, आज सैर कर आएं। उसी नदी के किनारे, तुम अपना वही प्यारा गीत सुनाना, जिसे सुनकर मैं पागल हो जाता था.. क्या कहती हो? मैं बेमुरव्वत हूँ?.. यह तुम्हारा अन्याय है, वागी! मैं कसम खाकर कहता हूँ ऐसा एक दिन भी नहीं गुजरा, जब तुम्हारी याद ने मुझे न रुलाया हो। जेनी ने उसका कंधा हिलाकर कहा- तुम यह क्या ऊलजलूल बक रहे हो? वागी यहाँ कहां है?

मनहर ने उसकी ओर अपरिचित भाव से देखकर कुछ कहा, फिर जोर से हंसकर बोला- मैं यह न मानूंगा, वागी। तुम्हें मेरे साथ चलना होगा। वहाँ मैं तुम्हारे लिए फूलों की एक माला बनाऊंगा।

जेनी ने समझा, यह शराब बहुत पी गए हैं। बक-बक कर रहे हैं, इनसे इस वक्त कुछ बातें करना व्यर्थ है। चुपके से कमरे के बाहर चली गयी। उसे जरा- सी शंका हुई थी। यहाँ उसका मूलोच्छेद हो गया। जिस आदमी का अपनी वाणी पर अधिकार नहीं, वह इच्छा पर क्या अधिकार रख सकता है?

उसी घड़ी से मनहर को घरवालों की रट-सी लग गई। कभी वागेश्वरी को पुकारता, कभी अम्मा को, कभी दादा को। उसकी आत्मा अतीत में विचरती रहती उस अतीत में, जब जेनी ने

काली छाया की भांति प्रवेश न किया था और वागेश्वरी अपने सरल व्रत से उसके जीवन में प्रकाश फैलाती रहती थी।

दूसरे दिन जेनी ने जाकर उससे कहा- तुम इतनी शराब क्यों पीते हो? देखते नहीं, तुम्हारी क्या दशा हो रही है?

मनहर ने उसकी ओर आश्चर्य से देखकर कहा- तुम कौन हो?

जेनी- तुम क्या मुझे नहीं पहचानते हो? इतनी जल्द भूल गए?

मनहर- मैंने तुम्हें कभी नहीं देखा, मैं तुम्हें नहीं पहचानता।

जेनी ने और अधिक बातचीत न की। उसने मनहर के कमरे से शराब की बोतलें लीं और नौकरों को ताकीद कर दी कि उसे एक बूंद भी शराब न दी जाए। उसे अब कुछ-कुछ सन्देह होने लगा था, क्योंकि मनहर की दशा उससे कहीं शंकाजनक थी, जितना वह समझती थी। मनहर का जीवित और स्वस्थ रहना उसके लिए आवश्यक था। इसी घोड़े पर बैठकर वह शिकार खेलती थी। घोड़े के बगैर शिकार का आनंद कहां?

मगर एक सप्ताह हो जाने पर भी मनहर की मानसिक दशा में कोई अन्तर न हुआ। न मित्रों को पहचानता, न नौकरों को। पिछले तीन वर्षों का उसका जीवन एक स्वप्न की भांति मिट गया था।

सातवें दिन जेनी सिविल सर्जन को लेकर आई, तो मनहर का कहीं पता न था।

8

पाँच साल बाद वागेश्वरी का लुटा हुआ सुहाग फिर चेता। माँ-बाप पुत्र के वियोग में रो-रोकर अंधे हो चुके थे। वागेश्वरी निराशा में भी आस बाँधे बैठी हुई थी। उसका मायका संपन्न था। बार-बार बुलावे आते, बाप आया, भाई आया, पर वह धैर्य और व्रत की देवी घर से न टली।

जब मनहर भारत आया, तो वागेश्वरी ने सुना कि वह विलायत से एक मेम लाया है। फिर भी उसे आशा थी कि वह आएगा, लेकिन उसकी आशा पूरी न हुई। फिर उसने सुना, वह ईसाई हो गया है और आचार-विचार त्याग दिया है, तब उसने माथा ठोक लिया।

घर की अवस्था दिन-दिन बिगड़ने लगी। वर्षा बंद हो गई और सागर सूखने लगा। घर बिका, फिर गहनों की बारी आई, यहाँ तक कि अब केवल आकाशी वृत्ति थी। कभी चूल्हा जल गया, कभी ठंडा पड़ रहा।

एक दिन संध्या समय वह कुएँ पर पानी भरने गयी थी कि एक थका हुआ, जीर्ण, विपत्ति का मारा जैसा आदमी आकर कुएँ की जगत पर बैठ गया। वागेश्वरी ने देखा, तो मनहर! उसने तुरन्त घूंघट बढ़ा लिया। आँखों पर विश्वास न हुआ, फिर भी आनंद और विस्मय से हृदय में फुरेरियां उठने लगीं। रस्सी और कलश कुएँ पर छोड़कर लपकी हुई घर आई और सास से बोली- 'अम्माजी, जरा कुएँ पर जाकर देखो, कोई आया है।'

सास ने कहा- 'तू पानी लाने गयी थी या तमाशा देखने? घर में एक घूंट पानी नहीं है। कौन आया है कुएँ पर?'

'चलकर, देख लो न।'

'कोई सिपाही-प्यादा होगा। अब उसके सिवा और कौन आने वाला है। कोई महाजन तो नहीं है?'

'नहीं अम्मा, तुम चली क्यों नहीं चलती?'

बूढ़ी माता भांति-भांति की शंका करती हुई कुएँ पर पहुँची, तो मनहर दौड़कर उनके पैरों से चिपट गया। माता ने उसे छाती से लगाकर कहा- 'तुम्हारी यह क्या दशा है, मानू? बीमार हो? असबाब कहां है?'

मनहर ने कहा- 'पहले कुछ खाने को दो अम्मा, बहुत भूखा हूँ। मैं बड़ी दूर से पैदल चला आ रहा हूँ।'

गाँव में खबर फैल गई कि मनहर आया है। लोग उसे देखने दौड़े। किस ठाट से आया है? बड़े ऊँचे पद पर है, हजारों रुपए पाता है, अब उसके ठाठ का क्या कहना? मेम भी साथ आई है या नहीं?

मगर जब जाकर देखा, तो आफत का मारा आदमी, फटे हाल, कपड़े तार- तार, बाल बड़े हुए, जैसे जेल से आया हो।

प्रश्नों की बौछार होने लगी- 'हमने तो सुना था, तुम किसी बड़े ऊँचे पद पर हो।'

मनहर ने जैसे किसी भूली बात को याद करने का विफल प्रयास करके कहा, 'मैं! मैं तो किसी ओहदे पर नहीं।'

'वाह! तुम विलायत से मेम नहीं लाये थे?'

मनहर ने चकित होकर कहा- 'विलायत कौन गया था?'

'अरे! भंग तो नहीं खा गए हो? तुम विलायत नहीं गए थे?'

मनहर बूढ़ों की भांति हँसा- 'मैं विलायत क्या करने जाता?'

'अजी, तुमको वज़ीफ़ा नहीं मिला था? यहाँ से तुम विलायत गए थे। तुम्हारे पत्र बराबर आते थे। अब तुम कहते हो, मैं विलायत गया ही नहीं। होश में हो या हम लोगों को उल्लू बना रहे हो?'

मनहर ने उन लोगों की ओर आंखें फाड़कर देखा और बोला- 'मैं तो कहीं नहीं गया था। आप लोग जाने क्या कह रहे हैं।'

अब इस सन्देह की गुँजाइश न रही कि वह अपने होश-हवास में नहीं है। विलायत जाने के पहले की सारी बातें याद थीं। गाँव और घर के हरेक आदमी को पहचानता था, सबसे नम्रता और प्रेम से बातें करता था, लेकिन जब इंग्लैंड, अंग्रेज बीवी और ऊँचे पद का जिक्र आता तो भौचक्का होकर ताकने लगता। वागेश्वरी को अब उसके प्रेम में एक अस्वाभाविक अनुराग दिखता था, जो बनावटी मालूम होता था। वह चाहती थी कि उसके व्यवहार और आचरण में पहले की-सी बेतकल्लुफ़ हो। वह प्रेम का स्वांग नहीं, प्रेम चाहती थी। पांच- दस ही दिनों में उसे ज्ञात हो गया कि इस विशेष अनुराग का कारण बनावट या दिखावा नहीं, कोई मानसिक विकार

है। मनहर ने माँ-बाप का इतना अदब पहले कभी न किया था। उसे अब मोटे-से-मोटा काम करने में भी संकोच न था। वह, जो बाजार से साग-भाजी लाने में अपना अनादर समझता था, अब कुएँ से पानी खींचता, लकड़ियाँ फाड़ता और घर में झाड़ू लगाता था और अपने ही घर में नहीं, सारे मुहल्ले में उसकी सेवा और नम्रता की चर्चा होती थी।

एक बार मुहल्ले में चोरी हुई। पुलिस ने बहुत दौड़-धूप की, पर चोरों का पता न चला। मनहर ने चोरों का पता ही नहीं लगा दिया, बल्कि माल भी बरामद करा लिया। इससे आसपास के गाँवों और मुहल्लों में उसका यश फैल गया। कोई चोरी हो जाती, तो लोग उसके पास दौड़े आते और अधिकाँश उसके उद्योग सफल होते थे। इस तरह उसकी जीविका की एक व्यवस्था हो गई। अब वह वागेश्वरी के इशारों का गुलाम था। उसी की दिलजोई और सेवा में उसके दिन कटते थे। अगर उसमें विकार या बीमारी का कोई लक्षण था, तो इतना ही। यही सनक उसे सवार हो गई थी।

वागेश्वरी को उसकी दशा पर दु:ख होता था, पर उसकी यह बीमारी उस स्वास्थ्य से उसे कहीं प्रिय थी, जब वह उसकी बात भी न पूछता था। छह महीनों के बाद एक दिन जेनी मनहर का पता लगाती हुई आ पहुँची। हाथ में जो कुछ था, वह सब उड़ा चुकने के बाद अब उसे किसी आश्रय की खोज थी। उसके चाहने वालों में कोई ऐसा न था, जो उसकी आर्थिक सहायता करता। शायद अब जेनी को कुछ ग्लानि भी होती थी। वह अपने किए पर लज्जित थी।

द्वार पर हॉर्न की आवाज सुनकर मनहर बाहर निकला और इस प्रकार जेनी को देखने लगा, मानो उसे कभी देखा ही नहीं।

जेनी ने मोटर से उतरकर उससे हाथ मिलाया और अपनी बीती सुनाने लगी- 'तुम इस तरह मुझसे छिपकर क्यों चले आए? और फिर आकर एक पत्र भी नहीं लिखा। आखिर, मैंने तुम्हारे साथ क्या बुराई की थी? फिर मुझमें कोई बुराई देखी थी, तो तुम्हें चाहिए था कि मुझे सावधान कर देते। छिपकर चले आने से क्या फायदा हुआ? ऐसी अच्छी जगह मिल गई थी, वह हाथ से निकल गयी।' मनहर काठ के उल्लू की भांति खड़ा रहा।

जेनी ने फिर कहा- 'तुम्हारे चले आने के बाद मेरे ऊपर जो संकट आए, वह सुनाऊँ, तो तुम घबरा जाओगे। मैं इसी चिन्ता और दु:ख से बीमार हो गई। तुम्हारे बगैर मेरा जीवन निरर्थक हो गया है। तुम्हारा चित्र देखकर मन को ढाढस देती थी। तुम्हारे पत्रों को आदि से अंत तक पढ़ना मेरे लिए सबसे मनोरंजक विषय था। तुम मेरे साथ चलो, मैंने एक डॉक्टर से बातचीत की है, वह मस्तिष्क के विकारों का डॉक्टर है। मुझे आशा है, उसके उपचार से तुम्हें लाभ होगा।'

मनहर चुपचाप विरक्त भाव से खड़ा रहा, मानो वह न कुछ देख रहा है, न सुन रहा है।

सहसा वागेश्वारी निकल आई। जेनी को देखते ही वह ताड़ गई कि यही मेरी यूरोपियन सौत है। वह उसे बड़े आदर-सत्कार के साथ भीतर ले गयी। मनहर भी उनके पीछे-पीछे चला गया।

जेनी ने टूटी खाट पर बैठते हुए कहा- 'इन्होंने मेरा जिक्र तो तुमसे किया ही होगा। मेरी इनसे लंदन में शादी हुई है।'

वागेश्वरी बोली- 'यह तो मैं आपको देखते ही समझ गई थी।'

जेनी- 'इन्होंने कभी मेरा जिक्र नहीं किया?'

वागेश्वरी- 'कभी नहीं। इन्हें तो कुछ याद ही नहीं। आपको तो यहाँ आने में बड़ा कष्ट हुआ होगा?'

जेनी- 'महीनों के बाद इनके घर का पता चला। वहाँ से बिना कुछ कहे-सुने चल दिये।'

'आपको कुछ मालूम है, इन्हें क्या शिकायत है?'

'शराब बहुत पीने लगे थे। आपने किसी डॉक्टर को नहीं दिखाया?'

'हमने तो किसी को नहीं दिखाया।'

'जेनी ने तिरस्कार करके कहा- 'क्यों? क्या आप इन्हें बीमार रखना चाहती हैं।'

वागेश्वरी ने बेपरवाही से जवाब दिया- 'मेरे लिए इनका बीमार रहना, इनके स्वस्थ रहने से कहीं अच्छा है। तब वह अपनी आत्मा को भूल गए थे, अब उसे पा गए।'

फिर उसने निर्दय कटाक्ष करके कहा- 'मेरे विचार में तो वह तब बीमार थे, अब स्वस्थ हैं।'

जेनी ने चिढ़ कर कहा- 'नाननेंस! इनकी किसी विशेषज्ञ से चिकित्सा करानी होगी। यह जासूसी में बड़े कुशल हैं। इनके सभी अफसर इनसे प्रसन्न थे। यह चाहें तो अब भी इन्हें वह जगह मिल सकती है। अपने विभाग में ऊँचे-से-ऊँचे पद तक पहुँच सकते हैं। मुझे विश्वास है कि इनका रोग असाध्य नहीं है, हां विचित्र अवश्य है। आप क्या इनकी बहन हैं?'

वागेश्वरी ने मुस्कुराकर कहा- 'आप तो गाली दे रही हैं। वह मेरे स्वामी हैं।' जेनी पर मानो वज्रपात-सा हुआ। उसके मुख पर से नम्रता का आवरण हट गया और मन में छिपा क्रोध जैसे दाँत पीसने लगा। उसकी गर्दन की नसें तन गईं, दोनों मुट्ठियाँ बँध गईं। उन्मत्त होकर बोली- 'बड़ा दगाबाज आदमी है। इसने मुझे बड़ा धोखा दिया। मुझसे इसने कहा था, मेरी स्त्री मर गई है। कितना बड़ा धूर्त है। यह पागल नहीं है। इसने पागलपन का स्वाँग भरा है। मैं अदालत से जाँच कराऊंगी।'

क्रोधावेश के कारण वह काँप उठी। फिर रोती हुई बोली- 'इस दगाबाजी का मैं इसे मजा चखाऊंगी। इसने मेरा कितना घोर अपमान किया है। ऐसा विश्वासघात करने वाले को जो दण्ड दिया जाए, वह थोड़ा है। इसने कैसी मीठी-मीठी बातें करके मुझे फंसाया। मैंने ही इसे जगह दिलाई, मेरे ही प्रयत्नों से यह बड़ा आदमी बना। इसके लिए मैंने अपना घर छोड़ा, अपना देश छोड़ा और इसने मेरे साथ ऐसा कपट किया।'

जेनी सिर पर हाथ रखकर बैठ गई। फिर तैश में उठी और मनहर के पास जाकर उसको अपनी ओर खींचती हुई बोली- 'मैं तुझे खराब करके छोडूंगी। तूने मुझे समझा क्या है।'

मनहर इस तरह शांत भाव से खड़ा रहा, मानो उससे कोई प्रयोजन नहीं।

फिर वह सिंहनी की भांति मनहर पर टूट पड़ी और उसे जमीन पर गिराकर उसकी छाती पर चढ़ बैठी। वागेश्वरी ने उसका हाथ पकड़कर अलग कर दिया और बोली- 'तुम ऐसी डायन न होतीं, तो उनकी यह दशा ही क्यों होती?'

जेनी ने तैश में आकर जेब से पिस्तौल निकाला और वागेश्वरी की तरफ बढ़ी। सहसा मनहर तड़प कर उठा, उसके हाथ से भरा हुआ पिस्तौल छीनकर फेंक दिया और वागेश्वरी के सामने खड़ा हो गया। फिर ऐसा मुँह बना लिया, मानो कुछ हुआ ही नहीं।

उसी वक्त मनहर की माता दोपहरी की नींद सोकर उठीं और जेनी को देखकर वागेश्वरी की ओर प्रश्न की आंखों से ताका।

वागेश्वरी ने उपहास के भाव से कहा- 'यह आपकी बहू है।'

बुढ़िया निकलकर बोली- 'कैसी मेरी बहू? यह मेरी बहू बनने योग्य है बंदरिया? लड़के पर न जाने क्या कर-करा दिया, अब छाती पर मूँग दलने आई है?' जेनी एक क्षण तक खून भरी आँखों से मनहर की ओर देखती रही। फिर बिजली की भांति-कूदकर उसने आंगन में पड़ा पिस्तौल उठा लिया और वागेश्वरी पर छोड़ना चाहती थी कि मनहर सामने आ गया। वह बेधड़क जेनी के सामने चला गया, उसके हाथ से पिस्तौल छीन लिया और अपनी छाती में गोली मार ली।

***

न्याय

हजरत मुहम्मद को इलहाम हुए थोड़े ही दिन हुए थे। दस-पाँच पड़ोसियों तथा निकट संबंधियों के सिवा और कोई उनके दीन पर ईमान न लाया था, यहाँ तक कि उनकी लड़की जैनब और दामाद अबुलआस भी, जिनका विवाह इलहाम से पहले ही हो चुका था, अभी तक दीक्षित न हुए थे। जैनब कई बार अपने मैके गयी थी और अपने पूज्य पिता की ज्ञानमय वाणी सुन चुकी थी। वह दिल से इस्लाम पर ईमान ला चुकी थी, लेकिन अबुलआस धार्मिक मनोवृत्ति का आदमी न था। वह कुशल व्यापारी था। मक्के के खजूर, मेवे आदि जिसे लेकर बंदरगाहों को चालान किया करता था। बहुत ही ईमानदार, लेन-देन का खरा, मेहनती आदमी था, जिसे इहलोक से फुरसत न थी कि परलोक की फिक्र करे।

जैनब के सामने कठिन समस्या थी। आत्मा धर्म की ओर थी, हृदय पति की ओर। न धर्म को छोड़ सकती थी, न पति को । उसके घर के सभी आदमी मूर्तिपूजक थे। इस नये सम्प्रदाय से सारे नगर में हलचल मची हुई थी। जैनब सबसे अपनी लगन को छिपाती, यहाँ तक कि पति से भी न कह सकती थी। वे धार्मिक सहिष्णुता के दिन न थे, बात-बात पर खून की नदी बह जाती थी, खानदान-के खानदान मिट जाते थे। उन दिनों अरब की वीरता पारस्परिक कलह में प्रकट होती थी। राजनीतिक संगठन का जमाना न था। खून का बदला खून, धन-हानि का बदला खून, अपमान का बदला खून। मानव-रक्त ही से सभी झगड़ों का निबटारा होता था। ऐसी अवस्था में अपने धर्मानुराग को प्रकट करना अबुलआस के शक्तिशाली परिवार और मुहम्मद तथा उनके इने-गिने अनुयायियों में देवासुरों का संग्राम छेड़ना था। उधर प्रेम का बंधन पैरों को जकड़े हुए था। नये धर्म में दीक्षित होना अपने प्राणप्रिय पति से सदा के लिए बिछुड़ जाना था। कुरैश-जाति के लोग ऐसे मिश्रित विवाहों को परिवार के लिए कलंक समझते थे। माया और धर्म की दुविधा में पड़ी हुई जैनब कुढ़ती रहती थी।

2

धर्म का अनुराग एक दुर्बल वस्तु है, किन्तु जब उसका वेग होता है, तो हृदय के रोके नहीं रुकता। दोपहर का समय था, धूप इतनी तेज थी कि उसकी ओर ताकते आँखों से चिनगारियां निकलती थीं। हजरत मुहम्मद चिन्ता में डूबे हुए बैठे थे। निराशा चारों ओर अन्धकार के रूप में दिखाई देती थी। खुदैजा भी सिर झुकाए पास ही बैठी हुई एक फटा कुरता सी रही थी। धन-सम्पत्ति- सब कुछ इस लगन की भेंट हो चुकी थी। शत्रुओं का दुराग्रह दिनोंदिन बढ़ता जाता था। उनके मतानुयायियों को भांति-भांति की यंत्रणाएँ दी जा रही थी। स्वयं हजरत को घर से निकलना मुश्किल था। यह खौफ होता था कि कहीं लोग उन पर ईंट-पत्थर न फेंकने लगें। खबर आती थी, आज फलां मुस्लिम का घर लूट गया, आज फलां को लोगों ने आहत किया।

हजरत ये खबरें सुन-सुनकर विकल हो जाते थे और बार-बार खुदा से धैर्य और क्षमा की याचना करते थे।

हजरत ने फरमाया- 'मुझे ये लोग अब यहाँ न रहने देंगे। मैं खुद सब कुछ झेल सकता हूँ लेकिन अपने दोस्तों की तकलीफ नहीं देखी जाती।'

खुदैजा- 'हमारे चले जाने से इन बेचारों की और भी कोई शरण न रहेगी। अभी कम-से-कम तुम्हारे पास आकर रो तो लेते हैं। मुसीबत में रोने का सहारा ही बहुत होता है।'

हजरत- 'तो मैं अकेले थोड़े ही जाना चाहता हूँ। मैं सब दोस्तों को साथ लेकर जाने का इरादा रखता हूँ। अभी हम यहाँ बिखरे हुए हैं, कोई किसी की मदद को नहीं पहुँच सकता। हम सब एक ही जगह, एक कुटुम्ब की तरह रहेंगे, तो किसी को हमारे ऊपर हमला करने का साहस न होगा। हम अपनी मिली हुई शक्ति से बालू का ढेर तो हो ही सकते हैं, जिस पर चढ़ने की किसी को हिम्मत न होगी।'

सहसा जैनब घर में दाखिल हुई। उसके साथ न कोई आदमी था, न आदमजात। मालूम होता था, कहीं से भागी चली आ रही है। खुदैजा ने उसे गले लगाकर पूछा- 'क्या हुआ जैनब, खैरियत तो है?'

जैनब ने अपने अन्तर-संग्राम की कथा कह सुनाई और पिता से दीक्षा की याचना की।

हजरत मुहम्मद आँखों में आँसू भरकर बोले- 'बेटी, मेरे लिए इससे ज्यादा खुशी की कोई बात नहीं हो सकती, लेकिन जानता हूँ तुम्हारा क्या हाल होगा।'

जैनब- 'या हजरत! खुदा की राह में सब कुछ त्याग देने का निश्चय कर लिया है। दुनिया के लिए अपनी नजात को नहीं खोना चाहती।'

हजरत- 'जैनब, खुदा की राह में कांटे हैं।'

जैनब- 'अब्बाजान, लगन को काँटों की परवाह नहीं होती।'

हजरत- 'ससुराल से नाता टूट जाएगा।'

जैनब- 'खुदा से तो नाता जुड़ जाएगा।'

हजरत- 'और अबुलआस?'

जैनब की आँखों में आंसू डबडबा आए। क्षीण स्वर में बोली- 'अब्बाजान, उन्होंने इतने दिनों मुझे बाँध रखा था, नहीं तो मैं कब की आपकी शरण आ चुकी होती। मैं जानती हूँ उनसे जुदा होकर मैं जिंदा न रहूँगी, और शायद उनसे भी मेरा वियोग न सहा जाए, पर मुझे विश्वास है कि यह किसी-न-किसी दिन जरूर खुदा पर ईमान लाएँगे और फिर मुझे उनकी सेवा का अवसर मिलेगा।'

हजरत- 'बेटी, अबुलआस ईमानदार है, दयाशील है, सत्यवक्ता है, किन्तु उसका अहंकार शायद अंत तक उसे ईश्वर से विमुख रखे। वह तकदीर को नहीं मानता, रूह को नहीं मानता, स्वर्ग और नरक को नहीं मानता। कहता है, खुदा की जरूरत ही क्या है? हम उससे क्यों डरे। विवेक और बुद्धि की हिदायत हमारे लिए काफी है। ऐसा आदमी खुदा पर ईमान नहीं ला

सकता। कुफ्र को तोड़ना आसान है, लेकिन जब यह दर्शन की सूरत पकड़ लेता है, तो उस पर किसी का जोर नहीं चलता।'

जैनब ने दृढ़ होकर कहा- 'या हजरत, आत्मा का उपकार जिसमें हो, मुझे वही चाहिए। मैं किसी इनसान को अपने और खुदा के बीच में न आने दूँगी।'

हजरत ने कहा- 'खुदा तुझ पर दया करे बेटी! तेरी बातों ने दिल खुश कर दिया।'

यह कहकर उन्होंने जैनब को गले लगा लिया।

3

दूसरे दिन जैनब को यथाविधि आम मस्जिद में कलमा पढ़ाया गया।

कुरैशियों ने जब यह खबर पायी, तो जल उठे। गजब खुदा का! इस्लाम ने तो बड़े-बड़े घरों पर भी हाथ साफ करना शुरू कर दिया। अगर यही हाल रहा, तो धीरे-धीरे उसकी शक्ति इतनी बढ़ जाएगी कि हमारे लिए उसका सामना करना कठिन हो जाएगा। अबुलआस के घर पर एक बड़ी मजलिस हुई।

अबूसिफियान ने, जो इस्लाम के दुश्मनों में सबसे प्रतिष्ठित मनुष्य था, अबुलआस से कहा- 'तुम्हें अपनी बीवी को तलाक देना पड़ेगा।'

अबुलआस ने कहा- 'हरगिज नहीं।'

अबूसिफियान- 'तो क्या तुम भी मुसलमान हो जाओगे?'

अबुलआस- 'हरगिज नहीं।'

अबूसिफियान- 'तो उसे मुहम्मद ही के घर रहना पड़ेगा।'

अबुलआस- 'हरगिज नहीं! आप लोग मुझे आज्ञा दीजिए कि उसे अपने घर लाऊँ।'

अबूसिफियान- 'हरगिज नहीं।'

अबुलआस- 'क्या यह नहीं हो सकता कि वह मेरे घर में रहकर इच्छानुसार खुदा की बंदगी करे?'

अबूसिफियान- 'हरगिज नहीं।'

अबुलआस- 'मेरी कौम मेरे साथ इतनी सहानुभूति भी न करेगी?'

अबूसिफियान- 'हरगिज नहीं।'

अबुलआस- 'तो फिर आप लोग मुझे समाज से पतित कर दीजिए। मुझे पतित होना मंजूर है। आप लोग और जो सजा चाहें दे, वह सब मंजूर है। मगर मैं अपनी बीवी को नहीं छोड़ सकता। मैं किसी की धार्मिक स्वाधीनता का अपहरण नहीं करना चाहता, और वह भी अपनी बीवी की।'

अबूसिफियान- 'कुरैश में क्या और लड़कियाँ नहीं हैं?'

अबुलआस- 'जैनब की-सी कोई नहीं है।'

अबूसिफियान- 'हम ऐसी लड़कियाँ बता सकते हैं, जो चाँद को लज्जित कर दें।'

अबुलआस- 'मैं सौन्दर्य का उपासक नहीं।'

अबूसिफियान- 'ऐसी लड़कियाँ दे सकता हूँ जो गृह-प्रबंध में निपुण हों, बातें ऐसी करें कि मुँह से फूल झड़े, खाना ऐसा पकाये कि बीमार को भी रुचिकर हो, सीने- पिरोने में इतनी कुशल कि पुराने कपड़े को नया कर दें।'

अबुलआस- 'मैं इन गुणों में से किसी का भी उपासक नहीं। मैं प्रेम, और केवल प्रेम का उपासक हूँ। और मुझे विश्वास है कि जैनब का-सा प्रेम मुझे सारी दुनिया में कहीं नहीं मिल सकता।'

अबूसिफियान- 'प्रेम होता, तो तुम्हें छोड़कर यह बेवफाई करती?'

अबुलआस- 'मैं नहीं चाहता कि मेरे लिए वह अपने आत्म-स्वातंत्र्य का त्याग करे।'

अबूसिफियान- 'इसका आशय यह है कि तुम समाज में समाज के विरोधी बनकर रहना चाहते हो। आँखों की कसम। समाज तुम्हें अपने ऊपर यह अत्याचार न करने देगा। मैं कहे देता हूं इसके लिए तुम रोओगे।'

4

अबूसिफ़ियान और उनकी टोली के लोग तो धमकियाँ देकर उधर गए इधर अबुलआस ने लकड़ी संभाली और हजरत मुहम्मद के घर पहुँचे। शाम हो गई थी। हजरत दरवाजे पर अपने मुरीदों के साथ मगरिब की नमाज पढ़ रहे थे। अबुलआस ने उन्हें सलाम किया और जब तक नमाज होती रही, गौर से देखते रहे। जमात का एक साथ उठना-बैठना और झुकना देखकर उनके मन में श्रद्धा की तरंगें उठने लगी। उन्हें मालूम न होता था कि मैं क्या कर रहा हूँ पर अज्ञात भाव से वह जमात के साथ बैठते, झुकते और खड़े हो जाते थे। वहाँ का एक- एक परमाणु इस समय ईश्वरमय हो रहा था। एक क्षण के लिए अबुलआस भी उसी अन्तर-प्रवाह में बह गए।

जब नमाज खत्म हुई और लोग सिधारे, तो अबुलआस ने हजरत के पास जाकर सलाम किया और कहा- 'मैं जैनब को विदा कराने आया हूँ।'

हजरत ने विस्मित होकर पूछा- 'तुम्हें मालूम नहीं कि वह खुदा और उसके रसूल पर ईमान ला चुकी है?'

अबुलआस- 'जी हां, मालूम है।'

हजरत- 'इस्लाम ऐसे सम्बन्धों का निषेध करता है, यह भी तुम्हें मालूम है।'

अबुलआस- 'क्या इसका मतलब यह है कि जैनब ने मुझे तलाक दे दिया?'

हजरत- 'अगर यही मतलब हो, तो?'

अबुलआस- 'तो कुछ नहीं। जैनब को अपने खुदा और रसूल की बंदगी मुबारक हो। मैं एक बार उससे मिलकर घर चला जाऊंगा, और फिर कभी आपको अपनी सूरत न दिखाऊंगा लेकिन उस दशा में अगर कुरैश जाति आपसे लड़ने को तैयार हो जाए, तो इसका इल्जाम मुझ पर न होगा।'

हजरत- 'मैं कुरैश से इस वक्त नहीं लड़ना चाहता।'

अबुलआस- 'तो जैनब को मेरे साथ जाने दीजिए। उस हालत में कुरैश के क्रोध का भाजन मैं होऊंगा। आप और आपके मुरीदों पर कोई आफत न होगी।'

हजरत- 'तुम दबाव में आकर जैनब को खुदा की तरफ से फेरने का यत्न तो न करोगे?'

अबुलआस- 'मैं किसी के धर्म में बाधा डालना सर्वथा अमानुषी समझता हूँ।'

हजरत- 'तुम्हें लोग जैनब को तलाक देने पर तो मजबूर न करेंगे?'

अबुलआस- 'मैं जैनब को तलाक देने के पहले जिंदगी को तलाक दे दूँगा।'

हजरत को अबुलआस की बातों से इत्मीनान हो गया। वह अबुलआस की इज्जत करते थे। अबुलआस को हरम में जैनब से मिलने का मौका दिया।

अबलुआस ने पूछा- 'जैनब, मैं तुम्हें अपने साथ ले चलने आया हूँ। धर्म के बदलने से कहीं मन तो नहीं बदल गया?'

जैनब रोती हुई उनके पैरों पर गिर पड़ी और बोली- 'धर्म बार-बार मिलता है, हृदय केवल एक बार। मैं आपकी हूँ, चाहे जहाँ रहूँ लेकिन समाज मुझे आपकी सेवा में रहने देगा?'

अबुलआस- 'यदि समाज न रहने देगा, तो मैं समाज से ही निकल जाऊंगा। दुनिया में आराम से जीवन व्यतीत करने के लिए बहुत ही स्थान हैं। रहा मैं, तुम जानती हो, मैं धार्मिक स्वाधीनता का पक्षपाती हूँ। मैं तुम्हारे धार्मिक विषयों में कभी हस्तक्षेप न करूंगा।'

जैनब चली, तो खुदैजा ने रोते हुए उसे यमन के लालों का एक बहुमूल्य हार विदाई में दिया।

5

इस्लाम पर विधर्मियों के अत्याचार दिनोंदिन बढ़ने लगे। अवहेलना की दशा से निकलकर उसने भय के क्षेत्र में प्रवेश किया। शत्रुओं ने उसे समूल नाश करने की आयोजना करनी शुरू की। दूर-दूर के कबीलों से मदद माँगी जाने लगी। इस्लाम में इतनी शक्ति न थी कि शस्त्र-बल से विरोधियों को दबा सके। हजरत मुहम्मद ने मक्का छोड़कर कहीं और चले जाने का निश्चय किया। मक्का में मुस्लिमों के घर सारे शहर में बिखरे हुए थे। एक की मदद को दूसरे मुसलमान न पहुँच सकते थे। हजरत मुहम्मद किसी ऐसी जगह आबाद होना चाहते थे, जहाँ सब मिले हुए रहें, और शत्रुओं की संगठित शक्ति का प्रतिकार कर सके। अन्त में उन्होंने मदीने को पसन्द किया और अपने समस्त अनुयायियों को सूचना दे दी। भक्तजन उनके साथ हुए और एक दिन मुस्लिमों ने मक्के से मदीना को प्रस्थान कर दिया। यही हिजरत था।

मदीना पहुँचकर मुसलमानों में एक नई शक्ति, नई स्फूर्ति का उदय हुआ। वे नि:शंक होकर अपने धर्म का पालन करने लगे। अब पड़ोसियों से दबने और छिपने की जरूरत न थी।

आत्मविश्वास बढ़ा। इधर भी विधर्मियों का स्वागत करने की तैयारियाँ होने लगीं। दोनों पक्ष सेना इकट्ठी करने लगे। विधर्मियों ने संकल्प किया कि संसार से इस्लाम का नाम ही मिटा देंगे। इस्लाम ने भी उनके दाँत खट्टे करने का निश्चय किया।

एक दिन अबुलआस ने आकर पत्नी से कहा- 'जैनब, हमारे नेताओं ने इस्लाम पर जिहाद करने की घोषणा कर दी है।'

जैनब ने घबराकर कहा- 'अब तो वे लोग यहाँ से चले गए। फिर इस जिहाद की जरूरत?'

अबुलआस- 'मक्के से चले गए, अरब से तो नहीं चले गए। उन लोगों की ज्यादतियाँ बढ़ती जा रही हैं। जिहाद के सिवा और कोई उपाय नहीं है। जिहाद में मेरा शरीक होना जरूरी है।'

जैनब- 'अगर तुम्हारा दिल तुम्हें मजबूर करता है, तो शौक से जाओ। मैं भी तुम्हारे साथ चलूँगी।'

आस- 'मेरे साथ?'

जैनब- 'हाँ वहाँ आहत मुसलमानों की सेवा-शुश्रूषा करूंगी।'

आस- 'शौक से चलो।'

घोर संग्राम हुआ। दोनों दल वालों ने खूब दिल के अरमान निकाले। भाई भाई से, बाप बेटे से लड़ा। सिद्ध हो गया कि मजहब का बंधन रक्त और वीर्य के बंधन से सुदृढ़ है।

दोनों दल वाले वीर थे। अन्तर यह था कि मुसलमानों में नया धर्मानुराग था। मृत्यु के पश्चात् स्वर्ग की आशा थी। दिलों में वह अटल विश्वास था, जो नवजात का लक्षण है। विधर्मियों में बलिदान का यह भाव लुप्त था।

कई दिन तक लड़ाई होती रही। मुसलमानों की संख्या बहुत कम थी, पर अंत में उनके धर्मोत्साह ने मैदान मार लिया। विधर्मियों में कितने ही मारे गए, कितने ही घायल हुए और कितने ही कैद कर लिए गए। अबुलआस भी इन्हीं कैदियों में थे।

जैनब ने ज्यों ही सुना कि अबुलआस पकड़ लिये गए, उसने तुरंत हजरत मुहम्मद की सेवा में मुक्ति-धन भेजा। यह वही बहुमूल्य हार था, जो खुदैजा ने उसे दिया था। जैनब अपने पूज्य पिता को उस धर्म-संकट में एक क्षण के लिए भी न डालना चाहती थी, जो मुक्ति-धन के अभाव की दशा में उन पर पड़ता, किन्तु अबुलआस को इच्छा होते हुए भी पक्षपात भय से न छोड़ सके।

सब कैदी हजरत के सामने पेश किए गए। कितने ही तो ईमान लाये, कितनों के घरों से मुक्ति-धन आ चुका था, वे मुक्त कर दिए गए। हजरत ने अबुलआस को देखा, सबसे अलग सिर झुकाए खड़े हैं। मुख पर लज्जा का भाव झलक रहा है।

हजरत ने कहा- 'अबुलआस, खुदा ने इस्लाम की हिमायत की, वरना उसे यह विजय न प्राप्त होती।

अबुलआस- अगर आपके कथनानुसार संसार में एक खुदा है, तो वह अपने एक बंदे को दूसरे का गला काटने में मदद नहीं दे सकता। मुसलमानों की विजय उनके रणोत्साह से हुई।

एक साहब ने पूछा- तुम्हारा फिदिया (मुक्ति-धन) कहीं है?

हजरत ने फरमाया- अबुलआस का हार निहायत बेशकीमती है, इनके बारे में आप क्या फैसला करते हैं? आपको मालूम है, यह मेरे दामाद हैं?

अबूबकर- आज तुम्हारे घर में जैनब है जिन पर ऐसे सैकड़ों हार कुर्बान किए जा सकते हैं।

अबुलआस- तो आपका मतलब क्या है कि जैनब मेरा फिदिया हो?

जैद- बेशक, हमारा यही मतलब है।

अबुलआस- उससे तो कहीं बेहतर था कि आप मुझे कत्ल कर देते।

अबूबकर- हम रसूल के दामाद को कत्ल नहीं करेंगे, चाहे वह विधर्मी ही क्यों न हो। तुम्हारी यहाँ उतनी खातिर होगी, जितनी हम कर सकते हैं।

अबुलआस के सामने विषम समस्या थी। इधर यहाँ की मेहमानी में अपमान था, उधर जैनब के वियोग की दारुण वेदना थी। उन्होंने निश्चय किया कि यह वेदना सहूंगा, किन्तु अपमान न सहूँगा। प्रेम को आत्मा के गौरव पर बलिदान कर दूँगा। बोले- मुझे आपका फैसला मंजूर है। जैनब मेरी फिदिया होगी।

मदीने में रसूल की बेटी की जितनी इज्जत होनी चाहिए, उतनी होती थी। सुख था, ऐश्वर्य था, धर्म था, पर प्रेम न था। अबुलआस के वियोग में रोया करती। तीन वर्ष तीन युगों की भांति बीते। अबुलआस के दर्शन न हुए।

उधर अबुलआस पर उसकी बिरादरी का दबाव पड़ रहा था कि विवाह कर लो, पर जैनब की मधुर स्मृतियाँ ही उसके प्रणय-वंचित हृदय को तसकीन देने को काफी थी। वह उत्तरोत्तर उत्साह के साथ अपने व्यवसाय में तल्लीन हो गया। महीनों घर न आता। धनोपार्जन ही अब उसके जीवन का मुख्य आधार था। लोगों को आश्चर्य होता था कि अब वह धन के पीछे क्यों प्राण दे रहा है। निराशा और चिन्ता बहुधा शराब के नशे से शांत होती है, प्रेम उन्माद से। अबुलआस को धनोन्माद हो गया था। धन के आवरण में ढँका हुआ यह प्रेम-नैराश्य था, माया के परदे में छिपा हुआ प्रेम वैराग्य।

एक बार वह मक्का से माल लादकर ईराक की तरफ चला। काफ़िले में और भी कितने ही सौदागर थे। रक्षकों का एक दल भी साथ था। मुसलमानों के कई काफ़िले विधर्मियों के हाथों लुट चुके थे। उन्हें ज्यों ही इस काफ़िले की खबर मिली, जैद ने कुछ चुने हुए आदमियों के साथ उन पर धावा बोल दिया। काफिले के रक्षक लड़े और मारे गए। काफिले वाले भाग निकले। अतुल धन मुसलमानों के हाथ लगा। अबुलआस फिर कैद हो गए।

दूसरे दिन हजरत मुहम्मद के सामने अबुलआस की पेशी हुई। हजरत ने एक बार उसकी तरफ करुण दृष्टि डाली और सिर झुका लिया। सहाबियों ने कहा- या हजरत, अबुलआस के बारे में आप क्या फैसला करते हैं?

मुहम्मद- इसके बारे में फैसला करना तुम्हारा काम है। यह मेरा दामाद है। सम्भव है, मैं पक्षपात का दोषी हो जाऊँ।

यह कहकर वह मकान में चले गए। जैनब रोकर पैरों पर गिर पड़ी और बोली- अब्बाजान आपने औरों को तो आजाद कर दिया। अबुलआस क्या उन सबसे गया, बीता है?

हजरत- नहीं जैनब, न्याय के पद पर बैठने वाले आदमी को पक्षपात और द्वेष से मुक्त होना चाहिए। यद्यपि यह नीति मैंने ही बनाई है, तो भी अब उसका स्वामी नहीं, दास हूँ। मुझे अबुलआस से प्रेम है। मैं न्याय को प्रेम-कलंकित नहीं कर सकता।

सहाबी हजरत की इस नीत-भक्ति पर मुग्ध हो गए। अबुलआस को सब माल-असबाब के साथ मुक्त कर दिया गया।

अबुलआस पर हजरत की न्यायपरायणता का गहरा असर पड़ा। मक्के आकर उन्होंने अपना हिसाब-किताब साफ किया, लोगों का माल लौटाया, कर्ज अदा किया और घर-बार त्यागकर हजरत मुहम्मद की सेवा में पहुँच गए। जैनब की मुराद पूरी हुई।

***

कुत्सा

अपने घर में आदमी बादशाह को भी गाली देता है। एक दिन मैं अपने दो-तीन मित्रों के साथ बैठा हुआ एक राष्ट्रीय संस्था के व्यक्तियों की आलोचना कर रहा था। हमारे विचार में राष्ट्रीय कार्य-कर्ताओं को स्वार्थ और लोभ से ऊपर रहना चाहिए। ऊँचा और पवित्र आदर्श सामने रखकर ही राष्ट्र की सच्ची सेवा की जा सकती है। कई व्यक्तियों के आचरण ने हमें क्षुब्ध कर दिया था और हम इस समय बैठे अपने दिल का गुबार निकाल रहे थे। सम्भव था, उस परिस्थिति में पड़कर हम और भी गिर जाते, लेकिन उस वक्त तो हम विचारक के स्थान पर बैठे हुए थे और विचारक उदार बनने लगे, तो न्याय कौन करे? विचारक को यह भूल जाने में विलम्ब नहीं होता कि उसमें भी कमजोरियाँ हैं। उसमें और अभियुक्त में केवल इतना ही अन्तर है कि या तो विचारक महाशय उस परिस्थिति में पड़े नहीं, या पड़कर भी अपनी चतुराई से बेदाग निकल गए।

पद्मादेवी ने कहा- महाशय 'क' काम तो बड़े उत्साह से करते हैं, लेकिन अगर हिसाब देखा जाए, तो उनके जिम्मे एक हजार से कम न निकलेगा।

उर्मिला देवी बोली- खैर, 'क' को तो क्षमा किया जा सकता है। उनके बाल- बच्चे हैं आखिर उनका पालन-पोषण कैसे करें? जब यह चौबीसों घण्टे सेना-कार्य ही में लगा रहता है, तो उसे कुछ-न-कुछ तो मिलना ही चाहिए। उस योग्यता का आदमी 500 रु. वेतन पर भी न मिलता। अगर इस साल-भर में उसने एक हजार खर्च कर डाला, तो बहुत नहीं है। महाशय 'ख' तो बिलकुल निहंग हैं। 'जोरू न जांता, अल्लाह मियाँ से नाता' पर उसके जिम्मे भी एक हजार से कम न होंगे। किसी को क्या अधिकार है कि वह गरीबों का धन मोटर की सवारी और यार-दोस्तों की दावत में उड़ा दे?

श्यामादेवी उद्दण्ड होकर बोलीं- महाशय 'ग' को इसका जवाब देना पड़ेगा, भाई साहब! यों बचकर नहीं निकल सकते। हम लोग भिक्षा माँग-माँगकर पैसे लाते हैं, इसीलिए कि यार-दोस्तों की दावतें हों, शराब उड़ायी जाएँ, और मुजरें सुने जाएं। रोज सिनेमा की सैर होती है। गरीबों का धन यों उड़ाने के लिए नहीं है। यहाँ पाई-पाई का लेखा समझाना पड़ेगा। मैं भरी सभा में कह दूँगी। उसे जहाँ पाँच सौ वेतन मिलता हो, वहाँ चले जा। राष्ट्र के सेवक बहुतेरे निकल आएँगे।

मैं भी एक बार इसी संस्था का मन्त्री रह चुका हूँ। मुझे गर्व है कि मेरे ऊपर कभी किसी ने इस तरह का आक्षेप नहीं किया, पर न जाने क्यों लोग मेरे मन्त्रित्व से सन्तुष्ट नहीं थे। लोगों का खयाल था कि मैं बहुत कम समय देता हूँ और मेरे समय में संस्था ने कोई गौरव बढ़ाने वाला कार्य नहीं किया, इसलिए मैंने रूठकर इस्तीफा दे दिया। मैं उसी पद से बेलौस रहकर भी निकाला गया। महाशय 'ग' हजारों हड़प करके भी उसी पद पर जमे हुए हैं। क्या यह मेरे उनसे कुनह रखने की काफी वजह न थी? मैं चतुर खिलाड़ी की भांति खुद तो कुछ न करना चाहता था, किन्तु परदे की उमड़ से रस्सी खींचता रहता था।

मैंने रद्दा जमाया- देवीजी, आप अन्याय कर रही हैं। महाशय 'ग' से ज्यादा दिलेर और...

उर्मिला ने मेरी बात काटकर कहा- मैं ऐसे आदमी को दिलेर नहीं कहती, जो छिपकर जनता के रुपए से शराब पिए। जिन शराब की दुकानों पर हम धरना देने जाते थे, उन्हीं दुकानों से उनके लिए शराब आती थी। इससे बढ़कर बेवफाई और क्या हो सकती है? मैं ऐसे आदमी को देशद्रोही कहती हूँ।

मैंने डोरी और खींची- लेकिन यह तो तुम भी जानती हो कि महाशय 'ग' केवल अपने प्रभाव से हजारों रुपये चंदा वसूल कर लाते हैं। विलायती कपड़े को रोकने का उन्हें जितना श्रेय दिया जाए, थोड़ा है।

उर्मिला - देवी कब मानने वाली थीं? बोली- उन्हें चंदा इस संस्था के नाम पर मिलता है, व्यक्तिगत रूप से एक धेला भी लाएं तो कहूँ। रहा विलायती कपड़ा। जनता नामों को पूजती है और महाशय की तारीफें हो रही हैं, पर सच पूछिए तो यह श्रेय हमें मिलना चाहिए। वह तो कभी किसी दुकान पर गए भी नहीं। आज सारे शहर में इस बात की चर्चा हो रही है। जहाँ चंदा माँगने जाओ, वहीं लोग यही आरोप लगाने लगते हैं। किस-किसका का मुँह बंद कीजिएगा? आप बनते तो हैं जाति के सेवक, मगर आचरण ऐसा कि शोहदों का भी न होगा। देश का उद्धार ऐसे विलासियों के हाथों नहीं हो सकता। उसके लिए सच्चा त्याग होना चाहिए।

2

यही आलोचनाएँ हो रही थी कि एक दूसरी देवी आई भगवती। बेचारी चंदा माँगने आई थीं। थकी-मांदी चली आ रही थीं। यहाँ जो पंचायत देखी, तो रम गईं। उनके साथ उनकी बालिका भी थी। कोई दस साल उम्र होगी। इन कामों में बराबर माँ के साथ रहती थी। उसे जोर की भूख लगी हुई थी। घर की कुंजी भी भगवती देवी के पास थी। पतिदेव दफ्तर से आ गए होंगे। घर का खुलना भी जरूरी था, इसलिए मैंने बालिका को उसके घर पहुँचाने की सेवा स्वीकार की।

कुछ दूर चलकर, बालिका ने कहा- आपको मालूम है, महाशय 'ग' शराब पीते हैं?

मैं इस आरोप का समर्थन न कर सका। भोली-भाली बालिका के हृदय में कटुता, द्वेष. और प्रपंच का विष बोना मेरी ईर्ष्यालु प्रकृति को भी रुचिकर न जान पड़ा। जहाँ कोमलता और सरलता, विश्वास और माधुर्य का राज्य होना चाहिए, वहाँ कुत्सा और क्षुद्रता का मर्यादित होना कौन पसन्द करेगा? देवता के गले में काँटों की माला कौन पहनाएगा?

मैंने पूछा- तुझसे किसने कहा कि महाशय 'ग' शराब पीते हैं?

'वाह, पीते ही हैं, आप क्या जानें?'

'तुम्हें कैसे मालूम हुआ?'

'सारे शहर के लोग कह रहे हैं।'

'शहर वाले झूठ बोल रहे हैं।'

'शहर वाले झूठ बोल रहे हैं...?'

बालिका ने मेरी ओर अविश्वास की आंखों से देखा। शायद वह समझी, मैं भी महाशय 'ग' के ही भाई-बंदों में हूँ।

'आप कह सकते हैं, महाशय 'ग' शराब नहीं पीते?'

'हां, वह कभी शराब नहीं पीते।'

'और महाशय 'क' ने जनता के रुपए भी नहीं उड़ाए?'

'यह भी असत्य है।'

'और महाशय 'ख' मोटर पर हवा खाने नहीं जाते?'

'मोटर पर हवा खाना कोई अपराध नहीं है।'

'अपराध नहीं है राजाओं के लिए, रईसों के लिए, अफसरों के लिए, जो जनता का खून चूसते हैं, देश-भक्ति का दम भरने वालों के लिए वह बहुत बड़ा अपराध है।'

'लेकिन यह तो सोचो, इन लोगों को कितना दौड़ना पड़ता है। पैदल कहाँ तक दौड़े?'

'पैर गाड़ी पर तो चल सकते हैं। यह कुछ बात नहीं है। ये लोग शान दिखाना चाहते हैं, जिसमें लोग समझें कि यह भी बहुत बड़े आदमी हैं। हमारी संस्था गरीबों की संस्था है। यहाँ मोटर पर उसी वक्त बैठना चाहिए, जब और किसी तरह काम ही न चल सके और शराबियों के लिए तो यहाँ स्थान ही न होना चाहिए। आप तो चंदा माँगने जाते नहीं। हमें कितना लज्जित होना पड़ता है, आपको क्या मालूम।'

मैंने गम्भीर होकर कहा- 'तुम्हें लोगों से कह देना चाहिए, यह सरासर गलत है। हम और तुम इस संस्था के शुभचिन्तक हैं। अपने कार्यकर्ताओं का अपमान करना उचित नहीं। हमें तो इतना ही देखना चाहिए कि वे हमारी कितनी सेवा करते हैं। मैं यह नहीं कहता कि क, ख, ग, में बुराइयाँ नहीं हैं। संसार में ऐसा कौन है, जिसमें बुराइयाँ न हो, लेकिन बुराइयों के मुकाबले में उनमें गुण कितने हैं, यह तो देखो। हम सभी स्वार्थ पर जान देते हैं-मकान बनाते हैं, जायदाद खरीदते हैं। और कुछ नहीं, तो आराम से घर में सोते हैं। ये बेचारे चौबीसों घंटे देश-हित की चिन्ता में डूबे रहते हैं। तीनों ही साल-साल भर की सजा काटकर, कई महीने हुए, लौटे हैं। तीनों ही के उद्योग से अस्पताल और पुस्तकालय खुले। इन्हीं वीरों ने आंदोलन करके किसानों का लगान कम कराया। अगर इन्हें शराब पीना और धन कमाना होता, तो इस क्षेत्र में आते ही क्यों?'

बालिका ने विचारपूर्ण दृष्टि से मुझे देखा। फिर बोली- 'यह बतलाइए, महाशय 'ग' शराब पीते हैं या नहीं?'

मैंने निश्चयपूर्वक कहा- 'नहीं। जो यह कहता है, वह झूठ बोलता है।'

भगवती देवी का मकान आ गया। बालिका चली गई। मैं आज झूठ बोलकर जितना प्रसन्न था, उतना कभी सच बोलकर भी न था। मैंने एक बालिका के निर्मल हृदय को कुत्सा के पंक में गिरने से बचा लिया था।

***

दो बैलों की कथा

जानवरों में गधा सबसे मूर्ख समझा जाता है। हम जब किसी आदमी को पहले दरजे का बेवकूफ़ कहना चाहते हैं तो उसे गधा कहते हैं। गधा सचमुच बेवकूफ़ है, या उसके सीधेपन, उसकी हानिरहित सहनशीलता ने उसे यह पदवी दे दी है, इसका निश्चय नहीं किया जा सकता। गायें सींग मारती हैं, ब्याही हुई गाय तो एकाएक सिंहनी का रूप धारण कर लेती है। कुत्ता भी बहुत गरीब जानवर है, लेकिन कभी-कभी उसे भी क्रोध आ ही जाता है, लेकिन गधे को कभी क्रोध करते नहीं सुना, न देखा। जितना चाहे उस गरीब को मारो, चाहे जैसी खराब सड़ी हुई घास सामने डाल दो, उसके चेहरे पर कभी असंतोष का चिन्ह भी न दिखाई देगा। बैशाख में चाहे एकाध बार कुलेल कर लेता हो; पर हमने तो उसे कभी खुश होते नहीं देखा। उसके चेहरे पर दु:ख स्थायी रूप से छाया रहता है। सुख-दु:ख, हानि-लाभ किसी दशा में भी बदलते नहीं देखा। ऋषियों-मुनियों के जितने गुण हैं, वह सभी उसमें हैं, पर आदमी उसे मूर्ख कहता है। सद्‌गुणों का इतना अनाचार कहीं नहीं देखा। शायद सीधापन संसार के लिए उपयुक्त नहीं है। बेचारे शराब नहीं पीते, चार पैसे कुसमय के लिए बचाकर रखते हैं, जी-तोड़ काम करते हैं, किसी से लड़ाई-झगड़ा नहीं करते, चार बातें सुनकर ग़म गम खा जाते हैं। फिर भी बदमाश हैं। अगर वे ईंट का जवाब पत्थर से देना सीख जाते, तो शायद सभ्य कहलाने लगते।

लेकिन गधे का एक छोटा भाई और भी है, जो उससे कुछ ही कम गधा है और वह है 'बैल'। जिस अर्थ में हम 'गधा' का प्रयोग करते हैं, कुछ उसी से मिलते-जुलते अर्थ में 'बछिया के ताऊ' का प्रयोग भी करते हैं। कुछ लोग बैल को शायद मुर्खों में सबसे बड़ा कहेंगे, मगर हमारा विचार ऐसा नहीं। बैल कभी-कभी मारता भी है। कभी-कभी अड़ियल बैल भी देखने में आता है। और भी कई प्रकार से वह अपना असंतोष प्रकट कर देता है; इसलिए उसका स्थान गधे से नीचा है।

झूरी काछी के दोनों बैलों के नाम हैं हीरा और मोती। दोनों पछाई जाति के थे। देखने में सुंदर, काम में तत्पर, डील में ऊँचे। बहुत दिनों साथ रहते-रहते दोनों में भाई-चारा हो गया था। दोनों आमने-सामने या आस-पास बैठे हुए एक-दूसरे से मौन भाषा में विचार-विनिमय करते थे। एक दूसरे के मन की बात कैसे समझ जाता था, हम नहीं कह सकते। अवश्य ही उनमें कोई ऐसी गुप्त शक्ति थी, जिससे जीवों में श्रेष्ठता का दावा करने वाला मनुष्य वंचित है। दोनों एक-दूसरे को चाटकर और सूँघकर अपना प्रेम प्रकट करते। कभी-कभी दोनों सींग भी मिला लिया करते थे, झगड़े के भाव से नहीं, केवल हास-परिहास के भाव से, अपनेपन के भाव से; जैसे दोस्तों में निकटता होते ही हाथापाई होने लगती है। इसके बिना दोस्ती कुछ फुसफुसी, कुछ हल्की-सी रहती है, जिस पर ज्यादा विश्वास नहीं किया जा सकता। जिस समय ये दोनों बैल हल या गाड़ी

में जोत दिए जाते थे और गरदनें हिला-हिलाकर चलते, तो हर एक ही यही चेष्टा होती थी कि ज्यादा बोझ मेरी ही गरदन पर रहे। दिन-भर के बाद दोपहर या संध्या को दोनों खुलते, तो एक-दूसरे को चाट-चूटकर अपनी थकान मिटा लिया करते। नाँद में खली-भूसा पड़ जाने के बाद दोनों साथ उठते, साथ नाँद में मुँह डालते और साथ ही बैठते थे। एक मुँह हटा लेता तो दूसरा भी हटा लेता था।

संयोग की बात, झूरी ने एक बार गोईं को ससुराल भेज दिया। बैलों को क्या मालूम, वे क्यों भेजे जा रहे हैं। समझे मालिक ने हमें बेच दिया।

अपना यों बेचा जाना उन्हें अच्छा लगा या बुरा, कौन जाने; पर झूरी के साले गया को घर तक गोईं ले जाने में दाँतों पसीना आ गया। पीछे से हाँकता तो दोनों दाएँ-बाएँ भागते, पगहिया पकड़कर नीचे करके हुंकारते। अगर ईश्वर ने उन्हें वाणी दी होती, तो झूरी से पूछते, तुम हम गरीबों को क्यों निकाल रहे हो? हमने तो तुम्हारी सेवा करने में कोई कसर नहीं उठा रखी। अगर इतनी मेहनत से काम न चलता था तो और काम लेते। हमें तो तुम्हारी सेवा में मर जाना स्वीकार था। हमने दाने-चारे की शिकायत नहीं की। तुमने जो कुछ खिलाया, वह सिर झुकाकर खा लिया, फिर तुमने हमें इस अत्याचारी के हाथ क्यों बेच दिया?

संध्या समय दोनों बैल अपने नए स्थान पर पहुँचे। दिन-भर के भूखे थे, लेकिन जब नाँद में लगाए गए, तो एक ने भी उसमें मुँह न डाला। दिल भारी हो रहा था। जिसे उन्होंने अपना घर समझ रखा था वह आज उनसे छूट गया था। यह नया घर, नया गाँव, नए आदमी सब उन्हें पराए-से लगे।

दोनों ने अपनी मूक भाषा में सलाह की, एक-दूसरे को चोरी-चोरी देखा और लेट गए। जब गाँव में सोता पड़ गया, तो दोनों ने ज़ोर मारकर रस्सियाँ तुड़ा डालीं और घर की तरफ चले। रस्सियाँ बहुत मजबूत थीं। अनुमान नहीं हो सकता था कि कोई बैल उन्हें तोड़ सकेगा। पर इन दोनों में इस समय दूसरी शक्ति आ गई थी। एक-एक झटके में रस्सियाँ टूट गईं।

झूरी प्रात:काल सोकर उठा, तो देखा कि दोनों बैल चरनी पर खड़े हैं। दोनों की गरदनों में आधा-आधा गराँव (गले की रस्सी) लटक रहा है। घुटने तक पाँव कीचड़ से भरे हैं और दोनों की आँखों में विद्रोह से भरा हुआ प्यार झलक रहा है।

झूरी बैलों को देखकर स्नेह से गदगद हो गया। दौड़कर उन्हें गले लगा लिया। प्रेमालिंगन और चुंबन का वह दृश्य बड़ा ही मनोहर था।

घर और गाँव के लड़के जमा हो गए और तालियाँ बजा-बजाकर उनका स्वागत करने लगे। गाँव के इतिहास में यह घटना अनोखी न होने पर भी महत्त्वपूर्ण थी। बाल-सभा ने निश्चय किया, दोनों पशुवीरों को अभिनंदन-पत्र देना चाहिए। कोई अपने घर से रोटियाँ लाया, कोई गुड़, कोई चोकर, कोई भूसी।

एक बालक ने कहा- 'ऐसे बैल किसी के पास न होंगे।'

दूसरे ने समर्थन किया- 'इतनी दूर से अकेले चले आए।'

तीसरे ने कहा- 'बैल नहीं हैं वे, उस जन्म के आदमी हैं।'

इसका विरोध करने का किसी को साहस नहीं हुआ।

झूरी की पत्नी ने बैलों को द्वार पर देखा, तो जल उठी। बोली- 'कैसे नमकहराम बैल हैं कि एक दिन भी वहाँ काम न किया। भाग खड़े हुए।'

झूरी अपने बैलों पर लगाया गया आरोप न सुन सका- 'नमकहराम क्यों हैं? चारा-दाना दिया न होगा तो क्या करते?'

स्त्री ने रौब के साथ कहा- 'बस, तुम्हीं तो बैलों को खिलाना जानते हो, और सभी पानी पिला-पिलाकर रखते हैं।'

झूरी ने चिढ़ाया- 'चारा मिलता तो क्यों भागते?'

स्त्री चिढ़ी- 'भागे इसलिए कि वे लोग तुम जैसे बुद्धुओं की तरह बैलों को सहलाते नहीं। खिलाते हैं तो रगड़कर जोतते भी हैं। ये दोनों ठहरे कामचोर, भाग निकले। अब देखूँ कहाँ से खली और चोकर मिलता है? सूखे भूसे के सिवा कुछ न दूँगी, खाएँ चाहे मरें।'

वही हुआ। मजदूर को कड़ा निर्देश दिया कि बैलों को खाली सूखा भूसा दिया जाए।

बैलों ने नाँद में मुँह डाला तो फीका-फीका। न कोई चिकनाहट, न कोई रस। क्या खाएँ। आशा-भरी आँखों से द्वार की ओर ताकने लगे। झूरी ने मजदूर से कहा- 'थोड़ी-सी खली क्यों नहीं डाल देता रे?'

'मालकिन मुझे मार ही डालेंगी।'

'चुराकर डाल आ।'

'ना दादा, पीछे से तुम भी उन्हीं की-सी कहोगे।'

2

दूसरे दिन झूरी का साला फिर आया और बैलों को ले चला। अब की उसने दोनों को गाड़ी में जोता।

दो-चार बार मोती ने गाड़ी को सड़क की खाई में गिराना चाहा, पर हीरा ने सँभाल लिया। वह ज्यादा सहनशील था।

संध्या समय पर पहुँचकर उसने दोनों को मोटी रस्सियों से बाँधा और कल की शरारत का मजा चखाया। फिर वही सूखा भूसा डाल दिया। अपने दोनों बैलों को खली, चूनी, सब कुछ दी।

दोनों बैलों का ऐसा अपमान कभी न हुआ था। झूरी उन्हें फूल की छड़ी से भी न छूता था। उसकी टिटकार पर दोनों उड़ने लगते थे। यहाँ पर मार पड़ी। आहत सम्मान की पीड़ा तो थी ही, उस पर मिला सूखा भूसा। नाँद की तरफ आँख तक न उठायी।

दूसरे दिन गया ने बैलों को हल में जोता; पर इन दोनों ने जैसे पाँव न उठाने की कसम खा ली थी। वह मारते-मारते थक गया; पर दोनों ने पाँव न उठाया। एक बार जब निर्दयी ने हीरा के नाक में खूब डंडे जमाए तो मोती का गुस्सा काबू से बाहर हो गया। हल लेकर भागा। हल,

रस्सी, जुआ, सब टूट-टाटकर बराबर हो गया। गले में बड़ी-बड़ी रस्सियाँ न होतीं तो दोनों पकड़ाई में न आते।

हीरा ने मूक भाषा में कहा- 'भागना व्यर्थ है।'

मोती ने उसी भाषा में उत्तर दिया- 'तुम्हारी तो इसने जान ही ले ली थी। अबकी बार मार पड़ेगी।'

'पड़ने दो, बैल का जन्म लिया है, तो मार से कहाँ तक बचेंगे?'

'गया दो आदमियों के साथ दौड़ा आ रहा है, दोनों के हाथ में लाठियां हैं।'

मोती बोला- 'कहो तो दिखा दूँ कुछ मजा मैं भी। लाठी लेकर आ रहा है!'

हीरा ने समझाया- 'नहीं भाई, खड़े हो जाओ।'

'मुझे मारेगा, तो मैं एक-दो को गिरा दूँगा।'

'नहीं, हमारी जाति का यह धर्म नहीं।'

मोती दिल में ऐंठकर रह गया। गया आ पहुँचा और दोनों को पकड़कर ले चला। कुशल हुई कि इस वक्त मार-पीट न की, नहीं मोती भी पलट पड़ता। उसके रंग-ढंग देखकर सहम गया और उसके सहायक समझ गए कि इस वक्त टाला जाना ही उचित है।

आज दोनों के सामने फिर वही सूखा भूसा लाया गया। दोनों चुपचाप खड़े रहे। घर के लोग भोजन करने लगे। उसी वक्त एक छोटी-सी लड़की दो रोटियाँ लेकर निकली, और दोनों के मुँह में देकर चली गई। उस एक रोटी से इनकी भूख तो क्या शांत होती; पर दोनों के हृदय को मानो भोजन मिल गया। यहाँ भी किसी सज्जन का निवास है। लड़की भैरों की थी। उसकी माँ मर चुकी थी। सौतेली माँ उसे मारती थी, इसलिए इन बैलों से उसे एक प्रकार का अपनापन हो गया था।

दोनों दिन-भर जोते जाते, डंडे खाते। शाम को थान पर बांध दिए जाते और रात को वही बालिका उन्हें दो रोटियाँ खिला जाती। प्रेम के इस प्रसाद की यह महिमा थी कि दो-दो गाल सूखा भूसा खाकर भी दोनों दुर्बल न होते थे, मगर दोनों की आँखों में, रोम-रोम में विद्रोह भरा हुआ था।

एक दिन मोती ने मूक भाषा में कहा- 'अब तो सहा नहीं जाता हीरा।'

'क्या करना चाहते हो?'

'एकाध को सींगों पर उठाकर फेंक दूँगा।'

'लेकिन जानते हो वह प्यारी लड़की, जो हमें रोटियाँ खिलाती है, उसी की लड़की है, जो इस घर का मालिक है। यह बेचारी अनाथ हो जाएगी।'

'तो मालकिन को न फेंक दूं। वही तो उस लड़की को मारती है।'

'लेकिन औरत जात पर सींग चलाना मना है, वह भूले जाते हो।'

'तुम तो किसी तरह निकलने ही नहीं देते। तो आओ, आज तुड़ाकर भाग चलें।'

'हाँ, यह मैं स्वीकार करता हूँ; लेकिन इतनी मोटी रस्सी टूटेगी कैसे?'

'इसका उपाय है। पहले रस्सी को थोड़ा-सा चबा लो। फिर एक झटके में टूट जाती है।'

रात को जब बालिका रोटियाँ खिलाकर चली गई, तो दोनों रस्सियाँ चबाने लगे; मोटी रस्सी मुँह में न जाती थी। बेचारे बार-बार ज़ोर लगाकर रह जाते।

सहसा घर का द्वार खुला और वही लड़की निकली। दोनों सिर झुकाकर उसका हाथ चाटने लगे। दोनों की पूछें खड़ी हो गई। उसने उनके माथे सहलाए और बोली- 'खोले देती हूँ चुपके से भाग जाओ, नहीं यहां के लोग मार डालेंगे। आज घर में सलाह हो रही है कि इनकी नाकों में नाथ डाल दी जाए।

उसने गरांव खोल दिया, पर दोनों चुपचाप खड़े रहे।

मोती ने अपनी भाषा में पूछा- 'अब चलते क्यों नहीं?'

हीरा ने कहा- 'चलें तो; लेकिन कल इस अनाथ पर आफत आएगी। सब इसी पर संदेह करेंगे। सहसा बालिका चिल्लाई, 'दोनों फूफा वाले बैल भागे जा रहे हैं। ओ दादा! दोनों बैल भागे जा रहे हैं। जल्दी दौड़ो।'

गया हड़बड़ाकर भीतर से निकला और बैलों को पकड़ने चला। वह दोनों भागे। गया ने पीछा किया। वह और भी तेज हुए। गया ने शोर मचाया। फिर गाँव के कुछ आदमियों को साथ लेने के लिए लौटा। दोनों मित्रों को भागने का मौका मिल गया। सीधे दौड़ते चले गए। यहाँ तक कि मार्ग का ज्ञान न रहा। जिस परिचित मार्ग से आए थे, उसका यहाँ पता न था। नए-नए गाँव मिलने लगे। तब दोनों एक खेत के किनारे खड़े होकर सोचने लगे, अब क्या करना चाहिए।

हीरा ने कहा- 'मालूम होता है, राह भूल गए।'

'तुम भी तो तेजी से भागे। वहीं उसे मार गिराना था।'

'उसे मार गिराते, तो दुनिया क्या कहती? वह अपना धर्म छोड़ दें, लेकिन हम अपना धर्म क्यों छोड़ें!'

दोनों भूख से व्याकुल हो रहे थे। खेत में मटर खड़ी थी। चरने लगे। रह-रहकर आहट ले लेते थे, कोई आता तो नहीं।

जब पेट भर गया, दोनों ने आजादी का अनुभव किया, तो मस्त होकर उछलने-कूदने लगे। पहले दोनों ने डकार ली। फिर सींग मिलाए और एक-दूसरे को ठेलने लगे। मोती ने हीरा को कई कदम पीछे हटा दिया, यहाँ तक कि वह खाई में गिर गया। तब उसे भी क्रोध आया। सँभलकर उठा और फिर मोती से भिड़ गया। मोती ने देखा, खेल में झगड़ा हुआ चाहता है, तो किनारे हट गए।

3

अरे! यह क्या! कोई साँड़ डौंकता हुआ चला आ रहा है। हाँ, साँड़ ही है। वह सामने आ पहुँचा। दोनों मित्र बगलें झाँक रहे हैं। साँड़ पूरा हाथी है। उससे भिड़ना जान से हाथ धोना है;

लेकिन न भिड़ने पर तो जान बचती नहीं नजर आती। इन्हीं की तरफ आ रहा है। कितनी भयंकर सूरत है!

मोती ने मूक भाषा में कहा- 'बुरे फँसे! जान कैसे बचेगी? कोई उपाय सोचो।'

हीरा ने चिंतित स्वर में कहा- 'अपने घमंड में भूला हुआ है। आरजू-विनती न सुनेगा।'

'भाग क्यों न चलें?'

'भागना कायरता है।'

'तो फिर यहीं मरो। बंदा तो नौ-दो ग्यारह होता है।'

'और जो दौड़ाए?'

'तो फिर कोई उपाय सोचो जल्द!'

'उपाय यही है कि उस पर दोनों प्राणी एक साथ चोट करें। मैं आगे से दौड़ाता हूँ तुम पीछे से दौड़ाओ, दोहरी मार पड़ेगी, तो भाग खड़ा होगा। ज्यों ही मेरी ओर झपटे तुम बगल से उसके पेट में सींग घुसा देना। जान को खतरा है, पर दूसरा उपाय नहीं है।'

4

दोनों मित्र जान हथेलियों पर लेकर लपके। साँड़ को कभी संगठित शत्रुओं से लड़ने का अनुभव न था। वह तो शत्रु से मल्लयुद्ध करने का आदी था। ज्यों ही हीरा पर झपटा, मोती ने पीछे से दौड़ाया। साँड़ उसकी तरफ मुड़ा तो हीरा ने दौड़ाया। साँड़ चाहता था कि एक-एक करके दोनों को गिरा ले, पर ये दोनों चतुर थे। उसे यह अवसर न देते थे। एक बार साँड़ क्रोध में भरकर हीरा का अंत कर देने के लिए चला कि मोती ने बगल से आकर उसके पेट में सींग भोंक दिया। साँड़ क्रोध में आकर पीछे फिरा तो हीरा ने दूसरी ओर सींग चुभो दिया। आखिर बेचारा घायल होकर भागा, और दोनों ने दूर तक पीछा किया। यहाँ तक कि साँड बेदम होकर गिर पड़ा। तब दोनों ने उसे छोड़ दिया।

दोनों मित्र विजय के नशे में झूमते चले जा रहे थे।

मोती ने अपनी संकेतों की भाषा में कहा, 'मेरा जी चाहता था कि बच्चा को मार ही डालूँ।'

हीरा ने विरोध किया, 'गिरे हुए शत्रु पर सींग नहीं चलाना चाहिए।'

'यह सब ढोंग है। बैरी को ऐसा मारना चाहिए कि फिर न उठे।'

'अब कैसे पहुँचेंगे, यह सोचो।'

'पहले कुछ खा लें, तब सोचें।'

सामने मटर का खेत था ही। मोती उसमें घुस गया। हीरा मना करता रहा, पर उसने एक न सुनी। अभी दो-चार ही ग्रास खाए थे कि दो आदमी लाठियाँ लिए दौड़ पड़े और दोनों मित्रों को घेर लिया। हीरा मेड़ पर था, निकल गया। मोती सींचे हुए खेत में था। उसके खुर कीचड़ में धँसने लगे। भाग न सका। पकड़ लिया गया। हीरा ने देखा, संगी संकट में है, लौट पड़ा। फँसेंगे तो दोनों फँसेंगे। रखवालों ने उसे भी पकड़ लिया।

प्रात:काल दोनों मित्र कांजी हाउस में बंद कर दिए गए।

दोनों मित्रों को जीवन में पहली बार ऐसा मौका आया कि सारा दिन बीत गया और खाने को एक तिनका भी न मिला। समझ में ही न आता था। यह कैसा स्वामी है। इससे तो गया फिर भी अच्छा था। वहाँ कई भैंसें थीं, कई बकरियाँ, कई घोड़े; कई गधे, पर किसी के सामने चारा न था, सब जमीन पर मुर्दों की तरह पड़े थे। कई तो इतने कमजोर हो गए थे कि खड़े भी न हो सकते थे। सारा दिन दोनों मित्र फाटक की ओर टकटकी लगाए ताकते रहे, पर कोई चारा लेकर आता न दिखाई दिया। तब दोनों ने दीवार की नमकीन मिट्टी चाटनी शुरू की, पर इससे क्या संतोष होगा?

रात को भी कुछ भोजन न मिला, तो हीरा के दिल में विरोध की ज्वाला दहक उठी। मोती से बोला, 'अब तो नहीं रह जाता, मोती!'

मोती ने सिर लटकाए हुए जवाब दिया, 'मुझे तो मालूम होता है प्राण निकल रहे हैं।'

'इतनी जल्द हिम्मत न हारो भाई! यहाँ से भागने का कोई उपाय निकालना चाहिए।'

'आओ दीवार तोड़ डालें।'

'मुझसे तो अब कुछ न होगा।'

'बस इसी बूते पर अकड़ते थे।'

'सारी अकड़ निकल गई।'

बाड़े की दीवार कच्ची थी। हीरा मजबूत तो था ही, अपने नोंकदार सींग दीवार में गड़ा दिए और जोर मारा, तो मिट्टी का एक चप्पड़ निकल आया। फिर तो उसका साहस बढ़ा। उसने दौड़-दौड़कर दीवार पर चोटें कीं और हर चोट में थोड़ी-थोड़ी मिट्टी गिराने लगा।

उसी समय कांजीहाउस का चौकीदार लालटेन लेकर, जानवरों की हाजिरी लेने आ निकला। हीरा का यह उजड्डपन देखकर उसने उसे कई डंडे रसीद किए और मोटी-सी रस्सी से बाँध दिया।

मोती ने पड़े-पड़े कहा, 'आखिर मार खाई, क्या मिला?'

'अपने बूते पर जोर तो मार लिया।'

'ऐसा जोर मारना किस काम का कि और बंधन में पड़ गए।'

'जोर तो मारता ही जाऊँगा, चाहे कितने बंधन पड़ते जाएँ।'

'जान से हाथ धोना पड़ेगा।'

'कुछ परवाह नहीं। यों भी तो मरना ही है। सोचो, दीवार खुद जाती, तो कितनी जानें बच जातीं। इतने भाई यहाँ बंद हैं। किसी की देह में जान नहीं है। दो-चार दिन और यही हाल रहा तो सब मर जाएँगे।'

'हाँ, यह तो बात है। अच्छा तो लो, फिर मैं भी जोर लगाता हूँ।'

मोती ने भी दीवार में उसी जगह सींग मारा। थोड़ी-सी मिट्टी गिरी और हिम्मत बढ़ी। फिर तो वही दीवार में सींग लगाकर इस तरह जोर करने लगा मानो किसी विरोधी से लड़ रहा है।

आखिर दो घंटे की कोशिश के बाद दीवार ऊपर से लगभग एक हाथ गिर गई। उसने दूनी शक्ति से धक्का मारा, तो आधी दीवार गिर पड़ी।

दीवार का गिरना था कि अधमरे-से पड़े हुए सभी जानवर चेत उठे। तीनों घोड़ियाँ सरपट भाग निकलीं। फिर बकरियाँ निकलीं। इसके बाद भैंसें भी खिसक गई; पर गधे अभी तक ज्यों-के-त्यों खड़े थे।

हीरा ने पूछा, 'तुम क्यों नहीं भाग जाते?'

एक गधे ने कहा, 'जो कहीं फिर पकड़ लिए जाएँ?'

'तो क्या हर्ज है? अभी तो भागने का अवसर है।'

'हमें तो डर लगता है। हम यहीं पड़े रहेंगे।'

आधी रात से ऊपर जा चुकी थी। दोनों गधे अभी तक खड़े सोच रहे थे, भागें या न भागें। और मोती अपने मित्र की रस्सी तोड़ने में लगा हुआ था, जब वह हार गया तो हीरा ने कहा, 'तुम जाओ, मुझे यहीं पड़ा रहने दो। शायद कहीं भेंट हो जाए।'

मोती ने आँखों में आँसू लाकर कहा, 'तुम मुझे इतना स्वार्थी समझते हो हीरा! हम और तुम इतने दिनों एक साथ रहे। आज तुम मुसीबत में पड़ गए, तो मैं तुम्हें छोड़कर अलग हो जाऊँ?'

हीरा ने कहा, 'बहुत मार पड़ेगी। लोग समझ जाएँगे, यह तुम्हारी शरारत है।'

मोती गर्व से बोला, 'जिस अपराध के लिए तुम्हें गले में बंधन पड़ा, उसके लिए अगर मुझ पर मार पड़े, तो क्या चिंता। इतना तो हो ही गया कि नौ-दस प्राणियों की जान बच गई। ये सब तो आशीर्वाद देंगे।'

यह कहते हुए मोती ने दोनों गधों को सींगों से मार-मारकर बाड़े से बाहर निकाला और तब अपने बंधु के पास आकर सो रहा।

सुबह होते ही मुंशी और चौकीदार और अन्य कर्मचारियों में कैसी खलबली मची, इसके लिखने की जरूरत नहीं। बस, इतना ही काफी है कि मोती की खूब मरम्मत हुई है उसे भी मोटी रस्सी से बाँध दिया गया।

5

एक सप्ताह तक दोनों मित्र वहाँ बँधे पड़े रहे। किसी ने चारे का एक तिनका भी न डाला। हाँ, एक बार पानी दिखा दिया जाता था। यही उनका आधार था। दोनों इतने दुर्बल हो गए कि उठा तक न जाता था। ठठरियाँ निकल आई थीं।

एक दिन बाड़े के सामने डुग्गी बजने लगी और दोपहर होते-होते वहाँ पचास-साठ आदमी जमा हो गए। तब दोनों मित्र निकाले गए और उनकी देखभाल होने लगी। लोग आ-आकर उनकी सूरतें देखते और मन फीका करके चले जाते। ऐसे मृतक बैलों का कौन खरीदार होता?

सहसा एक दाढ़ी वाला आदमी, जिसकी आँखें लाल थीं और मुद्रा अत्यंत कठोर, आया और दोनों मित्रों के कूल्हों में उंगली गोदकर मुंशी जी से बातें करने लगा। उसका चेहरा देखकर दोनों

मित्रों के दिल काँप उठे। वह कौन है, उन्हें क्यों टटोल रहा है, इस विषय में उन्हें कोई संदेह न हुआ। दोनों ने एक-दूसरे को भयभीत नेत्रों से देखा और सिर झुका लिया।

हीरा ने कहा, 'गया के घर से बेकार भागे। अब जान न बचेगी।'

मोती ने उत्तर दिया, 'कहते हैं, भगवान सबके ऊपर दया करते हैं। इन्हें हमारे ऊपर क्यों दया नहीं आती?'

'भगवान के लिए हमारा मरना-जीना दोनों बराबर है। चलो, अच्छा ही है, कुछ दिन उसके पास तो रहेंगे। एक बार भगवान ने उस लड़की के रूप में हमें बचाया था। क्या अब न बचाएंगे?'

'यह आदमी छुरी चलाएगा। देख लेना।'

'तो क्या चिंता है। मांस, खाल, सींग, हड्डी सब किसी-न-किसी काम आ जाएँगी।'

नीलाम हो जाने के बाद दोनों मित्र उस दढ़ियल के साथ चले। दोनों की बोटी-बोटी काँप रही थी। बेचारे पाँव तक न उठा सकते थे; पर भय के मारे गिरते-गिरते भागे जाते थे, क्योंकि वह जरा भी चाल धीमी हो जाने पर जोर का डंडा जमा देता था।

राह में गाय-बैलों का झुंड हरे-भरे हार में चरता नजर आया। सभी जानवर प्रसन्न थे, चिकने, चंचल। कोई उछलता था, कोई आनंद से बैठा जुगाली करता था। कितना सुखी जीवन था इनका, पर कितने स्वार्थी हैं सब। किसी को चिंता नहीं कि उनके दो भाई बधिक के हाथ पड़े कैसे दु:खी हैं।

अचानक दोनों को ऐसा मालूम हुआ, यह परिचित मार्ग है। हाँ, इसी रास्ते से गया उन्हें ले गया था। वही खेत, वही बाग, वही गाँव मिलने लगे। पल-पल उनकी चाल तेज होने लगी। सारी थकान, सारी दुर्बलता गायब हो गई। अहा, यह लो! अपना ही हार आ गया। इसी कुएँ पर हम पुर चलाने आया करते थे। हाँ, यही कुआँ है।

मोती ने कहा, 'हमारा घर निकट आ गया।'

हीरा बोला, 'भगवान की दया है।'

'मैं तो अब घर भागता हूँ।'

'यह जाने देगा?'

'इसे मार गिराता हूँ।'

'नहीं-नहीं, दौड़कर थान पर ले चलो। वहाँ से हम आगे न जाएँगे।'

दोनों बछड़ों की भाँति प्रसन्नता प्रकट करते हुए घर की ओर दौड़े। वह हमारा थान है। दोनों दौड़कर अपने थान पर आए और खड़े हो गए। दढ़ियल भी पीछे-पीछे दौड़ा चला आता था।

झूरी द्वार पर बैठा धूप खा रहा था। बैलों को देखते ही दौड़ा और उन्हें बारी-बारी से गले लगाने लगा। मित्रों की आँखों से आनंद के आँसू बहने लगे। एक झूरी का हाथ चाट रहा था।

दढ़ियल ने जाकर बैलों की रस्सियाँ पकड़ लीं।

झूरी ने कहा, 'मेरे बैल हैं।'

'तुम्हारे बैल कैसे? मैं मवेशीखाने से नीलाम लिए आता हूँ।'

'मैं तो समझता हूँ, चुराए लिए आते हो। चुपके से चले जाओ। मेरे बैल हैं। मैं बेचूँगा, तो बिकेंगे। किसी को मेरे बैल नीलाम करने का क्या अधिकार है?'

'जाकर थाने में रपट कर दूँगा।'

'मेरे बैल हैं। इसका सबूत यह है कि मेरे द्वार पर खड़े हैं।'

दढ़ियल क्रोध करता हुआ बैलों को जबरदस्ती पकड़ ले जाने के लिए बढ़ा। उसी समय मोती ने सींग चलाया। दढ़ियल पीछे हटा। मोती ने पीछा किया। दढ़ियल भागा। मोती पीछे दौड़ा। गाँव के बाहर निकल जाने पर वह रुका, पर खड़ा दढ़ियल रास्ता देख रहा था। दढ़ियल दूर खड़ा धमकियाँ दे रहा था, गालियाँ निकाल रहा था, पत्थर फेंक रहा था और मोती विजयी बहादुर की भाँति उसका रास्ता रोके खड़ा था। गाँव के लोग तमाशा देखते थे और हँसते थे।

जब दढ़ियल हारकर चला गया, तो मोती अकड़ता हुआ लौटा।

हीरा ने कहा, 'मैं डर रहा था कि कहीं तुम गुस्से में आकर मार न बैठो।'

'अगर वह मुझे पकड़ता, तो मैं बिना मारे न छोड़ता।'

'अब न आएगा।'

'आएगा तो दूर ही से खबर लूँगा। देखूँ कैसे ले जाता है।'

'जो गोली मरवा दे?'

'मर जाऊँगा, उसके काम न आऊँगा।'

'हमारी जान को कोई जान ही नहीं समझता।'

'इसलिए कि हम इतने सीधे होते हैं।'

जरा देर में नाँद में खली, भूसा, चोकर, दाना भर दिया गया और दोनों मित्र खाने लगे। झूरी खड़ा दोनों को सहला रहा था और बीसों लड़के तमाशा देख रहे थे। सारे गाँव में उत्साह-सा मालूम होता था।

उसी समय मालकिन ने आकर दोनों के माथे चूम लिए।

***

रियासत का दीवान

महाशय मेहता उन अभागों में थे, जो अपने स्वामी को प्रसन्न नहीं रख सकते थे। वह दिल से अपना काम करते थे और चाहते थे कि उनकी प्रशंसा हो। वह यह भूल जाते थे कि वह काम के नौकर तो हैं ही, अपने स्वामी के सेवक भी हैं। जब उनके अन्य सहकारी स्वामी के दरबार में हाजिरी देते थे, तो यह बेचारे दफ्तर में बैठे कागजों से सिर मारा करते थे। इसका फल यह था कि स्वामी के सेवक तो तरक्की पाते थे, पुरस्कार और पारितोषिक उड़ाते थे और काम के सेवक मेहता किसी-न-किसी अपराध में निकाल दिए जाते थे। ऐसे कटु अनुभव उन्हें अपने जीवन में कई बार हो चुके थे, इसलिए अबकी जब राजा साहब, सतिया ने उन्हें एक अच्छा पद प्रदान किया, तो उन्होंने प्रतिज्ञा की कि अब वह भी स्वामी का रुख देखकर काम करेंगे और उनके स्तुति-गान में ही भाग्य की परीक्षा करेंगे। और इस प्रतिज्ञा को उन्होंने कुछ इस तरह निभाया कि दो साल भी न गुजरे थे कि राजा साहब ने उन्हें अपना दीवान बना लिया।

एक स्वाधीन राज्य की दीवानी का क्या कहना। वेतन तो 200 रु. मासिक ही था, मगर अख्तियार बड़े लम्बे। राई का पर्वत करो या पर्वत से राई, कोई पूछने वाला नहीं था। राजा साहब भोग-विलास में पड़े रहते थे, राज्य-संचालन का सारा भार मि. मेहता पर था। रियासत के सभी अमले और कर्मचारी दण्डवत् करते, बड़े-बड़े रईस नजराना देते, यहाँ तक की रानियाँ भी उनकी खुशामद करतीं।

राजा साहब उग्र प्रकृति के मनुष्य थे, जैसे प्राय: राजा होते हैं। दुर्बलों के सामने कभी बिल्ली, कभी शेर; सबलों के सामने हमेशा भीगी बिल्ली। मि. मेहता को डाँट-फटकार भी बताते पर मेहता ने अपनी सफाई में एक शब्द भी मुँह से निकालने की कसम खा ली थी। सिर झुकाकर सुन लेते। राजा साहब की क्रोधाग्नि ईंधन न पाकर शान्त हो जाती।

गर्मियों के दिन थे। पोलिटिकल एजेण्ट का दौरा था। राज्य में उनके स्वागत की तैयारियाँ हो रही थीं। राजा साहब ने मेहता को बुलाकर कहा- 'मैं चाहता हूँ साहब बहादुर यहाँ से मेरा कलमा पढ़ते हुए जायें।'

मेहता ने सिर झुकाकर विनीत भाव से कहा- 'चेष्टा तो ऐसी ही कर रहा हूं, अन्नदाता।'

'चेष्टा तो सभी करते हैं, मगर यह चेष्टा कभी सफल नहीं होती। मैं चाहता तुम दृढ़ता के साथ कहो- ऐसा ही होगा।'

'ऐसा ही होगा।'

'रुपये की परवाह मत करो।'

'जो हुक्म।'

'कोई शिकायत न आए, वरना तुम जानोगे।'

'वह हुजूर को धन्यवाद देते जाएं तो सही।'

'हां, मैं यही चाहता हूँ।'

'जान लड़ा दूँगा, दीनबंधु।'

'अब मुझे संतोष है।'

इधर तो पोलिटिकल एजेण्ट का आगमन था, उधर मेहता का लड़का जयकृष्ण गर्मियों की छुट्टियाँ मनाने माता-पिता के पास आया। किसी विश्वविद्यालय में पढ़ता था। एक बार 1932 में कोई उग्र भाषण करने के जुर्म में 6 महीने की सजा काट चुका था। मि. मेहता की नियुक्ति के बाद जब वह पहली बार आया था, तो राजा साहब ने उसे खास तौर पर बुलाया था, उससे जी खोलकर बातें की थीं, उसे अपने साथ शिकार खेलने ले गए और नित्य उसके साथ टेनिस खेला करते थे।

जयकृष्ण पर राजा साहब के साम्यवादी विचारों का बड़ा प्रभाव पड़ा था। उसे ज्ञात हुआ कि राजा साहब केवल देशभक्त ही नहीं, क्रान्ति के समर्थक भी हैं। रूस और फ्रांस की क्रान्ति पर दोनों में खूब बहस हुई थी, लेकिन अबकी यहाँ उसने कुछ और ही रंग देखा। रियासत के हर एक किसान और जमींदार से जबरन चंदा वसूल किया जा रहा था। पुलिस गाँव-गाँव चंदा उगाही फिरती थी। रकम दीवान साहब नियत करते थे। वसूल करना पुलिस का काम था। फरियाद की कहीं सुनवाई न थी। चारों ओर त्राहि-त्राहि मची हुई थी। हजारों मजदूर, सरकारी इमारतों, सजावट और सड़कों की मरम्मत में बेगार भर रहे थे। बनियों से डण्डों के जोर से रसद जमा की जा रही थी।

जयकृष्ण को आश्चर्य हो रहा था कि यह क्या हो रहा है। राजा साहब के विचार और व्यवहार में इतना अन्तर कैसे हो गया। कहीं ऐसा तो नहीं है कि महाराज को इन अत्याचारों की खबर ही न हो, या उन्होंने जिन तैयारियों का हुक्म दिया हो, उनकी तामील में कर्मचारियों ने अपनी कारगुजारी की धुन में यह अनर्थ कर डाला है। रात भर तो उसने किसी तरह जब्त किया। प्रात: काल उसने मेहताजी से पूछा- 'आपने राजा साहब को इन अत्याचारों की सूचना नहीं दी?'

मेहताजी को स्वयं इस अनीति से ग्लानि हो रही थी। वह स्वभावत: दयालु मनुष्य थे लेकिन परिस्थितियों ने उन्हें अशक्त कर रखा था। दुखित स्वर में बोले- 'राजा साहब का यही हुक्म है, तो क्या किया जाए?'

'तो आपको ऐसी दशा में अलग हो जाना चाहिए था। आप जानते हैं, यह जो कुछ हो रहा है, प्रजा आप ही को अपराधी समझती है।'

'मैं मजबूर हूँ। मैंने कर्मचारियों से बार-बार संकेत किया है कि यथासाध्य किसी पर सख्ती न की जाए लेकिन हरेक स्थान पर मैं मौजूद तो नहीं रह सकता। अगर प्रत्यक्ष रूप से हस्तक्षेप करूँ, तो शायद कर्मचारी लोग महाराज से मेरी शिकायत कर दें। ये लोग ऐसे ही अवसरों की

ताक में रहते हैं। इन्हें तो जनता को लूटने का कोई बहाना चाहिए। जितना सरकारी कोष में जमा करते, उससे ज्यादा अपने घर में रख लेते हैं। मैं कुछ कर ही नहीं सकता।'

जयकृष्ण ने उत्तेजित होकर कहा- 'आप इस्तीफा क्यों नहीं दे देते ?'

मेहता लज्जित होकर बोले- 'बेशक, मेरे लिए मुनासिब तो यही था लेकिन जीवन में इतने धक्के खा चुका हूँ कि अब और सहने की शक्ति नहीं रही। यह निश्चय है कि नौकरी कर के मैं अपने को बेदाग नहीं रख सकता। धर्म और अधर्म, सेवा और परमार्थ के झमेलों में पड़कर मैंने बहुत ठोकरें खायी । मैंने देख लिया कि दुनिया दुनियादारों के लिए है, जो अवसर और काल देखकर काम करते हैं। सिद्धांतवादियों के लिए अनुकूल स्थान नहीं है।'

जयकृष्ण ने तिरस्कार भरे स्वर में पूछा- 'मैं राजा साहब के पास जाऊँ ?'

'क्या तुम समझते हो, राजा साहब से यह बातें छिपी हैं ?'

'सम्भव है, प्रजा की दु:ख-कथा सुनकर उन्हें कुछ दया आ जाए।'

मि. मेहता को इसमें क्या आपत्ति हो सकती थी? वह तो खुद चाहते थे कि किसी तरह अन्याय का बोझ उनके सिर से उतर जाए। हां यह भय अवश्य था कि कहीं जयकृष्ण की सत्प्रेरणा उनके लिए हानिकारक न हो, और कहीं उन्हें इस सम्मान और अधिकार से हाथ न धोना पड़े। बोले- 'यह खयाल रखना कि तुम्हारे मुँह से कोई ऐसी बात न निकल जाए, जो महाराज को अप्रसन्न कर दे।

जयकृष्ण ने उन्हें आश्वासन दिया- 'वह ऐसी कोई बात न करेगा। क्या वह इतना नादान है ?' मगर उसे खबर थी कि आज के महाराजा साहब वह नहीं हैं, जो एक साल पहले थे या सम्भव है पोलिटिकल एजेंट के चले जाने के बाद वह फिर वही हो जाएं। वह न जानता था कि उनके लिए क्रांति और आतंक की चर्चा भी उसी तरह विनोद की वस्तु थी जैसे हत्या या बलात्कार या जाल की वारदातें, या रूप के बाजार के आकर्षक समाचार। जब उसने ड्योढ़ी पर पहुँचकर अपनी इत्तला कराई, तो मालूम हुआ कि महाराज इस समय अस्वस्थ हैं, लेकिन वह लौट ही रहा था कि महाराज ने उसे बुला भेजा। शायद उससे सिनेमा-संसार के ताजे समाचार पूछना चाहते थे। उसके सलाम पर मुस्कराकर बोले- 'तुम खूब आए भाई, कहो एम.सी.सी. का मैच देखा या नहीं? मैं तो इन बखेड़े में ऐसा फँसा जाने की नौबत नहीं आई। अब तो यही दुआ कर रहा हूँ कि किसी तरह एजेंट साहब खुश-खुश रुख़सत हो जाएँ। मैंने जो भाषण लिखवाया है, वह जरा तुम भी देख लो। मैंने इन राष्ट्रीय आन्दोलनों की खूब खबर ली है और हरिजनोद्धार पर भी छींटे उड़ा दिए है।

जयकृष्ण ने अपने आवेश को दबाकर कहा- 'राष्ट्रीय आंदोलनों की आपने खबर ली, यह अच्छा किया लेकिन हरिजनोद्धार को तो सरकार भी पसंद करती है, इसीलिए उसने महात्मा गांधी को रिहा कर दिया, और जेल में भी उन्हें इस आंदोलन के संबंध में लिखने-पढ़ने और मिलने-जुलने की पूरी स्वाधीनता दे रखी थी।'

राजा साहब ने सात्विक मुस्कान के साथ कहा- 'तुम जानते नहीं हो, यह सब प्रदर्शन-मात्र है। दिल में सरकार समझती है कि यह भी राजनीतिक आंदोलन है। वह इस रहस्य को बड़े ध्यान से

देख रही है। लॉयल्टी में जितना प्रदर्शन करो, चाहे वह औचित्य की सीमा के पार ही क्यों न हो जाए, उसका रंग चोखा ही होता है- उसी तरह, जैसे कवियों की विरुदावली से हम फूल उठाते हैं, चाहे वह हास्यास्पद ही क्यों न हो। हम ऐसे कवि को खुशामदी समझें, अहमक भी समझ सकते हैं, पर उससे अप्रसन्न नहीं हो सकते। वह हमें जितना ही ऊँचा उठाता है, उतना ही वह हमारी दृष्टि में ऊँचा उठता जाता है।

राजा साहब ने अपने भाषण की एक प्रति मेज़ के दराज से निकालकर जयकृष्ण के सामने रख दी, पर जयकृष्ण के लिए इस भाषण में अब कोई आकर्षण न था। अगर वह सभा-चतुर होता, तो जाहिरदारी के लिए ही इस भाषण को बड़े ध्यान से पढ़ता, उसके शब्द-विन्यास और भावोत्कर्ष कर प्रशंसा करता, और आपकी तुलना महाराजा बीकानेर या पटियाला के भाषणों से करता। पर अभी वह दरबारी दुनिया की रीति-नीति से अनभिज्ञ था। जिस चीज को बुरा समझता था, उसे बुरा कहता था और जिस चीज को अच्छा समझता था, उसे अच्छा कहता था। बुरे को अच्छा, अच्छे को बुरा करना अभी उसे न आया था। उसने भाषण पर सरसरी नजर डालकर उसे मेज़ पर रख दिया और अपनी स्पष्टवादिता का बिगुल फूंकता हुआ बोला--मैं राजनीति के रहस्यों को भला क्या समझ सकता हूँ लेकिन मेरा खयाल है कि चाणक्य के ये वंशज इन चालों को खूब समझते हैं और कृत्रिम भावों का उन पर कोई असर नहीं होता, बल्कि इससे आदमी उनकी नजरों में और भी गिर जाता है। अगर एजेंट को मालूम हो जाए कि उसके स्वागत के लिए प्रजा पर कितने जुल्म ढाए जा रहे हैं, तो शायद वह यहाँ से प्रसन्न होकर न जाए। फिर, मैं तो प्रजा की दृष्टि से देखता हूँ। एजेंट की प्रसन्नता अपने लिए लाभप्रद हो सकती है, प्रजा को तो उससे हानि ही होगी।

राजा साहब अपने किसी काम की आलोचना नहीं सह सकते थे। उनका क्रोध पहले जिरह के रूप में निकलता, फिर तर्क का आकार धारण कर लेता और अंत में भूकंप के आवेश में उबल पड़ता था, जिससे उनका स्थूल शरीर, कुर्सी, मेज़, दीवारें और छत सभी में भीषण कम्पन होने लगता था। तिरछी आँखों से देखकर बोले- 'क्या हानि होगी, जरा सुनू?'

जयकृष्ण समझ गया कि क्रोध की मशीनगन चक्कर में है और घातक विस्फोट होने ही वाला है। सँभल कर बोला-'इसे आप मुझसे ज्यादा समझ सकते हैं।' 'नहीं, मेरी बुद्धि इतनी प्रखर नहीं है।'

'आप बुरा मान जाएंगे।'

'क्या तुम समझते हो.. मैं बारूद का ढेर हूँ?'

'बेहतर है, आप इसे न पूछें।'

'तुम्हें बतलाना पड़ेगा।'

और आप-ही-आप उनकी मुट्ठियाँ बँध गई।

'तुम्हें बतलाना पड़ेगा, इसी वक्त?'

जयकृष्ण यह धौंस क्यों सहने लगा? क्रिकेट के मैदान में राजकुमारों पर रौब जमाया करता था, बड़े-बड़े हुक्काम की चुटकियां लेता था। बोला- 'अभी आपके दिल में पोलिटिकल एजेंट का कुछ भय है, आप प्रजा पर जुल्म करते डरते हैं। जब वह आपके एहसान से दब जाएगा, आप स्वच्छन्द हो जाएंगे। और प्रजा की फरियाद सुनने वाला कोई न रहेगा।

राजा साहब प्रज्ज्वलित नेत्रों से ताकते हुए बोले- 'मैं एजेंट का गुलाम नहीं हूँ कि उससे डरूँ, कोई कारण नहीं है कि मैं उससे डरूं, बिलकुल कारण नहीं है। मैं पोलिटिकल एजेंट की इसलिए खातिर करता हूँ कि वह हिज मैजेस्टी का प्रतिनिधि है। मेरे और हिज मैजेस्टी के बीच में भाईचारा है। एजेंट केवल उसका दूत है। मैं केवल नीति का पालन कर रहा हूँ। मैं विलायत जाऊँ, तो हिज मैजेस्टी भी इसी तरह मेरा सत्कार करेंगे। मैं डरूं क्यों? मैं अपने राज्य का स्वतन्त्र राजा हूँ। जिसे चाहूँ फाँसी दे सकता हूँ। मैं किसी से क्यों डरने लगा? डरना नामर्दों का काम है, मैं ईश्वर से भी नहीं डरता। डर क्या वस्तु है, यह मैंने आज तक नहीं जाना। मैं तुम्हारी तरह कॉलेज का मुँहफट छात्र नहीं हूँ कि क्रान्ति और आजादी की हाँक लगाता फिरूं। तुम क्या जानो, क्रान्ति क्या चीज है? तुमने केवल उसका नाम सुन लिया है। उसके लाल दृश्य आंखों से नहीं देखे। बंदूक की आवाज सुनकर तुम्हारा दिल काँप उठेगा। क्या तुम चाहते हो, मैं एजेंट से कहूँ- प्रजा तबाह है, आपके आने की जरूरत नहीं। मैं इतना आतिथ्य-शून्य नहीं हूँ। मैं अंधा नहीं हूँ अहमक नहीं हूँ प्रजा की दशा का मुझे तुमसे कहीं अधिक ज्ञान है, तुमने उसे बाहर से देखा है, मैं उसे नित्य भीतर से देखता हूँ। तुम मेरी प्रजा को क्रांति का स्वप्न दिखाकर उसे गुमराह नहीं कर सकते। तुम मेरे राज्य में विद्रोह और असंतोष के बीज नहीं बो सकते। तुम्हें अपने मुँह पर ताला लगाना होगा, तुम मेरे विरुद्ध एक शब्द भी मुँह से नहीं निकाल सकते, चूं भी नहीं कर सकते।

डूबते हुए सूरज की किरणें महराबी दीवानखाने के रंगीन शीशों से होकर राजा साहब के क्रोधोन्मत्त मुख-मण्डल को और भी रंजित कर रही थीं। उनके बाल नीले हो गए थे, आँखें पीली, चेहरा लाल और देह हरी। मालूम होता था, प्रेत लोक का कोई पिशाच है। जयकृष्ण की सारी उद्दंडता हवा हो गई। राजा साहब को इस उन्माद की दशा में उसने कभी न देखा था, लेकिन इसके साथ ही उसका आत्मगौरव इस ललकार का जवाब देने के लिए व्याकुल हो रहा था। जैसे विजय का जवाब विनय है, वैसे ही क्रोध का जवाब क्रोध है, जब यह आतंक और भय, अदब और लिहाज के बंधनों को तोड़कर निकल पड़ता है।

उसने भी राजा साहब को आग्नेय नेत्रों से देखकर कहा- 'मैं अपनी आँखों से वह अत्याचार देखकर मौन नहीं रह सकता।'

राजा साहब ने आवेश से खड़े होकर, मानो उसकी गर्दन पर सवार होते हुए कहा- 'तुम्हें यहाँ जुबान खोलने का कोई हक नहीं है।'

'प्रत्येक विचारशील मनुष्य को अन्याय के विरुद्ध आवाज उठाने का हक है। आप वह हक मुझसे नहीं छीन सकते।'

'मैं सब कुछ कर सकता हूँ।'

'आप कुछ नहीं कर सकते।'

'मैं तुम्हें अभी जेल में बन्द कर सकता हूँ।'

'आप मेरा बाल भी नहीं बाँका कर सकते।'

इसी वक्त मि. मेहता बदहवास से कमरे में आये ओर जयकृष्ण की ओर कोप-भरी आँखें उठाकर बोले- 'कृष्ण, निकल जा यहाँ से, अभी मेरी आंखों से दूर हो जा, और खबरदार! फिर मुझे अपनी सूरत न दिखाना। मैं तुझ जैसे कपूत का मुँह नहीं देखना चाहता। जिस थाल में खाता है उसी में छेद करता है, बेअदबी कहीं का। अब अगर जुबान खोली, तो मैं तेरा खून पी जाऊंगा।'

जयकृष्ण ने हिंसा-विक्षिप्त पिता को घृणा की आंखों से देखा और अकड़ता हुआ, गर्व से सिर उठाए, दीवानखाने के बाहर बिकल गया।

राजा साहब ने कोच पर लेटकर कहा- 'बदमाश आदमी है, पल्ले सिरे का बदमाश। मैं नहीं चाहता कि ऐसा खतरनाक आदमी एक क्षण भी रियासत में रहे। तुम उससे जाकर कहो, इसी वक्त यहाँ से चला जाए, वरना उसके हक में अच्छा न होगा। मैं केवल आपकी मुरव्वत से गम खा गया, नहीं तो इसी वक्त इसका मजा चखा सकता था। केवल आपकी मुरव्वत ने हाथ पकड़ लिया। आपको तुरंत निर्णय करना पड़ेगा, इस रियासत की दीवानी या लड़का। अगर दीवानी चाहते हो, तो तुरन्त उसे रियासत से निकाल दो और कह दो कि फिर कभी मेरी रियासत में पाँव न रखे। लड़के से प्रेम है, तो आज ही रियासत से निकल जाइए। आप यहाँ से कोई चीज नहीं ले जा सकते, एक पाई की भी चीज नहीं। जो कुछ है, वह रियासत का है। बोलिए, क्या मंजूर है?'

मि. मेहता ने क्रोध के आवेश में जयकृष्ण को डाँट तो बतलाई थी, पर वह न समझे थे कि मामला इतना लंबा खींचेगा। एक क्षण के लिए वह सन्नाटे में आ गए। सिर झुकाकर परिस्थिति पर विचार करने लगे-राजा उन्हें मिट्टी में मिला सकता है। वह यहाँ बिलकुल बेबस है, कोई उनका साथी नहीं, कोई उनकी फरियाद सुनने वाला नहीं। राजा उन्हें भिखारी बनाकर छोड़ देगा। इस अपमान के साथ निकाले जाने की कल्पना करके वह काँप उठे। रियासत में उनके बैरियों की कमी न थी। सब-के-सब मूसलों ढोल बजाएंगे। जो आज उनके सामने भीगी बिल्ली बने हुए हैं, कल शेरों की तरह गुर्राएगें। फिर इस उम्र में अब उन्हें नौकर ही कौन रखेगा। निर्दयी संसार के सामने क्या फिर उन्हें हाथ फैलाना पड़ेगा? नहीं, इससे तो यह कहीं अच्छा है कि वह यहीं पड़े रहें। कम्पित स्वर में बोले- 'मैं आज ही उसे घर से निकाल देता हूँ, अन्नदाता।'

'आज नहीं, इसी वक्त!'

'इसी वक्त निकाल दूँगा।'

'हमेशा के लिए?'

'हमेशा के लिए।'

'अच्छी बात है, जाइए और आधा घंटे के अंदर मुझे सूचना दीजिए।'

मि. मेहता घर चले, तो मारे क्रोध के उनके पाँव काँप रहे थे। देह में आग- सी लगी हुई थी। इस लौंडे के कारण आज उन्हें कितना अपमान सहना पड़ा। गधा चला है अपने साम्यवाद का राग अलापने। अब बच्चा को मालूम होगा, जबान पर लगाम न रखने का क्या नतीजा होता है। मैं क्यों उसके पीछे गली-गली ठोकरें खाऊँ? हां, मुझे यह पद और सम्मान प्यारा है। क्यों न प्यारा हो? इसके लिए बरसों एड़ियां रगड़ी हैं, अपना खून और पसीना एक किया है। यह अन्याय बुरा जरूर लगता है, लेकिन बुरी लगने की यही एक बात तो नहीं है। और हजारों बातें भी तो बुरी लगती हैं। जब किसी बात का उपाय मेरे पास नहीं है तो इस मामले के पीछे क्यों अपनी जिंदगी खराब करूँ? उन्होंने घर आते ही आते पुकारा- 'जयकृष्ण।'

सुनीता ने कहा- 'जयकृष्ण तो तुमसे पहले ही राजा साहब के पास गया था। तब से यहाँ कब आया?'

'अब तक यहाँ नहीं आया। वह तो मुझसे पहले ही चल चुका था।'

वह फिर बाहर आए और नौकरों से पूछना शुरू किया। अब भी उसका पता न था। मारे डर के कहीं छिप रहा होगा और राजा ने आधा घंटे में इतिला देने का हुक्म दिया है। यह लौंडा न जाने क्या करने पर लगा हुआ है। आप तो जाएगा ही, मुझे भी अपने साथ ले डूबेगा।

सहसा एक सिपाही ने एक पुरजा लाकर उनके हाथ में रख दिया। अच्छा, यह तो जयकृष्ण की लिखावट है। क्या कहा है- इस दुर्दशा के बाद मैं इस रियासत में एक क्षण भी नहीं रह सकता। मैं जाता हूँ। आपको अपना पद और मान अपनी आत्मा से ज्यादा प्रिय है, आप खुशी से उसका उपभोग कीजिए। फिर आपको तकलीफ देने न आऊंगा। अम्मा से मेरा प्रणाम कहिएगा।

मेहता ने पुरजा लाकर सुनीता को दिखाया और खिन्न होकर बोले- 'इसे न जाने कब समझ आएगी लेकिन बहुत अच्छा हुआ। अब लाला को मालूम होगा, दुनिया में किस तरह रहना चाहिए। बिना ठोकरें खाए, आदमी की आँखें नहीं खुलती। मैं ऐसे तमाशे बहुत खेल चुका, अब इस खुराफात के पीछे अपना शेष जीवन नहीं बरबाद करना चाहता' और तुरंत राजा साहब को सूचना देने चले।

2

दम-के-दम में सारी रियासत में यह समाचार फैल गया। जयकृष्ण अपने शील- स्वभाव के कारण जनता में बड़ा प्रिय था। लोग बाजारों और चौराहों पर खड़े हो-होकर इस काण्ड पर आलोचना करने लगे- 'अजी, वह आदमी नहीं था भाई, उसे किसी देवता का अवतार समझो। महाराज के पास जाकर बेधड़क बोला-अभी बेगार बंद कीजिए, वरना शहर में हंगामा हो जाएगा। राजा साहब की तो जुबान बंद हो गई। बगलें झाँकने लगे। शेर है, शेर! उम्र तो कुछ नहीं पर आफत का परवाना है। और वह यह बेगार शब्द बंद करा के रहता हमेशा के लिए। राजा साहब को भागने की राह न मिलती। सुना, घिघियाने लगे। मुदा इसी बीच में दीवान साहब

पहुँच गए और उसे देश निकाले का हुक्म दे दिया। यह हुक्म सुनकर उसकी आँखों में खून उतर आया था, लेकिन बाप का अपमान न किया।'

'ऐसे बाप को तो गोली मार देनी चाहिए, बाप है या दुश्मन।'

'वह कुछ भी हो, है तो बाप ही।'

सुनीता सारे दिन बैठी रोती रही। जैसे कोई उसके कलेजे में बर्छियाँ चुभा रहा था। बेचारा न जाने कहीं चला गया। अभी जलपान तक न किया था। चूल्हे में जाए ऐसा भोग-विलास, जिसके पीछे उसे बेटे को त्यागना पड़े। हृदय में ऐसा उद्वेग उठा कि इसी दम पति और घर को छोड़कर रियासत से निकल जाए, जहाँ ऐसे नर-पिशाचों का राज्य है। इन्हें अपनी दीवानी प्यारी है, उसे लेकर रहें। वह अपने पुत्र के साथ उपवास करेगी, पर उसे आंखों से देखती तो रहेगी।

एकाएक वह उठकर महारानी के पास चली। वह उनसे फरियाद करेगी। उन्हें भी ईश्वर ने बालक दिये हैं। उन्हें क्या एक अभागिनी माता पर दया न आएगी? इसके पहले भी वह कई बार महारानी के दर्शन कर चुकी थी। उसका मुरझाया हुआ मन आशा से लहलहा उठा।

लेकिन रनिवास में पहुँची तो देखा कि महारानी के तेवर भी बदले हुए हैं। उसे देखते ही बोलीं- 'तुम्हारा लड़का उजड्ड है। जरा भी अदब नहीं। किससे किस तरह बात करनी चाहिए, इसका जरा भी सलीका नहीं। न जाने विश्वविद्यालय में क्या पढ़ा करता है? आज महाराज से उलझ बैठा। कहता था कि बेगार बंद कर दीजिए और एजेंट साहब के स्वागत सत्कार की कोई तैयारी न कीजिए। इतनी समझ भी उसे नहीं है कि इस तरह कोई राजा कितने घंटे गद्दी पर रह सकता है? एजेंट बहुत बड़ा अफसर न सही, लेकिन है तो बादशाह का प्रतिनिधि। उसका आदर-सत्कार करना तो हमारा धर्म है, फिर ये बेगार किस दिन काम आएँगे? उन्हें रियासत से जागीरें मिली हुई हैं। किस दिन के लिए? प्रजा में विद्रोह की आग भड़काना कोई भले आदमी का काम है? जिस पत्तल में खाओ, उसी में छेद करो। महाराज ने दीवान साहब का मुलाहजा किया, नहीं तो उसे हिरासत में डलवा देते। अब बच्चा नहीं है। खासा पाँच हाथ का जवान है। सब कुछ देखता और समझता है। हम हाकिमों से बैर करें, तो कितने दिन निर्वाह हो? उसका क्या बिगड़ता है। कहीं सौ- पचास की चाकरी पा जाएगा। यहाँ तो करोड़ों की रियासत बरबाद हो जाएगी।

सुनीता ने आंचल खिसका कर कहा- 'महारानी बहुत सत्य कहती हैं, पर अब तो उसका अपराध क्षमा कीजिए। बेचारा लज्जा और भय के मारे घर नहीं गया। न जाने किधर चला गया। हमारे जीवन का यही एक अवलम्ब है, महारानी! हम दोनों रो-रोकर मर जाएँगे। आंचल फैलाकर आपसे भीख माँगती हूँ उसको क्षमादान दीजिए। माता के हृदय को आपसे ज्यादा और कौन समझेगा, आप महाराज से सिफारिश कर दें। महारानी ने अपनी बड़ी-बड़ी आँखों से उसकी ओर देखा, मानो वह कोई बड़ी अनोखी बात कह रही हो और अपने रँगे हुए होंठों पर अशुद्धि से जगमगाती हुई उँगली रखकर बोली- 'क्या कहती हो सुनीता देवी! उस युवक की महाराज से

सिफारिश करूँ, जो हमारी जड़ खोदने पर तुला हुआ है? आस्तीन में साँप पालूं? तुम किस मुँह से ऐसी बात कहती हो? और महाराज मुझे क्या कहेंगे? ना, मैं इसके बीच में न पड़ेगी। उसने जो बीज बोए हैं, उनका वह फल खाए। मेरा लड़का ऐसा नालायक होता, तो उसका मुँह न देखती। और तुम ऐसे बेटे की सिफारिश करती हो?

सुनीता ने आंखों में आंसू भरकर कहा- 'महारानी, ऐसी बात आपके मुँह से शोभा नहीं देती।'

महारानी मसनद टेककर उठ बैठी और तिरस्कार के स्वर में बोलीं- 'अगर तुमने सोचा था कि मैं तुम्हारे आंसू पोछूंगी, तो तुमने भूल की। हमारे द्रोही की सिफारिश लेकर हमारे ही पास आना, इसके सिवा और क्या है कि तुम उसके अपराध को बाल-क्रीड़ा समझ रही हो। अगर तुमने उसके अपराध की भीषणता का ठीक अनुमान किया होता, तो मेरे पास कभी न आती। जिसके रियासत का नमक खाया है, वह रियासत के द्रोहों की पीठ सहलाए! वह स्वयं राजद्रोही है। इसके सिवा और क्या कहूँ?'

सुनीता भी गर्म हो गई। पुत्र-स्नेह म्यान के बाहर निकल आया, बोली- 'राजा का कर्तव्य केवल अपने अफसरों को प्रसन्न करना नहीं है। प्रजा को पालने की जिम्मेदारी इससे कहीं बढ़कर है।'

उसी समय महाराज ने कमरे में कदम रखा। रानी ने उठकर स्वागत किया और सुनीता सिर झुकाए निस्पंद खड़ी रह गई।

राजा ने व्यंगपूर्ण मुस्कान के साथ पूछा- 'वह कौन महिला तुम्हें राजा के कर्तव्य का उपदेश दे रही थी?'

रानी ने सुनीता की ओर आंख मारकर कहा- 'यह दीवान साहब की धर्मपत्नी हैं।'

राजा साहब की त्यौरियाँ चढ़ गईं। होंठ चबाकर बोले- 'जब माँ ऐसी पैनी छुरी है, तो लड़का क्यों न जहर का बुझाया हुआ हो? देवीजी, मैं तुमसे यह शिक्षा नहीं लेना चाहता कि राजा का अपनी प्रजा के साथ क्या धर्म है। यह शिक्षा मुझे कई पीढ़ियों से मिलती चली आई है। बेहतर हो कि तुम किसी से यह शिक्षा प्राप्त कर लो कि स्वामी के प्रति उसके सेवक का क्या धर्म है, और जो नमक हराम है उसके साथ स्वामी को कैसा व्यवहार करना चाहिए।'

यह कहते हुए राजा साहब उसी उन्माद की दशा में बाहर चले गए। मि. मेहता घर जा रहे थे कि राजा साहब ने कठोर स्वर में पुकारा- 'सुनिए मि. मेहता! आपके सपूत तो विदा हो गए, लेकिन मुझे अभी मालूम हुआ कि आपकी देवीजी राज-द्रोह के मैदान में उनसे भी दो कदम आगे हैं, बल्कि मैं तो कहूँगा, वह केवल रिकार्ड है, जिसमें देवीजी की आवाज ही बोल रही है। मैं नहीं चाहता कि जो व्यक्ति रियासत का संचालक हो, उसके साए में रियासत के विद्राहियों को आश्रय मिले । आप खुद इस दोष से मुक्त नहीं हो सकते। वह हरगिज मेरा अन्याय न होगा, यदि मैं यह अनुमान कर लूँ कि आप ही ने यह मन्त्र फूंका है।'

मि. मेहता अपनी स्वामिभक्ति पर यह आरोप न सह सके। व्यथित कंठ से बोले- 'यह तो मैं किस जुबान से कहूँ कि दीनबंधु इस विषय में मेरे साथ अन्याय कर रहे हैं, लेकिन मैं सर्वथा निर्दोष हूँ और मुझे यह देखकर दु:ख होता है कि मेरी वफादारी पर यों सन्देह किया जा रहा है।'

'वफादारी केवल शब्दों से नहीं होती।'

'मेरा खयाल है कि मैं उसका प्रमाण दे चुका।'

'नई-नई दलीलों के लिए नए-नए प्रमाणों की जरूरत है। आपके पुत्र के लिए जो दण्ड-विधान था, वही आपकी स्त्री के लिए भी है। मैं इसमें किसी भी तरह का उज्र नहीं चाहता। और इसी वक्त इस हुक्म की तामील होनी चाहिए।'

'लेकिन दीनानाथ।'

'मैं एक शब्द भी नहीं सुनना चाहता।'

'मुझे कुछ निवेदन करने की आज्ञा न मिलेगी?'

'बिलकुल नहीं, यह मेरा आख़िरी हुक्म है।'

मि. मेहता वहाँ से चले, तो उन्हें सुनीता पर बेहद गुस्सा आ रहा था। इन सभी को न जाने क्या सनक सवार हो गई है। जयकृष्ण तो खैर बालक है, बेसमझ है, इस बुढ़िया को क्या सूझी। न जाने रानी साहब से जाकर क्या कह आई। किसी को मुझसे हमदर्दी नहीं, सब अपनी धुन में मस्त हैं। किस मुसीबत से मैं अपनी जिन्दगी के दिन काट रहा हूँ यह कोई नहीं समझता। कितनी निराशा और विपत्तियों के बाद यहाँ जरा निश्चिंत हुआ था कि इन सभी ने यह नया तूफान खड़ा कर दिया। न्याय और सत्य का ठेका क्या इन्हीं ने लिया है? यहाँ भी वही हो रहा है, जो सारी दुनिया में हो रहा है। कोई नई बात नहीं है।

संसार में दुर्बल और दरिद्र होना पाप है। इसकी सजा से कोई बच ही नहीं सकता। बाज कबूतर पर कभी दया नहीं करता। सत्य और न्याय का समर्थन मनुष्य की सज्जनता और सभ्यता का एक अंग है। बेशक इससे कोई इनकार नहीं कर सकता लेकिन जिस तरह और सभी प्राणी केवल मुख से इसका समर्थन करते हैं, क्या उसी तरह हम भी नहीं कर सकते? और जिन लोगों का पक्ष लिया जाए, वे भी तो कुछ इसका महत्त्व समझे। आज राजा साहब इन्हीं बेगारों से जरा हंसकर बातें करें तो वे अपने सारे दुख भूल जाएँगे और उलटे हमारे ही शत्रु बन जाएँगे। शायद सुनीता महारानी के पास जाकर आपने दिल का बुखार निकाल आई है। गधी यह नहीं समझती कि दुनिया में किसी तरह मान-मर्यादा का निर्वाह करते हुए जिन्दगी काट लेना ही हमारा धर्म है। अगर भाग्य में यश और कीर्ति बदी होती, तो इस तरह दूसरों की गुलामी क्यों करता? लेकिन समस्या यह है कि इसे भेजूँ कहां? मायके में कोई है नहीं, मेरे घर में कोई है नहीं। उँह! अब मैं इस चिन्ता में कहां तक मरूं? जहाँ जी चाहे जाए, जैसा किया है, वैसा भोगे।

वह इसी क्षोभ और ग्लानि की दशा में घर में गए और सुनीता से बोले- 'आखिर तुम्हें भी वही पागलपन सूझा, जो लौंडे को सूझा था। मैं कहता हूँ आखिर तुम्हें कभी समझ आएगी या नहीं?

क्या सारे संसार के सुधार का बीड़ा हमीं ने उठाया है? कौन राजा ऐसा है, जो अपनी प्रजा पर जुल्म नहीं करता? उनके स्वत्वों का अपहरण न करता हो। सजा ही क्यों, हम-तुम-सभी तो दूसरों पर अन्याय कर रहे हैं। तुम्हें क्या हक है कि तुम दर्जनों खिदमतगार रखो और उन्हें जरा-जरा सी बात पर सजा दो? न्याय और सत्य निरर्थक शब्द हैं, जिनकी उपयोगिता इसके सिवा और कुछ नहीं कि बुद्धूओं की गर्दन काटी जाए और समझदारों की वाह-वाह हो। तुम और तुम्हारा लड़का उन्हीं बुद्धूओं में है। और इसका दण्ड तुम्हें भोगना पड़ेगा। महाराज का हुक्म है कि तुम तीन घंटे के अंदर रियासत से निकल जाओ, नहीं तो पुलिस आकर तुम्हें निकाल देगी। मैंने तो तय कर लिया है कि राजा साहब की इच्छा के विरुद्ध एक शब्द भी मुँह से न निकालूँगा। न्याय का पक्ष लेकर देख लिया है। हैरानी और अपमान के सिवा और कुछ हाथ न आया। जिनकी हिमाकत की थी, वे आज भी उसी दशा में हैं, बल्कि उससे भी और बदतर। मैं साफ कहता हूँ कि तुम्हारी उद्दंडता का तावान देने के लिए तैयार नहीं। मैं गुप्त रूप से तुम्हारी सहायता करता रहूँगा। इसके सिवा मैं और कुछ वहीं कर सकता।

सुनीता ने गर्व के साथ कहा- 'मुझे तुम्हारी सहायता की जरूरत नहीं। कहीं भेद खुल जाए, तो दीनबन्धु तुम्हारे ऊपर कोप का वज्र गिरा दें। तुम्हें अपना पद और सम्मान प्यारा है, उसका आनंद से उपभोग करो। मेरा लड़का और कुछ न कर सकेगा, तो पाव-भर आटा तो कमा ही लायेगा। मैं भी देखूँगी कि तुम्हारी स्वामिभक्ति कब तक निभती है और कब तक तुम अपनी आत्मा की हत्या करते हो।

मेहता ने तिलमिला कर कहा- 'क्या तुम चाहती हो कि फिर उसी तरह चारों तरफ ठोकरें खाता फिरूं?'

सुनीता ने घाव पर नमक छिड़का- 'नहीं, कदापि नहीं। अब तक तो मैं समझती थी, तुम्हें ठोकरें खाने में मजा आता है तथा पद और अधिकार से भी मूल्यवान कोई वस्तु तुम्हारे पास है, जिसकी रक्षा के लिए तुम ठोकरें खाना अच्छा समझते हो। अब मालूम हुआ, तुम्हें अपना पद अपनी आत्मा से भी प्रिय है। फिर क्यों ठोकरें खाओ, मगर कभी-कभी अपना कुशल-समाचार तो भेजते रहोगे, या राजा साहब की आज्ञा लेनी पड़ेगी?'

'राजा साहब इतने न्याय-शून्य हैं कि मेरे पत्र-व्यवहार में रोक-टोक करें?'

'अच्छा राजा साहब में इतनी आदमियत है? मुझे तो विश्वास नहीं होता।'

'तुम अब भी अपनी गलती पर लज्जित नहीं हो?'

'मैंने कोई गलती नहीं की। मैं तो ईश्वर से चाहती हूँ कि जो मैंने आज किया, वह बार-बार करने का मुझे अवसर मिले।'

'मेहता ने अरुचि के साथ पूछा- 'तुमने कहां जाने का इरादा किया है?'

' जहन्नुम में ।''

'गलती खुद करती हो, गुस्सा मुझ पर उतारती हो?'

'मैं तुम्हें इतना निर्लज्ज न समझती थी!'

'मैं भी इसी शब्द का तुम्हारे लिए प्रयोग कर सकता हूँ।'

'केवल मुख से, मन से नहीं।'

मि. मेहता लज्जित हो गए।

3

जब सुनीता की विदाई का समय आया, तो स्त्री-पुरूष, दोनों खूब रोए और एक तरह से सुनीता ने अपनी भूल स्वीकार कर ली। वास्तव में इस बेकारी के दिनों में मेहता ने जो कुछ किया, वही उचित था, बेचारे कहां मारे-मारे फिरते।

पोलिटिकल एजेंट साहब पधारे और कई दिनों तक खूब दावतें खाईं और खूब शिकार खेला। राजा साहब ने उनकी तारीफ की। उन्होंने राजा साहब की तारीफ की। राजा साहब ने उन्हें अपनी लॉयलटी का विश्वास दिलाया, उन्होंने सतिया राज्य को आदर्श कहा और राजा साहब को न्याय और सेवा का अवतार स्वीकार किया और तीन दिन में रियासत को ढाई लाख की चपत देकर विदा हो गए।

मि. मेहता का दिमाग आसमान पर था। सभी उनकी कारगुजारी की प्रशंसा कर रहे थे। एजेंट साहब तो उनकी दक्षता पर मुग्ध हो गए। उन्हें राय साहब की उपाधि मिली और उनके अधिकारों में भी वृद्धि हुई। उन्होंने अपनी आत्मा को उठाकर ताक पर रख दिया था। उनकी यह साधना कि महाराज और एजेंट, दोनों उनसे प्रसन्न रहें, सम्पूर्ण रीति से पूरी हो गई। उनके जैसा स्वामिभक्त सेवक दूसरा न था।

राजा साहब अब कम-से-कम तीन साल के लिए निश्चिन्त थे। एजेंट खुश है तो फिर किसका भय! कामुकता, लम्पटता और भांति-अति के दुर्व्यसनों की लहर प्रचण्ड हो उठी। सुंदरियों की टोह लगाने के लिए सुराग-रसाली का एक विभाग खुल गया, जिसका सम्बन्ध सीधे राजा साहब से था। एक बूढ़ा खुर्राट, जिसका पेशा हिमालय की परियों को फंसाकर राजाओं को लूटना था, और जो इसी पेशे की बदौलत राज-दरबार में पूजा जाता था, इस विभाग का अध्यक्ष बना दिया गया। नई-नई चिड़ियाँ आने लगी। भय, लोभ और सम्मान-सभी अस्त्रों से शिकार खेला जाने लगा लेकिन एक ऐसा अवसर भी पड़ा, जहाँ इस तिकड़म की सारी सामूहिक और वैयक्तिक चेष्टा. निष्फल हो गईं और गुप्त विभाग ने निश्चय किया कि इस बालिका को किसी तरह उड़ा लाया जाए। और इस महत्त्वपूर्ण कार्य के सम्पादन का भार मि. मेहता पर रखा गया, जिनसे ज्यादा स्वामिभक्त सेवक रियासत में दूसरा न था। उनके ऊपर महाराजा साहब को पूरा विश्वास था। दूसरे के विषय में सन्देह था कि कहीं रिश्वत लेकर शिकार बहका दें, या भण्डाफोड़ कर दें, या अमानत में खयानत कर बैठें। मेहता की ओर से किसी तरह उन बातों की शंका न थी। रात को नौ बजे उनकी तलबी हुई- अन्नदाता ने हुजूर को याद किया है। मेहता साहब ड्योढ़ी पर पहुँचे, तो राजा साहब पाईबाग में टहल रहे थे। मेहता को देखते ही बोले-

'आइए मि. मेहता, आपसे एक खास बात में सलाह लेनी है। यहाँ कुछ लोगों की राय है कि सिंहद्वार के सामने आपकी एक प्रतिमा स्थापित की जाए, जिससे चिरकाल तक आपकी यादगार कायम रहे। आपको तो शायद इसमें कोई आपत्ति नहीं होगी? और यदि हो भी, तो लोग इस विषय में आपकी अवज्ञा करने पर भी तैयार हैं। सतिया की आपने जो अमूल्य सेवा की है, उसका पुरस्कार तो कोई क्या दे सकता है, लेकिन जनता के हृदय में आप पर जो श्रद्धा है, उसे तो वह किसी-न-किसी रूप में प्रकट ही करेगी।

मेहता ने बड़ी नम्रता से कहा- 'यह अन्नदाता की गुण-ग्राहकता है, मैं तो एक तुच्छ सेवक हूँ। मैंने जो कुछ किया, वह इतना ही है कि नमक का हक अदा करने का सदैव प्रयत्न किया, मगर मैं इस सम्मान के योग्य नहीं हूँ।' राजा ने कृपालु भाव से हँसकर कहा- 'आप योग्य हैं या नहीं, इसका निर्णय आपके हाथ में नहीं है मि. मेहता, आपकी दीवानी यहाँ न चलेगी। हम आपका सम्मान नहीं कर रहे हैं, अपनी भक्ति का परिचय दे रहे हैं। थोड़े दिनों में न हम रहेंगे, न आप रहेंगे, उस वक्त भी यह प्रतिमा अपनी मूक वाणी से कहती रहेगी कि पिछले लोग अपने उद्धारकों का आदर करना जानते थे। मैंने लोगों से कह दिया है कि चंदा जमा करें। एजेंट ने अबकी जो पत्र लिखा है, उसमें आपको खास-तौर से सलाम लिखा है।'

मेहता ने जमीन में गड़ कर कहा- 'यह उनकी उदारता है, मैं तो जैसा आपका सेवक हूँ वैसा ही उनका भी सेवक हूँ।'

राजा साहब कई मिनट तक फूलों की बहार देखते रहे। फिर इस तरह बोले माने कोई भूली हुई बात याद आ गई हो- 'तहसील खास में एक गाँव लगनपुर है, आप कभी वहाँ गए हैं?'

'हां, अन्नदाता! एक बार गया हूँ। वहाँ एक धनी साहूकार है। उसी के दीवानखाने में ठहरा था। अच्छा आदमी है।'

'हां, ऊपर से बहुत अच्छा आदमी है, लेकिन अन्दर से पक्का पिशाच। आपको शायद मालूम न हो, इधर कुछ दिनों से महारानी का स्वास्थ्य बहुत बिगड़ रहा है और मैं सोच रहा हूँ कि उन्हें किसी सेनेटोरियम में भेज दूँ। वहाँ सब तरह की चिंताओं एवं झंझटों से मुक्त होकर वह आराम से रह सकेंगी, लेकिन रनिवास में नारी का रहना लाजिमी है। अफसरों के साथ उनकी लेडियाँ भी आती हैं, और भी कितने अंग्रेज मित्र अपनी लेडियों के साथ मेरे मेहमान होते रहते हैं। कभी राजे-महाराजा भी रानियों के साथ आ जाते हैं। रानी के बगैर लेडियों का आदर- सत्कार कौन करेगा? मेरे लिए यह वैयक्तिक प्रश्न नहीं, राजनीतिक समस्या है, और शायद आप भी मुझसे सहमत होंगे, इसलिए मैंने दूसरी शादी करने का इरादा कर लिया है। इस साहूकार की एक लड़की है, जो कुछ दिनों अजमेर में शिक्षा पा चुकी है। मैं एक बार उस गाँव से होकर निकला, तो मैंने उसे अपने घर की छत पर खड़े देखा। मेरे मन में तुरन्त भावना उठी कि अगर वह रमणी रनिवास में आ जाए, तो रनिवास की शोभा बढ़ जाए। मैंने महारानी की अनुमति लेकर साहूकार के पास संदेश भेजा, किन्तु मेरे विद्रोहियों ने कुछ ऐसी पट्टी पढ़ा दी कि उसने मेरा संदेश

स्वीकार न किया। कहता है, कन्या का विवाह हो चुका है। मैंने कहला भेजा, इसमें कोई हानि नहीं, मैं तावान देने को तैयार हूँ लेकिन वह दुष्ट बराबर इनकार किए जाता है। आप जानते हैं, प्रेम असाध्य रोग है। आपको भी शायद इसका कुछ-न-कुछ अनुभव हो। बस, यह समझ लीजिए कि जीवन निरानंद हो रहा है। नींद और आराम हराम है। भोजन से अरुचि हो गई है। अगर कुछ दिन यही हाल रहा, तो समझ लीजिए कि मेरी जान पर बन आएगी। सोते-जागते वही मूर्ति आंखों के सामने नाचती रहती है। मन को समझाकर हार गया और अब विवश होकर मैंने कूटनीति से काम लेने का निश्चय किया है। प्रेम और समर में सब कुछ क्षम्य है। मैं चाहता हूं आप थोड़े से मातबर आदमियों को लेकर जाएं और उस रमणी को किसी तरह ले आएँ। खुशी से आए खुशी से, बल से आए बल से, इसकी चिन्ता नहीं। मैं अपने राज्य का मालिक हूँ। इसमें जिस वस्तु पर मेरी इच्छा हो, उस पर किसी दूसरे व्यक्ति का नैतिक या सामाजिक स्वत्व नहीं हो सकता। यह समझ लीजिए कि आप ही मेरे प्राणों की रक्षा कर सकते हैं। कोई दूसरा ऐसा आदमी नहीं है, जो इस काम को इतने सुचारु रूप से पूरा कर दिखाए। आपने राज्य की बड़ी-बड़ी सेवाएँ की हैं। यह उस यश की पूर्णाहुति होगी और आप जन्म-जन्मान्तर तक राजवंश के इष्टदेव समझे जाएँगे।'

मि. मेहता का मरा हुआ आत्म-गौरव एकाएक सचेत हो गया। जो रक्त चिरकाल से प्रवाह-शून्य हो गया था, उसमें सहसा उद्रेक हो उठा। त्यौरियाँ चढ़ाकर बोले- 'तो आप चाहते हैं, मैं उसे किडनेप करूँ?'

राजा साहब ने उनके तेवर देखकर आग पर पानी डालते हुए कहा- 'कदापि नहीं मि. मेहता, आप मेरे साथ घोर अन्याय कर रहे हैं। मैं आपको अपना प्रतिनिधि बनाकर भेज रहा हूँ। कार्य-सिद्धि के लिए आप जिस नीति से चाहें काम ले सकते हैं। आपको पूरा अधिकार है।'

मि. मेहता ने और भी उत्तेजित होकर कहा- 'मुझसे ऐसा पाजीपन नहीं हो सकता।'

राजा साहब की आंखों से चिनगारियाँ निकलने लगीं।

'अपने स्वामी की आज्ञा-पालन करना पाजीपन है?''

'जो आज्ञा नीति और धर्म के विरुद्ध हो, उसका पालन करना बेशक पाजीपन है।'

'किसी स्त्री से विवाह का प्रस्ताव करना नीति और धर्म के विरुद्ध है?'

'आप इसे विवाह कहकर 'विवाह' शब्द को कलंकित करते हैं। यह बलात्कार है।'

'आप अपने होश में हैं?'

'खूब अच्छी तरह!'

'मैं आपको धूल में मिला सकता हूँ।'

'तो आपकी गद्दी भी सलामत न रहेगी'।'

'मेरी नेकियों का यही बदला है, नमक-हराम?'

'आप अब शिष्टता की सीमा से आगे बढ़े जा रहे हैं, राजा साहब! मैंने अब तक अपनी आत्मा की हत्या की है और आपके हर एक जा और बेजा हुक्म की तामील की है लेकिन आत्म-सेवा की भी एक हद होती है, जिसके आगे कोई भला आदमी नहीं जा सकता। आपका कृत्य जघन्य है और इसमें जो व्यक्ति आपका सहायक हो, वह इसी योग्य है कि उसकी गर्दन काट दी जाए। मैं ऐसी नौकरी पर लानत भेजता हूँ।'

यह कहकर वह घर आए और रातों-रात बोरिया-बिस्तर समेटकर रियासत से निकल गए मगर इसके पहले सारा वृतांत लिखकर उन्होंने पोलिटिकल एजेंट के पास भेज दिया।

***

मुफ्त का यश

उन दिनों संयोग से हाकिम-जिला एक रसिक सज्जन थे। इतिहास और पुराने सिक्कों की खोज में उन्होंने अच्छी ख्याति प्राप्त कर ली थी। ईश्वर जाने, दफ्तर के सूखे कामों से उन्हें ऐतिहासिक छान-बीन के लिए कैसे समय मिल जाता था। यहाँ तो जब किसी अफ़सर से पूछिए, तो वह यही कहता है- 'मारे काम के मरा जाता हूँ सिर उठाने की फुर्सत नहीं मिलती।' शायद शिकार और सैर भी उनके काम में शामिल है। उन सज्जन की कृतियाँ मैंने देखी थी और मन में उनका आदर करता था लेकिन उनकी अफसरी किसी प्रकार की घनिष्ठता में बाधक थी। मुझे यह संकोच था कि अगर मेरी ओर से पहल हुई, तो लोग यही कहेंगे कि इसमें मेरा कोई स्वार्थ है, और मैं किसी दशा में भी यह इल्जाम अपने सिर नहीं लेना चाहता। मैं तो हुक्काम को दावतों और सार्वजनिक उत्सवों में न्यौता देने का भी विरोधी हूँ और जब कभी सुनता हूँ कि किसी अफ़सर को किसी आम जलसे का सभापति बनाया गया या कोई स्कूल, औषधालय या विधवा-श्रम किसी गवर्नर के नाम से खोला गया, तो अपने देश-बंधुओं की दास-मनोवृत्ति पर घण्टों अफ़सोस करता हूं मगर जब एक दिन हाकिम-जिला ने खुद मेरे नाम एक रुक्का भेजा कि मैं आपसे मिलना चाहता हूँ क्या आप मेरे बँगले पर आने का कष्ट स्वीकार करेंगे! तो मैं बड़ी दुविधा में पड़ गया। क्या जवाब दूँ? अपने दो-एक मित्रों से सलाह ली। उन्होंने कहा- साफ लिख दीजिए, मुझे फुरसत नहीं। वह हाकिम- जिला होंगे, तो अपने घर के होंगे । कोई सरकारी या जाब्ते का काम होता तो आपका जाना अनिवार्य था, लेकिन निजी मुलाकात के लिए जाना आप की शान के खिलाफ है। आखिर वह खुद आपके मकान पर क्यों नहीं आए? इससे क्या उनकी शान में बट्टा लगा जाता था? इसीलिए तो खुद नहीं आए कि वह हाकिम-जिला हैं। इन अहमक हिन्दुस्तानियों को कब यह समझ आएगी कि दफ्तर के बाहर वे भी वैसे ही साधारण मनुष्य हैं, जैसे हम या आप। शायद ये लोग अपनी घरवालियों से भी अफसरी जताते होंगे। अपना पद उन्हें कभी नहीं भूलता।

एक मित्र ने, जो लतीफों के चलती-फिरती तिजोरी हैं। हिन्दुस्तानी अफसरों के विषय में कई बड़ी मनोरंजक घटाएं सुनायी। एक अफसर साहब ससुराल गए। शायद स्त्री को विदा कराना था। जैसा आम रिवाज है, ससुरजी ने पहले ही वादे पर लड़की को विदा करना उचित न समझा। कहने लगे- बेटा, इतने दिनों के बाद आई है, अभी कैसे विदा कर दूँ? भला, छह महीने तो रहने दो। उधर धर्मपत्नी ने भी नाइन से संदेश कहला भेजा- अभी मैं नहीं जाना चाहती। आखिर माता- पिता से भी तो मेरा कोई नाता है। मैं तुम्हारे हाथ बिक थोड़े ही गई हूँ?' दामाद साहब अफ़सर थे, जामे से बाहर हो गए। तुरन्त घोड़े पर बैठे और सदर की राह ली। दूसरे ही दिन ससुरजी पर सम्मन जारी कर दिया। बेचारा बूढ़ा आदमी, तुरंत लड़की को साथ लेकर दामाद की

सेवा में जा पहुँचा। तब जाकर उसकी जान बची। ये लोग ऐसे मिथ्याभिमानी होते हैं, और फिर तुम्हें हाकिम-जिला से लेना ही क्या है? अगर तुम कोई विद्रोहात्मक गल्प या लेख लिखोगे, तो फौरन गिरफ्तार कर लिए जाओगे। हाकिम-जिला जरा भी मुरव्वत न करेंगे। कह देंगे- यह गवर्नमेंट का हुक्म है, मैं क्या करूँ? अपने लड़के के लिए कानूनगोई या नायाब तहसीलदारी की लालसा तुम्हें है नहीं। व्यर्थ क्यों दौड़े जाओ।

लेकिन मुझे मित्रों की यह सलाह पसन्द न आई। एक भला आदमी जब निमन्त्रण देता है, तो केवल इसलिए अस्वीकार कर देना कि हाकिम-जिला ने भेजा है, मुटमर्दी है। बेशक हाकिम साहब मेरे घर आ जाते, तो उनकी शान कम न होती। उदार हृदय वाला आदमी बेतकल्लुफ़ चला आता लेकिन भाई जिले, की अफ़सरी बड़ी चीज है। और एक उपन्यासकार की हस्ती ही क्या है। इंग्लैण्ड या अमेरिका में गल्प लेखकों और उपन्यासकारों की मेज़ पर निमंत्रित होने में प्रधानमंत्री भी अपना गौरव समझेगा, हाकिम-जिला की तो गिनती ही क्या है? लेकिन यह भारतवर्ष है, जहाँ हर एक रईस के दरबार में कवि-सन्नाटा का जत्था रईस के कीर्तिगान के लिए जमा रहता था और आज भी ताजपोशी में हमारे लेखकवृंद बिना बुलाए राजाओं की खिदमत में हाजिर होते हैं, कसीदे पेश करते हैं और ईनाम के लिए हाथ पसारते हैं। तुम ऐसे कहाँ के बड़े वह हो, कि हाकिम-जिला तुम्हारे घर चला आए। जब तुममें इतनी अकड़ और तुनक-मिज़ाजी है, तो वह तो जिले का बादशाह है। अगर उसे कुछ अभिमान भी हो, तो उचित है। इसे उसकी कमजोरी कहो, बेहूदगी कहो, मूर्खता कहो, उजड्ड कहो, फिर भी उचित है। देवता होना गर्व की बात है; लेकिन मनुष्य होना भी अपराध नहीं।

और मैं तो कहता हूँ-ईश्वर को धन्यवाद दो कि हाकिम-जिला तुम्हारे घर नहीं आए, वरना तुम्हारी कितनी भद होती। उनके आदर-सत्कार का सामान तुम्हारे पास कहीं था? गत की एक कुर्सी तो नहीं है। उन्हें क्या तीन टाँगों वाले सिंहासन पर बिठाते या मटमैले जाजिम पर? तीन पैसे की चौबीस बीड़ियाँ पीकर दिल खुश कर लेते हो। है सामर्थ्य रुपये के दो सिगार खरीदने की? तुम तो इतना भी नहीं जानते कि वह सिगार मिलता कहां है, उसका नाम क्या है? अपना भाग्य सराहो कि अफ़सर साहब तुम्हारे घर नहीं आए और तुम्हें बुला लिया। चार-पाँच रुपये बिगड़ भी जाते और लज्जित भी होना पड़ता। और कहीं तुम्हारे परम दुर्भाग्य और पापों के दण्ड-स्वरूप उनकी धर्मपत्नी भी उनके साथ होतीं, तब तो तुम्हें धरती में समा जाने के सिवा और कोई ठिकाना न था। तुम या तुम्हारी धर्मपत्नी उस महिला का सत्कार कर सकती थी? तुम्हारी तो घिग्घी बँध जाती साहब, बदहवास हो जाते। वह तुम्हारे दीवानखाने तक ही न रहती, जिसे तुमसे गरीबऊ ढंग से सजा रखा है। वहाँ तुम्हारी गरीबी अवश्य है, पर फूहड़पन नहीं। अंदर तो पग-पग पर फूहड़पन के दृश्य नजर आते। तुम अपने घर फटे-पुराने पहनकर और अपनी विपन्नता में मग्न रहकर जिंदगी बसर कर सकते हो लेकिन कोई भी आत्माभिमानी आदमी यह पसन्द नहीं कर सकता कि उसकी दुरावस्था दूसरों के लिए विनोद की वस्तु बने। इन लेडी साहिबा के सामने तो तुम्हारी जुबान बंद हो जाती।

चुनाँचे मैंने हाकिम-जिला का निमंत्रण स्वीकार कर लिया और यद्यपि उनके स्वभाव में कुछ अनावश्यक अफसरी की शान थी लेकिन उनके स्नेह और उदारता ने उसे यथासाध्य प्रकट न

होने दिया। कम-से-कम उन्होंने मुझे शिकायत का कोई मौका न दिया। अफसराना प्रकृति को तब्दील करना उनकी शक्ति के बाहर था।

मुझे इस प्रसंग को कोई महत्त्व देने की कोई बात भी न थी, महत्त्व न दिया। उन्होंने मुझे बुलाया, मैं चला गया। कुछ गप-शप किया और लौट आया। किसी से इसका जिक्र करने की जरूरत ही क्या? मानो भाजी खरीदने बाजार गया था।

लेकिन टोहियों ने जाने कैसे टोह लगा लिया। विशेष समुदायों में यह चर्चा होने लगी कि हाकिम-जिला से मेरी बड़ी गहरी मैत्री है, और वह मेरा बड़ा सम्मान करते हैं। अतिशयोक्ति ने मेरा सम्मान और भी बढ़ा दिया, यहाँ तक मशहूर हुआ कि वह मुझसे सलाह लिए बगैर कोई फैसला या रिपोर्ट नहीं लिखते।

कोई भी समझदार आदमी इस ख्याति से लाभ उठा सकता था। स्वार्थ में आदमी बावला हो जाता है। तिनके का सहारा ढूँढ़ता फिरता है। ऐसों को विश्वास दिलाना कुछ मुश्किल न था कि मेरे द्वारा उनका काम निकल सकता है, लेकिन मैं ऐसी बातों से घृणा करता हूँ। सैकड़ों व्यक्ति अपनी कथाएँ लेकर मेरे पास आए। किसी के साथ पुलिस ने बेजा ज्यादती की थी, कोई इनकमटैक्स वालों की सख्तियों से दुःखी था, किसी की यह शिकायत थी कि दफ्तर में उनकी हकतलफी हो रही है और उसके पीछे के आदमियों को दनादन तरक्कियां मिल रही हैं। उनका नम्बर आता है, तो कोई परवाह नहीं करता। इस तरह का कोई-न-कोई प्रसंग नित्य ही मेरे पास आने लगा लेकिन मेरे पास उन सबके लिए एक ही जवाब था- मुझसे कोई मतलब नहीं।

एक दिन मैं अपने कमरे में बैठा था, कि मेरे बचपन के एक सहपाठी मित्र आ टपके। हम दोनों एक ही मकतब में पढ़ने जाया करते थे। कोई 45 साल की पुरानी बात है। मेरी उम्र 49 साल से अधिक न थी। वह भी लगभग इसी उम्र के रहे होंगे लेकिन मुझसे कहीं बलवान और हृष्ट-पुष्ट। मैं जहीन था, वह निरे कौदन। मौलवी साहब उनसे हार गए थे, और उन्हें सबक पढ़ाने का भार मुझ पर डाल दिया था। अपने से दुगुने व्यक्ति को पढ़ाना मैं अपने लिए गौरव की बात समझता था और खूब मन लगाकर पढ़ाता था। फल यह हुआ कि मौलवी साहब की छड़ी जहाँ असफल रही, वहाँ मेरा प्रेम सफल हो गया। बलदेव चल निकला, खालिक बारी तक जा पहुँचा, मगर इस बीच में मौलवी साहब का स्वर्गवास हो गया और यह शाला टूट गई। उनके छात्र भी इधर-उधर हो गए। तब से बलदेव को मैंने दो-तीन बार रास्ते में देखा, (मैं अब भी वही सींकिया पहलवान हूँ और वह अब भी वही भीमकाय) राम-राम हुई, क्षेम-कुशल पूछा और अपनी राह चले गए।

मैंने उनसे हाथ मिलाते हुआ कहा- आओ भाई बलदेव, मजे में तो हो? कैसे याद किया, क्या करते हो आजकल?

बलदेव ने व्यथित कंठ से कहा- जिंदगी के दिन पूरे कर रहे हैं भाई, और क्या। तुमसे मिलने की बहुत दिनों से इच्छा थी। याद करो वह मकतब वाली बात, जब तुम मुझे पढ़ाया करते थे। तुम्हारी बदौलत चार अक्षर पढ़ गया और अपनी जमींदारी का काम सँभाल लेता हूँ नहीं तो मूर्ख ही बना रहता। तुम मेरे गुरु हो भाई, सच कहता हूँ मुझ जैसे गधे को पढ़ाना तुम्हारा ही काम था।

न जाने क्या बात थी कि मौलवी साहब से सबक पढ़कर अपनी जगह पर आया नहीं कि बिलकुल साफ। तुम जो पढ़ाते थे, वह बिना याद किए ही याद हो जाता था। तुम तब भी बड़े हृदयहीन थे।

यह कहकर उन्होंने मुझे सगर्व-नेत्रों से देखा ।

मैं बचपन के साथियों को देखकर फूल उठता हूँ। सजल नेत्र होकर बोला- मैं तो जब तुम्हें देखता हूँ तो यही जी में आता है कि दौड़कर तुम्हारे गले लिपट जाऊं। 45 वर्ष का युग, मानो बिलकुल गायब हो जाता है। वह मकतब आँखों के सामने फिरने लगता है, और बचपन सारी मनोहरताओं के साथ ताजा हो जाता। बलदेव ने भी द्रवित कंठ से उत्तर दिया-मैंने तो भाई, तुम्हें सदैव अपना इष्टदेव समझा है। जब तुम्हें देखता हूँ तो छाती गज-भर की हो जाती है कि वह मेरा बचपन का संगी जा रहा है, जो समय आ पड़ने पर कभी दगा न देगा। तुम्हारी बड़ाई सुन-सुनकर मन-ही-मन प्रसन्न हो जाता हूँ लेकिन यह बताओ, क्या तुम्हें खाना नहीं मिलता? कुछ खाते-पीते क्यों नहीं? सूखते क्यों जाते हो? घी न मिलता हो, तो दो-चार कनस्तर भिजवा दूँ। अब तुम बूढ़े हुए, खूब डटकर खाया करो। अब भी सेर-भर दूध, पाव-भर घी उड़ाए जाता हूँ। इधर थोड़ा मक्खन भी खाने लगा हूँ। जिन्दगी भर बाल-बच्चों के लिए मर मिटे। अब कोई यह नहीं पूछता कि तुम्हारी तबियत कैसी है। अगर आज कंधा डाल दूँ तो कोई एक लोटे पानी को न पूछे। इसलिए खूब खाता हूँ और सबसे ज्यादा काम करता हूँ। घर पर अपना रौब बना हुआ है। वही जो तुम्हारा जेठ लड़का है, उस पर पुलिस ने एक कूड़ा मुकदमा चला दिया है। जवानी के मद में किसी को कुछ समझता नहीं है। है भी अच्छा-खासा पहलवान। दारोगाजी से एक बार कुछ कहा-सुनी हो गई। तब से घात में लगे हुए थे। इधर गाँव में एक डाका पड़ गया। दारोगाजी ने तहकीकात में उसे भी फाँस लिया। आज एक सप्ताह से हिरासत में है। मुकदमा मुहम्मद खलील, डिप्टी के इजलास में है और मुहम्मद खलील और दारोगाजी की दाँत- काटी रोटी है। अवश्य सजा हो जाएगी। अब तुम्हीं बचाओ। तो उसकी जान बच सकती है। और कोई आशा नहीं। सजा तो जो होगी, वह होगी ही, इज्जत भी खाक में मिल जाएगी ।

तुम जाकर हाकिम-जिला से इतना कह दो कि मुकदमा झूठा है, आप खुद चलकर तहकीकात कर लें। बस, देखो भाई, बचपन के साथी हो, नहीं न करना। जानता हूँ तुम इन मामलों में नहीं पड़ते और तुम्हारे जैसे आदमी को पड़ना भी न चाहिए। तुम प्रजा की लड़ाई लड़ने वाले जीव हो, तुम्हें सरकार के आदमियों से मेल-जोल बढ़ाना उचित नहीं, नहीं तो जनता की नजरों से गिर जाओगे। लेकिन यह घर का मामला है। इतना समझ लो कि मामला बिलकुल झूठ न होता, तो मैं कभी तुम्हारे पास न आता। लड़के की माँ रो-रोकर जान दिए डालती है। बहू ने दाना-पानी छोड़ रखा है। सात दिन से घर मैं चूल्हा नहीं जला। मैं तो थोड़ा- सा दूध पी लेता हूँ लेकिन दोनों सास-बहू तो निराहार पड़ी हुई हैं। अगर बच्चा को सजा हो गई, तो दोनों मर जाएँगी। मैंने यही कहकर उन्हें ढाढस दिया है कि जब तक हमारा छोटा भाई सलामत है, कोई हमारा बाल बाँका नहीं कर सकता। तुम्हारी भाभी ने तुम्हारी एक पुस्तक पड़ी है। वह तो तुम्हें देवतुल्य समझती है, और जब कोई बात होती है, तुम्हारी नजीर देकर मुझे लज्जित करती रहती

है। मैं भी साफ कह देता हूँ- 'मैं उस छोकरे की-सी बुद्धि कहां से लाऊँ। तुम्हें उसकी नजरों से गिराने के लिए तुम्हें छोकरा, मरियल सभी कुछ कहता हूँ पर तुम्हारे सामने मेरा रंग नहीं जमता।

मैं बड़े संकट में पड़ गया। मेरी और से जितनी आपत्तियाँ हो सकती थीं, उन सबका जवाब बलदेवसिंह ने पहले ही से दे दिया था। उनको फिर दुहराना व्यर्थ था। इसके सिवा कोई जवाब न सूझा कि मैं जाकर साहब से कहूँगा। हां, इतना मैंने अपनी तरफ से और बढ़ा दिया कि मुझे आशा नहीं कि मेरे कहने का विशेष खयाल किया जाए; क्योंकि सरकारी मामलों में हुक्काम हमेशा अपने मातहतों का पक्ष लिया करते हैं।

बलदेवसिंह ने प्रसन्न होकर कहा- 'इसकी चिन्ता नहीं, तकदीर में जो लिखा है वह तो होगा ही। बस, तुम जाकर कह भर दो।' 'अच्छी बात है।'

'तो कल जाओगे?'

'हाँ अवश्य जाऊंगा।'

'यह जरूर कहना कि आप चलकर तहकीकात कर लें।'

'हाँ यह जरूर कहूँगा।'

'और यह भी कह देना कि बलदेव सिंह मेरा भाई है।'

'झूठ बोलने के लिए मुझे मजबूर न करो।'

'तुम मेरे भाई नहीं हो? मैंने तो हमेशा तुम्हें अपना भाई समझा है।'

'अच्छा, यह भी कह दूँगा।'

बलदेवसिंह को विदा करके मैंने अपना लेख समाप्त किया और आराम से भोजन करके लेटा। मैंने उससे गला छुड़ाने के लिए झूठा वादा कर दिया था। मेरा इरादा हाकिम-जिला से कुछ कहने का नहीं था। मैंने पेशगी के तौर पर पहले ही जता दिया था कि हुक्काम जिला तौर पर पुलिस के मामलों में दखल नहीं देते, इसलिए सजा हो भी गई, तो मुझे यह कहने की काफी गुंजाइश थी साहब ने मेरी बात स्वीकार नहीं की।

कई दिन गुजर गए थे। मैं इस वाकिया को बिलकुल भूल गया था। सहसा एक दिन बलदेव सिंह अपने पहलवान बेटे के साथ मेरे कमरे में दाखिल हुए। बेटे ने मेरे चरणों पर सिर रख दिया और अदब से एक किनारे खड़ा हो गया। बलदेव सिंह बोले-बिलकुल बरी हो गया भैया! साहब ने दारोगाजी को बुलाकर खूब डांटे कि तुम भले आदमियों को सताते और बदनाम करते हो। अगर फिर ऐसा झूठा मुकदमा लाए, तो बर्खास्त कर दिए जाओगे। दारोगाजी बहुत झेंप गये। मैंने उन्हें झुककर सलाम किया। बच्चा पर घड़ों पानी पड़ गया। यह तुम्हारी सिफारिश का चमत्कार है, भाईजान! अगर तुमने मदद न की होती, तो हम तबाह हो गए थे। यह समझ लो कि तुमने चार प्राणियों की जान बचा ली। मैं तुम्हारे पास बहुत डरते-डरते आया था। लोगों ने कहा था- उसके पास नाहक जाते हो, वह बड़ा बेमुरव्वत आदमी है, उसकी जात से किसी का उपकार नहीं हो सकता। आदमी वह है, जो दूसरों का हित करे। वह क्या आदमी है, जो किसी की कुछ सुने

ही नहीं! लेकिन भाईजान, मैंने किसी की बात न मानी । मेरे दिल में मेरा राम बैठा कह रहा था -तुम चाहे कितने ही रूखे और बेलाग हो, लेकिन मुझ पर अवश्य दया करोगे।

यह कहकर बलदेव सिंह ने अपने बेटे को इशारा किया। वह बाहर गया और एक बड़ा-सा गट्ठर उठा लाया, जिसमें भांति-भांति की देहाती सौगात बँधी हुई थी। हालांकि मैं बराबर कहे जाता था- तुम ये चीजें नाहक लाए, इनकी क्या जरूरत थी, कितने गँवार हो, आखिर तो ठहरे देहाती, मैंने कुछ नहीं कहा, मैं तो साहब के पास गया भी नहीं, लेकिन कौन सुनता है? खोया, दही, मटर की फलियाँ अमावट, ताजा गुड़ और जाने क्या-क्या आ गया।

मैंने कहने को तो एक तरह से कह दिया- मैं साहब के पास गया ही नहीं, जो कुछ हुआ, खुद हुआ। मेरा कोई एहसान नहीं है लेकिन उसका मतलब यह निकाला गया कि मैं केवल नम्रता से और सौगातों को लौटा देने का कोई बहाना ढूंढ़ने के लिए ऐसा कह रहा हूँ। मुझे इतनी हिम्मत न हुई कि मैं इस बात का विश्वास दिलाता। इसका जो अर्थ निकाला गया, वही मैं चाहता था। मुफ्त का एहसान छोड़ने को जी न चाहता था। अंत में जब मैंने जोर देकर कहा कि किसी से इस बात का जिक्र न करना, नहीं तो मेरे पास फरियादों का मेला लग जाएगा, तो मानो मैंने स्वीकार कर लिया कि मैंने सिफारिश की-और जोरों से की।

***

बासी भात में खुदा का साझा

शाम को जब दीनानाथ ने घर आकर गौरी से कहा कि मुझे एक कार्यालय में पचास रुपये की नौकरी मिल गई है, तो गौरी खिल उठी। देवताओं में उसकी आस्था और भी दृढ़ हो गई। इधर एक साल से बुरा हाल था। न कोई रोजी, न रोजगार। घर में जो थोड़े-बहुत गहने थे, वह बिक चुके थे। मकान का किराया सिर पर चढ़ा हुआ था। जिन मित्रों से कर्ज मिल सकता था, सबसे ले चुके थे। साल-भर का बच्चा दूध के लिए बिलख रहा था। एक वक्त का भोजन मिलता, तो दूसरे जून की चिन्ता होती। तकाजों के मारे बेचारे दीनानाथ का घर से निकलना मुश्किल था।

घर से निकला नहीं कि चारों ओर से विथाड़ मच जाती-वाह बाबूजी, वाह! दो दिन वादा करके ले गए और आज दो महीने सूरत नहीं दिखाई। भाई साहब, यह तो अच्छी बात नहीं, आपको अपनी जरूरत का खयाल है मगर दूसरों की जरूरत का जरा भी खयाल नहीं? इसी से कहा है, दुश्मन को चाहे कर्ज दे दो, दोस्त को कभी न दो। दीनानाथ को ये वाक्य तीर से लगते थे और उसका जी चाहता था कि जीवन का अंत कर डाले मगर बेजुबान स्त्री और अबोध बच्चे का मुँह देखकर कलेजा थाम के रह जाता। बारे, आज भगवान् ने उस पर दया की और संकट के दिन कट गए।

गौरी ने प्रसन्न मुख होकर कहा- मैं कहती थी कि नहीं, कि ईश्वर सबकी सुध लेते हैं और कभी-न-कभी हमारी भी सुध लेंगे मगर तुमको विश्वास ही न आता था। बोली, अब तो ईश्वर की दया के कायल हुए?

दीनानाथ ने हठधर्मी करते हुए कहा- यह मेरी दौड़-धूप का नतीजा है, ईश्वर की क्या दया? ईश्वर को तो तब जानता, जब कहीं से छप्पर फाड़कर भेज देते।

लेकिन मुँह से चाहे कुछ कहे, ईश्वर के प्रति उसके मन में श्रद्धा उदय हो गई थी।

2

दीनानाथ का स्वामी बड़ा ही रूखा आदमी था और काम में बड़ा चुस्त। उसकी उम्र पचास के लगभग थी और स्वास्थ्य अच्छा न था, फिर भी वह कार्यालय में सबसे ज्यादा काम करता था। मजाल न थी कि कोई आदमी एक मिनट की भी देर करे, या एक मिनट भी समय से पहले चला जाए। बीच में 15 मिनट की छुट्टी मिलती थी, उसमें जिसका जी चाहे, पान खा ले, या सिगरेट पी ले या जलपान कर ले। इसके अलावा एक मिनट का अवकाश न मिलता था। वेतन पहली तारीख को मिल जाता था। उत्सवों में भी दफ्तर बंद रहता और नियत समय के बाद कभी काम न लिया जाता था। सभी कर्मचारियों को बोनस मिलता था और प्रोविडेंड फंड की भी सुविधा थी। फिर भी कोई आदमी खुश न था। काम या समय की पाबंदी की किसी को शिकायत न थी।

शिकायत थी केवल स्वामी के शुष्क व्यवहार की। कितना ही जी लगाकर काम करो, कितना ही प्राण दे दो, उसके बदले धन्यवाद का एक शब्द भी न मिलता था।

कर्मचारियों में और कोई सन्तुष्ट हो या न हो, दीनानाथ को स्वामी से कोई शिकायत न थी। वह घुड़कियाँ और फटकार पाकर भी शायद उतने ही परिश्रम से काम करता। साल-भर में उसने कर्ज चुका दिए और कुछ संचय भी कर लिया। वह उन लोगों में था, जो थोड़े में सन्तुष्ट रह सकते हैं-अगर नियमित रूप से मिलता जाए। एक रुपया भी किसी खास काम में खर्च करना पड़ता, तो दंपत्ति में घंटों सलाह होती और बड़े झाँव-झाँव के बाद कहीं मंजूरी मिलती थी। बिल गौरी की तरफ से पेश होता, तो दीनानाथ विरोध में खड़ा होता। दीनानाथ की तरफ से पेश होता, तो गौरी उसकी आलोचना करती। बिल को पास करा लेना प्रस्ताव की जोरदार वकालत पर मुनहसर था। सर्टिफाई करने वाली कोई तीसरी शक्ति वहाँ न थी।

और दीनानाथ अब पक्का नास्तिक हो गया था। ईश्वर की दया या न्याय में अब उसे कोई शंका न थी। नित्य संध्या करता और नियमित रूप से गीता का पाठ करता। एक दिन उसके नास्तिक मित्र ने जब ईश्वर की निंदा की तो उसने कहा- भाई, इसका तो आज तक निश्चय नहीं हो सका कि ईश्वर है या नहीं। दोनों पक्षों के पास इस्पात की-सी दलीलें मौजूद हैं लेकिन मेरे विचार में नास्तिक रहने से आस्तिक रहना कहीं अच्छा है। अगर ईश्वर की सत्ता है, तब तो नास्तिकों को नरक के सिवा कहीं ठिकाना नहीं। आस्तिक के दोनों हाथों में लड्डू हैं। ईश्वर है तो पूछना ही क्या, नहीं हैं, तब भी क्या बिगड़ता है। दो-चार मिनट का समय ही तो जाता है?

नास्तिक मित्र इस दोरूखी बात पर मुँह बिचकाकर चल दिए।

3

एक दिन जब दीनानाथ शाम को दफ्तर से चलने लगा, तो स्वामी ने उसे अपने कमरे में बुला भेजा और बड़ी खातिर से उसे कुर्सी पर बिठाकर बोला- तुम्हें यहाँ काम करते कितने दिन हुए? साल-भर तो हुआ ही होगा?

दीनानाथ ने नम्रता से कहा- 'जी हां तेरहवाँ महीना चल रहा है।'

'आराम से बैठो, इस वक्त घर जाकर जलपान करते हो?'

'जी नहीं, मैं जलपान का आदी नहीं।'

'पान-वान तो खाते ही होगे? जवान आदमी होकर अभी से इतना संयम!' यह कहकर उसने घंटी बजायी और अर्दली से पान और कुछ मिठाइयाँ लाने को कहा।

दीनानाथ को शंका हो रही थी- आज इतनी खातिरदारी क्यों हो रही है। कहां तो सलाम भी नहीं लेते थे, कहां आज मिठाई और पान सभी कुछ मँगवाया जा रहा है। मालूम होता है, मेरे काम से खुश हो गए हैं। इस खयाल से उसे कुछ आत्मविश्वास हुआ और ईश्वर की याद आ गई। अवश्य परमात्मा सर्वदर्शी और न्यायकारी है, नहीं तो मुझे कौन पूछता?

अर्दली मिठाई और पान लाया। दीनानाथ आग्रह से विवश होकर मिठाई खाने लगा।

स्वामी ने मुस्कराते हुए कहा- तुमने मुझे बहुत रूखा पाया होगा। बात यह है कि हमारे यहाँ अभी तक लोगों को अपनी जिम्मेदारी का इतना कम ज्ञान है कि अफ़सर जरा भी नर्म पड़ जाए, तो लोग उसकी शराफत का अनुचित लाभ उठाने लगते हैं, और काम खराब होने लगता है। कुछ ऐसे भाग्यशाली हैं, जो नौकरों से मेल-जोल भी रखते हैं, उनसे हंसते-बोलते भी हैं, फिर भी नौकर नहीं बिगड़ते, बल्कि और भी दिल लगाकर काम करते हैं। मुझमें वह कला नहीं है, इसलिए मैं अपने आदमियों से कुछ अलग-अलग रहना ही अच्छा समझता हूँ और अब तक मुझे इस नीति से कोई हानि भी नहीं हुई लेकिन मैं आदमियों का रंग-ढंग देखता रहता हूँ और सबको परखता रहता हूँ। मैंने तुम्हारे विषय में जो मत स्थिर किया है, वह यह है कि तुम वफादार हो और मैं तुम्हारे ऊपर विश्वास कर सकता हूँ इसलिए मैं तुम्हें ज्यादा जिम्मेदारी का काम देना चाहता हूँ जहाँ तुम्हें खुद बहुत कम काम करना पड़ेगा, केवल निगरानी करनी पड़ेगी। तुम्हारे वेतन में पचास रुपये की और तरक्की हो जाएगी। मुझे विश्वास है, तुमने अब तक जितनी तनदेही से काम किया है, उससे भी ज्यादा तनदेही से आगे करोगे।

दीनानाथ की आँखों में आँसू भर आए और कण्ठ की मिठाई कुछ नमकीन हो गई। जी में आया, स्वामी के चरणों पर सिर रख दे और कहे- आपकी सेवा के लिए मेरी जान हाजिर है। आपने मेरा सम्मान बढ़ाया है, उसे निभाने में कोई कसर न उठा रखूँगा लेकिन स्वर काँप रहा था और वह केवल कृतज्ञता भरी आँखों से देखकर रह गया।

सेठ ने एक मोटा-सा लेजर निकालते हुए कहा- मैं एक ऐसे काम में तुम्हारी मदद चाहता हूँ जिस पर इस कार्यालय का सारा भविष्य टिका हुआ है। इतने आदमियों में मैंने केवल तुम्हीं को विश्वास-योग्य समझा है। और मुझे आशा है कि तुम मुझे निराश न करोगे। यह पिछले-साल का लेजर है। इसमें कुछ ऐसी रकम दर्ज हो गई हैं जिसके अनुसार कम्पनी को कई हजार लाभ होता है लेकिन तुम जानते हो, हम कई महीनों से घाटे पर काम कर रहे हैं। जिस क्लर्क ने यह लेजर लिखा, उसकी लिखावट तुम्हारी लिखावट से बिलकुल मिलती है। अगर दोनों लिखावट आमने-सामने रख दी जाएँ, तो किसी विशेषज्ञ को भी उनमें भेद करना कठिन हो जाएगा। मैं चाहता हूँ तुम लेजर में एक पृष्ठ फिर से लिखकर जोड़ दो और उसी नम्बर का पृष्ठ उसमें से निकाल लो। मैंने पृष्ठ का नम्बर छपवा लिया है, एक दफ्तरी भी ठीक कर लिया है। जो रात-भर में लेजर की जिल्दबंद कर देगा। किसी को पता तक न चलेगा। जरूरत सिर्फ यह है कि तुम अपनी कलम से उस पृष्ठ की नकल कर दो।

दीनानाथ ने शंका की- जब उस पृष्ठ की नकल ही करनी है, तो उसे निकालने की क्या जरूरत है।

सेठजी हँसे- तो क्या तुम समझते हो, उस पृष्ठ की हू-ब-हू नकल करनी होगी! मैं कुछ रकम में परिवर्तन कर दूंगा। मैं तुम्हें विश्वास दिलाता हूँ कि मैं केवल कार्यालय की भलाई के खयाल से यह कार्रवाई कर रहा हूँ। अगर यह रद्दोबदल न किया गया, तो कार्यालय के एक सौ

आदमियों की जीविका में बाधा पड़ जाएगी। इसमें कुछ सोच-विचार करने की जरूरत ही नहीं। केवल आधा घण्टे का काम है। तुम बहुत तेज लिखते हो।

कठिन समस्या थी। स्पष्ट था कि उससे जाल बनाने को कहा जा रहा है। उसके पास इस रहस्य का पता लगाने का कोई साधन न था कि सेठजी जो कुछ कह रहे हैं, वह स्वार्थ वश होकर या कार्यालय की रक्षा के लिए लेकिन किसी दशा में भी यह जाल, घोर जाल! क्या वह अपनी आत्मा की हत्या करेगा! नहीं, किसी तरह नहीं।

उसने डरते-डरते कहा- मुझे आप क्षमा करें, मैं यह काम न कर सकूँगा। सेठजी ने उसी अविचलित मुस्कान के साथ पूछा- क्यों?

'इसलिए कि यह सरासर जाल है।'

'जाल किसे कहते है?'

'किसी हिसाब में उलट-फेर करना जाल है!'

'लेकिन उस उलट-फेर से एक सौ आदमियों की जीविका बनी रहे, तो इस दशा में भी वह जाल है? कम्पनी की असली हालत कुछ और है, कागजी हालत कुछ और अगर यह तब्दीली न की गई, तो तुरन्त कई हजार रुपये नफे के देने पड़ जाएंगे और नतीजा यह होगा कि कम्पनी का दिवाला हो जाएगा और सारे आदमियों को घर बैठना पड़ेगा। मैं नहीं चाहता कि थोड़े से मालदार हिस्सेदारों के लिए इतने गरीबों का खून किया जाए। परोपकार के लिए कुछ जाल भी करना पड़े, तो आत्मा की हत्या नहीं है।'

दीनानाथ को कोई जवाब व सूझा। अगर सेठजी का कहना सच है और इस जाल से सौ आदमियों की रोजी बनी रहे, तो वास्तव में वह जाल नहीं कठोर कर्तव्य है अगर आत्मा की हत्या होती भी हो, तो सौ आदमियों की रक्षा के लिए उसकी परवाह न करनी चाहिए, लेकिन नैतिक समाधान हो जाने पर अपनी रहम का विचार आया। बोला- लेकिन कहीं मामला खुल गया तो मैं मिट जाऊंगा। चौदह साल के लिए काले पानी भेज दिया जाऊंगा।

सेठ ने जोर से कहकहा मारा--अगर मामला खुल गया, तो तुम न फंसोगे, मैं फंसूगा। तुम साफ इनकार कर सकते हो।

'लिखावट तो पकड़ी जाएगी?'

'पता ही कैसे चलेगा कि कौन पृष्ठ बदला गया, लिखावट तो एक-सी है।'

'दीनानाथ परास्त हो गया। उसी वक्त उस पृष्ठ की नकल करने लगा।'

4

फिर भी दीनानाथ के मन में चोर बैठा हुआ था। गौरी से इस विषय में यह एक शब्द भी न कह सका ।

एक महीने के बाद उसकी तरक्की हुई। सौ रुपये मिलने लगे। दो सौ बोनस के भी मिले।

वह सब कुछ था जिससे घर में खुशहाली के चिह्न नजर आने लगे, लेकिन दीनानाथ का अपराधी मन एक बोझ से दबा रहता था। जिन दलीलों से सेठ ने उसकी जबान बन्द कर दी थी, उन दलीलों से गौरी को सन्तुष्ट कर सकेगा, उसे विश्वास न था।

उसकी ईश्वर-निष्ठा उसे सदैव डराती थी। इस अपराध का भयंकर दण्ड अवश्य मिलेगा। किसी प्रायश्चित्त, किसी अनुष्ठान से उसे रखना असम्भव है। अभी न मिले, साल-दो साल न मिले, दस-पाँच साल न मिले, पर जितनी ही देर में मिलेगा, उतना ही भयंकर होगा, मूलधन ब्याज के साथ बढ़ता जाएगा। वह अकसर पछताता, मैं क्यों सेठजी के प्रलोभन में आ गया। काम टूटता या रहता, मेरी बला से, आदमियों की रोजी जाती या रहती, मेरी बला से। मुझे तो यह प्राण-पीड़ा न होती लेकिन अब तो जो कुछ होना था हो चुका, और दंड अवश्य मिलेगा। इस शंका ने उसके जीवन का उत्साह, आनंद और माधुर्य, सब कुछ हर लिया।

मलेरिया फैला हुआ था। बच्चे को ज्वर आया। दीनानाथ के प्राण उसमें समा गए। दंड का विधान आ पहुँचा। कहां जाए, क्या करे, जैसे बुद्धि भ्रष्ट हो गई। गौरी ने कहा- जाकर कोई दवा लाओ, या किसी डॉक्टर को दिखा दो; तीन दिन तो हो गए।

दीनानाथ ने चिन्तित मन से कहा- हाँ जाता हूँ लेकिन मुझे बड़ा भय लग रहा है।

'भय की कौन-सी बात है, बेबात-की-बात मुँह से निकालते हो। आजकल किसे ज्वर नहीं आता?'

'ईश्वर इतना निर्दयी क्यों है?'

'ईश्वर निर्दयी है पापियों के लिए। हमने किसका क्या हर लिया है?'

'ईश्वर पापियों को कभी माफ नहीं करता?'

'लेकिन आदमी ऐसे काम भी तो करता है, जो एक दृष्टि से पाप हो सकते हैं, दूसरी दृष्टि से पुण्य।'

'मैं नहीं समझी?'

'मान लो, मेरे झूठ बोलने से किसी की जान बचती हो, तो क्या वह पाप है।'

'मैं तो समझती हूँ ऐसा झूठ पुण्य है।'

'तो जिस पाप से मनुष्य का कल्याण हो, वह पुण्य है?'

'और क्या।'

दीनानाथ की अमंगल शंका थोड़ी देर के लिए दूर हो गई। डॉक्टर को बुला लाया, इलाज शुरू किया, बालक एक सप्ताह में चंगा हो गया।

मगर थोड़े ही दिन बाद वह खुद बीमार पड़ा। यह अवश्य ही ईश्वरीय दंड है और वह बच नहीं सकता। साधारण मलेरिया ज्वर था, पर दीनानाथ की दंड- कल्पना ने उसे सन्निपात का रूप दे दिया। ज्वर में, नशे की हालत की तरह, यों भी कल्पना-शक्ति तीव्र हो जाती है। पहले जो

केवल मनोगत शंका थी, वह भीषण सत्य बन गई। कल्पना ने यमदूत रच डाले उनके भाले और गदाएँ रच डालीं, नरक का अग्निकुंड दहका दिया। डॉक्टर की एक घूँट दवा हजार मन की गदा के आघात और आग के उबलते हुए समुद्र के दाह पर क्या असर करती? दीनानाथ मिथ्यावादी न था। पुराणों की रहस्यमय कल्पनाओं में उसे विश्वास न था। वहीं, यह बुद्धिवादी था और ईश्वर में भी तभी उसे विश्वास आया, जब उसकी तर्क बुद्धि कायल हो गई। लेकिन ईश्वर के साथ उसकी दया भी आई, उसका दंड भी आया। दया ने उसे रोजी दी, मान दिया। ईश्वर की दया न होती, तो शायद यह भूखों मर जाता, लेकिन भूखों मरना अग्निकुंड में ढकेल दिए जाने से कहीं सरल था, खेल था। दंड-भावना जन्म-जन्मांतरों के सरकार से ऐसी बद्धमूल हो गई थी, मानो उसकी बुद्धि का, उसकी आत्मा का, एक अंग हो गई हो। उसका तर्कवाद और बुद्धिवाद इस मन्वन्तरों के जमे हुए सरकार पर समुद्र की ऊँची लहरों की भांति आता था पर एक क्षण उन्हें जलमग्न करके फिर लौट जाता था और वह पर्वत ज्यों-का-त्यों अचल खड़ा रह जाता था।

जिन्दगी बाकी थी, बच गया। ताकत आते ही दफ्तर जाने लगा। एक दिन गौरी बोली- जिन दिनों तुम बीमार थे और एक दिन तुम्हारी हालत बहुत नाजुक हो लाई थी, तो मैंने भगवान् से कहा था कि यह अच्छे हो जाएँगे, तो पचास ब्राह्मणों को भोजन कराऊंगी। दूसरे ही दिन से तुम्हारी हालत सुधरने लगी। ईश्वर ने मेरी विनती सुन ली। उसकी दया न हो जाती, तो मुझे कहीं माँगे भीख न मिलती। आज बाजार से सामान ले आओ, तो मनौती पूरी कर दूँ। पचास ब्राह्मण नेवते जाएँगे, तो सौ अवश्य आएँगे। पचास कँगले भी समझ लो, और मित्रों में बीस-पच्चीस निकल ही आएँगे। दो सौ आदमियों का डौल है। मैं सामग्रियों की सूची लिखे देती हूँ।

दीनानाथ ने माथा सिकोड़ कर कहा- 'तुम समझती हो, मैं भगवान् की दया से अच्छा हुआ?'

'और कैसे अच्छे हुए?'

'अच्छा हुआ इसलिए कि जिन्दगी बाकी थी।'

'ऐसी बातें न करो। मनौती पूरी करनी होगी।'

'कभी नहीं। मैं भगवान् को दयालु नहीं समझता।'

'और क्या भगवान् निर्दयी हैं?'

'उससे बढ़ा निर्दयी कोई संसार में न होगा। जो अपने रचे हुए खिलौनों को उनकी भूलों और बेवकूफियों की सजा अग्निकुण्ड में ढकेल कर दे, वह भगवान् दयालु नहीं हो सकता। भगवान् जितना दयालु है, उससे असंख्य गुना निर्दयी है। और ऐसे भगवान् की कल्पना से मुझे घृणा होती है। प्रेम सबसे बड़ी शक्ति कही गई है। विचारवानों ने प्रेम को ही जीवन की और संसार की सबसे बड़ी विभूति माना है। व्यवहार में न सही, आदर्श में ही हमारे जीवन का सत्य है मगर तुम्हारा ईश्वर दंड-भय से सृष्टि का संचालन करता है। कि उसमें और अनुबंध में क्या फर्क हुआ? ऐसे ईश्वर की उपासना मैं नहीं करना चाहता, न ही कर सकता। जो मोटे हैं, उनके लिए ईश्वर दयालु होगा, क्योंकि वे दुनिया को लूटते हैं। हम- जैसों को तो ईश्वर की दया कहीं नजर नहीं

आती। हां, भय पग-पग पर खड़ा घूरा करता है। यह मत करो, नहीं तो ईश्वर दंड देगा। वह मत करो, नहीं तो ईश्वर दंड देगा। प्रेम से शासन करना मानवता है, आतंक से शासन करना बर्बरता है। आतंकवादी ईश्वर से तो ईश्वर का न रहना अच्छा है। उसे हृदय से निकालकर मैं उसकी दया और दंड, दोनों से मुक्त हो जाना चाहता हूँ। एक कठोर दंड बरसों के प्रेम को मिट्टी में मिला देता है। मैं तुम्हारे ऊपर बराबर जान देता रहा हूँ। लेकिन किसी दिन डंडा लेकर पीछे चलूँ तो तुम मेरी सूरत न देखोगी। ऐसे आतंक, दंडनीय जीवन के लिए मैं ईश्वर का एहसान नहीं लेना चाहता। बासी भात में खुदा के साझे की जरूरत नहीं। अगर तुमने ओज-भोज पर जोर दिया, तो मैं जहर खा लूँगा।'

गौरी उसके मुँह की ओर भयातुर नेत्रों से ताकती रह गई।

***

दूध का दाम

अब बड़े-बड़े शहरों में दाइयाँ, नर्सें और लेडी डाक्टर, सभी पैदा हो गयी हैं; लेकिन देहातों में जच्चेखानों पर अभी तक भंगिनों का ही प्रभुत्व है और निकट भविष्य में इसमें कोई तब्दीली होने की आशा नहीं। बाबू महेशनाथ अपने गाँव के जमींदार थे, शिक्षित थे और जच्चेखानों में सुधार की आवश्यकता को मानते थे, लेकिन इसमें जो बाधाएँ थीं, उन पर कैसे विजय पाते ? कोई नर्स देहात में जाने पर राजी न हुई और बहुत कहने-सुनने से राजी भी हुई, तो इतनी लम्बी-चौड़ी फीस माँगी कि बाबू साहब को सिर झुकाकर चले आने के सिवा और कुछ न सूझा। लेडी डाक्टर के पास जाने की उन्हें हिम्मत न पड़ी। उसकी फीस पूरी करने के लिए तो शायद बाबू साहब को अपनी आधी जायदाद बेचनी पड़ती; इसलिए जब तीन कन्याओं के बाद वह चौथा लड़का पैदा हुआ, तो फिर वही गूदड़ था और वही गूदड़ की बहू। बच्चे अक्सर रात ही को पैदा होते हैं। एक दिन आधी रात को चपरासी ने गूदड़ के द्वार पर ऐसी हाँक लगायी कि पास-पड़ोस में भी जाग पड़ गयी। लड़की न थी कि मरी आवाज से पुकारता।

गूदड़ के घर में इस शुभ अवसर के लिए महीनों से तैयारी हो रही थी । भय था तो यही कि फिर बेटी न हो जाए, नहीं तो वही बँधा हुआ एक रुपया और एक साड़ी मिलकर रह जाएगी । इस विषय में स्त्री-पुरुष में कितनी ही बार झगड़ा हो चुका था, शर्त लग चुकी थी । स्त्री कहती थी-अगर अबकी बेटा न हो तो मुँह न दिखाऊँ; हाँ-हाँ, मुँह न दिखाऊँ, सारे लच्छन बेटे के हैं और गूदड़ कहता था-देख लेना, बेटी होगी । बेटा निकले तो मूँछें मुड़ा लूँ, हाँ-हाँ, मूँछें मुंडा लूँ ।

भूँगी बोली-अब मूँछ मुंडा ले । कहती थी, बेटा होगा । सुनता ही न था । अपनी ही रट लगाए जाता था । मैं आज तेरी मूँछें मूँडूँगी लूँ,खूंटी तक तो रखूँगी ही नहीं ।

गूदड़ ने कहा-अच्छा मूंड़ लेना भलीमानस । मूँछें क्या फिर निकलेंगी ही नहीं? तीसरे दिन फिर ज्यों-कीं-त्यों होंगी मगर जो कुछ मिलेगा उसमें से आधा रख लूँगा कहे देता हूँ ।

भूँगी ने अँगूठा दिखाया और अपने तीन महीने के बालक को फूहड़ के सुपुर्द कर सिपाही के साथ चल खड़ी हुई ।

गूदड़ ने पुकारा-अरी! सुन तो कहाँ भागी जाती है? मुझे भी बधाई बजाने जाना पड़ेगा । इसे कौन संभालेगा?

भूंगी ने दूर ही से कहा-इसे वहीं धरती पर सुला देना । मैं आके दूध पिला जाऊँगी ।

2

महेशनाथ के यहाँ अब भूंगी की खूब खातिरदारियाँ होने लगीं । सवेरे हरीरा मिलता, दोपहर को पूरियाँ और हलवा, तीसरे पहर को फिर और सत को फिर । गूदड़ को भी भरपूर परोसा मिलता था । भूँगी अपने बच्चे को दिन-रात में एक-दो बार से ज्यादा दूध न पिला सकती थी ।

उसके लिए ऊपर के दूध का प्रबंध था। भूँगी का दूध बाबूसाहब का भाग्यवान बालक पीता था और यह सिलसिला बारहवें दिन भी बंद न हुआ। मालकिन मोटी-ताजी देवी थी; पर अब की कुछ ऐसा संयोग कि उन्हें दूध हुआ ही नहीं। दूंगी दाई भी थी और दूध-पिलाई भी।

मालकिन कहतीं-भूँगी, हमारे बच्चे को पाल दे फिर जब तक तू जिए, बैठी खाती रहना। पाँच बीघे माफी दिलवा दूँगी। नाती-पोते तक चैन करेंगे।

और भूँगी का लाडला ऊपर का दूध हजम न कर पाता और बार-बार उलटी करता और दिन-दिन दुबला होता जाता था।

भूँगी कहती-बहूजी, मुंडन में चूड़े लूँगी, कहे देती हूँ।

बहूजी उत्तर देती-हाँ-हाँ, लेना भाई धमकाती क्यों है? चाँदी के लेगी या सोने के?

'वाह बहूजी। चाँदी के पहन के किसे मुँह दिखाऊंगी और किसकी हँसी होगी?'

'अच्छा सोने के लेना भाई, कह तो दिया।'

'और ब्याह में कंठा लूंगी और चौधरी (गूदड़) के लिए हाथों के तोड़े।'

'वह भी लेना, भगवान वह दिन तो दिखावे।'

घर में मालकिन के बाद भूँगी का राज्य था। महरियाँ, महाराजिन, नौकर-चाकर सब उसका रोब मानते थे। यहाँ तक कि खुद बहूजी भी उससे दब जाती थीं। एक बार तो उसने महेशनाथ को भी डाँटा था। वह हँसकर टाल गए। बात चली थी भंगियों की और महेशनाथ ने कहा था-दुनिया में और चाहे जो कुछ हो जाए, भंगी, भंगी ही रहेंगे। इन्हें आदमी बनाना कठिन है।

इस पर भूंगी ने कहा था-मालिक, भंगी तो बड़ों-बड़ों को आदमी बनाते हैं, उन्हें कोई क्या आदमी बनाए।

यह गुस्ताखी करके किसी दूसरे अवसर पर भला भूंगी के सिर के बाल बच सकते थे? लेकिन आज बाबूसाहब ठठाकर हंसे और बोले-भूंगी बात बड़े पते की कहती है।

3

भूंगी का शासनकाल सालभर से आगे न चल सका। देवताओं ने बालक के भंगिन का दूध पीने पर आपत्ति की। मोटेराम शास्त्री तो प्रायश्चित का प्रस्ताव कर बैठे। दूध तो छुड़ा दिया गया; लेकिन प्रायश्चित की बात हँसी में उड़ गई। महेशनाथ ने फटकारकर कहा-प्रायश्चित की खूब कही, शासत्रीजी, कल तक उसी भंगिन का खून पीकर पला, अब उसमें छूत घुस गई। वाह रे आपका धर्म।

शास्त्रीजी शिखा फटकारकर बोले-यह सत्य है, वह कल तक भंगिन का रक्त पीकर पला। मांस खाकर पला, यह भी सत्य है; लेकिन कल की बात कल थी, आज की बात आज। जगन्नाथपुरी में छूत-अछूत सब एक पंगत में खाते हैं। पर यहाँ तो नहीं खा सकते। बीमारी में तो हम भी कपड़े पहने खा लेते हैं। खिचड़ी तक खा लेते हैं, बाबूजी; लेकिन अच्छे हो जाने पर तो नेम का पालन करना ही पड़ता है। आपद्धर्म की बात न्यारी है।

'तो इसका यह अर्थ है कि धर्म बदलता रहता है-कभी कुछ, कभी कुछ?'

'और क्या । राजा का धर्म अलग, प्रजा का धर्म अलग, अमीर का धर्म अलग, गरीब का धर्म अलग, राजे-महाराजे, जो चाहें खाएं, जिसके साथ चाहें खाएं, जिसके साथ चाहें शादी-ब्याह करें, उनके लिए कोई बंधन नहीं । समर्थ पुरुष हैं । बंधन तो मध्यवालों के लिए है।'

प्रायश्चित तो न हुआ; लेकिन भूँगी को गद्दी से उतरना पड़ा । हाँ, दान-दक्षिणा इतनी मिली कि वह अकेले ले न जा सकी और सोने के चूड़े भी मिले । एक की जगह दो नई, सुंदर साड़ियाँ-मामूली नहीं जैसी लड़कियों की बार मिली थीं ।

4

इसी साल प्लेग ने जोर बाँधा और गूदड़ चपेट में आ गया । भूँगी अकेली रह गई; पर गृहस्थी ज्यों-की-त्यों चलती रही । पाँच साल बीत गए और उसका बालक मंगल, दुर्बल और सदा रोगी रहने पर भी दौड़ने लगा । सुरेश के सामने पिद्दी-सा लगता था ।

एक दिन भूँगी महेशनाथ के घर का परनाला साफ कर रही थी । महीनों से गलीज जमा हो रहा था । आँगन में पानी भरा रहने लगा । परनाले में एक लंबा मोटा बाँस डालकर जोर से हिला रही थी । पूरा दाहिना हाथ परनाले के अंदर था कि एकाएक उसने चिल्लाकर हाथ बाहर निकाल लिया और उसी वक्त एक काला साँप परनाले से निकलकर भागा । लोगों ने दौड़कर उसे मार तो डाला; लेकिन भूँगी को बचा न सके । लोग समझे पानी का साँप है, विषैला न होगा, इसलिए पहले कुछ गफ़लत की गई । जब विष देह में फैल गया और लहरें आने लगीं तब पता चला कि वह पानी का साँप नहीं, गेहूँवन था ।

मंगल अब अनाथ था । दिनभर महेशबाबू के द्वार पर मंडराया करता । घर में जूठन इतना बचता था कि ऐसे-ऐसे दस-पाँच बालक पल सकते थे । खाने की कोई कमी न थी । हाँ उसे तब बुरा जरूर लगता था, जब मिट्टी के कसोरों में उसे ऊपर से खाना दिया जाता था । सब लोग अच्छे-अच्छे बरतनों में खाते हैं, उसके लिए मिट्टी के कसोरे!

यों उसे इस भेदभाव का बिलकुल ज्ञान न होता था, लेकिन गाँव के लड़के चिढ़ा-चिढ़ाकर उसका अपमान करते रहते थे । कोई उसे अपने साथ खेलाता भी न था । यहाँ तक कि जिस टाट पर वह सोता था, वह भी अछूत था । मकान के सामने एक नीम का पेड़ था । इसी के नीचे मंगल का डेरा था । एक फटा-सा टाट का टुकड़ा, दो मिट्टी के कसोरे और एक धोती, जो सुरेश बाबू की उतारन थी । जाड़ा गरमी बरसात हरेक मौसम में वह जगह एक-सी आरामदेह थी और भाग्य का बली मंगल झुलसाती हुई लू, गलते हुए जाड़े और मूसलाधार वर्षा में जिंदा और पहले से कहीं स्वस्थ था । बस, उसका कोई अपना था तो गाँव का एक कुत्ता, जो अपने सहकर्मियों के जुल्म से दु:ख. होकर मंगल की शरण आ पड़ा था । दोनों एक ही खाना खाते, एक ही टाट पर सोते, तबीयत भी दोनों की एक-सी थी और दोनों एक-दूसरे के स्वभाव को जान गए थे । कभी आपस में झगड़ा न होता ।

गाँव के धर्मात्मा लोग बाबूसाहब की इस उदारता पर आश्चर्य करते । ठीक द्वार के सामने पचास हाथ भी न होगा-मंगल का पड़ा रहना उन्हें सोलहों आने धर्म-विरुद्ध जान पड़ता । छि:! यही हाल रहा तो थोड़े ही दिनों में धर्म का अंत ही समझो । भंगी को भी भगवान ने ही रचा है, यह हम भी जानते हैं । उसके साथ हमें किसी तरह का अन्याय न करना चाहिए, यह किसे नहीं

मालूम? भगवान का तो नाम ही पतित-पावन है; लेकिन समाज की मर्यादा भी कोई वस्तु है। उस द्वार पर जाते हुए संकोच होता है। गाँव के मालिक हैं, जाना तो पड़ता है; लेकिन बस यही समझ लो कि घृणा होती है।

मंगल और टामी में गहरी बनती थी। मंगल कहता-देखो भाई टामी, जरा और खिसककर सोओ। आखिर मैं कहाँ लेटूँ? सारा टाट तो तुमने घेर लिया।

टामी कूँ-कूँ करता, दुम हिलाता और खिसक जाने के बदले और ऊपर चढ़ आता एवं मंगल का मुँह चाटने लगता।

शाम को वह एक बार रोज अपना घर देखने और थोड़ी देर सोने जाता। पहले साल फूस का छप्पर गिर पड़ा, दूसरे साल एक दीवार गिरी और अब केवल आधी-आधी दीवारें खड़ी थीं। यही उसे स्नेह की संपत्ति मिली थी। वही स्मृति, वही आकर्षण, वही प्यार उसे एक बार उस उजाड़ में खींच ले जाती थी और टामी सदैव उसके साथ होता था। मंगल दीवार पर बैठ जाता और जीवन के बीते और आनेवाले स्वप्न देखने लगता। टामी बार-बार उछलकर उसकी गोद में बैठने की असफल चेष्टा करता।

5

एक दिन कुछ लड़के खेल रहे थे। मंगल भी वहाँ जाकर दूर खड़ा हो गया। या तो सुरेश को उस पर दया आई या खेलनेवालों की जोड़ी पूरी न पड़ती थी, कह नहीं सकते। जो कुछ भी हो, फैसला हुआ कि आज मंगल को भी खेल में शरीक कर लिया लाए। यहाँ कौन देखने आता है। क्यों। मंगल खेलेगा?

मंगल बोला-ना भैया, कहीं मालिक देख लें, तो मेरी चमड़ी उधेड़ दी जाएगी। तुम्हें क्या तुम तो अलग हो जाओगे।

सुरेश ने कहा-तो यहाँ कौन आता है देखने बे? चल हम लोग सवार-सवार खेलेंगे। तू घोड़ा बनेगा हम लोग तेरे ऊपर सवारी करके दौड़ाएंगे।

मंगल ने शंका प्रकट की-मैं बराबर घोड़ा ही बना रहूँगा कि सवारी भी करूँगा? यह बता दो।।

यह प्रश्न टेढ़ा था। किसी ने इस पर विचार न किया था। सुरेश ने एक क्षण विचार करके कहा, 'तुझे कौन अपनी पीठ पर बिठाएगा, सोच? आखिर तू भंगी है कि नहीं?

मंगल भी कड़ा हो। बोला-मैं कब कहता हूँ कि मैं भंगी नहीं हूँ, लेकिन तुम्हें मेरी ही माँ ने अपना दूध पिलाया पाला है। मुझे भी सवारी करने दो, नहीं तो मैं घोड़ा न बनूँगा।।

सुरेश ने डाँटकर कहा-तुझे घोड़ा बनना पड़ेगा और मंगल को पकड़ने दौड़ा। मंगल भागा। सुरेश ने दौड़ाया। मंगल ने कदम और तेज किया। सुरेश ने भी जोर लगाया; मगर वह बहुत खा-खाकर धुल-धुला हो गया था और दौड़ने में उसकी साँस फूलने लगती थी। आखिर उसने रुककर कहा-आकर घोड़ा बनो मंगल न तो कभी पा जाऊँगा तो बुरी तरह पीटूँगा।

'तुम्हें भी घोड़ा बनना पड़ेगा।'

'अच्छा हम भी? बन जाएँगे।'

'तुम पीछे से निकल जाओगे । पहले तुम घोड़ा बन जाओ मैं सवारी कर लूँ, फिर मैं बनूँगा ।'

सुरेश ने सचमुच चकमा देना चाहा था । मंगल की बात साथियों से बोला-देखो इसकी बदमाशी, भंगी है न!

तीनों ने मंगल को घेर लिया और जबरदस्ती घोड़ा बना । सुरेश ने चटपट उसकी पीठ पर आसन जमा लिया और टिकटिक करके बोला-चल, घोड़े चल ।

मंगल कुछ देर तक तो चला, लेकिन उस बोझ से उसकी कमर टूटी जाती थी । उसने धीरे से पीठ सिकोड़ी और सुरेश की रान के नीचे से सरक गया सुरेश महोदय लद से गिर पड़े और भोंपू बजाने लगे ।

माँ से सुना, सुरेश कहीं रो रहा है । सुरेश कहीं रोए, तो तेज कानों में जरूर भनक पड़ जाती थी और उसका रोना भी बिलकुल निराला होता था, जैसे छोटी लाइन के इंजन की आवाज ।!

महरी से बोली-देख तो, सुरेश कहीं रो रहा है, पूछ तो किसने मारा है?

इतने में सुरेश खुद आँख मलता हुआ आया । उसे जब रोने का अवसर मिलता था, तो माँ के पास फरियाद लेकर जरूर आता था । माँ मिठाई या मेवे देकर आँसू पोंछ देती थी । आप थे तो आठ साल के, मगर थे बिलकुल गावदी । हद से ज्यादा प्यार ने उसकी बुद्धि के साथ वही किया था, जो हद से ज्यादा भोजन ने उसकी देह के साथ ।

माँ ने पूछा-क्यों रोता है सुरेश किसने मारा? ।

सुरेश ने रोकर कहा-मंगल ने छू दिया । ।

माँ को विश्वास न आया । मंगल इतना निरीह था कि उससे किसी शरारत की शंका न होती थी; लेकिन जब सुरेश कसमें खाने लगा तो विश्वास करना स्वाभाविक था । मंगल को बुलाकर डाँटा-क्यों रे मंगल, अब तुझे बदमाशी सूझने लगी । मैंने तुझसे कहा था, सुरेश को कभी मत छूना, याद कि नहीं, बोल ।

मंगल ने दबी आवाज में कहा-याद क्यों नहीं है ।

'तो फिर तूने उसे क्यों छुआ?'

'मैंने नहीं छुआ ।'

'तूने नहीं छुआ, तो वह रोता क्यों था?'

'गिर पड़े इससे रोने लगे ।'

चोरी और सीनाजोरी! देवीजी दाँत पीसकर रह गईं । मारती, तो उसी दम स्नान करना पड़ता । छड़ी तो हाथ में लेना ही पड़ती और छूत का विद्युत-प्रवाह इस छड़ी के उनकी देह में पैवस्त हो जाता, इसीलिए जहाँ तक गालियाँ दे सकीं, दीं और हुक्म कि अभी-अभी यहाँ से निकल जा । फिर जो इस द्वार पर तेरी सूरत नजर आई, तो खून ही पी जाऊँगी । मुफ्त की रोटियाँ खा-खाकर शरारत सूझती है, आदि ।

मंगल में गैरत तो क्या थी, हाँ, डर था । चुपके से टाट का टुकड़ा बगल में दबाया, धोती कंधे पर रखी और रोता हुआ वहाँ से चल पड़ा । क्या हर्ज है? इस तरह जीने फायदा ही क्या? गाँव में उसके और कहाँ ठिकाना था?

भंगी को कौन पनाह देता? उसी खंडहर की ओर चला, जहाँ भले दिनों स्मृतियाँ उसके आँसू पोंछ सकती थी और खूब फूट-फूटकर रोया ।

उसी क्षण टामी भी उसे ढूंढ़ता हुआ पहुँचा और दोनों फिर अपनी व्यथा भूल गए ।

6

लेकिन ज्यों-ज्यों दिन का प्रकाश क्षीण होता मंगल की ग्लानि भी क्षीण होती थी । बचपन को बेचैन करने वाली भूख देह का रक्त पी-पीकर और भी बलवान होती थी । कहाँ अब तक सुरेश की जूठी मिठाइयाँ मिल गई होती । यहाँ क्या धूल फाँकें?

उसने टामी से सलाह की-खाओगे क्या कमी? मैं तो भूखा लेटा रहूँगा ।

टामी ने हूं-हूं करके शायद कहा-इस तरह का अपमान तो जिंदगी-भर सहना है । यों हिम्मत हारोगे, तो कैसे काम चलेगा? मुझे देखो न, कभी किसी ने डंडा मारा, चिल्ला उठा । फिर जरा देर बाद दुम हिलाता हुआ उसके पास जा पहुँचा । हम-तुम दोनों इसीलिए बने हैं भाई ।

मंगल ने कहा-तो तुम जाओ, जो कुछ मिले खा लो, मेरी परवाह न करो ।

टामी ने अपनी भाषा में कहा-अकेला नहीं जाता, तुम्हें साथ लेकर चलूँगा ।

'मैं नहीं जाता ।'

'भूखा मर जाओगे ।'

'तो क्या तुम जीते रहोगे?'

'मेरा कौन बैठा है, जो रोएगा?'

एक क्षण के बाद भूख ने एक दूसरी युक्ति सोच निकाली ।

'मालकिन हमें खोज रही होंगी, क्या टामी

'और क्या? बाबूजी और सुरेश खा चुके होंगे । कहार उनकी थाली से जूठन निकालकर हमें पुकार रहा होगा ।'

'बाबूजी और सुरेश दोनों की थालियों में घी खूब रहता है और वह मीठी-मीठी चीज-हाँ मलाई।'

'सब-का-सब घूरे पर डाल दिया जाएगा ।'

'देखें हमें खोजने कोई आता है?'

'खोजने कौन आएगा, क्या कोई पुरोहित हो? एक बार मंगल-मंगल होगा और बस, थाली परनाले में उड़ेल दी जाएगी ।'

'अच्छा, चलो । मगर मैं छिपा रहूँगा, अगर किसी ने मेरा नाम लेकर न पुकारा तो मैं लौट आऊँगा । यह समझ लो ।'

दोनों वहाँ से निकले और आकर महेशनाथ के द्वार पर अँधेरे में दुबककर खड़े हो गए, मगर टामी को सब्र कहाँ? वह धीरे से अंदर घुस गया। देखा, महेशनाथ और सुरेश थाली पर बैठ गए हैं। मंगल बरोठे में धीरे से बैठ गया, मगर डर रहा था कि कोई डंडा न मार दे। एक नौकर ने कहा-आज मंगल नहीं दिखा। मालकिन ने डाँटा था, इससे भागा है शायद।

दूसरे ने जवाब दिया-अच्छा हुआ, निकाल दिया गया। सबेरे-सबेरे भंगी का मुँह देखना पड़ता था।

मंगल और अँधेरे में खिसक गया। उसकी आशा गहरे जल में डूब गई।

महेशनाथ थाली से उठ गए। नौकर हाथ बुला रहा था। अब हुक्का पीएंगे और सोएंगे। सुरेश अपनी माँ के पास बैठा कोई कहानी सुनता-सुनता सो जाएगा। गरीब मंगल की किसे चिंता? इतनी देर हो गई, किसी ने भूल से भी न पुकारा।

कुछ देर तक वह निराश-सा खड़ा रहा, फिर एक लंबी साँस खींचकर जाना ही चाहता था कि कहार पत्तल में थाली का लूठन ले जाता नजर आया। मंगल अँधेरे से निकलकर प्रकाश में आ गया। अब मन को कैसे रोके?

कहार ने कहा-अरे, तू यहाँ था? हमने समझा कि कहीं चला गया। ले, खा ले, मैं फेंकने जा रहा था।

मंगल ने दीनता से कहा-मैं तो कब से यहाँ खड़ा था!

'तो बोला क्यों नहीं?'

'मारे डर के।'

'अच्छा ले खा ले।'

उसने पत्तल को ऊपर उठाकर मंगल के फैले हुए हाथों में डाल दिया। मंगल ने उसकी ओर ऐसी आंखों से देखा, जिसमें दीन कृतज्ञता भरी हुई थी। टामी भी अंदर से निकल आया था। दोनों वहीं नीम के नीचे पत्तल में खाने लगे।

मंगल ने एक हाथ से टामी का सिर सहलाकर कहा-देखा, पेट की आग ऐसी होती है। यह लात की मारी हुई रोटियाँ भी न मिलतीं, तो क्या करते?

टामी ने दुम हिला दी।

'सुरेश को अम्मा ने पाला था।'

'लोग कहते हैं, दूध का दाम कोई नहीं चुका सकता और मुझे दूध का यह दाम मिल रहा है।'

टामी ने फिर दुम हिलाई।

***

बालक

गंगू को लोग ब्राह्मण कहते हैं और वह अपने को ब्राह्मण समझता भी है। मे ेरे साईस और ख़िदमतगार मुझे दूर से सलाम करते हैं। गंगू मुझे कभी सलाम नहीं करता। वह शायद मुझसे पालागन की आशा रखता है। मेरा जूठा गिलास कभी हाथ से नहीं छूता और न मेरी कभी इतनी हिम्मत हुई कि उससे पंखा झलने को कहूं। जब मैं पसीने से तर होता हूं और वहां कोई दूसरा आदमी नहीं होता, तो गंगू आप-ही-आप पंखा उठा लेता है; लेकिन उसकी मुद्रा से यह भाव स्पष्ट प्रकट होता है कि मुझ पर कोई एहसान कर रहा है और मैं भी न जाने क्यों फौरन ही उसके हाथ से पंखा छीन लेता हूं। उग्र स्वभाव का मनुष्य है। किसी की बात नहीं सह सकता। ऐसे बहुत कम आदमी होंगे, जिनसे उसकी मित्रता हो, पर साईस और खिदमतगार का साथ बैठना शायद वह अपमानजनक समझता है। मैंने उसे किसी से मिलते-जुलते नहीं देखा। आश्चर्य यह है कि उसे भंग-बूटी से प्रेम नहीं, जो इस श्रेणी के मनुष्यों में एक असाधारण गुण है। मैंने उसे कभी पूजा-पाठ करते या नदी में स्नान करते नहीं देखा। बिलकुल निरक्षर है, लेकिन फिर भी वह ब्राह्मण है और चाहता है कि दुनिया उसकी प्रतिष्ठा तथा सेवा करे और क्यों न चाहे... जब पुरुखों की पैदा की हुई सम्पत्ति पर आज भी लोग अधिकार जमाये हुए हैं और उसी शान से, मानो खुद पैदा किये हों, तो वह क्यों उस प्रतिष्ठा और सम्मान को त्याग दे, जो उसके पुरुषाओं ने संचय किया था। यह उसकी बपौती है।

मेरा स्वभाव कुछ इस तरह का है कि अपने नौकरों से बहुत कम बोलता हूं। मैं चाहता हूं, जब तक मैं खुद न बुलाऊ, कोई मेरे पास न आये। मुझे यह अच्छा नहीं लगता कि ज़रा-सी बात के लिए नौकरों को आवाज देता फिरूं। मुझे अपने हाथ से सुराही से पानी उड़ेल लेना, अपना लैम्प जला लेना, अपने जूते पहन लेना या अलमारी से किताब निकाल लेना, इससे कहीं ज्यादा सरल मालूम होता है कि हींगन और मैकू को पुकारूं। इससे मुझे अपनी स्वेच्छा और आत्मविश्वास का बोध होता है। नौकर भी मेरे स्वभाव से परिचित हो गये हैं और बिना ज़रूरत मेरे पास बहुत कम आते हैं। इसलिए एक दिन जब प्रात:काल गंगू मेरे सामने आकर खड़ा हो गया तो मुझे बहुत बुरा लगा। ये लोग जब आते हैं, तो पेशगी हिसाब में कुछ मांगने के लिए या किसी दूसरे नौकर की शिकायत करने के लिए। मुझे ये दोनों ही बातें अत्यंत अप्रिय हैं। मैं पहली तारीख को हर एक का वेतन चुका देता हूं और बीच में जब कोई कुछ मांगता है, तो क्रोध आ जाता है, कौन दो-दो, चार-चार रुपये का हिसाब रखता फिरे। फिर जब किसी को महीने-भर की पूरी मजूरी मिल गयी, तो उसे क्या हक है कि उसे पन्द्रह दिन में खर्च कर दे और ऋण या पेशगी की शरण ले, और शिकायतों से तो मुझे घृणा है। मैं शिकायतों को दुर्बलता का प्रमाण समझता हूं या ठकुर-सुहाती की क्षुद्र चेष्टा।

मैंने माथा सिकोड़कर कहा - 'क्या बात है, मैंने तो तुम्हें बुलाया नहीं?'

गंगू के तीखे अभिमानी मुख पर आज कुछ ऐसी नम्रता, कुछ ऐसी याचना, कुछ ऐसा संकोच था कि मैं चकित हो गया। ऐसा जान पड़ा, वह कुछ जवाब देना चाहता है; मगर शब्द नहीं मिल रहे हैं।

मैंने ज़रा नम्र होकर कहा - 'आखिर क्या बात है, कहते क्यों नहीं? तुम जानते हो, यह मेरे टहलने का समय है। मुझे देर हो रही है।'

गंगू ने निराशा भरे स्वर में कहा - 'तो आप हवा खाने जायें, मैं फिर आ जाऊंगा।'

यह अवस्था और भी चिन्ताजनक थी। इस जल्दी में तो वह एक क्षण में अपना वृतांत कह सुनायेगा। वह जानता है कि मुझे ज्यादा अवकाश नहीं है। दूसरे अवसर पर तो दुष्ट घण्टों रोयेगा। मेरे कुछ लिखने-पढ़ने को तो वह शायद कुछ काम समझता हो; लेकिन विचार को, जो मेरे लिए सबसे कठिन साधना है, वह मेरे विश्राम का समय समझता है। वह उसी वक्त आकर मेरे सिर पर सवार हो जायेगा।

मैंने निर्दयता के साथ कहा- 'क्या कुछ पेशगी मांगने आये हो? मैं पेशगी नहीं देता।'

'जी नहीं सरकार, मैंने तो कभी पेशगी नहीं मांगा।'

'तो क्या किसी की शिकायत करना चाहते हो? मुझे शिकायतों से घृणा है।'

'जी नहीं सरकार, मैंने तो कभी किसी की शिकायत नहीं की।'

गंगू ने अपना दिल मजबूत किया। उसकी आकृति से स्पष्ट झलक रहा था, मानो वह कोई छलांग मारने के लिए अपनी सारी शक्तियों को एकत्र कर रहा हो। वह लड़खड़ाती हुई आवाज में बोला - 'मुझे आप छुट्टी दे दें। मैं आपकी नौकरी अब न कर सकूंगा।'

यह इस तरह का पहला प्रस्ताव था, जो मेरे कानों में पड़ा। मेरे आत्माभिमान को चोट लगी। मैं जब अपने को मनुष्यता का पुतला समझता हूं, अपने नौकरों को कभी कटुवचन नहीं कहता, अपने स्वामित्व को यथासाध्य म्यान में रखने की चेष्टा करता हूं, तब मैं इस प्रस्ताव पर क्यों न विस्मित हो जाता! कठोर स्वर में बोला- 'क्यों, क्या शिकायत है?'

'आपने तो हुजूर, जैसा अच्छा स्वभाव पाया है, वैसा क्या कोई पायेगा; लेकिन बात ऐसी आ पड़ी है कि अब मैं आपके यहां नहीं रह सकता। ऐसा न हो कि पीछे से कोई बात हो जाये, तो आपकी बदनामी हो। मैं नहीं चाहता कि मेरी वजह से आपकी आबरू में बट्टा लगे।'

मेरे दिल में उलझन पैदा हुई। जिज्ञासा की अग्नि प्रचण्ड हो गयी। आत्मसमर्पण के भाव से बरामदे में पड़ी हुई कुर्सी पर बैठकर बोला- 'तुम तो पहेलियां बुझवा रहे हो। साफ-साफ क्यों नहीं कहते, क्या मामला है?'

गंगू ने बड़ी नम्रता से कहा - 'बात यह है कि वह स्त्री, जो अभी विधवा-आश्रम से निकाल दी गयी है, वही गोमती देवी....।'

वह चुप हो गया। मैंने अधीर होकर कहा- 'हां, निकाल दी गयी है, तो फिर? तुम्हारी नौकरी से उसका क्या सम्बन्ध?'

गंगू ने जैसे अपने सिर का भारी बोझ जमीन पर पटक दिया -

'मैं उससे ब्याह करना चाहता हूं बाबूजी!'

मैं विस्मय से उसका मुंह ताकने लगा। यह पुराने विचारों का पोंगा ब्राह्मण जिसे नयी सभ्यता की हवा तक न लगी, उस कुलटा से विवाह करने जा रहा है, जिसे कोई भला आदमी अपने घर में कदम भी न रखने देगा। गोमती ने मुहल्ले के शांत वातावरण में थोड़ी-सी हलचल पैदा कर दी। कई साल पहले वह विधवाश्रम में आयी थी। तीन बार आश्रम के कर्मचारियों ने उसका विवाह कर दिया था, पर हर बार वह महीने-पन्द्रह दिन के बाद भाग आयी थी। यहां तक कि आश्रम के मंत्री ने अबकी बार उसे आश्रम से निकाल दिया था। तब से वह इसी मुहल्ले में एक कोठरी लेकर रहती थी और सारे मुहल्ले के शोहदों के लिए मनोरंजन का केन्द्र बनी हुई थी।

मुझे गंगू की सरलता पर क्रोध भी आया और दया भी। इस गधे को सारी दुनिया में कोई स्त्री ही न मिलती थी, जो इससे ब्याह करने जा रहा है, जब वह तीन बार पतियों के पास से भाग आयी, तो इसके पास कितने दिन रहेगी? कोई गांठ का पूरा आदमी होता, तो एक बात भी थी। शायद साल-छ: महीने टिक जाती। यह तो निपट आंख का अंधा है। एक सप्ताह भी तो निबाह न होगा।

मैंने चेतावनी के भाव से पूछा- 'तुम्हें इस स्त्री की जीवन-कथा मालूम है?'

गंगू ने आंखों- देखी बात की तरह कहा- 'सब झूठ है सरकार, लोगों ने नाहक उसको बदनाम कर दिया है।'

'क्या कहते हो, वह तीन बार अपने पतियों के पास से नहीं भाग आयी?'

'उन लोगों ने उसे निकाल दिया, तो क्या करती?'

'कैसे बुद्धू आदमी हो! कोई इतनी दूर से आकर विवाह करके ले जाता है, हजारों रुपये खर्च करता है, इसलिए कि औरत को निकाल दे?'

गंगू ने भावुकता से कहा - 'जहां प्रेम नहीं है हुजूर, वहां कोई स्त्री नहीं रह सकती। स्त्री केवल रोटी कपड़ा ही नहीं चाहती, कुछ प्रेम भी तो चाहती है। वे लोग समझते होंगे कि हमने एक विधवा से विवाह करके उसके ऊपर कोई बहुत बड़ा एहसान किया है। चाहते होंगे कि तन-मन से वह उनकी हो जाये, लेकिन दूसरे को अपना बनाने के लिए पहले आपको उसका बन जाना पड़ता है हुजूर! यह बात है। फिर उसे एक बीमारी भी है। उसे कोई भूत लगा हुआ है, कभी-कभी बकझक करने लगती है और बेहोश जाती है।'

'और तुम ऐसी स्त्री से विवाह करोगे?'- मैंने संदिग्ध भाव से सिर हिलाकर कहा- 'समझ लो, जीवन कड़वा हो जायेगा।'

गंगू ने शहीदों के-से आवेश से कहा - 'मैं तो समझता हूं, मेरी जिंदगी बन जायेगी बाबूजी, आगे भगवान की मर्जी!'

मैंने जोर देकर पूछा- 'तो तुमने तय कर लिया है?'

'हां हुजूर!'

'तो मैं तुम्हारा इस्तीफा मंजूर करता हूं।'

मैं निरर्थक रूढ़ियों और व्यर्थ के बंधनों का दास नहीं हूं; लेकिन जो आदमी एक दुष्टा से विवाह करे, उसे अपने यहां रखना वास्तव में जटिल समस्या थी। आये-दिन टण्टे-बखेड़े होंगे, नयी-नयी उलझनें पैदा होंगी, कभी पुलिस दौड़ लेकर आयेगी, कभी मुकदमे खड़े होंगे। संभव है, चोरी की वारदातें भी हों। इस दलदल से दूर रहना ही अच्छा। गंगू क्षुधा-पीड़ित प्राणी की भांति रोटी का टुकड़ा देखकर उसकी ओर लपक रहा है। रोटी जूठी है, सूखी हुई है, खाने योग्य नहीं है, इसकी उसे परवाह नहीं; उसको विचार-बुद्धि से काम लेना कठिन था। मैंने उसे पृथक कर देने ही में अपनी कुशल समझी।

2

पांच महीने गुजर गये। गंगू ने गोमती से विवाह कर लिया था और उसी मुहल्ले में एक खपरैल का मकान लेकर रहता था। वह अब चाट का खोंचा लगाकर गुजर-बसर करता था। मुझे जब कभी बाजार में मिल जाता, तो मैं उसका कुशल-क्षेम पूछता। मुझे उसके जीवन से विशेष अनुराग हो गया था। यह एक सामाजिक प्रश्न की परीक्षा थी, सामाजिक ही नहीं, मनोवैज्ञानिक भी। मैं देखना चाहता था, इसका परिणाम क्या होता है। मैं गंगू को सदैव प्रसन्न-मुख देखता। समृद्धि और निश्चिन्तता के मुख पर जो एक तेज और स्वभाव में जो एक आत्म-सम्मान पैदा हो जाता है, वह मुझे यहां प्रत्यक्ष दिखायी देता था। रुपये-बीस आने की रोज बिक्री हो जाती थी। इसमें लागत निकालकर आठ-दस आने बच जाते थे। यही उसकी जीविका थी। किन्तु इसमें किसी देवता का वरदान था; क्योंकि इस वर्ग के मनुष्यों में जो निर्लज्जता और विपन्नता पायी जाती है, इसका वहां चिह्न तक न था। उसके मुख पर आत्म-विकास और आनन्द की झलक थी, जो चित्त की शान्ति से ही आ सकती है।

एक दिन मैंने सुना कि गोमती गंगू के घर से भाग गयी है। कह नहीं सकता, क्यों? मुझे इस खबर से एक विचित्र आनन्द हुआ। मुझे गंगू के संतुष्ट और सुखी जीवन से एक प्रकार की ईर्ष्या होती थी। मैं उसके विषय में किसी अनिष्ट की, किसी घातक अनर्थ की, किसी लज्जास्पद घटना की प्रतीक्षा करता था। इस खबर से ईर्ष्या को सांत्वना मिली। आखिर वही बात हुई, जिसका मुझे विश्वास था। आखिर गंगू को अपनी अदूरदर्शिता का दण्ड भोगना पड़ा। अब देखें, गंगू कैसे मुंह दिखाता है, अब आंखें खुलेंगी और मालूम होगा कि लोग, जो उन्हें इस विवाह से रोक रहे थे, उनके कैसे शुभचिंतक थे। उस वक्त तो ऐसा मालूम होता था, मानो आपको कोई दुर्लभ पदार्थ मिला जा रहा हो। मानो मुक्ति का द्वार खुल गया है। लोगों ने कितना कहा कि यह स्त्री विश्वास के योग्य नहीं है, कितनों को दगा दे चुकी है, तुम्हारे साथ भी दगा करेगी; लेकिन इसके कानों पर जूं तक न रेंगी। अब मिलें, तो जरा उनका मिज़ाज पूछूं। कहूं, क्यों महाराज, देवीजी का यह वरदान पाकर प्रसन्न हुए या नहीं? तुम तो कहते थे, वह ऐसी है और वैसी है, लोग उस पर केवल दुर्भावना के कारण दोष आरोपित करते हैं। अब बतलाओ, किसकी भूल थी?

उसी दिन संयोगवश गंगू से बाजार में भेंट हो गयी। घबराया हुआ था, बदहवास था, बिलकुल खोया हुआ। मुझे देखते ही उसकी आंखों में आंसू भर आये, लज्जा से नहीं, व्यथा से। मेरे पास आकर बोला- 'बाबूजी, गोमती ने मेरे साथ विश्वासघात किया।' मैंने कुटिल आनन्द से, लेकिन कृत्रिम सहानुभूति दिखाकर कहा– 'तुमसे तो मैंने पहले ही कहा था; लेकिन तुम माने ही नहीं, अब सब्र करो। इसके सिवा और क्या उपाय है। रुपये-पैसे ले गयी या कुछ छोड़ गयी?'

गंगू ने छाती पर हाथ रखा। ऐसा जान पड़ा, मानो मेरे इस प्रश्न ने उसके हृदय को विदीर्ण कर दिया।

'अरे बाबूजी! ऐसा न कहिए, उसने धेले की भी चीज नहीं छुई। अपना जो कुछ था, वह भी छोड़ गयी। न-जाने मुझमें क्या बुराई देखी। मैं उसके योग्य न था और क्या कहूं। वह पढ़ी-लिखी थी, मैं करिया अक्षर भैंस बराबर। मेरे साथ इतने दिन रही, यही बहुत था। कुछ दिन और उसके साथ रह जाता, तो आदमी बन जाता। उसका आपसे कहां तक बखान करूं हुजूर। औरों के लिए चाहे जो कुछ रही हो, मेरे लिए तो किसी देवता का आशीर्वाद थी। न-जाने मुझसे क्या ऐसी खता हो गयी। मगर कसम ले लीजिए, जो उसके मुख पर मैल तक आया हो। मेरी औकात ही क्या है बाबूजी ! दस-बारह आने का मजूर हूं; पर इसी में उसके हाथों इतनी बरकत थी कि कभी कमी नहीं पड़ी।'

मुझे इन शब्दों से घोर निराशा हुई। मैंने समझा था, वह उसकी बेवफाई की कथा कहेगा और मैं उसकी अंध-भक्ति पर कुछ सहानुभूति प्रकट करूंगा; मगर उस मूर्ख की आंखें अब तक नहीं खुलीं। अब भी उसी का मंत्र पढ़ रहा है। अवश्य ही इसका चित्त कुछ अव्यवस्थित है।

मैंने कुटिल परिहास आरम्भ किया- 'तो तुम्हारे घर से कुछ नहीं ले गयी?

'कुछ भी नहीं बाबूजी, धेले की भी चीज नहीं।'

'और तुमसे प्रेम भी बहुत करती थी?'

'अब आपसे क्या कहूं बाबूजी, वह प्रेम तो मरते दम तक याद रहेगा।'

'फिर भी तुम्हें छोड़कर चली गयी?'

'यही तो आश्चर्य है बाबूजी!'

'त्रिया-चरित्र का नाम कभी सुना है?'

'अरे बाबूजी। ऐसा न कहिए। मेरी गर्दन पर कोई छुरी रख दे, तो भी मैं उसका यश ही गाऊंगा।'

'तो फिर ढूँढ निकालो!'

'हां, मालिक। जब तक उसे ढूंढ़ न लाऊंगा, मुझे चैन न आयेगा। मुझे इतना मालूम हो जाये कि वह कहां है, फिर तो मैं उसे ले ही आऊंगा; और बाबूजी, मेरा दिल कहता है कि वह आयेगी जरूर। देख लीजिएगा। वह मुझसे रूठकर नहीं गयी; लेकिन दिल नहीं मानता। जाता हूं, महीने-दो-महीने जंगल, पहाड़ की धूल छानूंगा। जीता रहा, तो फिर आपके दर्शन करूंगा।'

यह कहकर वह उन्माद की दशा में एक तरफ चल दिया।

3

इसके बाद मुझे एक जरूरत से नैनीताल जाना पड़ा। सैर करने के लिए नहीं। एक महीने के बाद लौटा और अभी कपड़े भी न उतारने पाया था कि देखता हूं, गंगू एक नवजात शिशु को गोद में लिये खड़ा है। शायद कृष्ण को पाकर नंद भी इतने पुलकित न हुए होंगे। मालूम होता था, उसके रोम-रोम से आनंद फूटा पड़ता है। चेहरे और आंखों से कृतज्ञता और श्रद्धा के राग-से निकल रहे थे। कुछ वही भाव था, जो किसी क्षुधा-पीड़ित भिक्षुक के चेहरे पर भरपेट भोजन करने के बाद नज़र आता है।

मैंने पूछा- 'कहो महाराज, गोमती देवी का कुछ पता लगा, तुम तो बाहर गये थे?'

गंगू ने आपे में न समाते हुए जवाब दिया- 'हां बाबूजी, आपके आशीर्वाद से ढूंढ़ लाया। लखनऊ के जनाने अस्पताल में मिली। यहां एक सहेली से कह गयी थी कि अगर वह बहुत घबराये तो बतला देना। मैं सुनते ही लखनऊ भागा और उसे घसीट लाया। घाते में यह बच्चा भी मिल गया।' उसने बच्चे को उठाकर मेरी तरफ बढ़ाया। मानो कोई खिलाड़ी तमगा पाकर दिखा रहा हो।

मैंने उपहास के भाव से पूछा- 'अच्छा, यह लड़का भी मिल गया? शायद इसलिए वह यहां से भागी थी। है तो तुम्हारा ही लड़का?'

'मेरा काहे को है बाबूजी, आपका है, भगवान का है।'

'तो लखनऊ में पैदा हुआ?'

'हां बाबूजी, अभी तो कुल एक महीने का है।'

'तुम्हारे ब्याह हुए कितने दिन हुए?'

'यह सातवां महीना जा रहा है।'

'तो शादी के छठे महीने पैदा हुआ?'

'और क्या बाबूजी।'

'फिर भी तुम्हारा लड़का है?'

'हां, जी।'

'कैसी बे-सिर-पैर की बात कर रहे हो?'

मालूम नहीं, वह मेरा आशय समझ रहा था या बन रहा था। उसी निष्कपट भाव से बोला– 'मरते-मरते बची बाबूजी, नया जनम हुआ। तीन दिन, तीन रात छटपटाती रही। कुछ न पूछिए।' मैंने अब जरा व्यंग्य-भाव से कहा– 'लेकिन छह महीने में लड़का होते आज ही सुना।' यह चोट निशाने पर जा बैठी।

मुस्कराकर बोला- 'अच्छा, वह बात! मुझे तो उसका ध्यान भी नहीं आया। इसी भय से तो गोमती भागी थी। मैंने कहा- 'गोमती, अगर तुम्हारा मन मुझसे नहीं मिलता, तो तुम मुझे छोड़

दो। मैं अभी चला जाऊंगा और फिर कभी तुम्हारे पास न आऊंगा। तुमको जब कुछ काम पड़े तो मुझे लिखना, मैं भरसक तुम्हारी मदद करूंगा। मुझे तुमसे कुछ मलाल नहीं है। मेरी आंखों में तुम अब भी उतनी ही भली हो। अब भी मैं तुम्हें उतना ही चाहता हूं। नहीं, अब मैं तुम्हें और ज्यादा चाहता हूं; लेकिन अगर तुम्हारा मन मुझसे फिर नहीं गया है, तो मेरे साथ चलो। गंगू जीते-जी तुमसे बेवफाई नहीं करेगा। मैंने तुमसे इसलिए विवाह नहीं किया कि तुम देवी हो; बल्कि इसलिए कि मैं तुम्हें चाहता था और सोचता था कि तुम भी मुझे चाहती हो। यह बच्चा मेरा बच्चा है। मेरा अपना बच्चा है। मैंने एक बोया हुआ खेत लिया, तो क्या उसकी फसल को इसलिए छोड़ दूंगा कि उसे किसी दूसरे ने बोया था?' यह कहकर उसने जोर से ठट्ठा मारा।

मैं कपड़े उतारना भूल गया। कह नहीं सकता, क्यों मेरी आंखें सजल हो गयीं। न जाने वह कौन-सी शक्ति थी, जिसने मेरी मनोगत घृणा को दबाकर मेरे हाथों को बढ़ा दिया। मैंने उस निष्कलंक बालक को गोद में ले लिया और इतने प्यार से उसका चुंबन लिया कि शायद अपने बच्चों का भी न लिया होगा।

गंगू बोला- 'बाबूजी, आप बड़े सज्जन हैं। मैं गोमती से बार-बार आपका बखान किया करता हूं। कहता हूं, चल, एक बार उनके दर्शन कर आ; लेकिन मारे लाज के आती ही नहीं।'

मैं और सज्जन! अपनी सज्जनता का पर्दा आज मेरी आंखों से हटा। मैंने भक्ति से डूबे हुए स्वर में कहा- 'नहीं जी, मेरे जैसे कलुषित मनुष्य के पास वह क्या आयेगी। चलो, मैं उनके दर्शन करने चलता हूं। तुम मुझे सज्जन समझते हो? मैं ऊपर से सज्जन हूं; पर दिल का कमीना हूं। असली सज्जनता तुममें है और यह बालक वह फूल है, जिससे तुम्हारी सज्जनता की महक निकल रही है।' मैं बच्चे को छाती से लगाये हुए गंगू के साथ चला।

***

जीवन का शाप

कावसजी ने पत्र निकाला और यश कमाने लगे। शापूरजी ने रूई की दलाली शुरू की और धन कमाने लगे। कमाई दोनों ही करते थे, पर शापूरजी प्रसन्न थे, कावसजी विरक्त। शापूरजी को धन के साथ सम्मान और यश आप-ही- आप मिलता था। कावसजी को यश के साथ धन दूरबीन से देखने पर भी न दिखाई देता था। इसलिए शापूरजी के जीवन में शान्ति थी, सहृदयता थी, आशावादिता थी, क्रीड़ा थी। कावसजी के जीवन में अशान्ति थी, कटुता थी, निराशा थी, उदासीनता थी। धन को तुच्छ समझने की वह बहुत चेष्टा करते थे लेकिन प्रत्यक्ष को कैसे झुठला देते? शापूरजी के घर में विराजने वाले सौजन्य और शान्ति के सामने उन्हें, अपने घर के कलह और फूहड़पन से घृणा होती थी। मृदुभाषिणी मिसेज शापूर के सामने उन्हें अपनी गुलशन बानू संकीर्णता और ईर्ष्या का अवतार-सी लगती थी। शापूरजी घर में आते, तो शीरीं बानूबाई मृदु हास्य से उनका स्वागत करती। वह खुद दिन-भर के थके- मांदे घर आते, तो गुलशन अपना दुखड़ा सुनाने बैठ जाती और उनको खूब फटकारें बतातीं-तुम भी अपने को आदमी कहते हो! मैं तो तुम्हें बैल समझती हूं। बैल बड़ा मेहनती है, गरीब है, संतोषी है, माना, लेकिन उसे विवाह करने का क्या हक था?

कावसजी से एक लाख बार यह प्रश्न किया जा चुका था कि जब तुम्हें समाचार-पत्र निकालकर अपना जीवन बरबाद करना था, तो तुमने विवाह क्यों किया? क्यों मेरी जिंदगी तबाह कर दी? जब तुम्हारे घर में रोटियाँ न थीं, तो मुझे क्यों लाए? इस प्रश्न का जवाब देने की कावसजी में शक्ति न थी। उन्हें कुछ सूझता ही न था। वह सचमुच अपनी गलती पर पछताते थे। एक बार बहुत तंग आकर उन्होंने कहा था- अच्छा भाई, अब तो जो होना था, हो चुका, लेकिन मैं तुम्हें बाँधे तो नहीं हूँ तुम्हें जो पुरुष ज्यादा सुखी रख सके, उसके साथ जाकर रहो, अब मैं क्या कहूँ? आमदनी नहीं बढ़ती, तो मैं क्या करूँ? क्या चाहती हो, जान दे दूँ? इस पर गुलशन ने उनके दोनों कान पकड़कर जोर से ऐंठे और गालों पर दो तमाचे लगाए और पैनी आँखों से काटती हुई बोली-अच्छा, अब चोंच सँभालो, नहीं तो अच्छा न होगा। ऐसी बात मुँह से निकालते, तुम्हें लाज नहीं आती। हयादार होते, तो चुल्लू-भर पानी में डूब मरते। उस दूसरे पुरुष के महल में आग लगा दूँगी, उसका मुंह झुलस दूँगी। तब से बेचारे कावसजी के पास इस प्रश्न का कोई जवाब न रहा। कहाँ तो यह असन्तोष और विद्रोह की ज्वाला, और कहां वह मधुरता और भद्रता की देवी शीरीं, जो कावसजी को देखते ही फूल की तरह खिल उठी, मीठी बातें करतीं, चाय, मुरब्बे और फूलों से सत्कार करतीं और अकसर उन्हें अपनी कार पर घर पहुँचा देती। कावसजी ने कभी मन में भी इसे स्वीकार करने का साहस नहीं किया, मगर उनके हृदय में यह लालसा छिपी हुई थी कि गुलशन की जगह शीरीं होती, तो उनका जीवन कितना गुलजार होता! कभी-कभी गुलशन की कटूक्तियों से वह इतने दु:खी हो जाते कि यमराज का आह्वान

करते। घर उनके लिए कैदखाना से कम न था और जब अवसर मिलता, सीधे शीरीं के घर जाकर अपने दिल की जलन बुझा आते।

2

एक दिन कावसजी सवेरे गुलशन से झल्लाकर शापूरजी के टैरेस में पहुँचे, तो देखा, शीरीं बानू की आँखें लाल हैं और चेहरा भमराया हुआ है, जैसे रोकर उठी हों। कावसजी ने चिन्तित होकर पूछा- आपका जी कैसा है? बुखार तो नहीं आ गया?

शीरीं ने दर्द-भरी आँखों से देखकर रोनी आवाज से कहा- नहीं, बुखार तो नहीं है, कम-से-कम देह का बुखार तो नहीं है।

कावसजी इस पहेली का कुछ मतलब न समझे।

शीरीं ने एक क्षण मौन रहकर फिर कहा- आपको मैं अपना मित्र समझती हूँ मि. कावसजी! आपसे क्या छिपा? मैं इस जीवन से तंग आ गई हूं। मैंने अब तक हृदय की आग हृदय में रखी, लेकिन ऐसा मालूम होता है कि अब उसे बाहर न निकालूं तो मेरी हड्डियाँ तक गल जाएँगी। इस वक्त आठ बजे हैं लेकिन मेरे रंगीले पिया का कहीं पता नहीं। रात को खाना खाकर वह एक मित्र से मिलने का बहाना करके घर से निकले थे और अभी तक लौटकर नहीं आये। यह आज कोई नई बात नहीं है, इधर कई महीनों से यह इनकी रोज की आदत है। मैंने आज तक आपसे कभी अपना दर्द नहीं कहा मगर उस समय भी, जब मैं हँस- हँसकर आपसे बातें करती थी, मेरी आत्मा रोती रहती थी।

कावसजी ने निष्कपट भाव से कहा- तुमने पूछा नहीं, कहां रह जाते हो? पूछने से क्या लोग अपने दिल की बातें बता दिया करते हैं?

'तुमसे तो उन्हें कोई भेद न रखना चाहिए।'

'घर में जी न लगे, तो आदमी क्या करे?'

'मुझे यह सुनकर आश्चर्य हो रहा है कि तुम जैसी देवी जिस घर में हो, वह स्वर्ग है। शापूरजी को तो अपना भाग्य सराहना चाहिए।'

'आपका यह भाव तभी तक है, जब तक आपके पास धन नहीं है। आज तुम्हें कहीं से दो-चार लाख मिल जाए, तो तुम यों न रहोगे, और तुम्हारे ये भाव बदल जाएँगे। यही धन का सबसे बड़ा अभिशाप है। ऊपरी सुख-शान्ति के नीचे कितनी आग है, यह तो उसी वक्त खुलता है, जब ज्वालामुखी फट पड़ता है। वह समझते हैं, धन से घर भरकर उन्होंने मेरे लिए वह सब कुछ कर दिया, जो उनका कर्तव्य था, और अब मुझे असन्तुष्ट होने का कोई कारण नहीं। वह नहीं जानते कि ऐश के ये सारे सामान उन मिस्त्री तहखानों में गड़े हुए पदार्थों की तरह हैं, जो मृतात्मा के भोग के लिए रखे जाते थे।'

कावसजी आज एक नई बात सुन रहे थे। उन्हें अब तक जीवन का जो अनुभव हुआ था, वह यह था कि स्त्री अत:करण से विलासिनी होती है। उस पर लाख प्राण वारो, उसके लिए मर ही क्यों न मिटो लेकिन व्यर्थ। वह केवल खरहरा नहीं चाहती, उससे कहीं ज्यादा दाना और घास

चाहती है लेकिन एक यह देवी है, जो विलास की चीजों को तुच्छ समझती हैं और केवल मीठे स्नेह और सहवास से ही प्रसन्न रहना चाहती हैं। उनके मन में गुदगुदी-सी उठी।

मिसेज शापूर ने फिर कहा- उनका यह व्यापार मेरी बर्दाश्त के बाहर हो गया है, मि. कावसजी! मेरे मन में विद्रोह की ज्वाला उठ रही है, और मैं धर्म- शास्त्र और मर्यादा- इन सभी का आश्रय लेकर भी त्राण नहीं पाती। मन को समझाती हूँ- क्या संसार में लाखों विधवाएँ नहीं पड़ी हुई हैं लेकिन किसी तरह चित्त नहीं शान्त होता। मुझे विश्वास आता जाता है कि वह मुझे मैदान में आने के लिए चुनौती दे रहे हैं। मैंने अब तक उनकी चुनौती नहीं ली है लेकिन अब पानी सिर के ऊपर चढ़ गया है और मैं किसी तिनके का सहारा ढूंढ़े बिना नहीं रह सकती। वह जो चाहते हैं, वह हो जाएगा। आप उनके मित्र हैं आपसे बन पड़े, तो उनको समझाइए। मैं इस मर्यादा की बेड़ी को अब और न पहन सकूंगी।

मि. कावसजी मन में भावी सुख का एक स्वर्ग निर्माण कर रहे थे। बोले- हाँ-हाँ मैं अवश्य समझाऊंगा। यह तो मेरा धर्म है लेकिन मुझे आशा नहीं कि मेरे समझाने का उन पर कोई असर हो। मैं तो दरिद्र हूँ मेरे समझाने का उनकी दृष्टि में मूल्य ही क्या?

यों वह मेरे ऊपर बड़ी कृपा रखते हैं। बस, उनकी यही आदत मुझे पसंद नहीं।

तुमने इतने दिनों बर्दाश्त किया, यही आश्चर्य है! कोई दूसरी औरत तो एक दिन न सहती।

'थोड़ी-बहुत तो यह आदत सभी पुरुषों में होती है लेकिन ऐसे पुरुषों की स्त्रियाँ भी वैसी ही होती हैं। कर्म से न सही, मन से ही सही। मैंने तो सदैव इनको अपना इष्टदेव समझा।'

'किन्तु जब पुरुष इसका अर्थ ही न समझे, तो क्या हो? मुझे भय है, वह मन में कुछ और न सोच रहे हों।'

'और क्या सोच सकते है?'

'आप अनुमान नहीं कर सकती?'

'अच्छा, वह बात! मगर मेरा कोई अपराध?'

'शेर और मेमने वाली कथा आपने नहीं सुनी?'

मिसेज शापूर एकाएक चुप हो गईं। सामने से शापूरजी की कार आती दिखाई दी। उन्होंने कावसजी को ताकीद और विजय भरी आँखों से देखा और दूसरे द्वार के कमरे से निकलकर अंदर चली गयीं। मि. शापूर लाल आँखें किए कार से उतरे और मुस्कुराकर कावसजी से हाथ मिलाया। स्त्री की आँखें भी लाल थीं, पति. की आँखें भी लाल। एक रुदन से, दूसरी रात की खुमारी से।

3

शापूरजी ने हैट उतारकर खूँटी पर लटकाते हुए कहा--क्षमा कीजिएगा, मैं रात को एक मित्र के घर तो गया था। दावत थी, आने में देर हुई, तो मैंने सोचा, अब कौन घर जाए।

कावसजी ने व्यंग्य-मुस्कान के साथ कहा-किसके यहाँ दावत थी? मेरे रिपोर्टर ने तो कोई खबर नहीं दी। जरा मुझे नोट करा दीजिएगा।

उन्होंने जेब से नोटबुक निकाली।

शापूरजी ने सतर्क होकर कहा- ऐसी कोई बड़ी दावत नहीं थी जी, दो-चार मित्रों का प्रीतिभोज था।

'फिर भी समाचार तो जानना ही चाहिए। जिस प्रीतिभोज में आप जैसे प्रतिष्ठित लोग शरीक हों, वह साधारण बात नहीं हो सकती। क्या नाम है मेजबान साहब का?'

'आप चौंकेगे तो नहीं?'

'बतलाएँ तो।'

'मिस गौहर!'

'मिस गौहर!'

'जी हां आप चौंके क्यों? क्या आप इसे तस्लीम नहीं करते कि दिन-भर रुपए-आने-पाई से सिर मारने के बाद मुझे कुछ मनोरंजन करने का भी अधिकार है, नहीं तो जीवन भार हो जाए।'

'मैं इसे नहीं मानता।'

'क्यों?'

'इसीलिए कि मैं इस मनोरंजन को अपनी ब्याहता स्त्री के प्रति अन्याय समझता हूँ।'

शापूरजी नकली हँसी हँसे-वही दकियानूसी बात। आपको मालूम होना चाहिए, आज का समय ऐसा कोई बंधन स्वीकार नहीं करता।

'और मेरा खयाल है कि कम-से-कम इस विषय में आज का समाज एक पीढ़ी पहले के समाज से कहीं परिष्कृत है। अब देवियों का यह अधिकार स्वीकार किया जाने लगा है।'

'यानी देवियाँ पुरुषों पर हुकूमत कर सकती हैं?'

'उसी तरह, जैसे पुरुष देवियों पर हुकूमत कर सकते हैं।'

'मैं इसे नहीं मानता। पुरुष, स्त्री का मोहताज नहीं है, स्त्री, पुरुष की मोहताज है।'

'आपका आशय यही तो है कि स्त्री अपने भरण-पोषण के लिए पुरुष पर अवलम्बित है?'

'अगर आप इन शब्दों में कहना चाहते हैं, तो मुझे कोई आपत्ति नहीं मगर अधिकार की बागडोर जैसे राजनीति में, वैसे ही समाज नीति में धन-बल के हाथ रही है और रहेगी।'

'अगर दैवयोग से धनोपार्जन का काम स्त्री कर रही हो और पुरुष कोई काम न मिलने के कारण घर बैठा हो, तो स्त्री को अधिकार है कि अपना मनोरंजन जिस तरह चाहे करे?'

'मैं स्त्री को यह अधिकार नहीं दे सकता।'

'यह आपका अन्याय है।'

'बिलकुल नहीं। स्त्री पर प्रकृति ने ऐसे बंधन लगा दिए हैं कि वह जितना भी चाहे, पुरुष की भांति स्वच्छंद नहीं रह सकती और न पशु-बल में पुरुष का मुकाबला ही कर सकती है। हां, गृहिणी का पद त्याग कर या अप्राकृतिक जीवन का आश्रय लेकर, वह सब कुछ कर सकती है।'

'आप लोग उसे मजबूर कर रहे हैं कि अप्राकृतिक जीवन का आश्रय ले।'

'मैं ऐसे समय की कल्पना ही नहीं कर सकता, जब पुरुषों का आधिपत्य स्वीकार करने वाली औरतों का काल पड़ जाए। कानून और सभ्यता मैं नहीं जानता। पुरुषों ने स्त्रियों पर हमेशा राज किया है और करेंगे।'

सहसा कावसजी ने पहलू बदला। इतनी थोड़ी-सी देर में ही यह अच्छे-खासे कूटनीति-चतुर हो गए थे। शापूरजी को प्रशंसा-सूचक आंखों से देखकर बोले- तो हम और आप दोनों एक विचार के हैं। मैं आपकी परीक्षा ले रहा था। मैं भी स्त्री को गृहिणी, माता और स्वामिनी, सब-कुछ मानने को तैयार हूं, पर उसे स्वच्छन्द नहीं देख सकता। अगर कोई स्त्री स्वच्छन्द होना चाहती है, तो उसके लिए मेरे घर में स्थान नहीं है। अभी मिसेज शापूर की बातें सुनकर मैं दंग रह गया। मुझे इसकी कल्पना भी न थी कि कोई नारी मन में इतने विद्रोहात्मक भावों को स्थान दे सकती है।

मि. शापूर की गर्दन की नसें तन गईं, नथुने फूल गए। कुर्सी से उठकर बोले- अच्छा, तो अब शीरीं ने यह ढंग निकाला। मैं अभी उससे पूछता हूँ आपके सामने पूछता हूँ-अभी फैसला कर डालूँगा। मुझे उसकी परवाह नहीं है। किसी की परवाह नहीं है। बेवफा औरत! जिसके हृदय में जरा भी संवेदना नहीं, जो मेरे जीवन में जरा-सा आनंद भी नहीं सह सकती, चाहती है, मैं उसके आँचल में बँधा-बँधा घूमू! शापूर से यह आशा रखती है? अभागिनी भूल जाती है कि आज मैं आंखों का इशारा कर दूँ तो एक सौ एक शीरियाँ मेरी उपासना करने लगें, जी हां मेरे इशारों पर नाचें। मैंने इसके लिए जो कुछ किया, बहुत कम पुरुष किसी स्त्री के लिए करते हैं। मैंने... मैंने...

उन्हें खयाल आ गया कि वह जरूरत से ज्यादा बहके जा रहे हैं। शीरीं की प्रेममय सेवाएँ याद आईं, रुककर बोले-लेकिन मेरा खयाल है कि वह अब भी समझ से काम ले सकती है। मैं उसका दिल नहीं दुखाना चाहता। मैं यह भी जानता हूँ कि वह ज्यादा-से-ज्यादा जो कर सकती है, वह शिकायत है। इसके आगे बढ़ने की हिमाकत वह नहीं कर सकती। औरतों को मना लेना बहुत मुश्किल नहीं है, कम से कम मुझे तो यही तर्जुबा है।

कावसजी ने खंडन किया- मेरा तर्जुबा तो कुछ और है।

'हो सकता है मगर आपके पास खाली बातें हैं, मेरे पास लक्ष्मी का आशीर्वाद है।'

'जब मन में विद्रोह के भाव जम गए, तो लक्ष्मी के टाले भी नहीं टल सकते।'

शापूरजी ने विचारपूर्ण भाव से कहा- 'शायद आपका विचार ठीक है।'

4

कई दिन के बाद कावसजी की शीरीं से पार्क में मुलाकात हुई। वह इसी अवसर की खोज में थे। उनका स्वर्ग तैयार हो चुका था। केवल उसमें शीरीं को प्रतिष्ठित करने की करार थी। उस शुभ-दिन की कल्पना में वह पागल से हो रहे थे। गुलशन को उन्होंने उसके मैके भेज दिया था। भेज क्या दिया था, वह रूठकर चली गई थी। जब शीरीं उनकी दरिद्रता का स्वागत कर रही है, तो गुलशन की खुशामद क्यों की जाए? लपक कर शीरीं से हाथ मिलाया और बोले- आप खूब मिलीं! मैं आज आने वाला था।

शीरीं ने गिला करते हुए कहा- आपकी राह देखते-देखते आँखें थक गईं। आप भी ज़बानी हमदर्दी ही करना जानते हैं। आपको क्या खबर, इन कई दिनों में मेरी आंखों से कितने आंसू बहे हैं।

कावसजी ने शीरीं बाबू की उत्कंठा-पूर्ण मुद्रा देखी, जो बहुमूल्य रेशमी साड़ी की आब से और भी दमक उठी थी, और उनका हृदय अंदर से बैठता हुआ जान पड़ा। उस छात्र की-सी दशा हुई, जो अंतिम परीक्षा पास कर चुका हो और जीवन का प्रश्न उसके सामने भयंकर रूप में खड़ा हो। काश, वह कुछ दिन और परीक्षाओं की भूल-भूलैया में जीवन के स्वप्नों का आनंद ले सकता। उस स्वप्न के सामने यह सत्य कितना डरावना था। अभी तक कावसजी ने मधुमक्खी का शहद ही चखा था। इस समय वह उनके मुख पर मँडरा रही थी और वह डर रहे थे कि कहीं डंक न मारे।

दबी हुई आवाज से बोले- मुझे यह सुनकर बड़ा दुःख हुआ। मैंने तो शापूर को बहुत समझाया था।

शीरी ने उनका हाथ पकड़कर एक बेंच पर बिठा दिया और बोली- उन पर अब समझाने-बुझाने का कोई असर न होगा। और मुझे ही क्या गरज पड़ी है कि मैं उनके पाँव सहलाती रहूँ? आज मैंने निश्चय कर लिया है, अब उस घर में लौटकर न जाऊंगी। अगर उन्हें अदालत में जलील होने का शौक है, तो मुझ पर दावा करें, मैं तैयार हूँ। मैं जिसके साथ नहीं रहना चाहती, उसके साथ रहने के लिए ईश्वर भी मुझे मजबूर नहीं कर सकता, अदालत क्या कर सकती है? अगर तुम मुझे आश्रय दे सकते हो, तो मैं तुम्हारी बनकर रहूँगी, जब तक तुम मेरे रहोगे। अगर तुममें इतना आत्मबल नहीं है, तो मेरे लिए दूसरे द्वार खुल जाएँगे। अब साफ-साफ बतलाओ, क्या वह सारी सहानुभूति ज़बानी थी?

कावसजी ने कलेजा मजबूत करके कहा- नहीं-नहीं, शीरीं, खुदा जानता है, मुझे तुमसे कितना प्रेम है। तुम्हारे लिए मेरे हृदय में स्थान है।

'मगर गुलशन को क्या करोगे?'

'उसे तलाक दे दूँगा।'

'हां, वही मैं भी चाहती हूँ। तो मैं तुम्हारे साथ चलूँगी, अभी, इस दम। शापूर से अब मेरा कोई संबंध नहीं है।'

कावसजी को अपने दिल में कम्पन का अनुभव हुआ। बोले- लेकिन अभी तो वहाँ कोई तैयारी नहीं है।

'मेरे लिए किसी तैयारी की जरूरत नहीं। तुम सब कुछ हो। एक टैक्सी ले लो। मैं इसी वक्त चलूँगी।'

कावसजी टैक्सी की खोज में पार्क से निकले। वह एकान्त में विचार करने के लिए थोड़ा-सा समय चाहते थे, इस बहाने से उन्हें समय मिल गया। उन पर अब जवानी का वह नशा न था, जो विवेक- की आँखों पर छा कर बहुधा हमें गड्ढे में गिरा देता है। अगर कुछ नशा था, तो अब तक

हिरन हो चुका था। वह किस फंदे में गला डाल रहे हैं, यह खूब समझते थे। शापूरजी उन्हें मिट्टी में मिला देने के लिए पूरा जोर लगाएँगे यह भी उन्हें मालूम था। गुलशन उन्हें सारी दुनिया में बदनाम कर देगी, यह भी वह जानते थे। ये सब विपत्तियाँ झेलने को यह तैयार थे। शापूर की जुबान बंद करने के लिए उनके पास काफी दलीलें थीं। गुलशन को भी स्त्री समाज में अपमानित करने का उनके पास काफी मसाला था। डर था तो यह कि शीरीं का यह प्रेम टिक सकेगा या नहीं। अभी तक शीरीं ने केवल उनके सौजन्य का परिचय पाया है, केवल उनकी न्याय, सत्य और उदारता से भरी बातें सुनी हैं। इस क्षेत्र में शापूरजी से उन्होंने बाजी मारी है, लेकिन उनके सौगंध और उनकी प्रतिभा का जादू उनके बेसामान घर में कुछ दिन रहेगा, इसमें उन्हें सन्देह था। हलुवा की जगह चुपड़ी रोटियाँ भी मिलें, तो आदमी सब्र कर सकता है। रूखी भी मिल जाएँ? तो वह सन्तोष कर लेगा लेकिन सूखी घास सामने देखकर तो ऋषि-मुनि भी जामे से बाहर हो जाएँगे। शीरीं उनसे प्रेम करती है, लेकिन प्रेम के त्याग की भी तो सीमा है। दो-चार दिन भावुकता के उन्माद में वह सब्र कर ले लेकिन भावुकता कोई टिकाऊ तो चीज नहीं है। वास्तविकता के आघातों के सामने यह भावुकता के दिन टिकेगी। उस परिस्थिति की कल्पना करके कावसजी काँप उठे। अब तक वह रनिवास में रही है। अब उसे एक खपरैल का कॉटेज मिलेगा, जिसके फर्श पर कालीन की जगह टाट भी नहीं, कहां वर्दी-पोश नौकरों की पलटन, कहां एक बुढ़िया मामी की संदिग्ध सेवा, जो बात-बात पर भुनभुनाती है, धमकाती है, कोसती है। उसका आधा वेतन तो संगीत सिखाने वाला मास्टर ही खा जाएगा और शापूरजी ने कहीं ज्यादा कमीनेपन से काम लिया, तो उसको बदमाशों से पिटवा भी सकते हैं। पिटाई से वह नहीं डरते। वह तो उनकी फतह होगी, लेकिन शीरीं की भोग-लालसा पर कैसे विजय पाएँ। बुढ़िया मामी जब मुँह लटकाए आकर उसके सामने रोटियाँ और सालन परोस देगी, तब शीरीं के मुख पर कैसी विदग्ध विरक्ति छा जाएगी! कहीं वह खड़ी होकर उनको और अपनी किस्मत को कोसने न लगे। नहीं, अभाव की पूर्ति सौजन्य से नहीं हो सकती। शीरीं का वह रूप कितना विकराल होगा।

सहसा एक कार सामने से आती दिखाई दी। कावसजी ने देखा- शापूरजी बैठे हुए थे। उन्होंने हाथ उठाकर कार को रुकवा लिया और पीछे दौड़ते हुए जाकर शाहजी से बोले- आप कहीं जा रहे हैं?

'यों ही जरा घूमने निकला था।'

'शीरीं बानू पार्क में हैं, उन्हें भी लेते जाइए।'

'वह तो मुझसे लड़कर आई हैं कि अब इस घर में कभी कदम न रखूँगी।'

'और आप सैर करने जा रहे हैं?'

'तो क्या आप चाहते हैं, बैठकर रोऊँ?'

'वह बहुत रो रही हैं।'

'सच!'

'हां, बहुत रो रही हैं।'

'तो शायद उसकी बुद्धि जाग रही है।'

'तुम इस समय उन्हें मना लो, तो वह हर्ष से तुम्हारे साथ चली जाए।'

'मैं परीक्षा लेना चाहता हूँ कि वह बिना मनाए मानती है या नहीं।'

'मैं बड़े असमंजस में पड़ा हुआ हूँ। मुझ पर दया करो, तुम्हारे पैरों पड़ता।'

'जीवन में जो थोड़ा-सा आनन्द है, उसे मनावन के नाट्य में नहीं छोड़ना चाहता।'

कार चल पड़ी और कावसजी कर्तव्य-भ्रष्ट से वहीं खड़े रह गए। देर हो रही थी। सोचा- कहीं शीरीं यह न समझ ले कि मैंने भी उसके साथ दगा की लेकिन जाऊँ भी तो क्यों कर? अपने सम्पादकीय कुटीर में उस देवी को प्रतिष्ठित करने की कल्पना ही उन्हें हास्यास्पद लगी। वहाँ के लिए तो गुलशन ही उपयुक्त है। कुढ़ती है, कठोर बातें कहती है, रोती है लेकिन वक्त से भोजन तो देती है। फटे हुए कपड़ों को रफू तो कर देती है, कोई मेहमान आ जाता है, तो कितने प्रसन्न मुख से उसका आदर-सत्कार करती है, मानो उसके मन में आनन्द-ही-आनन्द है। कोई छोटी-सी चीज भी दे दो, तो कितना फूल उठती है। थोड़ी-सी तारीफ करके चाहे उससे गुलामी करवा लो। अब उन्हें अपनी जरा-जरा-सी बात पर झुँझला पड़ना, उसकी सीधी-सी बातों का टेढ़ा जवाब देना, विकल करने लगा। उस दिन उसने यही तो कहा था कि उसकी छोटी बहन की साल-गिरह पर कोई उपहार भेजना चाहिए। इसमें बरस पड़ने की कौन-सी बात थी? माना वह अपना सम्पादकीय नोट लिख रहे थे, लेकिन उनके लिए सम्पादकीय नोट जितना महत्त्व रखता है, क्या गुलशन के लिए उपहार भेजना उतना ही या उससे ज्यादा महत्त्व नहीं रखता है! बेशक, उनके पास उस समय रुपये न थे, तो क्या वह मीठे शब्दों में यह नहीं कह सकते थे कि डार्लिंग! मुझे खेद है, अभी हाथ खाली हैं, दो-चार रोज में मैं कोई प्रबंध कर दूँगा। यह जवाब सुनकर वह चुप हो जाती। और अगर कुछ भुनभुना ही लेती, तो उसका क्या बिगड़ जाता था? अपनी टिप्पणियों से वह कितनी शिष्टता का व्यवहार करते हैं। कलम जरा भी गर्म पड़ जाए, तो गर्दन नापी जाए। गुलशन पर वह क्यों बिगड़ जाते हैं। इसलिए कि वह उसके अधीन है और उन्हें रूठ जाने के सिवा कोई दण्ड नहीं दे सकती। कितनी नीच कायरता है कि हम सबलों के सामने दुम हिलाए और जो हमारे लिए अपने जीवन का बलिदान कर रही है, उसे काटने दौड़े।

सहसा एक ताँगा आता दिखाई दिया और सामने आते ही उस पर से एक स्त्री उतरकर उनकी ओर चली। अरे! यह तो गुलशन है। उन्होंने आतुरता से आगे बढ़कर उसे गले लगा लिया और बोले- 'तुम इस वक्त यहाँ कैसे आईं? मैं अभी- अभी तुम्हारा ही खयाल कर रहा था।'

गुलशन ने गदगद कंठ से कहा- 'तुम्हारे ही पास जा रही थी। शाम को बरामदे में बैठकर तुम्हारा लेख पढ़ रही थी। न-जाने कब झपकी आ गई और मैंने एक बुरा सपना देखा। मारे डर के मेरी नींद खुल गई और मिलने चल पड़ी। इस वक्त यहाँ कैसे खड़े हो? कोई दुर्घटना तो नहीं हो? रास्ते-भर मेरा कलेजा धड़क रहा था।'

कावसजी ने आश्वासन देते हुए कहा- 'मैं तो बहुत अच्छी तरह हूँ। तुमने क्या स्वप्न देखा?'

मैंने देखा- 'जैसे तुमने एक रमणी को कुछ कहा है और वह तुम्हें बाँधकर घसीटें लिए जा रही है।'

'कितना बेहूदा स्वप्न है और तुम्हें इस पर विश्वास भी आ गया? मैं तुमसे कितनी बार कह चुका कि स्वप्न केवल चिन्तित मन की क्रीड़ा हैं।'

'तुम मुझसे छिपा रहे हो। कोई-न-कोई बात हुई है जरूर। तुम्हारा चेहरा बोल रहा है। अच्छा, तुम इस वक्त यहाँ क्यों खड़े हो?' 'यह तो तुम्हारे पढ़ने का समय है।'

'यों ही, जरा घूमने चला आया था।'

'झूठ बोलते हो। खा जाओ मेरे सिर की कसम।'

'अब तुम्हें एतबार ही न आये तो क्या करूँ?'

'कसम क्यों नहीं खाते?'

'कसम को मैं झूठ का अनुमोदन समझता हूँ।'

गुलशन ने फिर उनके मुख पर तीव्र दृष्टि डाली। फिर एक क्षण के बाद बोली- 'अच्छी बात है। चलो, घर चलें।'

कावसजी ने मुस्कराकर कहा- 'तुम फिर मुझसे लड़ाई करोगी?'

'सरकार से लड़कर भी तुम सरकार की अमलदारी में रहते हो कि नहीं? मैं भी तुमसे लड़ेगी? मगर तुम्हारे साथ रहूँगी।'

'हम इसे कब मानते हैं कि यह सरकार की अमलदारी है?'

'यह तो मुँह से कहते हो। तुम्हारा रोयां-रोयां इसे स्वीकार करता है, नहीं तो तुम इस वक्त जेल में होते।'

'अच्छा, चलो, मैं थोड़ी देर में आता हूँ।'

'मैं अकेली नहीं जाने की। आखिर सुनू तुम यहाँ क्या कर रहे हो?' कावसजी ने बहुत कोशिश की गुलशन यहाँ से किसी तरह चली जाए, लेकिन यह जितना ही इस पर जोर देते थे, उतना ही गुलशन का आग्रह भी बढ़ता जाता था। आखिर मजबूर होकर कावसजी को शीरीं और शापूर के झगड़े का वृत्तांत कहना ही पड़ा, यद्यपि इस नाटक में उनका अपना जो भाग था, उसे उन्होंने बड़ी होशियारी से छिपा देने की चेष्टा की।

गुलशन ने विचार करके कहा- 'तो तुम्हें भी यही सनक सवार हुई।'

कावसजी ने तुरन्त प्रतिवाद किया, 'कैसी सनक! मैंने क्या किया? अब यह तो इनसानियत नहीं है कि एक मित्र की स्त्री मेरी सहायता माँगे और मैं बगलें झाँकने लगूं।'

'झूठ बोलने के लिए बड़ी अकल की जरूरत होती है प्यारे, और वह तुममें नहीं है समझे? चुपके से जाकर शीरीं बानू को सलाम करो और कहो कि आराम से अपने घर में बैठे। सुख कभी सम्पूर्ण नहीं मिलता। विधि इतना घोर पक्षपात नहीं कर सकता। गुलाब में कांटे होते हैं। अगर सुख भोगना है तो उसे उसके दोषों के साथ भोगना पड़ेगा। अभी विज्ञान ने कोई ऐसा उपाय नहीं निकाला कि हम सुख के काँटों को अलग कर सके। मुक्त का माल उड़ाने वालों को ऐय्याशी के सिवा और सूझेगी क्या? धन अगर सारी दुनिया का विलास न मोल लेना चाहे, तो

वह धन ही कैसा। शीरीं के लिए भी क्या वे द्वार नहीं खुले हैं, जो शापूरजी के लिए खुले हैं? उससे कहो- शापूर के घर में रहे, उनके धन को भोगे और भूल जाए कि वह शापूर की स्त्री है, उसी तरह जैसे शापूर भूल गया है कि यह शीरीं का पति है। जलना और कुढ़ना छोड़कर, विलास का आनंद लूटे। उसका धन एक- से-एक रूपवान, विद्वान् नवयुवकों को खींच लाएगा। तुमने ही एक बार मुझसे कहा था कि एक जमाने में फ्रांस में धनवान विलासिनी महिलाओं का समाज पर आधिपत्य था। उनके पति सब कुछ देखते थे और मुँह खोलने का साहस न करते थे। और मुँह क्यों खोलते। वे खुद इसी धुन में मस्त थे। यही धन का प्रसाद है। तुमसे न बने, तो चलो, मैं शीरीं को समझा दूँ। ऐय्याश मर्द की स्त्री ऐय्याश न हो, तो यह उसकी कायरता है- लतखोरपन है।'

कावसजी ने चकित होकर कहा- 'लेकिन तुम भी तो धन की उपासक हो?' गुलशन ने शर्मिंदा होकर कहा- 'यही तो जीवन का शाप है। हम उसी चीज पर लपकते हैं, जिससे हमारा अमंगल है, सत्यानाश है। मैं बहुत दिनों पापा के इलाके में रही हूँ। चारों तरफ किसान, मजदूर रहते थे। बेचारे दिन-भर पसीना बहाते थे, शाम को घर जाते थे। ऐय्याशी और बदमाशी का कहीं नाम न था। और यहाँ शहर में देखती हूँ कि सभी बड़े घरों में यही रोना है। सब-के-सब हथकंडों से पैसे कमाते हैं और अस्वाभाविक जीवन बिताते हैं। आज तुम्हें कहीं से धन मिल जाए, तो तुम भी शापूर बन जाओगे, निश्चय।

'तब शायद तुम भी अपने बताए हुए मार्ग पर चलोगी, क्यों?'

'शायद नहीं, अवश्य।'

***

डामुल का कैदी

दस बजे रात का समय, एक विशाल भवन में एक सजा हुआ कमरा, बिजली की अँगीठी, बिजली का प्रकाश। बड़ा दिन आ गया है।

सेठ खूबचंद जी अफसरों की डालियां भेजने का सामान लगा रहे हैं। फलों, मिठाइयों, मेवों, खिलौनों की छोटी-छोटी पहाड़ियां सामने खड़ी हैं। मुनीम जी अफसरों के नाम बोलते जाते थे और सेठजी अपने हाथों यथासम्मान डालियाँ लगाते जाते हां।

खूबचंद जी एक मिल के मालिक हैं, बम्बई के बड़े ठेकेदार। एक बार नगर के मेयर भी रह चुके हैं। इस वक्त भी कई व्यापारी सभाओं के मंत्री और व्यापार- मंडल के सभापति हैं। इस धन, यश, मान की प्राप्ति में डालियों का कितना भाग है, यह कौन कह सकता है पर इस अवसर पर सेठजी के दस-पाँच हजार बिगड़ जाते थे। अगर कुछ लोग उन्हें खुशामदी, टोड़ी, जी हुजूर कहते हैं, तो कहा करें। इससे सेठजी का क्या बिगड़ता है? सेठजी उन लोगों में नहीं हैं, जो नेकी करके दरिया में डाल दें।

पुजारी जी ने आकर कहा- सरकार, बड़ा विलम्ब हो गया। ठाकुरजी का भोग तैयार है।

अन्य धनियों की भांति सेठजी ने एक मंदिर बनवाया था। ठाकुरजी की पूजा करने के लिए एक पुजारी नौकर रख लिया था।

पुजारी को रोष-भरी आँखों से देखकर कहा- देखते नहीं हो, क्या कर रहा हूँ? यह भी एक काम है, खेल नहीं, तुम्हारे ठाकुरजी ही सब कुछ न दे देंगे। पेट भरने पर ही पूजा सूझती है। घंटे-आधा घंटे की देर हो जाने से ठाकुरजी भूखों न मर जाएँगे।

पुजारी जी अपना-सा मुँह लेकर चले गए और सेठजी फिर डालियाँ सजाने में मसरूफ हो गए।

सेठजी के जीवन का मुख्य काम धन कमाना था, और उसके साधनों की रक्षा करना उनका मुख्य कर्तव्य। उनके व्यवहार इसी सिद्धान्त के अधीन थे। मित्रों से इसलिए मिलते थे कि उनसे धनोपार्जन में मदद मिलेगी। मनोरंजन भी करते थे, तो व्यापार की दृष्टि से, दान बहुत देते थे, पर उसमें भी यही लक्ष्य सामने रहता था। संध्या और वंदना उनके लिए पुरानी लकीर थी, जिसे पीटते रहने में स्वार्थ सिद्ध होता था, मानो कोई बेगार हो। सब कामों से छुट्टी मिली, तो जाकर ठाकुर-द्वारे में खड़े हो गए, चरणामृत लिया और चले आए।

एक घंटे के बाद पुजारी जी फिर सिर पर सवार हो गए। खूबचंद उनका मुँह देखते ही झुँझला उठे। जिस पूजा में तत्काल फायदा होता था, उसमें कोई बार-बार विघ्न डाले, तो क्यों न बुरा लगे? बोले- कह दिया, अभी मुझे फुरसत नहीं है। खोपड़ी पर सवार हो गए। मैं पूजा का गुलाम

नहीं हूँ। जब घर में पैसे होते हैं, तभी ठाकुरजी की भी पूजा होती है। घर में पैसे न होंगे, तो ठाकुरजी भी पूजे न जाएँगे।

पुजारी हताश होकर चला गया और सेठजी फिर अपने काम में लगे।

सहसा उनके मित्र केशवराम जी पधारे। सेठजी उठकर उनके गले से लिपट गए और बोले- किधर से? मैं तो अभी तुम्हें बुलाने वाला था।

केशवराम जी ने मुस्कराकर कहा- इतनी रात गए तक डालियाँ ही लग रही हैं। अब तो समेटो। कल का सारा दिन पड़ा है, लगा लेना। तुम कैसे इतना काम करते हो, मुझे तो यही आश्चर्य होता है। आज क्या प्रोग्राम था, याद है?

सेठजी ने गर्दन उठाकर स्मरण करने की चेष्टा करके कहा- क्या कोई विशेष प्रोग्राम था? मुझे तो याद नहीं आता। (एकाएक स्मृति जाग उठती है) अच्छा, यह बात! हां याद आ गया। अभी देर तो नहीं हुई। इस झमेले में ऐसा भूला कि जरा भी याद न रही।

'तो चलो फिर। मैंने तो समझा था, तुम वहाँ पहुँच गए होगे।'

'मेरे न जाने से लैला नाराज तो नहीं हुई?'

'यह तो वहाँ चलने पर मालूम होगा।'

'तुम मेरी ओर से क्षमा माँग लेना।'

'मुझे क्या गरज पड़ी है, जो आपकी ओर से क्षमा मांगूं। वह तो त्यौरियाँ चढ़ाए बैठी थी। कहने लगी- 'उन्हें मेरी परवाह नहीं, तो मुझे भी उनकी परवाह नहीं। मुझे आने ही न देती थी। मैंने शान्त तो कर दिया है लेकिन कुछ बहाना करना पड़ेगा।'

खूबचंद ने आंख मारकर कहा- 'मैं कह दूँगा, गवर्नर साहब ने जरूरी काम से बुला भेजा था।'

'जी नहीं, यह बहाना वहाँ न चलेगा। कहेंगी, तुम मुझसे पूछकर क्यों नहीं गए। वह अपने सामने गवर्नर को समझती ही क्या है? रूप और यौवन बड़ी चीज है भाई साहब! आप नहीं जानते।'

'तो फिर तुम्हीं बताओ, कौन-सा बहाना करूँ?'

'अजी, बीस बहाने हैं। कहना, दोपहर से 106 डिग्री ज्वर था। अभी-अभी उठा हूँ।'

दोनों मित्र हँसे और लैला का मुजरा सुनने चले।

2

सेठ खूबचंद का स्वदेशी मिल देश के बहुत बड़े मिलों में है। जब से स्वदेशी आंदोलन चला है, मिल के माल की खपत दूनी हो गई है। सेठजी ने कपड़े की दर में दो आने रुपए बढ़ा दिए हैं। फिर भी बिक्री में कोई कमी नहीं है, लेकिन इधर अनाज कुछ रास्ता हो गया है, इसलिए सेठजी ने मजदूरी घटाने की सूचना दे दी है। कई दिन से मजदूरों के प्रतिनिधियों और सेठजी में बहस होती रही। सेठजी जौ-भर भी न दबना चाहते थे। जब उन्हें आधी मजदूरी पर नए आदमी मिल

सकते हैं, तब वह क्यों पुराने आदमियों को रखें। वास्तव में यह चाल पुराने आदमियों को भगाने ही के लिए चली गई थी।

अंत में मजदूरों ने यही निश्चय किया कि हड़ताल कर दी जाए।

प्रात:काल का समय है। मिल के अहाते में मजदूरों की भीड़ लगी हुई है। कुछ लोग चारदीवारी पर बैठे हैं, कुछ जमीन पर, कुछ इधर-उधर मटरगश्ती कर रहे हैं। मिल के द्वार पर कांसटेबल का पहरा है। मिल में पूरी हड़ताल है। एक युवक को बाहर से आते देखकर सैकड़ों मजदूर इधर-उधर से दौड़कर उसके चारों ओर जमा हो गए। हरेक पूछ रहा था- 'सेठजी ने क्या कहा?'

यह लंबा-दुबला, साँवला युवक मजदूरों का प्रतिनिधि था। उसकी आकृति में कुछ ऐसी दृढ़ता, कुछ ऐसी निष्ठा, कुछ ऐसी गंभीरता थी कि सभी मजदूरों ने उसे नेता मान लिया था।

युवक के स्वर में निराशा थी, क्रोध था, आहत सम्मान का रुदन था। 'कुछ नहीं हुआ। सेठजी कुछ नहीं सुनते।'

चारों ओर से आवाजें आईं- 'तो हम भी उनकी खुशामद नहीं करते।'

युवक ने फिर कहा- 'वह मजदूरी घटाने पर तुले हुए हैं, चाहे कोई काम करे या न करे। इस मिल में इस साल दस लाख का फायदा हुआ है। वह हम लोगों ही की मेहनत का फल है लेकिन फिर भी हमारी मजदूरी काटी जा रही है। धनवानों का पेट कभी नहीं भरता। हम निर्बल हैं, नि:सहाय हैं, हमारी कौन सुनेगा? व्यापार-मण्डल उनकी ओर है, सरकार उनकी ओर है, मिल के हिस्सेदार उनकी ओर हैं, हमारा कौन है? हमारा उद्धार तो भगवान् ही करेंगे।'

एक मजदूर बोला- 'सेठजी तो भगवान के बड़े भगत हैं।'

युवक ने मुस्कराकर कहा- 'हाँ बहुत बड़े भक्त हैं। यहाँ किसी ठाकुर द्वारे में उनके ठाकुर द्वारे की-सी सजावट नहीं है, कहीं ऐसी झाँकी नहीं बनती। उसी भक्ति का प्रताप है कि आज नगर में इनका इतना सम्मान है। औरों का माल पड़ा सड़ता है, इनका माल गोदाम में नहीं जाने पाता। वही भक्त-राज हमारी मजदूरी घटा रहे हैं। मिल में अगर घाटा हो, तो हम आधी मजदूरी पर काम करेंगे लेकिन जब लाखों का लाभ हो रहा है, तो किस नीति से हमारी मजदूरी घटायी जा रही है? हम अन्याय नहीं सह सकते। प्रण कर लो कि किसी बाहरी आदमी को मिल में घुसने न देंगे, चाहे वह अपने साथ फौज लेकर ही क्यों न आए। कुछ परवाह नहीं, हमारे ऊपर लाठियाँ बरसे, गोलियाँ चलें।

एक तरफ से आवाज आई- 'सेठजी।'

सभी पीछे फिर-फिर कर सेठजी की तरफ देखने लगे। सभी के चेहरों पर हवाइयाँ उड़ने लगीं। कितने ही तो डरकर कांस्टेबल से मिल के अन्दर जाने के लिए चिरौरी करने लगे, कुछ लोग रुई की गाँठों की आड़ में जा छिपे। थोड़े से आदमी कुछ सहमे हुए-पर जैसे जान हथेली पर लिए-युवक के साथ खड़े रहे।

सेठजी ने मोटर से उतरते हुए कांसटेबल को बुलाकर कहा- 'इन आदमियों को मारकर बाहर निकाल दो, इसी दम।'

मजदूरों पर डण्डे पड़ने लगे। दस-पाँच तो गिर पड़े, बाकी अपनी-अपनी जान लेकर भागे। वह युवक दो आदमियों के साथ अभी तक डटा खड़ा रहा।

प्रभुता असहिष्णु होती है। सेठजी खुद आ जाएँ फिर भी ये लोग सामने खड़े रहें, यह तो खुला हुआ विद्रोह है। यह बेअदबी कौन सह सकता है? जरा इस लड़ाई को देखो। देह पर साबित कपड़े भी नहीं हैं, मगर जमा खड़ा है, मानो मैं कुछ हूँ ही नहीं। समझता होगा, यह मेरा कर ही क्या सकते हैं।

सेठजी ने रिवाल्वर निकाल लिया और समूह के निकट आकर उसे निकल जाने का हुक्म दिया, पर वह समूह अचल खड़ा था।

सेठजी उन्मत्त हो गए। यह हेकड़ी! तुरन्त हेड कांस्टेबल को बुलाकर हुक्म दिया- 'इन आदमियों को गिरफ्तार कर लो।' कांस्टेबल ने इन तीनों आदमियों को रस्सियों से जकड़ दिया और उन्हें फाटक की ओर ले चले। इनका गिरफ्तार होना था कि एक हजार आदमियों का दल ठेला मारकर मिल से निकल आया और कैदियों की तरफ लपका। कांस्टेबल ने देखा, बंदूक चलाने पर भी जान न बचेगी, तो मुलजिमों को छोड़ दिया और भाग खड़े हुए। सेठजी को ऐसा क्रोध आ रहा था कि इन सारे आदमियों को तोप से उड़ा दें। क्रोध में आत्मरक्षा की भी उन्हें परवाह न थी। कैदियों को सिपाही से छुड़ाकर वह जनसमूह सेठजी की ओर आ रहा था। सेठजी ने समझा-सब- के-सब मेरी जान लेने आ रहे हैं। अच्छा! वह लौंडा गोपी सभी के आगे है। यही यहाँ भी उनका नेता बना हुआ है। मेरे सामने कैसा भीगी बिल्ली बना हुआ था, पर यहाँ सबके आगे-आगे चल रहा है।

सेठजी अब भी समझौता कर सकते थे, पर यों दबकर विद्रोहियों से दान माँगना उन्हें असह्य था।

इतने में देखते हैं कि वह बढ़ता हुआ समूह बीच ही में रुक गया। युवक ने उन आदमियों से कुछ सलाह की और तब अकेला सेठजी की तरफ चला। सेठजी ने मन में कहा- शायद मुझसे प्राणदान की शर्त तय करने आ रहा है। सभी ने आपस में यही सलाह की है। जरा देखो, कितने निश्शंक भाव से चला आता है, जैसे कोई विजयी सेनापति हो। ये कांस्टेबल कैसे दुम दबाकर भाग खड़े हुए, लेकिन तुम्हें तो नहीं छोड़ता बच्चा, जो कुछ हो, देखा जाएगा, जब तक मेरे पास यह रिवाल्वर है, तुम मेरा क्या कर सकते हो। तुम्हारे सामने तो घुटना न टेकूंगा।

युवक समीप आ गया और कुछ बोलना ही चाहता था कि सेठजी ने रिवाल्वर निकालकर फायर कर दिया। युवक भूमि पर गिर पड़ा और हाथ-पाँव फेंकने लगा।

उसके गिरते ही मजदूरों में उत्तेजना फैल गई। अभी तक उनमें हिंसा-भाव न था। वे केवल सेठजी को यह दिखा देना चाहते थे कि तुम हमारी मजदूरी काटकर शान्त नहीं बैठ सकते, किन्तु हिंसा ने हिंसा को उद्दीप्त कर दिया। सेठजी ने देखा, प्राण संकट में है और समतल भूमि पर वह रिवाल्वर से भी देर तक प्राण-रक्षा नहीं कर सकते, पर भागने का कहीं स्थान न था। जब कुछ

न सूझा, तो वह रुई की गाँठ पर चढ़ गए और रिवाल्वर दिखा-दिखाकर नीचे वालों को ऊपर चढ़ने से रोकने लगे। नीचे पाँच-छह सौ आदमियों का घेरा था। ऊपर सेठजी अकेले रिवाल्वर लिए खड़े थे। कहीं से कोई मदद नहीं आ रही है और प्रतिक्षण प्राणों की आशा क्षीण होती जा रही है। कांस्टेबल ने भी अफसरों को यहाँ की परिस्थिति नहीं बतलाई, नहीं तो क्या अब तक कोई न आता? केवल पाँच गोलियों से कब तक जान बचेगी? एक क्षण में ये सब समाप्त हो जाएँगी। भूल हुई, मुझे बंदूक और कारतूस लेकर आना चाहिए था। फिर देखता इनकी बहादुरी। एक-एक को भूनकर रख देता, मगर क्या जानता था कि यहाँ इतनी भयंकर परिस्थिति आ खड़ी होगी। नीचे के एक आदमी ने कहा- लगा दो गाँठों में आग। निकालो तो एक माचिस। रुई से धन कमाया है, रुई की चिता पर जले।

तुरन्त एक आदमी ने जेब से दियासलाई निकाली और आग लगाना ही चाहता था कि सहसा वही जख्मी युवक पीछे से आकर सामने खड़ा हो गया। उसके पाँव में पट्टी बँधी हुई थी, फिर भी रक्त बह रहा था। उसका मुख पीला पड़ गया था और उसके तनाव से मालूम होता था कि युवक को असह्य वेदना हो रही है। उसे देखते ही लोगों ने चारों तरफ से आकर घेर लिया। हिंसा के उन्माद में भी अपने नेता को जीता-जागता देखकर उनके हर्ष की सीमा न रही। जयघोष से आकाश गूंज उठा- 'गोपीनाथ की जय'।

जख्मी गोपीनाथ ने हाथ उठाकर सबको शांत हो जाने का संकेत करके कहा- 'भाइयों, मैं तुमसे एक शब्द कहने आया हूँ। कह नहीं सकता, बचूँगा या नहीं। सम्भव है, तुमसे यह मेरा अन्तिम निवेदन हो। तुम क्या करने जा रहे हो? दरिद्र में नारायण का निवास है, क्या इसे मिथ्या करना चाहते हो। धनी को अपने धन का मद हो सकता है। तुम्हें किस बात का अभिमान है? तुम्हारे झोपड़ों में क्रोध और अहंकार के लिए कहाँ स्थान है। मैं तुमसे हाथ जोड़कर कहता हूँ तुम लोग यहाँ से हट जाओ। अगर तुम्हें मुझसे कुछ स्नेह है, अगर मैंने तुम्हारी कुछ सेवा की है, तो अपने घर जाओ और सेठजी को घर जाने दो।

चारों तरफ से आपत्तिजनक आवाजें आने लगीं, लेकिन गोपीनाथ का विरोध करने का साहस किसी में न हुआ। धीरे-धीरे लोग वहाँ से हट गए। मैदान साफ हो गया, तो गोपीनाथ ने विनम्र भाव से सेठजी से कहा- 'सरकार, अब आप चले जाएँ। मैं जानता हूँ आपने धोखे से मारा। मैं केवल यही कहने आपके पास जा रहा था, जो अब कह रहा हूँ। मेरा दुर्भाग्य था कि आपको भ्रम हुआ। ईश्वर की यही इच्छा थी।'

सेठजी को गोपीनाथ पर कुछ श्रद्धा होने लगी। नीचे उतरने में कुछ शंका अवश्य है पर ऊपर भी तो प्राण बचने की कोई आशा नहीं है। यह इधर-उधर सशंक नेत्रों से ताकते हुए उतरते हैं। जन-समूह कुल दस गज के अंतर पर खड़ा है। प्रत्येक मनुष्य की आँखों में विद्रोह और हिंसा भरी हुई है। कुछ लोग दबी जबान से-पर सेठजी को सुनाकर-अशिष्ट आलोचनाएँ कर रहे हैं, पर किसी में इतना साहस नहीं है कि उनके सामने आ सके। उस मरते हुए युवक के आदेश में इतनी शक्ति है।

सेठजी मोटर पर बैठकर चले ही थे कि गोपी जमीन पर गिर पड़ा।

3

सेठजी की मोटर जितनी तेजी से जा रही थी, उतनी ही तेजी से उनकी आँखों के सामने आहत गोपी का छायाचित्र भी दौड़ रहा था। भांति-भांति की कल्पनाएँ मन में आने लगीं। अपराधी भावनाएँ चित्त को आंदोलित करने लगीं। अगर गोपी उसका शत्रु था, तो उसने क्यों उनकी जान बचाई-ऐसी दशा में, जब वह स्वयं मृत्यु के पँजे में था? इसका उनके पास कोई जवाब न था। निरपराध गोपी, जैसे हाथ बाँधे उनके सामने खड़ा कह रहा था- 'आपने मुझ बेगुनाह को क्यों मारा?'

भोग-लिप्सा आदमी को स्वार्थांध बना देती है। फिर भी सेठजी की आत्मा अभी इतनी अभ्यस्त और कठोर न हुई थी कि एक निरपराध की हत्या करके उन्हें ग्लानि न होती। वह सौ-सौ युक्तियों से मन को समझाते थे लेकिन न्याय- बुद्धि किसी युक्ति को स्वीकार न करती थी। जैसे यह धारणा उनके न्याय-द्वार पर बैठी सत्याग्रह कर रही थी और वरदान लेकर ही टलेगी। वह घर पहुँचे तो इतने दु:खी और हताश थे, मानो हाथों में हथकड़ियाँ पड़ी हों।

प्रमीला ने घबराई हुई आवाज में पूछा- 'हड़ताल का क्या हुआ? अभी हो रही है या बंद हो गई? मजदूरों ने दंगा-फसाद तो नहीं किया? मैं तो बहुत डर रही थी।' खूबचंद ने आरामकुर्सी पर लेटकर एक लम्बी साँस ली और बोले- 'कुछ न पूछो, किसी तरह जान बच गई, बस यही समझ लो। पुलिस के आदमी तो भाग खड़े हुए, मुझे लोगों ने घेर लिया। किसी तरह जान बचाकर भागा। जब मैं चारों तरफ से घिर गया, तो क्या करता, मैंने भी रिवाल्वर छोड़ दिया।'

प्रमीला भयभीत होकर बोली- 'कोई जख्मी तो नहीं हुआ?'

'वही गोपीनाथ जख्मी हुआ, जो मजदूरों की तरफ से मेरे पास आया करता था। उसका गिरना था कि एक हजार आदमियों ने मुझे घेर लिया। मैं दौड़कर रुई की गाठों पर चढ़ गया। जान बचने की कोई आशा न थी। मजदूर गाँठों में आग लगाने जा रहे थे।'

प्रमीला काँप उठी।

'सहसा वही जख्मी आदमी उठकर मजदूरों के सामने आया और उन्हें समझाकर मेरी प्राण रक्षा की। वह न आ जाता, तो मैं किसी तरह जीता न बचता।'

'ईश्वर ने बड़ी कुशल की। इसलिए मैं मना कर रही थी कि अकेले न जाओ। उस आदमी को लोग अस्पताल ले गए होंगे?'

सेठजी ने शोक-भरे स्वर में कहा, 'मुझे भय है कि वह मर गया होगा। जब मैं मोटर पर बैठा, तो मैंने देखा, वह गिर पड़ा और बहुत से आदमी उसे घेरकर खड़े हो गए। न जाने उसकी क्या दशा हुई।'

प्रमीला उन देवियों में थी, जिनकी नसों में रक्त की जगह श्रद्धा बहती है। स्नान-पूजा, तप और व्रत, यही उसके जीवन के आधार थे। सुख में, दु:ख में, बीमारी में, आराम में, उपासना ही उसका कवच थी। इस समय भी उस पर संकट आ पड़ा। ईश्वर के सिवा कौन उसका उद्धार

करेगा! वह वहीं खड़ी द्वार की ओर ताक रही थी और उसका धर्मनिष्ठ मन ईश्वर के चरणों में गिरकर क्षमा की भिक्षा माँग रहा था।

सेठजी बोले- 'यह मजदूर उस जन्म का कोई महान पुरुष था। नहीं तो जिस आदमी ने उसे मारा, उसी की प्राण रक्षा के लिए क्या इतनी तपस्या करता।'

प्रमीला श्रद्धा-भाव से बोली- 'भगवान की प्रेरणा, और क्या? भगवान की दया होती है, तभी हमारे मन में सद्विचार भी आते हैं।'

सेठजी ने जिज्ञासा की- 'तो फिर बुरे विचार भी ईश्वर की प्रेरणा ही से आते होंगे?'

प्रमीला तत्परता के साथ बोली- 'ईश्वर आंनदस्वरूप हैं। दीपक से कभी अन्धकार नहीं निकल सकता।'

सेठजी कोई जवाब सोच ही रहे थे कि बाहर शोर सुनकर चौंक पड़े। दोनों ने सड़क की तरफ की खिड़की खोलकर देखा, तो हजारों आदमी काली झण्डियाँ लिए दाहिनी तरफ से उगाते दिखाई दिए। झंडियों के बाद एक अर्थी थी, जिस पर फूलों की वर्षा हो रही थी। अर्थी के पीछे जहाँ तक निगाह जाती थी, सिर- ही-सिर दिखाई देते थे। यह गोपीनाथ के जनाजे का जुलूस था। सेठजी तो मोटर पर बैठकर मिल से घर की ओर चले, उधर मजदूरों ने दूसरी मिलों में इस हत्याकाण्ड की सूचना भेज दी। दम-के-दम में सारे शहर में यह खबर बिजली की तरह दौड़ गई और कई जिले में हड़ताल हो गई। नगर में सनसनी फैल गई। किसी भीषण उपद्रव के भय से लोगों ने दुकानें बंद कर दी। यह जुलूस नगर के मुख्य स्थानों का चक्कर लगाता हुआ सेठ खूबचंद के द्वार पर आया है और गोपीनाथ के खून का बदला लेने पर तुला हुआ है। उधर पुलिस-अधिकारियों ने सेठजी की रक्षा करने का निश्चय कर लिया है, चाहे खून की नदी क्यों न बह जाए। जुलूस के पीछे सशस्त्र पुलिस के दो सौ जवान डबल मार्च से उपद्रवकारियों का दमन करते चले आ रहे हैं।

सेठजी अभी अपने कर्तव्य का निश्चय न कर पाए थे कि विद्रोहियों ने कोठी के दफ्तर में घुसकर लेन-देन के बही-खातों को जलाना और तिजोरियों को तोड़ना शुरू कर दिया। मुनीम और अन्य कर्मचारी तथा चौकीदार सब-के-सब अपनी जान लेकर भागे। उसी वक्त बायीं ओर से पुलिस आ धमकी और पुलिस कमिश्नर ने विद्रोहियों को पाँच मिनट के अंदर वहाँ से भाग जाने का हुक्म दे दिया। समूह ने एक स्वर से पुकारा- 'गोपीनाथ की जय!'

एक घंटा पहले अगर ऐसी परिस्थिति उत्पन्न हुई होती, तो सेठजी ने बड़ी निश्चिंतता से उपद्रवकारियों को पुलिस की गोलियों का निशाना बनने दिया होता लेकिन गोपीनाथ के उस देवोपम सौजन्य और आत्मसमर्पण ने जैसे उनके मन- स्थित विकारों का शमन कर दिया था और अब साधारण औषधि भी उन पर रामबाण का-सा चमत्कार दिखाती थी।

उन्होंने प्रमीला से कहा- 'मैं जाकर सबके सामने अपना अपराध स्वीकार कर लेता हूँ नहीं तो मेरे पीछे न जाने कितने घर मिट जाएँगे।'

प्रमीला ने काँपते हुए स्वर में कहा- 'वहीं खिड़की में आदमियों को क्यों नहीं समझा देते? वे जितनी मजदूरी बढ़ाने को कहते हों, बढ़ा दो।'

'इस समय तो उन्हें मेरे रक्त की प्यास। है। मजदूरी बढ़ाने का उन पर कोई असर न होगा।'

सजल नेत्रों से देखकर प्रमीला बोली- 'तब तो तुम्हारे ऊपर हत्या का अभियोग चल जाएगा।'

सेठजी ने धीरता से कहा- 'भगवान की यही इच्छा है, तो हम क्या कर सकते हैं? एक आदमी का जीवन इतना मूल्यवान नहीं है कि उसके लिए असंख्य जानें ली जाए।'

प्रमीला को मालूम हुआ, साक्षात भगवान् सामने खड़े हैं। वह पति के गले से लिपटकर बोली- 'मुझे क्या कहे जाते हो?'

सेठजी ने उसे गले लगाते हुए कहा- 'भगवान तुम्हारी रक्षा करेंगे।' उनके मुख से और कोई शब्द न निकला। प्रमीला की हिचकियाँ बँधी हुई थी। उसे रोता छोड़कर सेठजी नीचे उतरे।

वह सारी संपत्ति, जिसके लिए उन्होंने, जो कुछ न करना चाहिए, वह भी किया जिसके लिए खुशामद की, छल किया, अन्याय किए, जिसे वह अपने जीवन- तप का वरदान समझते थे, आज कदाचित् सदा के लिए उनके हाथ से निकली जाती थी पर उन्हें जरा भी खेद न था। वह जानते थे, उन्हें डामुल की सजा होगी, यह सारा कारोबार चौपट हो जाएगा, यह संपत्ति धूल में मिल जाएगी, कौन जाने प्रमीला से फिर भेंट होगी या नहीं, कौन मरेगा, कौन जिएगा, कौन जानता है? मानो वह स्वेच्छा से यमदूतों का आवाहन कर रहे हों। और वही वेदनामय विवशता, जो हमें मृत्यु के समय दबा लेती है, उन्हें भी दबाए हुए थी।

प्रमीला उनके साथ-ही-साथ नीचे तक आई। वह उनके साथ उस समय तक रहना चाहती थी, जब तक जनता उसे पृथक् न कर दे, लेकिन सेठजी उसे छोड़कर जल्दी से बाहर निकल गए और वह खड़ी रोती रह गई।

4

बलि पाते ही विद्रोह का पिशाच शांत हो गया। सेठजी एक सप्ताह हवालात में रहे। फिर उन पर अभियोग चलने लगा। बम्बई के सबसे नामी बैरिस्टर गोपी उनकी तरफ से पैरवी कर रहे थे। मजदूरों ने चंदे से अपना धन एकत्र किया था और यहाँ तक तुले हुए थे कि अगर अदालत से सेठजी बरी भी हो जाए, तो उनकी हत्या कर दी जाए। नित्य इजलास में कई हजार कुली जमा रहते। अभियोग सिद्ध ही था। मुलजिम ने अपना अपराध स्वीकार कर लिया था। उसके वकीलों ने उसके अपराध को हलका करने की दलीलें पेश कीं। फैसला यह हुआ कि चौदह साल का कालापानी हो गया।

सेठजी के जाते ही मानो लक्ष्मी रूठ गई, जैसे उस विशालकाय वैभव की आत्मा निकल गई हो। साल-भर के अन्दर उस वैभव का कंकाल मात्र रह गया। मिल तो पहले ही बंद हो चुकी थी। लेना-देना चुकाने पर कुछ न बचा। यहाँ तक कि रहने का घर भी हाथ से निकल गया। प्रमिला के पास लाखों के आभूषण थे। वह चाहती, तो उन्हें सुरक्षित रख सकती थी, पर त्याग की धुन में उन्हें भी निकाल फेंका। सातवें महीने में जब उसके पुत्र का जन्म हुआ, तो वह छोटे से किराए के घर में थी। पुत्र-रत्न पाकर अपनी सारी विपत्ति भूल गई। कुछ दु:ख था तो यही कि पतिदेव होते, तो इस समय कितने आनंदित होते।

प्रमीला ने किन कष्टों को झेलते हुए पुत्र का पालन किया, इसकी कथा लम्बी है। सब कुछ सहा, पर किसी के सामने हाथ नहीं फैलाया। जिस तत्परता से उसने देने चुकाए थे, उससे लोगों की उस पर भक्ति हो गई थी। कई सज्जन तो उसे कुछ मासिक सहायता देने पर तैयार थे लेकिन प्रमीला ने किसी का एहसान न लिया! भले घरों की महिलाओं से उसका परिचय था ही । वह घरों में स्वदेशी वस्तुओं का प्रचार करके गुजर-बसर को कमा लेती थी। जब तक बच्चा दूध पीता था, उसे अपने काम में बड़ी कठिनाई पड़ी लेकिन दूध छुड़ा देने के बाद वह बच्चे को दाई को सौंपकर आप काम करने चली जाती थी। दिन-भर के कठिन परिश्रम के बाद जब वह संध्या समय घर आकर बालक को गोद में उठा लेती, तो उसका मन हर्ष से उन्मत्त होकर पति के पास उड़ जाता, जो न जाने किस दशा में काले कोसों पड़ा था। उसे अपनी सम्पत्ति के लुट जाने का लेश मात्र भी दु:ख नहीं है। उसे केवल उतनी ही लालसा है कि स्वामी कुशल से लौट आएँ और बालक को देखकर अपनी आंखें शीतल करें। फिर तो वह इस दरिद्रता में भी सुखी और सन्तुष्ट रहेगी। वह नित्य ईश्वर के चरणों में सिर झुकाकर स्वामी के लिए प्रार्थना करती है। उसे विश्वास है, ईश्वर जो कुछ करेंगे, उससे उसका कल्याण ही होगा। ईश्वर- वन्दना में वह अलौकिक धैर्य-साहस और जीवन का सहारा पाती है। प्रार्थना ही अब उसकी आशाओं का आधार है।

5

पन्द्रह साल की विपत्ति के दिन आशा की छाँह में कट गए।

संध्या का समय है। किशोर कृष्णचन्द्र अपनी माता के पास मन मारे बैठा हुआ है। वह माँ-बाप, दोनों में से एक को भी नहीं पड़ा।प्रमीला ने पूछा- 'क्यों बेटा, तुम्हारी परीक्षा तो समाप्त हो गई?'

बालक ने गिरे हुए मन से जवाब दिया- 'हाँ अम्मा, हो गई, लेकिन मेरे परचे अच्छे नहीं हुए । मेरा मन पढ़ने में नहीं लगता।'

यह कहते-कहते उसकी आंखें डबडबा आई। प्रमीला ने स्नेह-भरे स्वर में कहा- 'यह तो अच्छी बात नहीं है बेटा, तुम्हें पढ़ने में मन लगाना चाहिए।'

बालक सजल नेत्रों से माता को देखता हुआ बोला- 'मुझे बार-बार पिताजी की याद आती रहती है। वह तो अब बहुत बूढ़े हो गए होंगे।' मैं सोचा करता हूँ कि वह आएँगे, तो तन-मन से उनकी सेवा करूंगा। इतना बड़ा उत्सर्ग किसने किया होगा अम्मा? उन पर लोग उन्हें निर्दयी कहते हैं। मैंने गोपीनाथ के बाल बच्चों का पता लगा लिया अम्मा! उनकी घरवाली है, माता हैं और एक लड़की है, जो मुझसे दो साल बड़ी है। माँ-बेटी दोनों उसी मिल में काम करती हैं। दादी बहुत बूढ़ी हो गई है।'

प्रमीला ने विस्मित होकर कहा- 'तुझे उनका पता कैसे चला बेटा?

कृष्णचन्द्र प्रसन्नचित्त होकर बोला- 'मैं आज उस मिल में चला गया था। मैं उस स्थान को देखना चाहता था, जहाँ मजदूरों ने पिताजी को घेरा था और वह स्थान भी, जहाँ गोपीनाथ गोली खाकर गिरा था पर उन दोनों में एक स्थान भी न रहा। वहाँ इमारतें बन गईं है। मिल का काम

बड़े जोर से चल रहा है। मुझे देखते ही बहुत से आदमियों ने मुझे घेर लिया। सब यही कहते थे कि तुम भैया गोपीनाथ का रूप धर कर आए हो। मजदूरों ने वहाँ गोपीनाथ की एक तस्वीर लटका रखी है। उसे देखकर चकित हो गया अम्मा, जैसे मेरी ही तस्वीर हो, केवल शक्ल का अन्तर है। जब मैंने गोपी की स्त्री के बारे में पूछा, तो एक आदमी दौड़कर उसकी स्त्री को बुला लाया। वह मुझे देखते ही रोने लगी। और न जाने क्यों मुझे भी रोना आ गया। बेचारी स्त्रियाँ बड़े कष्ट में है। मुझे तो उनके ऊपर ऐसी दया आती है कि उनकी कुछ मदद करूँ।'

प्रमीला को शंका हुई, लड़का इन झगड़ों में पड़कर पढ़ना न छोड़ बैठे। बोलीं- 'अभी तुम उनकी क्या मदद कर सकते हो बेटा? धन होता तो कहती, दस-पाँच रुपए महीना दे दिया करो, लेकिन घर का हाल तो तुम जानते ही हो। अभी मन लगाकर पढ़ो। जब तुम्हारे पिताजी आ जाएं, तो जो इच्छा हो वह करना।'

कृष्णचन्द्र ने उस समय कोई जवाब न दिया, लेकिन आज से उसका नियम हो गया कि स्कूल से लौटकर एक बार गोपी के परिवार को देखने अवश्य जाता। प्रमीला उसे जेब-खर्च के लिए जो पैसे देती, उसे उन अनाथों ही पर खर्च करता। कभी कुछ फल ले लिये, कभी साग-भाजी ले ली।

एक दिन कृष्णचन्द्र को घर आने में देर हुई, तो प्रमीला बहुत घबरायी। पता लगाती हुई विधवा के घर पहुँची, तो देखा-एक तंग गली में, एक सीले- सड़े हुए मकान में गोपी की स्त्री एक खाट पर पड़ी है और कृष्णचन्द्र खड़ा उसे पंखा झल रहा है। माता को देखते ही बोला- 'मैं अभी घर न जाऊंगा अम्मा, देखो, काकी कितनी बीमार है। दादी को कुछ सूझता नहीं, बिन्नी खाना पका रही है। इनके पास कौन बैठे?'

प्रमीला ने खिन्न होकर कहा- 'अब तो अँधेरा हो गया, तुम यहाँ कब तक बैठे रहोगे। अकेला घर मुझे भी तो अच्छा नहीं लगता। इस वक्त चलो। सवेरे फिर आ जाना।' रोगिणी ने प्रमीला की आवाज सुनकर आंखें खोल दी और मंद स्वर में बोली- 'आओ माताजी, बैठो। मैं तो भैया से कह रही थी, देर हो रही है, अब घर जाओ पर यह गये ही नहीं। मुझ अभागिनी पर इन्हें न जाने क्यों इतनी दया आती है। अपना लड़का भी इससे अधिक मेरी सेवा नहीं कर सकता।'

चारों ओर से दुर्गंध आ रही थी। उमस ऐसी थी कि दम घुट जाता था। उस बिल में हवा किधर से आती? पर कृष्णचंद्र ऐसा प्रसन्न था, मानों कोई परदेशी चारों ओर से ठोकरें खाकर अपने घर में आ गया हो।

प्रमीला ने इधर-उधर निगाह दौड़ाई तो एक दीवार पर उसे एक तस्वीर दिखायी दी। उसने समीप जाकर उसे देखा तो उसकी छाती धक् से हो उठी। बेटे की ओर देखकर बोली- 'तूने यह चित्र कब खिंचवाया बेटा?'

कृष्णचंद्र मुस्कराकर बोला- 'यह मेरा चित्र नहीं है अम्मा, गोपीनाथ का चित्र है।'

प्रमीला ने अविश्वास से कहा- 'चल झूठा कहीं का।'

रोगिणी ने कातर भाव से कहा- 'नहीं अम्मा जी, वह मेरे आदमी ही का चित्र है। भगवान की लीला कोई नहीं जानता पर भैया की सूरत इतनी मिलती है कि मुझे अचरज होता है। जब मेरा

ब्याह हुआ था, तब उनकी यही उम्र थी और सूरत भी बिलकुल यही। यही हंसी थी, यही बातचीत और यही स्वभाव। क्या रहस्य है, मेरी समझ में नहीं आता? माताजी, जबसे यह आने लगे हैं, कह नहीं सकती मेरा जीवन कितना सुखी हो गया। इस मोहल्ले में सब हमारे जैसे ही मजदूर रहते हैं। उन सबके साथ यह लड़कों की तरह रहते हैं। सब इन्हें देखकर निहाल हो जाते हैं।'

प्रमीला ने कोई जवाब न दिया। उसके मन पर एक अव्यक्त शंका छायी थी, मानों उसने कोई बुरा सपना देखा हो। उसके मन में बार-बार एक प्रश्न उठ रहा था जिसकी कल्पना ही से उसके रोयें खड़े हो जाते थे।

सहसा उसने कृष्णचंद्र का हाथ पकड़ लिया और बल पूर्वक खींचती हुई द्वार की ओर चली, मानों कोई उसे उसके हाथों से छीने लिए जाता हो।

रोगिणी ने केवल इतना कहा- 'माताजी, कभी-कभी भैया को मेरे पास आने दिया करना, नहीं तो मैं मर जाऊंगी।'

6

पन्द्रह साल के बाद भूतपूर्व सेठ खूबचंद अपने नगर के स्टेशन पर पहुंचे। हरा-भरा वृक्ष ठूंठ होकर रह गया था। चेहरे पर झुर्रियां पड़ी हुई, सिर के बाल सन, दाढ़ी जंगल की तरह बड़ी हुई, दांतों का कहीं नाम नहीं, कमर झुकी हुई। ठूंठ को देखकर कौन पहचान सकता है कि यह वहीं वृक्ष है, जो फल-फूल और पत्तियों से लदा रहता था, जिस पर पक्षी कलरव करते रहते थे।

स्टेशन के बाहर निकलकर वह सोचने लगे- कहां जाये? अपना नाम लेते लज्जा आती थी। किससे पूछें, प्रमीला जीती है या मर गयी? परिवार है तो कहां है? उन्हें देख वह प्रसन्न होगी, या उनकी उपेक्षा करेगी?

प्रमीला का पता लगाने में ज्यादा देर न लगी। खूबचंद की कोठी अभी तक खूबचंद की कोठी कहलाती थी। दुनिया कानून के उलटफेर क्या जाने? अपनी कोठी के सामने पहुंचकर उन्होंने एक तम्बोली से पूछा- 'क्यों भैया, यही तो सेठ खूबचंद की कोठी है?' तम्बोली ने उनकी ओर कौतूहल से देखकर कहा- 'खूबचंद की जब थी तब थी, अब तो लाला देशराज की है।'

'अच्छा! मुझे यहाँ आए बहुत दिन हो गए। सेठजी के यहाँ नौकर था। सुना, सेठजी को कालापानी हो गया था।'

'हां, बेचारे भलमनसी में मारे गए। चाहते तो बेदाग बच जाते। सारा घर मिट्टी में मिल गया।'

'सेठानी तो होंगी?'

'हां, सेठानी क्यों नहीं हैं। उनका लड़का भी है।'

सेठजी के चेहरे पर जैसे जवानी की झलक आ गई। जीवन का वह आनंद और उत्साह, जो आज पन्द्रह साल से कुम्भकरण की भांति पड़ा सो रहा था, मानो नई स्फूर्ति पाकर उठ बैठा और अब उस दुर्बल काया में समा नहीं रहा है। उन्होंने इस तरह तम्बोली का हाथ पकड़ लिया, जैसे घनिष्ठ परिचय हो और बोले- 'अच्छा, उनके लड़का भी है! कहां रहती है भाई, बता दो, तो जाकर सलाम कर आऊँ। बहुत दिनों तक उनका नमक खाया है।'

तम्बोली ने प्रमीला के घर का पता बता दिया। प्रमीला इसी मुहल्ले में रहती थी। सेठजी जैसे आकाश में उड़ते हुए यहाँ से आगे चले।

वह थोड़ी ही दूर गए थे कि ठाकुरजी का मंदिर दिखाई दिया। सेठजी ने मंदिर में जाकर प्रतिमा के चरणों पर सिर झुका दिया। उनके रोम-रोम से आस्था का स्रोत-सा बह रहा था। इस पन्द्रह वर्ष के कठिन प्रायश्चित्त में उनकी सन्तप्त आत्मा को अगर कहीं आश्रय मिला था, तो वह अशरण-शरण भगवान के चरण थे। उन पावन चरणों के ध्यान में ही उन्हें शान्ति मिलती थी। दिन-भर ऊख के कोल्हू में जुते रहने या फावड़े चलाने के बाद जब वह रात को पृथ्वी की गोद में लेटते, तो पूर्व स्मृतियाँ अपना अभिनय करने लगतीं। वह अपना विलासमय जीवन, जैसे रुदन करता हुआ उनकी आँखों के सामने आस जाता और उनके अन्त-करण से वेदना में डूबी हुई ध्वनि निकलती-ईश्वर! मुझ पर दया करो। इस दया-याचना में उन्हें एक ऐसी अलौकिक शान्ति और स्थिरता प्राप्त होती थी, मानो बालक माता की गोद में लेटा हो।

जब उनके पास सम्पत्ति थी, विलास के साधन थे, यौवन था, स्वास्थ्य था, अधिकार था, उन्हें आत्म-चिंतन का अवकाश न मिलता था। मन प्रवृत्ति ही की ओर दौड़ता है, अब इन स्मृतियों को खोकर इस दीनावस्था में उनका मन ईश्वर की ओर झुका। पानी पर जब तक कोई आवरण है, उसमें सूर्य का प्रकाश कहीं? वह मंदिर से निकले ही थे कि एक स्त्री ने उसमें प्रवेश किया। खूबचंद का हृदय उछल पड़ा। यह कुछ कर्तव्य-भ्रम से होकर एक स्तम्भ की आड़ में हो गए। यह प्रमीला थी।

इन पन्द्रह वर्षों में एक दिन भी ऐसा नहीं गया, जब उन्हें प्रमीला की याद न आयी हो। वह छाया उनकी आँखों में बसी हुई थी। आज उन्हें उस छाया और इस सत्य में कितना अन्तर दिखाई दिया। छाया पर समय का क्या असर हो सकता है। उस पर सुख-दु:ख का बस नहीं चलता। सत्य तो इतना अभेद्य नहीं। उस छाया में वह सदैव प्रमोद का रूप देखा करते थे-आभूषण, मुस्कान और लज्जा से रंजित। इस सत्य में उन्होंने साधना का तेजस्वी रूप देखा, और अनुराग में डूबे हुए स्वर की भांति उनका हृदय थरथरा उठा। मन में ऐसा उद्‌गार उठा कि इसके चरणों पर गिर पड़ू और कहूँ- देवी! इस पतित का उद्धार करो किन्तु तुरन्त विचार आया- कहीं यह देवी मेरी उपेक्षा न करे। इस दशा में उनके सामने जाते उन्हें लज्जा आई। कुछ दूर चलने के बाद प्रमीला एक गली में मुड़ी। सेठजी भी उसके पीछे- पीछे चले जाते थे। आगे एक कई मंजिल की हवेली थी। सेठजी ने प्रमीला को उस चाल में घुसते देखा पर यह न देख सके कि वह किधर गई। द्वार पर खड़े- खड़े सोचने लगे-किससे पूछूं?

सहसा एक किशोर को भीतर से निकलते देखकर उन्होंने उसे पुकारा। युवक ने उनकी ओर चुभती हुई आंखों से देखा और तुरन्त उनके चरणों पर गिर पड़ा। सेठजी का कलेजा धक से हो उठा। यह तो गोपी था, केवल उम्र में उससे कम। वही रूप था, वही डौल था, मानो वह कोई नया जन्म, लेकर आ गया हो। उनका सारा शरीर एक विचित्र भय से। सिहर उठा।

कृष्णचन्द्र ने एक क्षण में उठकर कहा- 'हम तो आज आपकी प्रतीक्षा कर रहे थे। बंदर पर जाने के लिए गाड़ी लेने जा रहा था। आपको तो यहाँ आने में बड़ा कष्ट हुआ होगा। आइए, अंदर आइए। मैं आपको देखते ही पहचान गया। कहीं भी देखकर पहचान जाता।'

खूबचंद उसके साथ भीतर चले तो, मगर उनका मन जैसे अतीत के काँटों में उलझ रहा था! गोपी की सूरत क्या वह कभी भूल सकते थे? इस चेहरे को उन्होंने कितनी ही बार स्वप्न में देखा था। वह कांड उनके जीवन की सबसे महत्त्वपूर्ण घटना थी, और आज एक युग बीत जाने पर भी, उनके पथ में उसी भांति अटल खड़ा था।

एकाएक कृष्णचन्द्र जीने के पास रुककर बोला- 'जाकर अम्मा से कह आऊँ, दादा आ गए।' आपके लिए नए-नए कपड़े बने रखे हैं।

खूबचंद ने पुत्र के मुख का इस तरह चुंबन किया, जैसे वह शिशु हो और उसे गोद में उठा लिया। वह उसे लिये जीने पर चढ़े जाते थे। यह मनोल्लास की शक्ति थी।

7

तीस साल से व्याकुल पुत्र-लालसा, यह पदार्थ पाकर, जैसे उस पर न्यौछावर हो जाना चाहती है। जीवन नई-नई अभिलाषाओं को लेकर उन्हें सम्मोहित कर रहा है। इस रत्न के लिए वह ऐसी-ऐसी कितनी ही यातनाएँ सहर्ष झेल सकते थे। अपने जीवन में उन्होंने जो कुछ अनुभव के रूप में कमाया था, उसका तत्त्व वह अब कृष्णचन्द्र के मस्तिष्क में भर देना चाहते हैं। उन्हें यह अरमान नहीं है कि कृष्णचन्द्र धन का स्वामी हो, चतुर हो, यशस्वी हो बल्कि दयावान हो, नम्र हो, श्रद्धालु हो। ईश्वर की दया में अब उन्हें असीम विश्वास है, नहीं तो उन जैसा अधम व्यक्ति क्या इस योग्य था कि इस कृपा का पात्र बनता? और प्रमीला तो साक्षात् लक्ष्मी है।

कृष्णचन्द्र भी पिता को पाकर निहाल हो गया। अपनी सेवाओं से मानो उनके अतीत को भुला देना चाहता है। मानो पिता की सेवा ही के लिए उसका जन्म हुआ है। मानो वह पूर्वजन्म का कोई ऋण चुकाने के लिए ही संसार में आया है। आज सेठजी को आए सातवां दिन है। संध्या का समय है। सेठजी संध्या करने जा रहे हैं कि गोपीनाथ की लड़की बिन्नी ने आकर प्रमीला से कहा- 'माताजी, अम्मा का जी अच्छा नहीं है। भैया को बुला रही हैं।'

प्रमीला ने कहा- 'आज तो वह न जा सकेगा। उसके पिता आ गए हैं, उनसे बातें कर रहा है।'

कृष्णचन्द्र ने दूसरे कमरे में उसकी बातें सुन लीं। तुरन्त आकर बोला- 'नहीं अम्मा, मैं दादा से पूछकर जरा देर के लिए चला जाऊंगा।'

प्रमीला ने बिगड़ कर कहा- 'तू कहीं जाता है तो तुझे घर की सुध ही नहीं रहती। न जाने उन सभी ने तुझे क्या बूटी सुंघा दी है।'

'मैं बहुत जल्द चला आऊंगा अम्मा, तुम्हारे पैरों पड़ता हूँ।'

'तू भी केसा लड़का है! वह बेचारे अकेले बैठे हुए हैं और तुझे वहाँ जाने की पड़ी हुई है।'

सेठजी ने भी ये बातें सुनी। आकर बोले- 'क्या हर्ज है, जल्दी आने को कह रहे हैं तो जाने दो।'

कृष्णचन्द्र प्रसन्नचित्त बिन्नी के साथ चला गया। एक क्षण के बाद प्रमीला ने कहा- 'जब से मैंने गोपी की तस्वीर देखी है, मुझे नित्य शंका बनी रहती है कि न जाने भगवान क्या करने वाले हैं। बस यही मालूम होता है।'

सेठजी ने गम्भीर स्वर में कहा- 'मैं भी तो पहली बार इसे देखकर चकित रह गया था। जान पड़ा, गोपीनाथ ही खड़ा है।'

'गोपी की घरवाली कहती है कि इसका स्वभाव भी गोपी जैसा ही है।'

'सेठजी गूढ़ मुस्कान के साथ बोले- 'भगवान की लीला है कि जिसकी मैंने हत्या की, वही मेरा पुत्र हो। मुझे तो विश्वास है, गोपीनाथ ने ही इसमें अवतार लिया है।'

प्रमीला ने माथे पर हाथ रखकर कहा- 'यही सोचकर तो कभी-कभी मुझे न जाने कैसी शंका होने लगी है।'

सेठजी ने श्रद्धा-भरी आँखों से देखकर कहा- 'भगवान हमारे परम सुहृदय हैं। वह जो कुछ करते हैं, प्राणियों के कल्याण के लिए करते हैं। हम समझते हैं, हमारे साथ विधि ने अन्याय किया पर यह हमारी मूर्खता है। विधि अबोध बालक नहीं है जो अपने ही सिरजे हुए खिलौनों को तोड़-फोड़कर आनंदित होता हो। न वह हमारा शत्रु है, जो हमारा अहित करने में सुख मानता है। वह परम दयालु है, मंगल-रूप है। यही अवलम्ब था, जिसने निर्वासन काल में मुझे सर्वनाश से बचाया। इस आधार के बिना कह नहीं सकता, मेरी नौका कहां-कहां भटकती और उसका क्या अंत होता।'

8

बिन्नी ने कई कदम चलने के बाद कहा- मैंने तुमसे झूठ-मूठ कहा कि अम्मा बीमार हैं। अम्मा तो अब बिलकुल अच्छी हैं। तुम कई दिन से गए नहीं इसलिए उन्होंने मुझसे कहा- इस बहाने से बुला लाना। तुमसे वह एक सलाह करेंगी।'

कृष्णचन्द्र ने कौतूहल भरी आँखों से देखा।

'मुझसे सलाह करेगी! मैं भला क्या सलाह दूँगा? मेरे दादा आ गए, इसीलिए नहीं आ सका।'

'तुम्हारे दादा आ गए! तो उन्होंने पूछा होगा, यह कौन लड़की है?'

'नहीं, कुछ नहीं पूछा।'

'दिल में तो कहते होंगे, कैसी बेशरम लड़की है।'

'दादा ऐसे आदमी नहीं हैं। मालूम हो जाता कि यह कौन है, तो बड़े प्रेम से बातें करते। मैं तो कभी-कभी डरा करता था कि न जाने उनका मिज़ाज कैसा हो। सुनता था, कैदी बड़े कठोर-हृदय हुआ करते हैं, लेकिन दादा तो दया के देवता हैं।'

दोनों कुछ दूर फिर चुपचाप चले गए। तब कृष्णचन्द्र ने पूछा- 'तुम्हारी अम्मा मुझसे कैसी सलाह करेंगी?'

बिन्नी का ध्यान जैसे टूट गया।

'मैं क्या जानूं, कैसी सलाह करेंगी। मैं जानती कि तुम्हारे दादा आए हैं, तो न जाती। मन में कहते होंगे, इतनी बड़ी लड़की मारी-मारी फिरती है।' कृष्णचन्द्र कहकहे मारकर बोला- हां, कहते तो होंगे। मैं जाकर और जड़ दूँगा।'

बिन्नी बिगड़ गई।

'क्या तुम जड़ दोगे? बताओ, मैं कहां घूमती हूं? तुम्हारे घर के सिवा मैं और कहीं जाती हूँ?'

'मेरे जी में जो आया, सो कहूंगा।, नहीं तो मुझे बता दो, कैसी सलाह है?'

'तो मैंने कब कहा था कि मैं नहीं बताऊंगी। कल हमारे मिल में फिर हड़ताल होनेवाली है। हमारा मैनेजर इतना निर्दयी है कि किसी को पाँच मिनट की भी देर हो जाए, तो आधे दिन की तलब काट लेता है और दस मिनट देर हो जाए, तो दिन-भर की मजदूरी गायब। कई बार सभी ने जाकर उससे कहा-सुना, मगर मानता ही नहीं। तुम हो तो जरा-से पर अम्मा को न जाने तुम्हारे ऊपर क्यों इतना विश्वास है, और मजदूर लोग भी तुम्हारे ऊपर बड़ा ही भरोसा करते हैं। सबकी सलाह है कि तुम एक बार मैनेजर के पास जाकर दो टूक बातें कर लो। हां या नहीं अगर वह अपनी बात पर अड़ा रहे, तो फिर हम भी हड़ताल करेंगे।' कृष्णचन्द्र विचारों में मग्न था। कुछ न बोला।

बिन्नी ने फिर उद्दण्ड-भाव से कहा- 'यह कड़ाई इसीलिए तो है कि मैनेजर जानता है, हम बेबस हैं और हमारे लिए और कहीं ठिकाना नहीं है। तो हमें भी दिखा देना है कि हम चाहे भूखे मरेंगे, मगर अन्याय न सहेंगे।'

कृष्णचन्द्र ने कहा- 'उपद्रव हो गया, तो गोलियाँ चलेंगी।'

'तो चलने दो। हमारे दादा मर गए, तो क्या हम लोग जिए नहीं?' दोनों घर पहुँचे, तो वहाँ द्वार पर बहुत से मजदूर जमा थे और इसी विषय पर बातें हो रही थी।

कृष्णचन्द्र को देखते ही सभी ने चिल्लाकर कहा- 'लो, भैया आ गए।'

वही मिल है, जहाँ सेठ खूबचंद ने गोलियाँ चलाई थी। अब उन्हीं का पुत्र मजदूरों का नेता बना हुआ गोलियों के सामने खड़ा है।

कृष्णचन्द्र और मैनेजर की बातें हो चुकी। मैनेजर ने नियमों को नर्म करना स्वीकार न किया। हड़ताल की घोषणा कर दी गई। आज हड़ताल है। मजदूर मिल के अहाते में जमा हैं, और मैनेजर ने मिल की रक्षा के लिए फौजी दस्ता बुला लिया है। मिल-मजदूर उपद्रव नहीं करना चाहते थे। हड़ताल केवल उनके असन्तोष का प्रदर्शन थी लेकिन फौजी दस्ता देखकर मजदूरों को भी जोश आ गया। दोनों तरफ से तैयारी हो गई है। एक ओर गोलियाँ हैं, दूसरी ओर ईंट-पत्थर के टुकड़े। युवक कृष्णचन्द्र ने कहा- 'आप लोग तैयार हैं? हमें मिल के अंदर जाना है, चाहे सब मार डाले जाए।'

बहुत-सी आवाजें आई-सब तैयार हैं।

'जिनके बाल-बच्चे हों, वह अपने घर चले जाएं।'

बिन्नी पीछे खड़ी-खड़ी बोली-बाल-बच्चे, सबकी रक्षा भगवान करता है। कई मजदूर घर लौटने का विचार कर रहे थे। इस वाक्य ने उन्हें स्थिर कर दिया। जय-जयकार हुई और एक हजार मजदूरों का दल मिल-द्वार की ओर चला। फौजी दस्ते ने गोलियाँ चलाईं। सबसे पहले कृष्णचन्द्र गिरा, फिर और कई आदमी गिर पड़े। लोगों के पैर उखड़ने लगे।

उसी वक्त सेठ खूबचंद नंगे सिर, नंगे पाँव अहाते में पहुँचे और कृष्णचन्द्र को गिरते देखा। परिस्थिति उन्हें घर ही पर मालूम हो गई थी। उन्होंने उन्मत्त होकर कहा- 'कृष्णचन्द्र की जय'! और दौड़कर आहत युवक को कंठ से लगा लिया। मजदूरों में एक अद्भुत साहस और धैर्य का संचार हुआ।

'खूबचंद।' इस नाम ने जादू का काम किया। इस 15 साल में 'खूबचंद' ने शहीद का ऊँचा पद प्राप्त कर लिया था। उन्हीं का पुत्र आज मजदूरों का नेता है। धन्य है भगवान की लीला! सेठजी ने पुत्र की लाश जमीन पर लिटा दी और अविचलित भाव से बोले- 'भाइयों, यह लड़का मेरा पुत्र था। मैं पन्द्रह साल डामूल काटकर लौटा, तो भगवान की कृपा से मुझे इसके दर्शन हुए। आज आठवाँ दिन है। आज फिर भगवान ने उसे अपनी शरण में ले लिया। वह भी उसकी कृपा थी। मैं जो मूर्ख अज्ञानी तब था, वही अब भी हूँ। इस बात का मुझे गर्व है कि भगवान ने मुझे ऐसा वीर बालक दिया। अब आप लोग मुझे बधाइयाँ दें। किसे ऐसी वीर-गति मिलती है? अन्याय के सामने जो छाती ठोक कर खड़ा हो जाए, वही सच्चा वीर है, इसलिए बोलिए- कृष्णचन्द्र की जय।'

एक हजार गलों से जय-ध्वनि निकली और उसी के साथ सब-के-सब हल्ला मारकर दफ्तर के अंदर घुस गए। गारद के जवानों ने एक बंदूक भी न चलाई। इस विलक्षण कांड ने इन्हें स्तम्भित कर दिया था।

मैनेजर ने पिस्तौल उठा लिया और खड़ा हो गया। देखा, तो सामने सेठ खूबचंद।

लज्जित होकर बोला- 'मुझे बड़ा दु:ख है कि आज देवगति से ऐसी दुर्घटना हो गई पर आप खुद समझ सकते हैं, मैं क्या कर सकता था।'

सेठजी ने शान्त स्वर में कहा- 'ईश्वर जो कुछ करता है, हमारे कल्याण के लिए ही करता है। अगर इस बलिदान से मजदूरों का कुछ हित हो, तो मुझे इसका जरा भी खेद न होगा।'

मैनेजर सम्मान-भरे स्वर में बोला- 'लेकिन इस धारणा से तो आदमी को संतोष नहीं होता। ज्ञानियों का भी मन चंचल हो जाता है।'

सेठजी ने इस प्रसंग का अंत कर देने के इरादे से कहा- 'तो अब क्या निश्चय कर रहे हैं?'

मैनेजर सकुचाता हुआ बोला- 'मैं इस विषय में स्वतन्त्र नहीं हूँ। स्वामियों की जो आज्ञा थी, उसका मैं पालन कर रहा था।' सेठजी कठोर स्वर में बोले- 'अगर आप समझते हैं कि मजदूरों के साथ अन्याय हो रहा है, तो आपका धर्म है कि उनका पक्ष लीजिए। अन्याय में सहयोग करना अन्याय करने ही के समान है।'

एक तरफ तो मजदूर लोग कृष्णचन्द्र के दाह-संस्कार का आयोजन कर रहे थे, दूसरी तरफ दफ्तर में मिल के डायरेक्टर और मैनेजर सेठ खूबचंद के साथ बैठे कोई ऐसी व्यवस्था सोच रहे थे कि मजदूरों के प्रति इस अन्याय का अन्त हो जाए।

दस बजे सेठजी ने बाहर निकलकर मजदूरों को सूचना दी- 'मित्रों, ईश्वर को धन्यवाद दो, कि उसने तुम्हारी विजय स्वीकार कर ली। तुम्हारी हाजिरी के लिए अब नए नियम बनाए जाएंगे और जुर्माना की वर्तमान प्रथा उठा दी जाएगी। मजदूरों ने सुना, पर उन्हें आनंद न हुआ, जो एक घंटा पहले होता। कृष्णचन्द्र को बलि देकर बड़ी-से-बड़ी रियायत भी उनकी निगाहों में हेय थी।

अभी अर्थी न उठने पाई थी कि प्रमीला लाल आँखें किए उन्मत्त-सी दौड़ी आई और उस देह से चिपट गई, जिसे उसने अपने उदर से जन्म दिया और अपने रक्त से पाला था। चारों तरफ हाहाकार मच गया। मजदूर और मालिक ऐसा कोई नहीं था, जिसकी आँखों से आँसुओं की धारा न निकल रही हो।

सेठजी ने समीप जाकर प्रमीला के कंधे पर हाथ रखा और बोले- 'क्या करती हो प्रमीला, जिसकी मृत्यु पर हँसना और ईश्वर को धन्यवाद देना चाहिए, उसकी मृत्यु पर रोती हो।'

प्रमीला उसी तरह शव को हृदय से लगाए पड़ी रही। जिस निधि को पाकर उसने विपत्ति को सम्पत्ति समझा था, पति-वियोग के अंधकारमय जीवन में जिस दीपक से आशा, धैर्य और अवलम्ब पा रही थी, वह दीपक बुझ गया था। जिस विभूति को पाकर ईश्वर की निष्ठा और भक्ति उसके रोम-रोम में व्याप्त हो गई थी, वह विभूति उससे छीन ली गई थी।

सहसा उसने पति को अस्थिर नेत्रों से देखकर कहा- 'तुम समझते होंगे, ईश्वर जो कुछ करता है, हमारे कल्याण के लिए ही करता है। मैं ऐसा नहीं समझती। समझ ही नहीं सकती। कैसे समझूँ? हाय मेरे लाल! मेरे लाड़ले! मेरा राजा, मेरे सूर्य, मेरे जीवन के आधार! मेरे सर्वस्व! तुझे खोकर कैसे चित्त को शान्त रखूँ? जिसे गोद में देखकर मैंने अपने भाग्य को धन्य माना था, उसे आज धरती पर पड़ा देखकर हृदय को कैसे संभालू? नहीं मानता! हाय नहीं मानता!'

यह कहते हुए उसने जोर से छाती पीट ली।

उसी रात को शोकातुर माता संसार से प्रस्थान कर गई। पक्षी अपने बच्चे की खोज में पिंजरे से निकल गया।

9

तीन साल बीत गए।

श्रमजीवियों के मुहल्ले में आज कृष्णाष्टमी का उत्सव है। उन्होंने आपस में चन्दा करके एक मंदिर बनवाया है। मंदिर आकार में बहुत सुन्दर और विशाल नहीं, पर जितनी भक्ति से यहाँ सिर झुकते हैं, वह बात इससे कहीं विशाल मंदिरों को प्राप्त नहीं। यहाँ लोग अपनी संपत्ति का प्रदर्शन करते नहीं, बल्कि अपनी श्रद्धा की भेंट देने आते हैं। मजदूर स्त्रियाँ गा रही हैं, बालक दौड़-दौड़कर छोटे-छोटे काम कर रहे हैं, और पुरुष झांकी के बजाय-श्रृंगार में लगे हुए हैं।

उसी वक्त सेठ खूबचंद आये। स्त्रियाँ और बालक उन्हें देखते ही चारों ओर से दौड़कर जमा हो गए। यह मंदिर उन्हीं के सतत उद्योग का फल है। मजदूर परिवारों की सेवा ही अब उनके जीवन का ध्येय है। उनका छोटा-सा परिवार अब विराट रूप हो गया है। उनके सुख को वह अपना सुख और उनके दु:ख को अपना दु:ख मानते हैं। मजदूरों में शराब, जुए और दुराचरण की वह कसरत नहीं रही। सेठजी की सहायता, सत्संग और सद्व्यवहार पशुओं को मनुष्य बना रहा है। सेठजी ने बाल-रूप भगवान् के सामने जाकर सिर झुकाया और उनके मन अलौकिक आनंद से खिल उठी। उस झाँकी में उन्हें कृष्णचन्द्र की झलक दिखाई दी। एक ही क्षण में उसने जैसे गोपीनाथ का रूप धारण किया। दाहिनी ओर से देखते थे, तो कृष्णचन्द्र; बायीं ओर से देखते थे, तो गोपीनाथ।

सेठजी का रोम-रोम पुलकित हो उठा। भगवान की व्यापक दया का रूप आज जीवन में पहली बार उन्हें दिखाई दिया। अब तक भगवान की दया को वह सिद्धान्त रूप से मानते थे। आज उन्होंने उनका प्रत्यक्ष रूप देखा। एक पथ-भ्रष्ट, पतनोन्मुखी आत्मा के उद्धार के लिए इतना दैवी विधान! इतनी अनवरत ईश्वरीय प्रेरणा सेठजी के मानस-पटल पर अपना सम्पूर्ण जीवन सिनेमा-चित्रों की भांति दौड़ गया। उन्हें जान पड़ा, जैसे आज बीस वर्ष से ईश्वर की कृपा उन पर छाया किए हुए है। गोपीनाथ का बलिदान क्या था? विद्रोही मजदूरों ने जिस समय उनका मकान घेर लिया था, उस समय उनका आत्मसमर्पण ईश्वर की दया के सिवा और क्या था? पन्द्रह साल के निर्वासित जीवन में, फिर कृष्णचन्द्र के रूप में, कौन उनकी आत्मा की रक्षा कर रहा था?

सेठजी के अन्त-करण से भक्ति की विह्वलता में डूबी हुई जय-ध्वनि निकली- कृष्ण भगवान की जय! और जैसे सम्पूर्ण ब्रह्माण्ड दया के प्रकाश से जगमगा उठा।

***

नेउर

आकाश में चाँदी के पहाड़ भाग रहे थे, टकरा रहे थे, गले मिल रहे थे, जैसे सूर्य- मेघ संग्राम छिड़ा हुआ हो। कभी छाया हो जाती थी, कभी तेज धूप चमक उठती थी। बरसात के दिन थे, उमस हो रही थी। हवा बंद हो गई थी।

गाँव के बाहर कई मजदूर एक खेत की मेंड़ बाँध रहे थे। नंगे बदन, पसीने में तर, कछनी कसे हुए, सब-के-सब फावड़े से मिट्टी खोदकर मेंड़ पर रखते जाते थे। पानी में मिट्टी नरम हो गई थी।

गोबर ने अपनी कानी आँख मटका कर कहा- 'अब तो हाथ नहीं चलता भाई! गोला भी छूट गया होगा, चबेना कर लें।'

नेउर ने हँसकर कहा- 'यह मेंड़ तो पूरी कर लो, फिर चबेना कर लेना। मैं तो तुमसे पहले आया।'

दोनों ने सिर पर झौवा उठाते हुए कहा- 'तुमने अपनी जवानी में जितना घी खाया होगा नेउर दादा, उतना तो अब हमें पानी भी नहीं मिलता।'

नेउर छोटे डीलडौल का, गठीला, काला, फुर्तीला आदमी था। उम्र पचास से ऊपर थी, मगर अच्छे-अच्छे नौजवान उसके बराबर मेहनत न कर सकते थे। अभी दो-तीन साल पहले तक कुश्ती लड़ता था। जब से गाय मर गई, कुश्ती लड़ना छोड़ दिया था।

गोबर- 'तुमसे तंबाकू पिये बिना कैसे रहा जाता है नेउर दादा? यहाँ तो चाहे रोटी न मिले; लेकिन तंबाकू के बिना नहीं रहा जाता।'

नेउर अपने काम में मग्न था। नवयुवकों की बातों में उसे कोई दिलचस्पी नहीं थी। दीना ने उसे बातों में लगाने की कोशिश करते हुए कहा- 'तो यहाँ से जाकर रोटी बनाओगे दादा? बुधिया कुछ नहीं करती? हमसे तो दादा ऐसी मेहरिया से एक दिन न पटे।'

नेउर के पिचके, खिचड़ी मूंछों से ढके मुख पर हास्य की स्मित रेखा चमक उठी, जिसने उसकी कुरूपता को भी सुंदर बना दिया। बोला- 'जवानी तो उसी के साथ कटी है बेटा, अब उससे कोई काम नहीं होता, तो क्या करूँ।'

गोबर- 'तुमने उसे सिर चढ़ा रखा है, नहीं तो काम क्यों न करती! मजे से खाट पर बैठी चिलम पीती रहती है और सारे गाँव से लड़ा करती है। तुम बूढ़े हो गए लेकिन वह तो अब भी जवान बनी है।'

दीना- 'जवान औरत उसकी क्या बराबरी करेगी। सिंदूर, टीका, काजल मेंहदी में तो उसका मन बसता है। बिना किनारदार रंगीन धोती के उसे कभी देखा ही नहीं, उस पर गहनों से भी जी

नहीं भरता। तुम गऊ हो, इससे निबाह हो जाता है, नहीं तो अब तक गली-गली ठोकरें खाती होती।'

गोबर- 'मुझे तो उसके बनाव-श्रृंगार पर गुस्सा आता है। काम कुछ न करेगी पर खाने-पहनने को अच्छा ही चाहिए।'

नेउर- 'तुम क्या जानो बेटा, जब वह आई थी, तो मेरे घर में सात हल की खेती होती थी। रानी बनी बैठी रहती थी। जमाना बदल गया, तो क्या हुआ, उसका मन तो वही है।' घड़ी-भर चूल्हे के सामने बैठ जाती है, तो आंखें लाल हो जाती हैं और सिर थाम कर पड़ जाती है। मुझसे तो यह नहीं देखा जाता। इसी दिन के लिए तो आदमी शादी-ब्याह करता है, और नहीं तो इस गृहस्थी के जंजाल में क्या रखा है। यहाँ से जाकर रोटी बनाऊंगा, पानी लाऊंगा, तब दो कौर खाएगी, वहीं तो मुझे क्या था, तुम्हारी तरह चार फंकी मारकर एक लोटा पानी पी लेता। जब से बिटिया मरी तब से तो वह और भी सुस्त हो गई। यह बड़ा भारी धक्का लगा। माँ की ममता हम-तुम क्या समझेंगे बेटा! पहले तो कभी-कभी डाँट भी देता था। अब किस मुँह से डाटूं?

दीना- 'तुम कल पेड़ पर काहे को चढ़े थे, अभी गुलर कौन पकी है?'

नेउर- 'उस बकरी के लिए थोड़ी पत्ती तोड़ रहा था। बिटिया को दूध पिलाने को बकरी ली थी। अब बुढ़िया हो गई है लेकिन थोड़ा दूध दे देती है। उसी का दूध और रोटी तो बुधिया का आधार है।'

घर पहुँचकर नेउर ने लोटा और डोर उठाया और नहाने चला, कि स्त्री ने खाट पर लेटे-लेटे कहा- 'इतनी देर क्यों कर दिया करते हो? आदमी काम के पीछे प्राण थोड़े ही देता है? जब मजदूरी सबके बराबर मिलती है, तो क्यों काम के पीछे मरते हो?'

नेउर का अन्त-करण एक माधुर्य से सराबोर हो गया। उसके आत्मसमर्पण से भरे हुए प्रेम में 'मैं' की गंध भी तो नहीं थी। कितना स्नेह है! और किसे उसके आराम की, उसने मरने-जीने की चिन्ता है? फिर यह क्यों न अपनी बुधिया के लिए मरे? बोला- 'तू उस जन्म में कोई देवी रही होगी बुधिया, सच।'

'अच्छा रहने दो यह चापलूसी। हमारे आगे अब कौन बैठा हुआ है, जिसके लिए इतना हाय-हाय करते हो?'

नेउर गज-भर की छाती किए स्नान करने चला गया। लौटकर उसने मोटी- मोटी रोटियाँ बनाईं। आलू चूल्हे में डाल दिए थे। उनका भुरता बनाया फिर बुधिया और वह दोनों साथ बैठे।

बुधिया- 'मेरी जात से तुम्हें कोई सुख न मिला। पड़े-पड़े खाती हूँ और तुम्हें तंग करती हूँ। इससे तो कही अच्छा था कि भगवान मुझे उठा लेते।'

'भगवान आएँगे तो मैं कहूँगा, पहले मुझे ले चलो। तब इस सूनी झोंपड़ी में कौन रहेगा?'

'तुम न रहोगे, तो मेरी क्या दशा होगी? यह सोचकर मेरी आँखों में अँधेरा आ जाता है। मैंने कोई बड़ा पुण्य किया था कि तुम्हें पाया। किसी और के साथ मेरा भला क्या निबाह होता?'

ऐसे मीठे संतोष के लिए नेउर क्या नहीं कर डालना चाहता था। आलसिन, लोभिन, स्वार्विन बुधिया अपनी जीभ पर केवल मिठास रखकर नेउर को नचाती रहती थी, जैसे कोई शिकारी कँटिए में चारा लगाकर मछली को खिलाता है।

पहले कौन मरे, इस विषय पर आज यह पहली ही बार बातचीत न हुई थी। इसके पहले भी कितनी ही बार यह प्रश्न उठा था और यों ही छोड़ दिया गया था लेकिन न जाने क्यों नेउर ने अपनी डिग्री कर ली थी और उसे निश्चय था कि पहले मैं जाऊंगा उसके पीछे भी बुधिया जब तक रहे, आराम से रहे, किसी के सामने हाथ न फैलाए, इसीलिए वह काम करता रहता था, जिससे हाथ में चार पैसे जमा हो जाएं। कठिन-से-कठिन काम, जिसे कोई न कर सके, नेउर करता। दिन-भर फावड़े-कुचाल का काम करने के बाद रात को ऊख के दिनों में किसी की ऊख पेरता, या खेती की रखवाली करता लेकिन दिन निकलते जाते थे और जो कुछ कमाता था, वह भी निकलता जाता था। बुधिया के बगैर यह जीवन नहीं, इसकी कल्पना ही न कर सकता था।

लेकिन आज की बातों ने नेउर को सशंक कर दिया। जल में एक बूँद रंग की भांति यह शंका उनके मन में समाकर अतिरंजित होने लगी।

2

गाँव में नेउर को काम की कमी न थी पर मजदूरी तो वही मिलती थी, जो अब तक मिलती आई थी। इस मंदी में वह मजदूरी भी नहीं रह गई थी। एकाएक गाँव में एक साधु कहीं से घूमते-फिरते आ निकले और नेउर के घर के सामने ही पीपल की छांह में उनकी धूनी जल गई। गाँव वालों ने अपना धन्य भाग्य समझा। बाबाजी की सेवा-सत्कार करने के लिए सभी जमा हो गए। कहीं से लकड़ी आ गई, कहीं से बिछाने का कम्बल, कहीं से आटा-दाल नेउर के पास क्या था? बाबाजी के लिए भोजन बनाने की सेवा उसने ली। चरस आ गई, दम लगने लगा।

दो-तीन दिन में ही बाबाजी की कीर्ति फैलने लगी। वह आत्मदर्शी हैं। भूत-भविष्य, सब बता देते हैं। लोभ तो छू नहीं गया। पैसा हाथ से नहीं छूते, और भोजन भी क्या करते हैं। आठ पहर में एक-दो रोटियाँ खा लीं, लेकिन मुख दीपक की तरह दमक रहा है। कितनी मीठी वाणी है। सरल हृदय नेउर बाबाजी का सबसे बड़ा भक्त था। उस पर कहीं बाबाजी की दया हो गई, तो पारस ही हो जाएगा। सारा दुःख दलिद्दर मिट जाएगा।

भक्तजन एक-एक करके चले गए थे। खूब कड़ाके की ठंड पड़ रही थी। केवल नेउर बैठा बाबाजी के पाँव दबा रहा था।

बाबाजी ने कहा- 'बच्चा! संसार माया है। इसमें क्यों फंसे हो?'

नेउर ने नतमस्तक होकर कहा- 'अज्ञानी हूँ महाराज, क्या करूँ? स्त्री है, उसे किस पर छोड़ूं?'

'तू समझता है, तू स्त्री का पालन करता है?'

'और कौन सहारा है उसका बाबाजी?'

'ईश्वर कुछ नहीं है तू ही सब कुछ है?'

नेउर के मन में जैसे ज्ञान उदय हो गया। तू इतना अभिमानी हो गया है! तेरा इतना दिमाग! मजदूरी करते-करते जान जाती है और तू समझता है, मैं ही बुधिया का सब कुछ हूँ। प्रभु, जो सारे संसार का पालन करते हैं, तू उनके काम में दखल देने का दावा करता है। उसके सरल, ग्रामीण हृदय में आस्था की एक ध्वनि-सी उठकर उसे धिक्कारने लगी। बोला- 'अज्ञानी हूँ महाराज।

इससे ज्यादा वह और कुछ नहीं कह सका। आँखों से दीन विषाद के आँसू गिरने लगे।

बाबाजी ने तेजस्विता से कहा- 'देखना चाहता है ईश्वर का चमत्कार! वह चाहे तो क्षण-भर में तुझे लखपति कर दे। क्षण-भर में तेरी सारी चिंताएँ हर ले। मैं उसका एक तुच्छ भक्त हूँ काकविष्टा, लेकिन मुझमें भी इतनी शक्ति है कि तुझे पारस बना दूँ। तू साफ दिल का, सच्चा, ईमानदार आदमी है। मुझे तुझ पर दया आती है। मैंने इस गाँव में सबको ध्यान से देखा। किसी में भक्ति नहीं, विश्वास नहीं। तुझमें मैंने भक्त का हृदय पाया। तेरे पास कुछ चाँदी है?

नेउर को जान पड़ रहा था कि सामने स्वर्ग का द्वार है।

'दस-पाँच रुपए होंगे महाराज।'

'कुछ चाँदी के टूटे-फूटे गहने नहीं हैं?'

'घरवाली के पास कुछ गहने हैं।'

'कल रात को जितनी चाँदी मिल सके, यहाँ ला और ईश्वर की प्रभुता देख। तेरे सामने मैं चाँदी को हांडी में रखकर इसी धूनी में रख दूंगा। प्रात:काल आकर हांडी निकाल लेना, मगर इतना याद रखना कि उन अशर्फियों को अगर शराब पीने में, जुआ खेलने में या किसी दूसरे बुरे काम में खर्च किया, तो कोढ़ी हो जाएगा। अब जा, सो जा। हां, इतना और सुन ले इसकी चर्चा किसी से मत करना। घरवाली से भी नहीं।'

नेउर घर चला, तो ऐसा प्रसन्न था, मानो ईश्वर का हाथ उसके सिर पर है। रात-भर उसे नींद नहीं आई। सवेरे उसने कई आदमियों से दो-दो, चार-चार रुपए उधार लेकर पचास रुपए जोड़े। लोग उसका विश्वास करते थे। कभी किसी का एक पैसा भी न दबाता था। वादे का पक्का, नीयत का साफ। रुपए मिलने में दिक्कत न हुई। पचास रुपए उसके पास थे। बुधिया के गहने कैसे ले? चाल चली। तेरे गहने बहुत मैले हो गए हैं। खटाई से साफ कर ले। रात-भर खटाई में रहने से नए हो जाएंगे। बुधिया चकमे में आ गई। हाँडी में खटाई डालकर गहने भिगो दिए। जब रात को वह सो गई, तो नेउर ने रुपए भी उसी हांडी में डाल दिए और बाबाजी के पास पहुँचा। बाबाजी ने कुछ मन्त्र पढ़ा। हाँडी को धूनी की राख में रखा और नेउर को आशीर्वाद देकर विदा किया।

रात-भर करवटें बदलने के बाद नेउर मुँह अँधेरे बाबा के दर्शन करने गया, मगर बाबाजी का वहाँ पता न था। अधीर होकर उसने धूनी की जलती हुई रख टटोली। हाँडी गायब थी। छाती धक-धक करने लगी। बदहवास होकर बाबा को खोजने लगा। हार की तरफ गया। तालाब की

ओर पहुँचा। दस मिनट, बीस मिनट, आधा घंटा! बाबा का कहीं निशान नहीं। भक्त आने लगे। बाबा कहां गए? कम्बल भी नहीं, बरतन भी नहीं।

भक्त ने कहा- 'रमते साधुओं का क्या ठिकाना! आज यहाँ कल वहाँ, एक जगह रहें, तो साधु कैसे? लोगों से हेल-मेल हो जाए, बंधन में पड़ जाएँ।'

'सिद्ध थे'

'लोभ तो छू नहीं गया।'

'नेउर कहाँ है? उस पर बड़ी दया करते थे। उससे कह गए होंगे।'

नेउर की तलाश होने लगी, कहीं पता नहीं। इतने में बुधिया नेउर को पुकारती हुई घर में से निकली। फिर कोलाहल मच गया। बुधिया रोती थी और नेउर को गालियाँ देती थी।

नेउर खेतों की मेंड़ से बेतहाशा भागता चला जाता था, मानो इस पापी संसार से निकल जाएगा।

एक आदमी ने कहा- नेउर ने कल मुझसे पाँच रुपए लिये थे। आज साँझ को देने को कहा था।

दूसरा-हमसे भी दो रुपए आज ही के वादे पर लिये थे।

बुधिया रोयी- दाढीजार मेरे सारे गहने ले गया। पच्चीस रुपए रखे थे, वह भी उठा ले गया।

लोग समझ गए, बाबा कोई धूर्त था। नेउर को झाँसा दे गया। ऐसे-ऐसे ठग पड़े हैं संसार में। नेउर के बारे में किसी को ऐसा सन्देह नहीं था। बेचारा सीधा आदमी आया गया पट्टी में। मारे लाज के कहीं छिपा बैठा होगा।

3

तीन महीने गुजर गए।

झाँसी जिले में धसान नदी के किनारे एक छोटा-सा गाँव है काशीपुर। नदी के किनारे एक पहाड़ी टीला है। उसी पर कई दिन से एक साधु ने अपना आसन जमाया है। नाटे कद का आदमी है, काले तवे का-सा रंग, देह गठी हुई। यह नेउर है, जो साधु-वेश में दुनिया को धोखा दे रहा है- वही सरल, निष्कपट नेउर जिसने कभी पराए माल की ओर आंख नहीं उठाई, जो पसीने की रोटी खाकर मग्न था। घर की, गाँव की और बुधिया की याद एक क्षण भी उसे नहीं भूलती, इस जीवन में फिर कोई दिन आएगा कि वह अपने घर पहुँचेगा और फिर उस संसार में हँसता-खेलता अपनी छोटी-छोटी चिंताओं और छोटी-छोटी आशाओं के बीच आनंद से रहेगा। वह जीवन कितना सुखमय था! जितने थे, सब अपने थे, सभी याद करते थे, सहानुभूति रखते थे। दिन-भर की मजदूरी, थोड़ा-सा अनाज या थोड़े- से पैसे लेकर घर आता था, तो बुधिया कितने मीठे स्नेह से उसका स्वागत करती थी। वह सारी मेहनत, सारी थकावट जैसे उस मिठास में सजकर और मीठी हो जाती थी। हाय! वे दिन फिर कब आएँगे? न जाने बुधिया कैसी रहती होगी? कौन उसे पान की तरह पालेगा? क़ौन उसे पकाकर खिलाएगा? घर में पैसा भी तो नहीं

छोड़ा, गहने तक डुबा दिए। तब उसे क्रोध आता कि उस बाबा को कहीं पा जाए, तो कच्चा ही खा जाए। हाय, लोभ! लोभ!!

उसके अनन्य भक्तों में एक सुन्दरी युवती भी थी, जिसके पति ने उसे त्याग दिया था। उसका बाप फौजी पेंशनर था। एक पढ़े-लिखे आदमी से लड़की का विवाह किया लेकिन लड़का माँ के कहने में था और युवती की अपनी सास से न पटती थी। वह चाहती थी, शौहर के साथ सास से अलग रहे, शौहर अपनी माँ से अलग होने पर राजी न हुआ। बहू रूठकर मैके चली आई। तब से तीन साल हो गए थे और ससुराल से एक बार भी बुलावा न आया, न पतिदेव ही आए। युवती किसी तरह पति को अपने वश में कर लेना चाहती थी। महात्माओं के लिए किसी का दिल फेर देना ऐसा क्या मुश्किल है। हां, उनकी दया चाहिए। एक दिन उसने एकान्त में बाबाजी से अपनी विपत्ति कह सुनाई। नेउर को जिस शिकार की टोह थी, वह आज मिलता हुआ जान पड़ा। गम्भीर भाव से बोला- 'बेटी, मैं न सिद्ध हूँ, न महात्मा, न मैं संसार के झमेलों में पड़ता हूँ पर तेरी श्रद्धा और प्रेम देखकर तुझ पर दया आती है। भगवान ने चाहा, तो तेरा मनोरथ पूरा हो जाएगा।'

'आप समर्थ हैं और मुझे आपके ऊपर विश्वास है।'

'भगवान की जो इच्छा होगी, वही होगा।'

'इस अभागिनी की डोंगी आप ही पार लगा सकते हैं।'

'भगवान पर भरोसा रखो।'

'मेरे भगवान तो आप ही हो।'

नेउर ने मानो धर्म-संकट में पड़कर कहा- 'लेकिन बेटी, उसके काम में बड़ा अनुष्ठान करना पड़ेगा, और अनुष्ठान में सैकड़ों-हजारों का खर्च है। उस पर भी तेरा काज सिद्ध होगा या नहीं, यह मैं नहीं कह सकता। हां मुझसे जो कुछ हो सकेगा, मैं कर दूँगा, पर सब कुछ भगवान के हाथ में है। मैं माया को हाथ से नहीं छूता, लेकिन तेरा दु:ख देखा नहीं जाता।

उसी रात को युवती ने अपने सोने के गहनों की पिटारी लाकर बाबाजी के चरणों पर रख दी। बाबाजी ने काँपते हुए हाथों से पिटारी खोली और चंद्रमा के उज्ज्वल प्रकाश में आभूषणों को देखा। उनकी आँखें झपक गईं । यह सारी माया उनकी है। वह उनके सामने हाथ बाँधे खड़ी कह रही है- 'मुझे अंगीकार कीजिए। कुछ भी तो करना नहीं है, केवल पिटारी लेकर अपने सिरहाने रख लेना है और युवती को आशीर्वाद देकर विदा कर देना है। प्रात:काल वह आएगी। उस वक्त वह उतनी दूर होंगे, जहाँ तक उनकी टाँगें ले जाएंगी। ऐसा आशातीत सौभाग्य! जब यह रुपयों से भरी थैलियाँ लिये गाँव में पहुँचेंगे और बुधिया के सामने रख देंगे। ओह! इससे बड़े आनंद की तो वह कल्पना भी नहीं कर सकते।

लेकिन न जाने क्यों इतना जरा-सा काम भी उससे नहीं हो सकता। वह पिटारी को उठाकर अपने सिरहाने, कम्बल के नीचे दबाकर नहीं रख सकता। है कुछ नहीं, पर उसके लिए असूझ है, असाध्य है। वह उस पिटारी की ओर हाथ भी नहीं बढ़ा सकता। हाथों पर उसका कोई बस नहीं। जाने दो हाथ, जुबान से तो कह सकता है। इतना कहने में कौन-सी दुनिया उलटी जाती है,

कि बेटी, इसे उठाकर इस कम्बल के नीचे रख दे। जुबान कट तो न जाएगी, मगर अब उसे मालूम होता है कि जुबान पर भी उसका काबू नहीं है। उंगलियों के इशारे से भी यह काम हो सकता है; लेकिन इस समय आँखें भी बगावत कर रही हैं। मन का राजा इतने मन्त्रियों और सामन्तों के होते हुए भी अशक्त है, निरीह है, लाख रुपए की थैली सामने रखी हो, नंगी तलवार में हाथ हो, गाय मजबूत रस्सी से सामने बंधी हो, क्या उस गाय की गर्दन पर उसके हाथ उठेंगे? कभी नहीं। वह परित्यक्ता उसे उसी गऊ की तरह लग रही थी। जिस अवसर को वह तीन महीने से खोज रहा है, उसे पाकर आज उसकी आत्मा काँप रही है। तृष्णा किसी वन्य जन्तु की भांति अपने संस्कारों से आखेट-प्रिय है, लेकिन जंजीरों से बँधे-बँधे उसके नख गिर गए हैं और दाँत कमजोर हो गए हैं।

उसने रोते हुए कहा- 'बेटी, पिटारी को उठा ले जाओ। मैं तुम्हारी परीक्षा कर रहा था। तुम्हारा मनोरथ पूरा हो जाएगा।

चाँद नदी के उस पार वृक्षों की गोद में विश्राम कर चुका था। नेउर धीरे से उठा और धसान में स्नान करके एक ओर चल दिया। भभूत और तिलक से उसे घृणा हो रही थी। उसे आश्चर्य हो रहा था कि वह घर से निकला ही कैसे? थोड़े से उपहास के भय से। उसे अपने अंदर एक विचित्र उल्लास का अनुभव हो रहा था, मानों वह बेड़ियों से मुक्त हो गया हो, कोई बहुत बड़ी विजय की हो।

4

आठवें दिन नेउर अपने गाँव पहुँच गया। लड़कों ने दौड़कर, उछल-कूदकर उसकी लकड़ी उसके हाथ से छीनकर उसका स्वागत किया।

एक लड़के ने कहा- 'काकी तो मर गई दादा।'

नेउर के पाँव जैसे बँध गए। मुँह के दोनों कोने नीचे झुक गए। दीन विषाद आँखों में चमक उठी। कुछ बोला नहीं, कुछ पूछा भी नहीं, पल-भर जैसे निस्तब्ध खड़ा रह गया, फिर बड़ी तेजी से अपनी झोपड़ी की ओर चला। बालकवृंद भी उसके पीछे दौड़े मगर उनकी शरारत और चंचलता भाग गई थी।

झोंपड़ी खुली पड़ी थी। बुधिया की चारपाई जहाँ-की-तहां थी। उसकी चिलम और नारियल ज्यों-के-त्यों धरे हुए थे। एक कोने में दो-चार मिट्टी और पीतल के बरतन पड़े हुए थे। लड़के बाहर ही खड़े रह गए। झोपड़ी के अंदर कैसे जाएं, वहाँ बुधिया बैठी है।

गाँव में भगदड़ मच गई। नेउर दादा आ गए। झोपड़ी के द्वार पर भीड़ लग गई, प्रश्नों का ताँता बँध गया- 'तुम इतने दिन कहां थे दादा! तुम्हारे जाने के बाद तीसरे दिन काकी चल बसी। रात-दिन तुम्हें गालियाँ देती थी। मरते-मरते तुम्हें कोस ही रही थीं। तीसरे दिन आये, तो मरी पड़ी थीं। तुम इतने दिन कहां रहे? नेउर ने कोई जवाब न दिया। केवल शून्य, निराश, करुण, आहत नेत्रों से लोगों की ओर देखता रहा, मानो उसकी वाणी हर ली गई। उस दिन से किसी ने उसे बोलते, रोते या हँसते नहीं देखा।

गाँव से आधा मील पर पक्की सड़क है। अच्छी आमद-रफ्तार है। नेउर बड़े सवेरे जाकर सड़क के किनारे एक पेड़ के नीचे बैठ जाता है। किसी से कुछ माँगता नहीं, पर राहगीर कुछ-न-कुछ दे ही देते हैं- चबेना, अनाज, पैसे! संध्या समय वह अपनी झोपड़ी में आ जाता है, चिराग जलाता है, भोजन बनाता है, खाता है और उसी खाट पर पड़ा रहता है। उसके जीवन में जो एक संचालक शक्ति थी, वह लुप्त हो गई है। वह अब केवल जीवधारी है। कितनी गहरी मनोव्यथा है! गाँव में प्लेग आया। लोग घर छोड़-छोड़कर भागने लगे। नेउर की अब किसी को परवाह न थी। न किसी को उससे भय था, न प्रेम। सारा गाँव भाग गया, नेउर ने अपनी झोपड़ी न छोड़ी, तब होली आई, सबने खुशियाँ मनायी। नेउर अपनी झोपड़ी से निकला और आज भी वह उसी पेड़ के नीचे सड़क के किनारे, उसी तरह मौन बैठा हुआ नजर आता है। निश्चेष्ट, निर्जीव।

***

गृहनीति

जब माँ बेटे से बहू की शिकायतों का दफ्तर खोल देती है और यह सिलसिला किसी तरह खतम होते नजर नहीं आता, तो बेटा उकता जाता है और दिन-भर की थकन के कारण कुछ झुँझलाकर माँ से कहता है- 'तो आखिर तुम मुझसे क्या करने को कहती हो अम्मा? मेरा काम स्त्री को शिक्षा देना तो नहीं है। यह तो तुम्हारा काम है। तुम उसे डांटो, मारो, जो सजा चाहे दो। मेरे लिए इससे ज्यादा खुशी की और क्या बात हो सकती है कि तुम्हारे प्रयत्न से वह आदमी बन जाए? मुझसे मत कहो कि उसे सलीका नहीं है, तमीज नहीं है, बेअदब है। उसे डाँटकर सिखाओ।'

माँ- 'वाह, मुँह से बात निकालने नहीं देती, डांटू तो मुझे ही नोंच खाये। उसके सामने अपनी आबरू बचाती फिरती हूँ कि किसी के मुँह पर मुझे कोई अनुचित शब्द न कह बैठे।'

बेटा- 'तो फिर इसमें मेरी क्या खता है? मैं तो उसे सिखा नहीं देता कि तुमसे बेअदबी करे।'

माँ- 'तो और कौन सिखाता है।'

बेटा- 'तुम तो अंधेर करती हो अम्मा।'

माँ- 'अंधेर नहीं करती, सत्य कहती हूँ। तुम्हारी ही शह पाकर उसका दिमाग बढ़ गया है। जब वह तुम्हारे पास जाकर टसवे बहाने लगती है, तो कभी तुमने उसे डाँटा, कभी समझाया कि तुझे अम्मा का अदब करना चाहिए? तुम तो खुद उसके गुलाम हो गए हो। वह भी समझती है, मेरा पति कमाता है, फिर मैं क्यों न रानी बनूं, क्यों किसी से दबूं। मर्द जब तक शह न दे, औरत का इतना गुर्दा हो ही नहीं सकता।'

बेटा- 'तो क्या मैं उससे कह दूँ कि मैं कुछ नहीं, बिलकुल निखट्टू हूँ! क्या तुम समझती हो, तब वह मुझे जलील न समझेगी? हर एक पुरुष चाहता है कि उसकी स्त्री उसे कमाऊ, योग्य, तेजस्वी समझे और सामान्यत: वह जितना है, उससे बढ़कर अपने को दिखाता है। मैंने कभी नादानी नहीं की, कभी स्त्री के सामने डींग नहीं मारी, लेकिन स्त्री की दृष्टि में अपना सम्मान खोना तो कोई भी न चाहेगा।'

माँ- 'तुम कान लगाकर, ध्यान देकर और मीठी मुस्कुराहट के साथ उसकी बातें सुनोगे, तो वह क्यों न शेर होगी? तुम खुद चाहते हो कि स्त्री के हाथों मेरा अपमान कराओ। मालूम नहीं, मेरे किन पापों का तुम मुझे यह दंड दे रहे हो। किन अरमानों से, कैसे-कैसे कष्ट झेलकर मैंने तुम्हें पाला। खुद नहीं पहना, तुम्हें पहनाया, खुद नहीं खाया, तुम्हें खिलाया। मेरे लिए तुम उस मरने वाले की निशानी थे और मेरी सारी अभिलाषाओं के केन्द्र। तुम्हारी शिक्षा पर मैंने अपने

हजारों के आभूषण होम कर दिए। विधवा के पास दूसरी कौन-सी निधि थी? इसका तुम मुझे यह पुरस्कार दे रहे हो?'

बेटा- 'मेरी समझ में नहीं आता कि आप मुझसे चाहती क्या हैं? आपके उपकारों को मैं कब मेट सकता हूँ? आपने मुझे केवल शिक्षा ही नहीं दिलायी, मुझे जीवन- दान दिया, मेरी सृष्टि की। अपने गहने ही नहीं होम किए, अपना रक्त तक पिलाया। अगर में सौ बार अवतार लूँ तो भी इसका बदला नहीं चुका सकता। मैं अपनी जान में आपकी इच्छा के विरुद्ध कोई काम नहीं करता, यथासाध्य आपकी सेवा में कोई बात उठा नहीं रखता, जो कुछ पाता हूं लाकर आपके हाथों पर रख देता हूँ और आप मुझसे क्या चाहती हैं? और मैं कर ही क्या सकता हूँ? ईश्वर ने हमें तथा आपको और सारे संसार को पैदा किया। उसका हम उसे क्या बदला दे सकते हैं? उसका नाम भी तो नहीं लेते। उसका यश भी तो नहीं गाते। इससे क्या उसके उपकारों का भार कुछ कम हो जाता है? माँ के बलिदानों का प्रतिशोध कोई बेटा नहीं कर सकता, चाहे यह भूमंडल का स्वामी ही क्यों न हो। ज्यादा- से-ज्यादा मैं आपकी दिलजोई ही तो कर सकता हूँ और मुझे याद नहीं आता कि मैंने कभी आपको असन्तुष्ट किया हो।'

माँ- 'तुम मेरी दिलजोई करते हो? तुम्हारे घर में मैं इस तरह रहती हूँ जैसे कोई लौंडी। तुम्हारी बीवी कभी मेरी बात भी नहीं पूछती। मैं भी कभी बहू थी। रात को घंटे-भर सास की देह दबाकर, उनके सिर में तेल डालकर, उन्हें दूध पिलाकर तब बिस्तर पर जाती थी। तुम्हारी स्त्री नौ बजे अपनी किताबें लेकर अपनी सहनची में जा बैठती है, दोनों खिड़कियाँ खोल लेती है और मजे से हवा खाती है। मैं मरूं या जीऊँ, उससे मतलब नहीं, इसीलिए मैंने तुम्हें पाला था।'

बेटा- 'तुमने मुझे पाला था, तो यह सारी सेवा मुझसे लेनी चाहिए थी, मगर तुमने मुझसे कभी नहीं कहा। मेरे अन्य मित्र भी हैं। उसमें भी मैं किसी को माँ की देह में मुक्कियाँ लगाते नहीं देखता। आप मेरे कर्तव्य का भार मेरी स्त्री पर क्यों डालती हैं? यों अगर वह आपकी सेवा करे, तो मुझसे ज्यादा प्रसन्न और कोई न होगा। मेरी आँखों में उसकी इज्जत दूनी हो जाएगी! शायद उससे और ज्यादा प्रेम करने लगूं। लेकिन अगर वह आपकी सेवा नहीं करती, तो आपको उससे अप्रसन्न होने का कोई कारण नहीं है। शायद उसकी जगह मैं होता, तो मैं भी ऐसा ही करता। सास मुझे अपनी लड़की समझती, प्यार करती, तो मैं उसके तलुए सहलाता, इसीलिए नहीं कि वह मेरे पति की माँ होती, बल्कि इसलिए कि मुझसे मातृवत् स्नेह करती; अगर मुझे यह बुरा लगता है कि वह सास के पाँव दबाए। कुछ दिन पहले स्त्रियाँ पति के पाँव दबाती थीं। आज भी उस प्रथा का लोप नहीं हुआ है लेकिन मेरी पत्नी मेरे पाँव दबाए, तो मुझे ग्लानि होगी। मैं उनसे कोई ऐसी खिदमत नहीं लेना चाहता, जो मैं उसकी भी न कर सकूँ। यह रस्म उस जमाने की यादगार है, जब स्त्री पति की लौंडी समझी जाती थी। अब पत्नी और पति, दोनों बराबर हैं। कम-से-कम मैं ऐसा ही समझता हूँ।'

मां- 'तभी तो कहती हूँ कि तुम्हीं ने उसे ऐसी-ऐसी बातें पढ़ाकर शेर कर दिया है। तुम्हीं मुझसे बैर साध रहे हो। ऐसी जिन्न, ऐसी बदज़बान, ऐसी टर्रीं, फूहड़ छोकरी संसार में नहीं होगी। घर में अकसर मुहल्ले की बहनें मिलने आती रहती हैं। यह राजा की बेटी न जाने किन गंवारों में

पत्नी है कि किसी का भी आदर-सत्कार नहीं करती। कमरे से निकलती तक नहीं। कभी-कभी जब वे खुद उसके कमरे में चलीं जाती हैं, तो भी यह गधी चारपाई से नहीं उठती। प्रणाम तक नहीं करती, चरण छूना तो दूर की बात है।'

बेटा- 'वह देवियाँ तुमसे मिलने आती होंगी। तुम्हारे और उनके बीच में न जाने क्या बातें होती हों; कम-से-कम मैं तो कभी पसंद नहीं करूंगा कि जब मैं अपने मित्रों से बातें कर रहा हूँ तो तुम या तुम्हारी बहू वहाँ जाकर खड़ी हो जाए। स्त्री भी अपनी सहेलियों के साथ बैठी हो, तो मैं वहाँ बिना बुलाए न जाऊंगा। यह तो आजकल का शिष्टाचार है।'

माँ- 'तुम तो हर बात में उसी का पक्ष करते हो बेटा, न जाने उसने कौन- सी जड़ी-बूटी सूंघा दी है तुम्हें। यह कौन कहता है कि वह हम लोगों के बीच में आ कूदें लेकिन बड़ों का उसे कुछ तो आदर-सत्कार करना ही चाहिए।'

बेटा- 'किस तरह?'

माँ- 'जाकर आँचल से उनके चरण छुए, प्रणाम करे, पान खिलाए, पंखा झले। इन्हीं बातों से बहू का आदर होता है। लोग उसकी प्रशंसा करते हैं, नहीं तो सब- की-सब यही कहती होंगी कि बहू को घमण्ड हो गया है, किसी से सीधे मुँह बात नहीं करती!'

बेटा- (विचार करके) 'हां यह अवश्य उसका दोष है। मैं उसे समझा दूँगा।'

मां- (प्रसन्न होकर) 'तुमसे सच कहती हूँ बेटा, चारपाई से उठती तक नहीं। सब औरतें थू-थू करती हैं, मगर उसे तो शर्म जैसे छू ही नहीं गई और मैं हूँ कि मारे शर्म के मरी जाती हूँ।'

बेटा- 'यही मेरी समझ में नहीं आता कि तुम हर बात में अपने को उसके कामों का जिम्मेदार क्यों समझ लेती हो? मुझ पर दफ्तर में न जाने कितनी घुड़कियाँ पड़ती हैं। रोज ही तो जवाब-तलब होता है, लेकिन तुम्हें उलटे मेरे साथ सहानुभूति होती है। क्या तुम समझती हो, अफसरों को मुझसे कोई बैर है, जो अनायास ही मेरे पीछे पड़े रहते हैं, या उन्हें उन्माद हो गया है, जो अकारण ही मुझे काटने दौड़ते हैं? नहीं, इसका कारण यही है कि मैं अपने काम में चौकस नहीं हूँ। गलतियाँ करता हूँ सुस्ती करता हूँ। लापरवाही करता हूँ। जहाँ अफसर सामने से हटा कि लगे समाचारपत्र पढ़ने या ताश खेलने। क्या उस वक्त हमें यह खयाल नहीं रहता कि काम पड़ा हुआ है और ताश खेलने का अवसर नहीं है; लेकिन कौन परवाह करता है! सोचते हैं, साहब डाँट ही तो बताएँगे, सिर झुकाकर सुन लेंगे, बाधा टल जाएगी। पर तुम मुझे दोषी समझकर भी मेरा पक्ष लेती हो और तुम्हारा बस चले, तो हमारे बड़े बाबू को मुझसे जवाब-तलब करने के अभियोग में काले-पानी भेज दो।'

माँ- (खिलकर) 'मेरे लड़के को कोई सजा देगा, तो क्या मैं पान-फूल से उसकी पूजा करूँगी?'

बेटा- 'हरेक बेटा अपनी माता से इसी तरह की कृपा की आशा रखता है, और सभी मां अपने लड़कों के ऐबों पर पर्दा डालती हैं। फिर बहुओं की ओर से क्यों उनका हृदय इतना कठोर हो जाता है, यह मेरी समझ में नहीं आता। तुम्हारी बहू पर जब दूसरी स्त्रियाँ चोट करें, तुम्हारे मातृ-स्नेह का यह धर्म है कि तुम उसकी तरफ से क्षमा माँगो, कोई बहाना कर दो, उनकी नजरों में

उसे उठाने की चेष्टा करो। इस तिरस्कार में तुम क्यों उनसे सहयोग करती हो? तुम्हें क्यों उसके अपमान में मजा आता है? मैं भी तो हरेक ब्राह्मण या बढ़े-बूढ़े का आदर-सत्कार नहीं करता। मैं किसी ऐसे व्यक्ति के सामने सिर झुका ही नहीं सकता, जिससे मुझे हार्दिक श्रद्धा न हो। केवल सफेद बाल, सिकुड़ी हुई खाल, पोपला मुँह और झुकी हुई कमर किसी को आदर का पात्र नहीं बना देती, और न जनेऊ या तिलक या पण्डित और शर्मा की उपाधि ही भक्ति की वस्तु है। मैं लकीर-पीट सम्मान को नैतिक अपराध समझता हूँ। मैं तो उसी का सम्मान करूँगा, जो मनसा-वाचा-कर्मणा-हर पहलू से सम्मान के योग्य है। जिसे मैं जानता हूँ कि मक्कारी, स्वार्थ-साधन और निन्दा के सिवा और कुछ नहीं करता, जिसे मैं जानता हूँ कि रिश्वत और सूद तथा खुशामद की कमाई खाता है, वह अगर ब्रह्मा की आयु लेकर भी मेरे सामने आए, तो भी मैं उसे सलाम नहीं करूँ। इसे तुम मेरा अहंकार कह सकती हो। लेकिन मैं मजबूर हूँ जब तक मेरा दिल न झुके, मेरा सिर भी न झुकेगा। मुमकिन है, तुम्हारी बहू के मन में भी उन देवियों की ओर से अश्रद्धा के भाव हों। उनमें से दो-चार को मैं भी जानता हूँ। हैं वे सब बड़े घर की; लेकिन सबके दिल छोटे। कोई निंदा की पुतली है, तो कोई खुशामद में युक्त, कोई गाली- गलौज में अनुपम। सभी रूढ़ियों की गुलाम, ईर्ष्या-द्वेष से जलने वाली। एक भी ऐसी नहीं, जिसने अपने घर को नरक का नमूना न बना रखा हो। अगर तुम्हारी बहू ऐसी औरतों के आगे सिर नहीं झुकाती, तो मैं उसे दोषी नहीं समझता।'

माँ- 'अच्छा, अब चुप रहो बेटा! देख लेना, यह तुम्हारी रानी एक दिन तुमसे चूल्हा न जलवाए और झाड़ू न लगवाए, तो सही। औरतों को बहुत सिर चढ़ाना अच्छा नहीं होता। इस की भी कोई हद है कि बूढ़ी सास तो खाना पकाए और जवान बहू बैठी उपन्यास पढ़ती रहे।'

बेटा- 'बेशक यह बुरी बात है और मैं हरगिज नहीं चाहता कि तुम खाना पकाओ और वह उपन्यास पढ़े, चाहे वह उपन्यास प्रेमचंदजी ही के क्यों न हों लेकिन यह भी तो देखना होगा कि उसने अपने घर कभी खाना नहीं पकाया। वहाँ रसोइया महाराज हैं। और जब चूल्हे के सामने जाने से उसके सिर में दर्द होने लगता है, तो खाना पकाने के लिए मजबूर करना उस पर अत्याचार करना है। मैं तो समझता हूँ ज्यों-ज्यों हमारे घर की दशा का उसे ज्ञान होगा, उसके व्यवहार में आप-ही-आप इसलाह होती जाएगी। यह उसके घरवालों की गलती है कि उन्होंने उसकी शादी किसी धनी घर में नहीं की। हमने भी यह शरारत की कि अपनी असली हालत उनसे छिपाई और यह प्रकट किया कि हम पुराने रईस हैं। अब हम किस मुँह से कह सकते हैं कि तू खाना पका, या बरतन साफ कर अथवा झाड़ू लगा? हमने उन लोगों से छल किया है और उसका फल हमें चखना पड़ेगा। अब तो हमारी कुशल इसी में है कि अपनी दुर्दशा को नम्रता, विनय और सहानुभूति से ढके, और उसे अपने दिल को यह तसल्ली देने का अवसर दें कि बला से धन नहीं मिला, घर के आदमी तो अच्छे मिले। अगर यह तसल्ली भी हमने उससे छीन ली, तो तुम्हीं सोचो, उसको कितनी विदारक वेदना होगी। शायद वह हम लोगों की सूरत से भी घृणा करने लगे।'

माँ- 'उसके घरवालों को सौ दफे गरज थी, तब हमारे यहाँ ब्याह किया। हम कुछ उनसे भीख माँगने गए थे?'

बेटा- 'उनको अगर लड़के की गरज थी, तो हमें धन और कन्या, दोनों की गरज थी।'

माँ- 'यहाँ के बड़े-बड़े रईस हमसे नाता करने को मुँह फैलाए हुए थे।'

बेटा- 'इसीलिए कि हमने रईसों का स्वाँग बना रखा है। घर की असली हालत खुल जाए, तो कोई बात भी न पूछे।'

माँ- 'तो तुम्हारे ससुराल वाले ऐसे कहीं के रईस हैं। इधर जरा वकालत चल गई, तो रईस हो गए, नहीं तो तुम्हारे ससुर के बाप मेरे सामने चपरासीगीरी करते थे। और लड़की का यह दिमाग कि खाना पकाने से सिर में दर्द होता है। अच्छे-अच्छे घरों की लकड़ियाँ गरीबों के घर आती हैं और घर की हालत देखकर वैसा ही बर्ताव करती हैं। यह नहीं कि बैठी अपने भाग्य को कोसा करें। इस छोकरी ने हमारे घर को अपना समझा ही नहीं।'

बेटा- 'जब तुम समझने भी दो। जिस घर में घुड़कियों, गालियों और वक्ताओं के सिवा और कुछ न मिले, उसे अपना घर कौन समझे? घर तो वह है, जहाँ स्नेह और प्यार मिले। कोई लड़की डोली से उतरते ही सास को अपनी माँ नहीं समझ सकती। माँ तभी समझेगी, जब सास पहले उसके साथ माँ का-सा बर्ताव करे बल्कि अपनी लड़की से ज्यादा प्रिय समझे।'

मां- 'अच्छा, अब चुप रहो। जी न जलाओ। यह जमाना ही ऐसा है कि लड़कों ने स्त्री का मुँह देखा और उसके गुलाम हुए। ये सब न-जाने कौन-सा मंतर सीखकर आती हैं। यह बहू-बेटी के लच्छन हैं कि पहर दिन चढ़े सोकर उठे। ऐसी कुलच्छनी बहू का तो मुँह न देखे।'

बेटा- 'मैं भी तो देर से सोकर उठता हूँ अम्मा। मुझे तो तुमने कभी नहीं कोसा।'

माँ- 'तुम हर बात में उससे अपनी बराबरी करते हो?'

बेटा- 'यही तो उसके साथ घोर अन्याय है। क्योंकि जब तक वह इस घर को अपना नहीं समझती, तब तक उसकी हैसियत मेहमान की है, और मेहमान की हम खातिर करते हैं, उसके ऐब नहीं देखते।'

माँ- 'ईश्वर न करे कि किसी को ऐसी बहू मिले।'

बेटा- 'तो वह तुम्हारे घर में रह चुकी।'

माँ- 'क्या संसार में औरतों की कमी है?'

बेटा- 'औरतों की कमी तो नहीं, मगर देवियों की कमी जरूर है।'

माँ- 'नौज ऐसी औरत। सोने लगती है, तो बच्चा चाहे रोते-रोते बेदम हो जाए, मिनकती तक नहीं। फूल-सा बच्चा लेकर मैके गयी थी, तीन महीने में लौटी, तो बच्चा आधा भी नहीं है।'

बेटा- 'तो क्या मैं यह मान लूँ कि तुम्हें उसके लड़के से जितना प्रेम है, उतना उसे नहीं है? यह तो प्रकृति के नियम के विरुद्ध है। और मान लो, वह निरमोहित ही है, तो यह उसका दोष है। तुम क्यों उसकी जिम्मेदारी अपने सिर लेती हो? उसे स्वतन्त्रता है, जैसे चाहे अपने बच्चे को पाले। अगर वह तुमसे कोई सलाह पूछे, तो प्रसन्न-मुख से दे दो, न पूछे तो समझ लो, उसे तुम्हारी मदद की जरूरत नहीं है। सभी माताएँ अपने बच्चे को प्यार करती हैं और वह अपवाद नहीं हो सकती।'

माँ- 'तो मैं सब कुछ देखूँ पर मुँह न खोलूँ? घर में आग लगते देखूँ और चुपचाप मुँह में कालिख लगाए खड़ी रहूँ?'

बेटा- 'तुम इस घर को जल्द छोड़ने वाली हो, उसे बहुत दिन रहना है। घर की हानि-लाभ की जितनी चिंता उसे हो सकती है, तुम्हें नहीं हो सकती। फिर मैं कर ही क्या सकता हूँ? ज्यादा-से-ज्यादा उसे डाँट बता सकता हूँ लेकिन वह डाँट की परवाह न करे और तुर्की-बतुर्की जवाब दे, तो मेरे पास ऐसा कौन-सा साधन है, जिससे मैं उसे ताड़ना दे सकूँ?'

माँ- 'तुम दो दिन न बोलो, तो देवता सीधे हो जाएं, सामने नाक रगड़ें।'

बेटा- 'मुझे इसका विश्वास नहीं है। मैं उससे न बोलूँगा, वह भी मुझसे न बोलेगी। ज्यादा पीछे पडूंगा तो अपने घर चली जाएगी।'

माँ- 'ईश्वर वह दिन लाए। मैं तुम्हारे लिए नई बहू लाऊँ।'

बेटा-संभव हो, वह इसकी भी चाची हो।'

(सहसा बहू आकर खड़ी हो जाती है। माँ और बेटा, दोनों स्तम्भित हो जाते हैं, मानो कोई बम का गोला आ गिरा हो। रूपवती, नाजुक-मिजाज़, गर्वीली रमणी है, जो मानो शासन करने के लिए ही बनी है। कपोल तमतमाए हुए हैं, पर अधरों पर विष-भरी मुस्कान है और आंखों में व्यंग्य-मिला परिहास।)

माँ- (अपनी झेंप छिपाकर) 'तुम्हें कौन बुलाने गया था?'

बहू- 'क्यों, यहाँ तो तमाशा हो रहा है, उसका आनंद मैं न उठाऊँ?'

बेटा- 'माँ-बेटा के बीच में तुम्हें दखल देने का कोई हक नहीं।'

[बहू की मुद्रा सहसा कठोर हो जाती है।]

बहू- 'अच्छा, आप जुबान बंद रखिए। जो पति अपनी स्त्री की निन्दा सुनता रहे, वह पति बनने के योग्य नहीं। वह पति-धर्म का क-ख-ग भी नहीं जानता। मुझसे अगर कोई तुम्हारी बुराई करता, चाहे वह मेरी प्यारी माँ ही क्यों न होती, तो मैं उसकी ज़ुबान पकड़ लेती। तुम मेरे घर जाते हो, तो वहाँ तो जिसे देखती हूँ तुम्हारी प्रशंसा ही करता है। छोटे-से-बड़े तक गुलामों की तरह दौड़ते फिरते हैं। अगर उनके बस में हो, तो तुम्हारे लिए स्वर्ग के तारे तोड़ लाएं और उसका जवाब मुझे यहाँ यह मिलता है कि बात-बात पर ताने-मेहने, तिरस्कार-बहिष्कार। मेरे घर तो तुमसे कोई नहीं कहता कि तुम देर में क्यों उठे, तुमने अमुक महोदय को सलाम क्यों नहीं किया, अमुक के चरणों पर सिर क्यों नहीं पटका? मेरे बाबूजी कभी गंवारा न करेंगे कि तुम उनकी देह पर मुक्कियाँ लगाओ, या उनकी धोती धोओ, या उन्हें खाना पकाकर खिलाओ। मेरे साथ यहाँ यह बर्ताव क्यों? मैं यहाँ लौंडी बनकर नहीं आयी हूँ। तुम्हारी जीवन-संगिनी बनकर आई हूँ। मगर जीवन- संगिनी का यह अर्थ तो नहीं कि तुम मेरे ऊपर सवार होकर मुझे चलाओ। यह मेरा काम है कि जिस तरह चाहूँ तुम्हारे साथ अपने कर्तव्य का पालन करूँ। उसकी प्रेरणा मेरी आत्मा से होनी चाहिए, ताड़ना या तिरस्कार से नहीं। अगर कोई कुछ सिखाना चाहता है, तो

माँ की तरह प्रेम से सिखाए, मैं सीखूंगी, लेकिन जबरदस्ती, मेरी छाती पर चढ़कर अमृत भी मेरे कंठ में ठूसना चाहे, तो मैं होंठ बंद कर लूँगी। मैं अब तक कब की इस घर को अपना समझ चुकी होती, अपनी सेवा और कर्तव्य का निश्चय कर चुकी होती, मगर यहाँ तो हर घड़ी, हर पल, मेरी देह में सुई चुभाकर मुझे याद दिलाया जाता है कि तू इस घर की लौंडी है, तेरा इस घर से कोई नाता नहीं, तू सिर्फ गुलामी करने के लिए यहाँ लायी गई है और मेरा रक्त खौल कर रह जाता है। अगर यही हाल रहा, तो एक दिन तुम दोनों मेरी जान लेकर रहोगे।'

माँ- 'सुन रहे हो अपनी चहेती रानी की बातें? वह यहाँ लौंडी बनकर नहीं, रानी बनकर आई है। हम दोनों उसकी टहल करने के लिए हैं, उसका काम हमारे ऊपर शासन करना है। उसे कोई कुछ काम करने को न कहे, मैं खुद मरा करूँ। और तुम उसकी बातें कान लगाकर सुनते हो। तुम्हारा मुँह कभी नहीं खुलता कि उसे डांटो या समझाओ। थर-थर काँपते रहते हो।'

बेटा- 'अच्छा अच्छा, ठण्डे दिल से सोचो। मैं इसकी बातें न सुनू तो कौन सुने? क्या तुम इसके साथ हमदर्दी भी नहीं देखना चाहतीं? आखिर बाबूजी जीवित थे, तब वह तुम्हारी बातें सुनते थे या नहीं? तुम्हें प्यार करते थे या नहीं? फिर मैं अपनी बीवी की बातें सुनता हूँ तो कौन-सी नई बात करता हूँ और इसमें तुम्हारे बुरा मानने की कौन बात है?

माँ- 'हाय बेटा, तुम अपनी स्त्री के सामने मेरा अपमान कर रहे हो! इसी दिन के लिए मैंने तुम्हें पाल-पोस कर बड़ा किया था? क्यों मेरी छाती नहीं फट जाती?'

(वह आंसू पोछते, आपे से बाहर, कमरे से निकल जाती है। स्त्री-पुरूष दोनों कौतुक-भरी आँखों से उसे देखते हैं, जो बहुत जल्द हमदर्दी में बदल जाती है।)

पति- 'माँ का हृदय'

स्त्री- 'माँ का हृदय नहीं, स्त्री का हृदय'

पति- 'अर्थात?'

स्त्री- 'जो अंत तक पुरुष का सहारा चाहता है, स्नेह चाहता है और उस पर किसी दूसरी स्त्री का असर देखकर ईर्ष्या से जल उठता है।'

पति- 'क्या पगली की-सी बातें करती हो?'

स्त्री- 'यथार्थ कहती हूँ।'

पति- 'तुम्हारा दृष्टिकोण बिलकुल गलत है और इसका तर्जुबा तुम्हें तब होगा, जब तुम खुद सास होगी।'

स्त्री- 'मुझे सास बनना ही नहीं हैं। लड़का अपने पैरों पर खड़ा हो जाए, विवाह करे और अपना घर संभाले। मुझे बहू से क्या सरोकार?'

पति- 'तुम्हें यह अरमान बिलकुल नहीं है कि तुम्हारा लड़का योग्य हो, तुम्हारी बहू लक्ष्मी हो, और दोनों का जीवन सुख से कटे?'

स्त्री- 'क्या मैं माँ नहीं हूँ?'

पति- 'माँ और सास में क्या कोई अन्तर है?'

स्त्री- 'उतना ही, जितना जमीन और आसमान में है। माँ प्यार करती है, सास शासन करती है। कितनी ही दयालु, सहनशील, सतीगुणी स्त्री हो, सास बनते ही मानो ब्याही हुई गाय हो जाती है जिसे पुत्र से जितना ही ज्यादा प्रेम है, वह बहू पर उतनी ही निर्दयता से शासन करती है। मुझे भी अपने ऊपर विश्वास नहीं है। अधिकार पाकर किसे मद नहीं हो जाता? मैंने तय कर लिया है, सास बनूँगी ही नहीं। औरत की गुलामी सास के बल पर कायम है। जिस दिन सास न रहेंगी औरत की गुलामी का अंत हो जाएगा।'

पति- 'मेरा खयाल है, तुम जरा भी सहज बुद्धि से काम लो, तो तुम अम्मा पर भी शासन कर सकती हो। तुमने हमारी बातें कुछ सुनी?'

स्त्री- 'बिना सुने ही समझ लिया कि क्या बात हो रही होगी। वही बहू का रोना।'

पति- 'नहीं, नहीं। तुमने बिलकुल गलत समझा। अम्मा के मिज़ाज में आज मैंने विस्मयकारी अन्तर देखा, बिलकुल अभूतपूर्व। आज वह जैसे अपनी कटुताओं पर लज्जित हो रही थीं। हां, प्रत्यक्ष रूप से नहीं, संकेत रूप से। अब तक वह तुमसे इसलिए नाराज रहती थीं कि तुम देर से उठती हो। अब शायद उन्हें यह चिंता हो रही है कि कहीं सवेरे उठने से तुम्हें ठण्ड न लग जाए। तुम्हारे लिए पानी गर्म करने को कह रही थीं।'

स्त्री- (प्रसन्न होकर) सच!

पति- हाँ मुझे तो सुनकर आश्चर्य हुआ।

स्त्री- तो अब मैं मुँह-अँधेरे उठूंगी। ऐसी ठण्ड क्या लग जाएगी लेकिन तुम मुझे चकमा तो नहीं दे रहे हो?

पति- अब इस बदगुमानी का क्या इलाज? आदमी को कभी-कभी अपने अन्याय पर खेद तो होता ही है।

स्त्री- तुम्हारे मुँह में घी-शक्कर। अब मैं गजरदम उठूंगी। वह बेचारी मेरे लिए क्यों पानी गरम करेंगी! मैं खुद गर्म कर लूँगी। आदमी करना चाहे तो क्या नहीं कर सकता?

पति- 'मुझे उनकी बात सुन-सुनकर ऐसा लगता था, जैसे किसी दैवी आदेश ने उसकी आत्मा को जगा दिया हो। तुम्हारे अल्हड़पन और चपलता पर कितना भन्नाती हैं। चाहती थी कि घर में कोई बड़ी-बूढ़ी आ जाए, तो तुम उसके चरण छुओ, लेकिन शायद अब उन्हें मालूम होने लगा है कि इस उम्र में सभी थोड़े- बहुत अल्हड़ होते हैं। शायद उन्हें अपनी जवानी याद आ रही है। कहती थीं, यही तो शौक-सिंगार, पहनने-ओढ़ने, खाने- खेलने के दिन थे। बुढ़ियों का तो दिन-भर ताँता लगा रहता है कोई कहां तक उनके चरण छुए और क्यों छुए? ऐसी कहां की बड़ी देवियाँ हैं।'

स्त्री- 'मुझे तो हर्षोत्साह हुआ चाहता है।'

पति- 'मुझे तो विश्वास ही न आता था। स्वप्न देखने का संदेह हो रहा था।'

स्त्री- 'अब आई हैं राह पर।'

पति- 'कोई दैवी प्रेरणा समझो।'

स्त्री- 'मैं कल से ठेठ बहू बन जाऊंगी। किसी को खबर भी न होगी कि कब अपना मेक-अप करती हूँ। सिनेमा के लिए भी सप्ताह में एक दिन काफी है। बुढ़िया के पाँव छू लेने में ही क्या हर्ज है? वे देवियाँ न सही, चुड़ैल ही सही मुझे आशीर्वाद तो देंगी मेरा गुण तो गायेंगी।'

पति- 'सिनेमा का तो उन्होंने नाम भी नहीं लिया।'

स्त्री- 'तुमको तो इसका शौक है। अब तुम्हें भी न जाने दूँगी।'

पति- 'लेकिन सोचो, तुमने कितनी ऊँची शिक्षा पायी है, किस कुल की हो, इन खूसट बुढ़िया के पाँव पर सिर रखना तुम्हें बिलकुल शोभा न देगा।'

स्त्री- 'तो क्या ऊँची शिक्षा के यह मानी हैं कि हम दूसरों को नीचा समझें? बुड्ढे कितने ही मूर्ख हों लेकिन दुनिया का तर्जुबा तो रखते हैं। कुल की प्रतिष्ठा भी नम्रता और सद्व्यवहार से होती है, हेकड़ी और बुराई से नहीं।'

पति- 'मुझे भी यही ताज्जुब होता है कि इतनी जल्द इनकी कायापलट कैसे हो गई। अब इन्हें बहुओं का सास के पाँव दबाना या उनकी साड़ी धोना या उनकी देह में मुक्कियां लगाना बुरा लगने लगा है। कहती थी, बहू कोई लौंडी थोड़े ही है कि बैठी सास का पांव दबाए।'

स्त्री- 'मेरी कसम?'

पति- 'हाँ जी, सच कहता हूँ। और तो और, अब वह तुम्हें खाना भी न पकाने देगी। कहती थी, जब बहू के सिर में दर्द होता है, तो क्यों उसे सताया जाए? कोई महाराज रख लो।'

स्त्री- (फूली न समाकर) मैं तो आकाश में उड़ी जा रही हूँ। ऐसी सास के तो चरण धो-धोकर पिए, मगर तुमने पूछा नहीं, अब तक तुम क्यों उसे मार- मारकर हकीम बनाने पर तुली रहती थीं।'

पति- 'पूछा क्यों नहीं, भला मैं छोड़ने वाला था। बोलीं, मैं अच्छी हो गई थी, मैंने हमेशा खाना पकाया है, फिर वह क्यों न पकाए। लेकिन अब उनकी समझ में आया है कि वह निर्धन बाप की बेटी थीं, तुम सम्पन्न कुल की कन्या हो।'

स्त्री- 'अम्माजी दिल की साफ हैं।'

पति- 'बस, जरा पुरानी लकीर पर जान देती हैं।'

स्त्री- 'इसे में क्षमा के योग्य समझती हूँ। जिस जलवायु में हम पलते हैं, उसे एकबारगी नहीं बदल सकते। जिन रूढ़ियों और परम्पराओं में उनका जीवन बीता है, उन्हें तुरन्त त्याग देना उनके लिए कठिन है। वह क्या, कोई भी नहीं छोड़ सकता। यह तो फिर भी बहुत उदार हैं। तुम अभी महाराज मत रखो। खामख्वाह खेरबार क्यों होगे, जब तरक्की हो जाए, तो महाराज रख लेना। अभी मैं खुद पका लिया करूंगी। तीन-चार प्राणियों का खाना ही क्या? मेरी जात से कुछ तो अम्मा को आराम मिले। मैं जानती हूँ सब कुछ, लेकिन कोई रोब जमाना चाहे, तो मुझसे बुरा कोई नहीं।'

पति- 'मगर यह तो मुझे बुरा लगेगा कि तुम रात को अम्मा के पाँव दबाने बैठो।'

स्त्री- 'बुरा लगने की कौन बात है? जब उन्हें मेरा इतना खयाल है, तो मुझे भी उनका लिहाज करना ही चाहिए। जिस दिन उनके पाँव दबाने बैठूंगी, वह मुझ पर प्राण देने लगेंगी। आखिर बहू-बेटे का कुछ सुख उन्हें भी तो हो। बड़ों की सेवा करने में हेठी नहीं होती। बुरा तब लगता है, जब वह शासन करते हैं, और अम्मा मुझसे पाँव दबवाएँगी थोड़े ही। सेंत का यश मिलेगा।'

पति- 'अब तो अम्मा को तुम्हारी फिजूलखर्ची भी बुरी नहीं लगती। कहती थी, रुपए-पैसे बहू के हाथ में दे दिया करो।'

स्त्री- 'चिढ़ कर तो नहीं कहती थीं?'

पति- 'नहीं-नहीं, प्रेम से कह रही थी। उन्हें अब भय हो रहा है, कि उनके हाथ में पैसे रहने से तुम्हें असुविधा होती होगी। तुम बार-बार उनसे माँगते लजाती भी होगी और डरती भी होगी, एवं तुम्हें अपनी जरूरतों को रोकना पड़ता होगा।'

स्त्री- 'ना भैया, मैं यह जंजाल अभी अपने सिर न -लूंगी। तुम्हारी थोड़ी-सी तो आमदनी है, कहीं जल्दी से खर्च हो जाए, तो महीना कटना मुश्किल हो जाए। थोड़े में निर्वाह करने की विद्या उन्हीं को आती है। मेरी ऐसी जरूरत ही क्या हैं? मैं तो बेकार अम्माजी को चिढ़ाने के लिए उनसे बार-बार रुपए माँगती थी। मेरे पास तो खुद सौ-पचास रुपए पड़े रहते हैं। बाबूजी का पत्र आता है, तो उसमें दस-बीस के नोट जरूर होते हैं लेकिन अब मुझे हाथ रोकना पड़ेगा। आखिर बाबूजी कब तक देते चले जाएंगे और यह कौन-सी अच्छी बात है कि मैं हमेशा उन पर टैक्स लगाती रहूँ?'

पति- 'देख लेना, अम्मा अब तुम्हें कितना प्यार करती हैं।'

स्त्री- 'तुम भी देख लेना, मैं उनकी कितनी सेवा करती हूँ'।

पति- 'मगर शुरू तो उन्होंने किया?'

स्त्री- 'केवल विचार में। व्यवहार में आरम्भ मेरी ही ओर से होगा। भोजन पकाने का समय आ गया, चलती हूँ। आज कोई खास चीज तो नहीं खाओगे?'

पति- 'तुम्हारे हाथों की रूखी रोटियाँ भी पकवान का मजा देंगी।'

स्त्री- 'अब तुम नटखटी करने लगे।'

***

कानूनी कुमार

मि. कानूनी कुमार, एम.एल.ए. अपने ऑफिस में समाचार पत्रों, पत्रिकाओं और रिपोर्टों का एक ढेर लिये बैठे हैं। देश की चिंताओं से उनकी देह स्थूल हो गई है, सदैव देशोद्धार की फिक्र में पड़े रहते हैं। सामने पार्क है। उसमें कई लड़के खेल रहे हैं। कुछ परदेवाली स्त्रियाँ भी हैं। फेसिंग के सामने बहुत से भिखमंगे बैठे हुए हैं। एक चाय वाला एक वृक्ष के नीचे चाय बेच रहा है।

कानूनी कुमार-(आप-ही-आप) देश की दशा कितनी खराब होती चली जाती है। गवर्नमेंट कुछ नहीं करती। बस, खाना और मौज उड़ाना उसका काम है। (पार्क की ओर देखकर) आह! यह कोमल कुमार सिगरेट पी रहे हैं। शोक! महाशोक! कोई कुछ नहीं कहता, कोई इसको रोकने की कोशिश भी नहीं करता। तम्बाकू कितनी जहरीली चीज है, बालकों को इससे कितनी हानि होती है, यह कोई नहीं जानता। (तम्बाकू की रिपोर्ट देखकर) ओफ्फ। रोंगटे खड़े हो जाते हैं। जितने बालक अपराधी होते हैं, उनमें 75 प्रति सैकड़े सिगरेट बाज होते हैं। बड़ी भयंकर दशा है। हम क्या करें? लाख स्पीचें दो, कोई सुनता ही नहीं। इसको कानून से रोकना चाहिए, नहीं तो अनर्थ हो जाएगा। (कागज पर नोट करता है) तम्बाकू-बहिष्कार बिल पेश करूंगा। काउंसिल खुलते ही यह बिल पेश कर देना चाहिए।

(एक क्षण के बाद फिर पार्क की ओर ताकता है, और पहरेदार महिलाओं को घास पर बैठे देखकर लम्बी साँस लेता है।)

गजब है, गजब है, कितना घोर अन्याय! कितना पाशविक व्यवहार!! यह कोमलाँगी सुंदरियां चादर में लिपटी कितनी भद्दी कितनी फूहड़ होती हैं। तभी तो देश का यह हाल हो रहा है। (रिपोर्ट देखकर) स्त्रियों की मृत्यु-संख्या बढ़ रही है, तपेदिक उछलता चला आता है। प्रसूत की बीमार आँधी की तरह चली आती है, और हम हैं कि आँखें बंद किए पड़े हैं। बहुत जल्द ऋषियों की यह भूमि, यह वीर-प्रसविनी जननी रसातल को चली जाएगी, इसका कहीं निशान भी न रहेगा! गवर्नमेंट को क्या फिक्र! लोग कितने पाषाण हो गए हैं। आँखों के सामने यह अत्याचार देखते हैं और जरा भी नहीं चौंकते। यह मृत्यु का शैथिल्य है। यहाँ भी कानून की जरूरत है। एक ऐसा कानून बनना चाहिए, जिससे कोई स्त्री परदे में न रह सके। अब समय आ गया है कि इस विषय में सरकार कदम बढ़ाए। कानून की मदद के बगैर कोई सुधार नहीं हो सकता, और यहाँ कानूनी मदद की जितनी जरूरत है, उतनी और कहीं हो सकती है? माताओं पर देश का भविष्य अवलंबित है। परदा-हटाव बिल पेश होना चाहिए। जानता हूँ बड़ा कड़ा विरोध होगा, लेकिन गवर्नमेंट को साहस से काम लेना चाहिए। ऐसे नपुंसक विरोध के भय से उद्धार के कार्य में बाधा नहीं पड़नी चाहिए। (कागज पर नोट करता है) यह बिल भी असेंबली के खुलते ही पेश

कर देना होगा। बहुत विलम्ब हो चुका, अब विलम्ब की गुंजाइश नहीं है, वरना मरीज का अंत हो जाएगा।

(मसौदा बनाने लगता है- हेतु और उद्देश्य...)

सहसा एक भिक्षुक सामने आकर पुकारता है- जय हो सरकार, लक्ष्मी फूलें फलें....

कानूनी -हट जाओ, यू सुअर, कोई काम क्यों नहीं करता?

भिक्षुक- धर्म बड़ा होगा सरकार, मारे भूख के आंखों-तले अँधेरा

कानूनी- चुप रहो सुअर, हट जाओ सामने से, अभी निकल जाओ, बहुत दूर निकल जाओ।

(मसौदा छोड़कर फिर आप-ही-आप)

यह ऋषियों की भूमि आज भिक्षुओं की भूमि हो रही है। जहाँ देखिए, वहाँ रेबड़-के-रेबड़ और दल-के-दल भिखारी। यह गवर्नमेंट की लापरवाही की बरकत हैं, इंग्लैंड में कोई भिक्षुक भीख नहीं माँग सकता। पुलिस पकड़कर काल-कोठरी में बंद कर दे। किसी सभ्य देश में इतने भिखमंगे नहीं हैं। यह पराधीन गुलाम भारत है, जहाँ ऐसी बातें इस बीसवीं सदी में भी सम्भव हैं। उफ! शक्ति का कितना अपव्यय हो रहा है (रिपोर्ट निकालकर) ओह! 50 लाख! 50 लाख आदमी केवल भिक्षा माँगकर गुजर करते हैं और क्या ठीक है कि संख्या इसकी दुगुनी न हो। यह पेशा लिखाना कौन पसंद करता है? एक करोड़ से कम भिखारी इस देश में नहीं हैं। यह तो भिखारियों की बात हुई, जो द्वार-द्वार झोली लिये घूमते हैं। इसके उपरांत टीकाधारी, टोपीधारी और जटाधारी समुदाय भी तो हैं, जिनकी संख्या कम-से-कम दो करोड़ होगी। जिस देश में इतने हरामखोर, मुफ्त का माल उड़ाने वाले, दूसरों की कमाई पर मोटे होने वाले प्राणी हो, उसकी दशा क्यों न इतनी हीन हो। आश्चर्य यही है कि अब तक यह देश जीवित कैसे है। (नोट करता है) एक बिल की सख्त जरूरत है, तुरंत पेश करना चाहिए- 'नाम हो भिखमंगा- बहिष्कार-बिल।' खूब जूतियाँ चलेंगी, धर्म के सूत्रधार खूब नाचेंगे, खूब गालियाँ देंगे, गवर्नमेंट भी कन्नी कटेगी, मगर सुधार का मार्ग तो कंटकाकीर्ण है ही । तीनों बिल मेरे ही नाम से हों, फिर देखिए, कैसी खलबली मचती है।

(आवाज आती है- चाय गरम! चाय गरम!! मगर ग्राहकों की संख्या बहुत कम है। कानूनी कुमार का ध्यान चाय वाले की ओर आकर्षित हो जाता)

कानूनी-(आप-ही-आप) चाय वाले की दुकान पर एक भी ग्राहक नहीं, कैसा मूर्ख देश है! इतनी बल-वर्धक वस्तु! और ग्राहक कोई नहीं। सभ्य देशों में पानी की जगह चाय पी जाती है। रिपोर्ट देखकर) इंग्लैंड में पाँच करोड़ पौंड की चाय पी जाती है। इंग्लैंड वाले मूर्ख नहीं हैं। उनका आज संसार पर आधिपत्य है, इसमें चाय का कितना बड़ा भाग है, कौन इसका अनुभव कर सकता है। यहाँ बेचारा चाय वाला खड़ा है, और कोई उसके पास नहीं फटकता। चीन वाले चाय पी-पीकर स्वाधीन हो गए; मगर हम चाय न पिएँगे। क्या अकल है! गवर्नमेंट का सारा दोष है। कीटों से भरे हुए दूध के लिए इतना शोर मचता है, अगर चाय को कोई नहीं पूछता, जो कीटों से खाली, उत्तेजक और पुष्टिकारक है, सारे देश की मत मारी गयी है। (नोट करता है) गवर्नमेंट से प्रश्न करना चाहिए। असेंबली खुलते ही प्रश्नों का ताँता बाँध दूंगा।

प्रश्न- क्या गवर्नमेंट बतायेगी की गत पाँच सालों में भारतवर्ष में चाय की खपत कितनी बढ़ी है, और उसका सर्वसाधारण में प्रचार करने के लिए गवर्नमेंट ने क्या कदम लिये हैं?

(एक रमणी का प्रवेश। कटे हुए केश, आड़ी माँग, पारसी रेशमी साड़ी, कलाई में घड़ी, आँखों में ऐनक, पाँव में ऊँची एड़ी का लेडी शू, हाथ में एक बटुआ लटकाए हुए, साड़ी में ब्रूच है, गले में मोतियों का हार)

कानूनी-(हाथ बढ़ाकर) हैलो मिसेज बोस! आप खूब आई। कहिए, किधर की सैर हो रही है? अबकी तो 'आलोक' में आपकी कविता बड़ी सुंदर थी। मैं तो पढ़कर मस्त हो गया। हरा नन्हे से हृदय में इतने भाव कहां से आ जाते हैं, मुझे आश्चर्य होता है। शब्द-विन्यास की तो आप रानी हैं। ऐसे-ऐसे चोट करने वाले भाव आपको कैसे सूझ जाते हैं?

मिसेज बोस- दिल जलता है, तो उसमें आप-से-आप धुएँ के बादल निकलते हैं। जब तक स्त्री-समाज पर पुरुषों का यह अत्याचार रहेगा, ऐसे भावों में कमी न रहेगी।

कानूनी- क्या इधर कोई नई बात हो गई?

बोस- रोज ही तो होती रहती है। मेरे लिए डॉक्टर बोस की आज्ञा नहीं कि किसी से मिलने जाओ, या कहीं सैर करने जाओ। अबकी कैसी गरमी पड़ी है कि सारा रक्त जल गया, पर मैं पहाड़ों पर न जा सकी। मुझसे यह अत्याचार, यह गुलामी नहीं सही जाती।

कानूनी- डॉक्टर बोस खुद भी तो पहाड़ों पर नहीं गए।

बोस- वह न जाए, उन्हें धन की हाय-हाय पड़ी है। मुझे क्यों अपने साथ लिये मरते हैं? वह क्लब में नहीं जाना चाहते, उनका समय रुपए उगलता है, मुझे क्यों रोकते हैं? वह खद्दर पहनें, मुझे क्यों अपने पसंद के कपड़े पहनने से रोकते हैं? वह अपनी माता और भाइयों के गुलाम बने रहें, मुझे क्यों उनके साथ रो-रोकर दिन काटने पर मजबूर करते हैं? मुझसे यह बर्दाश्त नहीं हो सकता। अमेरिका में एक कटुवचन कहने पर संबंध-विच्छेद हो जाता है। पुरुष जरा देर से घर आया और स्त्री ने तलाक दिया। वह स्वाधीनता का देश है, वहाँ लोगों के विचार स्वाधीन हैं। यह गुलामों का देश है, यहाँ हर एक बात में उसकी गुलामी की छाप है। मैं अब डॉक्टर बोस के साथ नहीं रह सकती। नाकों दम आ गया। इसका उत्तरदायित्व उन्हीं लोगों पर है, जो समाज के नेता और व्यवस्थापक बनते हैं। अगर आप चाहते हैं कि स्त्रियों को गुलाम बनाकर स्वाधीन हो जाए, तो यह अनहोनी बात है। जब तक तलाक का कानून न जारी होगा, आपका स्वराज्य आकाश-कुसुम ही रहेगा। डॉक्टर बोरा को आप जानते हैं, धर्म में उनकी कितनी श्रद्धा है? खब्त कहिए। मुझे धर्म के नाम से घृणा है। इसी धर्म ने स्त्री-जाति को पुरुष की दासी बना दिया है। मेरा बस चले, तो मैं सारे धर्म की पोथियों को उठाकर परनाले में फेंक दूँ।

(मिसेज ऐयर का प्रवेश। गोरा रंग, ऊँचा कद, ऊँचा गाउन, गोल हाँडी की- सी टोपी, आँखों पर ऐनक, चेहरे पर पाउडर, गालों और होंठों पर सुर्ख पेंट, रेशमी जुराबें और ऊँची एड़ी के जूते)

कानूनी-(हाथ बढ़ाकर) हैलो मिसेज ऐयर! आप खूब आई। कहिए, किधर की सैर हो रही है? 'आलोक' में अबकी आपका लेख अत्यन्त सुन्दर था, मैं तो पढ़कर दंग रह गया।

मिसेज ऐयर- (मिसेज बोस की ओर मुस्कुराकर) दंग ही तो रह गए, या कुछ किया भी? हम स्त्रियाँ अपना कलेजा निकालकर रख दें, लेकिन पुरुषों का दिल न पसीजेगा।

मिसेज बोस- सत्य! बिलकुल सत्य!

मिसेज ऐयर- मगर इस पुरुष-राज का बहुत जल्द अंत हुआ जाता है। स्त्रियों अब कैद में नहीं रह सकतीं। मि. ऐयर की सूरत मैं नहीं देखना चाहती। (मिसेज बोस मुँह फेर लेती हैं।)

कानूनी-(मुस्कुराकर) मि. ऐयर तो खूबसूरत आदमी हैं।

लेडी ऐयर- उनकी सूरत उन्हें मुबारक रहे। मैं खूबसूरत पराधीनता नहीं चाहती, बदसूरत स्वाधीनता चाहती हूँ। वह मुझे अबकी जबरदस्ती पहाड़ पर ले गए। वहाँ की शीत मुझसे नहीं सही जाती। कितना कहा कि मुझे मत ले जाओ, मगर किसी तरह न माना। मैं किसी के पीछे-पीछे कुतिया की तरह नहीं चलना चाहती।

(मिसेज बोस उठकर खिड़की के पास चली जाती हैं।)

कानूनी- अब मुझे मालूम हो गया कि तलाक का बिल असेंबली में पेश करना पड़ेगा।

ऐयर- खैर, आपको मालूम तो हुआ, मगर पेश होगा शायद कयामत तक। नहीं मिसेज ऐयर, अबकी छुट्टियों के बाद ही यह बिल पेश होगा और धूमधाम के साथ पेश होगा। बेशक पुरुषों का अत्याचार बढ़ रहा है। जिस प्रथा का विरोध आप दोनों महिला कर रही हैं, वह अवश्य हिन्दू समाज के लिए घातक है। अगर हमें सभ्य बनना है, तो सभ्य देशों के पद-चिह्नों पर चलना पड़ेगा। धर्म के ठेकेदार चिल्ल-पों मचाएगें, कोई परवाह नहीं। उनकी खबर लेना आप दोनों महिलाओं का काम होगा। ऐसा बनाना कि मुँह न दिखा सकें।

लेडी ऐयर- पेशगी धन्यवाद देती हूँ। (हाथ मिलाकर चली जाती हैं।)

मिसेज बोस- (खिड़की के पास से आकर) आज इसके घर में घी का चिराग जलेगा। यहाँ से सीधे बोस के पास गयी होगी। मैं भी जाती हूँ। (चली जाती है) कानूनी कुमार एक कानून की किताब उठाकर उसमें तलाक-व्यवस्था देखने लगते हैं कि मि. आचार्य आते हैं। मुँह साफ, एक आँख पर ऐनक, खाकी आधे बाँह का शर्ट, निकर, ऊनी मोजे, लम्बे बूट। पीछे एक टेरियर कुत्ता भी है।

कानूनी- हैलो मि. आचार्य! आप खूब आए, आज किधर की सैर हो रही है? होटल का क्या हाल है?

आचार्य- कुत्ते की मौत मर रहा हूँ। इतना बढ़िया भोजन, इतना साफ सुथरा मकान, ऐसी रोशनी, इतना आराम, फिर भी मेहमानों का दुर्भिक्ष? समझ में नहीं आता, अब कितना निर्ख घटाऊँ। इन दामों अलग घर में मोटा खाना भी नसीब नहीं हो सकता। उस पर सारे जमाने की झंझट, कभी नौकर का रोना, कभी दूध वाले का रोना, कभी धोबी का रोना, कभी मेहतर का रोना; यहाँ सारे जंजाल से मुक्ति हो जाती है। फिर भी आधे कमरे खाली पड़े हैं।

कानूनी- यह तो आपने बुरी खबर सुनाई।

आचार्य- पश्चिम में क्यों इतना सुख और शान्ति है, क्यों इतना प्रकाश और धन है, क्यों इतनी स्वाधीनता और बल है? इन्हीं होटलों के प्रसाद से। होटल पश्चिमी गौरव का मुख्य अंग है, पश्चिमी सभ्यता का प्राण है। अगर आप भारत को उन्नति के शिखर पर देखना चाहते हैं, तो होटल-जीवन का प्रचार कीजिए। इसके अलावा दूसरा उपाय नहीं है। जब तक छोटी-छोटी घरेलू चिन्ताओं से मुक्त न हो जाएंगे, आप उन्नति कर ही नहीं सकते। राजाओं, रईसों को अलग घरों में रहने दीजिए, वह एक की जगह दस खर्च कर सकते हैं। मध्यम श्रेणी वालों के लिए होटल के प्रचार में ही सब कुछ है। हम अपने सारे मेहमानों की फिक्र अपने सिर लेने को तैयार हैं, फिर भी जनता की आँखें नहीं खुलती। इन मूर्खों की आँखें उस वक्त तक न खुलेंगी, जब तक कानून न बन जाएगा।

कानूनी-(गम्भीर भाव से) हां, मैं भी सोच रहा हूँ। जरूर कानून से मदद लेनी चाहिए। एक ऐसा कानून बन जाए कि जिन लोगों की आय 500 रु. से कम हो, वे होटलों में रहें । क्यों?

आचार्य- आप अगर यह कानून बनवा दें, तो आने वाली सन्तान आपको अपना मुक्तिदाता समझेगी। आप एक कदम में देश को 500 वर्ष की मंजिल तय करा देंगे।

कानूनी- तो लो, अब की यह कानून भी असेंबली खुलते ही पेश कर दूँगा। बढ़ा शोर मचेगा। लोग देश-द्रोही और जाने क्या-क्या कहेंगे पर इसके लिए तैयार हूँ। कितना दु:ख होता है, जब लोगों को अहीर के द्वार पर लुटिया लिए खड़ा देखता हूँ। स्त्रियों का जीवन तो नरक-तुल्य हो रहा है। सुबह से दस-बारह बजे रात तक घर के धंधों से फुरसत नहीं। कभी बरतन मांजो, कभी भोजन बनाओ, कभी झाड़ू लगाओ। फिर स्वास्थ्य कैसे बने, जीवन कैसे सुखी हो, सैर कैसे करें, जीवन के आमोद-प्रमोद का आनंद कैसे उठाएं, अध्ययन कैसे करें? आपने खूब कहा, एक कदम में 500 सालों की मंजिल पूरी हुई जाती है।

आचार्य- तो अबकी बिल पेश कर दीजिएगा?

कानूनी- अवश्य!

(आचार्य हाथ मिलाकर चला जाता है।)

कानूनी कुमार खिड़की के सामने खड़ा होकर 'होटल-प्रचार-बिल' का मसविदा सोच रहा है। सहसा पार्क में एक स्त्री सामने से गुजरती है। उसकी गोद में एक बच्चा है, दो बच्चे पीछे-पीछे चल रहे हैं, और उदर के उभार से मालूम होता है कि गर्भवती भी है। उसका कृश शरीर, पीला मुख और मंद गति देखकर अनुमान होता है कि उसका स्वास्थ्य बिगड़ा हुआ है, और इस भार का वहन करना उसे कष्टप्रद है।)

कानूनी कुमार-(आप-ही-आप) इस समाज का, इस देश का और इस जीवन का सत्यानाश हो, जहाँ रमणियों को केवल बच्चा जनने की मशीन समझा जाता है। इस बेचारी को जीवन का क्या सुख। कितनी ही ऐसी बहनें इसी जंजाल में फंसकर 30-35 की अवस्था में, जब कि वास्तव में जीवन को सुखी होना चाहिए, रुग्ण होकर संसार-यात्रा समाप्त कर देती हैं। हा भारत! यह विपत्ति तेरे सिर से कब टलेगी? संसार में ऐसे-ऐसे पाषाण-हृदय मनुष्य पड़े हुए हैं, जिन्हें इन दुखियारियों पर जरा भी दया नहीं आती। ऐसे अंधे, ऐसे पाषाण, ऐसे पाखंडी समाज को, जो स्त्री

को अपनी वासनाओं की वेदी पर बलिदान करता है, कानून के सिवा और किस विधि से सचेत किया जाए? और कोई उपाय नहीं है। नर-हत्या का जो दण्ड है, वही दण्ड ऐसे मनुष्यों को मिलना चाहिए। मुबारक होगा वह दिन, जब भारत में इस नाशिनी प्रथा का अंत हो जाएगा- स्त्री का मरण, बच्चों का भरण, और जिस समाज का जीवन ऐसी संतानों पर आधारित हो, उसका मरण! ऐसे बदमाशों को क्यों न दण्ड दिया जाए? कितने अंधे लोग हैं। बेकारी का यह हाल कि आधी जनसंख्या मक्खियाँ मार रही है, आमदनी का यह हाल कि भर पेट किसी को रोटियाँ नहीं मिलतीं, बच्चों को दूध स्वप्न में भी नहीं मिलता, और ये अंधे हैं कि बच्चे-पर-बच्चे पैदा करते जाते हैं। 'संतान-निग्रह-बिल' की जितनी जरूरत है, इस देश को उतनी और किसी कानून की नहीं। असेंबली खुलते ही यह बिल पेश करूंगा। प्रलय हो जाएगा, यह जानता हूँ पर और उपाय ही क्या है? दो बच्चों से ज्यादा जिसके हों, उसे कम-से-कम पांच वर्ष की कैद, उसमें पाँच महीने से कम कालकोठरी न हो। जिसकी आमदनी सौ रुपए से कम हो, उसे संतानोत्पत्ति का अधिकार ही न हो। (मन में बिल के बाद की अवस्था का आनन्द लेकर) कितना सुखमय जीवन हो जाएगा। हां, एक दफा यह भी रहे कि एक सन्तान के बाद कम-से-कम सात वर्ष तक दूसरी संतान न आने पाए। तब इस देश में सुख और संतोष का साम्राज्य होगा, तब स्त्रियों और वृद्धों के मुँह पर खून की सुर्खी नजर आएगी, तब मजबूत हाथ-पाँव और मजबूत दिल और जिगर के पुरुष उत्पन्न होंगे।

(मिसेज कानूनी कुमार का प्रवेश)

(कानूनी कुमार जल्दी से रिपोर्ट और पत्रों को समेट देता है और एक उपन्यास खोलकर बैठ जाता है।)

मिसेज- क्या कर रहे हो? वही धुन।

कानूनी- एक उपन्यास पढ़ रहा हूँ।

मिसेज -तुम सारी दुनिया के लिए कानून बनाते हो, एक कानून मेरे लिए भी बना दो। इससे देश का जितना बड़ा उपकार होगा, उतना और किसी कानून से न होगा। तुम्हारा नाम अमर हो जाएगा और घर-घर तुम्हारी पूजा होगी।

कानूनी- अगर तुम्हारा खयाल है कि मैं नाम और यश के लिए देश की सेवा कर रहा हूँ तो मुझे यही कहना पड़ेगा कि तुमने मुझे रत्ती-भर भी नहीं समझा।

मिसेज- नाम के लिए काम कोई बुरा काम नहीं है, और तुम्हें यश की आकांक्षा हो, तो मैं उसकी जिन्दा न करूँगी, भूलकर भी नहीं। मैं तुम्हें एक ही ऐसी तदबीर बता दूँगी, जिससे तुम्हें इतना यश मिलेगा कि तुम ऊब जाओगे। फूलों की इतनी वर्षा होगी कि तुम उसके नीचे दब जाओगे। गले में इतने हार पड़ेंगे कि तुम गर्दन सीधी न कर सकोगे।

कानूनी-(उत्सुकता को छिपाकर) कोई मजाक की बात होगी। देखो मिन्नी, काम करने वाले आदमी के लिए इससे बड़ी दूसरी बाधा नहीं है कि उसके घरवाले उसके काम की जिन्दा करते हों। मैं तुम्हारे इस व्यवहार से निराश हो जाता हूँ।

मिसेज- तलाक का कानून तो बनाने जा रहे हो, अब क्या डर है?

कानूनी- फिर वही मजाक! मैं चाहता हूँ तुम इन प्रश्नों पर गम्भीर विचार करो।

मिसेज- मैं बहुत गंभीर विचार करती हूँ। सच मानो। मुझे इसका दु:ख है कि तुम मेरे भावों को नहीं समझते। मैं इस वक्त तुमसे जो बात कहने जा रही हूँ उसे मैं देश की उन्नति के लिए आवश्यक ही नहीं, परमावश्यक समझती हूँ। मुझे इसका पक्का विश्वास है।

कानूनी- पूछने की हिम्मत तो नहीं पड़ती (अपनी झेंप मिटाने के लिए हँसता है।)

मिसेज- मैं तो खुद ही कहने आई हूँ। हमारा वैवाहिक जीवन कितना लज्जास्पद है, तुम खूब जानते हो। रात-दिन झगड़ा-झगड़ा मचा रहता है। कहीं पुरुष स्त्री पर हाथ साफ कर लेता है, कहीं स्त्री पुरुष की मूँछों के बाल नोचती है। हमेशा एक- न-एक गुल खिला ही रहता है। कहीं एक मुँह फुलाए बैठा है, कहीं दूसरा घर छोड़कर भाग जाने की धमकी दे रहा है। कारण जानते हो क्या है? कभी सोचा है? पुरुषों की रसिकता और कृपणता! यही दोनों ऐब मनुष्यों के जीवन को नरक- तुल्य बनाए हुए हैं। जिधर देखो, अशान्ति है, विद्रोह है, बाधा है। साल में लाखों हत्याएँ इन्हीं बुराइयों के कारण हो जाती हैं, लाखों स्त्रियाँ पतित हो जाती हैं। पुरुष मद्य-सेवन करने लगते हैं यह बात है या नहीं?

कानूनी- बहुत-सी बुराइयाँ ऐसी हैं, जिन्हें कानून नहीं रोक सकता।

मिरोज-(कहकहा मारकर) अच्छा, क्या आप भी कानून की अक्षमता स्वीकार करते हैं? मैं यह नहीं समझती थी। मैं तो कानून को ईश्वर से ज्यादा सर्वव्यापी, सर्वशक्तिमान समझती हूँ।

कानूनी- फिर तुमने मजाक शुरू किया।

मिसेज- अच्छा, लो कान पकड़ती हूँ अब न हंसूगी। मैंने बुराइयों को रोकने का एक कानून सोचा है। उसका नाम होगा- 'दंपत्ति-सुख-शान्ति-बिल।' उसकी दो मुख्य धाराएँ होंगी और कानूनी बारीकियाँ तुम ठीक कर लेना। एक धारा होगी कि पुरुष अपनी आमदनी का आधा बिना कान-पूंछ हिलाए स्त्री को दे दे, अगर न दे, तो पाँच साल कठिन कारावास और पाँच महीने काल-कोठरी। दूसरी धारा होगी, पन्द्रह से पचास तक के पुरुष घर से बाहर न निकलने पाएँ; अगर कोई निकले, तो दस साल कारावास और दस महीने काल-कोठरी। बोलो मंजूर है?

कानूनी- (गंभीर होकर) असम्भव, तुम प्रकृति को पलट देना चाहती हो। कोई पुरुष घर में कैदी बनकर रहना स्वीकार न करेगा।

मिसेज- वह करेगा और उसका बाप करेगा। पुलिस डंडे के जोर से करवायेगी। न करेगा, तो चक्की पिसना पड़ेगी। करेगा कैसे नहीं? अपनी स्त्री को घर की मुर्गी समझना, और दूसरी स्त्रियों के पीछे दौड़ना, क्या खालाजी का घर है? तुम अभी इस कानून को अस्वाभाविक समझते हो। मत घबराओ। स्त्रियों का अधिकार होने दो। यह पहला कानून न बन जाए, तो कहना कि कोई कहता था। स्त्री एक- एक पैसे के लिए तरसे, और आप गुलछर्रे उड़ाए। दिल्लगी है! आधी आमदनी स्त्री को दे देनी पड़ेगी, जिसका उससे कोई हिसाब न पूछा जा सकेगा।

कानूनी- तुम मानव-समाज को मिट्टी का खिलौना समझती हो?

मिसेज- कदापि नहीं। मैं यही समझती हूँ कि कानून सब कुछ कर सकता है। मनुष्य का स्वभाव भी बदल सकता है।

कानूनी- कानून यह नहीं कर सकता।

मिसेज- कर सकता है।

कानूनी- नहीं कर सकता।

मिसेज- कर सकता है, अगर वह जबरदस्ती लड़कों को स्कूल भेज सकता है, अगर वह जबरदस्ती विवाह की उम्र नियत कर सकता है, अगर वह जबरदस्ती बच्चों को टीका लगवा सकता है, तो यह जबरदस्ती पुरुषों को घर में बंद भी कर सकता है, उनकी आमदनी का आधा स्त्रियों को भी दिला सकता है। तुम कहोगे, पुरुष को कष्ट होगा। जबरदस्ती जो काम कराया जाता है उसमें कष्ट होता है। तुम उस कष्ट का अनुभव नहीं करते, इसीलिए वह तुम्हें नहीं अखरता। मैं यह नहीं कहती की सुधार जरूरी नहीं हैं। मैं भी शिक्षा का प्रचार चाहती हूँ, मैं भी बाल-विवाह बंद करना चाहती हूँ, मैं भी चाहती हूँ कि बीमारियाँ न फैले लेकिन कानून बनाकर जबरदस्ती यह सुधार नहीं करना चाहती। लोगों में शिक्षा और जागृति फैलाओ, जिसमें कानूनी भय के बगैर वह सुधार हो जाए। आपसे कुर्सी तो छोड़ी जाती नहीं, घर से निकला जाता नहीं, शहरों की विलासिता को एक दिन के लिए भी नहीं त्याग सकते और सुधार करने चले हैं आप देश का! इस तरह सुधार न होगा। हां, पराधीनता की बेड़ी और भी कठोर हो जाएगी।

(मिसेज कुमार चली जाती हैं और कानूनी कुमार अव्यवस्थित चित्त-सा कमरे में टहलने लगता हैं।)

***

लॉटरी

जल्दी से मालदार हो जाने की हबस किसे नहीं होती? उन दिनों जब लाटरी के टिकट आए तो मेरे दोस्त विक्रम के पिता, चचा, अम्मा और भाई सभी ने एक-एक टिकट खरीद लिया। कौन जाने किसकी तकदीर जोर करे? किसी के नाम आए रुपया, रहेगा तो घर में ही।

मगर विक्रम को सब न हुआ। औरों के नाम रुपए आएँगे, तो बहुत होगा, दस-पाँच हजार उसे मिल जाएँगे। इतने रुपयों में उसका क्या होगा? उसकी जिंदगी में बड़े-बड़े मंसूबे थे। पहले तो उसे संपूर्ण जगत की यात्रा करनी थी। पीरू और ब्राजील और टिंबकटू और होनोलूलू-ये सब उसके प्रोग्राम में थे। वह आँधी की तरह महीने-दो-महीने उड़कर लौट आनेवालों में न था। वह एक-एक स्थान में कई-कई दिन ठहरकर वहाँ के रहन-सहन, रीति-रिवाज आदि का अध्ययन करना और संसार-यात्रा पर एक बृहद् ग्रंथ लिखना चाहता था। फिर उसे एक बहुत बड़ा पुस्तकालय बनवाना था, जिसमें दुनिया-भर की उत्तम रचनाएँ जमा की जाएँ। पुस्तकालय के लिए वह दो लाख तक खर्च करने को तैयार था। बँगला, कार और फर्नीचर तो मामूली बातें थीं। पिता या चचा के नाम रुपए आए, तो पाँच हजार से ज्यादा का डौल नहीं, अम्मा के नाम आए, तो बीस हजार मिल जाएँगे; लेकिन भाई साहब के नाम आ गए, तो उसके हाथ धेला भी न लगेगा। वह स्वाभिमानी था। घरवालों से खैरात या पुरस्कार के रूप में कुछ लेने की बात उसे अपमान-सी लगती थी। कहा करता था-भाई, किसी के सामने हाथ फैलाने से तो किसी गड्ढे में डूब मरना अच्छा है। जब आदमी अपने लिए संसार में कोई स्थान न निकाल सके, तो यहाँ से प्रस्थान कर जाए।

वह बहुत बेकरार था। घर में लाटरी-टिकट के लिए उसे कौन रुपए देगा? वह माँगे भी तो कैसे? उसने बहुत सोच-विचारकर कहा-क्यों न हम-तुम साझे में एक टिकट ले ले?

तजवीज मुझे भी पसंद आई। मैं उन दिनों स्कूल-मास्टर था। बीस रुपए मिलते थे। उसमें बड़ी मुश्किल से गुजर होती थी। दस रुपए का टिकट खरीदना मेरे लिए सफेद हाथी खरीदना था। हाँ, एक महीना दूध, घी, जलपान और ऊपर के सारे खर्च तोड़कर पाँच रुपए की गुंजाइश निकल सकती थी। फिर भी जी डरता था। कहीं से कोई रकम मिल जाए, तो कुछ हिम्मत बड़े।

विक्रम ने कहा-कहो तो अपनी अँगूठी बेच डालूँ? कह दूँगा, उँगली से फिसल पड़ी।

अँगूठी दस रुपए से कम न थी। उसमें पूरा टिकट आ सकता था। अगर कुछ खर्च किए बिना ही टिकट में आधा-साझा हुआ जाता है, तो क्या बुरा है?

सहसा विक्रम फिर बोला-लेकिन भई तुम्हें नकद देने पड़ेंगे। मैं पाँच रुपए नकद लिए बगैर साझा न करूँगा।

अब मुझे औचित्य का ध्यान आ गया। बोला-नहीं दोस्त, यह बुरी बात है, चोरी खुल जाएगी तो शर्मिंदा होना पड़ेगा और तुम्हारे साथ मुझ पर भी डाँट पड़ेगी।

आखिर यह तय हुआ कि पुरानी किताबें किसी सेकेंड हैंड किताबों की दुकान पर बेच डाली जाएँ और उस रुपए से टिकट लिया जाए। हमारी पुरानी पुस्तकें अब दीमकों के सिवा हमारे किसी काम की न थीं। हमसे जितना चाटते बना, चाटा; उनका सत्त निकाल लिया। अब चूहे चार्ट या दीमक, हमें परवाह न थी। मैं मास्टर था, किसी बुकसेलर की दुकान पर किताब बेचते हुए झेंपता था। मुझे सभी पहचानते थे, इसलिए यह खिदमत विक्रम के सुपुर्द हुई और वह आध घंटे में दस रुपए का एक नोट लिए उछलता-कूदता आ पहुंचा। मैंने उसे इतना प्रसन्न कभी न देखा था। किताबें चालीस रुपए से कम की न थीं; पर यह दस रुपए उस वक्त में हमें जैसे पड़े हुए मिले। अब टिकट में आधा साझा होगा। दस लाख की रकम मिलेगी। पाँच लाख मेरे हिस्से में आएँगे, पाँच विक्रम के।

मैंने संतोष का भाव दिखाकर कहा-पाँच लाख भी कुछ कम नहीं होते जी। विक्रम इतना संतोषी न था। बोला-पाँच लाख क्या, हमारे लिए तो इस वक्त पाँच सौ भी बहुत हैं भाई, मगर जिंदगी का प्रोग्राम तो बदलना पड़ गया। मेरी यात्रा वाली स्कीम तो टल नहीं सकती। हाँ, पुस्तकालय गायब हो गया।

मैंने आपत्ति की-आखिर यात्रा में तुम दो लाख से ज्यादा तो न खर्च करोगे?

विक्रम ने गर्म होकर कहा-मैं शान से रहना चाहता हूँ; भिखारियों की तरह नहीं। जब तक आप अपने हिस्से में से दो लाख मुझे न दे देंगे, पुस्तकालय न बन सकेगा।

'कोई जरूरी नहीं कि तुम्हारा पुस्तकालय शहर में बेजोड़ हो? मेरे रुपए में से तुम्हें कुछ न मिल सकेगा। मेरी जरूरतें देखो। तुम्हारी घर में काफी जायदाद है। तुम्हारे सिर कोई बोझ नहीं, मेरे सिर तो सारी गृहस्थी का बोझ है। दो बहनों का विवाह है, दो भाइयों की शिक्षा है, नया मकान बनवाना है। मैंने तो निश्चय कर लिया है कि सब रुपए सीधे बैंक में जमा कर दूँगा। उनके सूद से काम चलाऊँगा।

विक्रम ने सहानुभूति के भाव से कहा-हाँ, ऐसी दशा में तुमसे कुछ माँगना अन्याय है। खैर, मैं ही तकलीफ उठा लूँगा।

अब यह प्रश्न उठा कि टिकट पर किसका नाम रहे। विक्रम ने अपना नाम रखने के लिए बड़ा आग्रह किया। अगर उसका नाम न रहा तो वह टिकट ही न लेगा। मैंने कोई उपाय न देखकर मंजूर कर लिया-बिना किसी लिखा-पढ़ी के, जिससे आगे चलकर मुझे बड़ी परेशानी हुई।

2

हम एक-एक करके इंतजार के दिन काटने लगे। भोर होते ही हमारी आंखें कैलेंडर पर जातीं। मेरा मकान विक्रम के मकान से मिला हुआ था। स्कूल जाने के पहले और स्कूल से आने के बाद हम दोनों साथ बैठकर अपने-अपने मंसूबे बाँधा करते और इस तरह सायं-सायं कि कोई सुन न ले। हम अपने टिकट खरीदने का रहस्य छिपाए रखना चाहते थे। यह रहस्य जब

सत्य का रूप धारण कर लेगा, उस वक्त लोगों को कितना विस्मय होगा! उस दृश्य का नाटकीय आनंद हम नहीं छोड़ना चाहते थे।

एक दिन हम लोग ऐसी ही कल्पनाओं में डूबे हुए थे कि कमरे में कुंती आ गई। वह विक्रम की छोटी बहन थी, कोई ग्यारह साल की। छठे में पड़ती थी और बराबर फेल होती थी। बड़ी चिबिल्ली, बड़ी शोख। इतने धमाके से द्वार खोला कि हम दोनों चौंककर उठ खड़े हुए।

विक्रम बिगड़ने लगा-कुंती तुझे किसने बुलाया यहाँ?

कुंती ने खुफिया पुलिस की तरह कमरे में नज़र दौड़ाकर कहा-तुम लोग हरदम यहाँ किवाड़ बंद किए बैठे क्या बातें किया करते हो? जब देखो, यहीं बैठे रहते हो। न कहीं घूमने जाते हो न तमाशा देखने; कोई जादू-मंतर जगाते होगे।

विक्रम ने उसकी गर्दन पकड़कर हिलाते हुए कहा-हाँ, एक मंतर जगा रहे हैं, जिसमें तुझे ऐसा दूल्हा मिले, जो रोज गिनकर पाँच हजार हंटर जमाए सड़ासड़।

कुंती उसकी पीठ पर बैठकर बोली-मैं ऐसे दूल्हे से ब्याह करूँगी, जो मेरे सामने खड़ा पूँछ हिलाता रहेगा। मैं मिठाई के दोने फेंक दूँगी और वह चाटेगा। अम्मा को लाटरी के रुपए मिलेंगे, तो पचास हजार मुझे दे दें। बस, चैन करूँगी। मैं दोनों वक्त ठाकुरजी से अम्मा के लिए प्रार्थना करती हूँ। अम्मा कहती हैं, कुँवारी लड़कियों की दुआ कभी निष्फल नहीं होती। मेरा मन तो कहता है, अम्मा को जरूर रुपए मिलेंगे।

मुझे याद आया, एक बार मैं अपने ननिहाल गया था, तो वहाँ सूखा पड़ा हुआ था। भादों का महीना आ गया था; मगर पानी की बूँद नहीं। लोगों ने चंदा करके गाँव की सब कुँवारी लड़कियों की दावत की थी और उसके तीसरे ही दिन मूसलाधार वर्षा हुई थी। अवश्य ही कुँवारियों की दुआ में असर होता है।

मैंने विक्रम को अर्थपूर्ण आंखों से देखा, विक्रम ने मुझे। आंखों ही में हमने सलाह कर ली और निश्चय भी कर लिया। विक्रम ने कुंती से कहा-अच्छा, तुझसे एक बात कहें, किसी से कहेगी तो नहीं? नहीं तू तो बड़ी अच्छी लड़की है, किसी से न कहेगी। मैं अब की तुझे खूब पढ़ाऊंगा और पास करा दूँगा। बात यह है कि हम दोनों ने भी लाटरी का टिकट लिया है। हम लोगों के लिए भी ईश्वर से प्रार्थना किया कर। अगर हमें रुपए मिले, तो तेरे लिए अच्छे-अच्छे गहने बनवा देंगे। सच!

कुंती को विश्वास न आया। हमने कसमें खाई। वह नखरे करने लगी। जब हमने उसे सिर से पाँव तक सोने-हीरे से मढ़ देने की प्रतिज्ञा की, तब वह हमारे लिए दुआ करने को राजी हुई।

लेकिन उसके पेट में मनों मिठाई पच सकती थी; वह जरा-सी बात न पची। सीधे अंदर भागी और एक क्षण में सारे घर में वह खबर फैल गई। अब जिसे देखिए, विक्रम को डाँट रहा है, अम्मा भी, चचा भी, पिता भी-बैठे-बैठे तुम्हें हिमाकत ही सूझती है। रुपए लेकर पानी में फेंक दिए। घर में इतने आदमियों ने तो टिकट लिया ही था, तुम्हें लेने की क्या जरूरत थी? क्या तुम्हें उसमें से कुछ न मिलते? और तुम भी मास्टर साहब, बिलकुल घोंघा हो। लड़के को अच्छी बातें क्या सिखाओगे, उसे और चौपट किए डालते हो।

विक्रम तो लाडला बेटा था। उसे और क्या कहते। कहीं रूठकर एक-दो जून खाना न खाए, तो आफत ही आ जाए। मुझ पर सारा गुस्सा उतरा।

3

विक्रम के पिता बड़े ठाकुर साहब और ताऊ, छोटे ठाकुर साहब दोनों नास्तिक थे, पूजा-पाठ की हँसी उड़ानेवाले। मगर अब दोनों बड़े निष्ठावान और ईश्वरभक्त हो गए थे। बड़े ठाकुर साहब प्रात:काल गंगास्नान करने जाते और मंदिरों के चक्कर लगाते हुए दोपहर को सारी देह में चंदन लपेटे घर लौटते। छोटे ठाकुर साहब घर पर ही गर्म पानी से स्नान करते और गठिया से ग्रस्त होने पर भी राम नाम लिखना शुरू कर देते। धूप निकल आने पर पार्क की ओर निकल जाते और चींटियों को आटा खिलाते। शाम होते ही दोनों भाई अपने ठाकुरद्वारे में जा बैठते और आधी रात तक भागवत-कथा तन्मय होकर सुनते। विक्रम के बड़े भाई, प्रकाश को साधु महात्माओं पर अधिक विश्वास था। वह मठों और साधुओं के अखाड़ों तथा कुटियों की खाक छानते और माताजी को तो भोर से आधी रात तक स्नान, पूजा और व्रत के सिवा दूसरा काम ही न था। उस उम्र में भी उन्हें सिंगार का शौक था; पर आजकल पूरी तपस्विनी बनी हुई थीं। लोग नाहक लालसा को बुरा कहते हैं। वह केवल हमारी लालसा, हमारी हवस के कारण। हमारा धर्म स्वार्थ के बल पर टिका हुआ है। हवस मनुष्य के मन और बुद्धि का इतना संस्कार कर सकती है, यह मेरे लिए बिलकुल नया अनुभव था। हम दोनों भी ज्योतिषियों और पंडितों से कभी-कभी प्रश्न कर लिया करते थे।

ज्यों-ज्यों लाटरी का दिन समीप आता जाता था, हमारे चित्त की शांति उड़ती जाती थी। हमेशा उसी ओर मन रंगा रहता। मुझे अकारण संदेह होने लगा कि कहीं विक्रम मुझे हिस्सा देने से इनकार कर दे, तो मैं क्या करूँगा। साफ इनकार कर जाए कि तुमने टिकट में साझा किया ही नहीं। न कोई तहरीर है, न कोई दूसरा सबूत। सब कुछ विक्रम की नीयत पर है। आदमी ऐसा तो नहीं है; मगर भाई दौलत पाकर ईमान सलामत रखना कठिन है। अभी ईमानदार बनने में क्या खर्च होता है? परीक्षा का समय तो तब आएगा, जब दस लाख रुपए हाथ में होंगे। मैंने अपने अंत:करण को टटोला-अगर टिकट मेरे नाम का होता और मुझे दस लाख मिल जाते, तो क्या मैं आधे रुपए बिना कान-पूँछ हिलाए विक्रम के हवाले कर देता? कौन कह सकता है; मगर अधिक संभव यही था कि मैं हीले-हवाले करता, कहता-तुमने मुझे पाँच रुपए उधार दिए थे। उसके दस ले लो, सौ ले लो और क्या-करोगे; मगर नहीं, मुझसे इतनी बेईमानी न होती।

दूसरे दिन हम दोनों अखबार देख रहे थे कि सहसा विक्रम ने कहा-कहीं हमारा टिकट निकल आए, तो मुझे अफसोस होगा कि नाहक तुमसे साझा किया।

वह सरल भाव से मुसकुराया, मगर यह थी उसकी आत्मा की झलक, जिसे वह मजाक की आड़ में छिपाना चाहता था।

मैंने चौंककर कहा-सच! लेकिन इसी तरह मुझे भी तो अफसोस हो सकता है?

'लेकिन टिकट तो मेरे नाम का है...अच्छा मान लो, मैं तुम्हारे साझे से इनकार कर जाऊँ?

मेरा खून सर्द हो गया। आँखों के सामने अँधेरा छा गया।

'मैं तुम्हें इतना बदनीयत नहीं समझता था ।'

'मगर पाँच लाख! सोचो तो दिमाग चकरा जाता है ।'

'तो अब से लिखा-पढ़ी कर लो । यह संशय रहे ही न!'

विक्रम ने हँसकर कहा-तुम बड़े शक्की हो यार! मैं तुम्हारी परीक्षा ले रहा था । भला, ऐसा कहीं हो सकता है? पाँच लाख क्या पाँच करोड़ भी हों, तब भी ईश्वर चाहेगा तो नीयत में फर्क न आने दूँगा ।

किंतु मुझे उसके इस आश्वासन पर बिलकुल विश्वास न आया । मन में एक संशय बैठ गया ।

मैंने कहा-मैं जानता हूँ, तुम्हारी नीयत कभी विचलित नहीं हो सकती, पर लिखा-पढ़ी कर लेने में क्या हर्ज है?

'तो पक्के कागज पर लिखना पड़ेगा । दस लाख की कोर्ट फीस ही साढ़े सात हजार हो जाएगी । किस भ्रम में हैं आप?'

मैंने सोचा, सादी लिखा-पढ़ी के बल पर कानूनी कार्यवाही न कर सकूँगा । पर इन्हें लज्जित करने का, इन्हें जलील करने का और इन्हें सबके सामने बेईमान सिद्ध करने का अवसर मेरे हाथ आएगा । बोला-मुझे सादे कागज पर ही विश्वास आ जाएगा ।

विक्रम ने लापरवाही से कहा-जिस कागज का कोई कानूनी महत्त्व नहीं, उसे लिखकर क्या समय नष्ट करें?

मुझे निश्चय हो गया कि विक्रम की नीयत में अभी से फर्क आ गया । नहीं तो सादा कागज लिखने में क्या बाधा हो सकती है? बिगड़कर कहा-तुम्हारी नीयत तो अभी से खराब हो गई ।

उसने निर्लज्जता से कहा-तो क्या तुम साबित करना चाहते हो कि ऐसी दशा में तुम्हारी नीयत न बदलती?

'मेरी नीयत इतनी कमजोर नहीं है ।'

'रहने भी दो । अच्छे-अच्छों की नीयत बदलते देखा है । तुम्हें इसी वक्त लेखाबद्ध होना पड़ेगा । मुझे तुम पर विश्वास नहीं रहा ।'

'यदि तुम्हें मुझ पर विश्वास नहीं, तो मैं भी नहीं लिखता ।'

'तो क्या तुम समझते हो, तुम मेरे रुपए हजूम कर जाओगे?'

'किसके रुपए और कैसे रुपए?'

'मैं कहे देता हूँ विक्रम, हमारी दोस्ती का ही अंत न हो जाएगा, बल्कि इससे कहीं भयंकर परिणाम होगा ।'

हिंसा की एक ज्वाला-सी मेरे अंदर दहक उठी ।

सहसा दीवानखाने में झड़प की आवाज सुनकर मेरा ध्यान उधर चला गया । यहाँ दोनों ठाकुर बैठा करते थे । उनमें ऐसी मैत्री थी, जो आदर्श भाइयों में हो- सकती है । बड़े ठाकुर जो कह दें,

वह छोटे ठाकुर के लिए कानून था और छोटे ठाकुर की इच्छा देखकर ही बड़े ठाकुर कोई बात कहते थे । हम दोनों दीवानखाने के द्वार पर जाकर खड़े हो गए । दोनों भाई अपनी-अपनी कुर्सियों से उठकर खड़े हो गए थे, एक-एक कदम आगे भी बढ़ आए थे, आँखें लाल, मुख विकृत, त्योरियाँ चढ़ी हुई, मुट्ठियाँ बँधी हुई । मालूम होता था, बस हाथापाई हुई ही समझो ।

छोटे ठाकुर ने हमें देखकर पीछे हटते हुए कहा-सम्मिलित परिवार में जो कुछ भी और कहीं से भी और किसी के नाम भी आए, वह सबका है, बराबर ।

बड़े ठाकुर ने विक्रम को देखकर एक कदम और आगे बढ़ाया-हरगिज नहीं, अगर मैं कोई जुर्म करूँ, तो मैं पकड़ा जाऊँगा, सम्मिलित परिवार नहीं । मुझे सजा मिलेगी, सम्मिलित परिवार को नहीं । यह वैयक्तिक प्रश्न है ।

'इसका फैसला अदालत से होगा ।'

'शौक से अदालत जाइए । अगर मेरे लड़के, मेरी बीवी या मेरे नाम लाटरी निकली, तो आपका उससे कोई संबंध न होगा, उसी तरह जैसे आपके नाम लाटरी निकले, तो मुझसे, मेरी बीवी से या मेरे लड़के से उसका कोई संबंध न होगा ।'

'अगर मैं जानता कि आपकी ऐसी नीयत है, तो मैं भी बीवी-बच्चों के नाम से टिकट ले सकता था ।'

'यह आपकी गलती है ।'

'इसीलिए कि मुझे विश्वास था, आप भाई हैं।'

'यह जुआ है, आपको समझ लेना चाहिए था । जुए की हार-जीत का खानदान पर कोई असर नहीं पड़ सकता । अगर आप कल को दस-पाँच हजार रेस में हार आएँ तो खानदान उसका जिम्मेदार न होगा ।'

'मगर भाई का हक दबाकर आप सुखी नहीं रह सकते ।'

'आप न ब्रह्मा हैं, न ईश्वर और न कोई महात्मा ।'

विक्रम की माता ने सुना कि दोनों भाइयों में ठनी हुई है और मल्लयुद्ध हुआ चाहता है, तो दौड़ी हुई बाहर आईं और दोनों को समझाने लगीं ।

छोटे ठाकुर ने बिगड़कर कहा-आप मुझे क्या समझाती हैं, उन्हें समझाइए जो चार-चार टिकट लिए हुए बैठे हैं । मेरे पास क्या है, एक टिकट । उसका क्या भरोसा! मेरी अपेक्षा जिन्हें रुपए मिलने का चौगुना चांस है, उनकी नीयत बिगड़ जाए, तो लज्जा और दुख की बात है ।

ठकुराइन ने देवर को दिलासा देते हुए कहा-अच्छा, मेरे रुपए में से आधे तुम्हारे । अब तो खुश हो ।

बड़े ठाकुर ने बीवी की जबान पकड़ी-क्यों आधे ले लेंगे? मैं एक फैला भी न दूँगा । हम उदारता से काम लें, फिर भी उन्हें पाँचवें हिस्से से ज्यादा किसी तरह न मिलेगा । आधे का दावा किस नियम से हो सकता है?- न बौद्धिक, न धार्मिक, न नैतिक ।

छोटे ठाकुर ने खिसियाकर कहा-सारी दुनिया का कानून आप ही तो जानते हैं!

'जानते ही हैं, तीस साल तक वकालत नहीं की है?'

'यह वकालत निकल जाएगी, जब सामने कलकत्ते का बैरिस्टर खड़ा कर दूँगा।'

'बैरिस्टर की ऐसी-तैसी, चाहे वह कलकत्ते का हो या लंदन का।'

इतने में विक्रम के बड़े भाई साहब सिर और हाथ में पट्टी बाँधे, लँगड़ाते हुए कपड़ों पर ताजा खून के दाग लगाए, प्रसन्न मुख आकर एक आरामकुर्सी पर गिर पड़े। बड़े ठाकुर ने घबराकर पूछा- यह तुम्हारी क्या हालत है जी? ऐं, यह चोट कैसे लगी? किसी से मार-पीट तो नहीं हो गई।

प्रकाश कुर्सी पर लेटकर एक बार कराहे, फिर मुसकुराकर बोले-जी, कोई बात नहीं। ऐसी कुछ बहुत चोट नहीं लगी।

'कैसे कहते हो कि चोट नहीं लगी? सारा हाथ और सिर सूज गया है। कपड़े खून से तर। यह मुआमला क्या है? कोई मोटर दुर्घटना तो नहीं हो गई?'

'बहुत मामूली चोट है, दो-चार दिन में अच्छी हो जाएगी। घबराने की कोई बात नहीं।'

प्रकाश के मुख पर आशापूर्ण, शांत मुसकान थी। क्रोध लज्जा या प्रतिशोध की भावना का नाम भी न था।

बड़े ठाकुर ने व्यग्र होकर पूछा-लेकिन हुआ क्या, बताते क्यों नहीं? मार-पीट हुई हो तो थाने में रपट करवा दूँ?

प्रकाश ने हलके मन से कहा-मार-पीट किसी से नहीं हुई। बात यह है कि मैं जरा झक्कड़ बाबा के पास चला गया था। आप तो जानते हैं, वह आदमियों की सूरत से भागते हैं और पत्थर लेकर मारने दौड़ते हैं। जो डरकर भागा, वह गया। जो पत्थर की चोट खाकर भी उनके पीछे लगा रहा वह पारस हो गया। वह यही परीक्षा लेते हैं। आज मैं वहाँ पहुँचा, तो कोई पचास आदमी जमा थे, कोई मिठाई लिए, कोई बहुमूल्य भेंट लिए, कोई कपड़ों का थान लिए। झक्कड़ बाबा ध्यानावस्था में बैठे थे। एकाएक उन्होंने आँखें खोलीं और यह जन-समूह देखा, तो कई पत्थर चुनकर उनके पीछे दौड़े। फिर क्या था, भगदड़ मच गई। एक भी न टिका। अकेला मैं घंटाघर की तरह वहीं डटा रहा। बस उन्होंने पत्थर चला ही दिया। पहला निशाना सिर में लगा। खोपड़ी भन्ना गई, खून की धारा बह चली; लेकिन मैं हिला नहीं। फिर बाबा जी ने दूसरा पत्थर फेंका। वह हाथ में लगा। मैं गिर पड़ा और बेहोश हो गया। जब होश आया तो वहाँ सन्नाटा था। बाबाजी भी गायब हो गए थे। अंतर्धान हो जाया करते हैं। किसी तरह उठा और सीधा डाक्टर के पास गया। उन्होंने देखकर कहा- हड्डी टूट गई है और पट्टी बाँध दी; गर्म पानी से सेंकने को कहा है। चोट लगी तो लगी; अब लाटरी मेरे नाम आई धरी है। यह निश्चित है। ऐसा कभी हुआ ही नहीं कि झक्कड़ बाबा की मार खाकर कोई नामुराद रह गया हो। मैं तो सबसे पहले बाबा की कुटी बनवा दूँगा।

बड़े ठाकुर साहब के मुख पर संतोष की झलक दिखाई दी । फौरन पलंग बिछ गया । प्रकाश उस पर लेटे । ठकुराइन पंखा झलने लगीं, उनका भी मुख प्रसन्न था । इतनी चोट खाकर दस लाख पा जाना कोई बुरा सौदा न था ।

छोटे ठाकुर के पेट में चूहे दौड़ रहे थे । ज्यों ही बड़े ठाकुर भोजन करने गए और ठकुराइन भी प्रकाश के लिए भोजन का प्रबंध करने गईं, त्यों ही छोटे ठाकुर ने प्रकाश से पूछा-क्या बहुत जोर से पत्थर मारते हैं जोर से तो क्या मारते होंगे?

प्रकाश ने उनका आशय समझकर कहा-अरे, पत्थर नहीं मारते, बमगोला मारते हैं ।

कोई ऐसा-वैसा आदमी हो, तो एक ही पत्थर में टें हो गाए । कितने ही तो मर गए; मगर आज तक झक्कड़ बाबा पर मुकदमा नहीं चला । और दो-चार पत्थर मारकर ही नहीं रह जाते, जब तक आप गिर न पड़े और बेहोश न हो जाएँ, वह मारते ही जाएँगे; मगर रहस्य यही है कि आप जितनी ज्यादा चोटें खाएँगे उतने ही अपने उद्देश्य के निकट पहुँचेंगे.. ।

प्रकाश ने ऐसा रोएँ खड़े कर देने वाला चित्र खींचा कि छोटे ठाकुर साहब धरा उठे । पत्थर खाने की हिम्मत न पड़ी ।

4

आखिर भाग्य के निपटारे का दिन आया-जुलाई की बीसवीं तारीख क़त्ल की रात । हम प्रात:काल उठे, तो जैसे एक नशा चढ़ा था, आशा और भय के द्वंद्व का । दोनों ठाकुरों ने घड़ी रात रहे गंगास्नान किया था और मंदिर में बैठे पूजन कर रहे थे । आज मेरे मन में श्रद्धा जागी । मंदिर में जाकर मन-ही-मन ठाकुरजी की स्तुति करने लगा-अनाथों के नाथ, तुम्हारी कृपादृष्टि क्या हमारे ऊपर न होगी? तुम्हें क्या मालूम नहीं, हमसे ज्यादा तुम्हारी दया कौन डिज़र्व (Deserve) करता है? विक्रम सूट-बूट पहने मंदिर के द्वार पर आया, मुझे इशारे से बुलाकर इतना कहा-मैं डाकखाने जाता हूँ और हवा हो गया । जरा देर में प्रकाश मिठाई के थाल लिए हुए घर में से निकले और मंदिर के द्वार पर खड़े कंगालों को बाँटने लगे । दोनों ठाकुर भगवान के चरणों में लौ लगाए हुए थे-सिर झुकाए, आँखें बंद किए और अनुराग में डूबे हुए ।

बड़े ठाकुर ने सिर उठाकर पुजारी की ओर देखा और बोले-भगवान तो बड़े भक्त-वत्सल हैं क्यों पुजारी जी?

पुजारीजी ने समर्थन किया, 'हाँ सरकार, भक्तों की रक्षा के लिए तो भगवान् क्षीरसागर से दौड़े और गज को ग्राह के मुँह से बचाया।'

एक क्षण के बाद छोटे ठाकुर साहब ने सिर उठाया और पुजारीजी से बोले क्यों, 'पुजारीजी, भगवान् तो सर्वशक्तिमान् हैं, अन्तर्यामी, सबके दिल का हाल जानते हैं।'

पुजारी ने समर्थन किया-'हाँ सरकार, अन्तर्यामी न होते तो सबके मन की बात कैसे जान जाते ? शबरी का प्रेम देखकर स्वयं उसकी मनोकामना पूरी की।'

पूजन समाप्त हुआ। आरती हुई। दोनों भाइयों ने आज ऊँचे स्वर से आरती गायी और बड़े ठाकुर ने दो रुपये थाल में डाले। छोटे ठाकुर ने चार रुपये डाले। बड़े ठाकुर ने एक बार कोप-दृष्टि से देखा और मुँह फेर लिया।

सहसा बड़े ठाकुर ने पुजारी से पूछा, 'तुम्हारा मन क्या कहता है पुजारीजी ?'

पुजारी बोला, 'सरकार की फते है।'

छोटे ठाकुर ने पूछा, 'और मेरी ?'

पुजारी ने उसी मुस्तैदी से कहा, 'आपकी भी फते है।'

बड़े ठाकुर श्रद्धा से डूबे भजन गाते हुए मन्दिर से निकले - *'प्रभुजी, मैं तो आयो सरन तिहारे, हाँ प्रभुजी !'*

एक मिनट में छोटे ठाकुर साहब भी मन्दिर से गाते हुए निकले - *'अब पत राखो मोरे दयानिधन तोरी गति लखि ना परे !'*

मैं भी पीछे निकला और जाकर मिठाई बाँटने में प्रकाश बाबू की मदद करना चाहा; उन्होंने थाल हटाकर कहा, आप रहने दीजिए, मैं अभी बाँटे डालता हूँ। अब रह ही कितनी गयी है ?

मैं खिसियाकर डाकखाने की तरफ चला कि विक्रम मुस्कराता हुआ साइकिल पर आ पहुँचा। उसे देखते ही सभी जैसे पागल हो गये। दोनों ठाकुर सामने ही खड़े थे। दोनों बाज की तरह झपटे। प्रकाश के थाल में थोड़ी-सी मिठाई बच रही थी। उसने थाल जमीन पर पटका और दौड़ा। और मैंने तो उस उन्माद में विक्रम को गोद में उठा लिया; मगर कोई उससे कुछ पूछता नहीं, सभी जय-जयकार की हाँक लगा रहे हैं।

बड़े ठाकुर ने आकाश की ओर देखा-बोलो राजा रामचंद्र की जय!

छोटे ठाकुर ने छलाँग मारी-बोलो हनुमान जी की जय!

प्रकाश भी चीखा-दुहाई झक्कड़ बाबा की ।

विक्रम ने जोर से कहकहा लगाया और बोला-जिसका नाम आया है, उससे एक लाख लूँगा । बोलो है, मंजूर ?

बड़े ठाकुर ने उसका हाथ पकड़ा-पहले बता तो ।

'ना! यों नहीं बताता ।'

छोटे ठाकुर बिगड़े-बताने के लिए एक लाख ?

प्रकाश ने भी त्योरी चढ़ाई-क्या डाकखाना हमने देखा नहीं है ?

'अब अपना-अपना नाम सुनने के लिए तैयार हो जाओ ।'

सभी लोग फौजी-अटेंशन की दशा में निश्चल खड़े हो गए ।

'अच्छा, तो सुनिए कान खोलकर । इस शहर का सफाया है । इस शहर का ही नहीं, संपूर्ण भारत का सफाया है । अमरीका के एक हब्शी का नाम आया है ।

बड़े ठाकुर झल्लाए-झूठ-झूठ बिलकुल झूठ ।

छोटे ठाकुर ने पैंतरा बदला-कभी नहीं। तीन महीने की तपस्या यों ही रही? वाह!

प्रकाश ने छाती ठोंककर कहा-यहाँ सिर मुड़वाए और हाथ-तुड़वाए बैठे हैं, दिल्लगी है।

इतने में और पचासों आदमी उधर से रोनी सूरत लिए निकले। वे बेचारे भी डाकखाने से अपनी किस्मत को रोते चले आ रहे थे-मार ले गया, अमरीका का हब्शी! अभागा! पिशाच! दुष्ट!

अब कैसे किसी को विश्वास न आता? बड़े ठाकुर झल्लाए हुए मंदिर में गए और पुजारी को डिसमिस कर दिया-इसीलिए तुम्हें इतने दिनों से पाल रखा है। हराम का माल खाते हो और चैन करते हो!

छोटे ठाकुर साहब ने सिर पीटा और वहीं बैठ गए; मगर प्रकाश के क्रोध का पारावार न था। उसने अपना मोटा सोटा लिया और झक्कड़ बाबा की मरम्मत करने चला।

माता जी ने केवल इतना कहा-हमारे देवता क्या करें? किसी के हाथ से थोड़े ही छीन लाएँगे?

रात को किसी ने खाना नहीं खाया। मैं भी उदास बैठा हुआ था कि विक्रम आकर बोला-चलो, होटल से कुछ खा आएँ। घर में तो चूल्हा नहीं जला।

मैंने पूछा-तुम डाकखाने से आए तो बहुत प्रसन्न क्यों थे?

उसने कहा-जब मैंने डाकखाने के सामने हजारों की भीड़ देखी, तो मुझे अपने लोगों के गधेपन पर हँसी आई। एक शहर में जब इतने आदमी हैं, तो सारे हिंदुस्तान में इसके हजार गुने से कम न होंगे और दुनिया में तो लाख गुने से भी ज्यादा हो जाएँगे। मैंने आशा का जो एक पर्वत-सा खड़ा कर रखा था, वह एकबारगी इतना छोटा हुआ कि राई बन गया और मुझे हँसी आई। जैसे कोई दानी पुरुष छटाँक भर अन्न हाथ में लेकर एक लाख आदमियों को न्यौता दे बैठे- और यहाँ हमारे घर का एक-एक आदमी समझ रहा है कि...

मैं भी हँसा-हाँ, बात तो यथार्थ में यही है और हम दोनों लिखा-पड़ी के लिए लड़े मरते थे; मगर सच बताना तुम्हारी नीयत खराब हुई थी कि नहीं?

विक्रम मुसकुराकर बोला-अब क्या करोगे पूछकर? पर्दा ढका रहने दो।

***

जादू

नीला- 'तुमने उसे क्यों पत्र लिखा?

मीना- 'किसको?'

'उसी को!'

'मैं नहीं समझी।'

'खूब समझती हो। जिस आदमी ने मेरा अपमान किया गली-गली मेरा नाम बेचता फिरा उसे तुम मुँह लगाती हो, क्या यह उचित है?'

'तुम गलत कहती हो।'

'तुमने उसे खत नहीं लिखा?'

'कभी नहीं।'

'तो मेरी गलती थी, क्षमा करो। तुम मेरी बहन न होती, तो मैं तुमसे यह सवाल भी न पूछती।'

'मैंने किसी को खत नहीं लिखा।'

'मुझे यह सुनकर खुशी हुई।'

'तुम मुस्कुराती क्यों हो?'

'मैं?'

'जी हां आप।'

'मैं तो नहीं मुस्कुराई।'

'क्या मैं अंधी हूँ?'

'यह तो तुम अपने मुँह से ही कहती हो।'

'तुम क्यों मुस्कुराईं?'

'मैं सच कहती हूँ मैं जरा भी नहीं मुस्कुराई।'

'मैंने अपनी आंखों से देखा।'

'अब मैं कैसे तुम्हें विश्वास दिलाऊं?'

'तुम आंखों में धूल झोंकती हो।'

'अच्छा मुस्कुराई। बस, या जान लोगी।'

'तुम्हें किसी के ऊपर मुस्कराने का क्या अधिकार है?'

'में तेरे पैरों पड़ती हूँ नीला, मेरा गला छोड़ दे। मैं बिलकुल नहीं मुस्कुराई।'

'मैं ऐसी अनीली नहीं हूं।'

'यह मैं जानती हूं।'

'तुमने मुझे हमेशा झूठी समझा है।'

'तू आज किसका मुँह देखकर उठी है?'

'तुम्हारा।'

'तू मुझे थोड़ा संखिया क्यों नहीं दे देती?'

'हां, मैं तो हत्यारिन हूँ ही।'

'मैं तो नहीं कहती।'

'अब और कैसे कहोगी? क्या ढोल बजाकर? मैं हत्यारिन हूं, मदमाती हूँ, दीदा-दिलेर हूँ, तुम सर्वगुणकारी हो, सीता हो, सावित्री हो। अब खुश हुई?'

'लो कहती हूँ, मैंने उन्हें पत्र लिखा, फिर तुमसे मतलब? तुम कौन होती हो, मुझसे जवाब तलब करने वाली?'

'अच्छा किया लिखा, सचमुच मेरी बेवकूफी थी कि मैंने तुमसे पूछा।'

'हमारी खुशी, हम जिसको चाहेंगे, खत लिखेंगे। जिससे चाहेंगे, बोलेंगे। तुम कौन होती हो रोकने वाली? तुमसे तो मैं नहीं पूछने जाती हालांकि रोज तुम्हें पुलिंदों पत्र लिखते देखती हूँ।'

'जब तुमने शर्म ही भून खायी, तो जो चाहो करो, अख्तियार है।'

'और तुम कब से बड़ी लज्जावती बन गाई? सोचती होगी, अम्मा से कह दूँगी, यहाँ इसकी परवाह नहीं है। मैंने उन्हें पत्र भी लिखा, उनसे पार्क में मिली भी, बातचीत भी की। जाकर अम्मा से, दादा से और सारे मुहल्ले से कह दो।'

'जो जैसा करेगा, अपने आप भोगेगा, मैं क्यों किसी से कहने जाऊं?'

' ओ हो, बड़ी धैर्यवान, यह क्यों नहीं कहती, अँगूर खट्टे हैं?'

'जो तुम कहो, वही ठीक है।'

'दिल में जली जाती हो।'

'मेरी बला जले।'

'रो दो जरा।'

'तुम खुद रोओ, मेरा अंगूठा रोए।'

'मुझे उन्होंने एक रिस्टवाच भेंट दी है, दिखाऊँ?'

'मुबारक हो, मेरी आँखों का शनीचर न दूर होगा?'

'मैं कहती हूँ, तुम इतनी जलती क्यों हो?'

'अगर मैं तुझसे जलती हूँ तो मेरी आये पट्टम हो जाएँ।'

'तुम जितना ही जलोगी, मैं उतना ही जलाऊंगी।'

'मैं जलूंगी ही नहीं।'

'जल रही हो, साफ!'

'कब संदेशा आएगा।'

'जल मरो।'

'पहले तेरी भाँवरें देख लूँ।'

'भाँवरों की चाट तुम्हीं को रहती है।'

'अच्छा। तो क्या बिना भाँवरों का ब्याह होगा।'

'यह ढकोसले तुम्हें ही मुबारक रहें, मेरी लिए प्रेम काफी है।'

'तो क्या तू सचमुच.!'

'मैं किसी से नहीं डरती।'

'यहाँ तक नौबत पहुँच गई। और तू कह रही थी, मैंने उसे पत्र नहीं लिखा और कसमें खा रही थी?'

'क्यों अपने दिल का हाल बताऊं?'

'मैं तो तुमसे पूछती न थी, मगर तू अपने-आप ही बक रही है।'

'तुम मुस्कुराईं क्यों।'

'इसलिए कि वह शैतान तुम्हारे साथ भी यही दगा करेगा, जो उसने मेरे साथ किया और फिर तुम्हारे विषय में भी वैसी ही बातें कहता फिरेगा। और फिर तुम मेरी तरह उसके नाम को रोओगी।'

'तुमसे उन्हें प्रेम नहीं था।'

'मेरे पैरों पर सिर रखकर रोता था, और कहता था कि मैं मर जाऊंगा और जहर खा लूंगा।'

'सच कहती हो?'

'बिलकुल सच।'

'यही तो मुझसे भी कहते हैं।'

'सच?'

'तुम्हारे सिर की कसम।'

'और मैं समझ रही थी, अभी यह दाने बिखेर रहा है।'

'क्या वह सचमुच...?'

'पक्का शिकारी है।'

'मीना सिर पर हाथ रखकर चिंता में डूब जाती है।'

***

नया विवाह

हमारी देह पुरानी है, लेकिन इसमें सदैव नया रक्त दौड़ता रहता है। नए रक्त के प्रवाह पर ही हमारे जीवन का आधार है। पृथ्वी की इस चिरन्तन व्यवस्था में यह नयापन उसके एक-एक अणु में, एक-एक कण में, तार में बसे हुए स्वरों की भांति गूँजता रहता है, और यह सौ साल की बुढ़िया आज भी नवेली दुल्हन बनी हुई है।

जब से लाला डंगामल ने नया विवाह किया है, उनका यौवन नए सिरे से जाग उठा है। जब पहली स्त्री जीवित थी, तब वे घर में बहुत कम रहते थे। प्रात: से दस-ग्यारह बजे तक तो पूजा-पाठ ही करते रहते थे। फिर भोजन करके दुकान चले जाते। वहाँ से एक बजे रात को लौटते और थके-मांदे सो जाते। यदि लीला कभी कहती, जरा और सवेरे आ जाया करो, तो बिगड़ जाते और कहते-तुम्हारे लिए क्या दुकान छोड़ दूँ या रोजगार बंद कर दूँ? यह वह जमाना नहीं है कि एक लोटा जल चढ़ाकर लक्ष्मी प्रसन्न कर ली जाएँ। आज उनकी चौखट पर माथा रगड़ना पड़ता है, तब भी उनका मुँह सीधा नहीं होता। लीला बेचारी चुप हो जाती।

अभी छह महीने की बात है। लीला को ज्वर चढ़ा हुआ था। लालाजी दुकान जाने लगे, तब उसने डरते-डरते कहा था- 'देखो, मेरा जी अच्छा नहीं है। जरा सवेरे आ जाना।'

डंगामल ने पगड़ी उतारकर खूँटी पर लटका दी और बोले- 'अगर मेरे बैठे रहने से तुम्हारा जी अच्छा हो जाए, तो मैं दुकान न जाऊंगा।'

लीला हताश होकर बोली- 'मैं दुकान जाने को तो नहीं मना करती। केवल जरा सवेरे आने को कहती हूँ।'

'तो क्या मैं दुकान पर बैठा मौज किया करता हूँ?'

लीला इसका क्या जवाब देती? पति का यह स्नेहहीन व्यवहार उसके लिए कोई नई बात न थी। इधर कई साल से उसे इसका कठोर अनुभव हो रहा था कि उसकी इस घर में कद्र नहीं है। वह अकसर इस समस्या पर विचार भी किया करती, पर वह अपना कोई अपराध न पाती। वह पति की सेवा अब पहले से कहीं ज्यादा करती, उनके कार्य-भार को हलका करने की बराबर चेष्टा करती रहती, बराबर प्रसन्नचित्त रहती, कभी उनकी इच्छा के विरुद्ध कोई काम नहीं करती। अगर उसकी जवानी ढल चुकी थी, तो इसमें उसका क्या अपराध था? किसकी जवानी सदैव स्थिर रहती है? अगर अब उसका स्वास्थ्य उतना अच्छा न था तो इसमें उसका क्या दोष? उसे बेकसूर क्यों दण्ड दिया जाता है?

उचित तो यह था कि 25 साल का साहचर्य अब एक गहरी मानसिक और अध्यात्मिक अनुरूपता का रूप धारण कर लेता, जो दोष को भी गुण बना लेता है, जो पके फल की तरह

ज्यादा रसीला, ज्यादा मीठा, ज्यादा सुन्दर हो जाता है। लेकिन लालाजी का वाणिज्य-हृदय हर एक पदार्थ को वाणिज्य की तराजू से तौलता था। बूढ़ी गाय जब न दूध दे सकती है न बच्चे, तब उसके लिए गोशाला ही सबसे अच्छी जगह है। उनके विचार में लीला के लिए इतना ही काफी था कि घर की मालकिन बनी रहे, आराम से खाए और पड़ी रहे। उसे अख्तियार है चाहे जितने जेवर बनवाए, चाहे जितना स्नान व पूजा करे, केवल उनसे दूर रहे। मानव-प्रकृति की जटिलता का एक रहस्य यह था कि डंगामल जिस आनंद से लीला को वंचित रखना चाहते थे, जिसकी उसके लिए कोई जरूरत ही न समझते थे, खुद उसी के लिए सदैव प्रयत्न करते रहते थे। लीला 40 वर्ष की होकर ही बूढ़ी समझ ली गई थी, किन्तु वे तैंतालीस के होकर अभी जवान ही थे, जवानी के उन्माद और उल्लास से भरे हुए। लीला से अब उन्हें एक तरह की अरुचि होती थी और वह दुखिया जब अपनी त्रुटियों का अनुभव करके प्रकृति के निर्दय आघातों से बचने के लिए रंग व रोगन की आड़ लेती, तब लालाजी उसके बूढ़े नखरों से और भी घृणा करने लगते। वे कहते-वाह री तृष्णा! सात लड़कों की तो माँ हो गई, बाल खिचड़ी हो गए, चेहरा धुले हुए फलालैन की तरह सिकुड़ गया, अगर आपको अभी महावर, सिंदूर, मेंहदी और उबटन की हवस बाकी ही है। औरतों का स्वभाव भी कितना विचित्र है। न जाने क्यों बनाव-सिंगार पर इतना जान देती हैं? पूछो, अब तुम्हें और क्या चाहिए? क्यों नहीं मन को समझा लेती कि जवानी विदा हो गई और इन उपादानों से वह वापस नहीं बुलाई जा सकती। लेकिन वे खुद जवानी का स्वप्न देखते रहते थे। उनकी जवानी की तृष्णा अभी शान्त न हुई थी। जाड़ों में रसों और पाको का सेवन करते रहते थे। हफ्ते में दो बार खिजाब लगाते और एक डॉक्टर से मकीग्लैंड के विषय में पत्र-व्यवहार कर रहे थे।

लीला ने उन्हें असमंजस में देखकर कातर-स्वर में पूछा- 'कुछ बतला सकते हो, कितने बजे आओगे?'

लालाजी ने शान्त भाव से पूछा- 'तुम्हारा जी आज कैसा है?'

लीला क्या जवाब दे? अगर कहती है कि बहुत खराब है, तो शायद ये महाशय वहीं बैठ जाएँ और उसे जली-कटी सुनाकर अपने दिल का बुखार निकालें। अगर कहती है कि अच्छी हूँ तो शायद निश्चिंत होकर दो बजे तक कहीं खबर लें। इस दुविधा में डरते-डरते बोली- 'अब तक तो हलकी थी लेकिन अब कुछ भारी हो रहा है। तुम जाओ, दुकान पर लोग तुम्हारी राह देखते होंगे। हां, ईश्वर के लिए एक-दो न बजा देना। लड़के सो जाते हैं, मुझे जरा भी अच्छा नहीं लगता, जी घबराता है।

सेठजी ने अपने स्वर में स्नेह की चाशनी देकर कहा- 'बारह बजे तक आ जाऊंगा जरूर।'

लीला का मुख धूमिल हो गया। उसने कहा- 'दस बजे तक नहीं आ सकते?' 'साढ़े ग्यारह से पहले किसी तरह नहीं।'

'नहीं साढ़े दस।'

' अच्छा, ग्यारह बजे।'

लालाजी वादा करके चले गए, लेकिन दस बजे रात को एक मित्र ने मुजरा सुनने के लिए बुला भेजा। इस निमन्त्रण को कैसे इनकार कर देते? जब एक आदमी आपको खातिर से बुलाता है, तब यह कहीं की भलमनसाहत है कि आप उसका निमन्त्रण अस्वीकार कर दें?

लालाजी मुजरा सुनने चले गए, दो बजे लौटे। चुपके से आकर नौकर को जगाया और अपने कमरे में आकर लेट रहे। लीला उनकी राह देखती, प्रतिक्षण विकल वेदना का अनुभव करती हुई न जाने कब सो गई थी।

अन्त में इस बीमारी ने अभागिनी लीला की जान ही लेकर छोड़ी। लालाजी को उसके मरने का बड़ा दु:ख हुआ। मित्रों ने संवेदना के तार भेजे। एक दैनिक पत्र ने शोक प्रकट करते हुए लीला के मानसिक और धार्मिक सद्‌गुणों का खूब बढ़ाकर वर्णन किया। लालाजी ने इन सभी मित्रों का हार्दिक धन्यवाद दिया और लीला के नाम से बालिका-विद्यालय में पाँच वजीफ़े प्रदान किए तथा मृतक-भोज तो जितने समारोह से किया गया, वह नगर के इतिहास में बहुत दिनों तक याद रहेगा।

लेकिन एक महीना भी न गुजरने पाया था कि लालाजी के मित्रों ने चारा डालना शुरू कर दिया और उसका यह असर हुआ कि छह महीने की विधुरता के तय के बाद उन्होंने दूसरा विवाह कर लिया। आखिर बेचारे क्या करते? जीवन में एक सहचरी की आवश्यकता तो थी ही, और इस उम्र में तो एक तरह से वह अनिवार्य हो गई थी।

2

जब से लालाजी की नई पत्नी आयी, लालाजी के जीवन में आश्चर्यजनक परिवर्तन हो गया। दुकान से अब उतना प्रेम नहीं था। लगातार हफ्तों न जाने से भी उनके कारोबार में कोई हर्ज नहीं होता था। जीवन के उपभोग की जो शक्ति दिन-दिन क्षीण होती जाती थी, अब वह छींटे पाकर सजीव हो गई थी, सूखा पेड़ हरा हो गया था, उसमें नई-नई कोपलें छाने लगी थीं। मोटर नई आ गई था, कमरे नए फर्नीचर से सजा दिए गए थे, नौकरों की भी संख्या बढ़ गई थी, रेडियो आ पहुँचा था और प्रतिदिन नए-नए उपहार आते रहते थे। लालाजी की बूढ़ी जवानी, जवानों की जवानी से भी प्रखर हो गई थी, उसी तरह, जैसे बिजली का प्रकाश चन्द्रमा के प्रकाश से ज्यादा स्वच्छ और मनोरंजक होता है। लालाजी को उनके मित्र इस रूपान्तर पर बधाइयाँ देते, तब वे गर्व के साथ कहते- 'भई, हम तो हमेशा जवान रहे और हमेशा जवान रहेंगे। बुढ़ापा यहाँ आये तो उसके मुँह में कालिख लगाकर गधे पर उलटा सवार कराके शहर से निकाल दें। जवानी और बुढ़ापे को न जाने क्यों लोग अवस्था से सम्बद्ध कर देते हैं। जवानी का उम्र से उतना ही संबंध है, जितना धर्म का आचार से, रुपए का ईमानदारी से, रूप का श्रृंगार से। आजकल के जवानों को आप जवान कहते हैं? उनकी एक हजार जवानियों को अपने एक घंटे से भी न बदलूंगा। मालूम होता है, उनकी जिन्दगी में कोई उत्साह ही नहीं, कोई शौक नहीं। जीवन क्या है, गले में पड़ा हुआ एक ढोल है।

यही शब्द घटा-बढ़ाकर वे आशा के हृदय-पटल पर अंकित करते रहते थे। उससे बराबर सिनेमा, थियेटर और दरिया की सैर के लिए आग्रह करते रहते। लेकिन आशा को न जाने क्यों

इन बातों में जरा भी रुचि न थी। वह जाती तो थी, मगर बहुत टाल-मटोल करने के बाद। एक दिन लालाजी ने आकर कहा- 'चलो, आज बजरे पर दरिया की सैर करें।'

वर्षा के दिन थे, दरिया चढ़ा हुआ था, मेघ-मालाएँ अन्तर्राष्ट्रीय सेनाओं की भांति रंग-बिरंगी वर्दियाँ पहने आकाश में कवायद कर रही थी। सड़क पर लोग मलार और बारहमासा गाते चलते थे। बागों में झूले पड़ गए थे।

आशा ने बेदिली से कहा- 'मेरा जी तो नहीं चाहता।'

लालाजी ने मृदु प्रेरणा के साथ कहा- 'तुम्हारा मन कैसा है, जो आमोद- प्रमोद की ओर आकर्षित नहीं होता? चलो, जरा दरिया की सैर देखो। सच कहता हूँ बजरे पर बड़ी बहार रहेगी।'

'आप जाएं, मुझे और कई काम करने हैं।'

'काम करने को आदमी हैं। तुम क्यों काम करोगी?'

'महाराज अच्छे सालन नहीं पकाता। आप खाने बैठो., तो यों ही उठ जाएँगे।' आशा अपने अवकाश का बड़ा भाग लालाजी के लिए तरह-तरह का भोजन पकाने में ही लगाती थी। उसने किसी से सुन रखा था कि एक विशेष अवस्था के बाद पुरुष के जीवन का सबसे बड़ा सुख रसना का स्वाद ही रह जाता है। लालाजी की आत्मा खिल उठी। उन्होंने सोचा कि आशा को उनसे कितना प्रेम है कि वह दरिया की सैर को उनकी सेवा के लिए छोड़ रही है। एक लीला थी कि मान-न-मान' चलने को तैयार रहती थी। पीछा छुड़ाना पड़ता था, खामख्वाह सिर पर सवार हो जाती थी और सारा मजा किरकिरा कर देती थी।

स्नेह-भरे उलाहने से बोले- 'तुम्हारा मन भी विचित्र है। अगर एक दिन सालन फीका हो रहा, तो ऐसा क्या तूफान आ जाएगा? तुम तो मुझे बिलकुल निकम्मा बनाए देती हो। अगर तुम न चलोगी, तो मैं भी न जाऊंगा।'

आशा ने जैसे गले से फंदा छुड़ाते हुए कहा- 'आप भी तो मुझे इधर-उधर घुमा-घुमाकर मेरा मिज़ाज बिगाड़ देते हैं। यह आदत पड़ जाएगी, तो घर का धंधा कौन करेगा।'

'मुझे घर के धंधे की रत्ती-भर भी परवाह नहीं-बाल की नोक बराबर भी नहीं। मैं चाहता हूँ कि तुम्हारा मिज़ाज बिगड़े और तुम इस गृहस्थी की चक्की से दूर रहो। और तुम मुझे बार-बार आप क्यों कहती हो? मैं चाहता हूँ तुम मुझे 'तुम' कहो, तू कहो, गालियाँ दो, धौंस जमाओ। तुम तो मुझे आप कहकर जैसे देवता के सिंहासन पर बैठा देती हो। मैं अपने घर में देवता नहीं, चंचल बालक बनना चाहता हूँ।'

'आशा ने मुस्कराने की चेष्टा करके कहा- 'भला, मैं आपको 'तुम' कहूँगी। तुम बराबर वाले को कहा जाता है कि बड़ों को?'

मुनीम ने एक लाख के घाटे की खबर सुनाई होती, तो भी शायद लालाजी को इतना दु:ख न होता, जितना आशा के इन कठोर शब्दों से हुआ। उनका सारा उत्साह, सारा उल्लास जैसे ठंडा पड़ गया। सिर पर बाँकी रखी हुई फूलदार टोपी, गले में पड़ी हुई जोगिए रंग की बुनी हुई रेशमी

चादर, वह तंजेब का बेलदार कुर्ता, जिसमें सोने के बटन लगे हुए थे, यह सारा ठाट जैसे उन्हें हास्यजनक जान पड़ने लगा, जैसे वह सारा नशा किसी मन्त्र से उतर गया हो ।

निराश होकर बोले- 'तो तुम्हें चलना है या नहीं?'

'मेरा जी नहीं चाहता।'

'तो मैं भी न जाऊँ?'

'मैं आपको कब मना करती हूँ?'

'आप' कहा?'

आशा ने जैसे भीतर से जोर लगाकर कहा 'तुम' और उसका मुख-मण्डल लज्जा से आरक्त हो गया।

'हाँ इसी तरह 'तुम' कहा करो। तुम नहीं चल रही हो? अगर मैं कहूं, तुम्हें चलना पड़ेगा तो?'

'तब चलूँगी। आपकी आज्ञा मानना मेरा धर्म है।'

लालाजी आज्ञा न दे सके। आज्ञा और धर्म जैसे शब्द उनके कानों में चुभने से लगे। खिसियाए हुए बाहर को चल पड़े। उस वक्त आशा को उन पर दया आ गई। बोली- 'तो कब तक लौटोगे?'

'मैं नहीं जा रहा हूँ।'

'अच्छा, तो मैं भी चलती हूँ।'

जैसे कोई जिद्दी लड़का रोने के बाद अपनी इच्छित वस्तु पाकर उसे पैरों से ठुकरा देता है, उसी तरह लालाजी ने मुँह बनाकर कहा- 'तुम्हारा जी नहीं चाहता, तो न चलो। मैं आग्रह नहीं करता।

'आप नहीं, तुम बुरा मान जाओगे।'

आशा गई, लेकिन उमंग से नहीं। जिस मामूली वेश में थी, उसी तरह चल खड़ी हुई। न कोई सजीली साड़ी, न जड़ाऊ गहने, न कोई सिंगार, जैसे कोई विधवा हो।

ऐसी ही बातों पर लालाजी मन में झुँझला उठते थे। ब्याह किया था, जीवन का आनंद उठाने के लिए, झिलमिलाते हुए दीपक में तेल डालकर उसे और चटक करने के लिए। अगर दीपक का प्रकाश तेज न हुआ, तो तेल डालने से क्या लाभ? न जाने इसका मन क्यों इतना शुल्क और नीरस है, जैसे कोई ऊसर का पेड़ हो, कितना ही पानी डालो, उसमें हरी पत्तियों के दर्शन न होंगे। जड़ाऊ गहनों से भरी पिटारियाँ खुली हुई हैं, कहां-कहां से मँगवाए-दिल्ली से, कलकत्ते से, फ्रांस से। कैसी-कैसी बहुमूल्य साड़ियाँ रखी हुई हैं। एक नहीं, सैकड़ों। पर केवल संदूक में कीड़ों का भोजन बनने के लिए। दरिद्र घर की लड़कियों में यही ऐब होता है। उनकी दृष्टि सदैव संकीर्ण रहती है। न खा सकें, न पहन सकें, न दे सकें। उन्हें तो खजाना भी मिल जाए, तो यही सोचती रहेंगी कि इसे खर्च कैसे करें ।

दरिया की सैर तो हुई, पर विशेष आनन्द न आया।

3

कई महीनों तक आशा की मनोवृत्तियों को जगाने का असफल प्रयत्न करके लालाजी ने समझ लिया कि इसकी पैदाइश ही मुहर्रमी है। लेकिन फिर भी निराश न हुए। ऐसे व्यापार में एक बड़ी रकम लगाने के बाद वे उसमें अधिक- से-अधिक लाभ उठाने की वाणिज्य-प्रवृत्ति को कैसे त्याग देते? विनोद की नई-नई योजनाएँ पैदा की जातीं-ग्रामोफोन अगर बिगड़ गया है, गाता नहीं, या साफ आवाज नहीं निकलती, तो उसकी मरम्मत करानी पड़ेगी। उसे उठाकर रख देना तो मूर्खता है।

इधर बूढ़ा महाराज एकाएक बीमार होकर घर चला गया था और उसकी जगह उसका सत्रह-अट्ठारह साल का जवान लड़का आ गया था। कुछ अजीब गँवार था। बिलकुल झगड़ उजड़। कोई बात ही न समझता था। जितने फूलके बनाता, उतनी तरह के। हां, एक बात समान होती। सब बीच में मोटे होते, किनारे पतले। दाल कभी तो इतनी पतली जैसे चाय, कभी इतनी गाढ़ी, जैसे दही। नमक कभी इतना कम कि बिलकुल फीका, कभी इतना तेज कि नींबू का शाखीन। आशा मुँह-हाय धोकर चौके में पहुँच जाती और इस ढपोरसंख को भोजन पकाना सिखाती। एक दिन उसने कहा- 'तुम कितने नालायक आदमी हो जुगनू। आखिर इतनी उम्र तक तुम घास खोदते रहे या झाड़ झोंकते रहे कि फुलके, तक नहीं बना सकते? जुगल आँखों में आंसू भरकर कहता- बहूजी, अभी मेरी उम्र ही क्या है? सत्रहवीं ही तो पूरा हुआ है।'

आशा को उसकी बात पर हंसी आ गई। उसने कहा- 'तो रोटियाँ पकाना क्या दस-पाँच साल में आता है?'

'आप एक महीना सिखा दें बहूजी, फिर देखिए मैं आपको कैसे फुलके खिलाता हूँ कि जी खुश हो जाए। जिस दिन मुझे फुलके बनाने आ जाएँगे, मैं आपसे कोई इनाम लूँगा। सालन तो अब मैं कुछ-कुछ बनाने लगा हूँ क्यों न?' आशा ने हौसला बढ़ाने वाली मुस्कराहट के साथ कहा- 'सालन नहीं, वो बनाना आता है। अभी कल ही नमक इतना तेज था कि खाया न गया। मसाले में कचांध आ रही थी।

'मैं जब सालन बना रहा था, तब आप यहाँ कब थीं?'

'अच्छा, तो मैं यहाँ बैठी रहूँ तब तुम्हारा सालन बढ़िया पकेगा?'

'आप बैठी रहती हैं, तब मेरी अक्ल ठिकाने रहती है।'

आशा को जुगल की इन भोली बातों पर खूब हंसी आ रही थी। हंसी को रोकना चाहती थी, पर इस तरह निकली पड़ती थी, जैसे भरी बोतल उड़ेल दी गई हो।

'और मैं नहीं रहती तब?'

'तब तो आपके कमरे के द्वार पर जा बैठती है। वहीं बैठकर अपनी तकदीर को रोती है।'

आशा ने हंसी को रोककर पूछा- 'क्यों, रोती क्यों है?'

'यह न पूछिए बहूजी आप इन बातों को नहीं समझेगी।'

आशा ने उसके मुँह की ओर प्रश्न की आँखों से देखा। उसका आशय कुछ तो समझ गई, पर न समझने का बहाना किया।

'तुम्हारे दादा आ जाएँगे, तब तुम चले जाओगे।'

'और क्या करूँगा बहूजी! यहाँ कोई काम दिलवा दीजिएगा, तो पड़ा रहूँगा। मुझे मोटर चलाना सिखवा दीजिए। आपको खूब सैर कराया करूँगा। नहीं, नहीं बहूजी, आप हट जाइए, मैं पतीली उतार लूंगा, ऐसी अच्छी साड़ी है आपकी कहीं कोई दाग पड़ जाए, तो क्या हो?'

आशा पतीली उतार रही थी। जुगल ने उसके हाथ से सँड़सी ले लेनी चाही। 'दूर रहो, फूहड़ तो तुम हो ही। कहीं पतीली पाँव पर गिरा ली, तो महीनों झींकोगे।' जुगल के मुख पर उदासी छा गई।

आशा ने मुस्कराकर पूछा- 'क्यों, मुँह क्यों लटक गया सरकार का?'

जुगल रुआंसा होकर बोला- 'आप मुझे डाँट देती हैं, बहूजी, तब मेरा दिल टूट जाता है। सरकार कितना ही घुड़कें, मुझे बिलकुल ही दु:ख नहीं होता। आपकी नजर कड़ी देखकर मेरा खून सर्द हो जाता है।'

आशा ने दिलासा दिया- 'मैंने तुम्हें डाँटा तो नहीं, केवल यही तो कहा कि कहीं पतीली तुम्हारे पाँव पर गिर पड़े तो क्या हो?'

'हाथ तो आपका भी है। कहीं आपके ही हाथ से छूट पड़े तो?'

लाला डंगामल ने रसोई-घर के द्वार पर आकर कहा- 'आशा, जरा यहाँ आना। देखो, तुम्हारे लिए कितने सुन्दर गमले लाया हूँ। तुम्हारे कमरे के सामने रखे जाएँगे। तुम यहाँ धुएं-धकड़ से क्यों हलकान होती हो? इस लड़के से कह दो कि जल्दी महाराज को बुलाए, नहीं तो मैं कोई दूसरा रख लूँगा। महाराज की कमी नहीं है। आखिर कब तक कोई रियायत करे! गधे को जरा भी तमीज नहीं आई। सुनता है जुगल, लिख दे आज अपने बाप को।'

चूल्हे पर तवा रखा हुआ था। आशा रोटियाँ बेलने में लगी थी। जुगल तवे के लिए रोटियों का इन्तजार कर रहा था। ऐसी हालत में भला, आशा कैसे गमले देखने जाती?

उसने कहा- 'जुगल रोटियाँ टेढ़ी-मेढ़ी बेल डालेगा।'

लालाजी ने कुछ चिढ़ कर कहा- 'अगर रोटियाँ टेढ़ी-मेढ़ी बेलेगा, तो निकाल दिया जाएगा।'

आशा अनसुनी करके बोली- 'दस-पाँच दिन में सीख जाएगा, निकालने की क्या जरूरत है?'

'तुम आकर बतला दो, गमले कहाँ रखे जाएँ।'

'कहती तो हूँ, रोटियाँ बेलकर आ जाती हूँ।'

'नहीं, मैं कहता हूँ तुम रोटियाँ मत बेलो।'

'आप खामख्वाह जिद करते हैं।'

लालाजी सन्नाटे में आ गए। आशा ने कभी इतनी रुखाई से उन्हें जवाब न दिया था। और यह केवल रुखाई न थी; इसमें कटुता भी थी। लज्जित होकर चले गए। उन्हें ऐसा क्रोध आ रहा था किए इन गमलों को तोड़कर फेंक दें और सारे पौधों को चूल्हे में डाल दें।

जुगल ने सहमे हुए स्वर में कहा- 'आप चली जाएँ बहूजी, सरकार बिगड़ जाएँगे।'

'बको मत, जल्दी-जल्दी फुलके सेंको नहीं तो निकाल दिये जाओगे। और आज मुझसे रुपये लेकर अपने लिए कपड़े बनवा लो। भिखमंगों की- सी सूरत बनाए घूमते हो। और बाल क्यों इतने बढ़ा रखे हैं? तुम्हें नाई भी नहीं जुड़ता?' जुगल ने दूर की बात सोची। बोला- 'कपड़े बनवा लूँ तो दादा को हिसाब क्या दूँगा?'

'अरे पागल! मैं हिसाब में नहीं देने को कहती। मुझसे ले जाना।'

जुगल जाहिलपन की हँसी-हँसा।

'आप बनवाएँगी, तो अच्छे कपड़े लूंगा। खद्दर के मलमल का कुर्ता, खद्दर की धोती, रेशमी चादर, अच्छा-सा चप्पल।'

'आशा ने मीठी मुस्कान से कहा- 'और अगर अपने दाम से बनवाने पड़े?'

'तब कपड़े ही क्यों बनाऊंगा।'

'बड़े चालाक हो तुम।'

जुगल ने अपनी बुद्धिमत्ता का प्रदर्शन किया- 'आदमी अपने घर में सूखी रोटियाँ खाकर सो रहता है, लेकिन दावत में तो अच्छे--अच्छे पकवान ही खाता है। यहाँ भी यदि रूखी-सूखी रोटियाँ मिलें, तो यह दावत में जाए ही नहीं।'

'यह सब मैं नहीं जानती। एक आड़े का कुर्ता बनवा लो और एक टोपी ले लो, हजामत के लिए दो आने पैसे ऊपर से ले लो।'

जुगल ने मान करके कहा- 'रहने दीजिए। मैं नहीं लेता। अच्छे कपड़े पहनकर निकलूंगा, तब तो आपकी याद आएगी। सड़ियल कपड़े पहनकर तो और जी जलेगा।'

'तुम स्वार्थी हो, मुफ्त के कपड़े लोगे और साथ ही बढ़िया भी।'

'जब यहाँ से जाने लगूं तब आप मुझे अपना एक चित्र दीजिएगा।'

'मेरा चित्र लेकर क्या करोगे?'

'अपनी कोठरी में लगाऊंगा और नित्य देखा करूँगा। बस, वही साड़ी पहनकर खिंचवाना, जो कल पहनी थी, और यही मोतियों की माला भी हो। मुझे नंगी- नंगी सूरत अच्छी नहीं लगती। आपके पास तो बहुत गहने होंगे। आप पहनती क्यों नहीं।'

'तो तुम्हें गहने बहुत अच्छे लगते हैं?'

'बहुत।'

लालाजी ने फिर आकर जलते हुए मन से कहा- 'अभी तक तुम्हारी रोटियाँ नहीं पकी जुगल? अगर कल से तूने अपने-आप अच्छी रोटियाँ न पकायीं, तो मैं तुझे निकाल दूँगा।'

आशा ने तुरन्त हाथ-मुँह धोया और बड़े प्रसन्न मन से लालाजी के साथ गमले देखने चली। इस समय उसकी छवि में प्रफुल्लता का रोगन था, बातों में भी जैसे शक्कर घुली हुई थी। लालाजी का सारा खिसियानापन मिट गया था। उसने गमलों को लुब्ध आँखों से देखा। उसने कहा- 'मैं इनमें से कोई गमला न जाने दूँगी। सब मेरे कमरे के सामने रखवाना, सब! कितने सुन्दर पौधे हैं, वाह! इनके हिंदी नाम भी मुझे बतला देना।'

लालाजी ने छेड़ा- 'सब गमले लेकर क्या करोगी? दस-पाँच पसन्द कर लो। शेष मैं बाहर रखवा दूँगा।'

'जी नहीं। मैं एक भी न छोड़ूँगी। सब यहीं रखे जाएँगे।'

'बड़ी लालचिन हो तुम।'

'लालचिन ही सही। मैं आपको एक भी न दूँगी।'

'दो-चार तो दे दो। इतनी मेहनत से लाया हूँ।'

'जी नहीं, इनमें से एक भी न मिलेगा।'

4

दूसरे दिन आशा ने अपने को आभूषण से खूब सजाया और फिरोजी साड़ी पहनकर निकली, तब लालाजी की आँखों में ज्योति आ गई। समझे, अवश्य ही अब उनके प्रेम का जादू 'कुछ-कुछ' चल रहा है, नहीं तो उनके बार-बार के आग्रह करने पर भी, बार-बार याचना करने पर भी, उसने कोई आभूषण न पहना था। कभी- कभी मोतियों का हार गले में डाल लेती थी, वह भी ऊपरी मन से। आज वह आभूषणों से अलंकृत होकर फूली नहीं समाती, इतरायी जाती है, मानो कहती हो, देखो मैं कितनी सुंदर हूँ।

लालाजी पर घड़ों का नशा चढ़ा हुआ था। वे चाहते थे, उनके मित्र और बंधु-वर्ग आकर इस सोने की रानी के दर्शनों से अपनी आँखें ठंडी करें और देखें कि वह कितनी सुखी, सन्तुष्ट और प्रसन्न है। जिन विद्रोहियों ने विवाह के समय तरह-तरह की शंकाएँ की थीं, वे आंखें खोलकर देखें कि डंगामल कितना सुखी है, विश्वास, अनुराग और अनुभव ने नया चमत्कार किया है?

उन्होंने प्रस्ताव दिया- चलो, कहीं घूम आएँ। बड़ी मजेदार हवा चल रही है। आशा इस वक्त कैसे जा सकती थी? अभी उसे रसोई में जाना था, वहाँ से कहीं बारह-एक बजे फुर्सत मिलेगी। फिर घर के दूसरे धंधे सिर पर सवार हो जाएँगे। सैर-सपाटे के पीछे क्या घर चौपट कर दे?

सेठजी ने उसका हाथ पकड़ लिया और कहा- 'नहीं, आज मैं तुम्हें रसोई में न जाने दूँगा।'

'महाराज के किए कुछ न होगा।'

'तो आज उसकी शामत भी आ जाएगी।'

आशा के मुख पर से वह प्रफुल्लता जाती रही। मन भी उदास हो गया। एक सोफे पर लेटकर बोली- 'आज न जाने क्यों कलेजे में मीठा-मीठा दर्द हो रहा है। ऐसा दर्द कभी नहीं होता था।'

'सेठजी घबरा उठे।'

'यह दर्द कब से हो रहा है?'

'हो तो रहा है रात से ही, लेकिन अभी कुछ कम हो गया था। अब फिर होने लगा है। रह-रहकर जैसे चुभन हो जाती है।'

सेठजी एक बात सोचकर दिल-ही-दिल में खिल उठे। अब वे गोलियाँ रंग ला रही हैं। राजवैद्य जी ने कहा भी था कि जरा सोच-समझकर इनका सेवन कीजिएगा। क्यों न हो! पुराने और परीक्षित नुस्खे हैं इनके पास। उन्होंने कहा- 'तो रात से ही यह दर्द हो रहा है? तुमने मुझसे कहा नहीं, नहीं तो वैद्य जी से कोई दवा मँगवाता।'

'मैंने समझा था, आप-ही-आप अच्छा हो जाएगा, मगर अब बढ़ रहा है।'

'कहां दर्द हो रहा है? जरा देखूँ। कुछ सूजन तो नहीं है।'

सेठजी ने आशा के आँचल की तरफ हाथ बढ़ाया। आशा ने शरमा कर सिर झुका लिया। उसने कहा- 'यह तुम्हारी शरारत मुझे अच्छी नहीं लगती। मैं अपनी जान से मरती हूँ तुम्हें हँसी सूझती है। जाकर कोई दवा ला दो।'

सेठजी अपने पुंसत्व का यह डिप्लोमा पाकर उससे कहीं ज्यादा प्रसन्न हुए, जितना रायबहादुरी पाकर होते। इस विजय का डंका पीटे बिना उन्हें कैसे चैन आ सकता था? जो लोग उनके विवाह के विषय में द्वेषमय टिप्पणियाँ कर रहे थे, उन्हें नीचा दिखाने का कितना अच्छा अवसर हाथ आया है और इतनी जल्दी। पहले पंडित भोलानाथ के पास गए और भाग्य ठोक-कर बोले- 'भई, मैं तो बड़ी विपत्ति में फंस गया। कल से उनके कलेजे में दर्द हो रहा है। कुछ बुद्धि काम नहीं करती । कहती है, ऐसा दर्द पहले कभी नहीं हुआ था।

भोलानाथ ने कुछ बहुत हमदर्दी-सी दिखायी।

सेठजी यहाँ से उठकर अपने दूसरे मित्र लाला फागमल के पास पहुँचे, और उनसे भी लगभग इन्हीं शब्दों में यह शोक-संवाद कहा।

फागमल बड़ा शोहदा था। मुस्कराकर बोला- 'मुझे तो आपकी शरारत मालूम होती है।'

सेठजी की बांछें खिल गईं। उन्होंने कहा- 'मैं अपना दु:ख सुना रहा हूँ और तुम्हें दिल्लगी सूझती है। जरा भी आदमियत तुममें नहीं है।'

'मैं दिल्लगी नहीं कर रहा हूँ। इस दिल्लगी की क्या बात है? वे हैं कमसिन, कोमलांगी, आप ठहरे पुराने लठैत, दंगल के पहलवान। बस! अगर यह बात न निकले तो मूंछ जुड़ा लूँ।

सेठजी की आंखें जगमगा उठीं। मन में यौवन की भावना प्रबल हो उठी और उसके साथ ही मुख पर भी यौवन की झलक आ गई। छाती जैसे कुछ फैल गई। चलते समय उनके पग कुछ

अधिक मजबूती से जमीन पर पड़ने लगे और सिर की टोपी भी न जाने कैसे बाँकी हो गई। आकृति से बाँकपन की शान बरसने लगी।

5

जुगल ने आशा को सिर से पाँव तक जगमगाते देखकर कहा- 'बस बहूजी, आप इसी तरह पहने-ओढ़े रहा करें। आज मैं आपको चूल्हे के पास न आने दूँगा। आशा ने नयन-बाण चलाकर कहा- 'क्यों, आज यह नया हुक्म क्यों? पहले तो तुमने कभी मना नहीं किया।'

'आज की बात दूसरी है।'

'जरा सुनू क्या बात है?'

'मैं डरता हूँ आप कहीं नाराज न हो जाएँ?'

'नहीं-नहीं, कहो, मैं नाराज न होऊंगी।'

'आप बहुत सुन्दर लग रही हैं।'

लाला डंगामल ने असंख्य बार आशा के रूप और यौवन की प्रशंसा की थी, मगर उनकी प्रशंसा में उसे बनावट की गंध आती थी। यह शब्द उनके मुख से निकलकर कुछ ऐसे लगते थे, जैसे कोई पंगु दौड़ने की चेष्टा कर रहा हो। जुगल के इन सीधे शब्दों में एक उन्माद था, नशा था, एक चोट थी। आशा की सारी देह प्रकम्पित हो गई।

'तुम मुझे नजर लगा दोगे जुगल, इस तरह क्यों घूरते हो?'

'जब यहाँ से चला जाऊंगा, तब आपकी बहुत याद आएगी।'

'रसोई पकाकर तुम सारे दिन क्या किया करते हो? दिखाई नहीं देते।'

'सरकार रहते हैं, इसीलिए नहीं आता। फिर अब तो मुझे जवाब मिल रहा है। देखिए भगवान कहाँ ले जाते हैं।'

आशा की मुख-मुद्रा कठोर हो गई। उसने कहा- 'कौन तुम्हें जवाब देता है?'

'सरकार ही तो कहते हैं तुझे निकाल दूँगा।'

'अपना काम किए जाओ, कोई नहीं निकालेगा। अब तो तुम फुलके भी अच्छे बनाने लगे।'

'सरकार हैं बड़े गुस्सेवर।'

'दो-चार दिन में उनका मिज़ाज ठीक किए देती हूँ।'

'आपके साथ चलते हैं, तो आपके बाप-से लगते हैं।'

'तुम बड़े मुँहफट हो। खबरदार, जबान सँभालकर बातें किया करो।' किन्तु अप्रसन्नता का यह झीना आवरण उसके मनोरहस्य को न छिपा सका। वह प्रकाश की भांति उसके अंदर से निकल पड़ता था।

जुगल ने फिर उसी निर्भीकता से कहा- 'मेरा मुँह कोई बंद कर ले, यहाँ तो सभी यही कहते हैं। मेरा ब्याह कोई 50 साल की बुढ़िया से कर दे, तो मैं घर छोड़कर भाग जाऊँ। या तो खुद जहर खा लूँ या उसे जहर देकर मार डालूं। फाँसी ही तो होगी?

आशा उस कृत्रिम क्रोध को कायम न रख सकी। जुगल ने उसकी हृदय-वीणा के तारों पर मिजराब की ऐसी चोट मारी थी कि उसके बहुत जब्त करने पर भी मन की व्यथा बाहर निकल आई। उसने कहा- 'भाग्य भी तो कोई वस्तु है।'

'ऐसा भाग्य जाए भाड़ में।'

'तुम्हारा ब्याह किसी बुढ़िया से ही करूंगी, देख लेना।'

'तो मैं भी जहर खा लूँगा, देख लीजिएगा।'

'क्यों, बुढ़िया तुम्हें जवान स्त्री से ज्यादा प्यार करेगी, ज्यादा सेवा करेगी। तुम्हें सीधे रास्ते पर रखेगी।'

'यह सब माँ का काम है। बीवी जिस काम के लिए है उसी काम के लिए है।'

'आखिर बीवी किस काम के लिए है?'

'आप मालकिन हैं, नहीं तो बता देता, बीवी किस काम के लिए है।'

मोटर की आवाज आई। न जाने कैसे आशा के सिर का आँचल खिसककर कंधे पर आ गया। उसने जल्दी से आँचल खींचकर सिर पर रख लिया और यह कहती हुई आपने कमरे की ओर लपकी कि लाला भोजन करके चले जाएं, तब आना।

***

शूद्रा

माँ और बेटी एक झोपड़ी में गाँव के उस सिरे पर रहती थीं। बेटी बाग से पत्तियाँ बटोर कर लाती, माँ भाड़ झोंकती। यही उनकी जीविका थी। सेर-दो सेर अनाज मिल जाता था, खाकर पड़ी रहती थीं। माता विधवा थी। बेटी कुंवारी, घर में और कोई आदमी न था। माँ का नाम गंगा था, बेटी का नाम गौरा।

गंगा को कई साल से यह चिन्ता लगी हुई थी कि कहीं गौरा की सगाई हो जाए, लेकिन कहीं बात पक्की न होती थी। अपने पति के मर जाने के बाद गंगा ने कोई दूसरा घर न किया था, न कोई दूसरा धंधा ही करती थी। इससे लोगों को सन्देह हो गया कि आखिर इसका गुजर कैसे होता है? और लोग तो छाती फाड़-फाड़कर काम करते हैं, फिर भी पेट-भर अन्न मयस्सर नहीं होता। यह स्त्री कोई धंधा नहीं करती, फिर भी माँ-बेटी आराम से रहती हैं, किसी के सामने हाथ नहीं फैलाती। इसमें कुछ-न-कुछ रहस्य अवश्य है। धीरे-धीरे यह सन्देह और भी दृढ़ हो गया, और यह अब तक जीवित था। बिरादरी में कोई गौरा से सगाई करने पर भी राजी न होता था। शूद्रों की बिरादरी बहुत छोटी होती है। दस-पाँच कोस से अधिक उसका क्षेत्र नहीं होता। इसलिए एक दूसरे के गुण-दोष किसी से छिपे नहीं रहते, न उन पर परदा ही डाला जा सकता है।

इस भ्रांति को शान्त करने के लिए माँ ने बेटी के साथ कई तीर्थ यात्रा की। उड़ीसा तक हो आयी, लेकिन सन्देह न मिटा। गौरी युवती थी, सुंदरी थी, पर उसे किसी न कुएँ पर या खेतों में हँसते-बोलते नहीं देखा। उसकी निगाह कभी ऊपर उठती ही न थी। लेकिन ये बातें भी सन्देह को और पुष्ट करती थीं। अवश्य कोई न कोई रहस्य है। कोई युवती इतनी सती नहीं हो सकती। कुछ गुप-चुप की बात अवश्य है।

यों ही दिन गुजरते जाते थे। बुढ़िया दिनोंदिन चिन्ता से घुल रही थी उधर सुंदरी की मुख-छवि दिनोंदिन निखरती थी। कली खिलकर फूल हो रही थी।

2

एक दिन एक परदेसी गाँव से होकर निकला। दस-बाहर कोस से आ रहा था। नौकरी की खोज में कलकत्ते जा रहा था। रात हो गयी। किसी कहार का घर पूछता हुआ गंगा के घर आया। गंगा ने उसका खूब आदर-सत्कार किया, उसके लिए गेहूँ का आटा लायी, घर से बर्तन निकालकर दिये। कहार ने पकाया, खाया, लेटा, बातें होने लगी। सगाई की चर्चा छिड़ गयी। कहार जवान था। गौरा पर निगाह पड़ी, उसका रंग-ढंग देखा, उसकी सलज्ज छवि आँखों में खूब गई। सगाई करने पर राजी हो गया। लौटकर घर चला गया। दो-चार गहने अपनी बहिन के यहाँ से लाया। गाँव के बजाज ने कपड़े उधार दे दिये। दो-चार भाई-बंदों के साथ सगाई करने

आ पहुँचा। सगाई हो गई, यहीं रहने लगा। गंगा बेटी और दामाद को आँखों से दूर न कर सकती थी।

परन्तु दस ही पाँच दिनों में मंगरू के कानों में इधर-उधर की बातें पड़ने लगी। सिर्फ बिरादरी के नहीं अन्य जाति वाले भी उसके कान भरने लगे। ये बातें सुन-सुनकर मंगरू पछताता था कि नाहक यहाँ फंसा। पर गौरा को छोड़ने का खयाल करके उसका दिल काँप उठता था।

एक महीने के बाद मंगरू अपनी बहिन के गहने लौटाने गया। खाना खाने के समय उसका बहनोई उसके साथ भोजन करने बैठा। मंगरू को कुछ सन्देह हुआ, बहनोई से बोला- तुम क्यों नहीं आते ?

बहनोई ने कहा- तुम खा लो, फिर खा लूँगा।

मंगरू- बात क्या है ? तुम खाने क्यों नहीं बैठते।

बहनोई- जब तक पंचायत न होगी। मैं तुम्हारे साथ कैसे खा सकता हूँ? तुम्हारे लिए बिरादरी तो न छोड़ दूँगा। किसी से पूछा न गूछा, जाकर एक हरजाई से सगाई कर ली।

मंगरू चौके पर से उठ आया, मिर्जई पहनी और ससुराल चला आया। बहिन खड़ी रोती रह गई।

उसी रात को वह किसी से कुछ कहे-सुने बगैर, गौरा को छोड़कर कहीं चला गया। गौरा नींद में मगन थी। उसे क्या खबर थी कि वह रत्न, जो मैंने इतनी तपस्या के बाद पाया है, मुझे सदा के लिये छोड़े चला जा रहा है।

3

कई साल बीत गए। मंगरू का कुछ पता न चला। कोई पत्र तक न आया, पर गौरा बहुत प्रसन्न थी। वह माँग में सिंदूर डालती, रंग-बिरंगे कपड़े पहनती और अधरों पर मिस्सी के धड़े जमाती। मंगरू भजनों की एक पुरानी किताब छोड़ गया था। उसे कभी-कभी पढ़ती और गाती। मंगरू ने उसे हिंदी सिखा दी थी। टटोल-टटोल कर भजन पढ़ लेती थी।

पहले वह अकेली बैठी रहती थी। गाँव की और स्त्रियों के साथ बोलते-चालते उसे शर्म आती थी। उसके पास वह वस्तु न थी, जिस पर दूसरी स्त्रियाँ गर्व करती थीं। सभी अपने-अपने पति की चर्चा करतीं। गौरा का पति कहाँ था ? वह किसकी बातें करती। अब उसके भी पति था। अब वह अन्य स्त्रियों के साथ इस विषय पर बातचीत करने की अधिकारिणी थी। वह भी मंगरू की चर्चा करती, मंगरू कितना स्नेहशील है, कितना सज्जन, कितना वीर। पति-चर्चा से उसे कभी तृप्ति ही न होती थी।

स्त्रियाँ पूछी- मंगरू तुम्हें छोड़कर क्यों चले गए ?

गौरा कहती- क्या करते ? मर्द कभी ससुराल में पड़ा रहता है ? देश-परदेश में निकलकर चार पैसे कमाना ही तो मर्दों का काम है, नहीं तो मान-मर्यादा का निर्वाह कैसे हो ?

जब कोई पूछता, चिट्ठी-पत्री क्यों नहीं भेजते, तो हंसकर कहती-अपना पता- ठिकाना बताने में डरते हैं। जानते हैं न कि गौरा आकर सिर पर सवार हो जाएगी। सच कहती हूँ उनका पता-

ठिकाना मालूम हो जाए, तो मुझसे एक दिन भी न रहा जाए। वह बहुत अच्छा करते हैं कि मेरे पास चिट्ठी-पत्री नहीं भेजते। बेचारे परदेश में कहां घर-गृहस्थी सँभालते फिरेंगे? एक दिन किसी सहेली ने कहा- हम न मानेंगे, तुझसे जरूर मंगरू से झगड़ा हो गया है, नहीं तो बिना कुछ कहे-सुने क्यों चले जाते?

गौरा ने हंसकर कहा- बहिन, अपने देवता से भी कोई झगड़ा करता है? वह मेरे मालिक हैं, भला मैं उनसे झगड़ा करूँगी? जिस दिन झगड़े की नौबत आएगी, कहीं डूब मरूंगी। मुझसे कह के जाने पाते? मैं उनके पैरों से लिपट न जाती।

4

एक दिन कलकत्ते से एक आदमी आकर गंगा के घर ठहरा। पास ही के किसी गाँव में अपना घर बतलाया। कलकत्ते में वह मंगरू के पड़ोस में ही रहता था। मंगरू ने उससे गौरा को अपने साथ लाने को कहा था। दो साड़ियाँ और राह- खर्च के लिए रुपये भी भेजे थे। गौरा फूली न समायी। बूढ़े ब्राह्मण के साथ चलने को तैयार हो गई। चलते वक्त वह गाँव की सब औरतों से गले मिली। गंगा उसे स्टेशन तक पहुँचाने गयी। सब कहते थे, बेचारी लड़की के भाग जाग गए, नहीं कुढ़-कुढ़ कर मर जाती।

रास्ते भर गौरा सोचती जाती थी- न जाने वह कैसे हो गए होंगे। अब तो मूँछें अच्छी तरह निकल आई होंगी। परदेश में आदमी सुख से रहता है। देह भर आई होगी। बाबू साहब हो गए होंगे। मैं पहले दो-तीन दिन उनसे बोलूंगी नहीं। फिर पूछूंगी- तुम मुझे छोड़कर क्यों चले गए? अगर किसी ने मेरे बारे में कुछ बुरा-भला कहा ही था, तो तुमने उसका विश्वास क्यों कर लिया? तुम अपनी आँखों से न देखकर दूसरों के कहने पर क्यों गए? मैं भली हूँ या बुरी हूँ, हूँ तो तुम्हारी, तुमने मुझे इतने दिनों रुलाया क्यों? तुम्हारे बारे में अगर इसी तरह मुझसे कोई कहता, तो क्या मैं तुमको छोड़ देती? जब तुमने मेरी बाँह पकड़ ली, तो तुम मेरे हो गए। फिर तुममें लाख ऐब हों, मेरी बला से। चाहे तुम तुर्क ही क्यों न हो जाओ, मैं तुम्हें छोड़ नहीं सकती। तुम क्यों मुझे छोड़कर आये? क्या समझते थे, भागना सहज है? आखिर झक मारकर बुलाया कि नहीं? कैसे न बुलाते? मैंने तो तुम्हारे ऊपर दया की, चली आयी, नहीं तो कह देती कि मैं ऐसे निर्दयी के पास नहीं जाती, तो तुम आप दौड़े आते। तप करने से तो देवता भी मिल जाते हैं, आकर सामने खड़े हो जाते हैं, तुम कैसे न आते? वह बार-बार उद्विग्न हो- होकर बूढ़े ब्राह्मण से पूछती, अब कितनी दूर है? धरती के छोर पर रहते हैं क्या? और भी कितनी ही बातें वह पूछना चाहती थी लेकिन संकोचवश न पूछ सकती थी। मन-ही-मन अनुमान करके अपने को संतुष्ट कर लेती थी। उनका मकान बड़ा-सा होगा, शहर में लोग पक्के घरों में रहते हैं। जब उनका साहब इतना मानता है, तो नौकर भी होगा। मैं नौकर को भगा दूँगी। मैं दिन-भर पड़े-पड़े क्या किया करूँगी?

बीच-बीच में उसे घर की याद भी आ जाती थी। बेचारी अम्मा रोती होंगी। अब उन्हें घर का सारा काम आप ही करना पड़ेगा। न जाने बकरियों को चराने ले जाती हैं या नहीं। बेचारी दिन भर में-में करती होंगी। मैं अपनी बकरियों के लिए महीने-महीने रुपये भेजूँगी। जब कलकत्ते से

लौटेगी, तब सबके लिए साड़ियाँ लाऊंगी। तब मैं इस तरह थोड़े लौटूगीं। मेरे साथ बहुत-सा असवाब होगा। सबके लिए कोई-न-कोई सौगात लाऊंगी। तब तक तो बहुत-सी बकरियाँ हो जाएँगी। यही सुख स्वप्न देखते-देखते गौरा ने सारा रास्ता काट दिया। पगली क्या जानती थी कि मेरे मन कुछ और है, कर्ता के मन कुछ और। क्या जानती थी कि बूढ़े ब्राह्मणों के भेष में भी पिशाच होते हैं। मन की मिठाई खाने में मगन थी।

5

तीसरे दिन गाड़ी कलकत्ते पहुँची। गौरा की छाती धड़-धड़ करने लगी। वह यही कहीं खड़े होंगे। अब आते ही होंगे। यह सोचकर उसने घूंघट निकाल लिया और सँभल कर बैठी। मगर मंगरू वहाँ न दिखाई दिया। बूढ़ा ब्राह्मण बोला- मंगरू तो यहाँ नहीं दिखायी देता, मैं चारों ओर छान आया। शायद किसी काम में लग गया होगा, आने की छुट्टी न मिली होगी। मालूम भी तो न था कि हम लोग किस गाड़ी से आ रहे हैं। उनकी राह क्यों देखें, चलो डेरे पर चलें।

दोनों गाड़ी पर बैठकर चले। गौरा कभी ताँगे पर सवार न हुई थी। उसे गर्व हो रहा था कि कितने ही बाबू लोग पैदल जा रहे हैं, मैं ताँगे पर बैठी हूँ।

एक क्षण में गाड़ी मंगरू के डेरे के पास पहुँच गयी। एक विशाल भवन था, अहाता साफ-सुथरा, सायबान में फूलों के गमले रखे हुए थे। ऊपर चढ़ने लगी। विस्मय, आनन्द और आशा से उसे अपनी सुधि ही न थी। सीढ़ियों पर चढ़ते-चढ़ते पैर दुखने लगे, यह सारा महल उनका है। किराया बहुत देना पड़ता होगा। रुपये को तो कुछ समझते ही नहीं। उसका हृदय धड़क रहा था कि कहीं मंगरू ऊपर से उतरते आ न रहे हों। सीढ़ी पर भेंट हो गई, तो मैं क्या करूंगी? भगवान् करे, यह पड़े सोते हों, तब मैं जगाऊँ और वह मुझे देखते ही हड़बड़ा कर उठ बैठें। आखिर सीढ़ियों का अंत हुआ। ऊपर एक कमरे में गौरा को ले जाकर ब्राह्मण देवता ने बिठा दिया।

यह मंगरू का डेरा था। मगर मंगरू यहाँ भी नदारद! कोठरी में केवल एक खाट पड़ी हुई थी। एक किनारे दो-चार बर्तन रखे हुए थे। यही उनकी कोठरी है। तो मकान किसी दूसरे का है, उन्होंने यह कोठरी किराए पर ली होगी। देखती हूँ चूल्हा ठंडा पड़ा हुआ है। मालूम होता है, रात को बाजार में पूरियाँ खाकर सो रहे होंगे। यही उनके सोने की खाट है। एक किनारे घड़ा रखा हुआ था। गौरा के मारे प्यास के तालू सूख रहा था। घड़े से पानी लेकर पिया। एक किनारे एक झाडू रखा हुआ था। गौरा रास्ते की थकी थी, पर प्रेमोल्लास में थकन कहां? उसने कोठरी में झाडू लगाया, बर्तनों को धो-धोकर एक जगह रखा । कोठरी की एक- एक वस्तु यहां तक कि उसकी फर्श और दीवारों में उसे आत्मीयता की झलक दिखाई देती थी। उस घर में भी, जहाँ उसने अपने जीवन के 25 वर्ष काटे थे, उसे अधिकार का ऐसा गौरव-युक्त आनंद न प्राप्त हुआ था।

मगर उस कोठरी में बैठे-बैठे उसे संध्या हो गई और मंगरू का कहीं पता नहीं। अब छुट्टी मिली होगी। साँझ को सब जगह छुट्टी होती है। अब वह आ रहे होंगे। मगर बूढ़े बाबा ने उनसे कह तो दिया ही होगा, क्या वह अपने साहब से थोड़ी देर की छुट्टी न ले सकते थे? कोई बात होगी? तभी तो नहीं आए।

अँधेरा हो गया। कोठरी में दीपक न था। गौरा द्वार पर खड़ी पति की बाट देख रही थी। जीने पर बहुत से आदमियों के चलने-उतरने की आहट मिलती थी, बार-बार गौरा को मालूम होता था कि वह आ रहे हैं, पर इधर कोई न आता था।

नौ बजे बूढ़े बाबा आए। गौरा ने समझा, मंगरू है। झपटकर कोठरी के बाहर निकल आई। देखा तो ब्राह्मण! बोली-वह कहीं रह गए?

बूढ़ा-उनकी तो यहां से बदली हो गई। दफ्तर में गया था, तो मालूम हुआ कि वह कल अपने साहब के साथ यहाँ से कोई आठ दिन की राह पर चले गए। उन्होंने साहब से बहुत हाथ-पैर जोड़े कि मुझे दस दिन की मोहलत दे दीजिए, लेकिन साहब ने एक न मानी। मंगरू यहाँ लोगों से कह गए हैं कि घर से लोग आएँ तो मेरे पास भेज देना। अपना पता दे गए हैं। कल मैं तुम्हें यहाँ से जहाज पर बैठा दूँगा। उस जहाज पर हमारे देश के और भी बहुत से आदमी होंगे, इसलिए मार्ग में कोई कष्ट न होगा।

गौरी ने पूछा- कितने दिन में जहाज पहुँचेगा?

बूढ़ा- आठ-दस दिन से कम न लगेंगे, मगर घबराने की कोई बात नहीं। तुम्हें किसी बात की तकलीफ न होगी।

6

आब तक गौरा को अपने गाँव लौटने की आशा थी। कभी-न-कभी वह अपने पति को वहाँ अवश्य खींच ले जाएगी। लेकिन जहाज पर बैठकर उसे ऐसा मालूम हुआ कि अब फिर नाता टूट रहा है। वह देर तक घाट पर पड़ी रोती रही, जहाज और समुद्र देखकर उसे भय हो रहा था। हृदय दहला जाता था।

शाम को जहाज खुला। उस समय गौरा का हृदय एक अक्षय भय से चंचल हो उठा। थोड़ी देर के लिए नैराश्य ने उस पर अपना आतंक जमा लिया। न-जाने किस देश जा रही हूँ उनसे वहाँ भेंट भी होगी या नहीं। उन्हें कहीं खोजती, कोई पता-ठिकाना भी तो नहीं मालूम। बार-बार पछताती थी कि एक दिन पहले क्यों नहीं चली आई। कलकत्ते में भेंट हो जाती, तो मैं उन्हें वहाँ कभी न जाने देती।

जहाज पर और भी कितने ही मुसाफिर थे, कुछ स्त्रियाँ भी थीं। उनमें बराबर गाली-गलौज होती रहती थी, इसलिए गौरा को उनसे बातें करने की इच्छा न होती थी। केवल एक स्त्री उदास दिखाई देती थी। रंग-ढंग से वह किसी भले घर की मालूम होती थी। गौरा ने उससे पूछा- तुम कहां जाती हो बहिन?

उस स्त्री की बड़ी-बड़ी आंखें सजल हो गईं। बोली- क्या बताऊं बहिन, कहाँ जा -रही हूँ। जहाँ भाग्य लिये जाता है, वहीं जा रही हूँ। तुम कहां जाती हो? गौरा-मैं तो अपने मालिक के पास जा रही हूँ। जहाँ यह जहाज रुकेगा, वह वहीं नौकर हैं। मैं कल आ जाती, तो उनसे कलकत्ते में ही भेंट हो जाती। आने में देर हो गई। क्या जानती थी कि वह इतनी दूर चले जाएँगे, नहीं तो क्यों देर करती!

स्त्री- अरे बहिन, कहीं तुम्हें भी तो कोई बहका कर नहीं लाया है? तुम घर से किसके साथ आई हो?

गौरा- मेरे आदमी ने तो कलकत्ता से आदमी भेजकर मुझे बुलाया था। स्त्री- वह आदमी तुम्हारी जान-पहचान का था?

गौरा- नहीं, उसी तरफ का एक बूढ़ा ब्राह्मण था।

स्त्री- वही लम्बा-सा, दुबला-पतला। लकलक बुड्ढा, जिसकी एक आंख में फूली पड़ी हुई है।

गौरा-हाँ-हाँ वही। क्या तुम उसे जानती हो?

स्त्री- उसी दुष्ट ने तो मेरा भी सर्वनाश किया है। ईश्वर करे, उसकी सातों पुश्तें नरक भोगे, उसका निर्वंश हो जाए, कोई पानी देने वाला भी न रहे, कोढ़ी होकर मरे। मैं अपना वृतांत सुनाऊँ, तो तुम समझोगी कि झूठ है। किसी को विश्वास न आएगा। क्या कहूँ बस यही समझ लो कि इसके कारण मैं न घर की रह गई, न घाट की। किसी को मुँह नहीं दिखा सकती। मगर जान तो बड़ी प्यारी होती है। मिरिच के देश जा रही हूँ कि वहाँ मेहनत-मजूरी करके जीवन के दिन काटूंगी।

गौरा के प्राण नदी में समा गए। मालूम हुआ, जहाज अथाह जल में डूबा जा रहा है। समझ गई कि बूढ़े ब्राह्मण ने दगा की। अपने गाँव में सुना करती थी कि गरीब लोग मिरिच में भरती होने के लिए जाया करते हैं। मगर जो वहाँ जाता है, वह फिर नहीं लौटता। हे भगवान, तुमने मुझे किस पाप का यह दण्ड दिया? बोली- यह सब क्यों लोगों को इस तरह छल कर मिरिच भेजते हैं?

स्त्री- रुपये के लोभ से, और किसलिए,? सुनती हूँ आदमी पीछे इन सबों को कुछ रुपये मिलते हैं।

गौरा- तो बहिन, वहाँ हमें क्या करना पड़ेगा?

स्त्री- मजूरी।

गौरा सोचने लगी, अब क्या करूँ? वह आशा-नौका, जिस पर बैठी हुई वह चली जा रही थी, टूट गई थी, अब समुद्र की लहरों के सिवा उनकी रक्षा करने वाला कोई न था। जिस आधार पर उसने अपना जीवन-भवन बनाया था, वह जलमग्न हो गया। अब उसके लिए जल के सिवा और कहीं आश्रय है? उसको अपनी माता की, अपने घर की, अपने गाँव की सहेलियों की याद आई, और ऐसी घोर मर्म- वेदना होने लगी, मानो कोई सर्प अन्तस्तल में बैठा हुआ बार-बार डस रहा हो। भगवान्! अगर मुझे यही यातना देनी थी, तो तुमने मुझे जन्म ही क्यों दिया था? तुम्हें दुखिया पर दया नहीं आयी? जो पिरो हुए हैं, उन्हीं को पीसते हो। करुण स्वर से बोली- तो अब क्या करना होगा बहिन?

स्त्री- यह तो वहाँ पहुँचकर मालूम होगा। अब मजूरी ही करनी पड़े तो कोई बात नहीं, लेकिन अगर किसी ने कुदृष्टि से देखा, तो मैंने निश्चय कर लिया है कि या तो उसी के प्राण ले लूंगी या आपने प्राण दे दूँगी।

यह कहते-कहते उसे अपना वृत्तान्त सुनाने की वह उत्कट इच्छा हुई, जो दुखिया को हुआ करती है। बोली- मैं बड़े घर की बेटी और उससे भी बड़े घर की बहू हूं पर अभागिनी! विवाह के तीसरे ही साल पतिदेव का देहान्त हो गया। चित्त की कुछ ऐसी दशा हो गई कि नित्य मालूम होता कि वह मुझे बुला रहे हैं। पहले तो आंखें झपकते ही उनकी मूर्ति सामने आ जाती थी, लेकिन फिर तो यह दशा हो गई कि जागृत दशा में रह-रहकर उनके दर्शन होने लगे। बस, यही जान पड़ता था कि वह साक्षात् खड़े बुला रहे हैं। किसी से शर्म के मारे कहती न थी। पर मन में यह शंका होती थी कि जब उनका देहावसान हो गया है, तो वह मुझे दिखाई कैसे देते है? मैं उसे भ्रांति समझकर चित्त को शांत न कर सकती थी। मन कहता था, जो वस्तु प्रत्यक्ष दिखाई देती है, वह मिल क्यों नहीं सकती? केवल यह ज्ञान चाहिए। साधु-महात्माओं के सिवा ज्ञान और कौन दे सकता है? मेरा तो अब भी विश्वास है कि अभी ऐसी क्रियाएँ हैं, जिनसे हम मरे हुए प्राणियों से बातचीत कर सकते हैं, उनको स्थूल रूप में देख सकते हैं। महात्माओं की खोज में रहने लगी। मेरे यहाँ अक्सर साधु-सन्त आते थे, उनसे एकांत में इस विषय में बातें किया करती थी, पर वे लोग सदुपदेश देकर मुझे टाल देते थे। मुझे सदुपदेशों की जरूरत न थी। मैं वैधव्य-धर्म खूब जानती थी। मैं तो यह ज्ञान चाहती थी, जो जीवन और मरण के बीच का परदा उठा दे। तीन साल तक मैं इसी खेल में लगी रही। दो महीने होते हैं, वही बूढ़ा ब्राह्मण संन्यासी बना हुआ मेरे यहाँ आ पहुँचा। मैंने इससे यही भिक्षा माँगी। इस धूर्त ने कुछ ऐसा मायाजाल फैलाया कि मैं आँखें रहते हुए भी फंस गई। अब सोचती हूँ तो अपने ऊपर आश्चर्य होता है कि मुझे उसकी बातों पर इतना विश्वास क्यों हुआ? मैं पति-दर्शन के लिए सब कुछ झेलने को, सब कुछ करने को तैयार थी। इसने मुझे रात को अपने पास बुलाया। मैं घरवालों से पड़ोसिन के घर जाने का बहाना करके इसके पास गयी। एक पीपल के नीचे इसकी धूनी जल रही थी। उस विमल चाँदनी में यह बूढ़ा जटाधारी ज्ञान और योग का देवता-सा मालूम होता था। मैं आकर धूनी के पास खड़ी हो गई। उस समय यदि बाबाजी मुझे आग में कूद पड़ने की आज्ञा देते, तो मैं तुरंत आग में कूद पड़ती। इसने मुझे बड़े प्रेम से बिठाया और मेरे सिर पर हाथ रखकर न जाने क्या कर दिया कि मैं बेसुध हो गयी। फिर मुझे कुछ नहीं मालूम कि मैं कहां गयी, क्या हुआ। जब मुझे होश आया तो मैं रेल पर सवार थी। जी में आया कि चिल्लाऊँ, पर यह सोचकर कि अब गाड़ी रुक भी गई और मैं उतर भी पड़ी, तो घर में घुसने न पाऊंगी, मैं चुपचाप बैठी रह गई। मैं परमात्मा की दृष्टि में निर्दोष थी, पर संसार की दृष्टि में कलंकित हो चुकी थी। रात को किसी युवती का घर से निकल जाना कलंकित करने के लिए काफी था। जब मुझे मालूम हो गया कि सब मुझे मिर्च के टापू में भेज रहे हैं, तो मैंने जरा भी आपत्ति नहीं की। मेरे लिए अब सारा संसार एक-सा है। जिनका संसार में कोई न हो, उसके लिए देश-परदेश दोनों बराबर हैं। हां यह पक्का निश्चय कर चुकी हूँ कि मरते दम तक अपने सत की रक्षा करूंगी। विधि के हाथ में मृत्यु से बढ़कर कोई यातना नहीं। विधवा के लिए मृत्यु का क्या भय? उसका तो जीना और मरना-दोनों बराबर है। बल्कि मर जाने से जीवन की विपत्तियों का तो अंत हो जाएगा।

गौरा ने सोचा इस स्त्री में कितना धैर्य और साहस है। फिर मैं क्यों इतनी कातर और निराश हो रही हूँ? जब जीवन की अभिलाषाओं का अंत हो गया, तो जीवन के अंत का क्या डर! बोली- बहिन, हम और तुम एक ही जगह रहेंगे। मुझे तो अब तुम्हारा ही भरोसा है।

स्त्री ने कहा- भगवान् का भरोसा रखो और मरने से मत डरो।

सघन अन्धकार छाया हुआ था। ऊपर काला आकाश था, नीचे काला जल। गौरा आकाश की ओर ताक रही थी। उसकी संगिन जल की ओर। उसके सामने आकाश के कुसुम थे, इसके चारों ओर अनन्त अखण्ड, अपार अन्धकार था।

7

जहाज से उतरते ही एक आदमी ने यात्रियों के नाम लिखने शुरू किये। इसका पहनावा तो अंग्रेजी था, पर बातचीत से हिंदुस्तानी मालूम होता था। गौरा सिर झुकाए अपनी संगिनी के पीछे खड़ी थी। उस आदमी की आवाज सुनकर वह चौक पड़ी। उसने दबी आँखों से उसकी ओर देखा। उसके समस्त शरीर में सनसनी दौड़ गई। क्या स्वप्न तो नहीं देख रही हूँ? आंखों पर विश्वास न आया, फिर उस पर निगाह डाली। उसकी छाती वेग से धड़कने लगी। पैर थर-थर काँपने लगे। ऐसा मालूम होने लगा, मानो चारों ओर जल-ही- जल है, और उसमें बही जा रही हूँ। उसने अपनी संगिनी का हाथ पकड़ लिया, नहीं तो जमीन पर गिर पड़ती। उसके सम्मुख वही पुरुष खड़ा था, जो उसका प्राणाधार था और जिससे इस जीवन में भेंट की उसे लेश मात्र भी आशा न थी। यह मंगरू था, इसमें जरा भी सन्देह न था। हाँ उसकी सूरत बदल गई थी। यौवन-काल की वह कांतिमय सहारा, सदय छवि, नाम को भी न थी। बाल खिचड़ी हो गए थे। गाल पिचके हुए, लाल आँखों से कुवासना और कठोरता झलक रही थी। पर था मंगरू। गौरा के जी में प्रबल इच्छा हुई कि स्वामी के पैरों से लिपट जाऊं, चिल्लाने को जी चाहा, पर संकोच ने मन को रोका। बूढ़े ब्राह्मण ने बहुत ठीक कहा था। स्वामी ने अवश्य मुझे बुलाया था और मेरे आने से पहले यहाँ चले आए। उसने अपनी संगिनी के कान में कहा-बहिन, तुम उस ब्राह्मण को व्यर्थ ही बुरा कह रही थी। यही तो वह हैं, जो यात्रियों के नाम लिख रहे हैं।

स्त्री- सच, खूब पहचानती हो?

गौरा- बहिन, क्या इसमें भी धोखा हो सकता है?

स्त्री- तब तो तुम्हारे भाग जाग गए, मेरी भी सुधि लेना।

गौरा- भला, बहिन ऐसा भी हो सकता है कि यहाँ तुम्हें छोड़ दूँ।

मंगरू यात्रियों से बात-बात पर बिगड़ता था, बात-बात पर गालियाँ देता था, कई आदमियों को ठोकर मारे और कई को केवल अपने गाँव का जिला बता सकने के कारण उसने धक्का देकर गिरा दिया। गौरा मन-ही-मन गड़ी जाती थी। साथ ही अपने स्वामी के अधिकार पर उसे गर्व भी हो रहा था। आखिर मंगरू उसके सामने आकर खड़ा हो गया और कुचेष्टापूर्ण नेत्रों से देखकर बोला-तुम्हारा क्या नाम है?

गौरा ने कहा- गौरा।

मंगरू चौक पड़ा, फिर बोला- घर कहां है?

गौरा ने कहा- मदनपुर, जिला बनारस।

यह कहते-कहते उसे हंसी आ गई। मंगरू ने अबकी उसकी ओर ध्यान से देखा, तब लपक कर उसका हाथ पकड़ लिया और बोला- गौरा! तुम यहाँ कहां? मुझे पहचानती हो?

गौरा रो रही थी, मुँह से बात न निकली।

मंगरू फिर बोला- तुम यहाँ कैसे आई?

गौरा खड़ी हो गई, आंसू पोंछ डाले और मंगरू की ओर देखकर बोल- तुम्हीं ने तो बुला भेजा था।

मंगरू-मैंने! मैं तो सात साल से यहाँ हूँ।

गौरा- तुमने उस बूढ़े ब्राह्मण से मुझे लाने को नहीं कहा था?

मंगरू- कह तो रहा हूँ मैं सात साल से यहाँ हूँ और मरने पर ही यहाँ से जाऊंगा। भला तुम्हें क्यों बुलाता।

गौरा को मंगरू से इस निष्ठुरता की आशा न थी। उसने सोचा, अगर यह सत्य भी हो कि इन्होंने मुझे नहीं बुलाया, तो भी इन्हें मेरा यों अपमान न करना चाहिए था। क्या यह समझते हैं कि मैं इनकी रोटियों पर आई हूँ? यह तो इतने ओछे स्वभाव के न थे। शायद दरजा पाकर इन्हें मद हो गया है। नारी सुलभ अभिमान से गर्दन उठाकर उसने कहा- तुम्हारी इच्छा हो, तो अब लौट जाऊँ, तुम्हारे ऊपर भार बनना नहीं चाहती?

मंगरू कुछ लज्जित होकर बोला- अब तुम यहाँ से लौट नहीं सकती गौरा? यहाँ आकर बिरला ही कोई लौटता है।

यह कहकर यह कुछ देर चिन्ता में मग्न खड़ा रहा, मानो संकट में पड़ा हुआ हो कि क्या करना चाहिए। उसकी कठोर मुखाकृति पर दीनता का रंग झलक पड़ा। तब कातर स्वभाव से बोला- जब आ गई हो, तो रहो। जैसी कुछ पड़ेगी देखी जाएगी।

गौरा- जहाज फिर का लौटेगा?

मंगरू- तुम यहाँ से पाँच बरस के पहले नहीं जा सकतीं।

गौरा- क्यों, क्या कुछ जबरदस्ती है?

मंगरू- हाँ? यहाँ का यही हुक्म है।

गौरा- तो फिर मैं अलग मजूरी करके अपना पेट पालूंगी।

मंगरू ने सजल- नेत्र होकर कहा- जब तक मैं जीता हूँ, तुम मुझसे अलग नहीं रह सकती।

गौरा- तुम्हारे ऊपर भार बनकर न रहूंगी।

मंगरू- मैं तुम्हें भार नहीं समझता, लेकिन यह जगह तुम-जैसी देवियों के रहने लायक नहीं है, नहीं तो अब तक मैंने तुम्हें कब का बुला लिया होता। वही बूढ़ा आदमी, जिसने तुम्हें

बहकाया, मुझे घर से आते समय पटना में मिल गया और झाँसे देकर मुझे यहाँ भरती कर दिया। तब से यहीं पड़ा हुआ हूँ। चलो, मेरे घर में रहो, वहाँ बातें होगी यह दूसरी औरत कौन है?

गौरा- यह मेरी सखी है। इन्हें भी बूढ़ा बहका लाया है।

मंगरू- यह तो किसी कोठी में जाएंगी। इन सब आदमियों की बाँट होगी। जिसके हिस्से में जितने आदमी आएंगे, उतने ही हर एक कोठी में जाएंगे।

गौरा- यह तो मेरे साथ रहना चाहती है।

मंगरू -अच्छी बात है, इन्हें भी लेती चलो।

यात्रियों के नाम तो लिखे ही जा चुके थे, मंगरू ने उन्हें एक चपरासी को सौंपकर दोनों औरतों के साथ घर की राह ली। दोनों ओर सघन वृक्षों की कतारें थी। जहाँ तक निगाह जाती थी, ऊख-ही-ऊख दिखाई देती थी। समुद्र की ओर से शीतल, निर्मल वायु के झोंके आ रहे थे। अत्यंत सुरम्य दृश्य था। पर मंगरू की निगाह उस ओर न थी। वह भूमि की ओर ताकता सिर झुकाए, संदिग्ध चाल से चला जा रहा था, मानो मन-ही-मन कोई समस्या हल कर रहा है।

थोड़ी ही दूर गए थे कि सामने से दो आदमी आते दिखाई दिए। समीप आकर दोनों रुक गये और एक ने हँसकर कहा-मंगरू, इनमें से एक हमारी है। दूसरा बोला- और दूसरी मेरी।

मंगरू का चेहरा तमतमा उठा था। भीषण क्रोध से काँपता हुआ बोला- यह दोनों मेरे घर की औरतें हैं। समझ गए?

इन दोनों ने जोर से कहकहे मारा और एक ने गौरा के समीप आकर उसका हाथ पकड़ने की चेष्टा करके कहा- यह मेरी है। चाहे तुम्हारे घर की हो, चाहे बाहर की। बच्चा, हमें चकमा देते हो।

मंगरू- कासिम, इन्हें मत छेड़ो, नहीं तो अच्छा न होगा। मैंने- कह दिया, मेरे घर की औरतें हैं।

मंगरू की आँखों से अग्नि की ज्वालामुखी निकल रही थी। वे दोनों उसके मुख का भाव देखकर कुछ,सहम गए और समझ लेने की धमकी देकर आगे बढ़े। किन्तु मंगरू के अधिकार-क्षेत्र से बाहर पहुँचते ही एक ने पीछे से ललकार कर कहा- देखें, कहां लेकर जाते हो।

मंगरू ने उधर ध्यान न दिया। जरा कदम बढ़ाकर चलने लगा। जैसे संध्या के एकान्त में हम कब्रिस्तान के पास से गुजरते हैं और हमें पग-पग पर यह शंका होती है कि कोई शब्द कान में न पड़ जाए, कोई सामने आकर खड़ा न हो जाए, कोई जमीन के नीचे से कफन ओढ़े उठ न खड़ा हो।

गौरा ने कहा- ये दोनों बड़े शोहदे थे।

मंगरू और मैं किस लिए कह रहा था कि यह जगह तुम-जैसी स्त्रियों के रहने लायक नहीं है।

सहसा दाहिनी तरफ से एक अंग्रेज घोड़ा दौड़ता हुआ आ पहुँचा और मंगरू से बोला- वेल जमादार, ये दोनों औरतें हमारी कोठी में रहेगा। हमारे कोठी में कोई औरत नहीं है।

मंगरू ने दोनों औरतों को अपने पीछे कर लिया और सामने खड़ा होकर बोला- साहब, ये दोनों मेरे घर की औरतें हैं।

साहब- ओ-हो? तुम झूठा आदमी। हमारे कोठी में कोई औरत नहीं तुम दो ले जाएगा। ऐसा नहीं हो सकता। (गौरा की ओर इशारा करके) इसको हमारे कोठी पर पहुंचा दो।

मंगरू ने सिर-से-पैर तक काँपते हुए कहा- ऐसा नहीं हो सकता।

मगर साहब आगे बढ़ गया था, उसके कान में बात न पहुँची। उसने हुक्म दे दिया था और उसकी तामील करना जमादार का काम था।

शेष मार्ग निर्विघ्न समाप्त हुआ। आगे मजूरों के रहने के मिट्टी के घर थे। द्वारों पर स्त्री-पुरुष जहाँ-तहाँ बैठे हुए थे। सभी इन दोनों स्त्रियों की तरफ घूरते थे और आपस में इशारे करते और हंसते थे। गौरा ने देखा, उसमें छोटे-बड़े का लिहाज नहीं है, न किसी की आँखों में शर्म है।

एक भदैसल औरत ने हाथ पर चिलम पीते हुए अपनी पड़ोसिन से कहा- चार दिन की चाँदनी फिर अँधेरा पाख ।

दूसरी अपनी चोटी गूंथती हुई बोली- कलोर हैं न।

8

मंगरू दिन-भर द्वार पर बैठा रहा, मानो कोई किसान आपने मटर के खेत की रखवाली कर रहा हो। कोठरी में दोनों स्त्रियाँ बैठी अपने नसीबों को रो रही थीं। इतनी देर में दोनों को वहाँ की दशा का परिचय हो गया था। दोनों भूखी-प्यासी बैठी थीं। यहाँ का रंग देखकर भूख-व्यास सब भाग गई थी।

रात के दस बजे होंगे कि एक सिपाही ने आकर मंगरू से कहा- चलो, तुम्हें एजेण्ट साहब बुला रहे हैं।

मंगरू ने बैठे-बैठे कहा- देखो नब्बी, तुम भी हमारे देश के आदमी हो। कोई मौका पड़े, तो हमारी मदद करोगे न? जाकर साहब से कह दो, मंगरू कहीं गया है। बहुत होगा, जुर्माना कर देंगे ।

नब्बी- न भैया, गुस्से में भरा बैठा है, पिए हुए है, कहीं मार चले तो बस, यहाँ चमड़ा इतना मजबूत नहीं है।

मंगरू- अच्छा, तो जाकर कह दो, नहीं आता।

नब्बी- मुझे क्या, जाकर कह दूँगा, पर तुम्हारी खैरियत नहीं है।

मंगरू ने जरा देर सोचकर लकड़ी उठाई और नब्बी के साथ साहब के बँगले पर चला। यह यही साहब थे, जिनसे आज मंगरू से भेंट हुई थी। मंगरू जानता था कि साहब से बिगाड़ करके यहाँ एक क्षण भी निर्वाह नहीं हो सकता। जाकर साहब के सामने खड़ा हो गया। साहब ने दूर ही से डाँटा, वह औरत कहां हैं? तुम उसे अपने घर में क्यों रखा है?

मंगरू- हुजूर, वह मेरी ब्याहता औरत है।

साहब- अच्छा, वह दूसरी कौन है?

मंगरू- वह मेरी सगी बहन है हुजूर?

साहब- हम कुछ नहीं जानता। तुमको लाना पड़ेगा। दो में से कोई, दो में से कोई।

मंगरू पैरों पर गिर पड़ा और रो-रोकर अपनी सारी राम-कहानी सुना गया। पर साहब जरा भी न पसीजे। अंत में वह बोला-हुजूर, यह उन दूसरी औरतों की तरह नहीं हैं। अगर यहाँ आ भी गईं, तो प्राण दे देंगी।

साहब ने हँसकर कहा- ओ। जान देना इतना आसान नहीं है।

नब्बी- मंगरू अपनी दाँव रोते क्यों हो! तुम हमारे घर में नहीं घुसे थे? अब भी जब घात पाते हो, जा' पहुँचते हो। अब रोते क्यों हो?

एजेंट- श्री, यह बदमाश है। अभी जाकर लाओ, नहीं तो हम तुमको हण्टरों से पीटेगा।

मंगरू- सरकार जितना चाहें पीट लें, मगर मुझसे यह काम करने को न कहें, जो मैं जीते जी नहीं कर सकता।

एजेण्ट- हम एक सौ हण्टर मारेगा।

मंगरू- हुजूर एक हजार हण्टर मार लें, लेकिन मेरे घर की औरतों से न बोलें।

एजेण्ट नशे में चूर था। हण्टर लेकर मंगरू पर पिल पड़ा और लगा सड़ा सड़ जमाने। दस-बारह कोड़े तो मंगरू ने धैर्य के साथ सहे, फिर हाय-हाय करने लगा। देह की खाल फट गयी थी और मांस पर जब चाबुक पड़ता था, तो बहुत जब्त करने पर भी कण्ठ से आर्त्त ध्वनि निकल आती थी और अभी एक सौ में कुल पन्द्रह चाबुक पड़े थे।

रात के दस बज गए थे। चारों ओर सन्नाटा छाया था और उस नीरव अंधकार में मंगरू का करुण विलाप किसी पक्षी की भांति आकाश में मँडरा रहा था। वृक्षों के समूह भी हतबुद्धि से खड़े मौन रुदन की मूर्ति बने हुए थे। यह पाषाण-हृदय, लम्पट, विवेक-शून्य जमादार इस समय एक अपरिचित स्त्री के सतीत्व की रक्षा करने के लिए अपने प्राण तक देने को तैयार था, केवल इसी नाते कि वह उसकी पत्नी की संगिनी थी। वह समस्त संसार की नजरों में गिरना गवारा कर सकता था, पर अपनी पत्नी की भक्ति पर अखंड राज्य करना चाहता था। इसमें अणुमात्र की कमी भी उसके लिए असह्य थी, उस अलौकिक भक्ति के सामने उसके जीवन का क्या महत्त्व था?

ब्राह्मणी तो जमीन पर ही सो गई थी, पर गौरा बैठी पति की बाट-जोह रही थी। अभी तक वह उससे कोई बात न कह सकी थी। सात वर्षों की विपत्ति- कथा कहने और सुनने के लिए बहुत समय की जरूरत थी, रात के सिवा वह समय फिर कब मिल सकता था? उसे ब्राह्मणी पर कुछ क्रोध-सा आ रहा था कि यह क्यों मेरे गले की हार हुई। इसी के कारण तो वह घर में नहीं आ रहे हैं। एकाएक वह किसी का रोना सुनकर चौंक पड़ी। भगवान्, इतनी रात गए कौन दु:ख का मारा रो रहा है। अवश्य कोई कहीं मर गया है। वह उठकर द्वार पर आई तो यह अनुमान करके कि मंगरू बैठा हुआ है, बोली- वह कौन रो रहा है? जरा जाकर देखो तो।

लेकिन जब कोई जवाब न मिला, तो वह स्वयं कान लगाकर सुनने लगी। सहसा उसका कलेजा धक से हो गया। यह तो उन्हीं की आवाज है। अब आवाज साफ सुनाई दे रही थी। मंगरू की आवाज थी। वह द्वार के बाहर निकल आई। उसके सामने एक गोली के टप्पे पर एजेण्ट का बँगला था। उसी तरफ से आवाज आ रही थी। कोई उन्हें मार रहा है। आदमी मार पड़ने पर ही इस तरह रोता है। मालूम होता है, वही साहब उन्हें मार रहा है। वह खड़ी न रह सकी, पूरी शक्ति से उस बँगले की ओर दौड़ी, रास्ता साफ था। एक क्षण में वह फाटक पर पहुँच गई। फाटक बंद था। उसने जोर से फाटक पर धक्का दिया, लेकिन वह फाटक न खुला और कई बार जोर-जोर से पुकारने पर भी कोई बाहर न निकला, तो वह फाटक के जंगलों पर पैर रखकर भीतर कूद पड़ी और उस पार जाते ही उसने एक रोमाँचकारी दृश्य देखा। मंगरू नंगे बदन से बरामदे में खड़ा था और एक अंग्रेज उसे हण्टरों से मार रहा था। गौरा की आंखों के सामने अँधेरा छा गया। वह एक छलांग में साहब के सामने जाकर खड़ी हो गई और मंगरू को अपने अक्षय-प्रेम-सबल हाथों से ढांप कर बोली- सरकार, दया करो, इनके बदले मुझे जितना चाहो मारो, पर इनको छोड़ दो।

एजेण्ट ने हाथ रोक लिया और उन्मत्त की भांति गौरा की ओर कई कदम आकर बोला- हम इसको छोड़ दें, तो तुम मेरे पास रहेगा?

मंगरू के नथुने फड़कने लगे। यह पामर, नीच, अंग्रेज मेरी पत्नी से इस तरह की बातें कर रहा है। अब वह जिस अमूल्य रत्न की रक्षा के लिए इतनी यातनाएँ सह रहा था, यही वस्तु साहब के हाथ में चली जा रही है, यह असह्य था। उसने चाहा कि लपक कर साहब की गर्दन पर चढ़ बैठूं जो कुछ होना हो, हो जाए। यह अपमान सहने के बाद जीकर क्या करूंगा? नब्बी ने तुरन्त पकड़ लिया और कई आदमियों को बुलाकर उसके हाथ-पाँच बाँध दिए। मंगरू भूमि पर छटपटाने लगा।

गौरा रोती हुई साहब के पैरों पर गिर पड़ी और बोली -हुजूर, इन्हें छोड़ दें, मुझ पर दया करें।

एजेण्ट- तुम हमारे पास रहेगा?

गौरा ने खून का घूंट पीकर कहा- हाँ रहूँगी।

9

बाहर मंगरू बरामदे में पड़ा कराह रहा था। उसकी देह में सूजन थी और घावों में जलन, सारे अंग जकड़ गए थे। हिलने की भी शक्ति नहीं थी। हवा घावों में शर के समान चुभती थी, लेकिन यह सारी व्यथा वह सह सकता था। असह्य यह था कि साहब गौरा के साथ इसी घर में विहार कर रहा है और मैं कुछ नहीं कर सकता। उसे अपनी पीड़ा भूल-सी गई थी, कान लगाकर सुन रहा था कि उनकी बातों की भनक कान में पड़ जाए, देखूँ तो क्या बातें हो रही हैं। गौरा अवश्य चिल्लाकर भागेगी और साहब उसके पीछे दौड़ेगा। अगर मुझसे उठा जाता, तो उस वक्त बचा को खोदकर गाड़ ही देता। लेकिन बड़ी देर हो गई, न तो गौरा चिल्लायी न बँगले से निकलकर भागी! वह उस सजे-सजाए कमरे में साहब के पास बैठी सोच रही थी- क्या इसमें तनिक भी दया नहीं है? मंगरू का पीड़ा-क्रंदन सुन सुन-सुनकर उसके हृदय के टुकड़े हुए जाते थे। क्या

इसके अपने भाई-बाप, माँ- बहिन नहीं हैं? माता यहाँ होती, तो उसे इतना अत्याचार न करने देती। मेरी अम्मा लड़कों पर कितना बिगड़ती थीं, जब वह किसी पेड़ पर ढेले चलाते देखती थीं। पेड़ में भी प्राण होते हैं। क्या इसकी माता इसे एक आदमी के प्राण लेते देखकर भी मना न करती! साहब शराब पी रहा था और गौरा गोश्त काटने का छुरा हाथ में लिये खेल रही थी।

सहसा गौरा की निगाह एक चित्र की ओर गई। उसमें एक माता बैठी हुई थी। गौरा ने पूछा- साहब, यह किसकी तस्वीर है?

साहब ने शराब का गिलास मेज़ पर रखकर कहा- ओ, वह हमारे खुदा की माँ मरियम है।

गौरा- बड़ी अच्छी तस्वीर है! क्यों साहब, तुम्हारी माँ जीती हैं न।

साहब- वह मर गया, जब हम यहाँ आया, तो वह बीमार हो गया। हम उसको देख भी नहीं सका।

साहब के मुख-मण्डल पर करुणा की झलक दिखाई दी।

गौरा बोली- तब तो उन्हें बड़ा दु:ख हुआ होगा। तुम्हें अपनी माता से भी प्यार नहीं था। वह रो-रोकर मर गई और तुम देखने भी न गए! तभी तुम्हारा दिल कड़ा है।

साहब- नहीं, नहीं, हम अपनी माता को बहुत चाहता था। वैसा औरत दुनिया में न होगा। हमारा बाप हमको बहुत छोटा-सा छोड़कर मर गया। माता ने कोयले की खान में मजूरी करके हमको पाला।

गौरा- तब तो वह देवी थी। इतनी गरीबी का दु:ख सहकर भी तुम्हें दूसरों पर तरस नहीं आता? क्या वह दया की देवी तुम्हारी बेदर्दी देखकर दु:खी न होती होगी, उनकी कोई तस्वीर तुम्हारे पास है?

साहब- ओ, हमारे पास उनके कई फोटो हैं। देखो, वह उन्हीं की तस्वीर है, वह दीवाल पर।

गौरा ने समीप जाकर तस्वीर देखी और करुण स्वर में बोली- सचमुच देवी थीं। जान पड़ता है, दया की देवी हैं। वह तुम्हें कभी मारती थी कि नहीं? मैं तो जानती हूँ यह कभी किसी पर न बिगड़ती रही होंगी। बिलकुल दया की मूर्ति हैं।

साहब- ओ, मामा हमको कभी नहीं मारता था। वह बहुत गरीब था, वह अपने कमाई में कुछ-न-कुछ जरूर खैरात करता था। किसी बे-बाप के बालक को देखकर उसकी आंखों में आंसू भर आता था। वह बहुत ही दयावान था। गौरा ने तिरस्कार के स्वर में कहा- और उसी देवी के पुत्र होकर तुम इतने निर्दयी हो! क्या वह होतीं तो तुम्हें किसी को इस तरह हत्यारों की भांति मारने देतीं? वह स्वर्ग में रो रही होंगी। स्वर्ग-नरक तो तुम्हारे यहाँ भी होगा। ऐसी देवी के पुत्र तुम कैसे हो गए?

गौरा को ये बातें कहते हुए जरा भी भय न होता था। उसने अपने मन में एक दृढ़ संकल्प कर लिया था और अब उसे किसी प्रकार का भय न था। जान से हाथ धो लेने का निश्चय कर लेने के बाद भय की छाया भी नहीं रह जाती। किन्तु वह हृदय-शून्य अंग्रेज इन तिरस्कार पर आग हो जाने के बदले और भी नम्र होता जाता था। गौरा मानवी भावों से कितनी ही अनभिज्ञ हो, पर

इतना जानती थी कि अपनी जननी के लिए प्रत्येक हृदय में, चाहे वह साधु का हो या कसाई का, आदर और प्रेम का एक कोना सुरक्षित रहता है। ऐसा भी कोई अभागा प्राणी है, जिसे मातृ-स्नेह की स्मृति थोड़ी देर के लिए रुला न देती हो, उसके हृदय के कोमल भाव को जगा न देती हो?

साहब की आँखें डबडबा गई थीं, सिर झुकाए बैठा रहा। गौरा ने फिर उसी ध्वनि में कहा- तुमने उसकी सारी तपस्या धूल में मिला दी। जिस देवी ने मर- मरकर तुम्हारा पालन किया, उसी को मरने के पीछे तुम इतना कष्ट दे रहे हो? क्या इसीलिए माता अपने पुत्र को रक्त पिला-पिलाकर पालती है? अगर वह बोल सकतीं, तो क्या चुप बैठी रहतीं, तुम्हारे हाथ पकड़ सकतीं, तो न पकड़ती? मैं तो समझती हूँ वह जीती होती, तो इस वक्त विष खाकर मर जातीं।

साहब अब जब्त न कर सके। नशे में क्रोध की भांति ग्लानि का वेग सहज ही में उठ आता है। दोनों हाथों से मुँह छिपाकर साहब ने रोना शुरू किया, और इतना रोया कि हिचकी बँध गई। माता के चित्र के सम्मुख जाकर वह कुछ देर तक खड़ा रहा, मानों माता से क्षमा माँग रहा हो तब आकर आर्द्र-स्वर से बोला- हमारे मां को अब कैसे शान्ति मिलेगा? हाय-हाय! हमारे सबब से उसको स्वर्ग में भी सुख नहीं मिला। हम कितना अभागा है!

गौरा- अभी जरा देर में तुम्हारा मन बदल जाएगा और तुम फिर दूसरों पर यही अत्याचार करने लगोगे।

साहब- नहीं, नहीं, अब हम मां को कभी दु:ख नहीं देगा। हम अभी मंगरू को अस्पताल भेजता है।

10

रात ही को मंगरू अस्पताल पहुँचा दिया गया। एजेण्ट खुद उसको पहुँचाने आया। गौरा भी उसके साथ थी। मंगरू को ज्वर हो आया था, बेहोश पड़ा हुआ था।

मंगरू ने तीन दिन आंखें न खोलीं और गौरा तीनों दिन उसके पास बैठी रही। एक क्षण के लिए भी वहाँ से न हटी। एजेण्ट भी कई बार हाल-चाल पूछने आ जाता और हर मर्तबा गौरा से क्षमा माँगता।

चौथे दिन मंगरू ने आंखें खोलीं तो देखा, गौरा सामने बैठी हुई है। गौरा उसे आँखें खोलते देखकर पास खड़ी हुई और बोली- अब कैसा जी है? मंगरू ने कहा- तुम यहाँ कब आई?

गौरा- मैं तो तुम्हारे साथ ही यहाँ आई थी, तब से यही हूँ।

मंगरू - साहब के बंगले में क्या जगह नहीं है?

गौरा- अगर बंगले की चाह होती, तो सात समुद्र पार तुम्हारे पास क्यों आती?

मंगरू- आकर कौन-सा सुख दे दिया है? तुम्हें वही करना था, तो मुझे मर क्यों न जाने दिया?

गौरा ने झुँझलाकर कहा- तुम इस तरह की बातें मुझसे न करो। ऐसी बातों से मेरी देह में आग लग जाती है।

मंगरू ने मुँह फेर लिया, मानो उसे गौरा की बात पर विश्वास नहीं आया।

दिन-भर गौरा मंगरू के पास बेदाना-पानी खड़ी रही। गौरा ने कई बार उसे बुलाया, लेकिन वह चुप्पी साधे रह गया। यह संदेहयुक्त निरादर कोमल हृदय गौरी के लिए असह्य था। जिस पुरुष को वह देवतुल्य समझती थी, उसके प्रेम से वंचित होकर वह कैसे जीवित रह सकती थी? यही प्रेम उसके जीवन का आधार था। उसे खोकर अब वह अपना सर्वस्व खो चुकी थी।

आधी रात से अधिक बीत चुकी थी। मंगरू बेखबर सोया हुआ था, शायद कोई स्वप्न देख रहा था। गौरा ने उसके चरणों पर सिर रखा और अस्पताल से निकली। मंगरू ने उसका परित्याग कर दिया था। वह भी उसका परित्याग करने जा रही थी।

अस्पताल के पूर्व दिशा में एक फलांग पर एक छोटी-नदी बहती थी गौरा कगार पर खड़ी हो गई। अभी कई दिन पहले वह अपने गाँव में आराम से पड़ी हुई थी। उसे क्या मालूम था कि जो वस्तु इतनी मुश्किल से मिल सकती है, वह इतनी आसानी से खोई भी जा सकती है। उसे अपनी माँ की, अपने घर की, अपनी सहेलियों की, अपने बकरी के बच्चों की याद आई। वह सब छोड़कर इसीलिए यहाँ आ गई थी? पति के ये शब्द- 'क्या साहब के बंगले में जगह नहीं है' उसके मर्मस्थान में बाणों के समान चुभे हुए थे। यह सब मेरे ही कारण तो हुआ? मैं न रहूँगी, तो वह फिर आराम से रहेंगे। सहसा उसे ब्राह्मणी की याद आ गई। उस दुखिया के दिन यहाँ कैसे कटेंगे? चलकर साहब से कह दूँ कि उसे या तो उसके घर भेज दें या किसी पाठशाला में काम दिला दें।

वह लौटना ही चाहती थी कि किसी ने पुकारा-गौरा! गौरा!!

यह मंगरू का करुण-कम्पित स्वर था। वह चुपचाप खड़ी हो गई। मंगरू ने फिर पुकारा-गौरा! तुम कहाँ हो? मैं ईश्वर से कहता हूँ कि...'

गौरा ने और कुछ न सुना। वह धम्म-से नदी में कूद पड़ी। बिना अपने जीवन का अंत किए वह स्वामी की विपत्ति का अंत कर सकती थी।

धमाके की आवाज खुलते ही मंगरू भी नदी में कूद पड़ा। वह अच्छा तैराक था। मगर कई बार गोते मारने पर भी गौरा का कहीं पता न चला।

प्रात:काल दो लाशें साथ-साथ नदी में तैर रही थीं। जीवन-यात्रा में उन्हें यह चित्र-संग कभी न मिला था। स्वर्ग-यात्रा में दोनों साथ-साथ जा रहे थे।

***

www.ingramcontent.com/pod-product-compliance
Lightning Source LLC
LaVergne TN
LVHW060231051026
849517LV00005B/1578